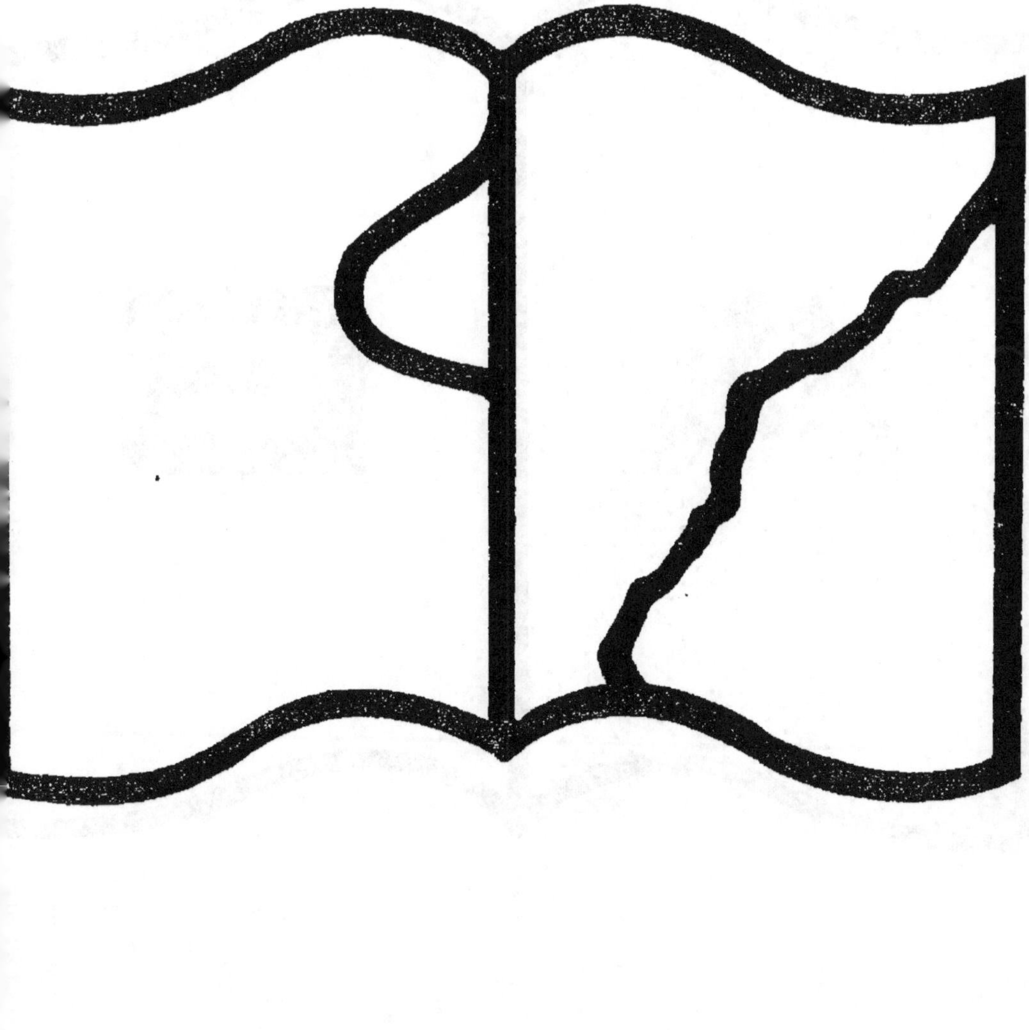

Texte détérioré — reliure défectueuse

NF Z 43-120-11

Contraste insuffisant

NF Z 43-120-14

LE FILS DE PORTHOS

D'ARTAGNAN
ALEXANDRE DUMAS PÈRE
ATHOS
LE FILS DE PORTHOS
PAR
P. MAHALIN
PORTHOS
ARAMIS
L. BOULANGER, ÉDITEUR
83 - Rue de Rennes, PARIS

LE FILS DE PORTHOS

PREMIÈRE PARTIE
A LA RECHERCHE D'UN PÈRE

I

LE COCHE DE NANTES

Le présent récit débute de la même façon que l'une des fables les plus connues du bonhomme Jean de La Fontaine :

> Par un chemin montant, sablonneux, malaisé,
> Et de tous les côtés au soleil exposé,
>   Six forts chevaux traînaient un coche.

Le coche dont il s'agit ici était celui de Nantes à Paris, lequel ne mettait guère, en ce temps-là, plus de quatre-vingt-douze heures à mâcher ce trajet de cent lieues, que l'un de nos *express* d'aujourd'hui tord et avale en une journée.

Nous avons écrit : *en ce temps-là...*

On touchait, en effet, au milieu de l'an de grâce 1678, — et Louis, quatorzième du nom, régnait sur la France à Saint-Germain, où Françoise-Athénais de Rochechouart de Mortemart. marquise de Montespan, régnait à son tour sur le roi.

Le soleil de juillet inondait de lumière le calme et radieux paysage que présentent les bords de la Loire, aux environs de Saumur.

Le fleuve, large et tout scintillant de paillettes, coulait entre deux rives verdoyantes. D'un côté, c'était un long rang de peupliers d'Italie, dont les feuillages miroitaient en tremblant ; de l'autre, la rive dominait d'immenses prairies où paissaient des troupeaux paresseux. Par intervalles, la route renflait brusquement, rompant la monotonie de la ligne droite et de la surface plane.

C'était un de ces *raidillons* que gravissait d'ahan le monumental véhicule dont nous avons parlé plus haut.

Pour aiguillonner son attelage, il n'avait point la mouche bruyante de l'immortel fabuliste.

En revanche, pour diminuer sa charge, il avait vu descendre, et il voyait cheminer dans la poussière et la chaleur, à peu près tous ses voyageurs.

Ceux-ci étaient au nombre de cinq : un tabellion de Nantes, un armateur de Paimbœuf, deux marchands de sardines du Croisic et un jeune gars, — semi-fermier et semi-gentillâtre, — de la paroisse de Locmaria, dans Belle-Isle-en-Mer.

Semi-fermier et semi-gentillâtre, c'est le mot.

Du premier, il avait la rondeur d'allures, le hâle du teint, les longs cheveux tombant sur les épaules, et ce quelque chose de naïf et de madré, comme de timide et de tenace à la fois, qui est la caractéristique des paysans de cette partie de la Bretagne.

Ajoutez le pittoresque costume de ces derniers, les larges braies de laine blanche, les guêtres de cuir piquées de soie, le gilet brodé de fleurs d'or, la veste (*bragow-bras*) soutachée et le chapeau de feutre aux vastes ailes, ourlé d'un ruban de velours et pavoisé d'une plume de paon.

Du second. il prenait, — à certains moments, — le port de tête fier et altier. la voix brève et impérieuse, une sorte de noblesse naturelle dans le geste, de courtoisie dans la parole et d'élégance dans les façons.

Ajoutez pareillement, pendue à son côté, une rapière qui eût paru d'une dimension exagérée pour un garçon de son âge. si ce garçon n'eût eu lui-même une taille au-dessus de la moyenne, avec des membres qui témoignaient d'une force musculaire peu commune.

Or, personne n'ignore qu'à cette époque les gens de guerre et de qualité avaient seuls droit de porter l'épée.

. . . .

En outre des cinq voyageurs, il y avait une voyageuse.

Celle-ci sommeillait à l'intérieur du coche.

C'eût été un crime, en vérité, que de la contraindre à monter à pied cette côte, d'où l'œil embrassait pourtant un panorama splendide.

Ici, les opulentes futaies des Tuffiaux, de Milly, de Verry; les pigeonniers en cônes d'ardoises et à girouettes seigneuriales d'une douzaine de gentil-hommières sortant des touffes de chênes et de hêtres; des hameaux riants autour desquels, dans les vergers, la vigne grimpait jusqu'au faîte des pommiers.

Plus loin, sur l'autre bord de la Loire, — pleine d'îles, — où voguaient avec lenteur d'immenses chalands, gréés de leurs voiles carrées, — Saumur, avec les toits rouges de ses maisons et les murs blancs de sa citadelle...

Mais nos piétons avaient bien d'autres chats à fouetter qu'à s'occuper de ce tableau!...

Le tabellion de Nantes suait, l'armateur de Paimbœuf soufflait, et les marchands de sardines grognaient...

Tout cela, à l'unisson!...

Tout cela encore, en essayant de tromper la fatigue par des conversations variées sur la pluie, le beau temps, les biens de la terre, le cours des denrées usuelles, le siège de la Rochelle et la disgrâce de M. Fouquet...

Il est vrai que le siège de la Rochelle avait eu lieu sous le feu roi, et que la disgrâce de M. Fouquet remontait déjà à un certain nombre d'années...

Mais quoi! on ne peut pas exiger que la province se tienne au courant des événements du jour!

Quant au jeune gars de Belle-Isle-en-Mer, il regardait sournoisement la voyageuse qui dormait.

La figure de celle-ci disparaissait sous le capuchon et sa taille se perdait dans les plis de sa mante.

Elle eût pu être vieille et laide.

Pourquoi, cependant, la devinait-on jeune et jolie?

A un moment, elle fit un mouvement...

De peur d'être surpris en flagrant délit de contemplation indiscrète, le grand garçon détourna vivement les yeux et les porta machinalement devant lui sur la route...

Puis il fit un brusque haut-le-corps...

Et, interpellant le conducteur du coche qui marchait à côté de ses chevaux :

— Oh! oh! questionna-t-il, qu'est-ce que ceci, mon maître?

Et il désignait de l'index un groupe de cinq cavaliers, qui venaient d'apparaître au point culminant de la montée, et dont les silhouettes se détachaient sur l'horizon clair avec une netteté d'ombres chinoises.

Quatre de ces cavaliers avaient le mousqueton appuyé sur le genou.

Le cinquième, qui précédait les autres et qui en paraissait le chef, n'avait pas de mousqueton; mais le soleil allumait des étincelles sur le pommeau des pistolets qui émergeaient des fontes de sa selle et de la colichemarde qui lui battait les flancs.

En somme, une petite troupe d'un aspect assez peu rassurant dans un temps où les grandes routes appartenaient aux plus hardis batteurs d'estrade.

Maître Vincent Paquedru, le conducteur du coche, était un bonhomme long, maigre, jaune de teint et de cheveux.

Il avait la figure plate, le regard insignifiant, le sourire déteint. La ruse en lui se cachait sous une épaisse couche d'innocence. Vous avez tous connu de ces paroissiens, moitié Normands, moitié Juifs, qui en remontreraient aux Auvergnats eux-mêmes pour la coquinerie.

A la question qui lui était adressée :

— Ça, répondit-il tranquillement, c'est une patrouille de *Royal-Maraude*.

II

ROYAL-MARAUDE

Le questionneur fronça le sourcil :

— Royal-Maraude? Singulier nom! Un sobriquet sans doute? Car je ne pense pas, maître Vincent, que vous ayez l'intention de vous moquer de moi.

En parlant de la sorte, le jeune homme avait mis la main sur l'épaule du Normand, — et celui-ci avait failli s'affaisser comme si on l avait chargé d'un poids trop lourd.

— A Dieu ne plaise, mon gentilhomme! s'empressa-t-il de protester d'un air obséquieux et sournois; pour la vérité vraie, — je ne mens point, ma foi jurée! — c'est la vérité vraie que c'est comme ça qu'on a baptisé le régiment dans le pays...

— Un régiment des armées de Sa Majesté?

Le conducteur prit sa figure la plus balourde .

— Dame ! j'en ignore, mon bon monsieur... Oh ! mais, là, le cœur sur la main !... Ce qu'il y a de certain, par exemple, c'est que voilà déjà un bout de temps qu'il tient campagne par ici...

— Il tient campagne ? Et contre qui ? Nous ne sommes en guerre avec personne... pour l'instant, du moins, que je sache. Et la province d'Anjou ne s'est point rebellée contre l'autorité du roi...

Et le jeune gars ajouta, en regardant ses compagnons de route qui s'étaient rapprochés et qui écoutaient ce colloque avec une vague inquiétude :

— D'ailleurs, nous n'avons rien à craindre. Ils sont cinq. Nous aussi La partie est égale.

Il y eut un *tolle* général :

— Mais nous n'avons pas de mousquets, nous ! s'exclama le notaire.

— Et puis, opina l'un des marchands de sardines, ce n'est pas notre métier d'être braves...

Son confrère appuya :

— Nous sommes d'honnêtes commerçants qui évitons comme la peste les horions et les bagarres...

— Pour moi, déclara l'armateur, si j'avais seulement sous la main les matelots de mes bâtiments et les employés de mes bureaux, je n'hésiterais pas à les faire tuer jusqu'au dernier pour nous défendre ; mais mes bâtiments tiennent la mer et mes bureaux sont à Paimbœuf...

Le tabellion reprit, en s'adressant au conducteur :

— Mais, enfin, monsieur Paquedru, vous connaissez cette soldatesque ?...

— Je la connais sans la connaître...

— Vous avez eu affaire à elle ?...

Le Normand eut un mauvais sourire :

— Oh ! souvent, très souvent, aussi souvent que je suis passé par cet endroit.

— Eh bien ! alors, que nous veut-elle ?

— Ma foi, fit le jeune homme, m'est avis que nous ne tarderons pas à le savoir ; car voici ces messieurs qui prennent le galop pour nous l'apprendre.

La petite troupe avait, en effet, donné de l'éperon.

Elle se rapprochait rapidement.

Quand elle fut arrivée à portée de mousquet, elle s'arrêta sur un signe de son chef.

Celui-ci s'avança au pas vers les voyageurs.

Les quatre autres se rangèrent de front, de façon à barrer la route.

De ces quatre-là, il n'y avait pas une seule tête qui ne portât le mot *bandit* écrit en lisibles caractères. C'étaient toutes figures bronzées, tous regards impudents, toutes moustaches effrontées, toutes chevelures incultes. Des balafres sabraient sur le tout.

Et quels équipements, quels costumes, quelles montures!

Des chevaux maigres comme ceux de l'Apocalypse! Des feutres fourbus, avachis, défoncés! Des cottes de buffle éraillées, des chausses rapiécées, des bottes béantes! En revanche, tout un arsenal à la ceinture!

Leur chef était un peu moins farouche et décousu.

Quelques mailles manquaient bien aux dentelles de ses poignets; le velours grenat de son pourpoint et le ruban feu de son nœud d'épaule étaient légèrement fanés; le cuir cordouan de ses housseaux à l espagnole se lézardait en plus d'un endroit.

Mais son chapeau à plumail, rajeuni d'un bout de galon, tenait comme il faut sur l'oreille; la poignée de sa rapière brillait, convenablement fourbie, et ces faux semblants d'élégance se drapaient d'une arrogance susceptible, jusqu'à un certain point, d'en imposer aux timorés et aux naïfs.

Aux clairvoyants, par exemple, il n'eût guère inspiré qu'une confiance médiocre.

Son nez d'oiseau de proie se recourbait sur une paire de crocs fanfarons, dont le poil allait grisonnant, et sur des lèvres qu'animait une expression de vulgaire cynisme, — et, dans ses yeux, cernés de bistre, luisaient, à demi voilés par une paupière tombante, tous les fauves reflets des sept péchés capitaux, dont il n'est qu'un seul d'excusable. Il est bien entendu que je n'indique pas lequel. Chacun de mes lecteurs croira que c'est le sien.

En abordant les gens du coche, ce personnage se découvrit avec un grand geste arrondi et cadencé qui visait à être noble, et qui n'était qu'emphatique et prétentieux.

— Messieurs, prononça-t-il avec une exorbitante affectation de politesse, veuillez considérer en moi le plus humble, le plus obéissant et le plus dévoué de vos serviteurs.

— Monsieur, c'est nous qui sommes les vôtres, répondit au nom de tous ses compagnons le tabellion de Nantes qui tremblait comme la feuille.

Le survenant continua:

— Puisque je n'ai personne pour me rendre cet office, souffrez que je me présente moi-même...

Il salua derechef:

— Le chevalier Asdrubal de Cordebœuf, colonel au service de Sa Majesté...

Puis, du ton de Mondor ou de Tabarin débitant leurs onguents du haut des tréteaux du Pont-Neuf:

— Quand je dis colonel, c'est une façon de parler. Colonel... ou capitaine, le grade n'y fait rien, et, ma foi, je serais fort empêché de préciser, vu que mon régiment, — ma compagnie, si vous voulez, — ne se compose, pour le moment, que des quatre vaillants garçons que vous apercevez derrière moi:

Brisc-Serrure, mon lieutenant; Plume-Volaille, mon porte-guidon; Pille-Saco-che, mon fourrier, et Trousse-Jupon, mon trompette...

A ces noms caractéristiques, le notaire trembla de plus belle, l'armateur pâlit affreusement, et les deux marchands de sardines se renvoyèrent des regards éperdus...

Le chevalier Asdrubal poursuivit :

— Oh! mais mes cadres se compléteront. Je recruterai des hommes. Il ne me manque que les équipements. C'est pourquoi j'ai sollicité et obtenu de M. le prévôt de Saumur la commission d'escorter et de protéger les honnètes gens qui voyagent dans la province...

— Comment ! s'exclama l'armateur, vous êtes ici pour...

— Vous accompagner jusqu'à la ville et pour vous défendre, au besoin, contre toutes les vexations, exigences criminelles ou entreprises coupables qui intéresseraient votre bourse ou votre vie...

Un soupir de soulagement sortit de toutes les poitrines...

— Et cela, acheva l'orateur, moyennant une légère redevance...

— Hein?...

— Dont le chiffre est laissé, du reste, à votre bon plaisir...

— Ah!...

— Seulement, afin de contenir la générosité de mes clients dans les bornes de la saine raison, j'ai dù me résoudre à les taxer chacun suivant la mine, l'habit et la position dans le monde...

— Oh!...

Ces différentes interjections vous donnent suffisamment la note des sentiments d'étonnement, de révolte et de terreur qui se succédaient dans l'esprit des auditeurs.

L'un des deux marchands de sardines essaya, cependant, de faire preuve d'héroïsme.

— Ah çà! demanda-t-il en grossissant sa voix, s'il ne nous plaisait pas, à nous, d'être escortés et défendus...

— Oui, répéta en écho son collègue, s'il ne nous convenait point d'acheter l'honneur de votre compagnie...

— Dans ce cas, repartit Cordebœuf, je ne répondrais plus de vos précieuses personnes...

Il ajouta avec un imperturbable sérieux :

— Il y a tant de coquins dans le pays!...

Puis encore, appuyant sur chaque mot :

— Des coquins qui ont le bras plus long que les scrupules, et qui, dans un endroit désert comme celui-ci, ne se feraient point faute d'arquebuser, ainsi qu'une volée de perdreaux, de paisibles bourgeois tels que vous...

Il fit un signe à ses compagnons. On entendit craquer des batteries. C'é-
taient les mousquets qu'on armait...

Le tabellion faillit s'évanouir de peur; l'armateur essuya d'un revers de
manche l'abondante sueur qui lui coulait du front, et les deux marchands de
sardines votèrent *in petto* un cierge à Notre-Dame d'Auray, s'ils avaient la
chance de se tirer de ce guêpier.

Le colonel de Royal-Maraude se tourna vers le conducteur :

— Çà! Vincent Paquedru, prenez vos paperasses et faites l'appel de vos
voyageurs.

Le Normand, qui avait déjà sa feuille à la main, commença :

— Maître Lebiniou, de Nantes, notaire royal...

Asdrubal sourit au tabellion :

— Les gens de loi et les gens d'épée sont gens du roi, prononça-t-il d'un
air aimable. Maître Lebiniou sera heureux de contribuer pour cent pistoles au
harnachement de mes soldats. J'accepterai en outre, volontiers, en souvenir
de cette rencontre, la montre que je vois saillir dans le gousset de sa soubreveste. On m'a volé la mienne, dernièrement, à Paris, dans les salons du contrôleur général; ce M. Colbert reçoit une société si mêlée!...

Puis, jetant son chapeau sur la route :

— Voici mes bureaux de perception. Messieurs, passez à la caisse! A vous
l'honneur, mon cher notaire!...

Celui-ci s'exécuta non sans gémir.

Le conducteur continua :

— Simon Prieur, armateur à Paimbœuf...

— Cent pistoles pareillement. Je ne ferai pas à un notable commerçant l'injure de l'estimer moins qu'un homme de plume. Le trident de Neptune et le
caducée de Mercure valent les balances de Thémis... A cette somme, mon dit
sieur Prieur voudra bien ajouter la paire de boucles d'argent qui brillent là, sur
ses souliers... Le vidame Hilarion de Cordebœuf, mon noble père, m'a manifesté le désir d'en posséder une pareille : or, le désir d'un père est une loi
pour un fils...

— Yves Guérinec et Pierre Trogoff, marchands de sardines au Croisic...

— Cinquante pistoles chacun, — la pêche a été excellente, cette année, —
avec les anneaux d'or qui ourlent leurs oreilles et que j'offrirai, de leur part,
à mesdemoiselles de Cordebœuf, mes sœurs .. J'espère que ces messieurs
m'épargneront la peine de décrocher ces anneaux moi-même... J'ai la main
maladroite en diable, et je craindrais, en détachant le bijou, d'amener un brin
de l'oreille...

Il caressait, dans ses fontes, la crosse de l'un de ses pistolets...

Les deux marchands et l'armateur s'empressèrent d'imiter le notaire...

Le chevalier Asdrubal de Cordebœuf, colonel de *Royal-Maraude*.

Mais avec toute sorte de grognements, de plaintes et de malédictions étouffés...

Vincent Paquedru poursuivit :

— M. Joël, de Locmaria...

— Qu'est-ce que c'est que ça, M. Joël de Locmaria? demanda l'autre du haut de sa selle.

— C'est moi, répondit le jeune homme qui portait le costume des paysans de Belle-Isle-en-Mer.

III

OU LE LECTEUR FAIT CONNAISSANCE AVEC LES HÉROS DE CE RÉCIT

Nous avons indiqué que le jeune M. Joël, de Locmaria, était un adolescent de haute futaie, aux membres admirablement proportionnés à la taille dans leur robustesse musculeuse et souple.

Figurez-vous Hercule ou Samson en la fleur de leur printemps.

Son visage, par exemple, n'avait rien qui décelât, — même à l'état de menace latente, — l'athlète capable d'étouffer l'hydre de Lerne ou d'enlever les portes de Gaza.

Les boucles de ses magnifiques cheveux encadraient des traits fins et réguliers, un peu brunis par l'air de la mer et le soleil; ses grands yeux, d'un bleu gris profond, avaient un bon regard, où se lisaient à livre ouvert la franchise et la loyauté, et, autour de ses lèvres qu'estompait une légère moustache, — blonde comme sa crinière de lionceau, — un sourire d'enfant se jouait, tantôt étincelant de gaieté, tantôt ombré de rêverie.

Pendant tout ce qui précède, il s'était tenu, dans une immobilité attentive et étonnée, contre l'une des roues du coche, — lequel, bien entendu, avait cessé de marcher, depuis l'intervention du chef des routiers.

— Vertudieu! s'exclama ce dernier après l'avoir examiné, voilà un jeune coq fièrement campé sur ses ergots, et, s'il lui prenait fantaisie d'augmenter l'effectif de ma compagnie, du diable si je n'en ferais pas mon cornette ou mon aide de camp! Qu'en dites-vous, mon camarade?

Et, comme l'interpellé demeurait silencieux :

— Hé! ne m'avez-vous pas compris?

— Si fait bien, répondit le Breton sans bouger.

— Et vous acceptez?

— Je refuse.

— Oh! oh! pourquoi cela, je vous prie?

— Parce que je n'ai pas envie d'être pendu plus tard.

Cordebœuf se mordit la moustache :

— Le drôle a le mot pour rire, fit-il. Je raffole des garçons d'esprit. Aussi donnerai-je à celui-ci cinq minutes pour se décider...

— Me décider à quoi? s'informa l'autre tranquillement.

— A prendre du service dans mes troupes ou à me compter une somme qui me dédommage de la perte d'une recrue d'aussi vigoureuse encolure et d'un jeune cadet d'aussi joyeuse humeur...

Puis, s'adressant au conducteur :

— Çà! avons-nous encore quelqu'un sur notre liste?

— Mon colonel, il n'y a plus que M\ :sup:`lle` Aurore de la Tremblaye.

— Bon, quelque douairière, sans doute, une respectable antiquaille? Et où est-elle, cette demoiselle de la Tremblaye?

— Me voici, prononça une voix sonore et douce.

Et la jeune fille, qui dormait auparavant à l'intérieur du coche, ouvrit la portière de celui-ci et sauta prestement sur le sable de la route

Elle ne paraissait pas avoir plus de vingt ans.

Sa taille, flexible et hardie, semblait faite, sous ses vêtements de deuil et de voyage, pour embellir l'élégante richesse des plus éclatants costumes de cour.

Elle avait un front charmant, que couronnait une épaisse chevelure d'un châtain obscur où couraient de mystérieux reflets d'or.

Ses yeux, long fendus, sombres comme le cristal opaque, avaient, par intervalles, de pénétrantes lueurs.

Le sourire de ses belles lèvres agitait le cœur.

Elle marcha d'un pas égal, sans apparence de faiblesse ni de frayeur, vers le chapeau de Cordebœuf, déjà plus d'aux trois quarts rempli par les offrandes des voyageurs.

— Monsieur, fit-elle froidement, voici la rançon que vous attendez.

Asdrubal se dandina sur sa selle :

— Excusez-moi, noble demoiselle. Je ne vous avais pas aperçue. Sans quoi, je vous eusse certainement donné le pas sur ces messieurs. Le sexe, la beauté et le rang ont leurs privilèges, mortdiable !

La jeune fille allongea le bras avec un geste de reine et laissa tomber une bourse dans le chapeau :

— C'est la moitié de ce que j'emporte à Paris, reprit-elle. L'autre moitié ne m'appartient pas. Elle appartient à deux orphelins, pour qui je vais là-bas combattre des collatéraux et solliciter des juges. J'ose espérer que vous ne vous montrerez pas plus avide que les premiers et plus hostile que les seconds.

Tout cela avait été dit avec une dignité tranquille et non dépourvue d'une certaine hauteur.

Le colonel effila ses crocs entre l'index et le pouce :

— Sur mon âme, ma jolie plaideuse, répliqua-t-il avec une galanterie narquoise, les collatéraux sont vaincus et les juges séduits d'avance par la puissance de vos attraits...

— Monsieur !....

— D'où je conclus que, pour gagner leur procès, vos intéressants orphelins n'ont pas plus besoin de la somme, dont vous prétendez ne point vous départir, que, pour plaire et pour triompher, vous n'avez besoin vous-même du diamant qui étincelle à cette mignonne et blanche menotte...

— Je ne comprends pas...

— C'est, pourtant, bien simple : cette bague, qui brille à votre doigt, ferait merveille à celui de la dame de mes pensées...

— Cette bague...

— Vous ne voudriez pas m'en frustrer, pas plus que de la seconde moitié du boursicot dont vous m'avez déjà dédié la première...

Mlle de la Tremblaye leva sur le bandit un regard plein d'effarement :

— Quoi ! vous songeriez à me dépouiller de ce bijou, des quelques pièces d'or qui me restent !...

— Eh ! remerciez-moi d'être aussi modéré ! Il y a des gens qui exigeraient bien davantage !...

Aurore joignit les mains :

— Monsieur, monsieur, je vous le répète, je vous ai donné tout ce qui est mon bien propre, — et cet argent que vous réclamez, c'est la part légitime d'héritage, c'est le seul avoir des deux enfants que je représente...

Tant que son interlocutrice avait gardé une attitude ferme et quelque peu hautaine, l'escogriffe avait témoigné de quelques semblants de réserve..

Mais, à mesure qu'elle se montrait plus troublée et plus suppliante, il devenait plus hardi et plus insolent...

— Bon ! ricana-t-il, ces enfants ne doivent pas être embarrassés avec un représentant doué de tant d'intelligence et de charmes. Surtout si vous allez à Paris. Il ne manque point, dans la grand'ville, de personnes riches et généreuses...

Elle ne saisit point le sens de ces paroles ironiques, et, voyant les yeux d'Asdrubal avidement fixés sur la pierre qu'elle portait au doigt :

— Mais, implora-t-elle, ce bijou n'a pas la valeur que vous croyez... Il n'a de prix que pour moi... C'est un souvenir...

— De quelque galant cavalier. Un gage d'amourette sans doute. Eh! vous n'êtes pas en peine d'en retrouver un autre pour vous faire un pareil présent!...

La jeune fille se redressa.

Sa joue s'empourpra d'indignation, et sa prunelle s'enflamma de colère...

— Oh! gronda-t-elle, c'est donc parce que je suis sans défenseur que vous m'insultez de la sorte!

Et ses mains, qui tremblaient, couvrirent son visage comme pour le garantir de l'outrage dont le souffletait le langage de l'aventurier.

Elle était belle à miracle à travers ce voile vivant et frémissant.

Si belle que l'œil de Cordebœuf s'alluma de soudaine et brutale convoitise.

Le bandit poussa brusquement sa monture sur Aurore...

Et ce cri rauque sortit de sa gorge :

— Ah! l'on se fâche. Alors, bataille! J'aurai la bague, et, avec elle, un baiser pour prix de ma victoire!

IV

PREMIÈRES PROUESSES

— Tu auras le châtiment de ton insolence, coquin! répondit une voix tonnante.

En même temps, une griffe de fer saisit l'aventurier à la ceinture et l'enleva de son cheval comme une plume.

— A moi! râla le misérable, suffoqué par l'étreinte imprévue.

Ses quatre compagnons abaissèrent leurs mousquets.

Mais déjà le jeune M. Joël, de Belle-Isle-en-Mer, — car c'était lui qui avait bondi entre Mlle de la Tremblaye et le colonel de Royal-Maraude, — tenait celui-ci à bout de poignet, haut le bras, ainsi qu'un chasseur fait d'un lièvre qu'il montre à la meute aboyante, et s'en couvrait, comme d'un bouclier, contre les projectiles dont le menaçait le canon des armes braquées sur lui.

— Mes bons garçons, déclara-t-il paisiblement, tirez, si telle est votre envie; mais c'est dans le corps de votre chef que vous logerez votre mitraille...

— Ne tirez pas, au nom de Dieu! Ne tirez pas, au nom du diable! gémit Cordebœuf éperdu.

Les mousquets se relevèrent lentement.

Notre Breton ne lâcha point son paravent.

— Maintenant, compères, poursuivit-il avec la même sérénité, voulez-vous que nous causions d'affaires? Il y a une balle, n'est-ce pas, dans chacune de vos tuettes? Eh bien! je vous les achète, ces balles.

Une clameur s'éleva :

— Vous nous les achetez?

— Toutes les quatre.

Le lieutenant Brise-Serrure demanda avidement :

— Combien?

— Tout l'or que mes compagnons de voyage ont déposé dans ce chapeau.

Les quatre sacripants s'entre-regardaient avec un étonnement qui allait jusqu'à la stupéfaction.

Le jeune homme continua :

— Déchargez-moi seulement votre mousqueterie sur cette bande de passereaux qui voltige là-haut, dans l'espace, et je vous abandonne le partage de la caisse. Autrement, prenez-y garde : au premier mouvement que vous ébaucherez pour me viser, je tords le cou à votre capitaine, — à votre colonel, si vous aimez mieux, — je ne lésine pas sur le grade, — et je me sers de sa carcasse pour vous assommer tous les uns après les autres. *Similia similibus*, comme disait mon précepteur, le bon recteur de Locmaria. Ce fieffé coquin me servira de chasse-coquins.

Pendant cette harangue, le sire de Cordebœuf faisait piteuse figure...

Il n'était plus cynique et sourdement moqueur...

Le masque fanfaron avait glissé, découvrant le vertige d'un méchant drôle vaincu...

Il avait beau se démener dans la poigne de son adversaire...

Cette poigne était solide comme une paire de tenailles...

Elle le maintenait, à l'instar d'un plastron, d'un matelas, d'un ouvrage défensif, entre la poitrine du Breton et la fusillade des routiers...

Ceux-ci se consultaient à voix basse...

— Marché conclu! déclara Brise-Serrure à la fin.

Il fit un signe, — et les quatre coups de mousquet partirent en l'air simultanément.

— A vous le magot! repartit Joël.

Et il poussa du pied le chapeau.

Brise-Serrure piqua dessus, sauta à terre et s'en saisit.

Ensuite, il remonta en selle avec la même rapidité.

Mais, au lieu de revenir vers ses compagnons qui l'attendaient avec des yeux incendiés de convoitise, il enfonça ses éperons dans le ventre de son cheval, se jeta sur la gauche de la route, franchit le fossé qui séparait celle-ci de la prairie et gagna, à fond de train, dans la campagne...

On entendit un triple cri :

— Ah! voleur!

— Brigand!

— Scélérat!

C'étaient Plume-Volaille, Pille-Sacoche et Trousse-Jupon qui protestaient contre cette façon, non moins expéditive qu'ingénieuse, de s'approprier le bien de la communauté...

Et tous trois, d'un commun élan, se précipitèrent à la poursuite de l'associé indélicat...

— Notre argent! notre argent, larron! hurlaient-ils d'une même voix en lui donnant la chasse, — une chasse désordonnée, furieuse, haletante...

— Notre argent! notre pauvre argent! répétaient sur place, comme un écho, le notaire, l'armateur et les marchands de sardines en voyant le ravisseur du chapeau et le contenu de ce dernier s'enfoncer, avec ceux qui les talonnaient, dans les profondeurs de l'horizon.

. . . .

. . . .

En ce moment, à un quart de lieue en arrière de l'endroit où se passait cette scène, un carrosse de voyage brûlait la route sous les fers de quatre vigoureux chevaux de poste.

Autour de ce carrosse galopaient, non moins comme escorte protectrice que comme garde d'honneur, une demi-douzaine de grands laquais basanés, d'aspect militaire, qui avaient l'épée au côté et le mousqueton à l'arçon de la selle.

A l'intérieur, sur les coussins du fond, un vieillard était assis, qui avait conservé les longs cheveux, tombant sur les épaules, la fine moustache et la *royale* allongée du temps de Louis XIII.

Ce vieillard, entièrement vêtu de velours noir, avait, sur la tête, une petite calotte qui paraissait cacher la place d'une tonsure. Il avait dû être remarquablement beau, un demi-siècle auparavant.

Il avait même gardé de cette beauté d'antan les lignes aquilines du masque; un vaste front empreint de majesté; une bouche circonspecte, meublée de dents superbes; un menton d'un dessin correct, quoique proéminent et anguleux; des yeux noirs, d'un éclat perçant, et des extrémités qui eussent fait la fierté d'une duchesse...

Oui, mais cheveux, *royale* et moustache, tout cela était d'un blanc de neige...

Le corps, maigre, se cassait en deux...

Les teintes jaunies du masque eussent réjoui le regard d'un amateur d'ivoires antiques...

Les traits devenaient crochus à force d'être aquilins; le front s'écrasait de rides; les lèvres étaient si minces, que la bouche ressemblait à une cicatrice; des paupières molles et tombantes recouvraient la flamme des yeux...

Et les mains avaient des tons de cire et des claquements d'os de squelette dans le brouillard de riches dentelles dont elles ne sortaient qu'à moitié.

Sur la banquette du devant, en face de ce vieillard sec, était placé un vieillard gras.

Celui-ci affectait, vis-à-vis du premier, l'attitude à la fois respectueuse et familière qui est celle des anciens serviteurs.

Il paraissait avoir le même âge que son maître, et, comme ce dernier, il était habillé d'un costume noir d'aspect austère et de coupe ecclésiastique.

Ce costume était porté par lui — avec autant de dignité que de béatitude — sur un corps, si l'on peut dire, *chanoinisé* par l'embonpoint.

Ajoutons que sa physionomie était analogue à son corps.

Son nez s'avançait entre ses joues rebondies, et celles-ci, en s'arrondissant, en avaient attiré à elles chacune une partie; son menton fuyait sous quelque chose qui n'était point de la graisse, mais de la bouffissure, — une bouffissure telle qu'elle avait enfermé jusqu'à ses yeux...

Quant au front, des cheveux, non moins blancs que ceux de son vis-à-vis, et taillés carrément et saintement, le couvraient jusqu'à trois lignes des sourcils.

Hâtons-nous de constater que le front du gros homme n'avait jamais eu, — même au temps de sa plus grande découverte — qu'un pouce et demi de hauteur.

Pour l'instant, le maître rêvait et le serviteur sommeillait.

A un cahot, le premier appela :

— Monsieur Bazin!

Le second souleva ses paupières :

— Votre Grandeur, demanda-t-il, me fait l'honneur de m'interpeller?

« Sa Grandeur » reprit avec un sourire :

— Vous oubliez, mon cher Bazin, que voici tantôt vingt ans sonnés que je ne suis plus évêque de Vannes, et que j'ai cessé d'appartenir à l'Église militante, — ayant renoncé à m'occuper du salut des autres pour m'efforcer de parfaire le mien...

— Alors, soupira le gros homme, c'est donc pour le parfaire plus vite, par la pénitence et la mortification, que nous avons quitté Madrid, où notre vie

— A moi! râla le misérable suffoqué par l'étreinte imprévue.

coulait si douce, pour courir par monts et par vaux, au lieu de dorloter tranquillement dans la prière et le repos le peu de jours qu'il nous reste à passer sur cette terre...

— Précisément; et je remarque, à ce propos, que nous marchons bien lentement. J'ai hâte d'arriver au plus tôt. Dites aux postillons de se presser...

— Mais nous allons un train d'enfer. La route est difficile. Un cheval peut broncher. Votre Excellence ne songe pas que verser serait mortel à notre âge!...

Le voyageur haussa les épaules :

— Parlez pour vous, maître Bazin. Vous avez soixante-seize ans. Moi, je n'en ai que deux fois trente-huit...

— Cependant, monsieur le duc...

— Ah! assez! interrompit l'autre avec impatience. Faites ce que je vous dis et cessez de me donner à tout bout de champ des titres qui attireraient sur moi l'attention des curieux. Souvenez-vous que, jusqu'à Paris, je prétends conserver le plus strict incognito.

— Alors, comment faudra-t-il que j'appelle monsieur l'ambassadeur ?

— Appelez-moi le chevalier d'Herblay, comme autrefois.

Le serviteur joignit les mains :

— Le chevalier d'Herblay! *Bone deus !* Comme au temps des chevauchées, des bagarres et des estafilades! En vérité, pourquoi monseigneur ne reprend-il pas tout de suite ses habitudes, sa casaque et son surnom de mousquetaire!

Le vieux seigneur secoua la tête avec mélancolie :

— Non, murmura-t-il, Aramis est mort! Mort avec ses trois compagnons, ses trois amis, ses trois frères! Mort avec Athos, avec Porthos, avec d'Artagnan!

Puis, sèchement :

— Je vous répète que, pour le moment, je ne suis et ne veux être que le chevalier d'Herblay.

Le gros homme s'agita sur la banquette d'un air de mauvaise humeur :

— C'est bien, grommela-t-il, il suffit. On se conformera aux désirs, aux volontés de M. le chevalier. Mais, si les aventures devaient recommencer, je le supplierais d'accepter ma démission de majordome; car, malgré mes soixante-seize ans, je n'ai pas envie d'aller de si tôt rejoindre dans l'éternité — où les ont envoyés les fatigues essuyées et les horions reçus — mes pauvres camarades Planchet, Grimaud et Mousqueton.

V

COUPS DE PISTOLET

Cependant le jeune M. Joël avait replanté sur ses jambes le chevalier Asdrubal de Cordebœuf, encore tout endolori de l'étreinte. Ensuite, mettant flamberge au vent :

— Maintenant, s'était-il écrié, capitaine de passe-volants, tire-moi ton épée, pour voir... Que je ne te coupe pas les oreilles sans que tu te défendes un brin !

— Monsieur Joël, une prière...

Le jeune homme se retourna vivement.

C'était la charmante voyageuse qui lui adressait la parole.

A cette interpellation, qu'accompagnait un regard empreint d'une caressante gratitude, notre Breton sentit son cœur danser dans sa poitrine.

Ses joues s'empourprèrent d'émotion.

Il se découvrit respectueusement, et, avec tout le feu de la voix. du geste et de la physionomie :

— Une prière de vous à moi, mademoiselle ! Dites un ordre ! Un ordre auquel je serai trop heureux d'obéir à genoux !

Ce fut au tour de Mlle de la Tremblaye de se troubler et de rougir. Elle baissa les yeux. Puis, désignant du doigt le colonel de Royal-Maraude :

— Laissez aller cet homme, fit-elle.

— Ce malandrin ?

— Je vous le demande en grâce.

Mais notre héros, hochant le front :

— Oh ! par ma foi, non, mademoiselle. Le drôle vous a offensée. Il faut que je le tue à vos pieds !

Cordebœuf essaya de braver :

— Ouais ! grogna-t-il, ce ne sera peut-être pas aussi facile que de me désarçonner à l'improviste et de vous couvrir de moi, ainsi que d'une cuirasse, comme vous l'avez fait tout à l'heure.

Mais c'était lentement et sans aucun enthousiasme que sa main cherchait la poignée de sa rapière.

Son adversaire était déjà en garde.

Aurore s'interposa de nouveau :

— Vous ne vous battrez pas, reprit-elle.

— Et pourquoi cela ? fit le jeune homme.

— Ne venez-vous pas de me promettre obéissance?

Or, notre héros était friand de la lame comme un mousquetaire, et casuiste comme un jésuite...

En outre, têtu comme un Breton :

— Certes. répliqua-t-il, s'il ne s'agissait que de moi, c'est de grand cœur que je vous ferais le sacrifice de mes rancunes et de ma colère...

Mais c'est à vous que l'on a manqué...

Or, le vieux soldat qui m'a élevé m'a souvent répété : Lorsque l'on manque, en sa présence, aux égards que méritent les dames, l'épée d'un cavalier doit sortir du fourreau toute seule, pour n'y rentrer qu'après avoir tiré satisfaction de l'outrage...

— Ainsi, vous refusez de faire droit à ma requête...

— Je vous supplie d'exiger de moi toute autre chose...

— C'est cependant la seule que je tienne — présentement — à obtenir de vous...

— Mademoiselle!..,

— Monsieur Joël, êtes-vous gentilhomme?

Notre héros eut un instant d'hésitation...

Puis, fièrement :

— Mon père l'était, répondit-il.

— Eh bien! continua gravement la jeune fille, moi, Yolande-Henriette-Aurore de la Tremblaye, fille de Louis-Maximilien, sire et baron de la Tremblaye, en son vivant, greffier du point d'honneur et lieutenant de Nos seigneurs les maréchaux de France pour la province d'Anjou, où nous sommes, c'est au nom de votre père et du mien, au nom du tribunal que représentait ce dernier et de toute la noblesse française soumise à sa juridiction, que je vous défends de croiser le fer avec cet aventurier...

— Oh!...

— Et songez-y bien : il n'est plus question ici de m'accorder une faveur, et ce que je vous dis en ce moment vous engage aussi sûrement que si le bâton d'ébène d'un sergent de la connétablie vous avait touché à l'épaule; car c'est de par le roi et de par l'honneur que je vous parle...

— Oh!...

— Vous mesurer avec un pareil adversaire serait déchoir à votre rang; forfaire au respect que vous vous devez à vous-même et aux traditions de dignité que vous ont léguées vos ancêtres; infliger, enfin, à cette noblesse, à laquelle nous appartenons tous les deux, une injure cent fois plus sanglante que celle dont vous vous obstinez à me venger...

— Oh!...

Mlle de la Tremblaye appuya :

— Une injure que je ne vous pardonnerais de ma vie...

Quand la jeune fille lui avait rappelé « son rang, sa noblesse, ses ancêtres », vous auriez pu voir le visage de notre héros se couvrir d'une épaisse rougeur...

Et les trois interjections répétées, dont il s'était borné à ponctuer le langage de son interlocutrice, avaient été l'expression de l'embarras, non moins que de la surprise, que ce langage déterminait chez lui...

Il est constant, d'un autre côté, qu'il n'avait qu'une notion excessivement vague de l'existence et des attributions de ce fameux tribunal « du point d'honneur », qui, institué à la fin du règne précédent, avait mission d'empêcher les duels, si fréquents entre gentilshommes, s'interposant dans les querelles de ces derniers pour en apprécier les causes et pour en arrêter les effets...

Mais devant les dernières paroles d'Aurore et devant le ton résolu qui les soulignait :

— Mademoiselle, mademoiselle, s'écria-t-il, je me rends.

Il remit l'épée au fourreau.

Ensuite, s'adressant à Asdrubal :

— C'est bon, ajouta-t-il. Va-t'en. On te fait grâce.

Or, pendant le dialogue du Breton et de la voyageuse, le bandit avait opéré sa retraite vers son cheval.

Le notaire de Nantes, l'armateur de Paimbœuf et les deux marchands de sardines du Croisic ne s'occupaient guère de lui, en vérité.

Pas plus, du reste, que du colloque des deux jeunes gens.

Ils regardaient « leur pauvre argent » fuir à travers champs, emporté par l'ingénieux Brise-Serrure, — Brise-Serrure, qui avait de l'avance et à qui ses trois compagnons donnaient en vain la chasse de tous les jarrets de leurs montures essoufflées.

Quant au conducteur Vincent Paquedru, il s'absorbait à chercher s'il n'était pas resté dans la poussière de la route quelque menue pistole échappée du magot fugitif.

Une exclamation de joie sauvage répondit à Joël.

Cordebœuf avait bondi en selle.

Il tenait la bride de son cheval entre ses dents et avait dans chaque main un pistolet tiré de ses fontes.

— Oui, oui, grinça-t-il, vous me faites grâce, mes tourtereaux; mais je ne vous fais pas grâce, moi !

Il visa.

Les deux détonations éclatèrent en même temps.

Plus rapide que la pensée, notre héros s'était jeté devant Mlle de la Tremblaye.

Un sillon sanglant se dessina sur son front.

Il chancela en portant la main à sa poitrine.

Aurore avait poussé un grand cri.

— Adieu, mon fier-à-bras! hurla le bandit ivre de colère et de triomphe. Et vous, la belle, au revoir!...

Il éperonna sa monture, qui partit comme un ouragan...

Le groupe formé par maître Lebiniou, Simon Prieur, Yves Guérinec et Pierre Trogoff se trouvait sur son passage...

Tous quatre, bousculés, roulèrent sur le sol...

VI

LE CARROSSE DE M. LE CHEVALIER D'HERBLAY

Ils n'étaient pas relevés qu'Asdrubal était déjà loin...

Rendons-leur toutefois cette justice que, aussitôt remis sur leurs pieds, ils s'étaient élancés, pour lui porter secours, vers le blessé, que Vincent Paquedru, de son côté, s'apprêtait déjà à soutenir...

Mais alors avait surgi une péripétie imprévue :

Ce n'était point le blessé qui était tombé...

Celui-ci, au contraire, en se raffermissant sur ses jambes, avait refusé du geste l'aide que lui offrait le conducteur...

C'était Mᵁᵉ de la Tremblaye qui venait de se trouver mal à la vue de la blessure qui déchirait le front de notre héros...

Ses traits s'étaient couverts d'une pâleur mortelle; ses yeux s'étaient fermés; son corps avait fléchi...

Et Joël n'avait eu que le temps d'ouvrir les bras pour la recevoir dans sa chute...

Maintenant, il penchait vers elle son visage qui ruisselait de sang, — et, sans souci de son propre état, tout entier à l'anxiété dans laquelle le plongeait cette pâmoison soudaine :

— Mademoiselle, s'écriait-il, mademoiselle, revenez à vous!... Qu'éprouvez-vous?... Où souffrez-vous?... Mon Dieu! parlez-moi, je vous en prie!...

Mais Aurore ne répondait pas. Son évanouissement prenait peu à peu le caractère d'une violente attaque de nerfs. Des mouvements saccadés agitaient ses membres, et des gémissements sourds s'échappaient de sa poitrine.

Paquedru et les autres voyageurs s'empressaient à l'envi autour d'elle.

— Si on lui tapait dans le dos, insinuait le conducteur.

— Il serait préférable, déclarait le notaire, de lui faire respirer des sels.

Yves Guérinec opinait :

— Parlez-moi d'une bonne verrée de cidre chaud !...

Et Pierre Trogoff appuyait :

— Avec les quatre épices et une pincée de poivre...

L'armateur de Paimbœuf était, lui, pour les moyens simples et économiques :

— Il n'y a rien de tel, affirmait-il, comme une potée d'eau fraîche à travers la figure...

En attendant, Joël se désespérait :

— Elle ne m'entend pas !... Le misérable l'aura tuée !... Si jeune et si belle, oh ! mon Dieu !... Seigneur, prenez ma vie et gardez-lui la sienne !

En ce moment, le roulement d'une voiture retentit sur la route.

C'était le carrosse de M. le chevalier d'Herblay qui arrivait, dans un nuage de poussière, avec le fracas et la rapidité de la foudre.

En quelques minutes, il eut atteint le groupe formé par la malade et par les voyageurs du coche.

Ce dernier, toujours stationnaire, occupait le milieu du chemin.

En en approchant, les postillons et l'escorte du chevalier furent obligés de ralentir l'allure de leurs chevaux, dont le mors était blanc d'écume.

— Place ! crièrent les laquais de l'escorte.

Et les postillons :

— Gare là-bas ! gare là donc !

En même temps, le vieux seigneur baissa l'une des glaces du véhicule .

— Qu'est-ce ? demanda-t-il.

— Qui que vous soyez, répondit Joël, au nom du ciel, venez-nous en aide !... Voyez cette jeune dame !... Elle se meurt !

— Une dame qui se meurt !... Postillons, arrêtez !... Attendez, monsieur : je suis à vous.

On obéit. La portière du carrosse s'ouvrit, et le gentilhomme en descendit avec une aisance que l'on n'eût point soupçonnée chez une personne de son âge. Il s'avança vivement vers notre héros, et, avec l'accent de la surprise :

— Mais vous êtes blessé, monsieur !...

— Oh ! moins que rien !... Une égratignure !... Ne vous occupez pas de moi !

Le vieillard regarda Aurore, toujours sans connaissance dans les bras du Breton...

La merveilleuse beauté de la jeune fille lui arracha, tout d'abord, une exclamation d'admiration involontaire...

Puis, après un instant d'examen :

— Rassurez-vous, reprit-il. Il n'y a aucun danger. Cette personne est simplement sous l'empire de l'une de ces crises nerveuses comme les femmes en éprouvent souvent après une violente **émotion,** — et, sans être un grand médecin, je crois pouvoir y remédier...

Puis encore, élevant la voix :

— Holà! Esteban, Pédrille, un manteau!... Et vous, Bazin, ma trousse de voyage!

Les deux objets furent immédiatement apportés.

— Étendez ce manteau par terre, continua M. d'Herblay... Couchez dessus cette pauvre enfant... C'est cela... Maintenant, que quelqu'un s'agenouille auprès d'elle et lui soulève doucement la tête.

Joël ne laissa à personne le soin d'exécuter les ordres du docteur improvisé.

Celui-ci tira de sa trousse un couteau à lame de vermeil et un mignon flacon de cristal.

Il se baissa vers Mlle de la Tremblaye, se servit de la lame du couteau pour lui desserrer, avec des précautions infinies, les mâchoires qui s'étaient rapprochées dans un spasme, introduisit dans l'interstice le goulot du flacon, et versa dans la bouche de la jeune fille quelques gouttes d'une liqueur que contenait celui-ci.

Aussitôt, les couleurs de la vie revinrent aux joues d'Aurore; son sein s'apaisa; ses plaintes et ses convulsions cessèrent comme par enchantement.

— Que vous disais-je? fit le chevalier en se relevant. Ce calmant est souverain pour les affections de ce genre. Voilà notre malade hors des griffes du mal...

— Cependant, objecta le Breton, elle ne rouvre pas les yeux...

— Parce qu'à la période d'agitation a succédé celle d'abattement, de prostration qui en est la conséquence obligée; mais mademoiselle ne tardera pas à recouvrer ses sens et à ne plus se ressentir en rien d'un accident, en somme, fort commun chez les personnes de son sexe...

Puis, avisant le front ensanglanté du jeune homme :

— Mais, vous-même, il faudrait songer à vous panser.

Joël eut un geste d'insouciance.

— Bon! une compresse d'eau salée et il n'y paraîtra plus!... Une écorchure, voilà tout!... La balle n'a guère fait qu'effleurer la tempe...

— Pourtant, intervint le tabellion, vous avez essuyé deux coups de feu...

— Oui, s'informa Simon Prieur, qu'est devenu l'autre projectile?

— Il me semblait, ajouta le conducteur, qu'il vous avait atteint en pleine poitrine.

— Nous vous avons vu chanceler, appuyèrent les deux marchands de sardines.

Du moment que la jeune fille était hors de danger, notre héros paraissait avoir recouvré toute sa bonne humeur.

— Pardieu! fit-il avec gaieté, le bandit m'avait bien visé. La balle a touché

Un sillon sanglant se dessina sur son front.

là, au-dessus du nombril. Par bonheur, elle s'est aplatie sur la ceinture de cuir que je porte sous mon habit et qui renferme ma petite fortune : cinq cents livres en bons écus...

— Vraiment !...

— C'est-à-dire que, si j'avais eu une liasse de billets de caisse au lieu de numéraire sonnant et trébuchant, j'avais le coffre perforé... Tandis que j'en suis quitte pour une contusion... Par exemple, le choc a été rude...

— Recevez tous mes compliments, reprit le vieux seigneur avec une affectueuse bonhomie : vous aviez certes là de l'argent bien placé.

Puis, après avoir consulté une grosse montre, enrichie de diamants, qu'il sortit de sa veste :

— Je vous demanderais volontiers comment tout cela est arrivé; mais le temps me presse, et, d'ailleurs, notre intéressante malade a encore besoin de notre office. Serait-ce votre sœur, par hasard ?

— Non, monsieur.

— Votre fiancée peut-être?

— Pas davantage.

— Alors vous êtes son parent, son ami ?

— Je ne la connais que pour voyager, depuis vingt-quatre heures, avec elle.

— Savez-vous où elle se rend?

— A Paris, comme moi, si j'ai bien entendu.

— Parmi vos compagnons de route, a-t-elle quelqu'un de sa famille?

Il y eut à la ronde une protestation négative.

— Dans ce cas, je l'emmène, déclara le chevalier.

— Vous l'emmenez ! s'exclama Joël.

Le maître de Bazin sourit :

— Oh ! fit-il, pas, du moins, jusqu'au terme de son voyage !

Ensuite, s'adressant à Vincent Paquedru :

— Où relayez-vous à Saumur?

— A l'auberge du *Héron-d'Or*, dans le faubourg Saint-Jean, où je laisse à mes voyageurs le loisir de se restaurer.

— Et combien vous faut-il pour y arriver ?

— Dame ! une heure et demie au bas mot.

— Eh bien ! vous y retrouverez votre voyageuse, que j'y conduis dans mon carrosse, lequel y sera rendue une heure, pour le moins, avant vous, et qui aura passé ce temps à prendre un repos nécessaire et à recevoir, des filles de chambre de cet établissement, les soins que des femmes seules peuvent donner à une femme.

Le conducteur s'inclina :

— Comme il convient à Votre Seigneurie.

M. d'Herblay fit un signe à ses gens :

— Transportez mademoiselle dans ma voiture et installez-la à ma place. Je m'assiérai, avec Bazin, sur la banquette de devant.

Comme deux des laquais s'avançaient, afin d'exécuter cet ordre, vers Mlle de la Tremblaye, qui, toujours inanimée, semblait dormir sur le manteau, notre héros fit un mouvement pour s'interposer entre eux et la jeune fille :

— Monsieur, balbutia-t-il, je...

Mais le chevalier le regarda d'un air tellement *grand seigneur*, qu'il s'arrêta, ne sachant plus comment achever...

— Mon jeune maître, prononça tranquillement le vieillard, je n'aurai pas l'indiscrétion de vous demander de quel droit vous prétendriez vous opposer à cet acte d'humanité...

Joël baissa la tête, interdit...

Le gentilhomme continua avec une douceur grave, tandis que les laquais emportaient Aurore vers le carrosse :

— C'est bien. N'en parlons plus. J'accepte l'expression des regrets qui se lisent sur votre figure, et je vous pardonne de bon cœur d'avoir failli oublier que mademoiselle est sous la sauvegarde de mon honneur.

<h1 style="text-align:center">VII</h1>

A L'AUBERGE DU HÉRON-D'OR.

Vingt-cinq minutes plus tard, le carrosse du chevalier d'Herblay s'arrêtait, à Saumur, devant l'auberge du *Héron-d'Or*.

Au tapage des chevaux qui soufflaient, — les flancs luisants et fumants de sueur, — des sonnailles pendues à leur cou, des postillons qui faisaient claquer leur fouet à tour de bras et des laquais qui vidaient les arçons en appelant, maître Hermelin, le propriétaire de l'établissement, s'était empressé d'accourir, — avec sa femme, ses deux filles et toute sa domesticité, — pour recevoir le voyageur qui lui arrivait en si bruyant et si somptueux équipage.

Celui-ci avait demandé, de l'intérieur du véhicule :

— Le maître de cette hôtellerie ?

— C'est moi, Monseigneur, avait répondu l'aubergiste en se confondant en révérences.

— Faites préparer sur-le-champ votre plus belle chambre et votre meilleur lit.

— Sur-le-champ, oui, Monseigneur.

Et le digne Hermelin avait ajouté avec un légitime orgueil :

— La plus belle chambre, c'est la mienne, et le meilleur lit, c'est le mien.

Le vieux seigneur, qui ne l'avait pas entendu, était descendu de voiture.

Il s'était retourné, ensuite, pour offrir galamment la main à Mlle de la Tremblaye.

— Venez, ma chère enfant, dit-il.

Aurore descendit à son tour.

Elle était entièrement revenue à elle ; mais, encore toute faible et toute pâle de l'assaut subi, elle avait peine à se soutenir.

— En vérité, monsieur, commença-t-elle, comment pourrais-je jamais reconnaître...

Le chevalier l'interrompit en posant un doigt sur sa bouche :

— Chut ! plus un mot ! Votre médecin extraordinaire vous interdit de vous fatiguer en parlant.

Il appela d'un signe la femme et les filles de l'hôte :

— Je confie mademoiselle à vos soins. Conduisez-la à la chambre que je viens de retenir et demeurez à sa disposition. Mon majordome vous accompagnera, pour me prévenir s'il survenait quelque incident qui nécessitât ma présence.

Puis, s'adressant à Aurore :

— Allez, ma charmante malade, et prenez sans crainte un repos qui achèvera de vous remettre. Je veillerai à ce que vous soyez avertie de l'instant précis où vous devrez continuer votre voyage. Alors, seulement, je vous permettrai de me remercier d'un service que tout galant homme, du reste, vous aurait rendu à ma place.

Mlle de la Tremblaye lui adressa un sourire de gratitude et entra dans l'auberge, appuyée au bras de l'épouse Hermelin et suivie des filles de celle-ci, ainsi que du majordome Bazin, lequel grognonnait *in petto* de la corvée.

Le maître de ce dernier allait les imiter, lorsqu'un quidam, — assis sur un banc de pierre qui flanquait la porte du *Héron-d'Or*, — se leva pour le saluer...

— Eh ! mais je ne me trompe pas ! s'exclama le vieillard. M. de Boislaurier à Saumur ! Par ma foi, je vais m'écrier avec un personnage de comédie :

La place m'est heureuse à vous y rencontrer !

— C'est pour moi qu'est le bonheur, repartit l'autre en saluant derechef, de retrouver ici si opinément...

— *M. le chevalier d'Herblay*, dit le voyageur en soulignant d'un accent significatif le nom et le titre sous lesquels il jugeait opportun de se dissimuler.

Un clin d'œil de son interlocuteur lui fit voir qu'il avait été compris.

M. de Boislaurier était un homme d'un âge mûr, et d'une physionomie sérieuse et discrète.

Botté et éperonné comme un courrier de cabinet, il portait un costume de chasse en velours chamois, avec la plume et les rubans de même couleur.

Après avoir serré la main du chevalier, il reprit, en parlant haut, à l'intention de ceux qui auraient pu l'entendre :

— J'avais pris rendez-vous en cette ville avec un mien ami, qui habite les environs, pour courre le cerf sur ses terres ; quelque affaire l'aura retenu, car je l'attends en vain depuis une couple de jours...

— Et vous vous dites sans doute, avec le Philinte de Molière, qu'on désespère alors qu'on espère toujours...

— Parbleu! oui, je commence à perdre patience, et, pour un rien, je reprendrais le chemin de la capitale...

— S'il vous convient d'y retourner, ce soir, avec moi, dans mon carrosse...

En dialoguant de la sorte, nos deux gentilshommes avaient pénétré dans la salle à manger du *Héron-d'Or*.

— Ces messieurs me feront-ils la grâce de prendre leur repas chez moi? s'informa l'hôte en se pliant, comme s'il avait eu une charnière au bas de l'échine, devant des clients de cette importance.

— Eh! mais, opina le chevalier, voilà une demande tournée de la belle façon!... Avec des révérences qui sentent le courtisan d'une lieue!... Versailles et Saint-Germain transplantés à Saumur!

— C'est que, repartit l'aubergiste en se redressant avec fierté, c'est que je n'ai pas toujours travaillé en province, et que, tel que vous me voyez, je sors de la bouche de M. de Villeroy.

— Le favori de Sa Majesté!... Et l'une des plus fines bouches de France!... Malpeste! la chère doit être exquise ici!... Vous plaît-il que nous en goûtions de compagnie, mon cher monsieur de Boislaurier?

— Comment donc! Très volontiers! Ce me sera honneur et plaisir que de m'asseoir à votre table.

M. d'Herblay se tourna vers Hermelin.

— Ainsi, voilà qui est entendu. Nous dînons chez vous, mon ami. Vous nous servirez dans une demi-heure. Et que l'on se distingue. Vous avez de la marge. Allez à vos fourneaux. Pendant ce temps, monsieur et moi, nous renouvellerons connaissance.

— J'y vais, Messeigneurs, j'y vais, et vous serez contents, je vous le jure.

Et l'hôtelier se retira avec force salamalecs.

Aussitôt que la porte se fut refermée derrière lui, le vieux seigneur se rapprocha vivement de son compagnon et, quittant le ton enjoué qu'il avait conservé jusqu'alors :

— C'est pour moi que vous êtes ici, n'est-ce pas, Boislaurier? demanda-t-il en mettant des sourdines à sa voix.

— Oui, monsieur le duc, répondit l'autre avec respect.

— Vous venez de la part du P. la Chaise?

— C'est lui qui, informé de la route que vous aviez adoptée pour revenir à Paris...

— Oui, la route par mer : de Bayonne à Saint-Nazaire...

— C'est lui, dis-je, qui m'a envoyé au-devant de vous, et je vous attendais au passage, guettant tout ce qui arrivait de Nantes, dans cette petite ville, dans cette modeste auberge, où j'étais certain que notre rencontre ne serait remarquée de personne.

— Vous avez agi sagement. Mon retour en France doit être encore, pour quelque temps du moins, ignoré du roi et de la cour... Et vous m'apportez des nouvelles?

— De graves nouvelles.

— Oh! oh! de quel air vous me dites cela! Un air qui fait monter ce mot *grave* du positif au superlatif!

— Très graves, en effet. Jugez-en. Mlle de Fontange est morte.

Le vieillard ne put retenir un cri :

— Morte!

— Hélas!

— A vingt-deux ans!... C'est affreux!... C'est impossible!

— Ce n'est que trop vrai, cependant, et je suis chargé par le P. la Chaise de vous donner tous les détails de ce mystérieux événement...

— Mystérieux!...

— Si mystérieux, que l'histoire elle-même restera peut-être impuissante à déchiffrer cette funèbre énigme!

M. d'Herblay s'était assis, le sourcil froncé. D'un geste, il invita M. de Boislaurier à prendre un siège à ses côtés. Puis, se penchant vers lui comme s'il avait peur que les murs de cette salle d'auberge eussent des oreilles pour recueillir les paroles qui allaient s'échanger :

— Voyons, dit-il, assez d'énigmes. Ce sont des faits qu'il me faut. Parlez sans réticences et n'omettez rien de ce qui pourra m'éclairer.

VIII

MADEMOISELLE DE FONTANGE

Ouvrons ici une parenthèse nécessaire pour toucher quelques mots de la pauvre morte dont s'entretenaient les deux gentilshommes, — de cette « belle statue de marbre, » comme la définissait Mme de Sévigné, qui a conquis sa popularité d'outre-tombe, non pas pour avoir été la maîtresse d'un roi, mais pour avoir laissé son nom à une coiffure.

C'était une charmante personne, dont le seul défaut, — si, toutefois, c'en est un, — était d'avoir les cheveux d'un blond un peu ardent.

Sa beauté froide et sans animation n'avait pas plu, dès l'abord, à la cour, — et Louis XIV avait dit, en la voyant chez la seconde Madame, dont elle était fille d'honneur :

— Bon, voilà un loup qui ne me mangera point.

Le prince se trompait.

Mlle de Fontange, du reste, — d'aucuns écrivent *Fontanges* avec un *s*, — était prédestinée.

Avant d'arriver à Paris, elle avait rêvé qu'elle grimpait jusqu'à la cime d'une montagne très élevée et que, parvenue à ce point culminant, après avoir été éblouie par un nuage plein de lumière, elle s'était trouvée tout à coup dans une obscurité si profonde, qu'elle en avait éprouvé une frayeur à la suite de laquelle elle s'était réveillée...

Ce rêve l'avait impressionnée vivement. Elle en parla à son confesseur. Celui-ci lui répondit :

— Prenez garde à vous, ma fille! Cette montagne est la cour, où vous jouirez d'un grand éclat. Cet éclat ne sera que de courte durée, si vous abandonnez Dieu ; car alors Dieu vous abandonnera, et vous tomberez dans d'éternelles ténèbres[1].

Mais cette prédiction, au lieu d'effrayer Mlle de Fontange, avait, au contraire, exalté son ambition.

Elle chercha cet éclat, — et elle l'obtint.

Présentée au roi dans une chasse par Mme de Montespan, — alors favorite en titre, — qui calculait parfois sur des infidélités d'un instant pour lui rame-

1. Saint-Simon.

ner son capricieux amant plus attaché que jamais, elle parvint, malgré son peu d'esprit, à exciter, à réveiller les désirs de celui-là même qui s'était promis qu'elle ne serait jamais rien pour lui, et, peut-être à cause de cette résistance, devint-elle plus puissante qu'elle ne l'avait d'abord espéré.

Louis trouva dans cette âme naïve un culte qui chatouilla son amour-propre.

Aussi parut-il affolé de cette nouvelle la Vallière. Il lui donna un appartement magnifique, dont il fit tendre le salon de tapisseries qui représentaient ses victoires. Ce fut à propos de ces tapisseries que le duc de Saint-Aignan, — ce spirituel courtisan qui avait acquis sur le monarque une influence incontestable, à force de complaisance et de souplesse, — improvisa les vers suivants :

> Le plus grand des héros paraît dans cette histoire ;
> Mais quoi! je n'y vois point sa dernière victoire!
> De tous les coups qu'a faits ce généreux vainqueur,
> Soit pour prendre une ville ou pour gagner un cœur,
> Le plus beau, le plus grand et le plus difficile
> Fut la prise d'un cœur qui, sans doute, en vaut mille,
> Du cœur d'Iris enfin, qui mille et mille fois
> Avait bravé l'amour et méprisé ses lois.

Les vers n'étaient point bons ; mais Iris Fontange les trouva charmants, et le roi fut de cet avis. Ils eurent dès lors le plus grand succès. Bientôt, un autre événement mit encore davantage la jeune femme en évidence et en faveur.

Un jour, dans une partie de chasse, le vent dérangea sa coiffure.

La belle, alors, avec ce goût particulier aux dames, qui fait que jamais elles ne sont mieux habillées que lorsqu'elles s'habillent elles-mêmes ; la belle, disons-nous, retint, au moyen d'un ruban, cette coiffure fugitive...

Ce ruban était si coquettement attaché et allait si bien à l'air de son visage, que le roi la pria de le garder...

Le lendemain, toutes les femmes portaient un ruban pareil. La coiffure était consacrée. On l'appelait *coiffure à la Fontange*[1].

Un peu plus tard, Louis « donnait le tabouret » à la favorite, avec le titre de duchesse et vingt mille écus de pension.

Mme de Sévigné écrivait à ce sujet :

« Il y a des gens qui disent que ce traitement sent le congé ; en vérité, je n'y crois rien ; le temps nous l'apprendra. »

Il y avait de quoi tourner la tête à cette pensionnaire de vingt-deux ans, « qui, dit l'abbé de Choisy, était belle comme un ange, mais sotte comme un

---

1. Alexandre Dumas, *Louis XIV et son siècle.*

C'est pour moi que vous êtes ici, n'est-ce pas, Boislaurier.

panier. » Aussi la tête lui tourna-t-elle. Maîtresse déclarée, elle s'abandonna tout entière à l'orgueil de sa haute fortune, passa devant la reine sans la saluer, et, distribuant à ses familiers six mille pistoles d'étrennes, offrit à Mme de Montespan sa part de ces libéralités princières, inconsciente de l'humiliation qu'elle lui infligeait ainsi.

C'est ce qui faisait écrire de nouveau à Mme de Sévigné dans une lettre à Mme de Grignan :

« Mme de Montespan est enragée. Elle pleura beaucoup hier. Vous pouvez juger du martyre que souffre son orgueil. »

L'altière Athénaïs se borna-t-elle à pleurer?

Il est permis d'en douter.

Après ses couches, Mlle de Fontange s'était retirée, un peu souffrante, à l'abbaye de Chelles, d'abord, puis au couvent de Port-Royal, à Paris.

Le duc de la Feuillade avait mission du roi d'aller y prendre de ses nouvelles trois fois la semaine.

Un matin, il annonça inopinément à son maître que la favorite était à toute extrémité, et qu'elle demandait, pour dernière grâce, de faire ses adieux au père de son enfant.

Louis se défendit longtemps de se rendre à ce désir; mais son confesseur, dans l'espoir que l'aspect de cette mort serait une salutaire leçon pour le monarque trop mondain, le détermina à cette visite. Il s'en vint donc à Port-Royal, où il trouva la malade si changée que, tout insensible qu'il parût, il ne put retenir ses larmes.

— Oh! maintenant, s'écria la pauvre jeune femme, je puis mourir contente, puisque mes derniers regards ont vu pleurer mon roi.

Elle expira, en effet, trois jours après.

Les médecins attribuèrent à une perte de sang ce décès si prématuré et si prompt.

Oui, mais voulez-vous savoir ce qui se répéta sous le manteau à la cour et par la ville?

Écoutez la conversation du chevalier d'Herblay et de M. de Boislaurier.

— Il est constant, concluait celui-ci, que Mlle de Fontange a succombé aux suites de trois imprudences également fatales : la première a été, connaissant celle qu'elle remplaçait, de l'insulter de tout l'éclat de son triomphe; la seconde, l'ayant ainsi bravée, de prendre à son service un valet qui sortait de la maison de la vindicative marquise; la troisième, enfin, n'ignorant point d'où venait ce valet, d'accepter de ses mains une tasse de lait et de la boire d'un seul trait, un soir qu'elle avait chaud et soif[1].

_____

1. *Mémoires de la princesse Palatine.*

IX

OU IL SERA TRAITÉ DE LA PAIX DE NIMÈGUE ET DE L'AFFAIRE DES POISONS

M. d'Herblay n'était point un homme sensible. Il était de cœur sec, comme tout vieillard qui a jadis beaucoup aimé les femmes ou qui en a été beaucoup aimé. Aussi avait-il écouté sans sourciller l'aventure tragique de cette pauvre fille, morte, — tuée peut-être, — à la fleur de l'âge et dans tout le resplendissement de la beauté et de la faveur.

— Oh! oh! se borna-t-il à dire, savez-vous que c'est une accusation terrible que celle que vous formulez là?

— Ce n'est pas moi qui la formule : c'est l'opinion publique, ce sont les circonstances, c'est l'enquête à laquelle ont procédé la Chambre Ardente et son président La Reynie...

— Ah! oui, ce tribunal exceptionnel qui siège à l'Arsenal...

— Et que le roi a institué pour connaître de cette *Affaire des poisons* qui épouvante tout Paris...

— Je sais · la fameuse *poudre de succession*, — arsenic et sorcellerie mêlés, — dont tiennent boutique ouverte des Locustes patentées de tous les rangs et de tous les sexes : la Voisin, la Vigoureux, la Filastre, et leurs prédécesseurs, le chevalier de Sainte-Croix, l'Italien Exili et la marquise de Brinvilliers, sans compter l'apothicaire Glazer et le faux prêtre Lesage. J'ai entendu parler de tout cela à Madrid. Eh bien! quel a été le résultat de cette enquête?

— Il a établi péremptoirement qu'après avoir essayé de supprimer sa rivale au moyen d'étoffes et de gants empoisonnés que devaient lui offrir deux coquins, — un valet de chambre appelé Romani et un certain Bertrand, ex-employé à Lyon chez un marchand de soieries, — et qu'après avoir demandé à la Filastre « de quoi se défaire de Mlle de Fontange sans qu'il y parût [1] », Mme de Montespan s'est décidée à s'adresser à la Voisin par l'entremise d'une fille Des Œillets, sa suivante...

— Eh! ne m'est-il pas revenu que cette Voisin avait été jugée, condamnée et exécutée?...

— Certes; et en grande hâte même, de crainte qu'elle ne parlât..

— La question a dû, cependant, lui délier la langue...

— En effet; mais, sur un ordre venu de Saint-Germain, ses dépositions ont

1. Jules Loiseleur, *Trois Énigmes historiques.*

été transcrites sur des cahiers séparés dont la chambre de l'Arsenal n'a pas eu connaissance et que Sa Majesté s'est réservé de brûler. Les déclarations de la Filastre ont été l'objet de mesures analogues. On a suspendu les interrogatoires de Romani et de Bertrand. Enfin, Louvois a ménagé entre le roi et son ancienne maîtresse un tête-à-tête dans lequel cette dernière a passé, dit-on, des larmes aux récriminations et des récriminations à la hauteur...

Le chevalier haussa les épaules.

— Parbleu! fit-il flegmatiquement, il n'est pas difficile de reconstruire la scène :

« Le roi interroge, non sans un certain trouble; il accuse; il réclame des aveux qu'on lui refuse avec indignation, tout au moins des témoignages de repentir qu'il ne parvient pas davantage à obtenir.

« L'accusée a commencé par pleurer.

« Bientôt, selon la tactique invariable des femmes, elle intervertit l'ordre des situations; c'est elle qui reproche à son juge les infidélités dont il s'est rendu coupable, — cause première de ses déportements et de son crime.

« Ce crime, c'est la jalousie qui le lui a fait commettre! C'est l'excès de la passion! C'est la flamme qui la dévore!

« Les hommes excusent volontiers les fautes dont ils sont la cause.

« Et Louis, qui se croit un dieu, est plus homme que les autres hommes.

« Je le vois ajouter foi à ces protestations, respirer cette adoration comme un encens, s'enivrer de cette passion comme d'un nectar.

« Querelle de harem, après tout. Une de ses maîtresses en a intoxiqué une autre; oui, mais c'était pour professer seule son culte prosternée devant l'idole commune. Quelle flatterie pour son orgueil!...

« Car ce Jupiter olympien, dont un froncement de sourcils ébranle l'Europe entière, est plus faible qu'un écolier de quinze ans, plus niais qu'un clerc de procureur et plus crédule qu'un des badauds de son Paris, devant l'aiguillon de ses sens et le chatouillement de son amour-propre!...

« Si bien, qu'il a tout pardonné, tout justifié, et que voilà la fière Athénaïs mieux en cour et plus puissante que jamais!...

— Si puissante, appuya M. de Boislaurier, que les Provinces-Unies et l'Empire ont jugé opportun de traiter avec elle par ambassadeurs.

Le vieux seigneur regarda son interlocuteur avec étonnement :

— Çà! que me dites-vous là? fit-il.

— Je dis qu'un envoyé du prince d'Orange et un autre de la cour de Vienne se sont abouchés avec la favorite en vue des accommodements de paix qui vont se conclure prochainement.

D'Herblay tressauta ·

— La paix! On va signer la paix! Voyons, mon pauvre Boislaurier, êtes-vous dans votre bon sens?

— On va signer la paix, monsieur le duc, à telle enseigne que la ville de Nimègue a été désignée pour servir de lieu de réunion aux plénipotentiaires qui en discuteront les conditions.

— Et l'Espagne, que je représente; l'Espagne, qui n'est entrée dans la coalition contre Louis XIV que sur les instantes prières du Stathouder et de l'Empereur; l'Espagne n'est pas informée d'un événement de cette importance!

— On l'ignore encore à Saint-Germain comme à la Haye et comme à Vienne. Rien n'est plus certain, cependant. C'est la Hollande qui se dispose à se séparer la première du reste des coalisés. Aussi Guillaume de Nassau a-t-il dépêché à Paris un homme de confiance chargé d'offrir à Mme de Montespan un cadeau de dix mille ducats, si elle persuadait à Sa Majesté de ne pas se montrer exigeante envers la République, qui a le plus souffert de la guerre, et qui en est le plus fatiguée.

— Et qu'a répondu la marquise à cette offre?

— Elle a répondu qu'elle se faisait forte de décider le roi à évacuer toutes ses conquêtes sur le territoire ennemi, à rendre Maëstricht et à payer moitié des frais de la campagne.

— Et l'Empereur? .. qu'a demandé, qu'a donné l'Empereur?

— C'est une rente de dix mille florins que Léopold a mise aux pieds de la favorite, — et celle-ci, en échange, s'est engagée à lui faire remettre Philipsbourg...

— Et Charles II, mon auguste maître, que devient-il en tout ceci?

La voix du questionneur avait une nuance d'ironie.

— Le roi d'Espagne, isolé, sera obligé d'accepter nos conditions et de nous céder probablement le comté de Bourgogne, Valenciennes, Bouchain, Aire, Cambrai, Saint-Omer, Maubeuge, Dinant et Charlemont.

— Voyez-vous cela! L'appétit vient en mangeant. Décidément, Louis n'est pas le roi-soleil : c'est le roi-chancre.

Et le vieux seigneur serra ses doigts, qui claquèrent les uns sur les autres.

Ensuite, il interrogea :

— Comment avez-vous pu savoir?...

— Cette suivante de la marquise, la Des Œillets, dont je vous ai parlé tout à l'heure...

— Eh bien?

— Elle est tout entière à notre dévotion et c'est elle qui a procuré au père La Chaise une copie des lettres échangées entre sa maîtresse et les deux envoyés.

— L'écriture est une ingénieuse invention. Les lettres courent la poste. Oui, mais les copies restent

Il y eut un instant de silence.

Puis, le vieillard reprit, le front plissé et le ton bref :

— Monsieur de Boislaurier, ce qu'on médite ne peut pas être et ne sera pas. La France est ma patrie, c'est vrai ; mais l'Espagne est ma terre d'adoption. C'est elle qui m'a recueilli, proscrit et fugitif, lorsque Louis XIV m'avait mis au ban du royaume ; c'est elle qui m'a fait duc d'Alaméda, qui m'a conféré la grandesse, qui m'a confié le soin de ses intérêts auprès du cabinet de Saint-Germain. Je ne souffrirai pas qu'on humilie ma seconde mère. Un peu pour elle ; beaucoup pour moi. L'Espagne est la puissance catholique par excellence : l'amoindrissement de son influence dans le concert européen serait contraire à nos vues de légitime ambition...

« Songez, d'ailleurs, que l'alliance de la France avec les calvinistes de Hollande et avec les luthériens d'Allemagne porterait un coup terrible à l'association à laquelle nous appartenons tous les deux et dont je suis le chef suprême...

« Le protestantisme, voilà l'ennemi. Il apporte avec lui cet esprit d'examen qui est la ruine du pouvoir de l'Église, basé sur la foi des peuples. La France tient, pour longtemps, la tête de l'Europe. Si le protestantisme y prend pied, — et il l'a déjà dans les Cévennes, — s'il s'y acclimate, s'il parvient à y dominer, c'est pour lui l'empire du monde ; c'est la persécution retournée contre nous ; c'est la Compagnie de Jésus forcée de lâcher pied, obligée de disparaître, honnie, bannie, chassée, traquée, — poussée, peut-être, de l'exil de Calvin, dans la prison de Luther et jusqu'au bûcher de Jean Huss et d'Étienne Dolet...

— Mon Dieu ! je pense comme vous, repartit son interlocuteur, et j'ai les mêmes appréhensions ; mais comment empêcher ?...

L'ex-mousquetaire montra sous ses lèvres minces des dents qui étaient les belles dents adorées, un demi-siècle auparavant, par Marie Michon :

— Ne suis-je pas là ? poursuivit-il. Vous m'avertissez : c'est bien. Le proverbe prétend qu'un homme averti en vaut deux. Un homme ordinaire, soit : un homme comme moi en vaut mille...

« A-t-on oublié que j'ai lutté avec Richelieu, le grand cardinal, comme avec Mazarin, le grand politique ?...

« Il est vrai qu'en ce temps-là, j'avais des auxiliaires que je n'ai plus...

« Mais quoi ! n'ai-je pas, tout seul, tiré de la nuit d'un cachot où la raison d'État l'avait enseveli et où il est retourné, hélas ! ce second fils d'Anne d'Autriche, ce frère jumeau de Louis XIV, qu'un instant j'ai substitué, sur le trône de France, au royal amant de la Montespan : entreprise insensée, inouïe, incroyable, et qui n'a échoué, cependant, que parce qu'elle s'est heurtée à l'honnêteté d'un niais sublime, — de Fouquet, qui expie aujourd'hui à Pignerol sa sotte grandeur d'âme et son imbécile loyauté ?...

« Croyez-moi, quand on s'est attaqué à des œuvres de cette taille, quand on s'est mesuré avec de pareils adversaires, on n'a crainte ni souci d'une poupée de cour.

. . . .

L'ancien frondeur, l'ancien évèque de Vannes, l'ancien conspirateur s'arrêta, un peu essoufflé par ce regain de verdeur.

Il continua, après une pause, sur un mode plus calme et plus lent :

— Il est constant que cette pauvre Fontange était entre nos mains un instrument précieux, et que son manque d'intelligence nous servait mieux que toute la furie d'esprit des Mortemart...

« L'instrument est brisé, il s'agit de le remplacer. *Similia similibus curantur*. Traduction libre : *Un clou chasse l'autre.* Vous voyez que je suis, ce soir, en veine de proverbes et de citations,..

« Nous chasserons l'alliée de Léopold et de Guillaume d'Orange...

« Oh! mais sans avoir recours à la main criminelle qui élabore le poison et à celle qui le verse...

« Nous battrons la marquise avec ses propres armes : en lui opposant dans le cœur du roi une femme d'un charme plus capiteux, plus subjuguant, plus fascinateur, — une créature plus enchanteresse encore que sa devancière, et non moins docile à nos ordres, non moins dévouée à nos projets...

— Nous y avions bien songé, le père La Chaise et moi. Mais la chose n'est peut-être pas aussi facile que vous paraissez le croire. Considérez, en effet, que tout ce qu'il y a de beautés à la cour a déjà subi la loi du capricieux monarque, sans parvenir à le fixer ou à exercer sur ses actes une influence appréciable : c'est ainsi que le règne de Mme de Soubise et de Mme de Ludre n'a duré que quelques instants...

— Aussi n'est-ce pas à la cour que je chercherai cette Circé...

— Où la trouverez-vous alors?

— Je n'en sais rien; mais, du moment qu'il me la faut, je la trouverai, soyez tranquille.

— Dieu vous entende!

L'ancien prélat eut un sourire de sphinx :

— Dieu m'entend toujours, dit-il; cela dépend sans doute de ce que je le prie très haut.

Il ajouta d'un ton redevenu léger :

— En attendant, dînons sans nuage; car voici, ce me semble, notre hôte qui vient nous annoncer que l'on va nous servir.

X

INTER POCULA ET DAPES

C'était Hermelin, en effet :

— Ces messieurs, s'informa-t-il avec force courbettes, désirent-ils que je dresse leur couvert dans cette salle commune ?

— Pourquoi non ?

— C'est que, dans un instant, les voyageurs du coche de Nantes vont s'asseoir à cette table que vous voyez là, près de la fenêtre.

— Bon ! que nous importe ? fit le chevalier. La compagnie ne nous gêne pas.

Quelques minutes plus tard, un tintement de grelots retentit au dehors.

C'était la lourde machine qui arrivait cahin-caha, en pratiquant le précepte du sage : *Hâte-toi lentement.*

Presque aussitôt, les patients qu'elle expectora firent irruption dans la salle à manger.

Notre héros entra le dernier, — s'étant arrêté à la cuisine pour laver sa blessure, et pour appliquer dessus une compresse d'eau salée.

Du seuil, son regard sembla chercher quelqu'un.

Puis, apercevant M. d'Herblay, lequel était en train d'attaquer un potage, il marcha vivement vers lui, et, mettant le chapeau à la main :

— Monsieur, questionna-t-il, me sera-t-il permis de vous demander comment se trouve Mlle de la Tremblaye ?

— Monsieur, répondit le gentilhomme, Mlle de la Tremblaye, puisque c'est ainsi qu'on la nomme, repose présentement — en parfaite santé, je suppose, — et j'ai lieu d'espérer que, tout à l'heure, elle sera en état de continuer sa route.

— Ah ! merci, monsieur, grand merci !

Ensuite, avec embarras :

— Monsieur, poursuivit le jeune homme, il faut encore que vous me permettiez de vous présenter mes très humbles et mes très sincères excuses...

— Vos excuses ?... Et de quoi, je vous prie ?

Le Breton se gratta l'oreille :

— D'une mauvaise pensée que j'ai eue...

Le sourire du chevalier se fit amical et doux.

— J'entends, dit-il avec une pointe de malice : vous vous étiez imaginé que j'allais enlever votre compagne de voyage...

Monsieur, me sera-t-il permis de vous demander comment se trouve Mlle de la Tremblaye?

Joël baissa le front...

Le vieillard continua en secouant sa tête chenue :

— Oh ! la jeunesse ! la jeunesse !... Mère de toutes les folies !... Vous n'aviez, cependant, qu'à regarder mes cheveux blancs pour vous assurer combien votre supposition était déraisonnable et malséante...

— Dites ridicule, stupide, odieuse ! s'écria notre héros tout rougissant et tout honteux... Aussi, vous me voyez confus, — si confus même, que je ne sais comment vous exprimer ma confusion... Il est vrai que je ne suis guère qu'un provincial, un campagnard, un sauvage... Mais, jarnidieu ! un mensonge et moi n'avons jamais passé par la même porte.

Le vieux seigneur lui adressa un geste affectueux et, en quelque sorte, épiscopal :

— Il y a longtemps que je vous ai pardonné. Dînez en paix et ne péchez plus... en augurant mal du prochain !

— Dîner ?... Tiens, ma foi, je n'y pensais plus !... J'avais un poids sur l'estomac !...

Il paraît que le poids venait de disparaître subitement...

Car, lorsqu'il eut rejoint à table ses compagnons, qui avaient commencé à manger pendant ce temps-là, notre héros eut bien vite fait de rattraper le quart d'heure perdu...

Non point qu'il fût de ces gloutons qui absorbent à la hâte...

C'était un gouffre patient...

Sa mâchoire, solidement emmanchée, semblait jouer à découvert depuis la naissance du cou jusqu'au-dessus des tempes. On voyait basculer l'agencement de ces forts leviers triturateurs qui manœuvraient avec un bruit sourd et continuel. Les bouchées disparaissaient l'une après l'autre entre les meules de cette usine mémorable. L'assiette se vidait, s'emplissait et se vidait encore...

En somme, un curieux et joyeux spectacle.

M. de Boislaurier le fit remarquer au chevalier.

— Oui, murmura celui-ci, c'est un riche et bel appétit.

Il ajouta à part lui :

— Il me rappelle mon pauvre Porthos !

Puis, élevant la voix, comme pour s'arracher au souvenir qu'il venait d'évoquer, et interpellant, de table à table, notre Breton, qui en était à un civet de lièvre, dont il engloutissait un demi-râble :

— Mon jeune ami, ne voudriez-vous pas nous apprendre à la suite de quel événement vous avez reçu cette blessure et ce qui avait motivé la crise nerveuse de votre compagne de voyage ?

— Volontiers, si le cœur vous en dit.

Et sans se faire prier davantage, Joël entama le récit de la rencontre du coche avec le colonel de Royal-Maraude et le « régiment » de celui-ci, ainsi que de ce qui en était résulté.

Et ce récit, il l'enleva de verve, avec une franchise et une gaieté qui n'eurent d'égales que sa discrétion et sa modestie, quand il lui fallut se mettre en scène lui-même et parler du rôle qu'il avait joué dans cette tragi-comédie.

Lorsqu'il eut terminé et qu'il eut reçu avec réserve les compliments des deux gentilshommes, M. de Boislaurier se pencha vers son compagnon :

— N'êtes-vous pas d'avis que ce garçon s'exprime d'une façon fort décente et supérieure en tous points à l'habit de paysan dont il est affublé ?

— Oui, répondit le vieux seigneur, c'est quelque cadet de Bretagne, — hobereau pauvre ou gentillâtre laboureur, — qui s'en va chercher fortune à Paris, et qui me paraît avoir de quoi faire son chemin : bonne mine, langue bien pendue, du sang-froid, une certaine réserve...

— Avec cela, râblé comme Milon de Crotone...

— Certes ; taillé pour arrêter du doigt les meules de moulin, comme Bernard de Carpio, ou pour arracher les grilles, comme le géant d'Ocana.

Et une ombre voila le visage d'Aramis : rendons-lui, pour un instant, ce nom de sa jeunesse.

Il appuya son coude sur la nappe, son front dans sa main, et songea.

Le nom de Porthos lui revenait involontairement sur les lèvres, comme l'image de Porthos lui revenait, malgré lui, devant les yeux :

Le Porthos de l'heureux temps de leurs premières prouesses, prestant, étoffé , magnifique sous sa casaque de mousquetaire et son baudrier en broderies d'or, « qui reluisait comme les écailles dont l'eau se couvre au grand soleil ; » le Porthos de la procureuse Coquenard, de l'enclos des Carmes-Deschaux et du bastion Saint-Gervais ; le Porthos, dont le poignet fabriquait un cerceau avec une barre de fer et un tire-bouchon avec le manche d'une pelle à feu...

Puis encore, le Porthos vieilli, mais toujours solide, qui, admis à la table du roi, faisait l'admiration de celui-ci et des courtisans de Fontainebleau par sa façon d'expédier les filets d'agneau, de dévorer les faisans et d'escamoter les terrines de perdreaux et de râles...

Et toujours le Porthos au cœur simple et vaillant, désintéressé, loyal, souriant, invincible, — prêt à se sacrifier au salut des autres comme si Dieu ne lui avait donné sa force que pour cet usage, — et si fidèle à la devise des quatre amis : *Tous pour un, un pour tous*, qu'il en était resté là-bas, les os écrasés, sous une froide pierre, sur une plage bretonne, couverte de bruyères et caressée par le vent amer de l'Océan !

.   .   .   .

Le repas des deux gentilshommes s'acheva dans le silence

Aramis rêvait. **M.** de Boislaurier respectait sa rêverie.

A la table voisine, on ne causait pas beaucoup plus.

Chacun mettait les morceaux doubles.

Vincent Paquedru, qui s'était copieusement restauré à la cuisine, n'allait-il pas, d'un moment à l'autre, apparaître au seuil de la salle pour prononcer ce sacramentel : *En voiture!* la joie des aubergistes, l'effroi des voyageurs, qui est passé de la bouche des conducteurs de coche du xvii⁰ siècle dans celle de nos tyrans de diligences modernes et de nos employés de chemins de fer.

Après le fruit, le vieux seigneur interpella l'hôtelier :

— Faites atteler, commanda-t-il.

Puis, s'adressant à son compagnon :

— N'êtes-vous pas d'avis que nous partions, puisque vous acceptez une place dans mon carrosse? .

— A votre entière disposition.

En ce moment, le majordome Bazin surgit sur le pas de la porte :

— Mⁿᵒ de la Tremblaye, annonça-t-il, désire présenter ses devoirs à M. le chevalier.

XI

DÉPART POUR PARIS

Aurore entra derrière Bazin. Elle était encore un peu pâle et paraissait un peu émue D'une démarche noble et gracieuse, elle s'avança vers M. d'Herblay :

— Monsieur, lui dit-elle, on vient de m'avertir que nous étions sur notre départ, et vous ne pensiez pas, je l'espère, que j'allais me séparer de vous sans vous remercier du fond de l'âme des soins que vous m'avez prodigués et des délicates attentions dont vous m'avez entourée sans me connaître.

Le vieillard s'était levé courtoisement pour la recevoir.

— Mademoiselle, répondit-il, je suis trop payé de ces soins — dont vous exagérez certainement la valeur — par la satisfaction que j'éprouve en voyant qu'ils ont pu vous être de quelque utilité. Vous ne vous ressentez plus de votre indisposition, je suppose?

— Grâce au ciel, et surtout grâce à vous...

— Oh! n'insistez pas sur ce point : ce serait me désobliger, et je vous le demande au nom du service rendu...

— Je me tais donc, puisque vous l'exigez; mais cette reconnaissance, dont vous arrêtez l'expression sur mes lèvres, je la garde, sincère et vivace, en mon cœur...

Elle ajouta, en se tournant vers notre héros, qui, de la table voisine, la regardait et l'écoutait comme on regarderait et comme on écouterait la Vierge :

— Comme celle que je conserve à monsieur, qui m'a défendue, protégée...

Cette phrase sonna ainsi qu'une musique céleste à l'oreille charmée du Breton...

Il chercha à répondre quelque chose de digne, de choisi, de galant...

Mais il ne trouva guère que cette exclamation, qui sortit, assourdie et tremblante, de sa poitrine gonflée de plaisir :

— Mademoiselle, oh! mademoiselle!...

Pendant qu'Aurore parlait, le chevalier la dévisageait, la détaillait, la déshabillait, pour ainsi dire, avec une singulière attention...

La jeune fille s'en aperçut. Elle se sentit mal à l'aise sous cet examen. Elle salua donc et fit un pas pour se retirer...

Mais le vieux seigneur, la retenant du geste :

— Pardonnez-moi une question... Votre nom, que l'on m'a seulement appris tout à l'heure, est loin de m'être inconnu... Seriez-vous, par hasard, parente du marquis de la Tremblaye qui fut capitaine des chasses sous le feu roi?

— Je suis sa petite-nièce, monsieur.

— Un excellent gentilhomme, sur ma foi! De relations fort agréables. Nous nous sommes rencontrés chez des amis communs. N'avait-il pas épousé une veuve, une étrangère, je crois?

— En effet, une Hongroise, la veuve d'un magnat de la province de Pesth.

— Et qui, si je ne m'abuse, lui avait apporté en dot une fortune considérable?

Aurore sourit tristement :

— C'est cette fortune, murmura-t-elle, qui est la cause de mon voyage à Paris.

— Comment cela?

— Mon grand-oncle est mort voici tantôt dix-huit mois...

— Ah!

— Il est mort intestat et sans enfants; sa femme l'avait précédé dans la tombe, et sa succession nous serait revenue sans conteste, à mes frère et sœur et à moi, comme héritiers directs de notre père décédé, si elle ne nous était disputée par les deux fils du premier lit de la marquise. Ceux-ci prétendent que leur mère n'avait fait donation de tous ses biens au marquis qu'à la condition que ces biens seraient reversibles sur leur tête.

— Et alors?

— Alors, on va plaider, et je me rends à Paris pour soutenir le procès, consulter les gens de loi, solliciter les juges.

— Vous vous êtes chargée d'une tâche aussi ardue?

— Il le fallait... Oh! mais ne croyez pas, monsieur, que ce soit une mesquine avidité qui me pousse : c'est la dure nécessité...

« Mes parents, que le ciel nous a repris à quelque distance l'un de l'autre, ne nous ont laissé qu'un nom honorable et honoré...

« Dieu m'est témoin que, si j'étais seule, je me contenterais de cet héritage : pour les filles nobles sans fortune, il est une retraite toute ouverte, — le couvent...

— Vous auriez songé à ensevelir tant d'attraits dans un cloître!...

M{{lle}} de la Tremblaye n'eut pas l'air d'avoir entendu cette exclamation de son interlocuteur.

Elle poursuivit, calme et grave :

— Mais j'ai charge d'âmes et d'avenir. Je suis chef de famille. J'ai un jeune frère et une jeune sœur...

« Il faut que je les élève tous les deux d'une façon conforme à leur condition, et que, plus tard, je dote celle-ci et j'établisse celui-là...

« Aussi n'ai-je pas hésité. J'ai réuni toutes nos ressources. J'en ai fait deux parts : l'une, — la plus petite heureusement, — qui devait subvenir à mes frais de voyage; c'est celle qui m'a été enlevée tout à l'heure; l'autre, que j'ai conservée, grâce à monsieur (elle montrait notre héros), et qui est destinée à payer la pension de mes enfants dans la maison d'éducation religieuse où ils attendront l'issue de notre procès...

« Et Dieu veuille qu'elle ne tarde pas trop longtemps et qu'elle nous soit favorable!...

— Mademoiselle, insinua le chevalier, je suis riche, et ce serait m'accorder une faveur insigne...

Elle l'interrompit vivement...

Un éclair avait traversé ses grands yeux; son sourcil s'était froncé; toute sa beauté avait pris un caractère âpre et farouche...

— Monsieur, fit-elle d'une voix qu'animait sa fierté blessée, j'espère que vous n'allez pas m'offrir votre bourse.

Puis, par un revirement soudain, radoucissant son regard, son accent :

— Pardonnez-moi, reprit-elle avec émotion. J'oubliais ce que je vous dois. La pauvreté est ombrageuse,..

Puis encore, avec une gaieté forcée :

— Aussi bien, je ne suis pas tout à fait une mendiante. J'ai là-bas, à Paris, une vieille parente qui m'accueillera comme une fille et qui, au besoin, ne refusera pas de partager avec moi ses modestes économies.

Il y eut un silence.

Ce silence, le maître de Bazin le rompit après un instant :

— Ma chère demoiselle, prononça-t-il paternellement, c'est moi qui vous demande pardon, si je vous ai offensée — à mon insu — par une offre que mes soixante-dix ans bien sonnés m'autorisaient peut-être à vous faire. A mon tour, je n'insiste plus. Mais il est une chose que j'ai le droit de vous proposer et que vous avez, vous, le droit d'accepter ; car, d'après vos propres paroles, vous avez charge de famille...

— Et cette chose ?...

— C'est l'appui des honnêtes gens. Voyons, pour le gain de ce procès, connaissez-vous quelqu'un à Paris ? Y avez-vous des relations, des protections, des influences ?

Mlle de la Tremblaye secoua la tête avec mélancolie :

— Hélas ! monsieur, c'est la première fois que je vais à Paris, et à part cette vieille parente, qui habite près de l'église Saint-Paul, je n'y connais âme qui vive. Les malheureux n'ont pas d'amis. Pour triompher de mes adversaires, je ne compte guère que sur la bonté de ma cause et sur l'aide de la Providence...

— J'y compte aussi beaucoup pour vous ; cependant, si vous aviez plus d'expérience de la vie, vous sauriez que les arrêts de la justice ne sont pas toujours dictés par l'équité et par le droit, — mais, le plus souvent, par les moyens de séduction et les puissants intermédiaires que savent employer les plaideurs...

— Oh ! mon Dieu !...

— Eh bien ! j'ai quelque crédit. Faites état de moi sans restrictions et sans scrupules. Le chevalier d'Herblay sera heureux de vous servir de tout son pouvoir et de tout son zèle...

— En vérité, comment ai-je pu mériter ?...

— Il suffit de vous voir pour s'intéresser à vous... Et, tenez, voici M. de Boislaurier, que j'ai l'honneur de vous présenter...

Le gentilhomme et la jeune fille se saluèrent.

— Voici M. de Boislaurier qui pense comme moi, j'en suis sûr...

— Certes, protesta ce dernier, je suis tout acquis à mademoiselle...

— M. de Boislaurier, reprit le chevalier, est attaché à la maison de Monseigneur le Grand-Dauphin, un prince pieux et de mœurs austères : en frappant à sa porte, vous frapperez à la mienne...

Il ajouta avec bonhomie :

— Du reste, nous ne prétendons pas vous imposer nos services. Libre à vous de les décliner. Seulement. songez à vos enfants, comme vous disiez tout à l'heure...

— Le carrosse de Monseigneur est attelé, annonça l'aubergiste.

En même temps, la voix du conducteur du coche lançait, du dehors, la formule inévitable :

— Messieurs les voyageurs, en voiture !

L'ex-mousquetaire s'inclina devant la jeune fille comme il s'était incliné jadis devant Anne d'Autriche et devant Henriette d'Angleterre.

— Au revoir donc, mon enfant, dit-il. Mon âge me permet de vous donner ce titre. Au revoir, et souvenez-vous que vous avez des amis dévoués. Usez-en, abusez-en même. C'est le seul moyen de leur prouver que vous êtes sensible à l'intérêt qu'il vous portent.

Il y eut un mouvement de sortie générale.

Dans ce mouvement, Joël se rapprocha d'Aurore.

Celle-ci lui tendit les mains avec effusion :

— Blessé !... Vous avez été blessé !... Et c'est en vous jetant devant moi pour m'épargner le coup qui m'était destiné !...

Puis, avec une familiarité enjouée :

— Il ne faudrait point m'en vouloir si je ne suis pas allée à vous tout de suite ; mais nous ne nous séparons pas, puisque vous vous rendez à Paris comme moi, et j'aurai, en route, tout le loisir de vous accabler de ma gratitude.

. . . .

. . . .

Le chevalier se dirigeait vers son carrosse au bras de M. de Boislaurier.

— Eh bien ! demanda-t-il à ce dernier, comment trouvez-vous cette jeune fille ?

— Admirablement belle, répondit le gentilhomme.

Et il se retourna pour regarder encore une fois Mlle de la Tremblaye, qui se préparait à monter dans le coche, suivie de Joël radieux.

Son compagnon eut le sourire plein de sous-entendus de l'ancien amant de Mme de Chevreuse et de l'ancien ami de Fouquet :

— Saluez-la bien bas, dit-il, comme on salue le soleil levant ; comme toute la cour la saluera, jusqu'à terre, avant qu'il soit peu ; car cette provinciale inconnue, dont Paris et Saint-Germain ignorent l'existence, c'est la femme que j'ai choisie pour mener à bien nos projets ; c'est celle qui succédera à la Montespan détrônée ; c'est la future reine du roi, — de la main gauche, la main du cœur, — et, par conséquent, ce sera la véritable reine de France.

Le vieillard s'était levé courtoisement pour la recevoir.

XII

LA JOLIE FERMIÈRE DE LOCMARIA

C'était du temps que Belle-Isle-en-Mer appartenait à M. Fouquet.

Cette seigneurie, — d'une étendue de six lieues de long sur six de large, — portait déjà dans la plus haute antiquité le nom sous lequel elle est connue aujourd'hui : les anciens, en effet, l'appelaient *Kalonèse ;* de deux mots grecs qui signifient *belle île.*

Celle-ci avait été longtemps un fief de la maison de Retz, si puissante et si redoutée dans le pays.

Puis, peu après l'érection de ce fief en marquisat par Charles IX, elle était passée dans les mains de la famille du surintendant.

Belle-Isle comptait trois villages : Bangos, Saugen et Locmaria.

Ce dernier était cité, parmi les petits ports de Bretagne, pour la *joliesse*, la gaieté et la coquetterie de ses filles.

Or, la plus gaie, la plus avenante, la mieux tournée, — mais, par exemple, la moins coquette, — des fillettes de Locmaria était alors Corentine Lebrenn, la filleule de maître Plouër, un ex-bas-officier du régiment de la Marine, devenu syndic des pêcheurs.

Corentine avait dix-huit ans et des cheveux d'un blond très foncé, qui rayonnaient à la lumière. Elle ne savait où les fourrer, tellement ils foisonnaient autour de son front insouciant. Ses grands yeux riaient comme ses lèvres vermeilles...

Avec cela, le meilleur parti du pays

Ses parents, — des laboureurs intelligents, travailleurs et économes, — avaient peiné, leur vie durant, afin que leur unique enfant restât à l'abri du besoin.

Les braves gens étaient morts à la tâche...

Mais ils laissaient à l'orpheline une ferme et des terres d'un excellent rapport.

Aussi jugez si celle-ci était courue par tous les gars, non seulement de l'île, mais encore de la côte, depuis Vannes jusqu'à Saint-Nazaire, et des paroisses de l'intérieur, depuis Guérande jusqu'à Redon !

Elle en avait toute une cour à ses trousses, alors qu'elle s'en allait vendre les produits de sa ferme sur les marchés du Pouliguen, du Croisic, de Piriac, avec sa mante à coqueluchon, sa courte jupe de peluche, son mollet aux fermes rondeurs et ses petits sabots, plus mignons que la pantoufle de Cendrillon.

Elle en avait une double haie sur son passage, quand, le dimanche, elle s'en venait à la messe ou s'en revenait des vêpres, avec ses coiffes de riche dentelle, sa croix d'or, son corselet de velours passementé de filigrane, ses bas de soie à coins brodés et ses souliers à boucles d'argent.

Mais Corentine s'inquiétait bien des galants !

Elle avait assez à s'occuper du soin de sa maison, de ses semailles, de ses récoltes, de son poulailler, de ses étables, de ses aumônes et de ses chansons !

Sa vie coulait paisible et douce. Son limpide regard ignorait les larmes. Il y avait autour d'elle une auréole de joie. Tout ce qui l'approchait s'égayait à ses radieux sourires.

. . . .

En ce temps-là, il advint que M. Fouquet fit fortifier Belle-Isle.

Pourquoi ? — On ne savait. — C'était sa volonté, voilà tout.

Ses vassaux n'en demandaient pas davantage. Les ducs de Bretagne ne gouvernaient plus le pays ; mais les seigneurs de paroisse régnaient à leur place. Or, M. Fouquet était le plus puissant, le plus riche et surtout le plus populaire de ces seigneurs.

Il avait donc envoyé à Belle-Isle un ingénieur et des ouvriers.

Cet ingénieur était un cavalier de haute taille et de robuste encolure, qui portait un justaucorps tout chamarré de galons et un chapeau tout couvert de panaches.

Toutes les filles de Locmaria le remarquèrent pour son luxe et pour sa bonne mine.

Or, ce que les femmes remarquent est assurément remarquable : il faut tenir cela pour dit.

. . . .

Il y avait des fleurs, — des fleurs toujours fraîches, — dans le coin du cimetière où reposaient les parents de Corentine, et où, tous les soirs, vous auriez pris la mignonne pour un ange agenouillé : l'ange de la prière et du souvenir.

Ce fut en revenant de ce pèlerinage de chaque jour qu'elle rencontra le somptueux étranger.

La nuit tombait...

Des ouvriers ivres lui barrèrent la route..

Elle cria à l'aide...

L'ingénieur accourut...

Il assomma les ivrognes et ramena notre Bretonne à la maison...

En chemin, ils s'aimèrent.

Amour d'une nuit, au cours de laquelle le robuste compagnon avait confié à la jeune fermière qu'il n'était pas ce qu'il paraissait être.

— Je reviendrai, avait-il dit en quittant, à l'aube, sa conquête, toute rougissante et tout émue d'avoir cédé si facilement.

Il ne revint pas.

On raconta que, brusquement, il était reparti, avec l'un de ses amis, pour Vannes, d'où on l'avait rappelé à Paris.

Corentine ne connaissait de lui que son nom de guerre...

Un nom bizarre, en vérité !...

Non moins étrange que celui de trois autres gentilshommes dont il lui avait parlé comme de trois compagnons d'armes auxquels l'unissait une amitié de vingt ans !...

Et la pauvre jeune fille allait devenir mère !

Pour cacher sa faute et sa honte, elle s'enfuit chez une vieille parente qui habitait, sur le continent, dans les environs de Quimper.

Ce fut là qu'elle donna le jour à un garçon.

Nous ajouterons que ce fut pareillement pendant son séjour, assez long, dans ce hameau perdu au fond de la Cornouaille, qu'eurent lieu la chute de Fouquet, l'arrestation de celui-ci à Nantes, sa translation à Pignerol, l'occupation de Belle-Isle par les troupes royales et la mort de Porthos dans la grotte de Locmaria [1].

Corentine ne perçut guère qu'un bruit confus de ces dramatiques événements.

Ses couches avaient mis en danger son existence et sa raison.

Quand elle s'en revint à la ferme, elle avait perdu son sourire de vierge. Sa joue était pâle. Ses yeux avaient appris à pleurer...

Et, cependant, elle se trouvait heureuse dans son infortune et dans son abandon...

Car son enfant lui restait : son cher petit Joël !...

Supposez le cœur le mieux doué : vous y rencontrerez un battement qui domine. Chaque femme, surtout, a une corde qui vibre bien plus profondément, — un attrait, un élan supérieur à tous autres : la vocation dans la passion.

Celle-là est mère avant tout; celle-ci, avant tout, est amante.

Corentine était mère jusqu'au culte, jusqu'à l'idolâtrie, jusqu'au délire !

Il est constant qu'elle avait aimé, qu'elle aimait encore le gentilhomme dont la mâle prestance, l'habit brodé et le plumet l'avaient fascinée et conquise...

Mais cette conquête avait été une surprise...

1. Voir *le Vicomte de Bragelonne.*

Ce gentilhomme, elle l'avait à peine assez connu pour le regretter

Elle n'ignorait point que tout l'en séparait : la naissance, le rang, la fortune! Le reverrait-elle jamais? Certes, elle le désirait, et de toute l'ardeur de son âme : non pas pour elle peut-être; mais pour l'innocente créature qui dormait là, calme et rose, dans son berceau.

Cet enfant, en le rapportant à Locmaria, ç'avait été l'aveu et, en quelque sorte, la bravade de son déshonneur.

Aussi, comme l'on avait jasé dans le pays ! Comme l'on s'était vengé de celle qui avait été autrefois irréprochable et triomphante! Comme l'on avait accablé la fille-mère d'humiliations brutales, de dédains grossiers et de faux semblants de compassion, plus humiliants et plus cruels encore! Comme les garçons qu'elle avait refusés, comme les filles qu'elle avait éclipsées avaient affecté de s'écarter d'elle avec une horreur hérissée de ricanements et de méchantes paroles !

La fermière avait tout supporté sans se plaindre.

N'avait-elle pas pour se consoler de son isolement, de sa solitude, du mépris de la foule féroce, n'avait-elle pas son fils, son trésor, son Jésus, dont les lèvres fraîches, — entr'ouvertes pour laisser passer ce souffle si doux des petits, — semblaient appeler le baiser en murmurant : *Maman chérie!*

XIII

LA MÈRE ET LE FILS

Cependant, le petit Joel avait grandi.

Il était devenu, avec le temps, un gros garçon d'une taille et d'une force de beaucoup supérieures à celles des marmots de son âge.

Le curé de Locmaria, le bon abbé Kéravel, qui avait pardonné à la fille coupable en voyant de quelle immense tendresse la mère entourait son enfant; l'abbé Kéravel, disons-nous, avait consenti à se charger de l'éducation du bambin.

Il lui avait appris à lire, à écrire et à calculer.

Ajoutons un soupçon d'orthographe et un peu de latin, mais bien peu !

Je ne sais pas si, après sa première communion, notre héros était capable d'expliquer *Cornelius Nepos* à livre ouvert...

Mais ce qu'il y a de certain, c'est qu'il montait à poil sur les chevaux les plus rétifs de l'île, ce qui lui avait donné dans toute celle-ci la réputation d'un véritable centaure ; c'est qu'il savait fort joliment courre un lièvre sur ses propres jambes et dénicher une couvée d'oisillons à la cime des arbres les plus élevés ; c'est qu'enfin il tirait un coup de mousquet comme maître Corentin Plouër, lequel avait la renommée de tuer dix-neuf bécassines sur vingt.

Constatons, à propos de ce dernier, que l'ancien bas-officier du régiment de la Marine n'avait point imité les gens de Locmaria en tournant le dos à sa filleule.

Les vieux soldats se montrent volontiers indulgents pour les fautes que l'amour fait commettre.

Personne n'eût osé, en sa présence, mal parler de la fermière.

Corentin Plouer avait été, en effet, l'une des plus rudes poignes et des plus fines lames de son régiment.

C'était lui qui avait mis une petite brette dans les mains de notre ami Joël, alors âgé de cinq ans.

Celui-ci, depuis ce moment, n'avait jamais manqué un seul jour de faire, pendant une heure ou deux, des armes avec cet excellent professeur...

De sorte que, de leçon en leçon, d'exercice en exercice et de perfectionnement en perfectionnement, la petite brette était devenue une longue rapière ; le jarret incertain, un ressort d'acier ; le bras vacillant, une barre de fer, et l'enfant, un gaillard qui aurait pu, sans broncher, se tenir toute une journée en garde, le corps appuyé sur la jambe gauche et le poignet à la hauteur du sein droit, — ce qui était le premier principe de la méthode du temps, laquelle, disons-le en passant, en valait bien une autre.

Outre ces avantages acquis, notre héros, parvenu à sa seizième année, possédait, comme dons naturels, une taille de cinq pieds six pouces, qui promettait de ne pas s'arrêter en si bon chemin, — ce qu'elle tint plus tard, du reste, — un poing à casser des galets, un estomac à les digérer, une inaltérable gaieté et un excellent appétit.

Sa mère l'adorait follement, et il le lui rendait avec usure.

Rien ne lui manquait.

Il avait des habits de drap fin, les plus beaux chiens de chasse du pays, une canardière fabriquée par le premier armurier de Nantes et assez d'argent de poche pour faire largesse aux pauvres. En rentrant de ses excursions cynégétiques, il trouvait toujours au logis, — grâce à la prévoyance maternelle, — un copieux repas, après lequel un lit l'attendait, où il pouvait, s'il y prenait plaisir, dormir douze heures d'affilée.

C'est là du bonheur ou nous nous trompons fort.

Ce bonheur, l'événement qui suit vint le troubler inopinément.

Un soir, notre adolescent rentra pâle, les traits contractés, les yeux incendiés de colère...

La fermière ne l'avait jamais vu ainsi.

— Mon Dieu ! qu'y a-t-il donc ? s'écria-t-elle épouvantée.

— Il y a, répondit Joël d'une voix sourde et tremblante, il y a qu'on m'a appelé bâtard...

— Bâtard !...

— Oui : de mauvais gars du village, qui sortaient du cabaret et qui houspillaient un mendiant... Je les en ai empêchés, — et alors ils se sont enfuis en me lançant au visage cet outrage comme une pierre...

Puis, avec explosion :

— Oh! mais ce n'est pas vrai, n'est-ce pas ?... Ces misérables ont menti !... Et je m'en vais leur riposter en leur jetant le nom de mon père !...

La pauvre femme baissa la tête.

Joël frappa sur la table avec une telle violence, que le chêne massif se fendit sous le choc :

— Mais parle donc... Dis-moi ce nom !... Il me le faut !... Je le veux!...

Corentine était devenue blanche comme un linge...

Elle chancela, en portant la main à sa poitrine, comme si elle avait reçu un coup de couteau au cœur...

Nous avons constaté que le jeune homme aimait et respectait sa mère comme une sainte...

A la vue de la détresse qui terrassait la malheureuse, il s'opéra en lui un revirement soudain. Tout son courroux s'évanouit. L'angoisse le prit aux entrailles.

— Mère, s'exclama-t-il, qu'as-tu?... Je t'ai fait de la peine... Tu souffres...

— Non, balbutia-t-elle en cherchant à se remettre ; non, ce n'est pas toi qui m'as fait du mal, mon enfant... C'est cette question... Et, pourtant, je devais bien m'y attendre, que tu me l'adresserais quelque jour...

Il l'entoura de ses bras :

— Eh bien ! n'y réponds pas, voilà tout... C'étaient ces méchants drôles qui m'avaient rendu fou... Mais c'est fini... Je ne songe plus à te rien demander... Je ne pense plus qu'à t'aimer, maman, maman chérie !...

— Joël, mon Joël adoré !...

Ils mêlèrent leurs baisers et leurs larmes...

Ensuite, la fermière reprit :

— Il faut cependant que tu saches...

Il lui mit la main sur la bouche :

— Tais-toi !... Je ne veux plus rien savoir... Rien, entends-tu!... Ne me parle pas !... Sinon pour me dire que tu me pardonnes et que tu m'aimes...

Mais elle, se dégageant doucement :

— Tu sauras tout, pourtant, mon enfant...

Puis, avec le ton de la prière :

— Mais plus tard... Plus tard, dis... Veux-tu?...

— Oh ! mère, je n'ai pas d'autre volonté que la tienne... Garde ton secret... Je ne veux de toi que des caresses...

Elle prononça gravement :

— Ce secret, tu le connaîtras... Je t'en engage ici ma foi... Quand le moment sera venu...

Et elle murmura à part elle :

— Quant la mort m'aura empêchée de rougir devant toi.

XIV

AU LIT DE MORT

De ce jour, il y eut quelque chose de changé dans la vie de la mère et du fils.

La première devint sombre. Toute activité l'abandonna. Elle laissa à Joël le soin de mener la ferme et se confina dans sa chambre. Souvent on l'entendait répéter, en fléchissant son front où l'idée fixe creusait son pli :

— Le Seigneur me punit par la main de mon enfant.

En même temps, son visage s'amaigrissait ; ses paupières s'entouraient de bistre ; sa peau prenait des tons d'ivoire jauni ; des fils d'argent brillaient dans son opulente chevelure...

Notre héros était le seul à ne pas s'apercevoir de cette métamorphose.

La jeunesse voit tout ce qui l'entoure vivace et splendide comme elle.

Cependant il était sérieux par moments.

Personne n'avait plus osé lui jeter à la face l'injure qui avait amené la scène dont nous avons parlé tout à l'heure, — tellement l'expression terrible de sa colère avait fait, ce jour-là, comprendre aux insulteurs qu'il y aurait danger de mort pour eux à réitérer cet outrage.

Cet outrage, le jeune homme l'avait-il oublié ?

Il est permis d'en douter.

En effet, sa gaieté naturelle se voilait parfois d'un nuage soucieux. Sa figure se rembrunissait, son regard se perdait, cherchant, dans le lointain du paysage.

Il assomma les ivrognes et ramena notre Bretonne à la maison.

On eût dit qu'une attraction invisible l'entraînait par delà l'Océan qui fermait l'horizon...

On eût dit pareillement que la fermière lisait ce qui se passait en lui...

Car, l'appelant d'une voix brisée et le serrant contre son cœur :

— N'est-ce pas, lui disait-elle souvent, n'est-ce pas, mon Joël bien-aimé, que tu ne me quitteras que quand je serai morte ?

. . . .

Ceci avait lieu dans la chambre de la malade.

Elle était couchée dans son lit. Debout à son chevet, Corentin Plouër lui tenait la main. Une larme descendait lentement le long de la joue brunie du vieux soldat.

Dans un coin, la tête entre les mains, Joël pleurait silencieusement.

Nous écrivons *la malade*, faute d'un autre mot. A proprement parler, la fermière n'avait point de maladie, sinon la plus cruelle de toutes : le chagrin. qui ne lui donnait point de trève et qui la minait comme un poison mortel. La pauvre femme agonisait :

— Je le veux, disait-elle, d'un ton qui essayait de se raffermir. Ce n'est pas le médecin du corps qu'il me faut. Celui-là ne peut rien pour moi.

— C'est bien, repartit Plouër : qu'il soit fait selon ta volonté.

Il sortit.

Corentine se retourna et se mit sur son séant à l'aide d'un effort qui lui arracha un cri de faiblesse :

— Joël, es-tu là ? demanda-t-elle.

— Me voici, mère, me voici.

Le jeune homme essuya précipitamment les pleurs qui lui couvraient le visage...

Il traversa la chambre en deux pas, et, je ne sais comment dire cela : ses larges mouvements étaient doux comme ceux du lion. En marchant, il faisait moins de bruit qu'une fillette qui glisse avec précaution.

Déjà, il s'était agenouillé auprès du lit et il pressait ses lèvres contre les pauvres mains si froides et si blêmes de la fermière...

Celle-ci l'attira à elle passionnément :

— Quand tu es près de moi, je ne souffre plus, murmura-t-elle.

Puis, sentant le sillon humide des larmes sur la figure du jeune homme :

— Il ne faudrait point t'affliger, poursuivit-elle avec une douce gravité. Ce n'est pas pour toujours que nous nous séparons. Nous nous retrouverons là-haut, dans ce monde où Dieu me rappelle et où mon repentir et mes prières m'ont assuré une place au milieu des élus...

« De ce séjour de paix et d'oubli, je veillerai, d'ailleurs, sur tes jours. Tu me sentiras penchée sur toi comme je l'étais autrefois sur ton sommeil d'enfant,

— et cette idée de ma présence invisible te soutiendra dans la tâche que je supplierai le Seigneur de te faire la grâce d'accomplir...

« Car une tâche te réclame, et tu vas me promettre, à ce moment suprême, d'employer à la mener à bien tout ce qu'il y aura en toi de force, d'énergie et de patience...

— Une tâche ? répéta Joël, qui se tamponnait la bouche avec ses mains pour étouffer ses sanglots.

— Il faut que tu te mettes à la recherche de ton père...

— De mon père !...

— Oui...

— Vous voulez...

— Je veux que tu le retrouves... Oh ! non pas pour lui reprocher l'abandon où il nous a laissés... Non pas pour profiter de son nom, de sa fortune, du rang qu'il occupe dans le monde...

« Mais pour qu'il voie le brave fils que je lui ai donné, pour qu'il l'apprécie, pour qu'il l'aime...

« Seulement, pour cela, tu dois connaître le secret de ma vie, de ma faute. C'est ton droit de me le demander. C'est mon devoir de te l'apprendre...

— Ma mère, protesta le jeune homme, ma mère, encore une fois, je ne veux rien savoir... Ne me dites rien... Rien, sinon que vous n'allez pas mourir...

La malade le remercia d'un regard qui peignit tout l'élan de sa reconnaissance :

— Tu ne m'as interrogée qu'une fois. C'est grand et généreux. Le ciel bénit l'enfant qui respecte sa mère... Et, cependant, tu as eu l'idée d'aller là-bas, sur la terre ferme, et de chercher... Ne nie pas, je l'ai deviné. D'ailleurs, tu ne sais point mentir...

Notre héros baissa la tête.

La fermière reprit avec fatigue :

— Écoute-moi... Les instants me sont comptés... Je suis bien lasse... Mais je me reposerai tout à l'heure...

« Sous mon oreiller, il y a un papier... C'est la révélation que tu attends... c'est ma confession tout entière...

« Et puis, il y a là des indications qui te serviront peut-être de guide dans les recherches que tu brûles d'entreprendre...

« Indications bien vagues, hélas !... Tout au plus un point de départ... Quelques noms, — une date, — un portrait que je me suis efforcée de tracer de souvenir...

« Ce papier, tu ne le prendras que quand j'aurai cessé de souffrir...

— Oh ! mon Dieu !... Mon Dieu !... Mon Dieu !...

Le pauvre garçon suffoquait. La malade semblait moins émue que lui. Elle ajouta, après une pause :

—Ne te désole pas. Tu es un homme. Va, je te jure que l'heure présente est pour moi celle de la délivrance.

Elle parut prêter l'oreille à un bruit qu'elle seule entendait au dehors

Puis elle dit :

— Embrasse-moi.

Joël éleva son front jusqu'aux lèvres de la fermière, qui sourit en jetant toute son âme dans cette étreinte. Le baiser fut long et profond. Un baiser de mère, un baiser d'adieu !

La mourante retomba, brisée, sur son oreiller mouillé d'une sueur froide.

Le son grêle d'une clochette tinta à l'extérieur.

C'était l'abbé Kéravel, que Corentin Plouër était allé quérir et qui arrivait avec le Viatique. Corentine ferma les yeux. Une expression d'ineffable béatitude distendit, éclaira ses traits, que, depuis quelques minutes, voilaient et contractaient les affres de la mort :

— Voici, murmura-t-elle, le pardon qui me vient avec la chair et avec le sang du Sauveur.

XV

ENTRÉE EN CAMPAGNE

Le surlendemain, on enterra celle qui avait été la jolie fermière de Locmaria.

Après nombre de jours donnés à la douleur, — une douleur sincère et poignante, — notre héros annonça son intention d'aliéner la ferme et les terres qu'il tenait de la chère défunte.

Il eût voulu réaliser son héritage à bref délai.

Mais il avait compté sans la kyrielle des formalités à remplir, et sans la finasserie des paysans, qui pour obtenir à meilleur marché les lots dont ils avaient envie, affectèrent de se montrer d'autant moins disposés à acheter qu'il paraissait plus disposé à vendre.

Formalités et atermoiements ne durèrent pas moins d'une année, au cours de laquelle le jeune homme eut le temps de reprendre le dessus et de rentrer peu à peu dans son caractère et dans ses habitudes.

Un matin, il se présenta chez l'abbé Kéravel, et après lui avoir demandé pardon des tourments qu'il lui avait donnés pendant son éducation légèrement rudimentaire ; après l'avoir contraint d'accepter pour ses pauvres une somme telle que le digne recteur n'eût point attendu la pareille d'un seigneur suzerain ou d'un riche traitant :

— Mon père, dit-il, je me recommande à vos prières, car je pars demain pour Paris.

— Va, mon enfant, répondit le prêtre. Je connais le but auquel tu tends, et, quelque difficile qu'il me paraisse à atteindre, je n'essayerai pas de t'en détourner. Il est louable et tu es bon. Le Seigneur te protégera et moi je te bénis.

Joël tomba à genoux, et le vénérable ecclésiastique, avec un geste plein d'onction et de tendresse paternelle, abaissa ses mains vers lui et, sans cesser un instant de regarder le ciel, les imposa sur la tête de son ancien élève. Puis, lorsque celui-ci se releva, tout ému, le vieillard lui ouvrit les bras, et ils s'embrassèrent avec effusion.

.   .   .   .

Notre héros s'en fut, ensuite, prendre congé de Corentin Plouër.

Aux premiers mots qui lui furent touchés du départ projeté et imminent :

— Hum ! grommela le vieux soldat, m'est avis que tu t'embarques là à la recherche d'une aiguille dans une charretée de foin... Mais, du moment que c'est ton idée... Tâche seulement de ne pas laisser ta peau et tes os à la peine, et, pour cela, rappelle-toi qu'il faut se hâter de faire aux autres ce que vous ne voulez pas qu'ils vous fassent...

Après avoir formulé cette maxime légèrement dépourvue de charité chrétienne :

— Maintenant, ajouta l'ancien sous-officier, maintenant, j'ai quelque chose à te restituer...

— Et quoi donc ?

— Attends un brin : tu vas voir.

Et le brave Plouër s'en était allé décrocher de la muraille, où elle s'abritait derrière un rideau, une maîtresse rapière à la lame longue et large et au lourd pommeau.

— Ceci, poursuivit-il avec solennité, ne te représente ni plus ni moins que la flamberge de monsieur ton père, — et j'estime qu'il fallait avoir un rude poignet pour la manier...

— L'épée de mon père ?...

— A preuve qu'il comptait y revenir, il l'avait laissée à la ferme, la nuit qui... la nuit que... la nuit dont... Enfin, suffit, tu me comprends... Et ta digne femme de mère me l'avait confiée pour te la garder jusqu'au jour où tu serais capable de t'en servir...

Le jeune homme prit avec respect cette sorte de Durandal et en baisa pieusement le pommeau et la lame.

L'ancien soudard continua :

— Elle n'a pas une tache de rouille, l'ayant soignée comme la mienne propre lorsque j'étais au régiment. Tu peux te la boucler au côté, car tu as du sang de gentilhomme dans les veines. Et souviens-toi, comme disent les hidalgos d'Espagne, auxquels j'ai eu l'avantage de tailler jadis des croupières, souviens-toi qu'il ne faut jamais la tirer du fourreau sans motif, ni l'y remettre sans honneur.

Puis, serrant, à l'étouffer, son élève contre sa poitrine :

— A présent, trêve d'attendrissements. Nous ne sommes pas des femmelettes. Adieu, et bon voyage, garçon. Pense quelquefois à ton vieux professeur. Et puis, soutiens ta garde, serre tes dégagements, cultive la parade de prime et pousse à fond : avec ça, on arrive à tout.

. . . .

En achevant à M⁣ˡˡᵉ de la Tremblaye le récit des événements que nous venons d'exposer à nos lecteurs, — et qui forment, à proprement parler, comme le prologue de cette histoire, — notre héros avait conclu péremptoirement :

— La cour est à Paris ou dans les environs, et la place de tout gentilhomme est à la cour. Or, mon père est gentilhomme. Donc, j'ai mis le cap sur Paris.

La jeune fille ne put se défendre d'un mouvement de compassion en face de cette conviction naïve.

Elle demanda ensuite :

— Et ces indications dont vous m'avez parlé ?... Cette date ?... Les noms qui doivent vous aider dans vos recherches ?...

— La date est celle de l'occupation de Belle-Isle par les gens du roi. Les noms, celui de mon père, d'abord : *Porthos*...

— Porthos ?...

— Puis, ceux de trois de ses compagnons d'armes, auxquels, — si j'en crois ce qu'il raconta à ma mère, — il avait voué un attachement, un dévouement à toute épreuve : *Athos*, *Aramis* et *d'Artagnan*...

Aurore secoua la tête :

— De singuliers noms, en vérité !... Des noms d'aventure sans doute !... Autant d'énigmes à deviner !...

Puis, gravement :

— Monsieur Joël, je souhaite que vous réussissiez...

Le Breton la regarda avec un peu d'effroi.

— Oh! mademoiselle. de quel air vous me dites cela !... Me voilà tout découragé. Désespérez-vous donc déjà du succès de mon entreprise ?...

— Non, mon ami, car vous avez un auxiliaire... Vous n'avez guère que celui-là, c'est vrai... Mais il peut tout pour ceux qui ont confiance en lui.

Joël eut un sourire attristé.

— J'entends; cet auxiliaire, vous l'appelez *le Hasard...*

— Non, fit Aurore avec une foi inspirée, je l'appelle *la Providence.*

XVI

AMOUR NAISSANT

Cette conversation avait lieu dans les plaines grasses de la Beauce

Car les heures avaient marché, — le coche de Nantes aussi, — et la connaissance, ébauchée entre les deux jeunes gens sur la grande route de Saumur, s'était parfaite dès le lendemain de leur départ du *Héron-d'Or.*

La nuit qui suivit ce départ, notre héros l'avait passée, — blotti dans un coin de la vaste machine, où tous les voyageurs s'entassaient pêle-mêle, — à veiller sur le sommeil de Mlle de la Tremblaye, assise en face de lui.

Quand l'aube s'était glissée dans leur commune cellule, il avait vu peu à peu sortir de l'ombre les lignes charmantes du visage de la jeune fille, — vagues d'abord et suaves comme une vision, — puis plus nettement dessinées et plus captivantes encore à mesure qu'on les distinguait mieux.

Le soleil levant jouait dans sa chevelure lorsqu'elle avait ouvert les yeux. Son regard avait rencontré celui du jeune homme, et une nuance rosée était montée subitement à ses joues. Il y avait eu comme un léger reproche dans sa limpide prunelle, pendant qu'elle disait au curieux, à l'indiscret :

— Vous me regardiez dormir, monsieur Joël?

Celui-ci avait rougi comme un enfant surpris en faute. .

Il s'était gratté le front pour trouver une réponse...

Et ce geste avait dérangé le mouchoir dont, pour la nuit, il avait couvert sa blessure...

Comme il s'ingéniait à le remettre, histoire de se donner une contenance :

— Voulez-vous que je vous aide? avait repris Aurore.

Et, sans attendre son consentement, elle avait procédé, d'une main qui ne tremblait point, à l'arrangement du bandage improvisé.

Les mots avaient manqué à notre Breton pour exprimer son extase.

Mais ses regards ravis avaient eu terriblement d'éloquence.

Mlle de la Tremblaye avait continué :

— Je ne fais que mon devoir. Vous avez couru un danger pour moi. Je remercie Dieu : grâce à lui, elle est légère, cette blessure que sa place pouvait rendre mortelle.

— Quelle joie c'eût été, murmura Joël, si j'avais pu donner tout mon sang pour vous !

Aurore sourit et demanda :

— Vous fais-je mal ?

— Oh ! mademoiselle, le croyez-vous ! s'exclama le jeune homme, dont l'enivrement ne connaissait plus de bornes.

Le mouchoir était rajusté.

Mlle de la Tremblaye poursuivit :

— J'ai parlé d'un devoir qu'il m'est doux de remplir ; mais j'ai pareillement un droit, je veux dire un désir : le désir de connaître celui à qui je suis redevable d'un aussi signalé service...

— Qu'à cela ne tienne, mademoiselle !...

Et notre héros allait, de but en blanc, entamer son histoire, lorsque son interlocutrice l'avait interrompu en lui montrant d'un signe leurs compagnons qui écoutaient, les oreilles et le cou tendus :

— Pas à présent... Plus tard... Lorsque nous monterons une côte.

C'était, en effet, le seul moyen de s'isoler des autres voyageurs.

Jusqu'alors, lorsqu'un accident de terrain avait obligé ceux-ci à faire office de piétons pour alléger de leur poids le pesant véhicule ; Mlle de la Tremblaye avait excipé de son sexe pour se soustraire à cette fatigue.

Il n'en avait plus été ainsi à partir de ce moment.

Au moindre renflement de la route, la jolie voyageuse s'était empressée de descendre...

Encouragé par un sourire, Joël lui avait offert le bras...

Et ils avaient marché, l'un vers l'autre penchés.

C'était dans ces instants de solitude à deux que le jeune homme avait confié à la jeune fille le secret de sa naissance et lui avait fait le récit de ses premières années, ainsi que de ce qui l'amenait à Paris.

Aurore, de son côté, lui avait répété tout ce que nous l'avons entendue raconter au chevalier d'Herblay.

Ces confidences échangées, nos deux jeunes gens avaient causé.

De quoi ?

Nous l'ignorons, en vérité.

De la pluie et du beau temps sans doute, des paysages aux aspects variés, des villes, des bourgs qu'ils traversaient sans les remarquer, et de toutes ces choses en l'air, insignifiantes, qui n'ont de sens qu'en passant par la bouche

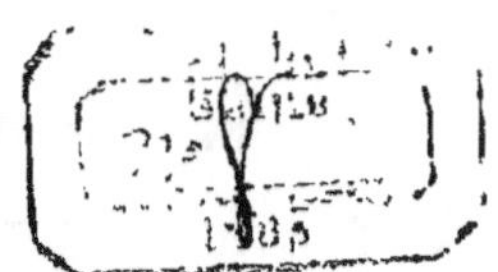

Le baiser fut long et profond. Un baiser de mère, un baiser d'adieu

des amoureux — des amoureux dont les regards se caressent, dont les paroles se becquètent, dont les cœurs battent à l'unisson.

Amoureux!...

L'étaient-ils donc?...

On prétend que ce n'est que dans les romans que l'échange des âmes se fait si vite...

Pourtant, avant qu'ils arrivassent à Versailles, nous aurions juré qu'ils s'aimaient.

.   .   .   .

.   .   .   .

— *Paris!* prononça Vincent Paquedru, sur les hauteurs de Saint-Cloud, en désignant du bout de son fouet les tours jumelles de Notre-Dame, qui émergeaient à l'horizon dans le poudroiement d'or d'une superbe soirée d'été.

— *Paris!* redirent, en se frottant les mains d'aise, le tabellion de Nantes, l'armateur de Paimbœuf et la paire de marchands de sardines du Croisic.

— *Paris!* répétèrent avec un commun sentiment de tristesse le fils de Corentine Lebrenn et la fille du baron de la Tremblaye.

Pour leurs compagnons de voyage, cette parole du conducteur était l'annonce — si impatiemment attendue — qu'ils touchaient enfin au terme de leur captivité dans cette cage roulante à l'allure de tortue.

Pour nos tourtereaux, elle signifiait — simplement — qu'il leur allait falloir se séparer.

Leurs poitrines se serrèrent; leurs fronts se rembrunirent; leurs lèvres devinrent muettes.

Cependant, le coche avait pénétré dans Paris par Chaillot : une entrée de la capitale qui était loin de ressembler, à cette époque, à ce qu'elle est de nos jours.

Il rangea la prison qui s'élevait au bas du couvent des Filles-Sainte-Marie, longea le quai de la Savonnerie et s'engagea sur le Cours la Reine.

Depuis que Louis XIV, pour punir les Parisiens de leur turbulence frondeuse, avait transporté le siège du gouvernement de Vincennes à Saint-Germain, de Saint-Cloud à Versailles et de Compiègne à Marly, cette promenade, — si à la mode sous le règne de son prédécesseur, — n'était plus guère fréquentée que par le menu fretin des bourgeois et des robins.

Néanmoins, comme c'était un dimanche et que la soirée était magnifique, nombre de gens en toilette dominicale y prenaient le frais, en regardant, de l'autre côté de l'eau, l'hôtel des Invalides s'achever — sur les dessins de Bruant et de Mansard — au milieu d'une broussaille de charpentes.

Un peu plus loin, le véhicule tourna à gauche, laissa le Louvre en perspective, à l'extrémité du quai, et traversa un magasin de marbres, — comme un vaste atelier découvert où le roi faisait tailler les statues dont il hérissait la France, — lequel, situé le long de la rue de la Bonne-Morue, occupait juste l'endroit où s'étend aujourd'hui la place de la Concorde.

Après quoi, il vint s'arrêter en dehors de la porte Saint-Honoré, dans le faubourg, au lieu où se trouve actuellement le pâté de maisons dit de *la Cour des Coches.*

M° Lebiniou, Simon Prieur, Yves Guérinec et Pierre Trogoff s'empressèrent aussitôt d'abattre le mantelet et de sauter sur le pavé avec un grand soupir de soulagement.

Une voix cassée questionna :

— Mlle Aurore de la Tremblaye est-elle là?

Cette voix était celle d'une vieille servante qui se présentait à la portière du véhicule.

— Me voilà, répondit la jeune fille en s'élançant de celui-ci.

La vieille servante continua en saluant :

— Mme veuve de la Bassetière, votre parente, m'a envoyée vers vous pour vous conduire près d'elle.

— C'est bien, ma bonne : je vous suis...

Puis, se retournant vers notre héros, qui venait de descendre sur ses pas :

— Monsieur Joël, reprit Aurore, voici l'instant de nous quitter.

Le jeune homme avait le cœur gonflé sous une angoisse indéfinissable.

La réponse qu'il cherchait ne vint pas à ses lèvres.

Mlle de la Tremblaye lui tendit la main :

— Au revoir et bonne chance ! fit-elle.

— Au revoir ! s'exclama Joël, qui sentit la vie lui revenir avec ce mot. Ne dites-vous pas : Au revoir?

— Oui, certes, en toute sincérité, repartit la jeune fille, qui s'efforçait de paraître gaie afin de lui donner du courage. Il n'y a que les montagnes pour ne se point rencontrer. Nous nous reverrons, j'en suis sûre.

— Mais où, alors, je vous en prie? interrogea vivement notre héros, qui avait appris de Corentin Plouér à riposter *du tac au tac.*

Son interlocutrice venait de *se découvrir,* — pour continuer à emprunter une comparaison à la noble science de l'escrime, — et le Breton avait «poussé à fond », suivant la recommandation de son habile professeur.

Aurore était *touchée.* C'était peut-être son désir. Dans tous les cas, elle répondit :

— La personne de ma famille qui m'offre l'hospitalité habite rue des Tournelles. Je crois que l'église Saint-Paul est voisine de cette rue, laquelle se trouve, si je ne me trompe, aux environs de la Place-Royale. J'irai faire mes dévotions à cette église, tous les jours, à l'heure de l'Angelus du soir.

. . . .

. . . .

En face de l'endroit où avait lieu ce colloque, deux hommes, enveloppés de manteaux, le feutre enfoncé sur les yeux, se dissimulaient sous l'auvent d'une boutique.

Lorsque Mlle de la Tremblaye et la vieille servante s'éloignèrent dans la direction de la porte Saint-Honoré, l'un de ces hommes se pencha vers l'autre et lui murmura à l'oreille :

— Vous avez remarqué ces deux femmes, Esteban ?

— Oui, Monseigneur.

Tous les deux parlaient espagnol.

Le premier continua :

— Vous allez les suivre où qu'elles aillent, en prenant soin qu'elles ne puissent s'apercevoir qu'elles sont l'objet de cette surveillance.

— Bien, Monseigneur.

— Vous me rapporterez ensuite à l'hôtel le nom de la rue et le signalement de la maison qui auront été le terme de leur voyage.

— Cela sera fait, Monseigneur.

XVII

LA SIBYLLE DE LA RUE DU BOULOI

A peu près à l'heure où le coche de Nantes effectuait son entrée à Paris, trois femmes, — vêtues du cotillon d'étoffe de laine, de la cornette de mousseline et de la mante à capuchon des petites bourgeoises, — s'arrêtaient devant une maison sise vers le milieu de la rue du Bouloi.

Cette maison, d'assez mystérieuse apparence, n'était ni plus ni moins que l'antre où rendait ses oracles une devineresse alors célèbre sous le nom, ou le sobriquet, de la Manicarde.

La mode était, en effet, aux pythonisses, aux nécromanciennes, aux tireuses de cartes et aux jeteurs de sorts. N'avait-on pas vu la cour et la ville affluer chez la Voisin pour lui demander, celui-ci, comme Bussy-Rabutin, un charme qui le fît aimer de sa spirituelle cousine, Mme de Sévigné ; celle-là, comme

Mme de Bouillon, une pommade qui lui donnât deux choses qu'elle n'avait pas, étant fort maigre, et dont l'une était de la gorge ? La reine et Monsieur, frère du roi, n'avaient-ils pas daigné la consulter ? Le duc de Luxembourg, enfin, et le cardinal de la Tour-d'Auvergne ne l'avaient-ils pas adjurée, le premier, de lui montrer le diable, et le second, d'évoquer l'ombre de M. de Turenne dont il était l'héritier[1] ?

La Manicarde se bornait à dire la bonne aventure.

Elle ne faisait commerce ni de philtres, ni d'onguents, ni de poisons.

Aussi, M. de la Reynie, lieutenant général de police, la laissait-il exercer tranquillement son métier dans cette rue du Bouloi qu'il habitait lui-même et où, du seuil de son hôtel, il était en mesure de compter les clients qui abondaient, du matin au soir, chez sa singulière voisine.

Au coup frappé à la porte de celle-ci par l'une des visiteuses, — un coup sec, impérieux, sonore, — celui d'une personne habituée à manier le heurtoir en maître, — un négrillon, habillé à l'orientale, vint ouvrir silencieusement et introduisit les trois femmes dans une vaste pièce du rez-de-chaussée, où, leur désignant des sièges, il les invita du geste à attendre.

Cette pièce ressemblait au laboratoire d'un alchimiste.

La lumière d'une lampe, pendue au plafond, miroitait étrangement sur le poli des bahuts, sur les matras, les cornues, les alambics, les crocodiles empaillés et tout ce poudreux mobilier de sorcellerie, dont Rembrandt et Téniers, — puis Isabey, de nos jours, — ont su tirer de si fantastiques effets.

Les trois femmes s'étaient assises.

Elles regardaient autour d'elles avec curiosité.

La première murmura avec un petit frisson :

— Est-ce que ces tapisseries ne vous semblent pas abriter, sous leurs pans, un monde d'esprits qui chuchotent ? Ne dirait-on point que le sabbat couve ici ? En vérité, mesdames, j'ai peur...

La seconde haussa les épaules :

— Le sabbat à deux pas du Louvre et du Palais-Royal ! Côte à côte avec le logis de M. le lieutenant de police ! Vous êtes folle, ma chère !

Elle ajouta avec vaillantise :

— Moi, je ris.

Puis, s'adressant à leur compagne :

— Et vous, sage Françoise ?

— J'observe, répondit celle-ci tranquillement.

. . . .

1. Le duc de Luxembourg désirait que, par sa puissance, Satan fît remonter sa nomination de duc de Piney au jour de la première érection de ce domaine en duché-pairie, c'est-à-dire à l'année 1576. Le cardinal s'imaginait que M. de Turenne avait laissé des richesses dont il n'avait pas eu le temps d'indiquer la cachette. *(Archives de la police.)*

Or, pendant que la première a peur, que la seconde rit, et que la troisième observe, présentons à nos lecteurs ces trois visiteuses, dont deux sont appelées à jouer un rôle des plus importants dans la suite de ce récit.

La première, — la peureuse, — était petite, fraîche, épanouie, un peu grasse, avec des cheveux châtain, l'œil éveillé et la bouche moqueuse. C'est celle qui tiendra le moins de place dans notre histoire. L'ensemble de sa physionomie ne jurait pas sensiblement avec son costume de bourgeoise.

Il n'en était pas de même de la seconde, c'est-à-dire de la rieuse.

Ses allures hautaines, sa taille impériale, son port de tête altier formaient un contraste frappant avec la modestie de sa mise.

Elle paraissait avoir dépassé la trentaine.

Sa beauté, cependant, était encore *surprenante*, pour nous servir de l'expression d'un contemporain.

Une abondante crinière, d'un blond roux, gonflait ses coiffes. Le corsage de sa robe de droguet semblait près d'éclater sous les richesses de sa poitrine. Un léger pli séparait à peine ses sourcils de jais, qu'on eût dit tracés au pinceau, et sa lèvre impérieuse, d'un rouge de corail, se retroussait avec un orgueilleux sourire sous un nez aux arêtes fines et aux narines passionnément coupées.

De ce masque mâle et régulier se dégageait, néanmoins, une impression inquiétante.

L'œil était dur et froid; le sourire avait quelque chose d'ironique et de perfide; les pommettes, trop saillantes, accusaient une opiniâtreté sauvage...

Combien la troisième n'était-elle pas plus attirante, en dépit de ses airs réfléchis et sérieux !

Elle aussi n'était plus de la première jeunesse.

Mais sa figure, sans être jolie, possédait un charme invincible, dû à son indéfinissable expression de calme méditatif et de résolution.

Son teint, d'une pâleur créole, *repoussait* encore davantage, — pour emprunter un de ses termes à la peinture, — le noir foncé de ses prunelles, qui, lorsqu'elle abaissait les paupières, semblaient poursuivre un rêve envolé dans le vague, et, lorsqu'elle les relevait, scrutaient les choses et les gens avec une profonde et saisissante fixité.

Des boucles brunes encadraient son front large et bien uni sur lequel se lisait le travail de la pensée.

Enfin, don rare et précieux, il n'y avait pas en elle un seul trait qui frappât, — et, pourtant, quand on l'avait vue, il devenait impossible de l'oublier jamais.

. . . .

. . . .

Une portière se souleva, et la Manicarde apparut.

Était-elle jeune ou vieille? Ses clients l'ignoraient absolument. Elle ne donnait, en effet, ses audiences qu'enveloppée d'une sorte d'ample domino de couleur sombre, à capuche et à cagoule, percé de deux ouvertures pour les yeux, lesquels, du reste, dans cette sorte d'embrasure, brillaient d'un éclat singulier.

Elle considéra un instant les trois femmes qui s'étaient levées à son approche.

Ensuite, d'une voix grave et forte :

— Je vous salue, mesdames, dit-elle.

Ce mot *mesdames* était significatif dans sa bouche, si l'on songe qu'à cette époque, il ne s'appliquait qu'aux femmes nobles et que l'on appelait *mademoiselle* toute roturière mariée.

Elle poursuivit après une pause :

— Je salue en vous la beauté, la naissance, le rang...

Puis, après un nouveau silence :

— Je salue la fortune dans ce qu'elle offrira de plus étonnant en ce siècle, car l'une de vous sera reine...

— Reine, moi! s'écria la grande blonde en faisant un pas en avant comme si cette prédiction ne pouvait s'appliquer qu'à elle seule.

La devineresse ne répondit pas directement à cette exclamation.

— Est-ce vous, questionna-t-elle, qui désirez m'interroger la première?

— Oui, certes, madame la sorcière, repartit l'autre en affectant le ton des gens du commun, si, toutefois, vous n'y voyez pas d'empêchement.

La Manicarde hocha la tête en façon affirmative :

— Aussi bien, vous avez raison. Car votre présente position vous donne le droit de passer avant tout le monde. Suivez-moi donc dans le retrait où je suis accoutumée de recevoir les personnes de votre état.

XVIII

PREMIER HOROSCOPE

Il y avait, derrière une draperie, une sorte de logette, ou de cabinet, où l'on ne remarquait aucun de ces emblèmes cabalistiques, — grimoires, sabliers, hiboux, reptiles empaillés, — destinés à impressionner le vulgaire.

On y voyait seulement, sur une table, un jeu de tarots et une baguette de coudrier.

Un grand fauteuil était placé près de cette table.

La sibylle demeura debout.

— Madame la marquise, dit-elle avec une déférence légèrement emphatique, daignez me faire l'honneur de vous asseoir chez moi.

— Vous connaissez mon titre? s'informa l'autre avec un mouvement de surprise.

— Comme je connais le nom de très haute et très puissante dame Athénaïs de...

— C'est bien, interrompit vivement la visiteuse, ce nom ne doit pas être prononcé en ce lieu. Les murs, parfois, ont des oreilles, — et je ne me suis déjà que trop compromise en me rendant chez la Voisin sans déguisement et sans masque.

— La Voisin tenait boutique de *poudre de succession*, répliqua sèchement la Manicarde; moi, je ne fais commerce que d'horoscopes...

« Du reste, je vous appellerai ainsi qu'il vous plaira : *la Merveille*, si bon vous semble, ainsi qu'on vous a surnommée dans ce cercle où vous brillez d'un éclat sans pareil, — ce cercle qu'on a baptisé lui-même *le Fleuve de l'esprit...*

« Maintenant, vous sied-il de me donner votre main?

— La voici.

Et la marquise, — puisqu'elle n'avait point protesté contre cette qualification, — relevant la manche de sa robe, tendit à la sibylle une main qu'on eût pu croire modelée sur quelque antique statue de Cybèle : Phidias, dans son meilleur temps, n'avait rien sculpté de plus pur et de plus parfait.

La Manicarde examina attentivement cette main :

— Oui, murmura-t-elle, elle est sévère et noble, malgré la grâce de sa forme et la mignardise de ses fossettes. Quoique délicate, elle est cependant plus grande que celle d'une femme ordinaire : cette dimension accuse un esprit viril et décidé, capable des suprêmes hardiesses. Une main à porter le sceptre!

La visiteuse écoutait avec un frémissement de plaisir.

La chiromancienne poursuivit :

— Les lignes de cette main m'apprennent que vous êtes née en 1641 et que, par conséquent, vous avez trente-sept ans.

— Passons...

— Vous appartenez à une famille où l'esprit est héréditaire.

— Oui; seulement, l'on dit que, depuis quelque temps, il y est tombé en quenouille...

— Vous avez été fille d'honneur de la reine. On vous appelait mademoiselle

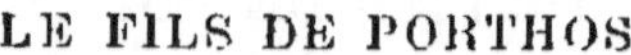

— Vous allez les suivre, où qu'elles aillent.

de Tonnay-Charente. Plus tard, vous vous êtes mariée : en 1663, je crois. Mais votre époux vous a quittée, et vos enfants n'ont pas le droit de porter son nom...

— Ma mie, fit la marquise avec impatience, je ne vous demande pas ce que je sais mieux que vous.

— Que souhaitez-vous savoir, alors ?

— Si je deviendrai reine de France.

La devineresse leva les yeux vers le plafond, comme pour y chercher une réponse.

Ensuite, d'un ton singulier :

— Vous ne le deviendrez pas ; vous l'êtes.

L'autre fronça le sourcil et baissa la voix :

— Il y a un obstacle entre le trône et moi.

— Cet obstacle disparaîtra.

— Que dites-vous? Marie-Thérèse...

— Ses jours sont comptés.

— Est-il possible !

— La mort la guette. Elle la prendra. Avant qu'il y ait autant d'années qu'il y a de trèfles sur cette carte.

Et elle montrait, dans le jeu de tarots, un *sept* de cette couleur.

— Vous en êtes sûre ?

La Manicarde allongea de nouveau le doigt vers les tarots étalés sur la table :

— Les cartes n'ont jamais menti, prononça-t-elle.

— Ah !

Il y avait dans ce monosyllabe, rugi en quelque sorte, le cri de triomphe d'une ambition sans limites. Le visage de la questionneuse rayonnait d'orgueilleuse ivresse. Elle reprit, en retirant sa main :

— Il suffit. Tu n'as plus rien à lire là-dedans. Si ta prédiction s'accomplit, ta fortune est faite, ma mie. En attendant, tiens, prends cet or.

Elle jeta une lourde bourse sur la table.

Ensuite, avec une résolution froide :

— Que la place soit libre, seulement ; je me charge de l'occuper et de la conserver.

Mais la sibylle, secouant la tête :

— Madame, madame, vous n'êtes pas encore arrivée au but que vous rêvez d'atteindre...

— Comment?

— Vous n'avez pas vu remuer cette baguette ?

— Quelle baguette?

— Cette branche de coudrier... Ici... Près de mes cartes...

— Non, je ne l'ai pas vue.. Après ?... Que signifie ?...

— Il y a sur votre route une pierre d'achoppement...

— Bon ; je l'écarterai ou je la briserai.

— Les coursiers fougueux qui emportent le char aperçoivent-ils l'ornière dans laquelle celui-ci verse?... La baguette continue à s'agiter imperceptiblement... Madame, madame, défiez-vous !...

— Me défier, soit ; mais de qui ?...

— De tout le monde : de ceux qui vous entourent d'abord...

La questionneuse eut un sourire :

— Ta baguette radote, ma mie. Ce sont ceux-là contre lesquels je prends le plus de précautions. Demande plutôt à mon fils, qui a huit ans, et à Mme de Thianges, ma sœur préférée... Toutefois, ne peux-tu préciser davantage?

— C'est par une amie que vous vous êtes élevée...

— Eh bien?...

— Eh bien! prenez garde de tomber par une amie !

La marquise se recueillit un instant.

Ensuite, avec une énergie sombre et menaçante :

— Merci de l'avertissement. Je ne l'oublierai pas. Mais qui oserait, à la cour, briguer la succession de cette misérable Fontange? Elles savent trop bien, celles-là qui auraient envie de me voler mon amant, elles savent trop bien que je ne suis pas une la Vallière, qu'il n'y a qu'une Athénaïs de Mortemart, et que pour toute autre que pour moi, le lit royal serait une tombe.

XIX

DEUXIÈME HOROSCOPE

Quelques minutes plus tard, la visiteuse au teint pâle et aux boucles brunes remplaçait sa compagne blonde dans le cabinet de la devineresse.

Celle-ci s'inclina devant elle avec les marques du plus profond respect.

Puis, refusant la main que lui présentait la survenante :

— Je n'ai pas besoin de votre main pour soulever un coin du voile de l'avenir... Il me suffit de regarder votre visage, — votre visage où je déchiffre le sillon de larmes à peine séchées... Car vous avez souffert...

— Oh! oui, bien souffert, murmura la visiteuse.

— La maladie, la pauvreté, les humiliations...

— Les humiliations surtout, appuya l'autre avec amertume.

— Et, pourtant, vous êtes de lignée noble et illustre. Votre aïeul a un nom dans l'histoire. Ce qui ne vous a pas empêchée de naître dans une prison...

— Hélas !...

— Tout enfant, vos parents, obligés de s'expatrier, vous ont enmenée par delà l'Océan. Pendant la traversée, vous êtes tombée en léthargie ; le médecin du bord vous a déclarée morte ; on allait vous jeter par dessus les bastingages comme on fait de ceux qui trépassent au cours d'un voyage en mer, lorsque, en se penchant pour vous embrasser une dernière fois, votre mère sentit une légère haleine sur votre bouche, une légère pulsation à votre cœur, et vous emporta toute délirante dans sa cabine, où vous rouvrîtes les yeux sur ses genoux...

— C'est vrai, ma mère m'a sauvée...

— Deux ans plus tard, aux colonies, comme votre mère et vous, assises sur l'herbe, vous alliez vous régaler d'une jatte de lait, vous entendîtes, à quelques pas, un bruit de feuilles froissées qu'accompagnait un sifflement aigu...

« C'était un serpent qui s'approchait, le corps rampant, la tête haute, l'œil flamboyant, attiré par l'odeur du lait...

« Votre mère se leva, épouvantée, vous prit par la main et s'enfuit en vous entraînant...

« Mais le reptile, au lieu de vous poursuivre, s'arrêta devant la jatte, but le lait qui était dedans et se retira comme il était venu.

— C'est encore vrai ; mais à quoi bon évoquer tous ces souvenirs ?

— Pour vous prouver que la main du Tout-Puissant n'a jamais cessé de s'étendre sur vous.

— Pourquoi m'abandonnerait-il ? Je n'ai jamais cessé d'avoir confiance en sa miséricorde.

— Oui, je sais, au milieu des plus cruelles épreuves : par exemple, quand, à votre retour en France, une marraine, acariâtre et avare, vous avait chargée des soins les plus infimes de sa maison, où vous gardiez les clefs de la porte, où vous mesuriez l'avoine aux chevaux, où vous appeliez les domestiques, lorsque l'on avait besoin d'eux, et où, une nuit, vous manquâtes d'être asphyxiée par les vapeurs du charbon que vous aviez allumé dans un vase de cuivre pour chauffer votre chambre ouverte à tous les vents...

La visiteuse se couvrit le visage de ses mains.

— Encore une fois, soupira-t-elle, pourquoi me remettre sous les yeux ces tableaux d'une époque que je m'efforce d'oublier ?...

« C'est me rappeler qu'en ce temps j'eus un instant de défaillance...

« Oui, quand je vis ma mère expirer dans mes bras de chagrin et de misère,
seule pendant trois mois dans mon logis désolé, je me demandai s'il ne valait
pas mieux aller rejoindre la pauvre femme par une mort volontaire que d'essayer de pousser plus avant dans une vie où tout semblait se changer pour moi
en obstacles et en impossibilités...

— Et, cependant, vous ne vous êtes pas tuée... Car vous êtes la vaillance et
la résignation... Et puis, votre destinée ne le voulait pas...

— Ma destinée?...

— La destinée qui vous a fait épouser, à vous, jeune, belle, douée de tous
les charmes du corps, parée de toutes les grâces de l'esprit; qui vous a fait
épouser, dis-je, un vieillard malade, cloué dans son fauteuil par la paralysie, et
privé de l'usage de la moitié de ses membres, — ruine vivante, débris humain,
tronçon d'homme!...

— Madame, ce vieillard était bon...

— En attendant, il ne vous a pas même laissé, en mourant, la pension qui
l'avait aidé à subsister...

— Cette pension, la munificence de Sa Majesté me l'a rendue...

— Et pendant des années vous l'avez réclamée sans qu'on fît droit à vos
requêtes!

La visiteuse baissa la tête en rougissant.

La Manicarde reprit après un instant:

— Il est vrai que vous êtes libre de vous remarier...

L'autre secoua le front avec mélancolie :

— Me remarier?... Qui voudrait de moi?... Je ne suis plus jeune et je suis
pauvre!...

La sibylle poursuivit avec solennité:

— Vous vous remarierez, cependant, et celui qui vous choisira, pour vous
associer à son glorieux destin, n'a au-dessus de lui que le Roi du Ciel...

— Que dites-vous?

La Manicarde prit une pose d'oracle :

— Je dis que, plus vous sortez de bas, plus vous vous éleverez haut. Je
dis que ce n'est pas l'orgueilleuse créature qui vous a précédée en ce lieu, qui
montera jamais au rang auquel aspire son ambition sans scrupules. Je dis que
votre fortune, à vous, étonnera le monde et l'histoire. Je dis, enfin,
que, nouvelle Esther, vous prendrez place sur le trône à côté d'un autre
Assuérus...

La questionneuse tressaillit :

— De grâce, fit-elle, parlez plus bas!... Si l'on vous entendait... Si l'on
ajoutait foi...

Un éclair avait brillé dans ses yeux...

Mais cet éclair s'était éteint aussi vite qu'il s'était allumé...

Et ce fut avec un calme apparent qu'elle reprit :

— Mais, non, vous vous moquez... C'est une plaisanterie... Il ne saurait y avoir rien de sérieux dans ce langage...

— Cependant, répliqua la devineresse, ce n'est pas la première fois qu'il frappe votre oreille...

— Comment?...

— Souvenez-vous du bonhomme Barbé...

— Le bonhomme Barbé ?...

— Ce maçon, qui, un jour, à l'hôtel d'Albret, s'écria prophétiquement en vous voyant franchir le seuil de l'endroit où il travaillait :

« *Voilà celle qui, du sentier des ronces et des épines, arrivera au faîte des grandeurs.* »

— Oui, je me rappelle ces paroles; mais je me rappelle également quelle bruyante hilarité elles soulevèrent parmi les personnes présentes.

— Alors vous n'avez pas oublié non plus cette riposte du bonhomme :

« *Eh! mesdames, vous feriez mieux de baiser le bas de sa robe que d'essayer de vous divertir à ses dépens.* »

Et la Manicarde ajouta d'une voix inspirée :

— Dieu met parfois la vérité dans la bouche des plus humbles.

« Il révèle souvent aux moins autorisés le secret de ses impénétrables volontés...

« A mon tour, je viens vous dire, à vous, l'ancienne prisonnière de la Conciergerie de Niort, l'orpheline ballottée au souffle des autans comme l'enfant l'avait été au flux et au reflux des mers, la jeune fille qui mangea le pain amer de la charité et la jeune femme dont le sort fut lié à celui d'un moribond famélique :

« Vos peines sont près de finir. Vous allez sortir de l'obscurité, sous un rayon tombé de la couronne de France, comme vous êtes sortie autrefois, sous les baisers de votre mère, du sommeil léthargique qui allait vous donner pour tombe les profondeurs de l'Océan. L'adversité va s'éloigner de vous comme le serpent dont vous faillîtes devenir jadis la victime...

« *Un grand monarque vous aimera. Il vous fera sa femme. Vous serez reine.*

La devineresse s'était tue, fatiguée.

Le visage de son interlocutrice était resté tranquille, tant l'incroyable force de volonté de celle-ci savait empêcher que rien ne transparût au dehors, des sentiments qui l'agitaient.

Seulement, elle avait baissé ses paupières, comme si elle redoutait que l'éblouissante perspective, qui venait se dérouler devant ses yeux, ne l'aveu-

glât de sa splendeur, — et, en dépit de ses efforts, son sein avait des soubre-
sauts violents sous l'étoffe de sa robe, tandis que l'on percevait dans le silence
les battements précipités de son cœur.

En ce moment, la draperie qui fermait le retrait se souleva, et dans l'entre-
bâillement se montra la tête de celle des trois visiteuses qui n'avait pas encore
consulté la Manicarde.

— Ah çà! demanda-t-elle à cette dernière, est-ce que ce ne sera pas bientôt
mon tour d'écouter vos balivernes?

La sibylle ne lui répondit pas dès l'abord.

Elle s'inclina devant la future « reine de France ».

— Madame, prononça-t-elle, je n'ai plus rien à vous dire.

Puis, se retournant vers celle qui l'interpellait :

— Quant à vous, *ma bonne*, je n'aurai ni grande peine ni grand mérite à
vous bailler votre part de mes balivernes. Comme les autres, vous aurez votre
instant de faveur. Mais, pour dame d'Heudicourt que vous soyez, et nièce d'un
maréchal de France[1], vous n'en serez pas moins évincée de la cour à cause de
votre méchante langue[2].

XX

DE LA RUE DU BOULOI AU PONT-NEUF

Les trois visiteuses avaient quitté le logis de la Manicarde. Elles cheminaient,
silencieuses et sérieuses. Celle qu'on avait appelée Mme d'Heudicourt était
encore toute *déferrée* de l'apostrophe de la sibylle. La blonde aux formes opulentes avait au front un pli qui indiquait une grave préoccupation. La brune au
teint créole rêvait à ce qu'elle venait d'entendre.

Pendant le temps qu'elles avaient passé à interroger l'avenir, la nuit était
venue et les rues s'étaient dépeuplées comme par enchantement.

Paris n'était pas encore — il s'en fallait et il s'en faut même de beaucoup —
la ville sûre et bien gardée où il est permis de s'attarder sans danger.

A part la lune, qui existait déjà, les nuits de Paris n'avaient d'autres illu-
minations que les lanternes accrochées çà et là par l'ordre de M. de la Reynie.

1. Le maréchal d'Albret.
2. Historique.

De ces lanternes, — grand'mères des réverbères d'antan, — il y avait à peine une soixantaine pour une ville qui commençait à compter un demi-million d'habitants.

Aussi, dès les dernières lueurs du jour, les rues en deuil se transformaient-elles en autant de solitudes sombres, au fond desquelles grouillait une armée de *malvoulants* : charlatans, bohémiens, tire-laine, coupeurs de bourses, mendiants valides, faux estropiés, laquais sans place, soldats sans compagnie, chercheuses d'aventures et coureuses de remparts.

Nos trois voyageuses n'étaient rien de tout cela.

C'est pourquoi elles se dépêchaient, de peur de mauvaise rencontre.

Soudain, à l'embranchement de la rue Croix-des-Petits-Champs et de la rue Saint-Honoré, un pas sonore martela le pavé derrière elles.

Toutes trois, elles se regardèrent avec une inquiétude naissante.

Puis, sans échanger un seul mot, elles précipitèrent leur allure.

La personne qui les talonnait précipita la sienne.

Elles tournèrent à droite.

Elle tourna à droite.

Elles se jetèrent dans la rue du Roule, puis dans celle de la Monnaie.

Elle enfila ces deux rues à leurs trousses.

— Décidément, on nous suit, fit la brune dont la voix tremblait.

— C'est un homme, dit la petite dame d'Heudicourt. Je l'ai aperçu tout à l'heure en me retournant. Un homme armé. J'ai vu briller dans l'ombre le pommeau de son épée.

La troisième, — la blonde, — pensa tout haut :

— On m'a peut-être reconnue... J'ai nombre d'ennemis à la cour... Si l'on en voulait à ma vie !

Elle doubla le pas...

Ses compagnes l'imitèrent...

L'homme au pommeau d'épée fit de même...

Épeurées, elles se mirent à courir...

L'homme se mit à courir pareillement...

Elles prirent par le quai du Louvre...

Il prit également par le quai...

En proie à une terreur qui grandissait sans cesse, elles allaient, appuyées les unes aux autres, essoufflées, haletantes, sentant mutuellement palpiter leur cœur...

— Jésus Dieu ! je n'en puis plus ! murmura la nièce du maréchal.

Et la brune, qui était près de défaillir :

— Nous n'arriverons jamais au faubourg Saint-Jacques !...

Leur compagne essaya de leur redonner du courage :

— En attendant, prends cet or.

— Marchons toujours... Voici le Pont-Neuf... Nous rencontrerons peut-être une patrouille du guet...

Mais elles savaient bien que le guet se hasardait rarement dehors à cette heure, de peur d'être rossé d'importance par les ivrognes et les voleurs.

Elles n'en firent pas moins un effort. L'épouvante leur donnait des ailes. Elles s'engagèrent sur le pont...

Celui-ci, dans la journée, était comme un champ de foire où les badauds fourmillaient autour des boutiques et des théâtres en plein vent : marchands d'orviétan, arracheurs de dents, marionnettes, joueurs de gobelets...

Oui, mais, dès la tombée de la nuit, il devenait désert, noir, suspect, terrible !...

Nos pauvres femmes ne pouvaient plus se soutenir.

Et le pas qui les pourchassait se rapprochait sensiblement.

L'homme gagnait du terrain.

Encore un peu, il allait les atteindre !

Pour comble, un obstacle imprévu se dressa soudain devant elles...

C'était un sergent recruteur qui sortait d'un cabaret situé à la place occupée maintenant par le magasin d'un opticien célèbre. Ce soudard équivoque avait bu plus que de raison. Il paraissait d'une gaieté folle.

— Tiens ! s'exclama-t-il en se heurtant à nos fuyardes, trois amours de poupées qui courent le guilledou ! On va batifoler ensemble !...

Il n'eut qu'à ouvrir les bras pour barrer le passage. Les malheureuses eurent beau se rejeter en arrière. Il les réunit dans une brutale étreinte :

— Allons, ne soyons pas farouches. Vénus fait bon ménage avec Mars et Bacchus. Un baiser, hein, là, mes poulettes ?

Il n'avait pas achevé sa phrase, qu'il poussait un grand cri et tombait, foudroyé...

L'homme qui suivait les trois femmes était arrivé comme une trombe et l'avait abattu d'un coup de poing...

Après quoi, cet homme mit le chapeau à la main, et, d'une bonne voix franche et ronde :

— Demoiselles, demanda-t-il, le chemin de la place Royale ?

. . . .

. . . .

Nous avons laissé notre ami Joël sur le seuil de la *Cour des Coches.*

Tout d'abord, le brave garçon avait éprouvé un malaise profond en se sentant seul et perdu dans ce grand Paris comme un noyé au fond de la mer. Son regard avait interrogé toutes les figures, toutes les tournures. Volontiers, il eût sauté au cou du premier venu, si le visage de celui-ci ne lui eût point été tout à fait inconnu.

Mais ce n'était pas un gaillard à s'endormir indéfiniment dans la torpeur et le découragement.

Quelque chose l'avait tout à coup tiré de cet engourdissement.

Ce quelque chose était le cri de son estomac.

Notre Breton avait l'appétit de son âge.

Or, il se rappelait, en ce moment, qu'il n'avait pas mangé depuis le matin.

— Il faudrait pourtant, pensa-t-il, que je me misse en quête de la table et du logement.

Ensuite, il avait réfléchi à ce que Mlle de la Tremblaye lui avait dit en le quittant...

La jeune fille allait habiter aux environs de la place Royale.

Pour se rapprocher d'elle, c'était donc de ce côté qu'il devait chercher un gîte.

Maintenant, où se trouvait-elle, cette place ?

C'est ce dont il s'était enquis à un quidam.

Sur les indications de celui-ci, il avait franchi la porte Saint-Honoré et suivi la rue du même nom.

La longueur du trajet ne l'effrayait point. C'était un jarret solide. Son épée seule, — celle de Porthos, — l'incommodait fort en lui battant les mollets, car, à Belle-Isle, il n'avait pas acquis l'habitude de porter l'épée. Ce frottement perpétuel lui causait de l'inquiétude et ralentissait sa marche...

Ajoutez tout un monde de choses nouvelles qui l'accrochait au passage : le tumulte des gens qui allaient et venaient en le heurtant ; le roulement des voitures ; la hauteur des maisons ; la magnificence des églises, des monuments et des hôtels...

De leur côté, les Parisiens se retournaient pour le regarder : son costume breton les étonnait outre mesure, et son air emprunté amenait un sourire sur leurs lèvres toujours prêtes à la raillerie...

Oui, mais ses formes vigoureuses lui épargnaient les quolibets dont tout autre n'eût pas manqué d'être l'objet...

Notre héros était, en effet, taillé sur le patron de son père, ce qui, dans tous les pays du monde, inspire une certaine considération.

Nonobstant, tout cela le retardait dans sa route ; si bien que le jour baissait lorsqu'il arriva devant le Palais-Royal, — dont il s'arrêta assez longtemps à admirer l'ordonnance et l'architecture, — et qu'il était nuit close lorsqu'il parvint à la hauteur de la rue Croix-des-Petits-Champs, où il fit halte également, mais cette fois dans l'intention de s'orienter auprès d'un passant.

Par malheur, il n'y avait plus de passants.

Les portes s'étaient fermées avec le crépuscule. On avait mis les volets aux fenêtres. Paris, à cette époque, se couchait de bonne heure.

Ce fut en ce moment que les trois prétendues bourgeoises, qui sortaient de chez la Manicarde, débouchèrent dans la rue Saint-Honoré.

— Bon, se dit le jeune homme, voici trois commères qui vont pouvoir me renseigner.

Et il hâta le pas pour les rejoindre.

Nous savons ce qu'il en advint :

Les trois femmes prirent peur et s'enfuirent.

Les Bretons sont têtus, c'est un fait acquis.

Or, nous croyons avoir déjà indiqué que, sous ce rapport, Joël était deux fois Breton.

Il tenait à son renseignement. Celui-ci s'éloignait à tire-d'aile. Il le poursuivit à toutes jambes.

Voilà comment nous retrouvons notre héros planté au milieu du Pont-Neuf, entre le recruteur couché dans la boue et les « trois commères » à demi mortes de fatigue, d'émotion et d'étonnement.

XXI

DU PONT-NEUF AU FAUBOURG SAINT-JACQUES

Elles étaient là, serrées les unes contre les autres, sans respiration, encore frissonnantes. La voix leur manquait. Ce ne fut qu'au bout d'un instant que la petite Mme d'Heudicourt se hasarda à interroger :

— Que voulez-vous de nous, monsieur?

Joël salua derechef et réitéra de son ton le plus engageant :

— Le chemin de la place Royale, s'il vous plaît?

— Comment! exclama la questionneuse, c'est pour nous demander le chemin de la place Royale...

— Que je galope à fond de train derrière vous depuis un quart d'heure. Eh! mon Dieu, oui, mesdemoiselles, — et, sans reproche, vous avez bien failli me mettre sur les dents; car vous détaliez comme des lièvres en plaine.

Il essuya la sueur qui lui coulait du front.

— Vous n'êtes donc pas un voleur? s'exclama de nouveau son interlocutrice.

L'honnête garçon eut un rire retentissant :

— Un voleur?... Merci de l'opinion!... Moi, un malheureux étranger égaré dans le labyrinte de votre satané Paris!...

— Vous êtes étranger?...

— Débarqué, ce soir même, par le coche de Nantes, de Belle-Isle-en-Mer, mon pays.

La femme brune se pencha vers sa compagne blonde :

— Il dit vrai. Je reconnais le costume qu'il porte. C'est celui des riches paysans de cette partie de la Bretagne.

M{{me}} d'Heudicourt reprit, en désignant du doigt l'ivrogne, affalé, la face contre terre :

— Mais cet homme?

— Ce chenapan qui humilie le tas de boue?... Il vous manquait : ma foi, je ne l'ai pas manqué.

— Vous l'avez tué?

— Pas tout à fait. J'y ai mis des ménagements. Il n'est guère qu'à demi fêlé...

Puis, faisant un pas en arrière :

— Maintenant, conclut notre héros, permettez-moi de vous brûler la politesse : car j'ai l'appétit qui me tire par les pans de mon estomac...

— Un moment, un moment, monsieur !

C'était celle des trois prétendues bourgeoises qui avait reçu de la Manicarde le nom de marquise, qui, allongeant le bras vers Joël, essayait de l'arrêter dans son mouvement de retraite, par cette phrase et par ce geste d'une souveraine autorité.

— Qu'y a-t-il pour votre service? questionna le Breton sans se montrer autrement impressionné.

— Monsieur, j'imagine que vous êtes un brave et galant cavalier...

— Brave? Je ne sais pas si je le suis : n'ayant jamais tenté l'épreuve... Galant, je m'efforce de l'être autant que faire se peut chez un pauvre campagnard, chez un provincial qui n'entend rien aux belles manières... Pour cavalier, il ne me manque que le cheval.

Son accent était si net et si gaillard, que son interlocutrice ne put s'empêcher d'examiner curieusement — en dessous — celui qui lui parlait avec cette bonhomie, et qu'elle remarqua qu'en dépit du hâle des champs étendu sur le visage et sur les mains robustes de ce dernier, c'était un beau garçon à l'œil vif, à la jambe bien prise, à la structure pleine de promesses.

Aussi, adoucissant ce qu'il y avait de hautain dans sa physionomie et d'impérieux dans le timbre de sa voix :

— Monsieur, continua-t-elle, j'ai une requête à vous adresser...

— Adressez!... Ne vous gênez pas!... J'écoute...

— Nous sommes, mes amies et moi, encore loin de notre logis... Si une aventure, du genre de celle dont vous venez de nous tirer, allait se dresser derechef sur notre route?... Les mauvaises rencontres sont si fréquentes à cette heure et dans ces parages !. .

— Eh bien?...

— Eh bien! ne nous retirez pas la protection de votre force et l'appui de votre courage. Ne nous laissez pas aller ainsi, seules et faibles, dans la nuit. Accompagnez - nous, escortez - nous, défendez - nous jusqu'à notre porte!...

— Oh! oui, ne nous abandonnez pas! appuya la petite Mme d'Heudicourt.

Leur compagne ne dit rien.

Mais ses grands yeux de velours étaient si éloquents dans leur prière muette!

Notre héros avait terriblement envie de *se rebecquer* — ainsi que l'on disait alors — contre cette nouvelle corvée...

Une faim canine le tenaillait, d'abord...

Et puis, il commençait à se sentir fatigué...

Mais il y avait en lui l'étoffe d'un chevalier...

— Mesdemoiselles, répondit-il, faites état de moi à votre convenance.

. . . .

On marchait dans la direction du faubourg Saint-Jacques. Les trois femmes paraissaient complètement rassurées. Encore un peu, elles auraient ri de leur terreur et de leur fuite de tout à l'heure. Pour Joël, il mangeait sa faim et sa fatigue en les assaisonnant de gaîté. Cependant, cramponné à son idée première :

— Ça! mesdemoiselles, disait-il, le proverbe prétend que tout chemin mène à Rome. Je ne voudrais pas avoir l'air de me défier du proverbe. Nonobstant, je ne serais pas fâché de savoir si celui que nous suivons en ce moment, le chemin, conduit à la place Royale.

— Vous tenez donc bien à aller de ce côté? s'informa Mme d'Heudicourt.

— Dame! fit notre héros qui rougit quelque peu, j'ai par là des connaissances, — des personnes dont je ne veux pas m'éloigner, afin d'être toujours à même de leur prêter assistance s'il en était besoin.

— Et, pour vous y rendre, ce soir, vous n'hésiterez pas à traverser seul la moitié de Paris?

— Seul?... Que non pas!... J'ai mon épée.

— Eh! mais, murmura la brune à l'oreille de la blonde, voilà, ce me semble, un mot qui n'est pas d'un vilain. Qu'en pensez-vous, chère madame?

L'autre ne répondit pas.

Elle continuait à considérer, à la dérobée, le jeune homme sur toutes les coutures.

Ce dernier reprit, sans s'apercevoir de l'attention sournoise dont il était l'objet :

— Ce n'est pas qu'elle ne m'embarrasse point un tantinet, cette grande diablesse d'épée, longue comme un jour sans pain ! Parce que, quand on n'est pas accoutumé... Et puis, elle ne va guère avec mon habit de paysan... Un habit qui a joliment fait retourner les Parisiens, tout de même !

Il ajouta avec un haussement d'épaules :

— Comme si le cœur qui bat dessous était autrement façonné que celui des honnêtes gens !...

On passait sur le quai Saint-Michel.

— Comment vous nomme-t-on ? demanda la femme blonde.

— Joël, pour vous servir, mademoiselle ; et vous ?

— Moi, on m'appelle Athénaïs.

— Athénaïs !... Bravo !... Un nom qui vous va comme un gant !

— Vraiment ?

— Oui, certes : il est noble, imposant, majestueux...

— Et vous trouvez que j'ai l'air...

— D'une grande dame de la cour : voilà !

— Voyez-vous cela ?... Un compliment !... Décidément, la Bretagne commence à être en France !

Elle ne le quittait pas des yeux.

Il est vrai que les plus « grandes dames de la cour » l'eussent regardé sans répugnance.

Sa taille haute et dégagée donnait à chacun de ses mouvements une sorte de grâce naturelle, et la fière énergie de ses traits eût fait envie à un prince.

Sa timidité même, exempte de gaucherie, était une séduction, et la fausse bourgeoise, qui était connaisseuse, avait lu dans le clair azur de ses yeux tout un poème d'audacieuse candeur.

— Eh bien ! monsieur Joël, reprit-elle, le pavé est glissant, la chaussée effondrée, la nuit noire comme un four. A chaque pas j'ai peur de tomber. Voulez-vous m'offrir le bras ?

— Avec plaisir, mademoiselle Athénaïs.

Notre héros arrondit le coude avec empressement et le bras de « mademoiselle Athénaïs » vint prendre place sous le sien. Ce bras tremblait légèrement. Il frôlait la poitrine du jeune homme avec une douce chaleur et un frémissement qui était presque une caresse...

On arrivait à la place Saint-Michel.

— Monsieur Joël, dit la marquise, gageons que c'est pour y chercher fortune que vous avez fait le voyage de Paris.

— Gagez, et vous perdrez.

— Bah !

— La fortune est, pour le moment, la cadette de mes préoccupations.

— Alors, c'est une femme qui vous attire ici?

— Une femme?... Ah! ma foi, non!... Je pourrais même dire : au contraire!...

— Comment?...

— C'est d'un homme que je suis en quête...

— Un protecteur, sans doute?...

— Plus qu'un protecteur : l'arbitre de mon avenir, de ma destinée, de toute ma vie...

— Et cet homme, c'est...

Au lieu de répondre à cette question :

— Attention! fit Joël, obliquons sur la droite. Voici une maison en démolition. Nous risquerions de butter contre un tas de décombres...

La questionneuse insista :

— Je vous demande quel est cet homme.

Le jeune homme lui serra le coude :

— Un peu à gauche, maintenant... Voilà une flaque d'eau... Prenez garde : vous allez mettre le pied dedans...

Leurs regards se rencontrèrent, et Athénaïs le menaça gaiement du doigt :

— Ah! Breton doublé de Normand!... C'est ainsi que vous rompez les chiens!... Tout cela pour ne pas me confier votre secret!...

— Ce secret ne m'appartient pas, repartit Joël gravement : c'est celui d'une pauvre morte...

— C'est bon. Conservez-le. On ne vous le volera point... Je n'ai pas l'habitude de crocheter les gens... Cependant, écoutez : s'il vous advenait, par hasard, de ne pas obtenir de ce personnage ce que vous vous croyez autorisé à en attendre, ou si, — tout simplement, — vous ne le retrouviez pas, que feriez-vous?

— Je me ferais soldat du roi, et je m'en irais chercher fortune, comme vous dites, où il y aurait des coups à donner ou à recevoir.

— Et, certes, vous feriez votre chemin aux armées... Pour peu que vous soyez de naissance... Ou que vous ayez une amie...

— Une amie?...

— Oui : sûre, dévouée, puissante... Capable de tout... Même de vous produire à la cour...

Notre héros eut un bruyant accès d'hilarité :

— Je tuerais le roi, si c'était le roi qui voulût du mal à Aurore.

— A la cour! Ah! par exemple!... Il faudrait qu'elle eût un bras de taille à dénouer, sans se baisser, les bouffettes de ses chaussures!... Et puis, va-t'en voir s'il en pleut, des amies d'un pareil calibre!...

— Vous n'en manqueriez pas, pourtant. C'est moi qui vous l'affirme. Avec votre bravoure et votre bonne mine!...

Le jeune homme se mit à fredonner le vieux noël :

<blockquote>
Allons tous à la crèche
Entendre un beau sermon...
</blockquote>

Elle l'interrompit brusquement pour lui demander à brûle-pourpoint :

— Mon compagnon, n'avez-vous pas une amoureuse?

XXII

LA MAISON GRISE

On entrait dans le faubourg Saint-Jacques. Les deux compagnes de M⁽ˡˡᵉ⁾ Athénaïs cheminaient discrètement à quelques pas en arrière de celle-ci, ayant l'air de ne rien écouter, mais s'évertuant à tout entendre. La petite M⁽ᵐᵉ⁾ d'Heudicourt, du reste, — qui était « fort plaisante, mais méchante à l'avenant », à ce que prétend Saint-Simon, — avait résumé la situation par cette phrase :

— Cette femme-là aurait le Père, le Fils et le Saint-Esprit, qu'il lui faudrait encore, avec, tous les saints du calendrier!

Devant la question posée, notre héros gardait le silence.

Cette question venait d'évoquer dans son esprit le souvenir de M⁽ᵐᵉ⁾ de la Tremblaye.

Il la voyait marcher, sur la route de Saumur à Paris, avec sa taille gracieuse qui donnait des plis charmants à l'étoffe moelleuse de sa jupe. Son chapeau de voyage pendait à son bras. La brise jouait dans ses cheveux...

A la fin, d'une voix dans laquelle toute son âme avait passé :

— Je n'ai pas d'amoureuse, dit-il; mais je crois que j'ai un amour.

— Et depuis quand croyez-vous cela?

— Ma foi, depuis ce soir, mademoiselle.

— Et à quoi vous en êtes-vous aperçu?

— Dame! à ce que j'éprouve. Mon pouls bat comme si j'avais la fièvre. On dirait qu'une digue s'est rompue dans les vaisseaux où mon sang circule, et que ce sang lui-même est une flamme liquide. Mon cœur me semble à l'étroit dans ma poitrine. Et c'est encore un cercle de feu que j'ai autour des tempes!...

Elle se serra contre lui avec un ronron de chatte :

— Mais c'est de la passion, ou je ne m'y connais pas!... De la passion comme il est rare d'en rencontrer!... De l'ardente, de la vraie, de la bonne!...

— Jamais les femmes ne m'avaient produit cet effet-là!... Du diable si c'est naturel!... Tenez, lorsque mon bras effleure votre corsage, je me sens comme des piqûres d'aiguilles par tout le corps, et, tout à l'heure, j'ai manqué de tomber, parce qu'une boucle de vos cheveux s'est égarée le long de ma joue!...

Leurs regards se choquèrent de nouveau.

Les prunelles de la marquise lançaient des éclairs que ne pouvait voiler le rideau de ses cils.

— Pour qu'elle vous payât de retour, que lui donneriez-vous, reprit-elle, à celle qui vous a inspiré cet amour?

— Tout ce que j'ai, pas grand'chose, ma vie.

Il s'était redressé de toute sa hauteur. L'héroïsme d'un preux resplendissait en lui. Son interlocutrice le contemplait avec une muette admiration.

Ensuite, elle interrogea, — le tutoyant peut-être à son insu :

— Ainsi tu la défendrais envers et contre tous?

— Oui, certes!

— Et, si quelqu'un tramait sa perte...

Une pâleur mortelle couvrit le visage du Breton. Il resta un instant immobile. Puis sa taille parut encore grandir. Ses longs cheveux semblèrent rayonner autour de son front...

On eût juré qu'un flot de paroles foudroyantes allait jaillir de ses lèvres...

Mais il murmura seulement d'une voix sourde :

— Si c'était vous, je vous tuerais!...

Athénaïs poussa un cri :

— Comment, si c'était moi!... Je ne comprends plus!... Cette femme, ce n'est donc pas...

Il l'interrompit, emporté par un élan irrésistible :

— Je tuerais le roi, si c'était le roi qui voulût du mal à Aurore!.

Elle le considérait avec stupeur :

— Aurore?... Vous avez dit Aurore?... Quel est ce nom?...

— C'est celui de la noble fille à qui je me suis donné tout entier...

— Une jeune fille que vous aimez?...

— Je n'ai jamais aimé qu'elle, je n'aimerai jamais qu'elle, et elle sera ma femme lorsque j'aurai conquis ce qui me rendra digne de sa tendresse et de sa main : un nom, un rang, une fortune !

La marquise arracha son bras de dessous celui du jeune homme...

Et, comme celui-ci la regardait avec de grands yeux étonnés :

— Nous sommes arrivés, fit-elle, et je n'ai plus besoin de votre office.

. . . .

C'était un logis bas et triste, accroupi, entre cour et jardin, derrière de hautes murailles.

Il se composait d'un corps de bâtiment, — rez-de-chaussée avec mansardes, — et de deux ailes en retour : les écuries et les communs.

Les gens du quartier l'avaient baptisé *la Maison grise*, à cause de la couleur maussade de ses pierres et de son toit d'ardoises.

La *Maison grise* n'avait point fort grand air...

Elle ne laissa pas moins, quand on s'arrêta devant, que d'étonner notre héros.

Celui-ci s'attendait si bien à reconduire « ces demoiselles » jusqu'à une bicoque de bourgeois ou à une échoppe de marchand !...

Au coup de marteau frappé contre la porte cochère, — qui communiquait au faubourg, — un vieux domestique vint ouvrir et introduisit les survenants dans la cour :

— Honorin, faites atteler, lui commanda la compagne de Joël en franchissant le seuil.

— Madame la marquise retourne à Saint-Germain? demanda respectueusement le valet.

— Non ; je passerai la nuit ici : c'est monsieur qu'il s'agit de conduire à la place Royale.

Elle désignait notre Breton, qui ricochait de surprise en surprise.

— N'est-ce pas là, ajoutait-elle en interpellant ce dernier, qu'habite l'objet de cette belle flamme que vous me dépeigniez si éloquemment tout à l'heure?

. . . .

En ce moment, un enfant apparut sur le perron de la *Maison grise* : un enfant âgé de huit ans environ, vêtu de velours nacarat avec de riches dentelles d'or et d'argent, doué d'une figure intelligente, aux traits fins et mélancoliques, mais affligé d'une claudication prononcée résultant d'un pied difforme et d'une jambe plus courte que l'autre.

Ce pauvre estropié s'en vint, en sautillant aussi vite que son infirmité le lui permettait, se jeter dans les bras de la femme brune, qu'il couvrit de baisers et d'exclamations de joie :

— Enfin, chère maman, vous voilà!... Je n'ai pas voulu me mettre au lit avant que vous fussiez de retour... J'avais si peur qu'il ne vous fût arrivé quelque embarras, quelque accident, quelque malheur !

— Monseigneur, prononça doucement celle à qui s'adressaient ces marques de tendresse, n'apercevez-vous pas Mme la marquise?

L'enfant se retourna vers celle-ci :

— Bonsoir, ma mère, dit-il sans bouger.

La marquise pinça la bouche :

— Eh ! bon Dieu ! fit-elle, que de bruit, parce qu'il m'a plu de vous enlever, un instant votre gouvernante ! Vous devriez dormir, à cette heure, Louis... Çà ! d'Heudicourt, qu'on le reconduise dans ses appartements et qu'on le couche sur-le-champ !...

D'Heudicourt fit un mouvement...

Mais le petit boiteux, tout en larmes, s'était cramponné aux jupes de sa gouvernante...

— Madame, pria cette dernière, veuillez souffrir que je me charge de ce soin : M. le duc ne saurait s'endormir si je n'étais auprès de lui pour le bercer de quelque conte ou de quelque chanson.

Athénaïs eut un geste d'indifférence.

— A votre aise, madame la Sagesse... Moi, je tombe de fatigue et je vais me reposer... D'Heudicourt, venez aider mes femmes à me défaire.

Puis revenant vers notre héros qui demeurait interloqué, stupéfait, ahuri de tout ce qu'il entendait :

— Mon jeune monsieur, reprit-elle, c'est toujours une folie d'être amoureux ; mais, quand on cherche à parvenir, c'est plus qu'une folie : c'est une bêtise.

Elle lui tendit la main avec cette majesté qui appelle les lèvres. Joël lui baisa le bout des doigts. Après quoi, elle se retira d'un pas de reine.

La gouvernante se prépara à la suivre.

Elle avait pris son élève dans ses bras, afin de lui épargner la peine de monter les degrés du perron.

Mais avant de s'éloigner :

— Monsieur Joël, dit-elle au jeune homme qui restait là, planté en point d'exclamation, voici le carrosse de Mme la marquise, qui va vous déposer où bon vous semblera.

Puis, avec une voix et un regard pénétrants :

— Ma noble amie a oublié, si je ne m'abuse, de vous remercier du service rendu. Je m'en souviendrai pour elle. Si jamais vous avez besoin de mes services, n'hésitez pas à venir frapper à cette porte, et à demander Françoise d'Aubigné, veuve Scarron.

XXIII

LE CABARET DU MAURE-QUI-TROMPE

Le cabaret du *Maure-qui-Trompe* tirait son nom de l'enseigne qui virait et geignait au vent au-dessus de sa porte : une plaque de tôle, rouillée par la pluie et le soleil, sur laquelle un Raphaël en bâtiment avait autrefois figuré — dans des tons d'une violence atténuée par le temps — un nègre, d'aspect rébarbatif, en train de souffler dans une trompette d'une envergure non moins formidable.

Dans la bonne ville de Nancy, il y avait, au xv⁰ siècle, une hôtellerie, et il y a encore aujourd'hui, une rue connue sous ce nom. Nous ignorons si l'hôtellerie hébergeait des gens de condition. Ce qu'il y a de constant, par exemple, c'est que la rue ne jouit pas d'une réputation irréprochable.

L'établissement dont il s'agit pour le moment s'élevait vers le milieu de la rue du Pas-de-la-Mule, laquelle confinait, comme on sait, aux arcades de la place Royale.

C'était un vénérable édifice, coiffé d'un toit en poivrière, et la façade chevronnée de poutres qui s'encastraient dans la maçonnerie.

Le premier étage, en saillie, formait auvent au-dessus du rez-de-chaussée. Il se composait d'une grande chambre, aux fenêtres maillées de plomb, où le cabaretier logeait à pied : c'est-à-dire qu'il louait — à la nuit, à la semaine ou au mois — aux étrangers, dépourvus du luxe d'un cheval ou du faste d'un équipage. Pour lui, il s'était installé — tout modestement — dans les combles, avec « son premier garçon », lequel, du reste, était le seul.

Le rez-de-chaussée était occupé tout entier par « la salle » et par la cuisine.

Rien ne séparait, d'ailleurs, celle-ci de celle-là.

La partie de cette vaste pièce, qui faisait bordure sur la rue, était réservée aux consommateurs.

L'autre, celle du fond, s'affectait aux élaborations culinaires du maître de la maison : il s'y dressait une cheminée, dans les profondeurs de laquelle les héros du divin Homère auraient facilement fait rôtir les bœufs entiers dont parlent l'*Iliade* et l'*Odyssée* ..

Seulement, ces monstrueuses victuailles y étaient remplacées, tous les jours que Dieu fasse, — jours ouvriers, dimanches et fêtes carillonnées, — par un gigot en train de tourner à la broche devant trois bûches qui flambaient sur des landiers monumentaux.

La présence au feu de ce gigot quotidien exige une explication que nous vous donnerons tout à l'heure.

Rien de plus primitif et de moins luxueux que l'aménagement de ce *hall* à deux fins.

La salle proprement dite était succinctement meublée de tables et d'escabeaux de chêne bruni et lustré par le frottement des manches des buveurs et le contact de leurs chausses.

La cuisine se tapissait de toute une collection de casseroles, de lèchefrites, de daubières et de vaisselles, dont le cuivre et l'étain, soigneusement fourbis, étincelaient comme des soleils d'or et d'argent dans la pénombre enfumée des arrière-plans.

Au milieu de cet arsenal d'ustensiles d'apparence alléchante et pacifique, une colichemarde, d'une longueur invraisemblable, jurait, accrochée à la place d'honneur, à côté de la maîtresse broche.

Ah ! c'est que maître Bonaventure Bonlarron, — ainsi se nommait le propriétaire du cabaret du *Maure-qui-Trompe*, — avait été homme d'épée, de guerre et d'aventures, avant de devenir homme d'intérieur, de tranche-lard et de fourneaux.

Il avait porté la hallebarde de sergent dans le régiment de la Ferté, et blessé d'un coup de mousquet à Rocroy, dans la fameuse charge du jeune duc d'Enghien contre la terrible réserve espagnole du vieux comte de Fuentès, ce n'était qu'à son corps défendant qu'il avait déposé le harnais du soudard pour le tablier du marchand de vin traiteur.

Dès l'abord, il n'avait pas eu à se plaindre de l'échange.

La place Royale était alors la promenade favorite des grands seigneurs et des belles dames. Marion de Lorme et Ninon de Lenclos y tenaient cour d'amour et boutique d'inconstance. Sous ses arcades, derrière ses grilles, se réunissait chaque jour tout ce que la cour comptait de galants cavaliers, de beaux-esprits, de séduisantes pécheresses et de précieuses en renom.

Et puis, c'était aussi l'endroit où se vidaient les affaires d'honneur.

Le Pré-aux-Clercs avait fait son temps.

De par la mode souveraine, défense de se couper la gorge ailleurs que dans ce coin privilégié de Paris.

C'était là que, pour une cause des plus futiles, Boutteville, des Chapelles et la Berthe s'étaient battus contre Bussy d'Amboise et Choquet, — infraction aux édits de Richelieu que Boutteville et des Chapelles avaient payée de leur tête.

C'était là pareillement que s'étaient rencontrés, pour vider la querelle de leurs deux maisons sous prétexte de prendre parti dans une rivalité de femmes, le duc de Guise et Coligny, descendants du Balafré et de l'amiral, — l'un, champion de Mme de Longueville, et l'autre, amant de Mme de Montbazon, — rencontre à la suite de laquelle le dernier était mort de ses blessures.

C'était toujours là que le jeune marquis de Châteauvillain avait été tué d'un coup de pistolet dans un duel *de nuit*, sous les arcades.

Car, sous la minorité de Louis XIV, la rage des combats singuliers, — un instant étouffée par la main de fer du grand cardinal, — avait repris comme à l'époque où, d'après le calcul de M. de Loménie, elle ne coûtait pas à la France moins de *deux cent vingt* gentilshommes par an.

Le peuple est friand de toute espèce de spectacles.

Celui de Paris ne dédaignait point de voir s'écharper les grands seigneurs et parader les belles dames.

D'où affluence de consommateurs dans les cabarets voisins de la place Royale, et en particulier, chez maître Bonlarron, dont le petit vin clairet des côtes de Toul et du Barrois — le gargotier était d'origine lorraine — avait conquis tous les suffrages des gourmets de la capitale.

Et ce n'étaient pas seulement les artisans et les bourgeois qui avaient pris l'habitude de fréquenter l'établissement du *Maure-qui-Trompe*...

Avant de disputer à la pointe de l'épée les faveurs de Marion de Lorme à son rival Rouville, beau-frère de Bussy-Rabutin, le marquis de la Ferté-Senectère, — ou plutôt Saint-Nectaire, — colonel propriétaire du régiment dans lequel notre Lorrain avait servi, était venu déjeuner chez son ancien sergent.

Il n'en fallait pas davantage pour mettre celui-ci à la mode.

Depuis lors, il ne s'était pas échangé un coup d'épée ou de pistolet entre gens du bel air, sans qu'adversaires et seconds fussent venus, au préalable, à la taverne de la rue du Pas-de-la-Mule, arroser un gigot à la broche de quelques flacons de Pagny ou de Thiaucourt.

Or, comme chaque jour ramenait son duel, chaque jour ramenait son gigot.

Ç'avait été l'âge d'or du cabaret du *Maure-qui-Trompe*.

Joyeux festins, riches beuveries, estocades mémorables !

Le boursicot de maître Bonaventure s'arrondissait, s'arrondissait, en même temps que sa réputation s'étendait du Cours la Reine à la Bastille, et de la Grange-Batelière aux Carmes-Déchaussés !

Hélas ! tout passe, tout lasse, tout casse !

Nous avons dit que Louis XIV n'avait jamais pardonné aux Parisiens les soucis et les humiliations dont la Fronde avait accablé les commencements de son règne.

Aussi, à peine majeur, s'était-il empressé de fuir une ville qui évoquait de

Il n'avait pas achevé sa phrase qu'il poussait un grand cri et tombait foudroyé.

si cuisants souvenirs pour sa quasi-divinité, et d'installer dans les résidences royales de la banlieue l'éclat de son astre naissant.

La cour avait suivi cette aurore radieuse.

Petits-maîtres et coquettes, cavaliers bretteurs et nobles dames amoureuses avaient déserté à l'envi les arceaux de la place Royale pour la terrasse de Saint-Germain, les ombrages de Marly, de Compiègne, de Fontainebleau, et les constructions ébauchées de Versailles.

Avec eux s'était envolée la vogue du cabaret du *Maure-qui-Trompe*.

On n'y rencontrait plus guère, à l'époque où nous y transporte notre récit, que de rares consommateurs, d'une essence éminemment économique et pacifique,

Des clercs, des écoliers doux comme des moutons,

de petits rentiers du Marais et des boutiquiers du quartier, — tous croquants, — qui ne rappelaient que de fort loin l'ancienne, belliqueuse et magnifique clientèle.

Maître Bonaventure Bonlarron n'en mettait pas moins, chaque matin, un gigot à la broche...

Le gigot qui attendait les raffinés d'honneur!...

Mais il les attendait en vain. Ceux-ci ne venaient point. On ne se battait plus que sur le Rhin, en Piémont, en Franche-Comté et dans les Flandres...

Le gigot, délaissé, se desséchait et se charbonnait devant le feu...

Et l'infortuné cabaretier était contraint de le débiter par tranches à des pratiques du commun...

Quand il ne se voyait pas obligé de se l'incorporer à lui-même pour en trouver le placement!...

Déjà, une douzaine de garçons l'avaient quitté pour cause d'estomac réfractaire à cette nourriture uniforme...

Lui tenait bon : aussi héroïque devant ce plat de tous les jours qu'il l'avait été, dans sa dernière campagne, en face de l'artillerie de don Francesco de Mello et du général Beck!...

Que dis-je! il essayait parfois de railler sa propre infortune!...

En le voyant se mettre à table, un client lui ayant demandé :

— De quoi dînez-vous là, maître Bonaventure? Encore d'un gigot de mouton?... Ah çà! vous ne vous nourrissez donc que de cette partie de l'animal?...

— Vous vous trompez, maître Bernard, avait répondu le Lorrain : ce n'est pas un gigot que je mange...

— Qu'est-ce que vous mangez alors?

— Je mange mes économies.

XXIV

BRELAN DE NOUVELLES CONNAISSANCES

Or, ce soir-là, qui était celui d'un dimanche, maître Bonaventure Bonlarron était seul dans son établissement en compagnie de son nouveau garçon Bistoquet.

Le cabaretier avait passé la soixantaine.

Il ne s'en tenait pas moins droit comme une lame d'épée.

Son grand corps, d'une maigreur nerveuse, sa peau collée sur les os et colorée de tons de brique, sa moustache de chat, sa *royale* ébouriffée et ses cheveux en coup de vent, — tout cela d'un blanc jaunâtre, — son nez en arête tranchante et ses yeux striés de fibrilles rouges sous des sourcils par touffes, comme des soies de sanglier, le faisaient ressembler au héros de Cervantes : l'illustre et immortel don Quichotte de la Manche.

Ajoutons que, quoiqu'il fût vêtu de blanc, — comme c'était la mode pour les sacrificateurs antiques et comme ç'a été, de tout temps, celle des cuisiniers — on reconnaissait en lui le dieu Mars émérite à la façon dont sa toque de toile empesée se penchait *à la rodomont* sur le côté gauche de sa tête ; et dont sa main caressait le couteau à découper passé dans la ceinture de son tablier, ses prunelles roulaient, furieuses, et sa voix ronflait, éclatante, au milieu des circonstances les plus ordinaires de la vie, comme s'il commandait encore aux recrues l'exercice de la pique, du mousquet et de l'espadon.

. . . .

Pour l'instant, maître Bonlarron, la moustache hérissée, de mauvaise humeur, se promenait, avec des allures d'ours en cage, entre les tables de la salle et la cheminée de la cuisine.

Sous le manteau de celle-ci, le gigot traditionnel achevait de se carboniser, — on l'avait embroché à dix heures du matin et il était dix heures du soir, — tandis que sur l'une des tables de celle-là, le garçon Bistoquet était en train de mettre le couvert pour le souper de son maître et le sien.

Ce *famulus* pouvait aller sur ses vingt ans.

C'était un drille d'une laideur incontestable :

Une laideur camarde et ridicule, faite pour endosser la perruque à poils de vache, la casaque rouge et les chausses jaunes du *pitre* de Gros-Guillaume, de Mondor et de Brioché.

Avec cela, sur ce comique-né, l'estampille de niaiserie invétérée et d'outre-cuidante prétention qui est, trop souvent, celle des enfants de Paris.

Tout en alignant sur la nappe les assiettes, les couverts et les gobelets, ce fantoche remuait ses bras longs et gauches d'une manière désordonnée, en même temps que sa bouche, fendue sans parcimonie, marmottait toute sorte de paroles sans suite.

Cette pantomime finit par attirer l'attention de Bonaventure.

Il interrompit son va-et-vient saccadé, et, s'arrêtant devant le garçon :

— Ah çà ! demanda-t-il d'une voix de tonnerre, allez-vous, monsieur Bisto-quet, m'expliquer ce que signifie cette manie de gesticuler à l'instar d'un moulin à vent en goguette ?

Le *famulus* se rengorgea :

— Ce n'est pas une manie, patron... C'est l'inspiration... Je tiens commerce avec la Muse...

— Un commerce ?... La Muse ?... Et qu'est-ce qu'elle vend, cette Muse ?...

Bistoquet se rengorgea :

— Vous n'y êtes pas. C'est une figure. Autrement, pour le commun des mortels, *je compose...*

Pierre Corneille n'eût point dit d'une façon différente :

« Je suis en passe d'écrire le *Menteur* ou le *Cid.* »

Mais l'ancien sergent, roulant des yeux féroces :

— Alors, moi, votre maître, je suis un mortel du commun...

— Patron !...

— Et vous osez parlez de figure !... Mais c'est vous qui êtes une figure !... Et une vilaine figure encore !...

— Patron !...

— Vous composez ?... Après ?... Qu'est-ce que vous composez ?... Un assai-sonnement nouveau, un coulis original ou une sauce inédite ?...

— Patron, ce sont de petits vers qui me viennent naturellement...

— Des vers qui viennent naturellement ?... Que veut dire ce rébus, ou plu-tôt ce fromage ?...

Puis, se frappant le front, après une minute de laborieuse réflexion :

— Mille espontons ! j'y suis ! s'exclama le cabaretier. Vous dites des vers : ce sont des *verses.* Des *verses* de chansons, motets et bergerettes, comme en faisait un de mes anciens clients, M. de Scudéri, un grand homme noir et maigre, avec une rapière de matamore et une moustache de capitan.

Le garçon secoua la tête :

— Je ne suis pas de l'école des rapières et des moustaches. Je suis de celle de M. Loret. Connaissez-vous M. Loret, patron?... .

— Ma foi, non, et j'ignore même dans quelle rue se trouve son école, comme je me demande à quelle heure vous avez le temps de la fréquenter...

— M. Loret est un poète pacifique, qui a imaginé de raconter les événements du jour dans la langue de l'Hélicon et du Permesse...

Maître Bonaventure se fourragea le poil :

— Qu'est-ce que c'est encore que ces deux chrétiens-là? Je ne les ai jamais vus dans mon établissement...

— Je m'honore d'être son disciple et de marcher dans ses semelles... Et, tenez, écoutez ceci... C'est le tableau fidèle de ce qui s'est passé ici-même en cette journée dominicale.

Et le *famulus* déclama avec emphase :

> En ce dimanche de juillet
> Dont le beau temps fut si complet,
> Six bourgeois, plus un militaire,
> Sont venus ici *s'abreuver...e*
> De vin de Brie et cidre doux.
> Recette : six livres dix sous.

Maître Bonlarron fit un brusque haut-le-corps :

— Ah çà! s'écria-t-il, c'est qu'ils riment, tes *verses!*...

Bistoquet eut un sourire d'orgueilleuse modestie :

— Dieu merci, patron, on connaît la prosodie...

— La Prosodie?... Ah! oui : cette grosse fille de vaisselle de l'apothicaire d'en face que tu reluques entre chien et loup... Et moi qui croyais qu'on l'appelait la Bourguignotte!. .

Et l'ancien sergent ajouta :

— Alors, quand je te crie : « Animal, vas-tu te dépêcher de balayer la salle! » ou quand je te demande : « Imbécile, passe-moi le cerfeuil et le *persil...e!* » Je fais des *verses* sans m'en douter. Je parle, à mon insu, la langue du sieur Permesse et du sieur Hélicon. Non, vrai, c'est inimaginable!...

Ensuite, avec mélancolie :

— Oui, mais une recette de six livres dix sous !

— J'ai négligé quatre deniers, patron, justement à cause de la rime...

— Quand, naguère, des poignées d'or, lancées par les plus nobles mains de France, roulaient sur ces tables où ruisselait la purée de topazes et de rubis des meilleurs crûs de ma cave !...

« Si encore le militaire avait cherché querelle aux bourgeois... On se serait

défoncé quelques côtes, fêlé quelques crânes, fracassé quelques membres...
Et j'aurais casé mon gigot aux survivants...

« Mais non : personne ne se tue plus...

« C'est-à-dire qu'il n'y a vraiment plus moyen de vivre!

— En attendant, le gigot nous reste, murmura le garçon avec une grimace.
Quand on pense que voilà le onzième que nous expédions depuis le commencement du mois. Or, nous ne sommes encore qu'au 12...

Et il improvisa d'un ton piteux :

Item, à souper, pour fricot,
Nous eûmes un maigre gigot
Qui n'était ni friand ni tendre,
Mais dur à ne vouloir entendre
Les plaintes qu'il nous arrachait...
Le méchant morceau que c'était!

— Monsieur Bistoquet, déclara Bonaventure, vos *verses* n'ont pas le sens commun, et vous êtes bête à manger du foin...

— Je ne demanderais pas mieux, patron : ça me changerait...

— Le mouton est une nourriture excellente pour l'estomac, — comme toutes les viandes noires, du reste...

— Noire?... Je crois bien... Depuis le temps qu'elle est au feu... Un bloc de suie!...

— Eh bien ! ramonnez et servez, pendant que j'irai mettre les volets aux fenêtres et la barre à la porte...

Et le cabaretier se dirigea vers celle-ci.

Mais comme il allait en atteindre le seuil, une voix joyeuse éclata avec toutes les fanfares de l'accent du Midi :

— *Adiusias*, la compagnie !... Va bien? Merci. Moi pareillement. . *Il padrone della casa*, bonnes gens, sans vous commander ?

XXV

LA COMPÉTITION DU GIGOT

— C'est moi, mon gentilhomme, répondit Bonlarron en marchant au-devant
du client présumé qui se présentait si tard et de si bruyante façon.

Ce dernier accusait à peu près le même âge que notre héros.

Par contre, il formait avec celui-ci le plus flagrant et le plus absolu des
contrastes.

C'était, en effet, un garçon brun de peau et de poil, le profil en lame de
couteau, la pommette des joues saillante, — signe de ténacité et de subtilité,
— et les muscles maxillaires énormément développés : indice infaillible auquel,
écrit Alexandre Dumas dans les *Trois Mousquetaires*, on reconnaît le Gascon,
— même sans béret.

Or, le nouveau venu avait un béret.

Il avait, de plus, un costume qui participait à la fois du montagnard par les
espadrilles, du marin par la large ceinture de laine, de l'homme de guerre par
le baudrier, par l'épée, par une de ces jaquettes de cuir que les gendarmes
portaient sous leur cuirasse, et de l'homme de plume, enfin, par le cornet à
encre et l'étui à papier dont les cordons se croisaient sur son torse carré et
bombé.

Particularité bizarre, ce torse fuyait brusquement, et il n'y avait pas de
jambes dessous.

C'est-à-dire qu'il y avait des jambes, mais qu'elles étaient d'une exiguïté
telle que si, assis, notre Gascon paraissait d'une taille ordinaire, debout, en
revanche, c'est tout au plus s'il fût allé à la poitrine de notre héros.

Ce qui ne l'empêchait point, d'ailleurs, d'avoir l'air gai, agréable et intelligent.

Il s'était avancé prestement à l'intérieur du cabaret.

Puis, avec volubilité et sans attendre qu'on lui adressât la parole :

— Qui je suis?... Eh! messieurs les Parisiens ne connaissent donc que
leurs clochers!... Je suis Renaud, par la sangdioux! Renaud d'Elicigaray, de
bonne souche noble du Béarn... On m'appelle aussi Petit-Renaud : le diable me
brûle si je sais pourquoi!

Il haussa dédaigneusement les épaules :

— Comme si l'on avait besoin d'être un géant pour arriver à quelque chose !... Le roi de France n'est pas beaucoup plus grand que moi... Encore assure-t-on qu'il a de fameux talons à ses bottes !...

Il rembarra du geste le cabaretier qui ouvrait la bouche :

— Le roi, poursuivit-il, a nombre de bonnes fortunes; mais on n'en chôme pas, Dieu merci. Il faut qu'il y ait des grands et des petits. Lorsque j'ai quitté la Rochelle, il a été versé plus de larmes que Sa Majesté, elle-même, n'en saurait arracher aux plus nobles dames de l'endroit...

« Mais ne parlons pas politique...

« Causons plutôt de moi, quoique, pour être franc, il me répugne souverainement d'entretenir M. Tout-le-Monde de ma personne...

« Donc, j'arrive de là-bas, dans l'Ouest, avec une lettre de recommandation de M. Colbert du Terron, intendant de la marine, pour son illustrissime cousin le ministre, et cinquante pistoles que je dois à la munificence éclairée de ce généreux protecteur...

« Je suis venu par mer de la Rochelle au Havre, d'où, remontant la Seine, le coche d'eau m'a débarqué, tout à l'heure, sur la berge des Célestins...

« Maintenant, j'ai grand besoin d'un bon souper et d'un bon lit...

« Êtes-vous en mesure de me fournir l'un et l'autre ?

— Mon gentilhomme, répondit le cabaretier avec toute la déférence que commande un personnage qui a en poche cinquante pistoles et une lettre de recommandation pour un ministre tout-puissant, mon gentilhomme, j'ai ici dessus une chambre qui vous conviendra certainement...

— A merveille : je prends la chambre.

— De plus, si Votre Seigneurie daigne se contenter d'un excellent gigot que je réservais pour ma propre table...

— Un gigot ? De mieux en mieux. Je lui décerne ma personne... Vous allez voir que, chez moi, l'appétit ne se mesure pas à l'aune... Du diable s'il en reste autre chose que le manche !...

— Oh ! prononça une voix sur le seuil de la salle, j'espère que vous m'en concéderez bien une tranche.

Tout le monde se retourna.

Dans l'encadrement de la porte se développait la haute taille de notre héros.

Celui-ci arrivait du faubourg Saint-Jacques.

Le carrosse de la marquise l'avait conduit à la place Royale.

Une fois là, en s'orientant à travers la nuit, il avait aperçu — dans l'une des rues adjacentes — une lumière qui brillait derrière une vitre.

De suite, il avait mis le cap sur ce fanal.

Bonheur inespéré : une enseigne de cabaret se balançait au-dessus de ce dernier...

Cette pantomime finit par attirer l'attention de Bonaventure.

Et l'huis de la maison était même entr'ouvert, comme pour mieux faire accueil aux passants tourmentés par la faim ou la soif...

Joël était donc entré doucement, et, attendant l'instant favorable pour faire acte de présence et prendre la parole, il était demeuré sur le seuil de la porte et avait écouté — d'une façon machinale — le verbiage du protégé de M. Colbert du Terron.

C'est un fait acquis à la charge de la stupidité humaine, que les petits hommes exècrent cordialement les grands.

Le Gascon leva le nez si haut qu'il put monter, toisa le nouveau venu et interrogea d'un ton rogue :

— Qu'est-ce que vous désirez, l'ami?

Le Breton s'approcha, le chapeau à la main :

— Monsieur, répondit-il avec civilité, je désire, si vous le permettez, vous rappeler une maxime...

— Une maxime?

— Dont vous reconnaîtrez certainement l'esprit de charité et de saine raison...

— Et que dit-elle, cette maxime?...

— Elle dit que nul n'a droit au superflu lorsque les autres manquent du nécessaire...

— Ce qui signifie?...

Notre héros prit son air le plus engageant :

— Ce qui signifie que, moi aussi, je viens de loin; que, moi aussi, je suis en quête d'un gîte et d'un souper; que j'ai beaucoup fatigué, et que je ne serais pas fâché de faire, en votre compagnie, honneur à la cuisine de cet établissement...

Il ajouta avec rondeur :

— Chacun payera sa part, d'ailleurs. En camarades. Ça vous va-t-il?

Petit-Renaud n'était pas une mauvaise nature...

Mais, en parlant, le fils de Porthos le dominait de toute la richesse de sa taille.

— Au diable! répliqua-t-il brusquement. J'ai retenu le gigot et je le garde.

— Monsieur, vous n'êtes pas poli, reprit notre héros avec tranquillité. Mais j'ai le gosier trop sec pour me montrer susceptible. Sec comme un clou rouillé planté dans une vieille porte!

Les prunelles du Gascon s'allumèrent comme celles d'un chat à qui l'on marche sur la patte.

— Pas poli! s'écria-t-il. Ventredioux! auriez-vous, par hasard, l'intention de me donner un leçon de politesse, monsieur le provincial, monsieur le Bas-Breton, monsieur l'Iroquois?

Joël se mit paisiblement à rire.

— Bon, fit-il, je ne savais pas que la Rochelle était la capitale du royaume...

Petit-Renaud se dressa sur ses ergots :

— Apprenez que j'ai allongé des coups de gaule et des estocades à de grands lurons qui auraient pu me fourrer dans leurs poches !...

— Eh ! repartit le Breton avec impatience, il ne s'agit ni de votre taille ni de la mienne : il s'agit de nos dents, que nous avons tous les deux aussi longues l'un que l'autre, — si longues même que, si l'on tarde à mettre quelque chose dessous, on ne trouvera plus de nous que nos épées et nos boucles de ceinturon ; car nous nous serons dévorés tout vivants, — et sans nous peler encore !

Puis, désignant l'objet du litige que Bistoquet était en train de débrocher :

— Du reste, je ne pense pas que vous ayez la prétention d'absorber seul une pièce de cette importance...

— Et pourquoi ne l'absorberais-je pas ?

— Dame ! parce qu'il y a une règle qui s'y oppose...

— Et quelle règle?

— La règle de capacité qui enseigne que le contenant doit être plus grand que le contenu.

Et le fils de Porthos se frotta les mains enchanté de cette excellente plaisanterie.

Mais l'autre, bondissant, avait mis l'épée à la main :

— Monsieur, s'écria-t-il, vous m'insultez de rechef !...

— Moi !...

— Si je suis petit, je dois le savoir. Je n'aime pas qu'on me le radote. Vivadioux ! vous allez me payer ces affronts !...

Notre héros haussa les épaules :

— Payer? payer? C'est bientôt dit. Nous y serons chacun pour notre écot, je pense. Puis, quand nous nous serons fait des accrocs à la peau...

— Vous tenez donc beaucoup à la vôtre?

— Dame ! n'ayant pas de quoi en changer !

— Ah ! ricana Petit Renaud, vous voyez bien que vous avez peur !

— Peur !

Joël sourit.

— Je ne sais pas ce que vous voulez dire, fit-il.

XXVI

BRETON ET GASCON

Pendant ce qui précède, maître Bonaventure Bonlarron n'avait point cessé de témoigner d'une satisfaction évidente.

En ce moment, Bistoquet le tira par la manche.

— Patron, demanda le *famulus* effaré, est-ce qu'ils vont vraiment s'égorger?

— Je le suppose, répondit le cabaretier, dont la physionomie rayonnait d'aise, et, si j'avais seulement la chance que l'un des deux restât sur le carreau...

— Eh bien?...

— Eh bien, la mode reviendrait peut-être des procédés de savoir-vivre auxquels je dois la vogue de mon établissement...

— Vous appelez savoir-vivre l'action de tuer les gens!... Mais il y a des édits contre le duel, patron...

L'ancien sergent considéra son interlocuteur avec une commisération profonde :

— Certainement, il y a des édits... Il y en a toujours eu des édits... S'il n'y en avait pas, comment diable s'y prendrait-on pour les braver?

Ensuite, examinant les deux adversaires qui se mesuraient du regard, — le Breton, calme, bon enfant, un peu *blagueur*, comme nous dirions aujourd'hui; — le Gascon, nerveux, agité, furieux :

— Deux braves jeunes gens, en vérité. Celui-ci, rageur comme un tigre. Celui-là, solide comme une tour. Pour lequel paries-tu un écu, Bistoquet?

Ce dernier insista :

— Patron, vous ne pouvez pas les laisser faire... Vous allez intervenir... Vous allez vous montrer, patron...

— Certainement, je vais me montrer...

Et Bonaventure se dirigea vers la porte :

— Je vais verrouiller, cadenasser, barricader la maison, afin que le guet ne vienne pas nous déranger...

Puis, ce soin pris :

— Maintenant, décroche-moi ma rapière...

— Votre rapière?...

Le cabaretier dépouilla son tablier et ceignit l'arme apportée par le garçon :

— Est-ce que tu crois que je resterai les bras croisés pendant que s'escri-
meront ces deux dignes champions ?...

— Vous voulez vous battre, patron?

— Oui, sarpédiable! je veux me battre!...

— Mais avec qui, miséricorde?...

— Avec toi donc, mille espontons!...

Le *famulus* sursauta d'épouvante :

— Avec moi!...

— Nous servirons de seconds à ces gentilshommes. C'est la règle. Tu passe-
ras du côté de l'un ; je passerai du côté de l'autre ; alors, bataille, comme au bon
temps!...

— Mais je n'ai pas d'épée, patron!...

— Tu prendras la maîtresse broche...

— Oh!...

— Elle est peut-être moins longue que ma colichemarde. Mais c'est égal.
Tu en seras quitte pour te fendre davantage.

. . . .

Cependant, Joël avait dégaîné.

Mais faisant un dernier appel à la conciliation :

— Voyons, dit-il, soupons d'abord ; nous nous exterminerons après.

Mais Petit-Renaud, affolé :

— Non pas!... Tout de suite, sangdioux!... Tout de suite!

Et, l'épée haute, il menaça le Breton, qui n'eut que le temps d'arriver à une
parade de quarte.

— Eh! prenez donc garde! s'écria notre héros : vous allez me crever le nombril.

Exaspéré, le Gascon se précipita en avant avec une telle impétuosité que
les fers s'engagèrent jusqu'à la garde.

Heureusement, le fils de Porthos était aussi de sang-froid que s'il eût joué
avec un fleuret moucheté.

Il dégagea son arme en faisant un pas de retraite.

— Ah! grinça Petit-Renaud, vous reculez, monsieur Goliath.

— Je ne recule pas, je romps : or, dans tous les pays où l'on pratique l'art
de l'escrime, vous savez que rompre n'est pas fuir.

Ce disant, notre héros se contentait de parer par des contres — sans riposter
— les coups pressés, rapides, furieux, que lui portait son adversaire.

— Vivadioux! rugit celui-ci, je crois que vous me ménagez.

— Moi aussi, je le crois, fit Joël placidement.

Et, dessinant un coup de seconde :

— Tenez, si je m'étais fendu, je vous embrochais mieux que le gigot de
notre hôte.

Le petit homme devenait enragé.

En effet, il avait senti sur son flanc la pointe de l'épée du Breton, mais si légèrement posée qu'il eût pu la prendre pour le bouton d'un fleuret.

— Il faut cependant en finir, murmura-t-il entre ses dents serrées.

— C'est cela, finissons-en, repartit notre héros. Je ne demande pas mieux, d'abord. J'ai l'estomac dans les talons.

Puis, sur une menace de quarte basse, que l'autre para par le cercle, il lia l'épée du Gascon, et, d'un violent coup de fouet, la fit sauter au bout de la salle.

— Tuez-moi! mais tuez-moi donc, au lieu de me désarmer! hurla Petit-Renaud fou de colère, de douleur et de honte.

Le fils de Porthos remit paisiblement sa rapière au fourreau :

— Eh! si je vous tuais, dit-il, comment souperions-nous ensemble?

Il s'en fut ramasser l'arme de son adversaire et la lui rendit en le saluant.

Ensuite il ajouta de sa bonne voix franche et ronde :

— Car vous ne me refuserez pas, je l'espère, l'honneur et le plaisir de partager avec vous le gigot que vous m'avez si vaillamment disputé.

Puis encore, se tournant vers maître Bonlarron :

— Deux couverts! Trois couverts! Autant qu'il en faudra! J'invite monsieur, je vous invite, j'invite tout le monde!

.   .   .   .

Nous avons laissé le cabaretier-spadassin en train de se préparer à « charger » le garçon-poète.

Il avait donc tiré sa colichemarde du fourreau ; il l'avait maniée par la poignée, afin de s'assurer si elle lui était bien en main ; il en avait examiné la lame et l'avait fait ployer en appuyant l'extrémité de l'arme sur le bout de son soulier, de peur qu'en se servant du carreau pour cet essai, la pointe du fer ne s'émoussât...

Après quoi, il s'était redressé afin de tomber en garde — en rigoureux et parfait académiste — dans toute l'excellente pureté des principes pratiqués à Paris, à Venise ou à Tolède...

Mais alors un cri de surprise s'était échappé de ses lèvres...

Tomber en garde... devant qui?

Bistoquet avait disparu !

XXVII

A TABLE

Renaud d'Elicigaray était resté un instant comme écrasé sous le poids de sa défaite.

Il était rouge, tremblant, confus.

Deux grosses larmes roulaient le long de ses joues brunes.

A la fin cependant, gagné par la noblesse de procédés de son vainqueur, il fit un pas vers ce dernier et, la tête un peu basse, avec l'accent d'une vive et réelle émotion :

— Monsieur, lui dit-il, j'ai eu tort. C'était agir en malotru que vous chercher cette sotte querelle. Vous valez cent fois mieux que moi, et votre conduite en tout ceci sent son gentilhomme d'une lieue... C'est ma maudite petite taille qui me met ainsi la cervelle à l'envers... Pourtant, je n'ai que vingt-six ans, et ce n'est pas encore l'âge, n'est-ce pas, où l'on doit renoncer à grandir ?

Puis, avançant la main :

— Voulez-vous me pardonner et devenir mon ami ?

— De grand cœur, répondit Joël en imitant son mouvement. Tope-là ! C'est entre nous à la vie à la mort.

Ensuite, avec une gaieté bruyante :

— Et maintenant, à table ! Cette escrime de chambre m'a creusé davantage. Nous ferons plus ample connaissance en trinquant.

Maître Bonaventure cherchait autour de lui :

— Ah çà ! dans quel trou de souris s'est faufilé cette poule mouillée de Bistoquet? Où se cache cette fleur de poltronnerie? Comment ce cuistre en chef s'est-il évaporé?

— Me voici, patron, prononça une voix qui semblait s'élever du sol.

Et l'émule de Loret sortit de dessous la table, sous laquelle il s'était retranché à plat ventre.

L'ancien sergent le pulvérisa d'un regard méprisant :

— Alors servez, monsieur le drôle, monsieur le couard, monsieur le fabricant de *verses*, puisque vous n'êtes même pas bon à recevoir une estafilade pour m'aider à me refaire la main.

On s'assit autour du gigot.

Celui-ci ne laissait pas que d'être éminemment dur et coriace.

Mais il n'est semelle de botte, basane, ni cuir bouilli que ne tordent, avalent et digèrent des estomacs de jeunes gens.

Et puis, la cave était excellente au *Maure-qui-Trompe*. On y eut recours abondamment. Au dessert, les quatre convives se montraient singulièrement animés. Le cabaretier, que l'on n'écoutait guère, racontait la campagne de Flandre :

— Tous les quinze jours, M. le Prince nous donnait cinq minutes pour... cracher. Nous profitions des cinq minutes pour dormir, et nous... crachions en marchant.

Le *famulus* rimait *in petto* un bouquet à quelque Chloris de cuisine.

Et les deux nouveaux amis échangeaient leurs confidences avec leurs rêves et leurs espoirs.

Ainsi que nous le lui avons entendu débiter, à son entrée au cabaret, Renaud d'Élicigaray était originaire du Béarn : d'une famille pauvre, mais inscrite à l'armorial de la province.

De son propre aveu, il y avait en lui un singulier mélange du mathématicien et du soldat.

Emporté comme un homme d'action, rêveur comme un poète, distrait comme un astronome, lorsqu'il cherchait quelque problème il devenait calme et réfléchi comme un vieux conseiller.

Élevé chez M. Colbert du Terron, intendant de la Rochelle ; ayant, par conséquent, habité un port depuis son enfance, il avait passé sa jeunesse dans les chantiers, les ateliers, les arsenaux, et, là, avait, pour ainsi dire, appris la marine à livre ouvert.

Sans cesse préoccupé des inventions qui pouvaient servir à perfectionner celle-ci, encore en voie de formation, il avait déjà imaginé un mode de construction tout à fait nouveau, et qui devait doubler la vitesse de la marche et la rapidité des manœuvres, lorsqu'il s'était rencontré un jour, dans un conseil tenu chez son protecteur, avec le célèbre Duquesne.

Ce dernier avait mis sur le tapis la question de donner une même forme à tous les bâtiments, et, partant, de les assujettir à un même mode de construction.

— Que pensez-vous de cette idée ? avait demandé M. du Terron à son protégé.

— Je pense, avait répondu Petit-Renaud, qu'elle est en tous points opposée aux lois de la raison et, en particulier, à mon système.

— Vous avez donc un système ? avait interrogé Duquesne avec sa brusquerie habituelle.

— Oui, monsieur, ne vous déplaise : un système qui consiste à alléger la

— Oh ! j'espère bien que vous m'en concéderez une tranche.

proue et la poupe de nos vaisseaux de ces lourds châteaux d'avant et d'arrière, qui sont un obstacle à toute célérité de mouvements.

— Et quels maîtres vous ont appris une telle théorie, jeune homme?

— La pratique et le bon sens.

Le vieux marin avait haussé les épaules :

— Les châteaux d'avant et d'arrière, avait-il repris avec entêtemennt, sont indispensables, attendu qu'en cas d'abordage l'équipage peut s'y retirer et s'y défendre, ainsi que dans une forteresse.

— Les forteresses, avait répliqué le Gascon, non moins tenace, sont bonnes sur une terre solide, où l'immobilité est la première base de la force, et non sur un sol mouvant, où la rapidité est souvent la cause du succès. Vous considérez les vaisseaux comme des forteresses, dites-vous; eh bien, voilà pourquoi vos vaisseaux marchent comme des forteresses.

Cette riposte hardie avait vivement frappé M. du Terron.

Aussi s'était-il empressé d'envoyer le jeune homme à Paris, en le recommandant à son cousin le ministre, qu'il savait plein de sollicitude pour tout ce qui touchait à la réorganisation, au perfectionnement et à l'augmentation de notre flotte.

. . . .

De son côté, Joël, non moins expansif, — le bon vin délie la langue, — avait narré par le menu à son ancien adversaire les différentes circonstances qui avaient présidé à sa naissance. accompagné sa jeunesse et déterminé son voyage dans la capitale.

Au terme de ce récit, comme notre héros venait de prononcer les noms des trois frères d'armes de Porthos qui devaient lui servir de jalons dans ses recherches :

— Ah çà! s'était écrié maître Bonaventure, lequel avait fini par prêter l'oreille, — intéressé par la nouveauté, — ah çà! j'en connais au moins un, moi, des trois inconnus que vous citez...

— Est-il possible ?...

— M. d'Artagnan, sarpédiable !...

— M. d'Artagnan?

— Le capitaine-lieutenant des mousquetaires... Les gentilshommes qui fréquentaient jadis mon établissement s'entretenaient assez de ses prouesses !,.. M. d'Artagnan, le brave des braves, le malin des malins, maître sur maîtres, maître sur tous !...

— Vraiment?...

— Un héros à trois poils qui avait tenu tête au grand Richelieu et joué sous jambe cet intrigant de Mazarin... Sans parler d'un tas d'aventures, toutes plus incroyables les unes que les autres, dont il s'était toujours tiré à sa gloire et sans anicroche... Sous le feu roi, pendant la Fronde, en France, à l'étranger, partout!...

— Et qu'est-il devenu, ce M. d'Artagnan?...

Maître Bonlarron se gratta l'occiput :

— Ah! fit-il, voilà le chiendent. Depuis que Sa Majesté boude sa bonne ville de Paris, je ne suis plus au courant des choses de la cour, et M. d'Artagnan est peut-être défunt, quoique les gens de cette trempe doivent avoir l'âme chevillée dans le corps...

— On pourrait s'informer, opina Petit-Renaud.

— Mais à qui? questionna Joël vivement.

— Eh! sangdioux! il y a toujours des mousquetaires, et c'est bien le diable si ceux-ci ne se souviennent pas de leur ancien capitaine!

— Vous avez raison, mon ami. Maintenant, il s'agit de savoir où je trouverai des mousquetaires.

Le cabaretier intervint :

— Faisant partie de la maison du Roi, ils ont sans doute suivi celui-ci en Flandre.

— C'est juste, reprit le Gascon; mais la campagne est terminée; on dit que Sa Majesté vient de rentrer à Lille; donc, les mousquetaires sont à Lille.

— J'irai à Lille, déclara Joël.

— Minute! fit l'ancien sergent; point n'est besoin de pousser si loin : ils n'y sont pas tous à Lille...

— Comment?...

— Quelques hommes ont dû rester à Saint-Germain pour le service d'honneur de la reine...

— Vous croyez?...

— J'en suis sûr, ayant rencontré, l'autre jour, à Paris, un certain vicomte de Brégy, qui est de mes anciens clients...

— Un mousquetaire?...

— Le brigadier de l'escouade qui a été laissée à Saint-Germain...

— Et vous pensez qu'il pourra me renseigner à l'endroit de M. d'Artagnan?...

— Puisqu'il a servi sous ses ordres, étant au corps depuis trente ans...

— Trente ans! s'exclama Petit-Renaud, et on ne lui a pas encore fendu l'oreille! Mais ce n'est plus un porte-mousquet! Ce doit être un porte-béquille!

Le cabaretier lui sourit paternellement :

— Monsieur d'Elicigaray, vous êtes un gentil garçon qui n'a pas froid aux yeux, je l'ai vu tout à l'heure. Je suis même persuadé que vous deviendrez d'une jolie force en fait d'armes, quand vous aurez acquis plus de méthode et de sang-froid. Nonobstant, en dépit de son âge, je ne vous conseillerais pas de vous frotter au brigadier Brégy...

— Hein?...

Maître Bonaventure désigna le fils de Porthos :

— Je ne connais guère que monsieur qui soit capable de jouter avec lui pour le serré du jeu et la vigueur du poignet.

— Humph! maugréa le Gascon, c'est donc encore un colosse de Rhodes que ce Mathusalem militaire!... On pourra s'en assurer... Dans tous les cas, je ne lui ferai pas compliment de la rapidité de son avancement...

— Ah! voilà : un vieux serviteur qui devrait être, pour le moins, mestre-de-camp ou colonel...

« Oui, mais un sac à vin, un brelandier, un paillard : ivrogne comme la botte à Bassompierre, joueur comme les cartes à Bautru et coureur de mauvais chemins comme la mule que chevauche le président Chevry...

« Au demeurant, le plus parfait gentilhomme qui soit : friand de la lame comme pas un : voici la dixième fois qu'il va sur le terrain, où toujours il a couché son adversaire.

— Bon, grommela Petit-Renaud, qu'il prenne garde d'y être couché par le onzième.

— Je partirai demain matin pour Saint-Germain, dit Joël.

— C'est cela, reprit le Gascon; et en attendant, nous partagerons en frères la chambre ci-dessus, comme nous avons partagé ce gigot dont il ne reste plus que le manche...

Il frappa sur la table avec son gobelet :

— Holà! notre hôte, un dernier flacon! Ensuite à dodo, tout le monde! Moi aussi, j'ai affaire demain à la première heure. Chez le ministre, vivadioux! Et je gage qu'il a dans ses bureaux plus d'un commis qui ne me va pas au menton...

Il ajouta d'un air triomphant :

— Quand j'aurai la livrée du roi sur le dos, pour me rehausser de quelques pouces, personne ne me refusera plus la considération que je mérite.

Le Breton questionna derechef :

— Combien me faut-il de temps pour aller d'ici à Saint-Germain?

— Deux heures, tout au plus, répondit le cabaretier, sur un bon bidet, que vous louerez à la poste.

— A merveille! pensa notre héros, qui n'avait pas oublié Mlle de la Tremblaye : je serai de retour pour l'angelus du soir.

Le jeune homme *proposait*.

Dieu se réservait de *disposer*.

XXVIII

OU JOEL COMMENCE SES INVESTIGATIONS

Il était environ deux heures de l'après-midi.

Le soleil de juillet chauffait à blanc les pavés pointus qui ont été sous tous les règnes — et qui seront de tous les temps — comme l'indiscutable apanage de la bonne ville de Saint-Germain.

Deux mousquetaires, l'arme à l'épaule, — MM. d'Héricourt et de Gacé, — se promenaient devant la porte de la façade est du vieux château : par cette porte, aujourd'hui condamnée, que Mansard, en restaurant l'édifice de François Ier, venait d'ouvrir le défilé des chevauchées, des carrosses et des cortèges royaux.

Deux autres, de planton, — MM. d'Escrivaux et de Champagnac, — étaient assis, les jambes pendantes et l'épée entre les jambes, sur le parapet du fossé.

Tous quatre, pour charmer les ennuis du service, regardaient la lumière crue qui faisait étinceler le cailloutis de la place et, sur celle-ci, l'eau qui tombait dans le bassin, surélevé de trois marches, de la pyramide-fontaine érigée, entre l'église et le château, pour consacrer le souvenir de la naissance de Charles IX dans le donjon de ce dernier[1].

C'était l'heure où Marie-Thérèse faisait sa sieste, suivant l'habitude espagnole.

Or, la cour imitait la reine, et la ville imitait la cour.

C'était, du reste, le sort de ces résidences royales, que, lorsqu'il les quittait, le souverain en emportait le bruit, le mouvement, la vie.

En partant pour la campagne de Flandre, Louis XIV avait bien laissé la reine à Saint-Germain.

Mais celle-ci était une excellente femme qui détestait l'animation, le tapage et les fêtes presque autant que les adorait son auguste époux, et, en l'absence de ce dernier, sa seule distraction consistait à jouer, dans ses appartements, la bassette, le reversi ou l'hombre, quoiqu'elle n'y gagnât jamais, parce que, ajoute un contemporain, « elle ne savait *tricher* à aucun de ces jeux ».

---

1. Israel Sylvestre nous a conservé le dessin de cette pyramide, — flanquée à la base de quatre dauphins, — dont la destruction fut une perte pour l'archéologie.

Nous avons dit que, quand Marie-Thérèse sommeillait, le château et la ville semblaient dormir à poings fermés.

Sentinelles et plantons n'avaient donc pas même la ressource de voir un bourgeois ridicule passer en s'épongeant le front, ou une chambrière accorte se glisser le long des maisons, dans la mince ligne d'ombre projetée par celles-ci.

Aussi se démanchaient-ils la mâchoire à bâiller, quand, soudain, l'un des deux plantons poussa du coude son camarade :

— Hé! d'Escrivaux, regardez donc ce qui nous arrive par là, du côté du Jeu de Paume...

L'autre suivit des yeux la direction indiquée :

— Un Breton bretonnant ou le diable m'emporte!... Et de mâle encolure encore!... Le fait est qu'il faut être diantrement de sa province pour s'aventurer sur le pavé du roi par une chaleur à faire durcir un œuf de poule entre ma casaque et ma chemise!

C'était, en effet, notre ami Joël qui débarquait de Paris, et qui, après avoir laissé son bidet au pont du Pecq, à l'auberge de l'*Orme de Sully*, venait d'entrer à Saint-Germain par les rampes du château neuf.

M. de Champagnac reprit :

— Il se dirige par ici...

Et M. d'Escrivaux :

— Aurait-il donc affaire à nous?...

Notre héros salua les deux plantons avec sa bonne grâce ordinaire.

— Messieurs, dit-il, m'est-il permis de vous demander si vous n'appartiendriez point à une compagnie de mousquetaires?

— Nous appartenons effectivement à ce corps...

— Et tout à votre service, monsieur...

En répondant de la sorte, MM. de Champagnac et d'Escrivaux s'étaient levés et avaient rendu le salut.

— Cet obligeant accueil, poursuivit le Breton, m'enhardit à vous adresser une question. .

— Parlez sans embarras, monsieur...

— Et s'il est en notre pouvoir de vous être de quelque utilité...

On se salua derechef.

Ensuite Joël continua :

— Je désirerais seulement savoir si vous avez eu connaissance d'un certain M. d'Artagnan...

Les sentinelles s'étaient approchées des causeurs. Elles écoutaient, l'arme au pied. Au nom de M. d'Artagnan, il y eut parmi les quatre auditeurs comme un chorus d'exclamations admiratives :

— M. d'Artagnan!... Mais ç'a été la gloire de la compagnie dont nous avons l'honneur de porter l'uniforme!...

— Personne n'a jamais commandé les mousquetaires avec plus d'énergie, de bonté et d'éclat!...

— Un preux dont les exploits peuvent rivaliser avec ceux des héros du *Cyrus* et de la *Clélie!*...

— Aussi gardons-nous sa mémoire comme celle de l'un de nos plus braves et de nos plus brillants officiers...

Le fils de Porthos était ému :

— Merci, messieurs, fit-il, merci. Vous me rendez heureux et fier. Car l'homme dont vous parlez ainsi était un ami de mon père.

— En ce cas, tous nos compliments, appuya M. de Gacé; car le capitaine ne prodiguait point ses sympathies, et, pour les obtenir, il fallait avoir fait ses preuves.

— Encore un mot, reprit Joël : vous avez dit : *la mémoire...*

— Eh bien!...

— M. d'Artagnan a donc cessé de vivre?...

— Eh! depuis plus de vingt ans! repartit d'Héricourt. Personne de nous ne l'a connu, et ce n'est que par les récits, qui se transmettent d'ancien à nouveau, que nous avons appris quel précieux serviteur le roi avait perdu en lui.

Puis, comme si chacun des quatre eût tenu à prouver qu'il n'ignorait rien de la légende de ce soldat qui eût pu prendre pour devise le *Nec pluribus impar* de son maître :

— M. d'Artagnan a été tué dans la campagne de Frise...

— D'un boulet qui lui a broyé la poitrine...

— Le jour même où il emportait d'assaut la dernière place que ses instructions lui enjoignaient d'enlever aux Hollandais...

— Et à l'instant où un envoyé de Sa Majesté lui remettait le brevet et le bâton de maréchal de France...

Notre héros baissa la tête :

— Mort! murmura-t-il; je devais m'en douter, — et, pourtant, cette certitude me serre le cœur...

Puis, se redressant :

— Messieurs, puisque vous m'autorisez à abuser ainsi de votre bienveillance, une dernière question, de grâce...

— Faites...

— Aucun des trois noms que je vais prononcer n'a-t-il jamais frappé votre oreille : *Athos, Aramis, Porthos?...*

Les interlocuteurs du jeune homme se regardèrent en répétant :

— *Athos, Aramis, Porthos...*

Tous quatre, ils parurent chercher.

Ensuite, d'une commune voix :

— C'est la première fois que nous les entendons.

Joël s'inclina pour prendre congé.

— Alors, il ne me reste plus qu'à vous offrir, en me retirant, l'expression de ma gratitude...

Mais d'Escrivaux, le retenant :

— Attendez donc, attendez donc !... Ces noms ne seraient-ils pas ceux des trois intrépides compagnons, qui, au siège de la Rochelle, soutinrent, avec M. d'Artagnan, alors simple garde, l'assaut des calvinistes au bastion Saint-Gervais?... Vous vous rappelez, messieurs, l'histoire de la serviette qui leur servit de drapeau et sur laquelle le roi Louis XIII fit broder les fleurs de lis de France...

— Pardieu ! fit Champagnac, cela pourrait bien être... Mais ces choses sont si loin de nous !... Elles se sont passées sous le règne précédent...

— Et songez, appuya Gacé en souriant, que le plus vieux de nous n'a pas encore trente ans...

D'Héricourt ajouta :

— Il n'y a guère que notre brigadier, M. de Brégy, qui soit en mesure de vous édifier sur ce point....

Et les trois autres, tour à tour :

— S'il est en humeur de causer...

— Ou s'il n'a pas laissé son argent sur une table de lansquenet...

— Ou sa raison au fond d'un pot de brandevin...

— Ou le rencontrerai-je, ce M. de Brégy? s'informa le fils de Porthos.

— Au cabaret de la rue des Vaches.

— Ou au tripot de la rue du Poteau-Juré...

— A moins qu'il ne se soit arrêté ailleurs à houspiller quelque page, quelque laquais, quelque bourgeois, ou à chercher querelle à quelque pauvre diable...

— Et, tenez, reprit d'Escrivaux, quand on parle de l'animal, on en aperçoit les boutoirs : le voilà là-bas, qui débouche derrière les bâtiments du chenil...

— C'est, ma foi, vrai, fit Champagnac. Alerte, camarades ! Le vieux reître a mis son chapeau de travers : c'est signe qu'il est encore de plus méchante composition que d'habitude.

Puis, s'adressant à notre héros :

— Je ne vous conseille pas de l'affronter en ce moment.

— Bon, repartit Joël en riant, ce ne sera pas la première fois que je me serai colleté avec un sanglier et que j'aurai décousu la bête.

— Non pas ! tout de suite, sangdioux ! tout de suite.

XXIX

LE BRIGADIER DE BRÉGY

Le brigadier de Brégy s'avançait en faisant sonner les éperons de ses lourdes bottes de basane, — son feutre à plume rouge campé de telle façon sur l'oreille, qu'on eût dit qu'il allait tomber.

Ce *grognard*, — s'il nous est permis de vieillir ce mot de deux siècles, — était de carrure athlétique.

Ses robustes et larges épaules, ainsi que sa vaste poitrine, parfaitement en rapport avec sa taille énorme, se dessinaient puissamment sous sa casaque de drap écarlate à la croix de galons *rayonnée*.

Tout en lui reflétait cette confiance, brutale et railleuse, donnée par la conscience d'une force physique herculéenne et d'un courage à toute épreuve.

Ses cheveux courts, épais et rudes, grisonnaient sur ses tempes, dont la moindre émotion faisait saillir les veines.

Ses traits avaient dû être assez beaux autrefois, mais d'une beauté plus mâle qu'élégante.

Sa moustache, encore d'un noir de jais, tranchait vigoureusement sur son teint couperosé.

Une arête ferme et osseuse accusait les contours de son nez aquilin, surmonté d'un front proéminent, à la fois bruni par le hâle et empourpré par les suites de l'intempérance.

Enfin, ses gros yeux jaunes, à fleur de tête, avaient une telle expression d'arrogance, lorsqu'ils s'arrêtaient sur quelqu'un, que, si pacifique que l'on fût, on éprouvait, d'instinct, l'envie de lui sauter à la gorge.

Une envie à laquelle, du reste, il eût été prudent et sage de résister, si l'on songe aux goûts batailleurs du vieux bretteur, à ses bras musculeux et à sa longue et pesante épée à poignée de fer.

. . . .

— Ouais! mes damoiseaux, est-ce ainsi que l'on observe la consigne? Depuis quand diable est-il permis de tenir conversation sous les armes? Par les tripes de ma mère! je ne sais ce qui m'empêche de vous faire doubler la corvée, afin de vous apprendre à mieux vous en acquitter désormais!...

A cette apostrophe bourrue :

— Brigadier, répondit M. de Champagnac, c'est ce gentilhomme qui a besoin de vous parler...

— A moi ?... Ce gentilhomme ?... Quel gentilhomme ?...

Et, penchant la tête en arrière, il déchiffra notre héros d'un air si dédaigneux et si provocateur, que le Breton sentit une bouffée de colère lui monter soudain au visage.

Toutefois, se maîtrisant en vue du but qu'il espérait atteindre :

— Monsieur, dit-il, je viens à vous de la part de maître Bonaventure Boularron...

— Le cabaretier de la rue du Pas-de-la-Mule ? Un digne homme, ou que Satan me brûle ! La meilleure cave qu'il m'ait été donné de fréquenter !...

« Je crois que je lui dois encore une dizaine de pistoles...

« Si c'est pour me les réclamer que vous avez fait le voyage, m'est avis que vous auriez tout aussi bien pu rester au frais, à tutoyer une bouteille, dans la salle du *Maure-qui-Trompe* ; car ce coquin de Villarceaux, le chef de la meute des petits chiens du cabinet, m'a raflé, au piquet, le dernier écu de ma solde...

— Il ne s'agit point de cette dette...

— Eh bien ! de quoi s'agit-il encore ?... Expliquez-vous, cornes de Belzébuth !... Il me semble que vous n'aviez pas la bouche cousue tout à l'heure, quand je vous ai surpris en train de jacasser avec ces caillettes !

Notre héros fit un effort pour dominer l'irritation envahissante, qui, malgré ses habitudes de prudence, croissait en lui en face de cet accueil brutal.

Il exposa succinctement à son interlocuteur ce qu'il attendait de lui.

Quand il eut achevé sa requête :

— Athos, Aramis, Porthos, reprit le brigadier en fourrageant sa moustache avec mauvaise humeur, oui, par la carcasse de mon père ! je me souviens... Athos, un grand seigneur, — comte de je ne sais plus quel comté, — qui nous éblouissait de sa mine souveraine et de ses magnifiques façons... Ce qui ne l'a pas empêché, du reste, d'aller mourir là-bas, au diable-vauvert, dans son domaine du Blaisois...

— Mais les autres, je vous prie, les autres ?...

— Aramis et Porthos ?... Aramis, un abbé déguisé en mousquetaire... Porthos, un goinfre, une brute, un fanfaron...

Le jeune homme se mordit les lèvres jusqu'au sang :

— Peste ! dit-il d'une voix qui tremblait quelque peu, vous n'êtes guère charitable pour vos anciens compagnons d'armes !

— Ah ! répliqua le vieux soldat avec une expression de rancune haineuse, c'est qu'ils ont eu de la chance, eux !... Tandis que moi... Condamné à végéter dans un grade subalterne... Réduit à me serrer le ventre pour donner le pain quotidien à mes passions...

— Enfin, cet Aramis, ce Porthos ?...

— Aramis est devenu évêque. Porthos a été fait baron. Faveurs royales qu'ils se sont empressés, d'ailleurs, de reconnaître par l'ingratitude et par la rébellion...

— Que dites-vous ?

— Je dis que l'évêque de Vannes et que le baron du Vallon se sont trouvés mêlés à la conspiration qui a déterminé l'arrestation de Fouquet. Je dis que ce sont eux qui ont défendu Belle-Isle contre les gens du roi, bagarre à la suite de laquelle ils ont disparu de la compagnie. Je dis, enfin, que j'ai vu l'arrêt qui les a condamnés tous les deux pour crime de haute trahison...

Joël était devenu plus pâle que le col de sa chemise...

Son œil lança un éclair qui effraya les spectateurs...

Et cette protestation sortit, indignée et sifflante, de ses lèvres qui frémissaient :

— Porthos, un traître !... C'est impossible !... Vous mentez !...

A cette parole, M. de Brégy poussa un cri qui ressemblait à un rugissement...

Les veines de son front se gonflèrent comme des cordes...

Sa large face passa du rouge au violet...

Sa main se jeta à la garde de son épée...

Le fils de Porthos imita ce mouvement...

De Champagnac et d'Escrivaux s'interposèrent :

— Messieurs, messieurs, y songez-vous !... Tirer l'épée !... Devant une résidence royale !...

Le brigadier repoussa dans le fourreau sa lame, qui en était à moitié sortie.

Ensuite, marchant sur notre héros et le regardant entre les deux sourcils :

— Jeune homme, gronda-t-il, avec une rage contenue, vous venez de prononcer une parole qui vous fait plus vieux que moi.

— Je n'ignore point à quoi elle m'oblige, répartit Joël froidement, et je suis à vos ordres, monsieur.

. . . .

En ce moment, trois heures sonnaient au campanile de l'horloge, — le même qui, cinq ans plus tard, devait être renversé par le feu du ciel.

Quatre gardes suisses, conduits par un anspessade, débouchèrent, la hallebarde sur l'épaule, de la porte du donjon.

Ils venaient relever les mousquetaires.

Lorsque la consigne eut été transmise et le poste remis aux nouveaux arrivants :

— Messieurs d'Héricourt et de Gacé, enjoignit le brigadier aux deux factionnaires, allez déposer vos mousquets. Vous reviendrez ensuite nous rejoindre en forêt. Nous y allons, monsieur et moi, faire une promenade *de santé.*

Il appuya sur le mot avec un sourire fauve, qui découvrit sous sa moustache noire la rangée blanche de ses dents.

Puis, se tournant vers les deux plantons :

— Messieurs d'Escrivaux et de Champagnac nous y accompagneront pareillement. Chacun tirera de son côté, de peur d'éveiller l'attention. Rendez-vous
général à l'Étoile-du-Chêne-Saint-Fiacre.

XXX

A L'ÉTOILE-DU-CHÊNE-SAINT-FIACRE

La verdure puissante des chênes formait voûte

Mais le soleil était si ardent qu'il perçait par places ces épais arceaux de
feuillage et qu'il plaquait sur le sable des allées de larges pièces de lumière
dans lesquelles des atomes micacés reluisaient comme des paillettes d'or.

Ces allées, qui filaient droites entre les massifs, avaient chacune un petit
horizon d'un pan de ciel entrevu sous l'entrelacement des grands arbres.

Les deux adversaires cheminaient côte à côte.

Au bruit de leurs pas, les chevreuils, effarés, levaient la tête et, après avoir
écouté un instant avec des signes manifestes d'inquiétude ce bruit qui allait se
rapprochant, fuyaient comme des flèches et rentraient d'un seul bond dans les
profondeurs du bois, tandis que, de temps en temps, un lapin philosophe, debout sur son derrière, se grattait le museau avec les pattes de devant et interrogeait l'air pour reconnaître si les deux survenants n'étaient point suivis
par quelque chien aux jambes torses ou ne portaient point quelque fusil sous
le bras.

Nous avons dit qu'il faisait une chaleur accablante.

Le brigadier soufflait en marchant.

Il avait ôté son chapeau.

La sueur, qui trempait son front, se perdait dans ses rides, qui étaient
comme des balafres, et dans la broussaille de ses sourcils.

Nonobstant, il fredonnait entre ses dents ce couplet qui avait couru Paris après le duel de Guise et de Coligny, et qui faisait allusion à la blessure reçue par ce dernier :

Essuyez vos beaux yeux,
Madame de Longueville ;
Essuyez vos beaux yeux,
Coligny se porte mieux.
S'il a demandé la vie,
Ne l'en blâmez nullement
Car c'est pour être votre amant,
Qu'il veut vivre éternellement.

Par intervalles aussi, il examinait en dessous son compagnon...

Et, en voyant celui-ci dans tout l'épanouissement de la jeunesse et de la force, une flamme sinistre allumait sa prunelle, et un sourire cruel retroussait sa moustache...

Sans doute se disait-il, avec une joie sauvage, que toute cette fête de santé et de vie allait être, dans un moment, à la merci de son adresse et de sa vigueur !

Notre héros était pâle, mais résolu.

On prétend que ceux qui vont mourir embrassent, dans un coup d'œil suprême, jusqu'aux moindres détails de leur existence tout entière.

Joël était-il donc destiné à succomber dans la rencontre inévitable ?

Toujours est-il qu'il revoyait — dans son esprit — tout ce pays lointain qui avait encadré son enfance :

Les grèves, caressées par la marée, avec leur tapis de galets étincelants et leur ceinture de roches sombres ; la mer immense et changeante, d'un bleu de saphir pendant le calme, et, dans ses heures de colère, blanche de l'écume des vagues qui se précipitaient les unes sur les autres comme des cavales échevelées...

Puis, l'île, avec tous ses tranquilles enchantements : les petits ports accroupis dans les fissures des falaises ; les clochers des paroisses émergeant des masses de verdure ; les bestiaux dans les herbages ; la ferme maternelle brassant son labeur quotidien dans le paysage endormi, — et, au seuil de celle-ci, comme une madone protectrice, l'image de la mère bien-aimée...

Mais le visage de Corentine Lebrenn n'avait plus cette expression de mélancolique douceur qui dévoilait les trésors de tendresse enfouis au fond de la douloureuse blessure de son âme...

Il était dur, impérieux, menaçant...

Il disait au fils de Porthos :

— Venge ton père outragé !...

Et, derrière ce visage, un autre apparaissait : celui d'Aurore de la Tremblaye...

Et celui-là aussi, avec les yeux de la Némésis et la lèvre de la Chimène, semblait prononcer, comme un implacable arrêt, le *Meurs ou tue!* du vieux Corneille.

. . . .

. . . .

— Jeune homme, vous voici arrivé au terme de votre voyage, dit de Brégy en soulignant par l'accent railleur le double sens féroce de la phrase.

On était dans un carrefour gazonné qu'étoilaient comme des rayons plusieurs routes aboutissantes.

Au centre se dressait un chêne séculaire, enserré de lierre et montrant, dans l'une des crevasses de son tronc, la statuette en plâtre colorié du bienheureux saint Fiacre, patron des jardiniers.

— C'est ici, reprit le brigadier, que nous allons danser une courante, au son de deux lames qui se choquent ; car le champ clos, voilà ma salle de bal ; acier sur acier, voilà mes violons.

— Nous commencerons quand vous voudrez, dit Joël avec impatience.

Mais l'autre, toujours plus goguenard :

— Tout beau, mon jouvenceau, tout beau! Vous êtes bien pressé d'en finir! Nous attendrons, ne vous déplaise, la présence de nos seconds. Je n'ai pas envie que l'on m'accuse d'assassiner les petits enfants, comme le boucher de la complainte de Saint-Nicolas.

MM. d'Héricourt, de Gacé, d'Escrivaux et de Champagnac débouchaient, en ce moment, chacun par une route différente.

— Messieurs, poursuivit le vieux bretteur, deux d'entre vous vont assister ce jeune champion. Deux autres resteront de mon côté. Il est bien entendu que vous n'avez pas à vous mêler de ce qui va se passer, autrement que pour témoigner, au besoin, que les choses ont eu lieu d'une façon décente et que j'ai dépêché monsieur selon les règles.

Les mousquetaires obéirent silencieusement.

MM. d'Escrivaux et de Champagnac vinrent se placer près du Breton.

MM. d'Héricourt et de Gacé demeurèrent avec le brigadier,

Tous quatre avaient l'air attristé et regardaient notre héros avec une compassion non équivoque.

Celui-ci dégaina.

Son adversaire ouvrait et fermait alternativement les doigts de la main droite, pour s'assurer du jeu de ses muscles, et battait des appels du pied.

— Monsieur, je vous attends, dit Joël.

Le spadassin jeta son feutre sur le gazon et dégaina à son tour.

Il fit un ou deux *pliés* et demanda d'un ton sardonique :

— Vous n'avez aucune recommandation *in extremis* à adresser à ces messieurs ?

— Aucune.

— Alors, tenez-vous bien.

— J'y tâcherai.

Les deux adversaires tombèrent en garde

Les oiseaux dormaient sous la feuillée immobile et comme morte. Tous les bruits, vagues et confus, qui animent parfois la solitude des bois, se taisaient, comme étouffés dans la fournaise de l'atmosphère. On n'entendait même pas la respiration de la nature.

Dans ce grand silence, les fers croisés rendirent un battement métallique.

Ensuite le brigadier laissa échapper un juron :

— Chaudière de Lucifer !

Il venait, en effet, de s'apercevoir qu'il ne lui serait pas aussi facile qu'il l'espérait d'avoir raison de notre héros.

Celui-ci n'avait pas bronché sous l'attaque.

Il n'avait pas même rompu.

On eût dit d'une statue dont le poignet seul se mouvait mathématiquement.

— Oh ! oh ! murmura le mousquetaire, l'enfant fait le méchant, je crois... Et moi qui voulais me contenter de le mettre pour six semaines sur le flanc... Me voici, à présent, obligé de le tuer...

Et, se mordant la moustache, il essaya successivement de trouver jour en quarte et en tierce, — déplaçant la ligne de combat, — portant avec une décision, une virtuosité épouvantables, des coups mortels dont seul, jusqu'alors, il s'imaginait posséder le secret...

Mais, partout et toujours, devant lui, il rencontrait le fer inflexible...

C'était un spectacle d'un intérêt terrible et saisissant, — et les assistants en suivaient avec une curiosité anxieuse les émouvantes péripéties...

Cette résistance, à laquelle il n'était pas habitué, étonnait, dépitait, irritait le vieux bretteur...

Elle lui faisait perdre peu à peu de son sang-froid et de sa science...

Une sorte de vertige lui montait au cerveau, obscurcissant son coup d'œil et alourdissant son bras...

Il le sentit et redoubla d'impétuosité, — effrayant, — l'écume à la bouche, les yeux injectés de sang et presque sortis de l'orbite...

A un moment, il se ramassa dans sa garde...

Puis, il bondit, froissant l'épée, et se fendit avec une rapidité foudroyante...

Les assistants ne purent retenir un cri d'effroi...

Mais Joël s'était courbé, avec une incroyable agilité : le fer passa au-

Le brigadier de Brégy

dessus de lui, et les deux adversaires se trouvèrent un instant corps à corps, visage à visage...

Par une réaction déterminée par les phases de la lutte, c'était maintenant le brigadier qui doutait de lui et le jeune homme qui avait confiance...

Cette confiance, M. de Brégy la lut-il sur les traits de notre héros ?

Toujours est-il qu'il étouffa un nouveau juron...

Puis, afin d'éviter un coupé sur les armes, il fit vivement un saut en arrière...

Par malheur, son pied gauche glissa sur une touffe d'herbe et son bras droit se leva malgré lui...

Par un mouvement naturel, Joël profita de l'éclaircie...

Il se fendit à fond à son tour...

Et son épée disparut jusqu'à la garde dans la poitrine du spadassin...

Celui-ci resta debout une seconde. Il voulut parler. Le sang lui emplit la bouche...

Chancelant, il lâcha son arme pour porter les deux mains à sa blessure...

Puis, comme un arbre qu'on déracine, il tomba mort sur le gazon.

. . . .

Le fils de Porthos demeurait là, appuyé au tronc d'un hêtre. Il sentait la sueur pointer à la racine de ses cheveux. Il n'osait risquer un mouvement. Sa victoire lui paraissait un rêve.

Son regard, effaré, allait de son épée, qu'il avait laissé échapper, — et qui gisait à ses pids, la lame rougie jusqu'à la garde, — au cadavre du brigadier étendu sur le dos près du Chêne-Saint-Fiacre.

Il lui semblait que ce cadavre le fixait de ses yeux démesurément ouverts, et qu'une malédiction sortait de ses lèvres frangées d'une mousse sanglante.

MM. d'Héricourt et de Gacé échangeaient quelques mots en gens familiarisés avec des drames de cette nature.

— Il n'y a rien à faire, n'est-ce pas?

— Rien; si ce n'est prévenir les gardes du bois, qui transporteront le corps à Saint-Germain.

MM. de Champagnac et d'Escrivaux s'approchèrent du Breton.

— Monsieur, dit le premier, il s'agit de quitter la place au plus vite : les édits du roi sont formels et la connétable ne plaisante pas.

Le second appuya :

— Nous ne vous avons jamais vu. M. de Brégy a été tué par un inconnu. Voilà ce que nous répondrons à quiconque nous interrogera. Mais quelqu'un pourrait survenir : partez sans perdre une minute.

Notre héros balbutia quelques paroles de remerciment.

Il ramassa son épée, l'essuya machinalement avec une poignée de feuilles et la réintégra au fourreau.

Puis, il s'éloigna, — égaré, éperdu, titubant comme un homme ivre

XXXI

QUAI D'ANJOU

Laissons notre vainqueur revenir à Paris, tout bouleversé de ce qui vient de lui arriver, et raconter le sanglant dénouement de son voyage à maître Bonlarron et à Petit-Renaud qui l'ont attendu pour souper.

Laissons, à la fin du récit, le Gascon s'écrier, avec cet accent qui donne un prix inestimable aux dires des gens du Midi :

— Ventredioux! monsieur mon ami, j'en aurais agi pareillement... Je n'aime pas les matamores... Et je l'aurais fait sauter en l'air, votre outrecuidant pourfendeur, si haut que les mouches auraient eu le temps de le déchiqueter jusqu'aux os avant qu'il fût retombé!

Laissons enfin le cabaretier émettre cette maxime consolante en face du manque d'appétit passager de notre héros :

— La première fois qu'on tue un homme, ça vous cause toujours une légère impression... Mais il n'y a que le début qui coûte. On s'y habitue avec la pratique.

Laissons, disons-nous, la rue du Pas-de-la-Mule et le cabaret du *Maure-qui-Trompe*, et transportons-nous, sur le quai d'Anjou, à l'hôtel somptueux, bâti, quelques années auparavant, par Nicolas Gruhin, seigneur des Bordes.

Cet hôtel, qui devait, deux ou trois ans plus tard, devenir la propriété d'Antonin Nompar de Caumont, marquis de Puyguilhem, — le même qui, sous le titre de duc de Lauzun, s'entendit si bien à tourner la tête de la grande Mademoiselle, — cet hôtel avait été loué, pour lui servir de pied-à-terre pendant son séjour à Paris, par S. Exc. le duc d'Alaméda, ambassadeur de S. M. Catholique Charles II, roi d'Espagne et des Indes.

Or, personne ne l'a oublié : le duc d'Alaméda n'était autre que le chevalier d'Herblay, l'ancien évêque de Vannes, et qu'Aramis, l'ancien mousquetaire.

Le voici lui-même, dans son cabinet, enveloppé d'une robe de chambre de soie ouatée et assis auprès d'un bureau chargé de paperasses.

Il achève la lecture de la lettre suivante :

« Monseigneur,

« J'ai hâte de mander à Votre Excellence que Sa Majesté sera sous peu de retour de Lille à Saint-Germain, et qu'il serait urgent que toutes dispositions fussent prises à cet égard.

« La marquise paraît, en effet, plus assurée que jamais du pouvoir de ses charmes et du succès de ses ambitieux desseins.

« Il m'est revenu qu'elle se vantait, sous le couvert, d'une certaine prédiction qui lui aurait été faite en ces derniers jours, et qui ne tendrait rien moins, si elle se réalisait, qu'à ruiner de fond en comble nos espérances et nos projets.

« On raconte, parmi ses intimes, qu'étant allée consulter une devineresse du quartier du Palais-Royal, celle-ci lui aurait annoncé que, devenu libre dans un avenir prochain, le *Grand Alcandre*[1] l'associerait, en l'épousant, au rang suprême dans l'État.

« Il est donc nécessaire de produire au plus tôt à Saint-Germain la personne chargée d'attirer sur elle-même l'auguste affection qui fait la force de la *Merveille*[2].

« Daigne Votre Excellence aviser en conséquence et me considérer en toute occasion comme le plus fidèle, le plus dévoué et le plus respectueux de ses serviteurs.

« BOISLAURIER. »

Malgré la chaleur de la soirée, un grand feu flambait dans une vaste cheminée de marbre devant laquelle était placé le bureau.

M. d'Alaméda froissa le papier, en fit une boule et le jeta dans le brasier qui l'eut consumé en un instant.

Puis, il se pelotonna dans son fauteuil et, le coude piqué sur l'un des bras de celui-ci, le menton appuyé dans la paume de la main, il sembla s'absorber dans ses réflexions.

Puis encore, au bout d'un instant :

— Ma foi, Boislaurier a raison, dit-il, en se parlant à lui-même. Il faut brusquer les choses. La montagne ne venant pas à nous, c'est nous qui irons à la montagne. Mahomet, qui prit ce parti, n'était point un sot en trois lettres, puisqu'il fonda une religion qui compte au moins autant de disciples que la nôtre.

1. Sobriquet sous lequel les courtisans désignaient Louis XIV.
2. Nous avons dit que c'était le surnom donné par les flatteurs à Mme de Montespan.

Il frappa sur un timbre.

Un valet parut.

— Voyez si Esteban est rentré à l'hôtel et envoyez-le-moi sur-le-champ.

— Oui, Excellence.

Quelques minutes plus tard le laquais demandé, — un Espagnol à la mine souple et fine, — s'inclinait devant le vieux seigneur.

— Eh bien! questionna celui-ci, quelles nouvelles?

— J'ai l'honneur d'apporter à Votre Excellence les renseignements qu'Elle m'a chargé de recueillir.

— Très bien. Parlez. Je vous écoute.

— La jeune fille que j'ai suivie habite, dans la rue des Tournelles, chez une vieille parente que ses infirmités forcent à garder l'appartement...

— Après?...

— Elle est sortie dès le matin, pour faire différentes visites chez des gens de robe : procureurs, juges, conseillers...

— Ensuite?...

— Le soir, elle s'est rendue à la paroisse Saint-Paul, où elle a assisté au salut, et où elle retournera demain et les jours suivants.

— Qui vous donne cette certitude?

— Je lui ai entendu dire à une vieille mendiante, qui stationne sous le porche de l'église et dans la main de laquelle elle a laissé tomber une pièce de monnaie : « Je viendrai, tous les soirs, prier à la même heure, et, tous les soirs, vous recevrez la même aumône. »

— A merveille... Je suis satisfait. . Ah! ne vous éloignez pas encore!

Il y eut un moment de silence...

Puis l'ambassadeur demanda :

— Çà! vous n'auriez pas sous la main quelque bon compagnon, dépourvu de préjugés, à qui, en y mettant le prix, on puisse commander toute espèce de besogne?

Il ajouta, en souriant, sur un mouvement du laquais qui se préparait à s'offrir lui-même :

— Ce n'est pas que je me défie de vos scrupules; mais des motifs particuliers m'empêchent de confier cette besogne à une personne de ma maison...

— Votre Excellence sera servie à souhait, répondit l'Espagnol avec empressement : je viens justement de rencontrer — par hasard — le personnage qu'il lui faut...

— Voyez-vous cela!... Un heureux hasard!... Et il s'appelle, ce brave pour tout faire?

— Il s'appelle, pour le moment, le capitaine Asdrubal de Cordebœuf.

— Peste ! un nom qui est, à lui seul, une recommandation. Je lui en ferai mon compliment. Vous le connaissez !

— Comme moi-même. Un ancien ami. Nous avons servi ensemble.

— Dans la marine, je parie ?

Esteban rougit.

Il avait, en effet, ramé pendant deux ans, sur les galères de S. M. Catholique.

M. d'Alaméda reprit :

— Vous savez jusqu'où il irait pour de l'argent !

— Jusqu'au fond de la bourse de celui qui offrirait de le payer.

— Ainsi, je puis lui demander de me *vendre* un léger service ?

— Présentement Votre Excellence l'aurait au rabais. Le pauvre diable arrive de province, où il n'a pas fait fortune, à ce qu'affirme le délabrement de son habit. On pourrait avoir, par-dessus le marché, trois coquins de sa compagnie qu'il traîne après ses chausses, dépenaillés et faméliques. Tous les quatre ont été victimes d'un associé indélicat.

— Assez !... Je ne profite pas de la détresse des gens pour marchander leur conscience... Vous m'amènerez ce capitaine à bref délai.

— Demain à la première heure, il attendra les ordres de Votre Excellence.

— Vous êtes un garçon précieux, Esteban. Continuez à témoigner du même zèle. Mon trésorier aura soin de vous.

. . . .

Le laquais congédié, l'ambassadeur était resté seul.

Le grenat du fauteuil sur le dosier duquel il renversait sa tête songeuse faisait encore ressortir les tons d'ivoire de son masque et l'éclat neigeux de sa chevelure.

Il y avait un sourire sur ses lèvres minces : le sourire du mathématicien qui a trouvé la solution d'un problème ardu et compliqué.

Peu à peu, cependant, ce sourire devint d'une certaine amertume.

Il crispa les coins de la bouche et plissa les rides des tempes.

— Ah ! murmura le vieux seigneur avec un geste de fatigue, ah ! si d'Artagnan, si Athos, si Porthos pouvaient voir quelles toiles d'araignée je m'occupe à tisser en ce moment, comme ils hausseraient les épaules de compassion et de dédain ! Eux, les vaillants champions des luttes du temps passé ! De ces luttes où l'on se mesurait avec des adversaires de la taille des Richelieu, des Mazarin, des Cromwell, et où l'on combattait le bon combat pour des reines opprimées et des rois sans couronne, dans l'éclair des épées, les chevauchées perdues, les mers franchies d'un bond et les défis jetés aux Persée et aux Jason de la fable !

Il s'était soulevé à demi sur son siège...

Une étincelle dansait sous le rideau de sa paupière.

Le souvenir des hauts faits d'antan galvanisait ce corps usé et réveillait le mousquetaire dans le diplomate.

Ce regain de jeunesse dura peu.

L'expression de philosophie railleuse, qui lui était comme une seconde peau, remplaça bientôt sur les traits du vieillard une fugitive lueur d'enthousiasme.

L'ancien Aramis eut un rire sec et cassé :

— Oui, continua-t-il, mais les temps ont changé. Aujourd'hui les grandes conspirations, où l'on risquait de laisser sa tête sur le billot des Montmorency, des Chalais, des Cinq-Mars, ont cédé la place aux intrigues d'antichambre, où l'on complote, sous l'éventail ou derrière le paravent, la disgrâce d'un favori ou la ruine d'une favorite. Et cette main qui a été assez puissante pour ébranler un trône, en est réduite à pousser, — comme des pions, — des marionnettes de cour sur l'échiquier étroit des combinaisons de ruelle !

Ses mains fines et blanches se croisèrent sur la soie de sa robe de chambre, et, tournant ses pouces suivant une habitude sénile, tandis que sa physionomie reflétait la conscience satisfaite :

— Après tout, est-ce ma faute, à moi, s'il n'y a plus d'Olympe à escalader ? Mes jambes s'en trouveront mieux. D'ailleurs, j'ai charge d'intérêts graves. Mordioux ! comme jurait ce pauvre d'Artagnan, l'importance du but excusera la mesquinerie des moyens.

XXXII

LE GUET-APENS

L'angelus du soir sonnait à la paroisse Saint-Paul.

Dans l'église, on chantait le salut.

Il n'y avait guère là qu'une douzaine de vieilles femmes.

Il y avait aussi Mlle de la Tremblaye agenouillée dans la chapelle de la Vierge.

L'office terminé, la jeune fille s'approcha du bénitier. les dévotes, qui sortaient en même temps qu'elle, purent la voir rougir sous son voile.

C'est qu'auprès de ce bénitier un jeune homme se tenait debout : notre ami Joël, vous l'avez deviné, qui trempa ses doigts dans la conque de marbre, et qui offrit de l'eau bénite à Aurore en rougissant plus fort que celle-ci elle-même.

Leurs mains se touchèrent et ils firent ensemble le signe de la croix.

Ensemble ils descendirent les marches de l'église.

En ce moment trois hommes, qui se dissimulaient dans l'ombre, derrière un pilier, près de la porte, échangèrent vivement quelques paroles à voix basse.

Ensuite, ils se glissèrent dehors, derrière nos jeunes gens.

Deux d'entre eux traversèrent la rue et allèrent rejoindre, de l'autre côté de la chaussée, un camarade qui battait la semelle, embossé dans une cape de couleur sombre et sous un feutre en éteignoir.

Le troisième se coula sur les traces d'Aurore et de Joël.

Ceux-ci n'avaient rien aperçu de ce manège.

— Eh bien? demanda à ceux qui l'abordaient le personnage qui paraissait attendre.

— Eh bien! lui fut-il répondu alternativement, eh bien! capitaine, vous ne vous êtes pas trompé : c'est le paysan breton de la route de Saumur.

— Et c'est aussi la jolie voyageuse du coche de Nantes.

— Coup double, alors! fit Asdrubal de Cordebœuf, — car c'était lui qui essayait de dérober sa physionomie crochue entre ce manteau, dont le collet se relevait jusqu'à ses oreilles, et ce chapeau, dont les bords s'enfonçaient jusque sur ses yeux, — et je vais enfin pouvoir me venger à la fois des dédains de cette mijaurée et des brutalités de ce rustre.

— Hum! opina l'un de ses deux interlocuteurs, vous avez agi sagement en prenant des hommes de renfort; car le damoiseau a bec et ongles pour se défendre.

— Et la demoiselle, appuya l'autre, ne se laissera pas emballer sans crier.

— Bast! répliqua le colonel de Royal-Maraude, pour celle-ci, nous avons un bâillon, qui l'empêchera de donner l'éveil; pour celui-là, dix bonnes épées, qui sauront le mettre hors d'état de nuire jamais à son prochain.

Ensuite, du ton d'un général d'armée qui prend ses dernières dispositions pour l'attaque :

— Où est votre camarade Trousse-Jupon?

— Dans le sillage des tourtereaux.

— Le carrosse?

— Derrière l'église.

— Nos hommes?

— Derrière le carrosse.

— A la besogne, en ce cas. Surtout, pas de bruit ni d'imprudence : c'est la recommandation expresse du digne seigneur qui nous emploie. Attendons et profitons.

Il essuya son épée avec une poignée de feuilles.

Depuis trois jours, Mlle de la Tremblaye venait à Saint-Paul accomplir ses devoirs religieux — et, depuis deux jours, notre héros l'accompagnait de l'église à la rue des Tournelles en cheminant à quelques pas derrière elle.

Ce soir-là, il s'enhardit jusqu'à marcher à ses côtés.

Puis, comme elle le regardait avec un doux sourire, il murmura, plus confus et plus timide encore qu'à l'heure où il lui avait parlé pour la première fois :

— Allons-nous donc nous séparer déjà ?

Il ajouta avec prière :

— Je voudrais causer avec vous.

Elle répondit sans hésiter :

— Moi aussi, je le voudrais.

Et elle lui tendit la main.

Une expression de ravissement se répandit sur les traits du jeune homme.

Tous deux tournèrent dans la rue du Petit-Musc.

— Donnez-moi votre bras, reprit Aurore ; j'ai peur.

— Avec moi ? se récria Joël.

— Oh ! poursuivit Mlle de la Tremblaye, je sais par expérience que je puis avoir confiance en votre force et en votre courage... Mais ce quartier est si désert... Et puis, la nuit tombe si rapidement...

Les passants étaient rares, en effet ; la nuit sentait l'orage, et le ciel menaçait.

La jeune fille s'appuyait des deux mains au bras de notre héros.

Celui-ci contemplait en extase sa délicieuse beauté que l'ombre envahissante faisait plus suave et presque divine.

Ils allaient lentement, serrés l'un contre l'autre. Les paroles se pressaient sur les lèvres du Breton. Il les retenait en écoutant avec ivresse cette voix qui descendait jusqu'au fond de son cœur.

— Eh bien ! interrogeait Aurore, avez-vous commencé vos recherches ?... Oui, n'est-ce pas, car je vous crois homme d'action immédiate ?... Et comptez-vous toujours sur un succès que je prie, tous les soirs, le Seigneur de vous accorder ?

Le fils de Porthos éprouvait un insurmontable embarras.

Devait-il instruire Mlle de la Tremblaye de ce qu'il avait appris, de ce qui s'était passé à Saint-Germain ?

Il ne l'osa point.

Toutefois, le mensonge répugnant à sa nature franche et droite, il répondit à la question en questionnant à son tour :

— Et vous, mademoiselle, ces démarches que vous êtes venue entreprendre, prennent-elles tournure d'aboutir ?

La jeune fille secoua la tête :

— Hélas ! je ne suis pas une habile solliciteuse... L'art d'obtenir l'appui des gens par des suppliques réitérées est pour moi lettre close, et j'ai le grand défaut, le grand tort d'être fière... Ah ! s'il ne s'agissait que de moi, si ce n'était pas pour ces enfants dont je suis toute la famille...

— Vous renonceriez à la tâche ?...

— Oui, certes, et je quitterais Paris dès demain...

Le jeune homme tressaillit :

— Quitter Paris ?...

— Que voulez-vous ? Son tumulte me donne le vertige. Les pièges que j'y soupçonne ouverts sous mes pas m'épouvantent. La mêlée des intérêts et des passions qui se heurtent dans ces rues, dont les hautes maisons me cachent le ciel, ne m'inspire qu'horreur et pitié...

« Et puis, je me sens si dépourvue de tout soutien, de toute défense, si isolée, si faible dans ce monde du *chacun pour soi*, auquel il faut disputer, à grand renfort de défaillances et de compromissions honteuses, sa place au soleil et son pain quotidien...

« Ah ! comme j'aimerais mieux m'en retourner au fond de ma province !... Plus loin encore, loin des villes !... Dans ce pays, qui est le vôtre, sur ces plages sauvages où les genêts d'or et les bruyères roses mêlent leurs parfums aux âpres senteurs de l'Océan !...

— Et vous vous résigneriez à vivre là-bas seule ? demanda le Breton, dont la voix tremblait.

— Je m'y estimerais heureuse entre toutes si j'y avais près de moi celui que mon cœur aurait choisi.

— Ah ! oui, murmura-t-il, quelque opulent, quelque brillant seigneur qui vous ferait dame suzeraine...

Aurore hocha le front :

— Vous vous trompez, répliqua-t-elle doucement. Je suis pauvre, et je vous ai dit que j'étais fière. Cette fierté se refuserait à accepter de l'homme qui m'offrirait sa main autre chose que l'anneau qui me ferait sa femme.

Elle ajouta avec fermeté :

— Mais, fille de noblesse, je me dois à moi-même de n'épouser qu'une personne de qualité.

— Ah !

Elle lui serra le bras contre sa poitrine, et d'une voix grave et pénétrante :

— Pourquoi ce grand soupir de découragement ? Je suis patiente, et nous sommes jeunes. Ne pouvons-nous donc attendre avec confiance que le ciel ait béni vos efforts, ou qu'à défaut du nom de votre père, vous vous en soyez fait un autre ?

— Oh ! mon Dieu ! balbutia Joël, mon Dieu ! est-il possible ? Vous auriez deviné...

Ils étaient arrivés sur la berge des Célestins. Il y avait un banc près d'un arbre. Mlle de la Tremblaye s'assit :

— Prenez place près de moi, dit-elle.

Il obéit, et elle reprit :

— Je crois que vous m'aimez.

Elle avait les yeux sur lui...

Il releva les siens, et sous son regard rayonnant de passion, les paupières de la jeune fille se baissèrent...

— Oui, vous m'aimez, continua-t-elle, et, pour le savoir, je n'ai pas eu besoin de l'entendre de votre bouche : je n'ai eu qu'à écouter parler mon propre cœur.

Notre héros était ému jusqu'à la fièvre :

— Je ne sais pas si je vous aime, répondit-il ; mais ce que je sais bien, c'est que je ne respecte rien au monde autant que vous, et que je mourrais si je vous voyais à un autre.

Il y eut un instant de silence.

Dans ce silence, un bruit léger se fit.

Ce pouvait être le vent.

L'orage approchait, en effet, et la nuit s'assombrissait de plus en plus.

Nos deux amants ne voyaient ni l'orage accourir, ni s'épaissir la nuit.

Ils n'avaient conscience ni de l'heure avancée, ni du tonnerre qui commençait à gronder au lointain.

Joël avait pris deux belles petites mains qu'on lui avait abandonnées, frémissantes.

— Aurore, ne cessait-il de répéter, Aurore, vous êtes mon amour ! Vous êtes mon espoir et mon avenir ! Vous êtes ma vie tout entière !...

Un cri déchirant lui répondit...

La jeune fille avait vu une forme sombre se détacher de l'arbre voisin...

Un bras s'était levé, qui tenait par le canon un lourd pistolet d'arçon...

La crosse pesante de l'arme s'abattit sur le front de notre héros...

Celui-ci tomba, assommé...

Comme si sa chute eût été un signal, trois hommes sortirent brusquement de l'ombre et se précipitèrent sur Mlle de la Tremblaye...

En même temps, un carrosse, attelé de deux vigoureux chevaux, déboucha de l'une des ruelles qui aboutissaient à la berge...

Les trois hommes emportèrent Aurore vers ce carrosse...

La jeune fille criait en se débattant :

— A moi !... Au secours !... A moi !

XXXIII

LA FUITE

Cet appel de détresse accomplit un miracle.

Joël se remit sur ses pieds. L'épaisse calotte de son chapeau breton avait amorti le choc. Il n'était guère qu'étourdi.

Un éclair, en l'enveloppant d'une illumination blafarde, lui montra les ravisseurs qui s'enfonçaient dans l'obscurité.

Il bondit dessus, l'épée au poing.

En le voyant arriver comme une charge de cavalerie, l'un des trois bandits se détacha de ses compagnons et mit, lui aussi, flamberge au vent.

— On ne passe pas ! fit-il en barrant le chemin.

Notre héros poussa une exclamation :

— Le colonel de Royal-Maraude !

— Oui, répéta Cordebœuf en lui portant la pointe au visage, le colonel de Royal-Maraude qui va te marquer une seconde fois à la place qui garde la trace de la balle de son pistolet.

Ceci était une ruse de tireur...

Car, au lieu du coup de pointe qui le menaçait entre les deux yeux, Joël eut à parer un coup de flanc qui devait le couper en deux.

— Ah ! gibier de potence, riposta le Breton, tu n'es pas digne d'être frappé par la lame d'un gentilhomme.

Ce fut le pommeau de sa rapière qui fêla le crâne du capitaine.

Celui-ci roula sur le sol.

En trois bonds, le fils de Porthos eut atteint les deux autres malandrins.

D'une estocade, il embrocha le porte-guidon Plume-Volaille, et fendit le fourrier Pille-Sacoche d'un taillant à trancher la tête d'un taureau.

Aurore était dégagée.

Elle se pendit à son cou.

— Sauvez-moi ! murmura-t-elle.

Puis, presque aussitôt, avec épouvante :

— Oh ! mon Dieu !... Voyez !... Nous sommes perdus !

En ce moment, en effet, une dizaine de *féroces*, — comme on appelait alors les soldats licenciés qui menaient la vie de truands, — semblaient jaillir des flancs du carrosse, derrière lequel ils se tenaient cachés.

Ceux-là devaient avoir la leçon faite d'avance.

Ils piquèrent droit sur le jeune homme.

Celui-ci leur montra le poing :

— Ah ! mécréants, si j'étais seul !...

Ensuite, enlevant Mlle de la Tremblaye comme une plume, il fit rapidement volte-face et prit sa course.

La bande se lança à ses trousses.

Par bonheur, un coup de vent souleva entre elle et lui une véritable trombe de poussière.

Cette trombe, qui aveugla les bandits, arrêta un instant leur élan, — et cet instant suffit à notre héros pour prendre une avance raisonnable.

De larges gouttes d'eau commençaient à tomber.

Joël détalait comme un cerf.

Pensant que, pour la sauver, il ne devait point reculer devant des procédés dont elle lui pardonnerait plus tard l'expéditive énergie, il avait jeté sur son épaule gauche, où il la maintenait du bras, la jeune fille qui ne bougeait plus.

Sa main droite restait libre pour jouer de l'épée.

Le cher fardeau ne ralentissait point son galop enragé : il en décuplait, au contraire, la vertigineuse vitesse.

Ceux qui le poursuivaient s'acharnaient derrière lui.

Il les entendait se presser, haletants, avec un tumulte d'armes froissées et de jurons effroyables.

Par bonheur, notre héros était un gaillard admirablement découplé, en dépit de son apparence un peu massive.

Et puis, ce n'était pas pour rien qu'il avait exercé ses muscles à donner la chasse au gibier sur les landes de Belle-Isle et à courir sur les grèves glissantes, par les nuits de tempêtes, à travers le tourbillon des éléments déchaînés.

Maintenant, l'orage battait son plein. Le terrain sonnait sous le choc retentissant d'une averse de grêle. L'écho renvoyait de toutes parts le formidable roulement de la foudre.

Mais le fils de Porthos en avait vu bien d'autres sur la côte bretonne, quand, par les marées d'équinoxe, la mer, avec des rugissements de Titan, menace d'escalader le ciel éventré dans tous les sens et montrant l'incendie de ses entrailles en un désordre splendide jusqu'à l'horreur.

Son jarret dévorait l'espace.

Son pouls restait calme, son haleine tranquille.

Il n'en était pas de même des *féroces* :

Ils clochaient sur le sol détrempé...

Le souffle s'embarrassait dans leur gorge...

A chaque instant, l'un deux renonçait à la tâche...

Joël, lui, allait toujours, — tête nue, — livrant au vent et à l'averse ses longs cheveux, que baignait la sueur et qui ruisselaient de pluie...

Il franchit un pont, — puis un autre.

Il enfila une première rue, — puis une seconde, — puis une troisième...

Un dernier effort le porta à l'extrémité d'un faubourg...

Il s'arrêta alors, s'assit sur une borne, respira et tendit l'oreille...

Le bruit du pourchas des limiers avait cessé.

Le Breton eut un cri de triomphe :

— Vive moi ! la meute est distancée.

Ensuite, s'adressant à la jeune fille :

— Dieu soit loué, mademoiselle, je crois que nous n'avons plus rien à craindre.

Aurore ne répondit pas. Sa bouche demeura sans voix. Son cœur demeura sans mouvement.

— Seigneur ! balbutia le Breton. Seigneur ! est-ce qu'elle serait morte ?

Sa main tâta avec angoisse la poitrine de Mlle de la Tremblaye.

Ensuite, avec un grand soupir de soulagement :

— Non ; son cœur bat... Elle n'est qu'évanouie... Une syncope comme celle qu'elle a éprouvée, là-bas, sur la route de Saumur...

Il la tenait sur ses genoux, comme une enfant :

— Mais il faudrait la secourir... Cette grêle qui la fouette... Cette pluie qui la glace... Et personne !... Il ne passe personne !... Et toutes ces portes sont fermées, tous ces murs sont impitoyables !...

Il ajouta désespéré :

— Sais-je seulement où je suis !

Son regard interrogeait avec détresse les ténèbres qui l'entouraient...

Soudain, un éclair brilla...

La maison qui faisait face à la borne sur laquelle se désolait notre héros sortit de l'ombre brusquement...

Et le brave garçon eut une exclamation de joie...

Cette maison, il la reconnaissait !...

C'était *la Maison grise !...*

C'était celle où, quelques jours auparavant, il avait reconduit les trois femmes qui lui avaient demandé, sur le pont Neuf, l'appui de son bras jusqu'à leur logis...

Et cette phrase lui revint à l'esprit, — qu'elle emplit de lumière et d'espoir, — cette phrase prononcée par celle de ces trois femmes qui s'était montrée la plus reconnaissante du service rendu :

— Si jamais vous avez besoin de mon office, n'hésitez pas à venir frapper à cette porte, et demandez Françoise d'Aubigné, veuve Scarron.

XXXIV

LA GOUVERNANTE

C'était une vaste chambre à coucher tendue d'une antique tapisserie flamande qui représentait les *Arts et les Sciences entourés de leurs différents attributs.*

Chambre à coucher, avons-nous dit.

Dortoir, aurions-nous pu tout aussi bien écrire.

En effet, auprès du grand lit, drapé de courtines de couleur foncée, qui se dressait au fond de la pièce, trois couchettes s'alignaient, jetant une note de clarté, de jeunesse et de gaieté dans cet intérieur d'un ton un peu sévère, — trois couchettes à rideaux de damas gris-perle rehaussé d'un passement incarnat, dans chacune desquelles reposait un enfant :

Deux garçons et une fille.

Tout proche, une femme était assise devant un guéridon et, à la lumière discrète d'une lampe en argent ciselé, semblait fort occupée à annoter *les Provinciales,* de Blaise Pascal, — ce livre dont Bossuet avait dit, quelque temps auparavant :

— Je voudrais l'avoir fait si je n'eusse fait les miens.

Cependant, si captivée qu'elle parût par ce travail, cette femme l'interrompait par intervalles, et se retournait pour jeter un regard d'affectueuse vigilance sur le sommeil des trois marmots, que scandait, du reste, une respiration régulière et calme.

Le plus âgé de ces marmots était ce petit boiteux que nous avons entrevu un instant dans la cour de *la Maison grise,* le soir où y rentraient sa mère, sa « maman » et la petite Mme d'Heudicourt.

Tous trois avaient du sang royal dans les veines.

Tous trois, en effet, étaient nés des amours du « Grand Alcandre » et de Mme de Montespan : le premier en 1670, le second en 1672, et le dernir un an plus tard.

Tous trois encore avaient été *légitimés* par lettres patentes datées de Saint-

Ensemble ils descendirent les marches de l'église.

Germain, le 29 décembre 1673, et aux termes desquelles Louis XIV, leur père, « voulait et entendait qu'ils fussent nommés, savoir : Louis-Auguste, duc du *Maine;* Louis-César, comte de *Vexin,* et Louise-Françoise, de *Nantes.* »

Quant à l'annotatrice de l'œuvre de Pascal, c'était la gouvernante chargée de veiller sur ces précieux rejetons.

C'était la femme à qui la pythonisse de la rue du Bouloi avait prédit : *Vous serez reine!* comme sur les bruyères embrumées de l'Écosse, les sorcières de Shakespeare avaient crié à Macbeth : *Tu seras roi !*

C'était, enfin, Françoise d'Aubigné, petite-fille du célèbre Agrippa, filleule du duc François de la Rochefoucauld, — père de l'auteur des *Maximes,* — et veuve du poète Scarron.

Peu de personnes avaient eu un début dans la vie aussi tourmenté que le sien.

Comme le lui avait rappelé la Manicarde, ses premières années avaient eu pour tout horizon les murs de la Conciergerie, à Niort, et du Château-Trompette, à Bordeaux.

Elle avait à peine quatre ans, quand ses parents, — Constant d'Aubigné et Jeanne de Cardillac, — s'étaient embarqués pour aller chercher fortune à la Martinique.

Nous avons entendu la devineresse lui remettre en mémoire deux épisodes de son voyage et de son séjour aux colonies.

Renvoyée en France par un créancier à qui, après la mort de son père, sa mère, en repartant pour l'Europe, l'avait laissée comme une espèce de gage, et qui s'était bientôt lassé de la nourrir ; tour à tour calviniste et catholique au gré de ses protecteurs, mais toujours pauvre, humiliée, incertaine du lendemain, elle avait successivement passé, d'une chambrette pauvre et nue, au couvent des Ursulines de la rue Saint-Jacques ; de la Rochelle à Niort, de Niort à Paris, et de la maison de sa tante, Mme de Villette, à celle de sa marraine, Mme de Neuillant.

Dans ces deux maisons, d'ailleurs, elle avait été également malheureuse.

Si malheureuse, qu'à l'époque où les commensaux de l'hôtel de Neuillant commençaient à remarquer sa beauté exotique et son esprit fin et charmant, — un esprit d'autant plus original que personne ne s'était occupé de lui donner une direction, et qu'il s'épanouissait naturellement, comme ces fleurs des haies qui ont de si vives couleurs et de si doux parfums, — si malheureuse, constatons-nous, qu'elle ne désirait rien tant que de rencontrer une âme charitable qui payât sa dot, afin qu'elle pût s'ensevelir à jamais dans l'obscurité tranquille du cloître.

Ce fut dans ce sens qu'elle s'ouvrit au chevalier de Méré, qui fréquentait assidûment le salon de sa marraine.

Le chevalier, un homme de goût, était lié avec Scarron, lequel demeurait justement en face de l'hôtel de Neuillant.

Tout poète et tout gueux qu'il était, Scarron se permettait, de temps en temps, quelqu'une de ces bonnes actions qui font hausser les épaules aux gens riches.

— Monsieur de Méré, répondit l'écrivain, je puiserai dans la bourse de mes connaissances et, au besoin, dans la mienne propre, pour parfaire la somme nécessaire à votre intéressante orpheline.

Le chevalier alla porter cette bonne nouvelle à la fillette, qui, toute joyeuse, accourut chez son bienfaiteur pour le remercier.

Mais, en la trouvant si jeune, en la voyant si jolie, en l'entendant s'exprimer si élégamment, le poète changea d'avis :

— Mademoiselle, lui déclara-t-il, je ne vous donnerai pas un sou pour entrer en religion.

Et, comme la pauvrette fondait en larmes :

— Attendez donc, reprit le bonhomme, j'ai autre chose à vous proposer...

— Et quoi donc?...

— Voulez-vous m'épouser? Mes gens me font enrager, et je ne puis les battre. Mes amis m'abandonnent, et je ne puis courir après eux. Quand ils seront commandés par une jeune maîtresse, mes valets obéiront, et, quand ils me verront une jolie femme, mes amis reviendront chez moi. Je vous accorde huit jours pour réfléchir.

Tout cul-de-jatte qu'il était, Scarron était à la mode. Il avait une réputation de gaieté qui surpassait encore sa réputation d'écrivain. A force de le regarder, Mlle d'Aubigné s'habitua à sa personne...

Quelques jours après leur mariage, elle écrivait à son frère :

« Je viens de contracter une union où le cœur entre pour peu de chose, et où, en vérité, le corps n'entre pour rien »[1].

. .   .   .

Scarron ne s'était pas trompé :

La jeune femme ne se contenta point de faire obéir les valets récalcitrants et de ramener au logis les amis déserteurs...

Elle resta fidèle au pauvre estropié. Mme de Sévigné, qui était de ses amies, avoue qu'elle ne trouva jamais rien à mordre dans sa conduite; et, quarante ans plus tard, Ninon, qui avait été aussi de son intimité et à qui l'on demandait un renseignement à ce propos, répondait sans hésitation :

1. Alexandre Dumas, *Louis XIV et son Siècle.*

— Oui, elle a été vertueuse dans sa jeunesse. J'aurais voulu la guérir de ce travers. Mais elle craignait trop le bon Dieu.

Par malheur, le poète trépassa un beau matin, et avec lui disparut la pension qu'il touchait à titre de *malade de la Reine*.

Alors, en dépit de sa vertu incontestée et de sa beauté incontestable. sa veuve retomba dans un état de gêne tel qu'elle dut se loger, elle et sa servante, dans une mansarde à laquelle on accédait par une sorte d'échelle de meunier.

Il est vrai que, si étroit que fût cet escalier, il donnait passage à toute une cour de gens du bel air, avides de jouir de la conversation à la fois solide et piquante de la jeune femme.

Il est vrai encore que celle-ci continuait à fréquenter l'hôtel d'Albret où se réunissait un cénacle de malins esprits en jupons.

Néanmoins, besogneuse, ennuyée, inquiète, elle allait, cédant à sa mauvaise fortune, suivre Mlle de Nemours, sœur de la duchesse de Savoie, en Portugal, où celle-ci se rendait pour épouser le prince Alphonse, lorsque le hasard lui fit rencontrer Françoise-Athénaïs de Rochechouart de Mortemart, marquise de Montespan et favorite en titre.

XXXV

LES DEUX MÈRES

Françoise-Athénaïs de Rochechouart de Mortemart, — que vous avez vue apparaître dans le *Vicomte de Brage.on ie* sous le nom de Mlle de Tonnay-Charente, — avait épousé, en 1663, Henri-Louis de Pardaillan de Gondrin, marquis de Montespan, lequel avait obtenu pour elle, par le crédit de Monsieur, une charge de dame du palais de la reine.

Dans le ballet des *Muses*, de Benserade, elle avait représenté une bergère et récité des vers qui exprimaient « les amours d'une rose pour le soleil ».

Le roi l'avait remarquée.

Un peu plus tard, étant parvenue à se glisser dans l'intimité de Mlle de La Vallière, elle avait ébloui le monarque changeant par un tour singulier de conversation en tous points digne de cette famille des Mortemart, dont un dicton vantait la causticité à outrance, et dont l'esprit, répétait-on partout, « était tombé en quenouille. »

La cour appelait le cercle de Mme de Montespan le *Fleuve de l'esprit*.

Alors, ce qui devait arriver était arrivé.

En présence de ces deux femmes, — l'une, douce, timide et modeste, — l'autre, hardie, artificieuse et brillante, — l'amour de Louis XIV pour la première avait commencé à s'éteindre, en même temps qu'il commençait à s'allumer pour la seconde.

La princesse Palatine raconte à ce sujet :

« La Montespan se moquait publiquement de sa rivale, la traitait fort mal et obligeait le roi à agir de même.

« Il fallait traverser la chambre de la Vallière pour se rendre chez la Montespan. Le roi avait un joli épagneul appelé *Malice*. A l'instigation de la Montespan, il prenait ce petit chien et le jetait à la duchesse de La Vallière en disant :

« — Tenez, madame, voilà votre compagnie ; c'est assez bon pour vous. »

Bientôt, cet amour du monarque pour la marquise n'avait plus été un secret pour personne : la pauvre La Vallière avait pleuré toutes les larmes de son corps, et le marquis de Montespan s'en était allé en province porter le deuil de son honneur.

Mais ce dernier n'avait rien d'un Georges Dandin.

Il avait, paraît-il, commencé par souffleter sa femme devant Mme de Montausier.

Après quoi, il s'était promené à travers Paris dans un carrosse drapé de noir qui portait une *corne d'argent* à chaque angle.

C'était dans cet équipage qu'il était venu, en habit de deuil, prendre congé du roi et de la cour, disant fièrement qu'il était veuf et qu'il ne reverrait sa femme de sa vie, — ce qui était effectivement arrivé.

. . . .

La veuve Scarron avait été présentée à la nouvelle favorite par Mme de Thianges, l'une des sœurs de celle-ci.

Les deux femmes se plurent mutuellement.

Enhardie par un bienveillant accueil, Françoise d'Aubigné confia à la marquise sa détresse toujours croissante et ses projets de départ.

Depuis des mois, elle attendait en vain que la faveur royale reportât sur sa tête la pension dont avait joui son mari et qui était son unique ressource.

Mme de Montespan se chargea de se faire auprès du trône l'écho des doléances de la solliciteuse. Un placet en forme fut rédigé, il fut mis sous les yeux de Louis :

— Eh quoi ! s'écria celui-ci en le parcourant, encore la veuve Scarron ! N'entendrai-je donc jamais parler que de cette mendiante ?

— En vérité, sire, repartit la favorite, il y a longtemps que vous ne devriez plus en entendre parler, et il est étonnant que Votre Majesté n'ait pas encore écouté une femme dont les ancêtres se sont ruinés au service des vôtres.

A cette réplique vive et pressante, le monarque ne résista plus. La pension fut accordée. La protectrice triompha, et la protégée ne partit point. En revanche, les courtisans daubèrent à l'envi sur celle-ci, et, s'inspirant des paroles du maître, ils s'empressèrent d'adopter cette locution charitable :

— *Importun comme la veuve Scarron!*

Les deux amies n'en continuèrent pas moins à se voir, à se parler et à sortir ensemble. La protectrice ne pouvait se montrer jalouse de la protégée, « qui déplaisait toujours au roi ». Ce dernier, en effet, affectait devant sa maîtresse de n'appeler la veuve du poète que *la Prude*, *la Pédante*, *Sa Solidité*, ou *Votre bel Esprit*.

. . . .

Cependant, Mme de Montespan perdait sa taille fine.

Les roses de son teint pâlissaient.

Elle exigea que la naissance des enfants qu'elle « aurait » de son royal amant échappât à la malignité de la cour, dût cette précaution leur être funeste.

Personne ne s'aperçut de sa « situation intéressante », et, comme elle était l'arbitre des modes, elle en imagina une, — celle des robes dites *volantes*, — fort avantageuse pour les femmes qui tenaient à dissimuler leur grossesse.

Cette mode consistait à s'habiller comme les hommes, à la réserve d'une jupe sur laquelle, à l'endroit de la ceinture, on tirait la chemise, que l'on faisait bouffer autant que l'on pouvait et qui cachait ainsi le ventre.

Mais encore, pour élever cette succession d'enfants prévus de si loin, fallait-il une personne à la fois discrète, instruite et dévouée.

Mme de Thianges se chargea de faire des ouvertures à l'*Importune*.

Celle-ci refusa net, dès l'abord. Vivonne, frère de la marquise, et Mme d'Heudicourt, s'efforcèrent sans succès de vaincre ses scrupules. Ce fut toute une affaire diplomatique. MM. de Richelieu et de Louvois s'en mêlèrent. Cédant à des instances réitérées, la veuve répondit enfin :

— Si les enfants sont au roi, je le veux bien. Je ne me chargerais pas de ceux de Mme de Montespan. Ainsi, il faut que Sa Majesté me l'ordonne; voilà mon dernier mot.

« Le grand Alcandre » ordonna et fut obéi.

Mme Scarron acheta la *Maison grise*.

Ce fut là que la favorite accoucha clandestinement.

L'accoucheur Clément, qui y fut amené les yeux bandés, soupçonna si peu — ou parut si peu soupçonner — qui était le père de l'enfant, — qu'il se fit servir à manger et verser à boire par le roi, qui était présent, et qu'il l'invita même à porter la santé de la malade.

Celle-ci donna le jour à une fille, qui mourut à l'âge de trois ans. Françoise d'Aubigné la pleura. C'est ce qui fit dire à Louis :

— Elle sait bien aimer ; il y aurait plaisir à être aimé d'elle.

Un an plus tard, la marquise mettait au monde un fils, qui fut le duc du Maine ; puis, d'année en année, un autre, qui fut le comte de Vexin, et une seconde fille, qui fut Mlle de Nantes.

On voit que la charge de la veuve Scarron n'était pas précisément une sinécure

Jamais vie ne fut plus mystérieuse et plus occupée que la sienne à cette époque.

« Je montais à l'échelle, raconte-t-elle dans ses *Entretiens*, pour faire l'ouvrage des tapissiers et des ouvriers, parce qu'il ne fallait pas qu'ils entrassent. Les nourrices ne mettaient la main à rien, de peur d'être fatiguées, et que leur lait ne fût moins bon. J'étais toute la nuit sur pied, au chevet de ma petite famille. Ce qui ne m'empêchait pas d'aller, dans la journée, à l'hôtel de Richelieu et à l'hôtel d'Albret, afin que ma société ordinaire ne se doutât pas que j'avais un secret à cacher...

« On le sut : *je me faisais saigner pour ne pas rougir si, d'aventure, quelqu'un amenait la conversation sur ce chapitre.* »

. . . .

Pendant ce temps, la mère des *légitimés* s'étourdissait dans le bruit et le mouvement de la cour, où la reine mettait une résignation angélique à supporter ce qu'elle ne pouvait empêcher, où l'infortunée La Vallière ne figurait plus que comme une esclave destinée à parer le triomphe de sa rivale, et où celle-ci faisait la loi en compagnie de ses deux sœurs, — trio remarquablement dépeint par l'abbé Têtu, quand il écrivait :

« Mme de Montespan parle comme une personne qui lit, Mme de Thianges comme une personne qui rêve, et Mme de Fontevrault comme une personne qui parle. »

Un jour, un commencement d'incendie se déclara dans la chambre des princes. La veuve Scarron envoya un exprès porter cette nouvelle à Saint-Germain. Mme de Montespan se contenta de répondre :

— Je m'en réjouis : le feu est un signe de bonheur.

Rapprochez ce mot de celui d'un chirurgien, qui, appelé à la *Maison grise* pour pratiquer une opération sur le pied difforme du duc du Maine, s'écriait, en voyant la gouvernante près de se trouver mal d'anxiété et d'émotion · ·

— Je ne connais pas le père de cet enfant ; mais, à coup sûr, voici sa mère.

XXXV

L'HOSPITALITÉ

La sollicitude de Françoise d'Aubigné pour « ses chers poussins » était de tous les instants.

Le soir où nous introduisons le lecteur à *la Maison grise*, sa grande préoccupation semblait être que l'orage, qui se déchaînait sur Paris, n'éveillât point la petite famille.

A chaque éclat de foudre qui ébranlait les vitres, son regard allait vers les couchettes, empreint d'une tendresse inquiète.

Mais rien ne bougeait dans celles-ci. Les trois marmots dormaient à poings fermés. L'innocence a de ces grâces d'état.

La veuve, alors, se replongeait dans sa lecture.

Parfois encore, interrompant cette lecture et son travail d'annotations, elle laissait là livre et crayon pour songer, — songer un moment, — renversée dans son fauteuil, les yeux dans le vague, les mains sur les genoux...

Ses lèvres sérieuses remuaient...

Et cette phrase s'en échappait, perceptible à peine pour tout autre que pour elle :

— Reine!... Cette femme l'a répété... Je serai reine!...

Et un sourire d'incrédulité crispait sa bouche, quand une lueur d'espoir n'allumait point sa prunelle...

Puis, elle secouait la tête, comme pour en faire tomber l'idée obsédante...

Au milieu de l'une de ces courtes rêveries, la gouvernante tressaillit soudain...

Trois coups, pressés et vigoureux, venaient d'être frappés par le heurtoir contre la porte de la rue...

— Une visite!... A cette heure!... Que signifie?...

Quelques minutes s'écoulèrent...

Ensuite, un serviteur entra...

— Qu'est-ce donc, Honorin? interrogea la veuve.

— Madame, c'est un jeune homme qui insiste pour vous parler...

— Un jeune homme?

— Je l'ai reconnu : c'est celui qui vous a ramenée à la maison, l'autre soir,

— A moi ! Au secours !

avec Mme la marquise, et que cette dernière a ordonné de reconduire dans son carrosse à l'endroit qu'il désignerait.

Quelque chose comme une flamme, qui s'éteignit aussitôt, passa sur le visage de Françoise d'Aubigné.

— Ah! fit-elle, c'est ce brave garçon...

— Oui, madame, et il n'est pas seul.

— Comment?...

— Il a avec lui une jeune fille...

— Une jeune fille?...

— Une fort jolie personne, ma foi, qu'il porte dans ses bras et qui paraît en pâmoison...

La gouvernante se leva :

— Voilà qui est des plus étrange... Enfin, conduisez dans mon oratoire... Je m'y rendrai dans un instant.

. . . .

. . . .

L'oratoire de la veuve Scarron témoignait non seulement de la piété, mais encore des talents variés et des studieuses occupations de celle-ci.

A côté d'un prie-Dieu placé au-dessous d'un christ d'ivoire d'un merveilleux travail, on y remarquait, en effet, ici, un métier à tapisserie, recouvert d'une broderie commencée; là, une boîte à couleurs, des pastels sur une table. et, dans un vase de cristal, des fleurs naturelles disposées pour servir de modèles; ailleurs, un clavecin, un luth, un théorbe, — les instruments à la mode du temps, — un pupitre chargé de musique; puis, une mappemonde, des cartes de géographie, un sextant; un peu partout, enfin, des livres...

Sur le bureau, sur les sièges, sur des rayons le long des parois!...

Et, dans une sorte de bibliothèque vitrée, à inscrustations de cuivre, l'œuvre complet de son mari, — du cul-de-jatte, dont « elle avait reçu pour douaire l'immortalité » et dont elle voulait, disait-elle, que le nom, porté par elle, « vécût éternellement. »

Lorsqu'elle pénétra dans cette pièce, Joël, qui l'attendait, tout hésitant et tout angoissé, fit un pas à sa rencontre avec un geste suppliant...

Et, lui montrant Mlle de la Tremblaye qu'il avait déposée sur un sopha :

— Oh! par pitié, madame, fit-il, secourez-la, soignez-la, rendez-la-moi!

A la vue de la jeune fille étendue, comme morte, avec le trésor de ses cheveux déroulé sur ses épaules et ses vêtements collés aux membres et ruisselants de pluie, la gouvernante ne put retenir un petit cri d'étonnement.

Puis, se tournant vers Honorin qui la suivait :

— Vite, appelez Nicole et Suzette!... Que l'on chauffe le lit de la chambre bleue!... Et que l'on y porte ma pharmacie de voyage!...

Le Breton s'avança de nouveau :

— Madame, je vais vous expliquer...

Elle l'interrompit :

— Tout à l'heure !... Nous n'avons pas le temps... Il faut pourvoir au plus pressé.

Les deux caméristes accouraient :

— Vous allez, poursuivit Françoise, transporter cette jeune dame dans la chambre bleue... Vous la déshabillerez et vous la coucherez... Moi, je vais chercher parmi mes sels celui qui sera le plus propre à la tirer de son évanouissement.

Ensuite, s'adressant à Joël :

— Demeurez ici. J'y viendrai vous retrouver aussitôt que la malade n'aura plus besoin de mes soins. Vous m'apprendrez alors quelle est cette personne et à quel concours de circonstances je dois le bonheur de pouvoir vous être utile.

Une demi-heure se passa, qui, pour notre héros, eut la durée d'un siècle.

Enfin, la maîtresse du logis reparut.

Les regards du jeune homme l'interrogèrent avec anxiété.

— Rassurez-vous, répondit-elle à cette question muette, Mlle de la Tremblaye, — car j'ai surpris son nom au milieu des paroles sans suite que la fièvre lui arrache, — Mlle de la Tremblaye dort...

« Je l'ai condamnée au sommeil à l'aide d'une potion calmante...

« Mais il faut qu'elle soit tombée sous l'empire d'une terreur, d'une émotion bien grandes...

— Oh ! oui, bien grandes, en effet.

Et notre héros mit rapidement sous les yeux de son interlocutrice les scènes que vous connaissez par les chapitres précédents.

Quand il fut arrivé au dénouement de sa course folle par les rues, à travers l'orage :

— En vérité, déclara la veuve, voilà une aventure qui commence comme une bergerie de Racan pour continuer à la façon d'une tragédie du vieux Corneille...

« Maintenant, je comprends chez cette pauvre enfant cette agitation, ce trouble auxquels j'ai dû la soustraire en l'endormant...

« N'ayez crainte : elle sera plus calme à son réveil, quand elle se trouvera en lieu sûr et quand elle verra auprès d'elle son chevaleresque défenseur...

« Dans le cas contraire, je n'hésiterais pas à avoir recours à la science et j'enverrais quérir Fagon...

— Fagon ?... Un médecin ?... Un bon médecin ?...

— Le nouveau médecin du roi.

— Le médecin du roi ?... Alors, il la sauverait, n'est-ce pas, madame ?... Ah ! c'est que, voyez-vous, s'il me fallait la perdre...

— Eh bien ?

— Je n'aurais plus de cœur à la vie et je ne vous demanderais plus qu'une chose : de m'indiquer le plus court chemin qui mène d'ici à la rivière...

La gouvernante lui adressa un geste d'affectueuse remontrance :

— Je vous le répète encore une fois, Mlle de la Tremblaye n'est pas en danger de mort...

— Bien vrai ?... Vous me le jurez?... Foi d'honnête femme ?...

— J'ai, du moins tout lieu de le croire : ce qu'elle éprouve est une conséquence de sa nature, qui me paraît nerveuse à l'excès...

— Pour cela, vous avez raison, fit vivement notre héros : je l'ai déjà vue en proie à une crise pareille...

— Et l'égarement de l'esprit aura, je n'en doute pas, cédé devant le repos du corps... Il en sera de même aujourd'hui... Le sommeil est le remède souverain contre ces sortes d'accidents.

— Dieu vous entende, vous qui nous apportez, à elle, le salut, et, à moi, l'espérance !

Et le jeune homme eut un mouvement pour saisir la main de son interlocutrice.

Mais celle-ci, par un pas de retraite, se déroba à ce témoignage de gratitude.

Ensuite, comme le fils de Porthos la considérait avec surprise, elle reprit, pour changer le terrain de la conversation et se donner une contenance :

— Or, à présent, monsieur Joël, il me semble qu'il est grand temps de songer à vous...

Le Breton tressauta de plaisir :

— Monsieur Joël ?... Vous savez mon nom?

— Ne l'avez-vous pas confié à l'une de mes compagnes ?

— Et vous ne l'avez pas oublié?

— Pas plus que je n'ai oublié votre généreuse assistance.

— Peuh! une misère!... Quand je devrais, ce soir, allumer à vos pieds autant de cierges qu'il y en a sur l'autel de Notre-Dame d'Auray !... Mais, puisque vous me faisiez la grâce de vous occuper de moi...

— Je voulais dire, monsieur Joël, que vous me paraissiez vous-même tout mouillé et tout transi...

— C'est bien possible... A cause de ce maudit déluge... Je ne m'en étais pas aperçu...

— Vous ne sauriez rester ainsi.

Le brave garçon se regarda :

— Je vois ce que c'est... Je gâte vos tapis... C'est vrai : j'entre ici comme un fleuve...

— Mais non, se récria-t-elle, ce n'est pas de mes tapis qu'il s'agit : il s'agit de vous sécher et de vous réchauffer...

— Oh ! pour cela, repartit le Breton, une flambée de sarments... Et puis...

Il nous en coûte de le confesser.

Mais nous ferons cet aveu, dût-il dépoétiser absolument notre héros aux yeux de nos lectrices, qui sont, nous le tenons pour certain, autant de créatures suaves et immatérielles :

Joël était bien le fils de son père. Il n'avait pas seulement l'encolure et la rapière du bon Porthos. Il en avait aussi l'excellent, formidable et perpétuel appétit.

Chez maître Bonlarron, il vaquait sans peur et sans reproche à ses quatre repas quotidiens.

Le jour de son duel dans la forêt de Saint-Germain, le souvenir du brigadier Brégy étendu dans le sang, sur l'herbe, avec ses prunelles fixes et sa poitrine trouée, ne l'avait point empêché de faire honneur à la cuisine du cabaretier du *Maure-qui-Trompe*.

Or, le soir du drame de la berge des Célestins, pour arriver plus vite à l'église Saint-Paul, notre héros avait négligé de souper.

Il comptait se rattraper au retour.

Et voilà qu'à présent ce misérable appétit, qui avait chuchoté toute la soirée et que les péripéties de celle-ci avaient seules forcé à se taire, se mettait à pérorer au dedans de lui avec une telle autorité, qu'il n'était guère possible de lui imposer silence.

Françoise d'Aubigné répéta :

— Et puis ?...

— Et puis, continua le Breton tout confus, m'est avis qu'une verrée de n'importe quoi et une bouchée de quelque chose...

La future reine de France sourit :

— Veuillez m'accompagner, dit-elle. Aussi bien, nous avons encore à causer.

XXXVII

LA PROTECTRICE

Dans la salle à manger, Joël était assis entre la cheminée, où pétillait une pile de cotrets, et une table qu'Honorin avait abondamment servie ; mais la faim satisfaite ne dissipait point le nuage qui allait s'épaississant sur son front, d'ordinaire si insouciant et si rieur.

Ah ! c'est que, pendant qu'il doublait loyalement les morceaux, la maitresse du logis parlait avec sa saine, froide et impitoyable raison :

— Alors, demandait-elle, vous aimez Mlle de la Tremblaye?... Vous l'aimez réellement, en toute sincérité, dans votre âme ?... Ce n'est ni une surprise des sens, ni un caprice de jeunesse?... Vous l'aimez au point de lui sacrifier la fortune, si on vous l'offrait?

— Au point de lui sacrifier mon bonheur dans ce monde et mon salut dans l'autre.

Elle eut un accès de gaieté forcée :

— Un Breton qui parle de sacrifier son salut!... *Bone Deus!*... La chose est grave...

Ensuite, redevenant sérieuse :

— Et Mlle de la Tremblaye, vous aime-t-elle ?

— Elle m'a donné cette grande joie de m'autoriser à le croire.

Un léger nuage de dépit ombra le front de la questionneuse.

— D'honneur, reprit-elle, c'est tout à fait le début d'un roman de cette bonne Mme de Caylus... Mais, avant d'arriver au chapitre final, que de déboires, que de traverses, que d'épreuves !... D'abord, vous avez un rival...

— Un rival ?...

— A qui attribuez-vous donc la tentative d'enlèvement à laquelle la belle Aurore n'a échappé que grâce à vous?... Moi, je parierais pour un soupirant éconduit... Dans tous les cas, un personnage dangereux : ce n'est pas celui-là qui recule devant les moyens les plus expéditifs...

Elle insista, en le regardant :

— Ces moyens ont échoué une première fois, c'est au mieux ; qui vous prouve qu'ils ne réussiront pas une seconde ?

Notre héros reposa sur son assiette ce qui restait d'une aile de volaille, qu'il avait sucée jusqu'à l'os, après avoir consciencieusement expédié les deux cuisses.

— Quoi! demanda-t-il, vous pensez que ce misérable...

Elle demanda, à son tour, d'un ton où il y avait une certaine amertume :

— Pensez-vous vous-même que l'on renonce si facilement à posséder une créature aussi accomplie que votre amante?

Le fils de Porthos baissa la tête.

— Oh! menaça-t-il sourdement, il faudra que je tue cet homme.

— Le connaissez-vous seulement?

— Je le chercherai et je le trouverai.

— Résultat fort problématique... N'a-t-il pas autant d'intérêt à se cacher que vous en avez à le découvrir?... Et ne dispose-t-il pas, pour se dérober, de ressources autrement nombreuses que celles auxquelles vous aurez recours pour le poursuivre et pour l'atteindre?... D'ailleurs, quand vous y aboutiriez?... C'est, à n'en pas douter, un homme riche et puissant; il a sous la main toute une armée de coupe-jarrets; vous, vous n'avez pour alliés que votre épée et votre courage...

Joël but une furieuse rasade.

La logique de son interlocutrice l'étouffait.

Celle-ci poursuivit, en pesant sur les mots, comme si elle prenait à tâche de faire pénétrer plus avant dans l'esprit de son auditeur une désespérante conviction :

— En attendant, Mlle de la Tremblaye vous semble-t-elle suffisamment en sûreté dans le logis de la rue des Tournelles?...

« Je ne le suppose pas, pour ma part. Ce logis doit être connu du mystérieux ravisseur. C'est sur ce point qu'il multipliera les pièges où, tôt ou tard, tombera la proie qu'il convoite...

« Car vous ne serez pas toujours près d'elle, comme un porte-respect, et la vieille parente infirme qui lui donne l'hospitalité ne me paraît pas en mesure de lui être d'un grand secours...

— Mais, protesta notre héros, au-dessus des riches et des puissants, il y a la loi, qui protège les faibles et les opprimés...

La veuve Scarron eut un sourire sceptique :

— Monsieur Joël, prononça-t-elle avec une ironique compassion, on s'aperçoit que vous débarquez de là-bas, là-bas, en Bretagne...

— Comment?...

— La loi, ici, c'est M. de la Reynie : c'est le lieutenant de police. On le dit intègre. Cependant, espérez-vous qu'il prenne parti pour vous, pour votre Aurore, — deux provinciaux sans recommandations et sans crédit, — contre un adversaire du rang de votre rival?...

— Oh!...

— En effet, à la façon dont agit ce dernier, il est permis de présumer que c'est un grand seigneur, assuré de braver la justice, ou un traitant, certain de l'acheter...

Le fils de Porthos prit sa tête à deux mains et se leva :

— Misère de moi! s'exclama-t-il, vous voyez bien que je n'ai plus qu'à aller me jeter par-dessus le parapet du premier pont!...

Il y avait dans ce cri un déchirement si profond, que celle que Louis XIV appelait *Sa Solidité* se sentit remuée jusque dans ses fibres les plus intimes.

— Comme il aime! murmura-t-elle.

Elle le regarda se diriger vers la porte, chancelant, avec son pauvre grand corps brisé, qui semblait flotter à la dérive, et sa poitrine pleine de sanglots...

Et, se parlant à elle-même :

— C'est qu'il le ferait comme il le dit! Allons, prenons-en mon parti... Je ne veux pas que ce brave garçon meure... Périssent plutôt mes illusions, mes espérances d'un moment!...

Puis, comme pour s'affermir dans sa résolution :

— D'ailleurs, je ne m'appartiens pas... J'appartiens à l'avenir... Cette prédiction, oh! cette prédiction!...

Puis encore, élevant la voix :

— Monsieur Joël, arrêtez!... Revenez!... Reprenez votre place!...

Et, comme il ne lui répondait que par un geste découragé, elle alla à lui, le saisit par le bras et, le forçant de se rasseoir :

— Vous êtes un enfant!... Jeter ainsi le manche après la cognée!... Comme si je n'étais pas votre amie!...

Voulez-vous que nous cherchions ensemble les moyens de vous tirer d'embarras?... Il doit y en avoir... Il y en a....

« Et tenez, vous rappelez-vous cette dame, — ma compagne de l'autre soir, — celle à qui vous avez servi de cavalier?...

— La marquise? fit le Breton machinalement.

— Oui, la marquise de Montespan.

Elle étudiait sur les traits du jeune homme l'impression qu'allait éveiller ce mot.

Il ne s'en produisit aucune.

La physionomie de notre héros n'exprimait que sa détresse propre.

— Ah! dit-il avec une sincère indifférence, elle se nomme marquise de Montespan?...

— Ce nom, ce titre ne vous apprennent rien?

— Ma foi, non : est-ce qu'ils signifient quelque chose de particulier?

Elle insista :

Françoise d'Aubigné semblait fort occupée à annoter *les Provinciales*.

— Il n'est pas possible que vous ignoriez ce que c'est que la marquise...

— Je sais que c'est une fort charmante et fort avenante personne.

— Voilà tout ?

— Voilà tout.

— Et, là, vrai, vous n'avez pas d'idée de la fonction qu'elle remplit à la cour ?

— A la cour ?... Elle remplit une fonction à la cour ?... Auprès de la reine sans doute ?

Celle qui se dérida si rarement, lorsqu'elle fut Mme de Maintenon, partit d'un franc et sonore éclat de rire :

— Dieu me pardonne, je crois que vous faites de l'épigramme comme M. Jourdain fait de la prose, dans Molière... Par exemple, ce n'est pas de Belle-Isle-en-Mer que vous arrivez incontinent... C'est de plus loin, de beaucoup plus loin... Du Monomotapa ou de Pontoise !

Puis, comme notre héros la considérait avec effarement, tout désarçonné de cette sortie :

— Si elle vous avait entendu, notre superbe Athénais, eût-elle été assez furieuse !... Elle qui s'imagine remplir l'univers entier des reflets lumineux qu'elle emprunte au soleil !... — Mais occupons-nous de vous. Rassemblez vos souvenirs. De quoi vous êtes-vous entretenus tous les deux, pendant que vous lui donniez le bras, depuis le pont Neuf jusqu'ici ?

Le jeune homme reproduisit, sans y prendre mal, sa conversation avec la marquise.

— C'est bien cela, murmura la veuve. D'Heudicourt avait raison. Cette femme a des préférences pour tout le monde.

Ensuite, avec vivacité :

— Vous ne lui avez pas confié, au moins, le nom de celle que vous aimez ?

Le Breton fit un signe négatif.

— A la bonne heure ! approuva-t-elle : nous avons chance de réussir.

— Mais réussir à quoi, grand Dieu ?

— D'abord, à soustraire l'objet de vos tendresses aux entreprises de votre rival inconnu...

— Il serait possible !...

— Écoutez-moi : Mme de Montespan est... Comment expliquerai-je ?... C'est une amie de Sa Majesté, sa grande amie, sa meilleure amie...

Elle ajouta sous cape :

— Pour le moment, du moins.

— Bah !

— Le roi n'a rien à lui refuser... Affaire de réciprocité... Or, si la marquise consent à prendre Mlle de la Tremblaye sous sa protection...

— Par ma foi, j'y suis ! s'écria Joël rasséréné. C'est cette protection qu'il s’agit d’obtenir. Eh bien ! je la lui demanderai, moi, à votre marquise...

— Vous ?...

— Parbleu ! la chère dame n’est pas fière... Nous avons jaboté ensemble à la bonne franquette... Je lui déclarerai que sur la terre il n’y a rien pour moi qu’Aurore...

— Gardez-vous-en bien, malheureux !...

— M’en garder ?... Et pourquoi donc ?... Elle m’a témoigné tant de bonté !

— Eh ! c’est justement pour cela...

— Je ne comprends pas...

— Vous n’avez pas besoin de comprendre...

— Bon, fit le jeune homme avec dépit, voilà encore que vous riez !...

— Ne m’en veuillez point. Ce ne m’était pas arrivé depuis la mort du pauvre Scarron. Aussi bien, vous êtes d’une innocence crasse !...

— Mais enfin,..

— Mais enfin, c’est moi qui me charge de parler pour vous à la marquise... Ne m’interrompez pas, je vous prie... Pas même pour me remercier... J’ai été assez protégée jusqu’à présent pour éprouver un certain plaisir à protéger les autres à mon tour...

« D’abord, M{{ll}}e de la Tremblaye restera cachée ici jusqu’à ce qu’elle soit remise de son alarme de ce soir, et jusqu’à ce que je puisse la conduire à Saint-Germain, auprès de M{{me}} de Montespan...

« Et ce n’est pas là, dans une résidence royale, sous l’égide de Sa Majesté, que son ravisseur inconnu aura l’audace de renouveler ses tentatives...

« Et puis, plus tard, on verra... On verra à vous marier avec votre belle amie... Je l’ai mis dans ma tête, — et. quand une fois j’ai décidé quelque chose...

— Vous feriez cela ?...

— Oui, je le ferai, et, ce faisant, ce n’est pas seulement l’époux de son cœur que je donnerai à votre mignonne adorée : ce sera un phénix, digne de marcher de pair avec Ogier le Danois pour la sauvagerie et avec Scipion l’Africain pour la chasteté.

— Oh ! madame, madame, que vous êtes bonne et que je vous aime !

Le fils de Porthos s’était emparé des mains de la veuve ; il les serrait dans les siennes ; il les couvrait de baisers.

Sous l’ardeur de ces effusions, au contact de ce grand et beau gars, frémissant de passion juvénile, Françoise d’Aubigné se transfigura brusquement :

Son cœur réchauffé battit sous sa guimpe ; les lignes de son masque calme palpitèrent ; ses yeux devinrent humides, — ces yeux qui ressemblaient aux fleurs violettes de la pensée, dont on eût dit qu’une gouttelette de rosée emperlait le calice de velours...

La femme se réveillait sous la *Prude* et sous la *Pédante*...

Elle redevenait celle que Bois-Robert avait chantée jadis dans une épître à Villarceaux; celle que Paris, qui, sur la foi de son teint mat, la croyait originaire d'Amérique, avait naguère surnommée la *Belle Indienne*..

Un moment, elle fut près de se laisser aller entre les bras du jeune homme, qui, dans sa rage de gratitude, l'attirait à lui avec fougue et menaçait de l'embrasser...

Mais cet égarement des sens dura à peine une minute...

Elle se raidit contre l'étreinte :

— Folle que je suis! soupira-t-elle. Tout ceci n'est que de la reconnaissance. C'est une autre qui a l'amour.

Elle dégagea ses mains de celles du Breton, et, continuant de se parler à elle-même :

— D'ailleurs, je n'ai pas le droit de m'attarder en route... Je vais où la destinée me pousse... Ce n'est pas celui-là qui me fera reine de France...

Puis, reculant jusqu'à la porte :

— Monsieur Joël, poursuivit-elle brièvement, comme si elle avait hâte de mettre la distance entre le feu qui couvait en elle et le souffle capable de l'attiser; monsieur Joël, souffrez que je vous fausse compagnie. Il faut que je retourne auprès de notre intéressante malade, auprès des chers enfants confiés à ma garde. Ceux-ci comme celle-là peuvent avoir besoin de mes soins...

« Il se fait tard, du reste; vous devez être fatigué; cette longue course, ces émotions de la soirée...

« Prenez dans ce fauteuil un repos nécessaire...

« Croyez que je regrette de n'avoir à vous offrir que cette installation sommaire...

« Mais vous êtes un peu soldat, vous qui vous escrimez si vaillamment de l'épée. A la guerre comme à la guerre ! Figurez-vous que vous couchez sur le champ de bataille un soir de victoire...

« Bonne nuit, bon courage, bon espoir !

XXXVIII

OU PETIT-RENAUD REPARAIT

Joël avait dormi d'un sommeil de plomb, dans ce fauteuil, au coin du feu, jusqu'à une heure assez avancée de la matinée.

Une cameriste l'avait alors introduit dans la chambre où reposait Mlle de la Tremblaye.

Celle-ci était en proie à une fièvre violente, qu'accusaient l'éclat de ses yeux, le ton pourpré de ses pommettes et l'état de moiteur de sa peau.

Quand elle s'était réveillée, — après une nuit d'agitation et de délire, toute peuplée de cauchemars sinistres, — et qu'elle avait ouvert la bouche pour se demander où elle était, Françoise d'Aubigné s'était penchée vers elle, et, du ton le plus maternel :

— N'interrogez pas, mon enfant... Le moindre effort pour écouter et pour comprendre vous serait fatal en ce moment... Qu'il vous suffise de savoir que vous n'avez autour de vous que des amis...

Et, lui montrant notre héros qui entrait sur la pointe du pied, tout anxieux et tout ému :

— Vous voyez que je ne vous trompe pas... Votre sauveur vous le répétera... Des amis qui ont entrepris d'écarter de votre tête tout danger, d'où qu'il vienne, — du mal qui vous cloue sur ce lit présentement ou des complots criminels qui ont menacé votre honneur...

Joël s'était agenouillé au chevet de la malade ; il avait pris la main brûlante de celle-ci et il l'avait doucement effleurée d'un chaste et pieux baiser.

La jeune fille avait répondu par une affectueuse pression.

Puis, elle avait voulu parler.

Mais la veuve Scarron, intervenant de nouveau :

— Encore une fois, pas d'imprudence ! Je prescris un silence absolu... Or, c'est moi qui représente ici la Faculté jusqu'à l'arrivée du médecin...

Ensuite, s'adressant au jeune homme :

— J'ai dépêché à Saint-Germain un exprès qui ramènera Fagon. Celui-ci achèvera heureusement, j'espère, la cure que j'ai commencée. Seulement, il ne faut pas qu'il vous rencontre ici...

— Vous me renvoyez ?...

— Je ne vous renvoie pas : je vous envoie...

— Où cela?...

— Rue des Tournelles, d'abord : ne m'avez-vous pas dit que Mlle de la Tremblaye habitait là chez une personne de sa famille?...

— Oui : la vieille Mme de la Bassetière...

— Eh bien ! cette pauvre dame doit être, depuis hier, dans des transes mortelles : il est urgent de la rassurer sur le sort de sa jeune parente et de soumettre, en même temps, à son approbation les mesures que nous comptons prendre dans l'intérêt de celle-ci.

Aurore, malgré son état, ne perdait rien de ce colloque.

Son regard sembla dire à la gouvernante :

— Merci à vous de songer et de pourvoir à tout!

Puis, se reportant sur Joël, ce regard ajouta clairement :

— Mon ami, hâtez-vous, de grâce!

— Oh! mais je reviendrai, n'est-ce pas? demanda le Breton suppliant.

Françoise le poussa doucement vers la porte :

— Eh! oui, vous reviendrez. Vous reviendrez tous les soirs. Votre présence ici n'est-elle pas un remède, — un remède non moins efficace que tous ceux qu'ordonnera Fagon?... Par exemple, je me réserve d'en calculer la dose... Maintenant, pour Dieu, partez vite : vous voyez bien que, tant que vous serez là, notre malade n'essayera pas de se rendormir.

.   .   .   .

.   .   .   .

Le fils de Porthos descendit le faubourg et la rue Saint-Jacques.

Il franchit la Seine au pont Notre-Dame, traversa la Cité et s'engagea dans l'écheveau de ruelles qui s'embrouillait autour de l'Hôtel de Ville.

Comme il débouchait dans la rue Saint-Antoine, il remarqua, vers le milieu de celle-ci, à la hauteur de la place Royale, une animation extraordinaire.

Des enfants couraient en piaillant à l'aigu.

Les passants s'arrêtaient et se formaient en groupes.

Les boutiquiers sortaient sur le seuil de leur porte.

Les fenêtres s'ouvraient avec fracas pour encadrer des grappes de têtes curieuses.

Notre héros, étonné, s'informa de ce qui se passait à un honnête savetier dont l'échoppe faisait l'angle de la rue du Val-Sainte-Catherine.

— Monsieur, lui répondit le disciple de saint Crépin, c'est une arrestation qui a lieu, là-bas, dans une taverne de la rue du Pas-de-la-Mule... Une arrestation importante... Quelque malfaiteur dangereux...

— Vraiment?...

— Nous avons vu défiler tout à l'heure l'exempt et les six gardes de la prévôté... avec la hallebarde au poing et le hoqueton rouge et bleu aux armes de la ville... Et, tenez, il me semble que les voici qui reviennent...

Il n'y a rien à Paris qui fasse la boule de neige comme un rassemblement de badauds.

La cohue, épaissie en une minute, tapissait, maintenant, les deux côtés de la chaussée.

Un brouhaha montait de toutes ces têtes pressées et tendues, sur le fond duquel jaillissait tout un croisement d'exclamations confuses :

— C'est un assassin!... — Un voleur!... — Un faussaire!... — Un faux-monnayeur!...

— Point : un sacrilège plutôt!... — Un incendiaire!... — Un banque-routier!...

— Dites un conspirateur!... — Un rebelle!... — Un complice du chevalier de Rohan, du Hollandais Van den Enden et du colonel Latréaumont!...

— Vous nous la baillez belle, compère! C'est un fabricant de *poupées d'amour* ou de *poudre de succession!*... — Oui : un habitué de la *Messe noire!*... — Un associé de la Brinvilliers, de la Vigoureux et de la Voisin!...

— Allons donc!... Vous n'y êtes ni les uns ni les autres!... C'est un lieutenant de Vide-Gousset, qui tient, avec sa bande, la forêt de Bondy et les bois de Montmorency, du Vésinet et de Meudon!...

Au milieu de ce tumulte d'appréciations variées, la force armée s'avançait avec une lenteur motivée par la foule qui accourait de toutes parts.

L'exempt la précédait, s'efforçant d'écarter avec sa longue canne les curieux qui encombraient la voie.

Les six archers venaient ensuite.

C'étaient d'anciens soldats, taillés sur le patron des fiers cavaliers de notre garde municipale d'avant-hier, de notre garde de Paris d'hier, devenue notre garde républicaine d'aujourd'hui.

Aussi, jugez s'ils écrasaient de leur stature et de leur corpulence le prisonnier qu'ils escortaient.

Auprès de ces robustes hoquetons, celui-ci avait l'air d'un nain ou d'un enfant.

Dieu sait, pourtant, s'il se redressait, afin de ne pas perdre une ligne de sa taille !

Avec cela, l'air point marri, point embarrassé, point honteux.

Portant haut, la poitrine cambrée, la tête dédaigneusement rejetée en arrière, le chapeau sur l'oreille et le poing sur la hanche, il allait envoyant aux hommes de légers saluts protecteurs et aux femmes toute une mitraille d'œillades incendiaires et de sourires assassins.

Quand il passa devant Joël :

— Petit-Renaud ! s'écria celui-ci.

L'*homunculus* — car c'était lui — n'entendit point cette exclamation.

Il n'aperçut pas davantage celui qui l'avait poussée.

Il était bien trop occupé ailleurs.

Figurez-vous que de l'autre côté de la chaussée, une fillette, en le dévisageant, avait émis ce témoignage de compassion :

— Ah ! mon Dieu, le pauvre petit homme !

— Petit homme ! riposta aigrement le Gascon. Vous êtes une impertinente, ma mie. Messieurs les gardes, veillez, je vous prie, à ce que ces pécores conservent le respect dû à un cavalier de mon rang et de mon étoffe.

XXXIX

LES ANGOISSES DE MAITRE BONLARRON

Renaud d'Elicigaray arrêté !...

Notre héros tombait des nues. Une curiosité, à laquelle il ne put résister, le prit à la gorge et aux jarrets. En quatre enjambées, il eut atteint la rue du Pas-de-la-Mule...

En le voyant arriver, maître Bonaventure, qui pérorait avec chaleur au milieu d'un cercle de voisins, s'empressa de quitter ceux-ci et accourut vers le jeune homme avec de grands gestes effrayés.

Puis, le poussant à l'intérieur du cabaret :

— Imprudent, pourquoi être revenu par ici ?... Sauvez-vous !... Cachez-vous ! Que personne ne se doute...

— Me cacher ?... Me sauver !... Et pourquoi ?...

— Parce que c'est à vous qu'on en veut.

— A moi ?

— Eh ! oui... Et c'est une providence que la police se soit trompée... Car elle s'est trompée, la police... Histoire de ne pas sortir de ses habitudes...

— Bah !...

— Parbleu ! puisqu'elle a emballé le petit Gascon à votre place... Il y a, pourtant, une différence... Mais ces robins ne savent pas voir clair sans bésicles...

— Madame, c'est un jeune homme qui insiste pour vous parler.

Joël se tâtait pour s'assurer s'il était bien éveillé :

— A ma place! Qu'est-ce que j'entends là ? Petit-Renaud a été arrêté à ma place ?...

— Même qu'il n'avait pas l'air médiocrement satisfait d'être pris pour un gaillard de votre encolure...

— Quel diable d'amphigouri me contez-vous là, maître?... Je n'y comprends rien... Expliquez-vous...

— Eh bien, voici de quoi il retourne :

« Ce matin, comme j'étais en train de déjeuner, je vois arriver un exempt et six archers de la prévôté. Deux de ceux-ci restent en faction à la porte. Les autres entrent avec l'exempt. Je leur demande naturellement :

« — Qu'est-ce qu'il faut servir à ces messieurs ?...

« — Des renseignements... Et tâche qu'ils ne soient pas frelatés... Car nous venons au nom du roi...

« — Bien de l'honneur... Asseyez-vous donc... Et en quoi puis-je être agréable à Sa Majesté Très Chrétienne ?

« — En répondant avec franchise à nos questions...

« — Dame! si ces réponses ne me compromettent pas...

« — Tu as chez toi un godelureau récemment arrivé de province...

« — En effet : j'en ai même deux...

« — Il s'agit de celui qui est allé à Saint-Germain...

« — Il y en a un qui est allé à Saint-Germain? C'est bien possible... Les voyages forment la jeunesse, — quand ils ne la déforment pas...

« — Le maître de poste qui lui a loué un cheval en a déposé dans l'enquête, ainsi que l'hôtelier du Pecq chez lequel il l'a remisé...

« — Il a remisé le maître de poste ?...

« Mon bonhomme voyait bien que je me moquais de lui. Il en faisait un nez long comme un jour sans vin. Et il me fusillait avec des yeux comme des gueules de tromblon. Histoire de m'intimider. Moi, un vétéran de Rocroy, qui a crié · *Dieu vous bénisse!* aux canons espagnols qui éternuaient la mitraille...

« — L'ami, qu'il reprend, tu es jovial.

« — Oui, quand je n'ai aucun motif pour être triste...

« — Il n'est pas question de ton caractère, mais de ton locataire : voyons, où est-il présentement ?...

« — Mon locataire ?... Est-ce que je sais, moi ?.. D'abord pas ici, à coup sûr.

« — Vraiment ?...

« — Puisqu'il a oublié de rentrer hier au soir...

« — Tu en es certain ?,..

« — Aussi certain que voilà un verre de ratafia que je bois à votre santé.

« — Eh bien! mon drôle, tu essayes de nous tromper : l'oiseau est dans son nid ; l'agent, chargé de le guetter, a aperçu, cette nuit, de la lumière dans la chambre qu'il occupe, et tout nous porte à croire qu'il n'en est pas sorti.

« — S'il n'en est pas sorti, alors allez l'y prendre.

« Là-dessus, ils sont montés avec précaution ; puis, après un bout de temps, ils sont redescendus, emmenant ce pauvre petit M. d'Elicigaray...

« Mille espontons ! le brave garçon n'avait pas l'air de renâcler...

« Il marchait entre les hallebardes comme le Saint-Sacrement sous le dais flanqué des quatre cierges!..,

« C'est égal : se laisser pincer pour un ami, afin de fournir à celui-ci l'occasion de prendre de la poudre d'escampette, c'est crâne, c'est digne, ça a six pieds !...

« Reste à savoir comment ces messieurs de la justice vont goûter la plaisanterie.

. . . . , ...

— Mais où l'a-t-on conduit? questionna vivement le fils de Porthos.

— C'est ce dont je me suis informé auprès de l'un des archers qui veillaient à la porte.

— Et que vous a-t-il répondu?

— Selon l'usage, au Châtelet d'abord ; devant M. de la Reynie.

— Le lieutenant de police ?

— Oui : un quidam qui n'est guère plus tendre que la pierre du bâtiment dans lequel il donne audience.

Joël enfonça son chapeau :

— Bien, dit-il ; maintenant, le chemin du Châtelet ?

Le cabaretier fit un brusque haut-le-corps :

— Comment ! s'exclama-t-il, comment, vous voudriez...

— Je ne veux pas que Petit-Renaud pâtisse de son dévouement.

— Et vous allez...

— Je vais réclamer ma place devant la justice du roi.

Le vieillard saisit le bras du jeune homme :

— Mais, malheureux, songez-y donc... Il s'agit de ce maudit duel... Sa Majesté doit être furieuse...

— Je ne me reproche rien, et, si l'on me donne des juges, j'attendrai sans peur leur arrêt...

— Mais les édits ?... Ces édits que vous avez enfreints?... Les oubliez-vous, les édits?...

Le Breton répliqua avec tranquillité :

— Si la loi me punit pour avoir obéi aux sommations de l'honneur, ce n'est pas moi qu'il faut condamner, c'est la loi.

Puis se dirigeant vers la porte :

— Ainsi vous refusez de m'indiquer le chemin du Châtelet ?

— Ce serait vous indiquer celui de votre perte.

— Alors, je le demanderai au premier passant venu : aussi bien, je n'entends point que M. d'Elicigaray puisse croire que j'ai songé un seul instant à profiter de sa généreuse supercherie.

— 'Eh ! ne vous occupez pas de lui !... Il saura se tirer d'affaire... Un Gascon, ça retombe toujours sur ses pattes !

Notre héros fronça le sourcil.

— Ouais ! c'est vous, maître, un soldat, l'ancien sergent du régiment de la Ferté, le vétéran de Rocroy, c'est vous qui me conseillez une pareille lâcheté !

— Je vous conseille de ne pas perdre une minute pour gagner la porte Saint-Honoré, quitter Paris et fuir au fond de votre Bretagne, où l'on n'ira pas vous chercher.

— Parlez-vous sérieusement ?... Non, n'est-ce pas ?... Autrement, ce serait me faire une injure que votre âge seul me permettrait de tolérer.

Le cabaretier frappa du pied :

— Mais, entêté que vous êtes, vous n'avez donc rien qui vous attache, ni personne que vous aimiez sur cette terre ?

Joël eut un cri et un mouvement terribles :

— Taisez-vous !

Puis, après cette explosion dans laquelle passa toute son âme :

— Oui, taisez-vous, reprit-il d'une voix sourde et brisée, car c'est mal, c'est bien mal, mettre ainsi un honnête garçon entre son amour et son devoir !

Puis encore, avec un geste impérieux :

— Plus un mot !... Faites-moi place... Adieu !

Mais l'ancien sergent, se jetant devant lui :

— Non, vous ne commettrez pas cette sottise !... Vous ne sortirez pas, sarpédiable !... Je ne veux pas que vous sortiez !...

Et, suppliant, avec sa rude figure et son dur organe de vieux soudard subitement radoucis par l'émotion et la tendresse :

— Voyons, c'est que je vous aime, moi... Oui, comme si vous étiez mon fils... Il y a à peine trois jours que nous nous connaissons, et c'est comme si nous avions fait campagne ensemble... Un pensionnaire content de tout : de la cave, de la cuisine, du service, du patron !... Une si belle santé et un si bel appétit !... Et des dégagements qui tiendraient dans un anneau de mariée !...

— Maître Bonaventure !...

— Et tout cela irait en prison, — qu'est-ce que je dis ? à la mort peut-être, — pour avoir décousu un méchant mousquetaire, cassé, usé, qu'il vous faudrait payer comme neuf !...

— Encore une fois...

— Encore une fois, je m'y oppose !... Et prenez garde, mille espontons !... Je suis capable de décrocher ma rapière et de vous la passer au travers du corps pour empêcher ce que je considère comme un véritable suicide !

Joël sourit à l'énoncé de ce singulier moyen de le contraindre à vivre :

— Mon hôte, déclara-t-il, vous êtes un brave homme. Pardonnez-moi donc de porter la main sur vous. Mais votre obstination m'y force.

En même temps, il fit mine de saisir le vieillard au collet, pour l'écarter du seuil de la porte sur lequel il s'était retranché.

Et, comme le digne Bonlarron lançait ses deux bras en avant pour repousser cette attaque, qui n'était qu'une feinte, il lui « passa la jambe » avec une prestesse qui prouva que le noble art de la *savate* était déjà français, — du moins, chez les gars de la Bretagne, — sous le règne de Louis XIV dit le Grand.

Le vétéran de Rocroy s'assit sur le carreau, si rudement que son séant rendit un son de coussins qu'on fouette.

— Excusez-moi, papa, fit Joël, mais je n'avais que ce moyen.

Puis, sautant par-dessus le cabaretier, ahuri, il s'élança dehors par la porte démasquée.

XL

OU L'ON TRAITE D'UNE INVENTION QUI TROUVERA SA PLACE DANS LA SUITE DE CE RÉCIT

Complétons par quelques détails —|rétrospectifs et nécessaires — le récit que vous venez d'entendre dans la bouche de maître Bonaventure Bonlarron :

La veille au soir, Petit-Renaud était revenu tout rayonnant au cabaret du *Maure-qui-Trompe*.

Il sortait de l'hôtel Colbert, — proche le cimetière Saint-Joseph, — où, après trois ou quatre démarches renouvelées en pure perte les jours précédents, il avait fini par être admis dans le cabinet du ministre.

Or, la preuve que cette visite avait eu d'heureux résultats, était tout entière en ceci : que le Gascon avait échangé son accoutrement de voyage, — assez ravagé comme on sait, — contre un costume, d'une élégance un peu ridicule, acheté chez un fripier, sous les piliers des Halles.

Ce costume le faisait ressembler à un saint de procession, tout chargé de rubans et de dentelles.

L'*homunculus* ne s'en montrait pas moins jaloux d'exhiber cette métamorphose à l'admiration de son ami Joël, comme il venait d'en éblouir les yeux du cabaretier et de son garçon.

Par malheur, son espoir avait été déçu

Joël n'était pas rentré.

Vous n'ignorez point ce qui le retenait dehors.

Lorsque neuf heures avaient sonné sans qu'il eût réintégré le logis où le couvert dressé l'attendait :

— Sur ma foi, avait déclaré maître Bonlarron au Gascon, m'est avis que nous en serons, ce soir, pour votre camarade de lit...

— Hein?...

— Écoutez donc l'orage qui bat tous ses tambours !... Un temps à ne pas mettre un procureur à la porte !... Si notre Breton est à couvert quelque part, j'imagine qu'il y restera jusqu'à ce que la pluie ait cessé de tomber.

Puis, clignant de l'œil d'un air malin :

— D'ailleurs, si je ne me trompe, il y a amour sous roche...

— Vous croyez?...

— Je crois qu'un luron de son acabit ne va pas tous les jours à l'église rien que pour dire ses patenôtres...

Et l'ancien sergent avait conclu :

— Après tout, il est assez joli garçon pour découcher.

Petit-Renaud avait pirouetté sur le talon :

— Si je comprends !... Apprenez, mon bon, que là-bas, à la Rochelle, je n'ai jamais connu la couleur de mes draps... Et nous viderions votre cave, s'il fallait porter la santé de toutes les infortunées qui sèchent sur pied de mon absence.

On s'était donc mis à table sans notre héros.

Au cours du repas :

— Eh bien, avait demandé le cabaretier à son pensionnaire, et votre audience? Et le ministre ?

— *Moussu* Colbert ! avait répondu le Gascon enchanté de donner un libre essor à sa faconde, je suis fort satisfait de lui. Pas beau pour deux liards, par exemple. Un Flamand après la bière. Une voix de caronade de trente-six. La figure engageante comme une porte de prison...

« Nonobstant, pas si croquemitaine que sa figure...

« Je lui avais à peine remis ma lettre de recommandation, qu'il m'adressait déjà cette question, comme s'il avait lu mon mérite sur ma bonne mine .

« — Les pirates d'Alger sont venus enlever des bâtiments jusque sur les côtes de **Provence**. L'ami, qu'est-ce que vous feriez, si vous étiez le roi de France ?

« Je repartis sans barguigner :

« — Monseigneur, je bombarderais le repaire de ces Barbaresques.

« Son Excellence sauta dans son fauteuil :

« — Bombarder ?... Que signifie ce mot ?... Voilà la première fois qu'il frappe mon oreille...

« — Bombarder c'est démanteler, brûler, ruiner une ville ou une citadelle à l'aide de bombes envoyées par des mortiers.

« — Et qu'est-ce que c'est qu'une bombe ? Qu'est-ce que c'est qu'un mortier ?

« — La bombe est un énorme boulet creux rempli de poudre, qui, au moyen d'une fusée ou d'une mèche qui y sont adaptées, crève en arrivant à destination, et met en pièces tout ce que rencontrent ses éclats. Le mortier est une bouche à feu, de dimension, de forme et de disposition particulières, dont on se sert pour lancer la bombe. Tous deux sont de l'invention de votre serviteur.

« Et, prenant sur le bureau le propre crayon du ministre, je dessinai sur une feuille de papier les deux engins de destruction, depuis longtemps déjà exécutés dans mon idée.

« Lorsque M. Colbert eut examiné mon croquis et écouté les explications que je lui donnai de celui-ci :

« — Voilà, s'écria-t-il, un garnement qui a plus d'esprit que quatre cents hommes qui ne seraient pas bêtes !

« Si bien qu'il va parler de moi au prochain conseil de cabinet, et que l'on fera fondre des bombardes sur le modèle que je fournirai et sous ma direction spéciale, et qu'elles seront essayées probablement sur la terre ferme, contre quelque place assiégée...

« En attendant, le ministre m'a alloué une gratification de cent pistoles qui m'a permis de me nipper de la façon que vous voyez...

« Sangdioux ! vivadioux ! ventredioux ! quand mon invention fonctionnera, les Turenne, les Condé, voire l'empereur César et le roi Alexandre le Grand ne seront que de la tisane auprès de Petit-Renaud, le capitaine des bombardiers de Sa Majesté.

« Et les Junon, les Hébé, les Danaë ne me manqueront pas...

« Car, comme Jupiter, je lancerai la foudre !...

.   .   .   .

Vous pensez si l'on avait bu à M. Colbert, aux bombes, aux mortiers, à Jupin d'Élicigaray et aux futures conquêtes du futur capitaine des bombardiers !

On avait même bu de telle façon que ce dernier avait eu besoin du bras de son hôte pour remonter dans la chambre qu'il partageait depuis trois jours avec notre héros, et où vous savez que celui-ci, retenu à la *Maison Grise*, ne devait pas coucher cette nuit-là.

Étourdi par les fumées de l'ivresse, le Gascon s'était jeté tout habillé sur son lit, où il n'avait pas tardé à s'endormir, bercé par le bruit de l'orage.

Le jour était levé depuis longtemps, qu'il était encore en train de rêver qu'après avoir réduit Alger en cendres, il trônait dans le sérail du dey, entouré d'odalisques de toutes les nations et de toutes les couleurs, entre lesquelles il partageait majestueusement ses bontés.

Et il se débattait au milieu des blandices et des caresses de ce chœur féminin, qui le comparait à Hercule Farnèse, pour la force, et à don Juan, pour le trésor de séduction, lorsque sa porte avait sonné sous un coup asséné par une main vigoureuse.

Le petit homme, tout entier à ses songes dorés, s'était réveillé à moitié en balbutiant :

— Betzy, la blonde Anglaise aux yeux de saphir !... Oh ! Gretchen, la douce Allemande au sein de neige !... Dolorès, Dolorès, la brune Andalouse, aux prunelles de jais !...

On avait frappé de nouveau et plus vigoureusement encore.

Petit-Renaud avait bien fini par se réveiller tout à fait :

— Qui est là ? avait-il demandé en se frottant les yeux à tour de bras.

— Ouvrez, au nom du roi ! avait-on répondu.

— Bon, avait pensé le Gascon, cet excellent M. Colbert n'a pas perdu de temps. Dès hier, il aura parlé de moi à Saint-Germain, où le roi est de retour sans doute, et voici que l'on vient me chercher de la part de Sa Majesté.

De nouveaux coups, plus pressés et plus impératifs, avaient ébranlé la porte.

— On y va, sangdioux ! on y va ! avait continué Renaud. Est-il pressé, cet enragé, de s'acquitter de son message ! Le souverain a donc une bien furieuse envie de me contempler et de m'entendre !... Du reste, je conçois cette noble impatience : on ne se frotte pas tous les jours à des paroissiens de ma trempe.

Et, se jetant à bas de son lit, il s'en était allé ouvrir.

Un exempt et deux archers entrèrent.

Deux autres restèrent en sentinelle sur l'escalier.

Le Gascon salua l'exempt de son plus gracieux sourire :

— Monsieur, lui dit-il, je devine ce qui vous amène... Il est vrai que je ne vous attendais pas si tôt... Le temps de défripper mes dentelles et mes rubans, et me voici prêt à vous suivre.

— Un instant ! fit le policier brusquement. Procédons par ordre. Vous êtes bien la personne qui habite cette chambre depuis trois jours ?

— Oh! madame, que vous êtes bonne et que je vous aime!

— Oui, mon très cher monsieur, pour vous être agréable.

— Vous êtes arrivé à Paris dimanche soir?

— Dimanche soir, certainement.

— De la province ?

— De la province.

— Et vous êtes sorti dans la journée de lundi?

— Dans la journée de lundi, en effet.

L'exempt appuya :

— J'entends vous êtes sorti de la ville ?

— De la ville !... Moi ?... Pas du tout... Vous vous trompez...

L'homme de police fronça le sourcil :

— C'est-à-dire que c'est vous qui essayez de nous tromper... Mais c'est peine perdue, mon gaillard... Le rapport de nos agents est précis, sans réplique, et M. de la Reynie s'occupe de vous depuis ce moment...

— Ah ! répéta le Gascon un peu surpris, M. de la Reynie s'occupe de moi ?... Il est bien bon... Quand je le verrai, je me ferai l'honneur de le remercier...

L'autre l'examinait avec attention.

— C'est singulier, murmura-t-il, on nous avait assuré qu'il était grand, bien découplé, d'une force peu commune...

Petit-Renaud commença à rouler des yeux de sagamore :

— Oh! oh! grogna-t-il, je sais bien que je ne suis ni un Antinoüs ni un Adamastor... Mais ce n'est pas un motif non plus pour me prendre pour un pygmée, un avorton, un mirmidon. Ventredioux ! lorsque j'ai ma bonne lame au poing, celui-là qui se moquerait de l'exiguité de ma personne courrait grand risque de ne pas retrouver l'occasion de s'en moquer une deuxième fois...

— Oh ! repartit l'exempt, nous ne l'ignorons pas : vous êtes un raffiné d'honneur, un foudre de guerre, un mangeur d'hommes; vous ne l'avez que trop prouvé...

L'*homunculus* se rengorgea, enchanté :

— C'est cela. Vous avez dit le mot. Avis à ceux qui auraient envie de me tourner en ridicule. Ce n'est pas seulement dans le conte de fées que le Petit-Poucet met l'ogre à la raison.

Ensuite, ayant donné un tour de crânerie à la plume de son chapeau :

— Maintenant, quand vous voudrez, mon garçon... Je suis à vos ordres... Partons... Il serait malséant de faire attendre le roi.

On descendit.

Les deux archers qui veillaient à la porte, ainsi que ceux de l'escalier, se joignirent à leurs camarades.

Tous les six entourèrent le Gascon, pendant que l'exempt criait aux badauds qui encombraient les abords du cabaret :

— Holà ! les manants, faites place !

Petit-Renaud faisait la roue.

— Vivadioux ! murmurait-il avec des chatouillements de plaisir, Sa Majesté me donne une escorte d'honneur... Attention délicate à laquelle je suis sensible... Décidément, celui-là est un grand prince, qui sait apprécier à leur juste valeur les hommes destinés à illustrer son règne.

La petite troupe se mit en marche.

Quand elle quitta la rue Saint-Antoine pour tourner sur la place de Grève :

— Ah çà ! où me conduit-on ? s'informa le Gascon intrigué. Ce n'est donc pas à Saint-Germain ?

L'un des archers répondit :

— Vous n'irez à Saint-Germain que plus tard.

Un autre ajouta :

— M. de la Reynie tient à vous interroger auparavant.

— Sur mon invention ?... C'est bizarre... Je croyais que M. de la Reynie n'était pas un homme de guerre...

Puis, se frottant les mains :

— Il paraît que la chose intéresse tout le monde...

Puis encore, comme les deux gardes le regardaient sans avoir l'air de comprendre :

— Dans tous les cas, M. de la Reynie est fort honnête, et je serai flatté de pratiquer sa connaissance, comme lui-même sans doute ne sera pas fâché de faire celle d'un jeune savant de mon mérite.

On déboucha sur le quai.

Dans une maison qui en formait l'angle, une bourgeoise mûre, sinon blette, se penchait à la fenêtre d'un étage supérieur pour voir défiler le prisonnier et son cortège.

— Les belles n'ont des yeux que pour moi, pensa le Gascon avec un orgueilleux sourire.

Il tendit le jarret, arrondit le bras et envoya un baiser à la commère.

Celle-ci protesta, effarouchée :

— Ces scélérats ont toute honte bue !

Et elle se rejeta en arrière, partagée entre le plaisir que lui causait l'hommage rendu à ses charmes avancés et la crainte de sembler connaître un « scélérat » que la prévôté emmenait.

Par malheur, elle crut devoir accompagner sa retraite d'un grand geste d'indignation.

Ce geste heurta un pot de basilic, qui reposait sur l'appui de la fenêtre.

Le pot tomba avec fracas et faillit, dans sa chute, écraser l'un des archers.

— On me jette des fleurs, à présent, murmura Petit-Renaud au comble de l'ivresse. Ces dames de Paris se connaissent en beaux hommes !

· XLI

SOUS CLEF

M. de la Reynie était accoutumé de venir chaque matin passer deux ou trois heures dans son cabinet au Châtelet.

Il y écoutait les rapports des commissaires quarteniers et des officiers du guet, et y faisait subir un interrogatoire sommaire, avant de prononcer sur leur sort, aux différentes personnes arrêtées depuis la veille.

Sage habitude dont ont eu tort de se départir ses successeurs au département de la police, nos seigneurs de la Préfecture contemporaine.

Le prédécesseur immédiat de M. Voyer d'Argenson, — que les Parisiens comparaient au diable, à cause de ses terribles yeux abrités sous des sourcils noirs, touffus et larges comme trois doigts, — ne ressemblait point à celui-ci : il avait une mine honnête et grave ; son front vaste soutenait bien la perruque parlementaire, et, dans son regard perçant, il y avait autant d'intégrité que d'énergie.

Il était en train d'expédier tout un menu fretin d'affaires, lorsque l'huissier était venu lui dire quelques mots à l'oreille.

— Ah ! fit le magistrat avec satisfaction. Ah ! ce pendard est arrêté... C'est bien. Qu'on l'introduise.

Quelques minutes plus tard, le futur capitaine des bombardiers royaux effectuait son entrée dans le cabinet du lieutenant de police, précédé par l'exempt et suivi par les six archers.

Il s'avança vers M. de la Reynie, le nez en l'air et la bouche en cœur, dessina une révérence selon les règles et fit mine d'ouvrir les lèvres pour débiter un compliment qu'il avait préparé en route et dans lequel il félicitait l'éminent personnage d'avoir manifesté le désir de lui être présenté.

Mais l'autre ne lui donna pas le temps de parler.

— Ah çà ! questionna-t-il avec étonnement, que nous amenez-vous là, Saint-Jean ?

— Monseigneur, répondit l'exempt, c'est le quidam que j'avais charge d'appréhender.

Le magistrat haussa les épaules :

— Meshuy ! êtes-vous fou, par hasard ?... Ça, l'homme dont il est question ?... Vous n'avez donc pas consulté le signalement que nous ont donné les témoins qui ont déposé dans l'enquête ?...

Et, prenant un papier parmi ceux qui s'entassaient sur son bureau :

— Tenez, le voici, ce signalement... Lisez plutôt et comparez... Taille de près de six pieds, apparence herculéenne, habit de paysan breton...

— Mais, monseigneur, s'exclama le policier, c'est dans l'établissement, c'est dans la chambre même qui nous avaient été désignés, que nous avons déniché l'oiseau... Je l'ai interrogé avec soin... Et c'est lui qui m'a affirmé qu'il était bien l'individu que nous cherchions.

— Et vous l'avez cru sur parole ? ..

— Dame ! monseigneur, il nous l'avouait de si bonne grâce !...

— Manœuvre pour vous dépister !...

— Oh !

— Monsieur Saint-Jean, vous vous êtes laissé berner !... Monsieur Saint-Jean, vous êtes un sot !... Monsieur Saint-Jean, vous mériteriez d'être cassé aux gages !...

— Monseigneur...

Le lieutenant de police, furieux, se tourna vers Petit-Renaud, qui venait tranquillement de prendre un siège :

— Et vous, qu'est-ce que vous faites là ?...

— Comme vous voyez, je m'assieds, en attendant que vous ayez fini de causer avec monsieur d'un tas de choses dont je ne comprends pas un traître mot...

Puis, se ravisant :

— Si fait, pourtant, continua l'*homunculus*. Il me semble que vous accusez ce brave garçon d'avoir commis une méprise. Il n'en est rien, je vous l'assure, et je suis bien le particulier dont le roi vous a parlé sans doute...

— C'est, en effet, sur l'ordre exprès de Sa Majesté que j'instrumente...

Et le magistrat ajouta :

— Cependant, ce signalement...

— Eh ! sangdioux ! s'écria le Gascon impatienté, je n'ai pas six pieds, c'est certain, quoique après tout, il ne s'en manque que quelques pouces... Quant au costume de ma province, je l'ai échangé contre celui-ci... Histoire d'ajouter l'attrait de l'élégance à mes avantages personnels.

— Ainsi, vous prétendez être...

— Comment ! si je prétends être moi !... Mais je fais plus que de le prétendre !... Je m'en vante, mon cher monsieur !...

M. de la Reynie bondit sur son fauteuil.

— Est-il possible !... Un tel endurcissement !... Eh quoi ! vous vous vantez de ce que vous avez fait !...

— Certainement, je m'en vante !... Je n'en suis encore qu'à mon début !... Mais quand j'aurai continué !... Vous verrez plus tard, ventredioux !...

Le lieutenant de police interpella l'huissier :

— Le greffier et les sergents de la connétablie sont-ils là ?

— Oui, monseigneur.

— Qu'ils entrent.

Ensuite, s'adressant aux survenants :

— Monsieur le greffier, préparez-vous à recueillir les aveux de cet homme. Messieurs les sergents, placez-vous à ses côtés. Il vous appartient désormais.

Petit-Renaud regarda tour à tour avec stupéfaction son interlocuteur et les nouveaux arrivants :

— Ah çà ! demanda-t-il, à quel jeu jouons-nous ?... Des aveux... La connétablie... Le greffier... Les sergents... Vivadioux ! je n'y suis pas du tout...

— Accusé, reprit le lieutenant de police d'une voix sévère, vous reconnaissez avoir contrevenu sciemment et bénévolement aux édits promulgués par notre sire le roi...

Ce fut maintenant à notre Gascon de bondir.

— Les édits ?... Quels édits ?... Est-ce que je rêve ?... Ou bien est-ce vous, mon camarade, qui avez un coup de marteau ?

M. de la Reynie appuya :

— Les édits concernant le duel, consentis et signés à la diligence de feu Son Éminence le cardinal de Richelieu, par le défunt roi Louis XIII, renouvelés par le roi régnant, son successeur, en date du 16 janvier dernier et de sa bonne ville de Saint-Germain...

Les bras de « l'accusé » lui tombaient :

— J'ai contrevenu aux édits !...

— En croisant l'épée, dans le domaine dudit Saint-Germain, domaine royal, avec le sieur de Brégy, brigadier aux mousquetaires de Sa Majesté, lequel ne saurait être compris dans les poursuites et répression de ce crime de rébellion, ayant succombé par malheur, de votre fait, en cette rencontre ..

Petit-Renaud poussa un grand cri...

La clarté se faisait brusquement dans son cerveau...

C'était pour le conduire devant des juges qu'on était venu le chercher...

Il était arrêté...

Il était accusé...

Il allait être emprisonné...

Et, tout cela, aux lieu et place de son ami Joel !...

Cependant, le magistrat continuait, sans s'apercevoir de son effarement :

— Vous devenez, par conséquent, justiciable du tribunal de la connétablie de France et de nosseigneurs les maréchaux du point d'honneur, institué spécialement pour connaître de ces actes coupables envers les lois du royaume et les volontés du roi.

Il s'arrêta un instant, comme pour bien donner à son auditeur le temps de se graver dans l'esprit le redoutable sens de ses paroles...

Puis lentement, gravement, solennellement :

— Actes qui n'emportent pas moins que la peine de la décapitation par le glaive...

Le Gascon fut obligé de s'asseoir...

Ses jambes se dérobaient sous lui...

Un voile rouge s'étendait devant ses yeux, et, sur ce fond couvert de sang, il voyait, comme une tache noire et un éclair bleuâtre, se détacher le billot et la hache :

Le billot sur lequel Boutteville et des Chapelles avaient posé leur tête...

La hache qui les avait frappés !

M. de la Reynie poursuivit :

— A moins, pourtant, que le monarque ne daigne vous faire grâce...

Il ajouta, après une pause :

— Ce dont je doute fort, par exemple, dans le cas qui nous occupe présentement.

Petit-Renaud passa, en frissonnant, sa main sur son cou, comme s'il sentait déjà le froid mortel de l'instrument de son supplice.

Le magistrat prit une plume sur le bureau et la tendit à l'*homunculus* éperdu :

— Il faut maintenant signer et parapher vos aveux...

Puis, sans le quitter du regard :

— Si, toutefois, c'est vous qui êtes le vrai coupable... Car vous auriez pu accepter de ce dernier la mission de nous donner le change... Pendant que, profitant de notre erreur, il gagnerait lestement au pied vers la frontière...

Cette phrase fut pour notre Gascon un nouveau trait de lumière...

Ainsi, tandis qu'on l'emprisonnerait, qu'on le jugerait, qu'on le condamnerait, Joël aurait le temps de fuir...

Son parti fut pris en une minute :

Il supporterait la prison, il subirait le jugement, il se soumettrait à l'arrêt...

Il se laisserait même exécuter au besoin...

Mais que son ami fût sauvé !...

Son visage était redevenu calme, ses jambes ne vacillaient plus. Il se leva et, d'un ton ferme :

— Monsieur, dit-il, donnez-moi la plume, que je signe.

En ce moment, un violent tumulte éclata au dehors.

On entendit une voix jeune et forte crier :

— Je vous répète que je veux voir M. de la Reynie !... Et je le verrai, de par tous les diables !... Quand vous seriez cinq cents pour m'empêcher d'entrer !

Il y eut un bruit d'armes et de lutte.

Puis, la porte s'ouvrit bruyamment, — et le fils de Porthos apparut sur le seuil.

Les six archers se formèrent courageusement en ligne et croisèrent la hallebarde pour le repousser. Les deux sergents de la counétablie arrivèrent à la rescousse. L'exempt et le greffier eux-mêmes payèrent héroïquement de leur personne.

Joël ne toucha pas son épée ; il ne leva ni le bras, ni le poing ; cependant, il passa entre les six archers et leur renfort, écartés à droite et à gauche comme si le choc d'un bélier les eût séparés.

Notre héros vint se planter devant le lieutenant de police :

— Monsieur, déclara-t-il, je sais ce qui se passe... Voilà un excellent garçon qui est tout simplement en train de se sacrifier pour moi... Mais je n'accepte pas ce sacrifice...

« C'est moi qui ai violé les édits ; c'est moi qui ai tiré l'épée dans la forêt de Saint-Germain ; c'est moi qui ai tué le brigadier de Brégy...

« Le roi demande ma tête, eh bien ! je la lui apporte...

« Seulement, je sollicite une grâce de votre humanité et de votre justice...

« N'est-il pas d'usage, en effet, d'octroyer aux condamnés à mort les dernières faveurs qu'ils réclament ?...

« Laissez aller mon pauvre ami, qui n'est coupable, au demeurant, que de dévouement et d'héroïsme...

— Monsieur, il sera fait ainsi que vous le désirez, répondit M. de la Reynie, que l'air, les paroles et l'action du jeune homme avaient remué jusqu'aux entrailles.

Puis, s'adressant à Petit-Renaud :

— Vous pouvez vous retirer en toute liberté.

Le Gascon se précipita vers notre héros :

— Joël, mon bon Joël, balbutiait-il, pourquoi être venu ainsi ? Pourquoi ne m'avoir pas laissé faire ? J'aurais été si heureux de contribuer à ton salut !.. Sangdioux !... Vivadioux !... Ventredioux !!...

Les sanglots l'étouffaient.

Le Breton lui ouvrit les bras.

— Embrasse-moi, dit-il, brave cœur !

Les deux jeunes gens échangèrent une accolade fraternelle.

— Excusez-moi, je n'avais que ce moyen.

Le magistrat s'était penché vers l'exempt, et, avec la satisfaction d'un limier dont le flair n'a pas été mis en défaut :

— A la bonne heure, au moins, Saint-Jean ! Parlez-moi d'un gars de cette prestance ! Quand je vous disais que, pour mettre en terre un dur-à-cuire comme ce Brégy, il fallait un autre luron que ce fantoche !...

Fantoche !...

Un mot qu'en toute autre occasion l'*homunculus* eût refoulé avec la lame de sa rapière dans la gorge de celui qui l'avait prononcé !...

Mais quoi ! l'irritable Gascon était, en ce moment, bien trop ému pour se fâcher.

Le lieutenant de police reprit en élevant la voix :

— Messieurs de la connétablie, approchez !

Les deux sergents s'avancèrent.

— Faites votre devoir ! ordonna le magistrat.

Les deux hommes marchèrent vers le fils de Porthos.

— De par le roi, prononça l'un, je vous somme de me rendre votre épée.

L'autre tira de sa poche une courte baguette noire à pomme blanche et, en frappant le jeune homme à l'épaule :

— Et moi, pareillement, de par le roi, je vous arrête.

.   .   .   .

.   .   .   .

Une demi-heure plus tard, notre héros sortait du Châtelet entre les deux sergents de la connétablie.

Un carrosse stationnait sur le quai.

Les deux gardiens l'y firent monter et s'installèrent en face de lui sur la banquette de devant.

Un cavalier du guet se plaça à chaque portière.

Aussitôt, le véhicule partit au galop.

Après avoir roulé un quart d'heure environ, il s'arrêta devant une forteresse, dont les tours étagées se découpaient sur le ciel, et que défendait tout un luxe de fossés, de remparts et d'ouvrages avancés.

— Descendez ! commanda l'un des sergents.

Joël obéit.

Deux soldats, qui paraissaient l'attendre, le prirent chacun par un bras.

Un homme, qui avait un trousseau de clefs au poing, marcha devant.

La petite troupe passa sous une voûte, puis sur un pont-levis, puis à travers un corps de garde, puis dans une cour, puis par tout un labyrinthe de corridors et d'escaliers.

On arriva ainsi à un troisième étage.

Là, on ouvrit une première porte, puis une seconde, puis une troisième,

— et notre héros se trouva dans une chambre meublée d'une table, d'une escabelle et d'un lit.

— Voilà votre logis, dit l'homme.

Il se retira suivi des deux soldats.

La porte se referma.

On entendit grincer tout un attirail de verrous et de serrures...

Ce bruit réveilla le Breton qui, pendant tout ce long trajet, avait cheminé machinalement, acceptant tout ce qui lui était arrivé depuis le matin, comme en songe on accepte sans hésitation et sans étonnement les plus monstrueuses folies.

Il fit un pas vers la porte et appela :

— Hé ! monsieur !...

— Qu'est-ce qu'il y a ? demanda le geôlier, à travers l'épaisseur du panneau tout bardé de gros clous farouches et de ferrures rébarbatives.

— Un mot, je vous prie.

— Faites vite.

— Je vous serais obligé de m'apprendre en quel endroit je suis pour le moment.

— Mauvais plaisant ! grommela l'autre en s'éloignant, comme si vous ne saviez pas, tout aussi bien que moi, que vous êtes à la Bastille.

DEUXIÈME PARTIE

LE MARI DE LA FAVORITE

I

PROPOS DE COUR

Depuis un mois, Louis XIV était de retour à Saint-Germain, et la petite ville, qu'il devait deux ans plus tard abandonner pour Versailles, avait repris cet air de fête qu'elle empruntait à la présence du souverain et de la cour.

Il y avait, tous les soirs, violons, gala, jeu, comédie dans le vieux château de François Ier que Mansard achevait de restaurer.

Le château neuf, dont Henri IV avait confié la construction à l'architecte Marchand, commençait, en effet, à se lézarder de toutes parts. Déjà, en 1649, une de ses rampes s'était écroulée. Édifié avec rapidité sur le faîte d'une hauteur peu solide en raison de sa déclivité, il n'offrait plus à ses habitants une sûreté d'abri suffisante, et le Roi-Soleil, qui y était né, avait dû le quitter à regret pour l'ancienne résidence du Roi-Chevalier.

Tous les jours, il y avait chasse à courre et chevauchée en forêt, collation sur l'herbe, excursions aux environs ou promenades dans ces merveilleux jardins que Lenôtre venait de dessiner et sur cette admirable terrasse qui n'a d'égale que celle de Richemond.

Louis XIV était alors à l'apogée de sa puissance, et sa quasi-divinité sanctifiait jusqu'à ses faiblesses.

Il ne dissimulait rien de celles-ci.

Mme de Montespan était maîtresse avouée et favorite en titre, — et nous savons que ses enfants, nés en fraude du lien conjugal, marchaient pour ainsi dire de pair avec ceux que le monarque avait eus de la reine.

Cette dernière, bonne et douce créature, sans volonté comme sans esprit, aimait trop son royal époux pour ne point lui pardonner ses infidélités sans nombre, et Louis, dévot, mais convaincu que Dieu lui devait des ménagements, piétinait, sans trop y prendre garde, sur ce pauvre cœur martyr.

Quant à la non moins infortunée la Vallière, délaissée à son tour et abreuvée de chagrins de toute espèce, elle s'était retirée aux Carmélites du faubourg Saint-Germain, à Paris.

Le roi l'avait vue s'éloigner avec la plus complète indifférence.

On raconte que le jour de son départ, comme elle se plaignait au maréchal de Grammont de la façon dont on la laissait s'en aller :

— Dame ! chère amie, avait répondu celui-ci, pendant que vous aviez sujet de rire, il fallait faire rire les autres ; maintenant que vous avez sujet de pleurer, les autres pleureraient...

Puis, comme c'était un homme fort sceptique que le maréchal de Grammont, et qui croyait fort peu à l'amitié, à la reconnaissance, au dévouement, enfin, à ces vertus bourgeoises que les courtisans traitent de niaiseries, il avait ajouté tout bas :

— Peut-être !

. . . . , ... , , ...

Pour employer le langage du temps, Phébus criblait la terre de ses sagettes d'or.

Mais ses traits ardents n'arrivaient point jusqu'au velours émeraude des pelouses, jusqu'aux parterres où s'arrondissaient en corbeilles des massifs de fleurs aux nuances riches et variées, et jusqu'aux plates-bandes de buis qui formaient arabesques et se détachaient sur une mosaïque de sables de diverses couleurs.

Ils s'émoussaient sur le feuillage épais des allées de tilleuls taillés en arcades et de l'hémicycle de marronniers qui s'ouvrait sur l'avenue des Loges au bas d'un perron monumental.

Ici, dormait dans le marbre l'eau des trois bassins circulaires creusés par Lenôtre pour entretenir la fraîcheur dans ce vaste bosquet.

Là, les fontaines lançaient sous les charmilles leur aigrette blanche qui s'éparpillait en pluie de perles et en poussière de diamants.

Maintenant, à ce décor, dans lequel s'alliaient avec harmonie l'eau, les fleurs, les grands arbres, et qui s'accordait par son élégance majestueuse avec la façade imposante du palais...

A ce décor, disons-nous, mettez pour toiles du fond :

D'un côté, les murailles de verdure sombre de la forêt...

De l'autre, une campagne grasse, étagée en gradins, émaillée de villages florissants, — Fourqueux, Mareil, Marly, dont le château montrait son faîte ardoisé au-dessus de la futaie...

Puis, au bas de la terrasse, la rivière sinueuse enserrant le bois touffu du

Vésinet ; les îles plantées de hauts peupliers, et, par-delà Chaton, par-delà Nanterre, faisant vis-à-vis aux moulins à vent de Montmartre, la masse sévère du mont
Valérien, au sommet duquel se dessinaient le Calvaire et la grotte des Ermites...

Puis encore, animez-le, ce décor, de tout un monde de grands seigneurs et
de grandes dames...

Les hommes, habillés de satin ou de velours aux tons joyeux et éclatants,
avec les vastes feutres pavoisés de panaches, les larges parements à galons.
les nœuds d'épaule frangés d'or ou d'argent, les dentelles parfumées, les flots
de ruban, les *canons* ruisselant en cascatelles sur les bas de soie à coins
pailletés, les souliers à boucles ou à bouffettes, et l'épée de cour à la garde
artistement travaillée et enrichie de pierres précieuses...

Les femmes, en robes de tabis, de lampas ou de brocart, coiffées *à la hurluberlu*, constellées de bijoux, et faisant parler dans leur main finement gantée
cet éventail dont les galants comprenaient si bien le langage...

Alors, vous aurez le tableau qu'offraient, par une superbe après-midi d'août,
ces jardins de Saint-Germain dont Androuët du Cerceau écrivait, cent cinquante
ans auparavant, qu'ils étaient les premiers de l'Europe et «chose digne assurément d'être vue et considérée ».

C'était le moment de la journée où le roi venait se mêler aux promeneurs.

Non seulement il aimait extrêmement le grand air, mais celui-ci était pour
lui un impérieux besoin, et, quand il en était privé, il éprouvait des maux de
tête dont il attribuait l'origine à l'usage excessif de parfums qu'avait fait en
tout temps sa mère, Anne d'Autriche.

Aussi ne manquait-il jamais de descendre sur la terrasse, au sortir du conseil, lequel durait, d'ordinaire, jusqu'à midi et demi ou une heure.

Dans cette promenade, pouvait l'aborder qui voulait.

A Saint-Germain il n'y avait que peu ou prou d'étiquette.

Cette résidence jouissait encore d'un autre privilège.

A peine hors des appartements, le monarque prononçait ces mots :

— Le chapeau, messieurs !

Aussitôt, courtisans, officiers des gardes, soldats, laquais, qui s'étaient
découverts à l'approche de Louis, se recoiffaient devant, derrière, à côté, partout, avec une promptitude qui était devenue une marque de respect, car on
obéissait à un ordre du roi.

Or, ce jour-là, il était près de quatre heures, et le souverain n'avait pas
encore paru.

Cependant il avait cessé de travailler avec MM. Colbert et de Louvois.

Ceux-ci, à l'issue du conseil, avaient effectué une entrée solennelle —
comme il convient à des ministres en crédit — dans les jardins où ils s'étaient
immédiatement partagé une véritable armée de solliciteurs.

Le partage, néanmoins, était fort inégal.

M. Colbert, l'homme de la paix, n'avait guère près de lui que des gens de robe, de finance, ou bien encore certains plumitifs, pauvres diables dont le nom devait, par hasard, passer à la postérité.

Tout ce qui était jeune, hardi, ambitieux, se pressait autour du belliqueux Louvois, vers qui penchait alors manifestement la volonté du maître.

En attendant ce dernier, des groupes jaseurs s'étaient formés.

On causait.

Les gens d'épée, de la campagne qui venait de finir, de la nécessité dans laquelle M. de Turenne s'était trouvé de brûler le Palatinat, et de la mort glorieuse de ce grand capitaine, coupé en deux par un boulet de canon.

Les diplomates, des négociations ouvertes à Nimègue, du traité qui avait été signé le 10 août avec les Provinces-Unies, de celui qui devait être signé en septembre avec Charles II, et de celui qu'on signerait probablement plus tard avec l'Empereur.

Les poètes et les artistes, — car Mme de Montespan s'était fait une cour de ceux-ci, — des fables de La Fontaine, des épitres de Boileau, des comédies de Molière, des tragédies de Racine et des chefs-d'œuvre du vieux Corneille, dont le dernier — le plus oublié aujourd'hui — avait pour titre *Pulchérie et Suréna.*

Les courtisans s'entretenaient des choses du jour et, en premier lieu, du méchant état de santé qui contraignait Marie-Thérèse à ne quitter le lit que pour son jeu du soir.

— Est-ce bien vrai, ce mensonge-là? interrogeait le duc de Mazarin, et cette indisposition, qui se prolonge depuis notre retour de Lille, ne serait-elle pas plutôt un moyen employé par Sa Majesté pour éviter de se rencontrer avec notre belle marquise? Si j'en crois ce qu'on m'a conté...

— Et que vous a-t-on conté? fut-il demandé de toutes parts.

— On m'a conté que la reine se serait plainte à son auguste époux de la façon dont celui-ci affichait ses relations avec la favorite...

— Mieux vaut tard que jamais, prononça une voix railleuse : ce ne sont, pourtant, pas les occasions qui ont manqué, jusqu'à présent, à la fille de Philippe IV, de faire preuve de caractère, — des occasions qui se sont appelées successivement la Vallière, Ludre, Soubise, Fontange...

Le duc reprit :

— Je tiens le fait de Villequier, qui est, comme vous savez, premier gentilhomme de la chambre. La reine a pleuré...

— Devant le roi ! murmurèrent plusieurs personnes scandalisées.

— Oh ! s'exclama la même voix qu'auparavant, la pauvre femme a-t-elle bien osé perdre le respect jusqu'à montrer ses larmes !...

Cette voix appartenait à M. de Bussy-Rabutin, lequel se trouvait, par aventure, à la cour, entre deux séjours à la Bastille et deux sentences d'exil.

— Et qu'a répondu le roi ? fut-il questionné à la ronde.

— Le roi a répondu textuellement ceci :

« — *Madame, est-ce que nous n'avons pas le même lit ?*

« — *Si fait, sire*, a convenu la reine.

« — *Eh bien, alors*, a demandé le roi, *que pouvez-vous réclamer de plus ?* »

— Il est certain, opina M. de Marcillac, que la marquise est plus en faveur que jamais : voilà Vivonne, son frère, général des galères...

— Et M. de Rochechouart, son cousin, capitaine des gardes du corps...

— Et Montchevreuil, sa créature, gouverneur de Saint-Germain.

Bussy-Rabutin hocha la tête :

— En faveur... Aujourd'hui, soit... Mais demain ?

— Comte, quel air nous chantez-vous là ? s'enquit M. de la Rochefoucauld.

— Je pense qu'une cire qui a brûlé jusqu'au bout ne jette jamais un plus vif éclat que lorsqu'elle est près de s'éteindre...

M. de Marcillac menaça amicalement du doigt le caustique parent de Mme de Sévigné :

— Mon cher, fit-il, voilà une comparaison qui, si elle venait aux oreilles de la marquise, pourrait fort bien vous renvoyer d'où vous venez, et même plus loin...

— Duc, j'irais jusque chez les Scythes, comme Ovide, pour avoir l'occasion d'entendre ou d'émettre une vérité... Or, la vérité, la voici... celle du moment, du moins : c'est que le roi est malade...

Il y eut une protestation générale :

— Le roi malade !... Allons donc !... C'est impossible !...

— Sa Majesté ne s'est jamais mieux portée !...

— Fagon, son nouveau médecin, l'a définitivement guérie de ses migraines et de ses étourdissements !...

— Eh ! messieurs, rapartit le comte, il y a maladie et maladie, comme il y a fagots et fagots...

« Celle dont je parle ici, c'est l'infidélité, laquelle, si je ne me trompe, est en voie de passer à l'état chronique chez notre illustre souverain...

« Inconstant déjà de caractère, il le devient par habitude, et ce qui n'avait été jusqu'alors qu'une distraction dégénère chez lui en besoin régulier.

« Par malheur, — j'entends par malheur... pour elle, — la favorite ne s'est-elle pas avisée de traiter cette affection par une méthode qui fera sans doute fortune quelque jour, et qui consiste à employer des remèdes de la même nature que le mal...

« Elle a prêté la main aux fantaisies, aux caprices...

Il s'avança vers M. de la Reynie, la bouche en cœur.

— Aux *passades*, fit M. de Saint-Simon.

— C'est cela, duc, vous avez dit le mot... Aux passades de son royal amant... Si bien...

— Si bien ?...

— Si bien que la maladie ne tuera peut-être pas le malade, mais qu'elle tuera certainement le médecin...

— Oh !...

— Et la preuve que celui-ci, — celle-ci plutôt, puisqu'il s'agit de la marquise, — est à toute extrémité, c'est que MM. Bourdaloue et Bossuet se préparent à lui administrer les derniers sacrements : ils sont, pour l'instant, à ce sujet, en conférence avec le roi...

— Comment savez-vous ?...

— J'ai vu tout à l'heure, à l'issue du conseil, M. de Montausier s'introduire avec eux par le petit degré...

Le P. Bourdaloue, Bossuet et M. de Montausier étaient les chefs déclarés de l'opposition dirigée contre Mme de Montespan. ·

Les courtisans se regardaient silencieusement.

Ensuite M. de la Feuillade demanda :

— Puisque vous êtes en train de prophétiser, comte, que ne nous indiquez-vous tout de suite l'heureuse privilégiée qui recueillera la succession de la moribonde ?

M. de Rabutin, avec sa mordante cousine, — dont il passa sa vie à dire trop de bien et trop de mal, — était un vieux restant de l'école frondeuse.

— Ceci n'est point de mon ressort, répliqua-t-il avec une sanglante ironie ; c'est à vous, messieurs, dont les ancêtres ont accoutumé l'histoire à des exploits d'un autre genre ; c'est à vous de deviner l'astre vers lequel vous devrez vous tourner pour recevoir la chaleur bienfaisante de ses rayons...

Il ajouta après une pause :

— Pour moi, je me contente de préparer la page sur laquelle j'écrirai son nom à la suite de ceux de cette pauvre la Vallière, qui est dans un couvent, de cette pauvre Fontange, qui est au cimetière, et de votre belle marquise, qui sera peut-être demain où j'étais hier, — en exil dans ses terres, — et à laquelle je donnerai de grand cœur la recette dont je me sers pour supporter la disgrâce...

— Et cette recette, quelle est-elle ? s'informa M. de Beuvron.

— Marquis, c'est de solliciter et d'obtenir la permission de revenir ee temps en temps à la cour, d'y écouter ce qui se dit, d'y regarder ce qui sd passe ; après cela, on se prend à aimer la campagne comme un berger de Théocrite et de Virgile...

Et pivotant sur le talon, le piquant écrivain de l'*Histoire amoureuse des*

Gaules quitta le groupe en fredonnant ce couplet du *Messager fidèle*, un noël qui courait Paris :

> — Que fait le grand Alcandre,
> Alors qu'il est en paix ?
> N'a-t-il plus le cœur tendre ?
> N'aimera-t-il jamais ?
> — On n'ose plus qu'en dire,
> Et l'on n'ose en parler ;
> Si son grand cœur soupire,
> Il sait dissimuler.

. . . .

Un peu plus loin, M. de Maupertuis, lieutenant aux mousquetaires, M. de Gesvres, l'ancien capitaine, et M. de Brissac, le nouveau capitaine des gardes, devisaient d'affaires de service en arpentant une des allées qui aboutissaient au château.

A un moment, M. de Brissac demanda à M. de Maupertuis :

— Et ce sac à diable, que devient-il ?

— Quel sac à diable ? interrogea à son tour le lieutenant.

— Cette mauvaise tête de province qui vous a mis à mal un de vos brigadiers ?

— Dites : qui l'a fort proprement exterminé d'un maître coup de pointe à travers la poitrine. Eh bien ! il est toujours entre quatre murailles. Au For l'Évêque, si je ne m'abuse, à moins, toutefois, que ce ne soit au Châtelet ou à la Bastille...

— Et pourquoi ne le juge-t-on pas ?

— On doute qu'il soit gentilhomme : il n'en est pas certain lui-même... On le nomme M. Joël...

— Joël... de quoi ?

— Joel de rien.

— Pas possible !... Voyez-vous cela !... Où allons-nous, si les manants se mettent à avoir du cœur comme les gentilshommes !

— Pour ma part, reprit M. de Maupertuis, je le renverrais volontiers planter ses choux dans sa Bretagne ; car, après tout, il s'est conduit en brave garçon ; ce qu'il a fait, nous l'aurions fait tous, et, nous autres, gens d'épée, nous n'avons jamais regardé M. de Boutteville comme déshonoré pour être mort en Grève ; ce qui déshonore, c'est d'éviter son ennemi, et non de rencontrer le bourreau.

— Parbleu ! approuvèrent les deux autres.

— Et puis, poursuivit le lieutenant, le brigadier Brégy n'était rien moins qu'intéressant : un chenapan qui buvait quand il ne jouait pas, et qui ribaudait quand il ne se battait pas... Mais Sa Majesté se rappelle que c'est ici, à Saint-Germain, qu'elle a confirmé les ordonnances du feu roi sur le duel... J'ai eu toutes les peines imaginables à lui arracher la grâce des quatre jeunes gens de ma compagnie qui avaient assisté les deux adversaires...

— Qu'en a-t-on fait, de ces jeunes gens ? s'enquit M. de Gesvres.

— Ils ont dû dépouiller la casaque rouge de la maison du roi, et M. de Louvois les a dirigés sur le corps d'armée que commande M. de Créqui, en Lorraine.

— Et que pensez-vous que l'on fasse de votre Breton ? Car c'est un Breton, m'avez-vous dit, ce parpaillot ?...

— J'appréhende fort qu'on ne le laisse pourrir en prison ou qu'on ne le condamne à ramer, le reste de ses jours, sur les galères du roi... A moins, toutefois, qu'on ne l'arquebuse ou qu'on ne le pende...

— Et quel âge a-t-il, le pauvre diable ? questionna M. de Brissac.

— Ma foi, je ne le sais trop... Je ne l'ai jamais vu... Entre vingt et trente, je suppose...

Le capitaine des gardes chiffonna sa moustache :

— Dans ce cas, fit-il gravement, mieux vaudrait pour lui qu'on le pendit ou qu'on l'arquebusât tout de suite.

II

SUR LA TERRASSE

Les dames tenaient conciliabule sur la terrasse.

Elles aussi s'en donnaient à cœur-joie en fait de nobles cancans et d'élégantes médisances.

On eût entendu du château le tic-tac de leurs moulins à paroles et les fusées de leurs rires argentins.

Un rustaud, arrivant du fond de sa province, mais doué d'une oreille assez fine pour saisir à la fois tous les bavardages qui se croisaient, aurait appris, eu une demi-heure et dans ses moindres détails, non seulement la chronique de la ville et de la cour, mais encore celle de la ruelle du roi et de l'alcôve de la reine.

Car, ici comme là-bas, c'était toujours le ménage royal qui semblait être l'âme mystérieuse de cette réunion, et comme le centre occulte autour **duquel** pivotait la conversation...

Ce ménage à *deux*, dont cette superbe Athénaïs, — plus hautaine et plus souveraine cent fois que la fille de Philippe IV, — avait fait un ménage à *trois*.

— Oui, mesdames, annonçait la princesse de Conti, Sa Majesté s'est enfin décidée à sacrifier au goût du jour : elle a adopté la coiffure...

Il y eut comme une explosion de surprise et d'incrédulité :

— La reine aurait?... — Est-ce possible?... — Vous vous trompez assurément...

La princesse affirma :

— Vous le verrez, ce soir, au jeu, si Sa Majesté a la force de se lever... L'opération a été pratiquée ce matin... C'est La Vienne qui maniait les ciseaux, assisté de Mlle de la Borde...

— C'est de la soumission, fit Mme de la Ferté.

— De la résignation plutôt, appuya la spirituelle marquise de Sévigné, qui n'était pas pour rien cousine de Bussy-Rabutin.

Il s'agissait de cette fameuse coiffure *à la hurluberlu* inventée et mise à la mode par Mme de Montespan.

Mlle de la Troche en donnait en ces termes la description à Mme de Grignan, arrivée la veille de la terre où sa mère lui adressait les célèbres lettres que l'on sait :

— Imaginez-vous une tête partagée à la paysanne, jusqu'à deux doigts du bourrelet. On coupe les cheveux de chaque côté, d'étage en étage, dont on fait deux boucles rondes et négligées, qui ne viennent guère plus bas que deux doigts au-dessus de l'oreille...

« On ne doit pas couper les cheveux trop courts, puisqu'il faut qu'ils paraissent friser naturellement...

« On place les rubans comme à l'ordinaire ; on met parfois une grosse boucle nouée entre le bourrelet et la coiffure. Parfois aussi, on laisse traîner celle-ci jusqu'à la gorge...

— Et l'on devient véritablement passable ainsi ? demanda la jeune provinciale.

— Oui, repartit sa mère, à la condition d'être déjà charmante auparavant.

— Enfin, reprit Mme de Conti, vous ne pouvez nier, ma chère, que *la Merveille* ne soit très belle, accommodée de cette façon.

On se rappelle que *la Merveille* était le sobriquet donné par les flatteurs à Mme de Montespan.

— Oh ! certes ! répliqua la maligne frondeuse, belle à souffleter sur les deux joues !

La favorite n'était pas là.

Il y eut des rires étouffés sous l'éventail.

— Et Mme de Choiseul, s'informa Mlle de la Troche, avez-vous vu Mme de Choiseul?

— Je l'ai rencontrée tout à l'heure, répondit l'impitoyable marquise : avec ses fleurs et ses couleurs, elle avait vraiment l'air d'un *printemps d'hôtellerie.*

Cette fois, on s'esclaffa franchement.

A chaque minute, du reste, une nouvelle arrivante apportait son contingent d'informations, qui, directement ou indirectement, se rattachaient au roi, à la reine et à « la belle marquise » ainsi qu'aux parentés, aux familiers et aux créatures de celles-ci :

— La plus jeune des d'Heudicourt, qui joue encore à la poupée, épouse le gros baron de Montgon, avec une dot sur la cassette...   .

— Mme de Thianges a obtenu le justaucorps bleu[1] pour d'Harcourt...

— Et Mme de Fontevrault le Saint-Esprit pour Rochefort...

Mme de Crussol accourait :

— Mesdames, saviez-vous ceci? La veuve Scarron prend, à partir d'aujourd'hui, le nom et le titre de marquise de Surgère. Le roi l'a décidé ainsi.

— Comment dites-vous cela, ma mie? interrogea Mme de Montmorency. Elle va s'appeler Mme *Suggère?*

Elle estropiait le mot à dessein.

Puis elle ajouta gravement :

— Ma foi, le nom est bien trouvé pour une prude qui a la manie de donner des conseils, même quand on ne les lui demande point.

Françoise d'Aubigné était l'amie de Mme de Sévigné.

Mais nous savons que, pour un bon mot, celle-ci aurait perdu sa fille.

— En effet, renchérit-elle avec son impitoyable ironie. Mme de la Sablière lui a *suggéré* d'épouser le cul-de-jatte Scarron ; le maréchal d'Albret, le duc de Richelieu et les trois Villarceaux lui ont *suggéré* de le faire cocu, ce à quoi je crois bien qu'elle s'est refusée, d'ailleurs ; l'abbé Goblin lui a *suggéré* de spéculer sur sa vertu pour arriver à la fortune ; on a *suggéré* à un maçon de lui prédire qu'elle deviendrait grande dame ; enfin je consens à ne plus dire de mal de personne, si son intérêt ne lui *suggère* pas de miner dans l'esprit du roi sa bienfaitrice qui l'a tirée de la misère pour lui confier l'éducation de ses enfants.

. . . .

Sur cette même terrasse, dans un coin écarté, auprès du pavillon qui avait vu naître Louis XIV — seul vestige qui reste aujourd'hui du château neuf de

1. Ce justaucorps bleu était pareil à celui que le roi portait à la chasse. La permission de l'endosser s'accordait par brevet. Elle donnait à ceux qui l'obtenaient le droit de suivre sans invitation Sa Majesté dans toutes ses excursions cynégétiques.

Henri IV et de Louis XIII — M. d'Alaméda se promenait, appuyé au bras de M. de Boislaurier.

— Ainsi, disait l'ambassadeur, tous vos efforts pour retrouver cette jeune fille ont été inutiles...

— Hélas ! monseigneur, c'est en vain que j'ai mis toute une meute en campagne : mes limiers ont fait buisson creux.

— Comme ceux que j'ai employés de mon côté, du reste, reprit le vieillard avec humeur. Comme mon laquais Esteban, le plus rusé coquin qui soit ; comme ce capitaine Asdrubal de Cordebœuf, lequel avait pourtant à prendre sa revanche du coup qui l'a laissé pour mort sur la berge des Célestins ; comme Desgrais enfin, que dans cette occurrence j'avais emprunté à M. de la Reynie, — Desgrais, l'habile exempt qui a découvert et arrêté la Brinvilliers à Liège... Soins superflus, recherches infructueuses, habileté dépensée en pure perte... C'est à se demander vraiment si la terre ne s'est pas entr'ouverte pour engloutir cette Aurore de la Tremblaye !

Il y eut un moment de silence.

Ensuite M. de Boislaurier demanda :

— Votre Excellence a-t-elle réfléchi à ceci : cette Mme de la Bassetière, qui donnait l'hospitalité à notre provinciale...

— Eh bien ?...

— Eh bien, si j'en crois les rapports de nos agents, elle se montre médiocrement inquiète de la disparition de sa jeune parente...

— Oui : c'est ce dont l'on m'a informé, moi aussi...

— D'où je conclus qu'elle n'ignore point où celle-ci se cache ..

— C'est présumable...

— Et monseigneur n'a pas songé à faire parler cette femme ?...

— On a essayé sans succès. Impossible d'en rien tirer. Il n'y a pas jusqu'à sa vieille servante qui ne demeure impénétrable.

Et l'ambassadeur ajouta avec une gaieté forcée :

— Mon Dieu ! oui, c'est ainsi ; il n'y a peut-être dans l'univers qu'une chambrière incorruptible, et je tombe justement sur celle-là !

Il y eut un nouveau silence.

Puis M. de Boislaurier questionna derechef :

— Mlle de la Tremblaye ne sera-t-elle pas retournée en province ?

— J'ai écrit en Anjou pour m'en informer, et j'ai reçu une réponse ce matin : Mlle de la Tremblaye n'a pas reparu dans le pays.

— Ainsi, murmura l'autre avec découragement, ainsi il faut jeter nos cartes : la partie me semble perdue...

— Et pourquoi donc ? répliqua le duc vivement. Mon instrument me manque, soit ; je saurai en découvrir, en fabriquer un autre...

Ensuite, après une pause :

— Toutefois, je ne vous dissimule pas que la perte de celui-ci me met dans un cruel embarras...

Puis, les sourcils froncés, les lèvres pincées, le front menaçant :

— Ah! ce jeune homme, ce jeune homme!...

— Oui : cet Amadis campagnard qui s'est trouvé là juste à point pour dégager la jeune fille des mains de nos gens...

— Celui-là, nous compterons ensemble quelque jour...

Et, serrant le bras de son interlocuteur :

— Croyez-vous, poursuivit le vieillard, croyez-vous, mon cher Boislaurier, que je me sentais attiré vers ce hobereau par je ne sais quelle mystérieuse sympathie...

« Il m'avait plu là-bas, dans cette auberge, à Saumur. Son extérieur, son caractère me rappelaient un ami bien cher dont la perte m'a coûté bien des larmes. J'aurais aimé lui être utile...

« Et voilà que ce misérable fou s'en vient se jeter à l'encontre de mes desseins et de mes plans!...

« Tant pis pour lui! On ne m'a jamais été nuisible impunément. Les obstacles, je les écarte; les adversaires, je les supprime; les ennemis, je les tue...

— Mais ce jeune homme n'a-t-il pas disparu, lui aussi?...

— Comme celle que nous cherchons, parbleu ! Une preuve qu'ils sont ensemble. Mais je les retrouverai, et alors...

Un geste de l'ambassadeur compléta énergiquement la phrase interrompue.

Puis, changeant de ton brusquement :

— Eh! mais, que se passe-t-il là-bas ? Voyez donc cet empressement... Serait-ce le roi qui arrive?...

Il y avait, en effet, un grand mouvement sur la terrasse et dans le jardin.

— Monseigneur, annonça M. de Boislaurier, c'est Mme de Montespan qui entre dans l'allée du boulingrin...

— Ah! très bien. Je comprends. La reine Marie-Thérèse est seule dans ses appartements ; mais la foule dorée afflue sur le passage de la favorite. Et Sa Majesté accompagne-t-elle celle-ci?...

— Non, monsieur le duc, la marquise n'a à ses côtés que deux dames : la veuve Scarron, son âme damnée, d'abord...

— La gouvernante des bâtards...

— L'autre...

— Ne serait-ce point une de ses sœurs : Mme de Thianges ou Mme de Fontevrault?...

— Non... Je ne crois pas... Je ne connais pas l'autre...

Et, soudain, avec un tressaillement :

- Je vous serais obligé de m'apprendre en quel endroit je me trouve.

— Mais quoi ! ne dirait-on pas?... Oh! non ! c'est impossible !... Je suis le jouet d'une ressemblance...

— Qu'est-ce encore ? s'informa M. d'Alaméda.

Le gentilhomme ne répondit pas immédiatement.

Il crispait, en quelque sorte, ses yeux sur la seconde compagne de la superbe Athénaïs.

Ensuite, avec agitation :

— Cependant, cette démarche, ces traits... Mais oui, c'est elle... C'est bien elle...

— Qui, elle ? répéta le vieillard.

— Celle que vous croyiez abîmée dans les entrailles de la terre... Celle qui avait échappé à toutes nos recherches... Mlle de la Tremblaye...

— Mlle de la Tremblaye !...

— Regardez plutôt... La voici qui s'avance... Là, sur le bord du grand bassin...

M. d'Alaméda posa vivement sa main au-dessus de ses yeux pour s'en faire une visière...

Puis, après une minute d'examen :

— Vous ne vous trompez pas... C'est bien elle... Sur mon âme, le sieur Despréaux a raison :

Le vrai peut quelquefois n'être pas vraisemblable.

Puis encore, se frottant les mains qui rendirent un son de choc d'osselets :

— Que parliez-vous de jeter les cartes, Boislaurier? Le jeu nous rentre : quinte et quatorze. Il ne nous manque plus que le point pour avoir gagné.

III

LE ROI

C'était, en effet, Mlle de la Tremblaye.

Elle marchait à droite de Mme de Montespan, à la gauche de laquelle cheminait pareillement Françoise d'Aubigné, veuve Scarron.

La favorite était vêtue d'une robe de tabis bleu céleste, dont les crevés de satin blanc pouvaient lutter d'éblouissement avec la neige de ses grasses épaules à fossettes.

Épanouie, rayonnante, ses épais cheveux roux *taponnés à la hurluberlu*, les joues avivées de fraîcheur, le regard noir, vif et hardi, les lèvres vermeilles et gourmandes, elle s'avançait, comme une déesse de Rubens, au milieu des courbettes intéressées et des œillades admiratives ; car, à voir les courtisans la contempler avec des extases affectées, on eût dit que le caprice du roi avait enflammé tous les cœurs.

A ses côtés, la nouvelle marquise de Surgère était assez pauvrement habillée de soie feuille-morte.

Vous auriez juré que la gouvernante mettait sa coquetterie à combattre sans armes, comme ces chevaliers dédaigneux qui délaçaient leur corselet, enlevaient leur casque et brisaient leur épée avant de descendre dans la lice.

Cette simplicité excessive empêchait qu'on la soupçonnât de chercher à percer, à plaire, — et c'est ce à quoi elle tendait, se réservant, quand il serait temps, de démasquer d'autres moyens de séduction.

Mais, tout en méprisant pour elle-même les artifices de la parure, elle avait voulu que ceux-ci donnassent un attrait de plus à Aurore, sa protégée.

Celle-là, dans sa toilette de taffetas changeant, gris-perle, à reflets roses, garnie de point de Venise et de nœuds de rubans vert tendre, celle-là, disons-nous, était belle, oh ! mais belle à mettre dans l'ombre les plus brillantes étoiles de ce firmament princier...

Ce n'était pas la beauté affichante de Mme de Montespan, — sa seconde protectrice, — ni celle de toutes ces femmes qui l'entouraient et dont les charmes dénudés sautaient aux yeux comme une provocation des sens, soulignée par tous les raffinements du luxe...

Non : c'était quelque chose qui prolongeait à plaisir le charme de la première vue et où l'œil découvrait, de minute en minute, — une à une, — d'innombrables et mystérieuses fascinations...

Parmi ces fascinations, il convient de ranger l'indifférence et la mélancolie qui se lisaient à livre ouvert sur le visage de la jeune fille.

Aurore considérait cette cohue étincelante sans étonnement ni embarras, — mais sans curiosité ni intérêt...

On devinait une tristesse mortelle derrière ce masque aux lignes immobiles et alanguies...

Et chacun se demandait à l'envi quelle était cette débutante qui se montrait ainsi détachée des splendeurs qui l'environnaient — les splendeurs de la première cour du monde entier...

Mais chacun se le demandait à voix basse...

Car, s'occuper d'une autre personne lorsque *la Merveille* était là, consti-
tuait, à l'endroit de cette dernière, un crime de lèse-majesté.

. . . .

. . . .

Comme les trois promeneuses s'arrêtaient devant un groupe complimen-
teur, un nouveau mouvement se fit dans l'élégante société...

Toutes les bouches s'ouvrirent à la fois...

Et ces mots circulèrent discrètement prononcés, des grilles de la forêt aux
balustres de la terrasse :

— Le roi, messieurs, c'est le roi !

Celui-ci descendait les marches du perron.

Louis XIV avait alors quarante ans.

Ce n'était déjà plus l'adolescent que les poètes à hyperboles et à pensions
comparaient si volontiers à Phébus-Apollon, et dont ils célébraient à l'envi
l'inexprimable crinière de flammes, — ou, pour parler plus prosaïquement, la
chevelure blonde et fournie, qu'il portait longue et flottante, comme les rois
de la première et de la seconde races, et qui mettait comme une auréole de
lumière autour de son front de jeune dieu.

Ce n'était plus l'amoureux timide de Mme de Frontenac, de la duchesse de
Châtillon et de Marie de Mancini.

Ce n'était plus le danseur des ballets du *Temps,* de la *Nuit,* des *Proverbes*
et de *Thétis et Pélée.*

Le monarque ne dansait plus.

On raconte qu'à la première représentation de *Britannicus,* les vers suivants
l'ayant frappé comme un reproche :

> Pour toute ambition, pour vertu singulière,
> Il excelle à guider un char dans la carrière,
> A disputer des prix indignes de ses mains,
> A se donner lui-même en spectacle aux Romains...

il s'était promis de ne plus figurer dans aucun divertissement, — et il s'était
tenu parole.

Mais ce n'était pas encore le vieillard accablé par le poids des années, des
revers, des deuils de famille, que nous voyons, sur la fin de son règne, se
traîner, maussade, ennuyé, las des autres et de lui-même, à travers les splendeurs silencieuses de Versailles devenu une tombe éblouissante et glacée.

Au temps où commence cette seconde partie de notre histoire, le Grand
Roi se montrait dans toute la force de l'âge, de la fortune et de la gloire.

Les historiens ont avoué avec une sorte de regret que sa taille n'était pas
assez développée.

Mais cette taille, il savait la relever à propos par de hauts talons qui le mettaient au niveau de tout le monde.

Ses traits étaient réguliers ; son nez saillant, — celui des Bourbons, — d'une coupe aquiline et noble ; ses joues pleines et rebondies ; sa mâchoire un peu lourde, sa bouche petite, et, comme on dit vulgairement, *faite en cœur*.

Ses yeux bleus, bien fendus, renfermaient un regard qu'il s'étudiait à rendre majestueux.

Depuis qu'il avait passé trente-cinq ans, il était toujours vêtu de couleur foncée, avec une légère broderie, jamais sur les tailles.

Ce jour-là, habillé de velours noir, avec de simples boutons d'orfèvrerie, il portait le cordon bleu sur sa veste de satin écarlate, brochée de fleurettes d'or.

Une plume blanche frisait autour de son chapeau.

On ne lui voyait de pierreries qu'à ses boucles de jarretières et de souliers.

Ses manchettes, sa cravate et son rabat étaient faits de dentelles françaises.

En effet, pour que cette branche de notre industrie ne restât point au-dessous de celle qui enrichissait alors Venise et Malines, on avait mandé d'Italie et de Flandre trente maîtresses ouvrières en cette fabrication, auxquelles on avait donné seize cents jeunes filles à diriger.

Enfin, il s'appuyait, — plutôt par contenance que par besoin, — sur un jonc à la pomme incrustée de brillants.

Ce jour-là, pareillement, il avait, comme écrit Saint-Simon, sa *figure d'affaires*.

En d'autres termes, il paraissait soucieux.

Comme le flot des courtisans montait, empressé, à sa rencontre, il fit signe qu'il voulait demeurer seul et se dirigea rapidement vers Mme de Montespan.

En le voyant approcher, les deux compagnes de celle-ci firent mine de se retirer en arrière.

Mais la marquise les rappela de la main.

Et, interpellant le monarque avec cette familiarité hardie qu'elle affectait envers les plus grands personnages de la cour, et que son amant, — si soucieux, cependant, des lois de l'étiquette, — l'avait autorisée à prendre jusque vis-à-vis de lui-même :

— Sire, dit-elle, voici Mme la marquise de Surgère qui ne souhaite rien tant que remercier Votre Majesté de la nouvelle faveur dont elle est l'objet.

Françoise d'Aubigné fit un pas en avant, et, avec une révérence profonde :

— Le roi permettra-t-il à la plus humble, la plus respectueuse et la plus dévouée de ses servantes de lui présenter l'expression d'une reconnaissance

sans bornes pour les bontés dont elle n'a cessé d'être comblée par le plus généreux et le plus magnifique des souverains ?

En prononçant cette formule d'actions de grâces, dont Louis buvait avec
délices l'accumulation d'épithètes laudatives, la veuve Scarron avait comme un
tremblement dans la voix, et elle baissait les yeux vers la terre comme si elle
avait peur qu'ils ne fussent éblouis par la lumière du soleil.

Ce trouble, adroitement simulé, était une adroite flatterie.

Rien ne pouvait être plus agréable, en effet, pour un prince que soixante-dix
ans de règne ne rassasièrent qu'à demi de la joie d'être loué et adoré.

— Madame, répondit-il, j'ai tenu à récompenser les soins dont vous entourez
mes enfants, pour qui je n'ignore point que vous êtes comme une véritable
mère.

Ceci était un coup non déguisé à l'adresse de Mme de Montespan.

Celle-ci souriait en s'éventant.

— Madame la marquise de Surgère, reprit Louis en donnant à la gouvernante le nom et le titre qu'il venait de lui accorder, M. le duc du Maine me
disait dernièrement que vous étiez la raison même. Continuez à l'élever avec
une égale sollicitude, ainsi que son frère et sa sœur. Le roi se chargera plus
tard d'acquitter les dettes du père.

La veuve Scarron dessina une nouvelle révérence et s'effaça discrètement.

Le monarque, qui n'avait jusqu'alors accordé aucune attention à Mlle de la
Tremblaye, se tourna vers la favorite.

— A nous deux, madame, dit-il brusquement.

— A nous deux, sire, répondit celle-ci avec une grande tranquillité.

IV

ESCARMOUCHE

Ils se mirent à marcher ensemble côte à côte.

La marquise gardait le silence.

Elle attendait.

Toutefois, elle avait l'air fort calme.

Le roi, par contre, témoignait d'un assez grand embarras.

A la fin, il saisit son courage à deux mains :

— Madame, commença-t-il d'un ton sérieux, j'ai le regret d'avoir à vous informer d'une décision que j'ai prise et qui vous peinera autant qu'elle m'afflige moi-même...

— Ah!...

— Il est désormais nécessaire que nous apportions dans nos rapports les plus extrêmes ménagements...

— Ah!...

— La reine est fort souffrante, et je dois lui épargner tout ce qui serait de nature à empirer son état...

— Ah!...

La marquise avait poussé avec la plus parfaite indifférence les trois exclamations qui précèdent.

Le roi était évidemment mal à l'aise.

Il ne regardait pas son interlocutrice et semblait s'absorber à pousser du bout de sa canne un petit caillou blanc sur le sable de l'allée.

M\ :sup de Montespan leva sur lui des yeux d'une tranquillité inquiétante.

— On voit bien, reprit-elle en jouant de l'éventail, que Votre Majesté vient de consulter le brelan de médecins de son auguste épouse...

— Que signifie?...

— Eh! oui : M. Bossuet, M. Bourdaloue et M. de Montausier, — le gouverneur de M\ :sup le Dauphin, — M. de Montausier, cet homme si parfait que Molière l'a pris, dit-on, pour modèle de son Alceste...

— Madame, protesta le monarque avec sécheresse, dans tous les actes de ma vie, j'ai l'habitude de n'obéir qu'à mes propres inspirations.

La favorite poursuivit comme si elle n'avait pas entendu :

— Ces messieurs sont fort éloquents. Ils ont parlé. Vous avez décidé. Il ne me reste plus qu'à m'incliner devant votre volonté comme devant leur sagesse.

Ce fut au tour de Louis de la considérer avec étonnement.

Elle continua avec le même enjouement :

— Que voulez-vous, sire? Moi aussi, j'ai été touchée par la grâce. M. Bourdaloue, M. Bossuet possèdent un tel talent de persuasion, et M. de Montausier tient avec tant d'autorité le langage de l'honnêteté, qu'ils convertissent les gens à travers les murailles, et que, subissant l'ascendant de la religion et du devoir, j'ai résolu, comme vous, de rompre un lien qui est un poids pour ma conscience comme un outrage à la morale...

Le roi fit un brusque haut-le-corps :

— Eh quoi! s'écria-t-il au comble de la stupéfaction, eh quoi! marquise, c'est vous, vous qui me proposez...

— De nous séparer? Ma foi, oui, sire. Je prends les devants. Trop heureuse de vous épargner, avec l'ennui de le faire, le chagrin de me l'annoncer.

Elle n'avait pas cessé de sourire.

Le monarque n'en revenait point.

Ce n'était pas sans de violentes appréhensions qu'il s'était déterminé à annoncer cette rupture à sa maîtresse.

Il s'attendait, de la part de celle-ci, à l'une de ces *rages inexprimables*, dont au dire de Mme de Caylus, il avait plus d'une fois subi l'assaut.

Et voici que l'irritable Athénaïs s'exprimait sans aigreur et sans colère.

Cette résignation l'offensait dans le fond : n'était-elle pas comme un outrage à sa souveraine majesté ?

— Ainsi, reprit *la Merveille*, voilà qui est entendu : je quitterai la cour dès demain ..

— Dès demain ?...

— Le plus tôt sera le mieux, et je crois que les bonnes résolutions demandent à être exécutées sans retard.

— Vous quitterez la cour sans révolte, sans regret, sans amertume ?

— Sans révolte, sans regret et sans amertume.

Louis se mordit les lèvres.

Il ne pouvait admettre que l'on renonçât si facilement à sa tendresse.

La favorite continua :

— Je n'ai pas lieu d'être inquiète sur le sort de mes enfants. Votre Majesté me le disait tout à l'heure, ils ont près d'eux une seconde mère. D'ailleurs, il me sera permis, je pense, de venir les voir de Clagny...

— De Clagny ?...

— C'est là que je compte me retirer avec le bon plaisir du roi...

— Dans ce faubourg de Versailles ?... Dans cette campagne ?... Dans ce désert ?...

— Ce désert est excellent pour ce que j'y veux faire...

— Et quoi donc ?...

— Mon salut, sire...

— Oh !...

— Je supplierai même Votre Majesté de ne pas venir me déranger dans cette occupation... Oui, comme Madeleine, la grande pécheresse, j'y ferai pénitence de mes erreurs, qui sont aussi un peu les vôtres, et du scandale que, tous les deux, nous avons donné au monde... Mes jours se partageront entre la prière, la contrition et les bonnes œuvres, — et je ne demanderai au ciel que d'être oubliée de tous ceux qui m'ont connue comme je les oublierai moi-même.

— Les oublier ?... Tous ?... Sans exception ?

— Sans exception.

Louis abattit d'un coup de canne la tête d'un lis magnifique qui émergeait d'une plate-bande.

— Et ce sac à diable, que devient il ?

Ainsi, on pouvait l'oublier, lui! Et comme les autres, encore !

Son orgueil démesuré fut blessé jusqu'au vif.

Mais cachant son dépit sous un air rogue et compassé :

— Il suffit, dit-il froidement, vous partirez quand bon vous semblera.

— Dès demain, sire, ainsi que j'ai eu l'honneur d'en prévenir Votre Majesté ; seulement je profiterai de l'instant où je suis encore auprès d'Elle pour solliciter une grâce...

— Et laquelle ?

— Oh ! ce n'est pas pour moi que j'importune le roi... Ses bontés, Dieu merci, ne me laissent plus rien à souhaiter... C'est pour une personne que M. de Montausier lui-même, et M. Bossuet, et M. Bourdaloue jugeraient digne à la fois de leur intérêt et du vôtre...

La marquise se tourna vers Aurore qui, pendant cette conversation, était demeurée à l'écart :

— Avancez, mademoiselle, dit-elle.

La jeune fille obéit, émue et rougissante :

— Sire, poursuivit Athénaïs, voici Mlle de la Tremblaye, la fille de l'un de vos anciens serviteurs, qui vient se mettre sous la sauvegarde de votre autorité et de votre justice.

Louis examina Aurore, qui s'inclinait devant lui, — et, tout impressionné par cette dignité calme et chaste qui empruntait au regard angélique de la jeune fille et à son pur visage un attrait, un pouvoir irrésistibles, il répéta machinalement :

— Mon autorité?... Ma justice?... Expliquez-vous...

Mme de Montespan ne fut pas sans s'apercevoir de l'effet que produisait sur le souverain la radieuse beauté d'Aurore.

Quelque chose comme un éclair de satisfaction passa dans sa prunelle et sur ses lèvres :

— Sire, continua-t-elle, Mlle de la Tremblaye a failli être, il y a un mois, la victime d'une tentative coupable audacieusement exécutée : on a essayé de l'enlever...

— De l'enlever?...

— En plein Paris, presque en plein jour, et ce n'est que par un miracle qu'elle a échappé à ses impudents ravisseurs...

Le roi se cabra :

— Un rapt?... Dans ma capitale?... C'est impossible!...

— Que Votre Majesté daigne plutôt interroger la pauvre enfant...

Louis s'adressa à Aurore.

— Parlez, mademoiselle, parlez! Cette assertion me confond au plus haut point. Et j'ai besoin que vous me la confirmiez pour y croire...

Puis, quand la jeune fille eut achevé le récit de ce qui s'était passé sur la berge des Célestins :

— Sur mon âme, reprit le monarque, un tel méfait ne restera pas impuni... On en découvrira l'auteur... Je donnerai des ordres en conséquence à mon lieutenant de police...

— Cet inconnu, avança la marquise, est sans doute quelque personnage considérable, hors des atteintes de la loi...

Louis fronça son sourcil olympien :

— Madame, répliqua-t-il gravement, personne en France, le roi vivant, ne bravera impunément la loi, qui est une pour tous.

— C'est pour cela, reprit Mme de Montespan, qu'au moment d'emmener à Clagny cette chère enfant, qui m'a été confiée par une amie...

— Ah ! vous emmenez mademoiselle à Clagny !...

— Je suis venue supplier Votre Majesté de prendre des mesures pour que nous y soyons toutes deux en sûreté et pour que ce qui est arrivé, il y a un mois, ne se renouvelle plus désormais...

Le roi étendit le bras et couvrit la jeune fille d'un geste empreint de cette majesté qu'il savait trouver à un si remarquable degré :

— Soyez tranquille; mademoiselle est sous ma protection. J'aurai soin que nul n'en ignore, et malheur à qui oserait se rendre coupable envers elle de toute entreprise de la nature de celle que vous me signalez!

— Oh! sire, que de bontés! murmura la jeune fille.

— Ne me remerciez pas, continua le monarque; c'est le devoir d'un prince de veiller au repos, à l'honneur de ses sujets.

Il ajouta galamment, sans quitter Aurore du regard :

— Ce devoir m'est doux à remplir, quand il a pour objet la fille de l'un de mes gentilshommes et l'une des personnes les plus accomplies qu'il m'ait été donné d'admirer à ma cour.

— Votre Majesté me comble! balbutia Mlle de la Tremblaye, non moins confuse du compliment que du regard.

— Allons donc, pensa *la Merveille :* voilà l'amorce jetée, et le poisson va mordre.

Ensuite, à haute voix :

— Il ne me reste plus qu'à obtenir du roi la permission d'aller prendre humblement congé de Sa Majesté la reine.

Louis souleva son chapeau.

— Cette permission vous est accordée de grand cœur... Nous nous reverrons ce soir, au jeu... C'est là que la reine recevra vos adieux. Vous y amènerez mademoiselle...

Puis, baissant le ton :

— Quoi que vous m'en ayez dit, d'ailleurs, je me réserve d'aller parfois troubler votre solitude...

Puis, plus bas encore :

— Du reste, vous reviendrez un jour à Saint-Germain. — je le désire, je l'exige, — quand j'aurai imposé silence à des commérages ridicules, à des conseillers importuns...

Et, comme Athénaïs secouait la tête en façon négative :

— Vous y reviendrez, insista le monarque, quand ce ne saurait que pour y produire votre charmante protégée...

— Si Votre Majesté le commande et si Mlle de la Tremblaye a besoin d'être présentée, dans ce cas, oui ; mais dans ce cas seul...

. . . .

Louis s'était éloigné.

Il descendait, toujours songeur, l'une des allées qui conduisaient à la terrasse.

La cour, respectant sa rêverie, se tenait à distance raisonnable.

En revanche, elle formait un cercle large et touffu autour des trois promeneuses que le roi venait de quitter.

Ce dernier s'arrêta à un moment.

Comme sollicité par quelque apparition, par quelque attraction qu'il laissait derrière lui, il se retourna, et, s'adossant au socle d'une statue que le lierre entortillait à demi, il chercha à percer des yeux l'espèce de muraille humaine qui le séparait de la délicieuse créature au prestige de laquelle il s'efforçait en vain d'arracher son esprit et son cœur.

En cet instant, et comme si le faune de marbre auquel il s'accoudait, s'animait pour répondre à sa propre pensée, il entendit une voix bizarre qui lui murmurait à l'oreille :

— N'est-ce pas qu'elle est divinement belle?

V

PARTIE JOUÉE, PARTIE GAGNÉE

Le roi fit volte-face brusquement :

— M. d'Alaméda! s'écria-t-il.

C'était celui-ci, en effet, qui s'était approché sans bruit et qui saluait le monarque.

Ce dernier n'avait rien oublié de la tragique aventure de sa jeunesse.

Il se rappelait avec horreur cet homme qui avait osé porter sur lui une main sacrilège...

Cet homme qui l'avait enlevé, une nuit, au château de Vaux, qui l'avait emporté à la Bastille, et qui l'avait enfermé dans ce cachot où il avait failli mourir de peur, de douleur et de rage folle...

Cet homme qui l'avait détrôné un instant, pour mettre à sa place ce second fils d'Anne d'Autriche, son frère jumeau, cet autre lui-même, qui expiait maintenant le crime d'une ressemblance fatale entre les quatre murs d'une prison éternelle et sous l'épouvantable torture du masque d'acier qu'il ne quitterait qu'à la mort.

Ces choses-là ne se pardonnent point.

Aussi, Louis n'avait-il point pardonné au chevalier d'Herblay, à l'évêque de Vannes, au compagnon de Porthos, à l'ami de Fouquet, — de Fouquet, qui lui avait ouvert les portes de la Bastille et qu'il avait récompensé de cette magnanimité en lui ouvrant celles de Pignerol!

Et il n'avait fallu rien moins que les nécessités de la raison d'État pour le contraindre à faire bon accueil au duc d'Alaméda, au confident de son beau-frère Charles II et à l'ambassadeur en France de Sa Majesté Catholique.

Ajoutons qu'il était sans exemple que quelqu'un eût la témérité d'adresser une question au roi.

C'est pourquoi, à la vue de l'ancien conspirateur et en face de cette violation de l'étiquette, Louis arma-t-il son abord d'une raideur, d'une hauteur glaciales.

— Monsieur, dit-il, je crois que vous m'interrogez...

Le vieux seigneur salua derechef.

— A Dieu ne plaise que j'oublie à ce point le respect!... J'ai seulement cru pouvoir me faire l'écho de la pensée que je lisais sur le front de Votre Majesté... Que celle-ci veuille bien me pardonner si j'ai eu tort ou si je me suis trompé...

— De quelle personne parliez-vous? demanda le roi un peu troublé par cette perspicacité.

— De celle qui avait, tout à l'heure, l'honneur de converser avec Votre Majesté.

— Ah! oui : Mme de Montespan m'annonçait son départ...

— Mme de Montespan quitte Saint-Germain?... Je lui souhaite un heureux voyage... Mais ce n'est pas d'elle qu'il s'agit...

— Et de qui donc, monsieur le duc?

— Madame la marquise est belle certainement... Aussi belle que peut l'être une créature humaine... Mais l'autre a la beauté d'un ange descendu du ciel sur la terre...

— L'autre ?...

— Mlle de la Tremblaye...

— Vous connaissez cette jeune fille ?...

— J'ai ce bonheur, et je prendrai la liberté d'ajouter que jamais âme plus haute et plus vaillante n'a habité corps plus parfait.

Il y eut un silence,

Une curiosité vainement combattue remplaçait déjà sur le visage du souverain la froideur hostile d'auparavant.

— Ainsi, reprit-il après un instant, vous me disiez que la protégée de la marquise...

— Ah ! songea le duc, c'est la protégée de la marquise... A quel titre ?... C'est ce que je saurai...

Puis, haut :

— Je disais que Mlle de la Tremblaye est d'une bonne famille de l'Anjou, qui a fait ses preuves dans le service de l'État, et que par son nom, son caractère et ses vertus, elle mérite à tous les égards les faveurs dont le roi daignera la combler.

— Pour le moment, du moins, elle ne demande rien : rien que d'être défendue...

— Défendue ?... Cette chère enfant aurait des ennemis ?..

— On a tenté de l'enlever...

— Est-il possible !...

— Un misérable qui est demeuré inconnu, mais que je ferai rechercher et que ma justice saura atteindre...

M. d'Alaméda ne broncha point.

— Tenez pour certain, sire, prononça-t-il avec chaleur, que personne ne forme des vœux plus ardents que les miens pour la punition du coupable.

Louis essaya de réagir contre les idées qui l'envahissaient de plus en plus.

Et, espérant y arriver en déplaçant la conversation :

— Monsieur l'ambassadeur, questionna-t-il gravement, nous apportez-vous des nouvelles de notre frère Charles II, et du traité que nous sommes à la veille de signer ?

— Sire, répondit le diplomate sur le même mode, il n'est point de sacrifices auxquels mon maître ne soit décidé pour conserver l'amitié de la France et les bonnes grâces de son auguste souverain.

Ensuite, changeant de ton avec désinvolture :

— Mais, souffrez, ô mon prince, que je n'aborde ces sévères sujets que devant la table du conseil, dans le cabinet où s'agitent les destinées de l'Europe...

« Rien nous rappelle-t-il ici le masque austère de la politique ?...

« Comme cette soirée est charmante et comme tout, dans ce qui nous entoure, s'accorde avec cette soirée !

« Comme ce ciel est clair et joyeux ! Comme ces arbres nous prêtent une
ombre protectrice ! Comme ces gazons de velours sont doux aux petits souliers
de satin ! Comme ces bancs de mousse ou de marbre attendent les tendres
tête-à-tête et les galantes escarmouches de l'esprit et du cœur ! Et comme
toutes ces verdures forment un fond complaisant à cette élégante société de
beaux diseurs de riens et de jolies dryades.

« En vérité, de quoi s'entretenir, dans ce milieu plein d'enchantements,
sinon de cette chose si éternellement jeune qu'elle me rajeunit moi-même,
rien que d'en parler, sous la neige de mes cheveux ; de cette puissance qui,
comme la vôtre, triomphe de toutes les puissances ; de cette royauté avec
laquelle vous partagez l'empire du monde : de Sa Majesté l'Amour enfin !...

— Oh ! oh ! fit le monarque en souriant malgré lui, oh ! oh ! monsieur
l'ambassadeur, voilà que vous devenez poète !...

— Apollon m'en préserve, sire ! Je laisse les caresses de la Muse à ceux
qui n'ont que l'immortalité pour vivre. Mais je me souviens que j'ai eu vingt
ans, — et j'enrage même fort de ne plus les avoir...

— J'en ai quarante, moi, soupira Louis XIV.

— Le plus beau moment de la vie !... On n'est déjà plus un enfant, on n'est
pas encore un barbon... Ah ! si je n'avais que quarante ans, au lieu d'en avoir
près du double !...

Louis soupira de nouveau.

M. d'Alaméda reprit :

— Oserai-je faire observer à Votre Majesté que voilà la deuxième fois qu'elle
témoigne d'un esprit alarmant pour quiconque pense que la gaîté est la moitié
de la santé ?...

— Duc, c'est que je ne suis pas heureux...

— Sire, c'est votre faute, après tout...

— Comment, c'est ma faute ?...

— Sans doute ; c'est toujours la faute d'un roi quand il n'est pas heureux,
puisque l'on dit : *Heureux comme un roi.*

— Hélas ! proverbe menteur comme tous les proverbes... Un de mes bourgeois de Paris a plus ses aises que moi... N'a-t-il pas le droit d'agir ainsi que
bon lui semble ?...

— Eh bien, sire, agissez comme vos bourgeois de Paris... Quand ils ont
assez de la cuisine du ménage, ils vont manger au cabaret... Il est vrai que
Votre Majesté m'objectera peut-être qu'elle est également lasse de dîner en ville...

— Duc !...

— Si la trivialité de la comparaison offense mon auguste auditeur, je lui

dirai tout net que j'ai peur qu'il ne s'ennuie furieusement... Or, prenez-y garde,
sire : l'ennui est une maladie mortelle quand on ne la soigne pas à temps, et si
l'ordonnance que donne le *Médecin malgré lui*, de Molière, si le *matrimonium*
en pilules, pour me servir de l'expression de Sganarelle, n'a pas opéré d'une
façon satisfaisante, il faut recourir à la recette de don Juan et quitter doña
Elvire pour Mathurine, et Mathurine pour Charlotte...

Le roi prit un air compassé :

— Monsieur, voilà un conseil qui ne sent guère l'homme d'église que vous
avez été jadis...

— Ah! sire, c'est qu'avant la mitre épiscopale, j'avais porté la casaque de
mousquetaire... Et, tenez, si Votre Majesté m'autorise à radoter devant elle,
comme c'est l'habitude à mon âge, — il y a parfois du bon sens dans le radotage
des vieillards, — je m'étonnerais à la bonne franquette qu'elle n'ait pas imité
depuis longtemps ces bourgeois de Paris dont elle me parlait tout à l'heure, et
qui, lorsqu'ils ont à se plaindre d'une servante acariâtre et de méchante humeur,
n'hésitent pas à en prendre une autre, d'un caractère plus doux et plus accom-
modant...

« Et, dût le roi me punir d'un excès de franchise par la perte de la bienveillance qu'il n'a cessé de me témoigner jusqu'à présent, je constaterai que c'est
Mᵐᵉ la marquise qui est la cause des soucis qui chargent en ce moment votre
front souverain...

« C'est elle qui, par son impudence, — le mot est dur, mais il est vrai, — à
afficher une liaison que son intérêt même et la reconnaissance l'invitaient à
dissimuler dans les limites du possible ; c'est-elle, dis-je, qui a contraint Sa
Majesté la reine à élever la voix, — la reine. qui, jusqu'ici, avait souffert en
silence d'un mal qui n'a pas de remède : aimer l'homme adoré par tout un
royaume et sentir que depuis des années elle n'en était plus aimée...

— Monsieur!...

— C'est l'éclat de ce scandale qui a attiré sur votre tête les foudres de
M. Bossuet, les sermons du P. Bourdaloue et les remontrances respectueuses
de M. de Montausier...

Le roi serra sa canne entre ses doigts crispés :

— Vous savez?...

— Un ambassadeur doit connaître par état tout ce qui se passe à la cour
auprès de laquelle son maître l'a accrédité...

« Je sais aussi que Votre Majesté est décidée à se séparer de la marquise.
et qu'elle s'en sépare sans regret...

« Car le ciel vous a doué, sire, d'un coup d'œil trop juste et trop prompt, pour
ne pas vous êtes aperçu, dès l'abord, que cette femme vous aimait moins pour
vous que pour elle...

— Le roi ! messieurs.

— Ah! murmura Louis avec mélancolie, ce n'est pas ainsi que j'étais aimé de cette pauvre et chère Fontange!

M. d'Alaméda appuya :

— Oui, cette pauvre Fontange, que l'on a tuée par le poison, parce qu'il n'y avait pour vous, dans cette âme naïve, qu'un culte sans calcul et sans bornes...

Le roi regarda son interlocuteur avec effroi :

— Monsieur, une telle supposition...

— Eh! sire, l'axiome judiciaire : *Is fecit cui prodest*, est pleinement applicable ici... Mais je n'aurai point l'irrévérence d'insister, puisque, dans sa haute raison, le souverain a voulu que la nuit se fît sur ce crime abominable... Je me contenterai de pleurer sur l'inoffensive créature qui en a été la victime...

— Hélas! fit le monarque en secouant le front, jamais je ne retrouverai un cœur pareil à celui-là!...

— Oh! sire, protesta vivement le vieillard, ne calomniez pas les femmes! Toutes ne ressemblent pas, Dieu merci, à l'ambitieuse héritière des Mortemart. Toutes ne règnent pas par une sorte d'audace native, par l'ascendant d'un esprit sans pitié et par l'espèce de terreur qu'inspirent leurs emportements et leurs violences...

« Il en est pour qui l'amour est un sacrifice incessant, entier, — une abnégation complète d'elles-mêmes au profit de l'objet aimé...

« Il en est qui mettraient tout leur orgueil et toute leur joie à voir le premier des rois de la terre se reposer à leurs côtés, — dans l'ombre et le silence, — du fardeau de sa grandeur et des soucis de l'État...

« Il en est qui adoreraient dans ce roi, non le prestige de la couronne, non la satisfaction de leur propre vanité, non la moisson de faveurs et de dignités à récolter sous ses pas, — mais le beau cavalier, ardent et passionné, qui s'agenouillerait à leurs pieds pour les enivrer de caresses...

« Elles lui sauraient assez de gré d'abdiquer, au seuil d'une retraite cachée, cette majesté suprême qui éblouit les peuples. Elles l'aimeraient mieux dans leurs bras que sur le trône. Elle ne demanderaient que sa tendresse et ne conspireraient que son bonheur...

« Et trop heureuses d'être distinguées par lui dans la foule de ses sujettes, elles lui apporteraient le plus doux visage, les yeux les plus beaux, le cœur le plus chaste, — semblables à ces vierges de l'Indoustan, qui, dans la nuit mystérieuse des temples, livrent le trésor de leur beauté au dieu qu'elles adorent sur l'autel.

. . . .

— Sire...

— Qu'est-ce donc?...

C'était M. de Maupertuis qui s'était approché, un pli à la main

Le roi ne l'avait pas entendu venir, tout occupé qu'il était à prêter l'oreille à M. d'Alaméda.

— Sire, dit le lieutenant des mousquetaires, c'est un courrier qui vient d'apporter cette dépêche de M. le maréchal de Créqui.

— Eh bien! fit le monarque avec impatience, remettez-la à M. de Louvois : il en prendra connaissance et m'en rendra compte plus tard.

Puis, il se retourna vers l'ambassadeur avec un air qui signifiait : *Continuez.*

— Oh! sire, répondit le vieux seigneur à cette invitation muette, oh! sire, j'ai fini mon sermon... Et j'ai grand'peur, vraiment, qu'il n'ait été trop long... Vos ministres vont m'accuser de confisquer, au détriment des affaires du royaume, les précieux instants de Votre Majesté.

— Il y a temps pour tout, monsieur, et j'ai encore une question à vous adresser.

— Je demeure aux ordres du roi.

— Cette jeune fille, cette demoiselle de la Tremblaye, a-t-elle encore ses parents?

— Hélas! non : elle est orpheline, et je me proposais justement d'attirer sur cette situation déplorable l'attention bienveillante de Votre Majesté...

— Je vous écoute...

— La protégée de Mme de Montespan, qui est aussi un peu la mienne, quoiqu'elle ne m'ait pas chargé d'intervenir en sa faveur, — s'est rendue à Paris, du fond de sa province, pour suivre un procès hasardeux, du gain duquel dépendent, et sa petite fortune, et l'avenir de son frère et de sa sœur, — deux enfants en bas âge à qui elle sert de mère...

— Ah!...

— Or, la charmante Aurore est pauvre, mais elle est fière à l'avenant... Elle ne demande rien... C'est moi qui sollicite pour elle... Et j'ai pensé que, si quelque emploi, — si modeste qu'il fût, — auprès de votre personne pouvait venir en aide à ses faibles ressources...

— Vous avez fort bien pensé, interrompit Louis, dont le visage s'épanouissait à vue d'œil : il y a en ce moment, dans la maison de la reine, une place de lectrice vacante par suite de l'éloignement de Mme d'Aigueperse, qui est allée rejoindre son mari dans son gouvernement de Picardie. J'accorde cette place à Mlle de la Tremblaye.

Il ajouta gracieusement :

— En prolongeant de quelques minutes notre conversation, j'espère, monsieur l'ambassadeur, ne pas vous avoir retenu en pure perte.

M. d'Alaméda s'inclina.

— Sire, répondit-il, on ne saurait rester avec Votre Majesté sans que chaque minute augmente la reconnaissance qu'on lui doit.

— Votre protégée entrera immédiatement en fonction. Je me réserve d'en parler tout à l'heure à la reine, et vous pourrez entendre celle-ci annoncer elle-même cette bonne nouvelle à l'intéressante orpheline si vous venez ce soir au jeu, où je serai aise de vous rencontrer.

Le vieux seigneur s'inclina de nouveau :

— Je n'aurai garde d'y manquer, sire.

En dialoguant de la sorte, pendant que toute la cour les observait de loin, les deux interlocuteurs avaient fait le tour des jardins et étaient arrivés au perron du château.

M. de Louvois attendait sur une marche de celui-ci.

— Sire, annonça-t-il, j'ai reçu d'importantes nouvelles de Lorraine.

— C'est bien, je suis à vous, monsieur.

Ensuite, saluant de la main M. d'Alaméda, avec sa mine la plus affable :

— Alors, à ce soir, *mon cher duc.*

Ces trois derniers mots firent passer comme une ironique lueur sur les traits de l'ancien rebelle.

Au milieu des coups de chapeau des hommes et des revérences des dames, il rejoignit M. de Boislaurier dont il reprit le bras.

— Eh bien! questionna ce dernier, avons-nous le point, monseigneur?

Le vieillard eut le rire silencieux que, cent cinquante ans plus tard, Cooper devait prêter à l'un de ses héros :

— Compère, dit-il, je ne me plains pas. Partie jouée, partie gagnée.

VI

LE JEU DE LA REINE

Il avait lieu dans les appartements royaux qui occupaient l'aile méridionale du château.

Il y avait là, précédant « la grande antichambre » qui confinait elle-même à la chambre à coucher de Leurs Majestés, un vaste salon dont les fenêtres regardaient la Seine, et dont les murs disparaissaient sous une tenture de haute lisse, représentant l'action d'une de ces délicieuses idylles de Segrais, alors si à la mode :

« Des bergers, en tonnelets à passequilles, et des bergères en corsage à échelles de rubans, ayant conduit leurs blanches brebis au bord d'une eau limpide, s'ébattaient amoureusement, assis sous la verdure d'un hêtre touffu, pendant que de joyeux sylvains les épiaient, cachés dans les roseaux. »

Ce salon, brillamment illuminé, regorgeait littéralement de courtisans et de dames.

Vous y auriez retrouvé tous ceux et toutes celles qui se pressaient, l'après-midi, sur la terrasse et dans les jardins.

Au centre, devant la cheminée où flambait un véritable feu de joie, — car, en sa qualité d'Espagnole, la reine était frileuse à l'excès, — Marie-Thérèse était assise à une table sur laquelle elle jouait une de ses parties favorites (M. le marquis de Dangeau a négligé de nous indiquer laquelle) en compagnie de Mmes de Navailles et de Montausier, surintendantes de sa maison, de ce laideron de tant d'observation et d'humour, Élisabeth-Charlotte de Bavière, princesse palatine et femme du futur régent de France, et d'Anne-Marie-Louise d'Orléans, duchesse de Montpensier, qui était encore demoiselle, mais qui avait amplement l'air d'une douairière.

Celle-ci, nous apprend, dans ses *Mémoires*, que l'ex-infante était « très bien ».

Le portrait est bref pour une personne qui savait tirer d'une main le canon de la Bastille et écrire de l'autre des pages verbeuses, éloquentes parfois, toujours égoïstes et où les détails surabondent.

Saint-Simon est plus explicite :

Elle avait, nous dit-il, les dents noires et gâtées, parce qu'elle mâchait éternellement du chocolat.

Elle était grosse et petite, et paraissait plus grande lorsqu'elle ne marchait ni ne dansait, car, lorsqu'elle marchait ou dansait, elle pliait sur les genoux, ce qui la rapetissait encore.

Sa tendresse pour son mari allait jusqu'à l'idolâtrie.

Quand il était en sa présence, elle ne le quittait pas des yeux, le dévorant du regard et cherchant à deviner ses moindres désirs.

Alors, pourvu que le roi lui sourît, elle se montrait heureuse et gaie toute la journée.

C'était bien autre chose quand Louis qui, ainsi que nous l'avons constaté, couchait avec elle toutes les nuits, lui donnait quelque preuve d'amitié plus intime encore : alors, elle racontait sa bonne fortune à qui voulait l'entendre, riant, clignotant des paupières, et frottant l'une contre l'autre ses mignonnes mains de poupée.

Certes, il avait fallu qu'on la « travaillât fortement » pour la faire « sortir des gonds » après tant d'années de mutisme en face des fredaines conjugales, et pour qu'elle parlât de retourner en Espagne, si la favorite demeurait sur le même pied à la cour...

Mais le roi lui avait donné satisfaction.

Elle ne boudait plus...

Et ce modèle mélancolique des épouses délaissées faisait bonne mine à tout le monde, — même à sa rivale, toujours altière et plus reine qu'elle dans sa chute.

. . . .

Comme sur la terrasse et comme dans les jardins, on papotait avec beaucoup d'animation, — mais, cette fois, presque à voix basse, — et il eût paru à un observateur que les mille entretiens, engagés d'un bout à l'autre du salon sur des choses insignifiantes, ne se tenaient que pour la forme.

Au travers de ces entretiens, une nouvelle circulait.

Celle de la retraite de Mme de Montespan.

Retraite était l'expression polie.

D'aucuns prononçaient *in petto* les mots de *disgrâce* et d'*exil*.

Et tous les yeux se tournaient, sournois, vers la belle marquise.

Celle-ci supportait, sans broncher, le poids de cette attention.

Elle caquetait, hautaine et gaie, avec un petit groupe de fidèles : ses deux sœurs, Mmes de Thianges et de Fontevrault, sa belle-sœur, Mme de Vivonne, et la petite Mme d'Heudicourt.

La veuve Scarron était retournée à Paris auprès de *ses chères brebis.*

Quant à Aurore de la Tremblaye, s'isolant dans l'embrasure d'une fenêtre, elle regardait sans voir et écoutait sans entendre tout ce qui se passait autour d'elle. Sa pensée était ailleurs.

Parmi les courtisans, personne n'avait encore osé parler à la *Merveille* de ce qui était l'événement du jour.

On se rappelait, en effet, que trois ans auparavant, pareille mésaventure lui était arrivée, et qu'après quelques mois d'absence, s'étant rétablie plus avant que jamais dans l'affection du monarque, elle n'avait point épargné ceux qui, s'en croyant définitivement débarrassés, avaient ri de sa déconvenue.

. . . .

Un page annonça .

— Le roi !

Celui-ci entra, accompagné de Louvois.

Aussitôt, tous les groupes opérèrent un mouvement de concentration dont le monarque se trouva le centre.

Tous les fronts s'abaissaient devant Sa Majesté, — les femmes ployant comme de frêles et magnifiques lis devant le tyran Aquilo.

Louis XIV n'avait, pourtant, rien de farouche, ce soir-là. Il montrait, au contraire, un certain air de contentement et de bonne disposition. Marie-Thérèse ayant fait mine de se lever pour le recevoir :

— Que je ne sois point un trouble-fête, madame, fit-il avec bonne grâce, et que personne ne se dérange. Je le désire. Je le veux.

Ensuite, s'adressant au ministre :

— Vous disiez donc, monsieur de Louvois?...

— Sire, j'avais l'honneur d'informer Votre Majesté que le duc de Lorraine vient de se jeter dans Fribourg, d'où il menace nos places d'Alsace, dont les garnisons, sont, par malheur, fort insuffisantes, pour l'instant, — nos troupes n'ayant pas eu le temps de revenir de Flandre sur le Rhin...

Le roi le laissait parler...

Son attention était autre part...

Elle errait avec ses yeux...

Ceux-ci finirent par découvrir Mlle de la Tremblaye, derrière Mme de Montespan...

Il fit un signe à cette dernière...

Puis, interrompant le ministre :

— C'est bien, monsieur; nous verrons demain à remédier en conseil au mal que vous nous signalez...

Cependant la reine n'avait pas repris ses cartes...

Elle semblait attendre...

L'assemblée aussi retenait son souffle et attendait...

Quelque chose allait se passer...

Au milieu de ce silence et de cette curiosité, Mme de Montespan se détacha du groupe formé par ses amies...

Elle traversa le salon, d'un pas mesuré, cadencé, avec sa taille et sa démarche de Junon, souveraine de l'Olympe, le corps droit, la tête fière, son regard planant avec une sérénité superbe sur cette foule qu'elle savait aux trois quarts composée d'ennemis...

Elle arriva ainsi près de la table de jeu, et se courbant devant Marie-Thérèse avec une humilité trop marquée pour être réelle :

— Votre Majesté, prononça-t-elle avec une lenteur calculée et une tranquillité sonore, me permettra-t-elle de l'informer de la résolution que j'ai prise d'abandonner la cour et de me retirer dans mon domaine de Clagny?

Elle ajouta, avec une légère pointe d'ironie qui fut comprise de tout le monde :

— Si la reine daigne, toutefois, donner son assentiment à ce projet.

— Madame la marquise, répondit la fille de Philippe IV, sur le visage et dans l'accent de laquelle perçait une joie contenue, je n'ai pas le droit de mettre un empêchement à vos désirs. C'est au roi qu'il appartient de vous retenir ou de vous donner congé. Sa Majesté, que vous avez dû consulter avant moi, vous a sans doute communiqué sa volonté; ce qu'elle a fait demeure bien fait.

La Merveille salua de nouveau avec la même grâce impassible.

Elle n'avait pas perdu son sourire, — ce sourire qui écrasait les compassions feintes et les haines satisfaites.

Elle fit un pas pour regagner sa place.

Mais la reine, la retenant :

— Un instant, madame, un instant !

La favorite s'arrêta avec un tressaillement intérieur : elle sentait qu'un coup allait lui être porté.

— Il m'a été parlé, reprit Marie-Thérèse, d'une orpheline, — une fille noble, je crois, — que vous aviez vivement recommandée aux bontés de Sa Majesté... Je veux faire quelque chose pour elle... Cette demoiselle de la Tremblaye est-elle ici ?

— La voici, fit Louis avec empressement.

Et il désignait à la reine Aurore, vers qui, maintenant, convergeaient tous les yeux.

— Approchez, mademoiselle, fit Marie-Thérèse.

La jeune fille s'avança en tremblant.

La marquise avait pâli.

Elle sembla se replier sur elle-même, prête à se jeter entre Aurore et la souveraine.

— Madame, balbutia-t-elle d'une voix où vibraient sourdement l'étonnement et la colère, Mlle de la Tremblaye n'a, Dieu merci, besoin de personne...

— Vous avez raison, repartit Marie-Thérèse froidement : mademoiselle n'a besoin de personne, puisqu'elle fait désormais partie de notre maison. Elle y prendra, parmi nos lectrices ordinaires, la place laissée vide par le départ de Mme d'Aigueperse, — et Mme de Montausier, notre surintendante, l'installera dans cette charge.

La favorite ne répliqua point. On ne résiste pas à la reine. Mais entre ses paupières, qui brûlaient dans la lividité de son visage, un regard de vipère écrasée glissa.

Cependant, Aurore, tout étonnée de ce bonheur inattendu et toute chancelante sous l'attention dont elle se devinait l'objet, avait fléchi le genou devant Marie-Thérèse :

— Oh ! madame, murmura-t-elle, qu'ai-je donc fait pour mériter une telle faveur ?

La fille de Philippe IV lui tendit la main pour la relever :

— Remettez-vous, mon enfant, dit-elle avec bonté. On m'a conté que votre père était mort sans fortune après avoir longuement et bravement servi l'État. Ce que je vous accorde ici, avec l'assentiment et sur l'initiative du roi, n'est donc point une faveur, comme vous semblez le croire : c'est un commencement de réparation, voilà tout.

— N'est-ce pas qu'elle est divinement belle ?

Puis, s'adressant à Mme de Montausier :

— Duchesse, faites place, près de vous, à Mlle de la Tremblaye. J'entends qu'elle ne vous quitte point jusqu'au moment où elle occupera, au château, la chambre que vous aurez soin de faire préparer pour la recevoir...

Mme de Montespan s'était approchée de Louis XIV.

Ses prunelles dégageaient cette flamme bleuâtre qui est le regard des bêtes fauves dans la nuit.

Sa voix siffla entre ses dents serrées :

— Mes compliments, sire !... Bien joué !... Mais tout n'est pas fini, et je prendrai ma revanche !

La figure du roi exprima une surprise de comédie :

— En vérité, fit-il, je ne vous comprends pas... Ne m'avez-vous pas prié de veiller à la sûreté de cette enfant?... Eh bien, pour vous donner satisfaction, où peut-elle être mieux que sous mon toit et près de la reine?

. . . .

Le jeu continuait. Le visage de Marie-Thérèse rayonnait. Elle perdait, selon son habitude. Mais pendant tout ce qui précède, son auguste maître n'avait cessé de l'approuver du coin de l'œil.

Dans le reste du salon, la causerie avait repris son cours, et l'on n'entendait plus que ce chuchotement indistinct et confus qui résulte, dans les foules, du bruit de cent conversations éparses.

Avons-nous besoin d'ajouter que toutes ces conversations avaient trait à ce qui venait de se passer?

Tout le monde était d'accord pour constater que la reine avait fait, cette fois, preuve de dignité, de bon sens et d'énergie.

Tout le monde célébrait pareillement à l'envi la beauté, l'air modeste et ce que nous appellerions aujourd'hui le *comme il faut* de la nouvelle lectrice.

Le sentiment que celle-ci inspirait à tous ressemblait à de la dévotion.

Par contre, les regards se détournaient à l'unanimité de Mme de Montespan, comme si la figure de celle-ci avait acquis depuis un instant quelque chose de compromettant ou de factieux.

Ses deux sœurs et la petite Mme d'Heudicourt n'avaient pas été les dernières à abandonner la favorite.

Celle-ci pourtant, au milieu de l'isolement et de l'hostilité, ne paraissait point abattue.

C'était une rude jouteuse.

Elle forçait sa colère au silence et voilait son dépit sous l'impassibilité de son orgueil.

Sous la ligne hardie de ses sourcils, ses yeux, en se promenant sur le vide qui s'était formé autour d'elle, dominaient encore et menaçaient à la fois. Ils clouaient sur les lèvres les doléances et les railleries. Quand ces yeux-là effleuraient Mme de Sévigné, cette autre marquise endiablée ne trouvait plus le mot pour rire.

Le roi, en papillonnant de groupe en groupe, était arrivé devant Aurore.

— Eh bien, lui demanda-t-il, en la saluant avec cette courtoisie respectueuse qu'il affichait envers les femmes, êtes-vous satisfaite, mademoiselle?

Et comme la jeune fille bégayait quelques paroles de gratitude :

— Ce n'est pas moi qu'il faut remercier, reprit-il; c'est celui de vos amis dont la recommandation instante m'a fourni le moyen de réparer un oubli qui était presque une faute.

Il démasquait, en même temps, l'ancien évêque de Vannes qui se trouvait derrière lui.

— M. le chevalier d'Herblay! s'écria Mlle de la Tremblaye.

— M. le duc d'Alaméda, ambassadeur d'Espagne, rectifia le vieillard doucement.

Il ajouta en souriant :

— Ne vous avais-je pas promis, à l'auberge du *Héron d'Or*, que vous auriez de mes nouvelles?

Aurore le considéra avec étonnement.

— Eh quoi! murmura-t-elle, c'est à vous que je dois...

Le diplomate l'interrompit en lui prenant les mains avec l'onction de l'ancien prélat et en les baisant avec la galanterie de l'ex-mousquetaire.

Puis, d'un ton affectueux et enjoué :

— Votre serviteur, votre ami, si vous me jugez digne de ce titre, et votre médecin, comme là-bas, vous rappelez-vous, sur la route de Saumur...

— Si je me rappelle!...

— Eh bien, c'est en cette dernière qualité que je vous défendrai, pour l'instant, tout accès de reconnaissance... Vous vous dédommagerez plus tard... Quand j'aurai fait pour vous tout ce que je compte faire...

Il souligna cette dernière phrase avec un accent singulier.

Puis encore, baissant la voix :

— En attendant, permettez-moi de vous demander quelques minutes d'audience...

— A moi?

— Oh! pas ici et pas ce soir... Une audience particulière... A mon âge, ce n'est pas dangereux.

Mlle de La Tremblaye réfléchit un moment.

Ensuite avec résolution :

— Monsieur le duc, répondit-elle, je serai d'autant plus heureuse de m'entretenir avec vous, que j'ai de mon côté une prière à vous adresser...

— Vraiment?...

— Le généreux appui que vous m avez prêté à mon insu, celui que vous offrez de me continuer, m'enhardissent à vous confier le secret qui m'étouffe et le chagrin qui m'accable...

Ce fut au tour de M. d'Alaméda de regarder la jeune fille avec stupéfaction.

Aurore secoua la tête avec un grand geste désolé.

—.Hélas! soupira-t-elle, au milieu des bonheurs inespérés que la Providence m'envoie, mon âme est triste jusqu'à la mort!...

— Est-il possible!

— Vous pouvez me tirer d'un doute, d'une ignorance qui me tuent...

— Disposez de moi, ma chère enfant...

Puis, mettant un doigt sur sa bouche :

— Mais, chut! poursuivit le vieillard. Ce n'est ni le moment ni le lieu d'échanger des confidences. On nous entoure, on nous épie, on nous écoute.

Il se pencha vers son interlocutrice :

— Sa Majesté vient de m'apprendre que Mme la surintendante avait charge de vous garder en son logis jusqu'à ce que vous commenciez votre service au château... La reine ne s'éveille jamais avant midi... Demain matin, sur les dix heures, j'aurai l'honneur de me présenter à l'hôtel Montausier.

Comme il se redressait, une main le toucha à l'épaule.

C'était le roi qui revenait, après avoir fait le tour de l'assemblée en distribuant aux dames l'eau bénite de ses compliments :

— Monsieur le duc, dit-il, j'aurai à vous parler demain à l'issue du conseil.

VII

A L'HOTEL MONTAUSIER

La cour amenait à Saint-Germain ses dignitaires, ses hôtes et ses familiers.

Aussi la ville était-elle émaillée de demeures aristocratiques, — conséquence obligée des séjours fréquents des souverains, depuis surtout qu'Henri IV avait témoigné d'une prédilection particulière pour ce site favorisé.

Parmi les hôtels qui figurent sur un plan en date de l'époque de notre récit, nous citerons ceux de Noailles, d'Aumont, de Gesvres, de la Chancellerie, où mourut Pierre Séguier, dans la rue de Pontoise; de Vendôme, de Lorraine et de la Rochefoucauld entre cette rue et le parterre; de Mennevillette, dans la rue des Bûcherons ; de Condé, de la Motte, de Grasse, de Villeroy, de Chaulne, dans la rue de la Salle ; de Duras et de Soissons, dans la rue aux Vaches, et dans la rue des Ursulines, de Louvois, de Saint-Pouange et de Barbezieux.

L'hôtel de Montausier se trouvait dans la rue de la Verrerie, en compagnie de ceux de Saint-Aignan, de la Feuillade, de Seignelay, de Conti et de Luxembourg.

Son architecture extérieure, comme celle de presque tous les autres, avait un médiocre caractère ; mais, à l'intérieur, les appartements étaient vastes, beaux et commodément distribués.

C'est là que nous irons chercher Mlle de la Tremblaye.

La jeune fille était assise dans un salon du premier étage, que la surintendante avait mis à sa disposition pour y recevoir M. d'Alaméda.

Son coude s'appuyait sur les coussins empilés d'un sopha, et l'une de ses mains se perdait dans les masses ondées de sa chevelure.

Ses yeux brûlaient comme si une larme desséchée avait laissé un feu sous sa paupière.

Il n'y avait pourtant pas de quoi pleurer.

Ce qui eût été le but de la vie, l'objet des ambitions de tout porte-jupon en France, elle l'avait conquis en un jour, sans difficulté, sans effort.

Hier encore, provinciale inconnue, confondue dans la foule, sans appui, sans crédit, disputant à la mauvaise fortune son existence et celle des siens, elle était aujourd'hui en pied à la cour.

Elle occupait un poste près de la reine...

Le roi lui avait fait accueil. Les hommes la saluaient jusqu'à terre. Les femmes commençaient à la jalouser tout bas...

Tout cela lui apparaissait comme un songe...

Mais ce qui était la réalité, c'était la souffrance aiguë qui lui poignait le cœur...

Depuis un mois, elle n'avait aucune nouvelle de Joël...

Joël, l'intrépide, le loyal, le dévoué ! Joël, son ami, son défenseur, son sauveur ! Joël, l'époux aimé entrevu dans ses rêves !...

Il n'avait pas reparu à la *Maison grise*.

Et, quand, rappelée à la santé par les soins incessants et maternels de Françoise d'Aubigné, la jeune fille avait demandé à celle-ci ce qu'était devenu le jeune homme, la gouvernante avait répondu :

— Je l'ignore.

La veuve Scarron ne disait pas la vérité.

Inquiète, elle aussi, de cette disparition étrange, elle avait envoyé Honorin au cabaret du *Maure-qui-Trompe*...

Le serviteur avait interrogé maître Bonaventure Boularron. Ce dernier avait raconté l'arrestation de son pensionnaire Il n'avait pas dissimulé la cause de cette arrestation...

Or, Françoise d'Aubigné ne savait que trop bien de quelle peine terrible le tribunal du point d'honneur punissait ceux qui avaient enfreint les édits...

Elle savait combien Louis XIV s'était toujours montré sévère à l'endroit des duellistes...

Elle avait reculé devant l'idée de désespérer, de tuer peut-être celle qu'elle venait de rappeler à la vie, en lui apprenant le sort probable réservé à notre Breton.

Plus tard, Mlle de la Tremblaye avait été présentée à Mme de Montespan.

Celle-ci était en train justement de se dire que l'éclat de ses charmes trop mûrs ne suffisait plus pour retenir son amant, et elle pensait à lui choisir, de nouveau, de sa main, une maîtresse assez jeune et assez belle pour réveiller ses sens blasés, mais une maîtresse qu'elle dominât elle-même de toute l'autorité de son expérience et du service rendu, dont elle manœuvrât tous les fils, et qui, lui devant tout, ne lui refusât rien.

Aurore, sans famille, sans relations et sans volonté, lui avait paru merveilleusement propre à remplir ce rôle de poupée obéissante.

Aussi s'était-elle empressée de lui proposer ses services.

La jeune fille ne soupçonnait pas le mal. Elle avait accepté avec reconnaissance l'appui que *la Merveille* lui offrait. Mais les sentiments que cette dernière lui inspirait n'allaient pas jusqu'à la confiance. Elle avait donc gardé le secret de son cœur.

C'était en cachant ses larmes qu'elle pleurait Joël disparu.

Pauvre Aurore !

Ne les vîtes-vous point fières quelque jour, insouciantes et bravant les choses de l'amour?

Ne vous semble-t-il pas que la passion dût glisser sur l'âme de ces enfants, comme glisserait la pointe d'une épée sur le bouclier de cristal?

Il y avait tant d'indifférence dans ces sourires de vierges !

Et, quelques mois plus tard, vous les retrouviez courbées. Leurs joues étaient pâles. Leurs yeux mouillés priaient. Elles aimaient.

C'est que cette impénétrable égide de cristal, qui brise la pointe des épées, laisse passer les rayons du soleil.

. . . .

Un laquais annonça M. d'Alaméda.

L'ambassadeur entra, empressé et séduisant, et prenant place auprès de la jeune fille, qui s'était levée à son approche et que, du geste, il avait forcée de se rasseoir :

— Voyons, ma chère enfant, fit-il paternellement, pourquoi cette tristesse sur votre doux visage? Pourquoi ces joues pâlies et ces yeux rougis? Vous avez cependant eu hier un de ces bonheurs que vous envieraient bien des femmes...

— Monsieur le duc, si je souffre, c'est qu'il me manque un témoin de ce bonheur auquel je ne puis croire encore...

— Un témoin?...

Aurore parut hésiter...

Le vieillard eut un sourire encourageant.

— Pourquoi cette émotion? fit-il. J'ai été dans les ordres, et j'ai entendu autrefois des confessions bien autrement terribles. Faut-il donc trembler de la sorte pour avouer que vous aimez?...

Mlle de la Tremblaye cacha son visage dans ses mains :

— Eh quoi! murmura-t-elle, vous avez deviné...

— Sans être grand sorcier encore... Je n'ai eu qu'à saisir sur vos traits le reflet de votre âme candide... D'ailleurs, en saurait-il être autrement dans une cour toute peuplée de pimpants cavaliers à l'œil incendiaire et au langage séducteur?

Aurore secoua la tête :

— Celui que j'aime n'est pas un seigneur de la cour...

— Alors, c'est un ami d'enfance, un compagnon de votre jeunesse, un parent peut-être, que vous avez laissé sans doute dans votre province d'Anjou...

Elle réitéra son geste :

— Ce n'est pas encore cela, dit-elle.

Le regard aigu de l'ambassadeur l'interrogea par-dessous sa bonhomie de commande :

— Dans tous les cas, reprit-il, ce ne saurait être quelqu'un de roture... Une fille de votre naissance et de votre caractère ne jetterait pas les yeux plus bas qu'elle pour faire un choix qui la forcerait à rougir... Une la Tremblaye ne déroge pas...

— Monsieur le duc, protesta Aurore vivement, M. Joël est gentilhomme.

Le vieillard eut l'air de chercher :

— Joël?... Qui est ce nom?... Il me semble que je l'ai entendu quelque part...

Puis, se frappant le front :

— Eh! mais je me rappelle... Oui, parbleu! m'y voici... La chose n'est pas sérieuse ..

La jeune fille repartit :

— Je l'aime!

— Bon : un caprice de fillette... Le gars ne manque pas d'une certaine noblesse dans la tournure et les façons... Un roman ébauché en route, et qui, heureusement, je l'espère, s'arrêtera au premier chapitre...

— Je l'aime, répéta Mlle de la Tremblaye.

— Oui, je n'ignore pas qu'il vous a défendue contre je ne sais plus quel capitaine de grand chemin... A Dieu ne plaise que je vous empêche de lui en savoir quelque gré !... Mais ici, la reconnaissance dégénérerait en folie...

— Je l'aime, redit Aurore pour la troisième fois, avec le même visage et le même accent décidés.

L'ancien évêque de Vannes prit une figure sérieuse.

— Alors, prononça-t-il froidement, il va falloir vous armer de courage pour arracher de votre cœur cette passion au moins bizarre... Les circonstances, votre intérêt, votre avenir, l'avenir et l'intérêt des vôtres, tout vous le commande en même temps, jusqu'au rôle providentiel que vous êtes appelée à remplir.

La jeune fille laissa voir tout son étonnement :

— Que voulez-vous dire ? demanda-t-elle.

— Je dis que la fortune qui vous est échue hier n'est rien auprès de celle qui vous attend demain...

— Oh !...

— Je dis, enfin, que tout ce que vous avez osé concevoir de plus merveilleux et de plus féerique dans ces rêves enfantins qui, parfois, vous emportent jusqu'au seuil de notre paradis catholique ou de l'Empyrée des païens, va se trouver dépassé par la réalité...

Stupéfaite, elle balbutia :

— Mon Dieu ! je ne m'explique pas...

— Écoutez-moi, ma chère enfant, et tout va vous être expliqué

Il se rapprocha d'elle, et mettant une sourdine à sa voix, parlant avec une lenteur calculée, de façon que son interlocutrice saisît mieux et pesât davantage le sens et la portée de ses paroles, et qu'aucune de celles-ci ne traversât le salon pour tomber, — si par hasard il en était ainsi, — dans quelque oreille aux écoutes derrière une tapisserie ou derrière une porte :

— Si perdue que vous fussiez au fond de votre province, certains bruits ont dû y pénétrer jusqu'à vous...

« Ainsi, vous n'êtes pas sans savoir quel rôle joua jadis, à cette cour où vous êtes, Mlle Louise de la Baune le Blanc de la Vallière, la première inclination de notre changeant souverain...

« Vous ne pouvez ignorer non plus quel rôle y jouait hier encore cette marquise de Montespan, dont vous subissiez le patronage...

« Vous aviez une opinion faite sur ces deux Égéries d'un prince qui, ayant peut-être commencé comme Tarquin le Superbe, ne demande qu'à finir comme le sage Numa...

— Compère, je ne me plains pas, partie jouée partie gagnée.

— Il est vrai que l'on m'a conté l'aventure de la première et combien cruellement elle expie, en ce moment, la faute de n'avoir pas résisté à son cœur...

« Quant à la seconde, si j'ai accepté ses services, — et le ciel m'est témoin que ce n'a pas été sans répugnance et sans révoltes, — c'est que j'avais besoin d'abriter à l'ombre d'une protection puissante mon honneur menacé par un persécuteur inconnu...

« Apprécier leur conduite est un soin que je laisse à leur conscience, qui se réveillera tôt ou tard ; au monde, qui fut cependant leur complice, et à l'histoire qui les jugera...

« Chrétienne, je me borne à les plaindre...

— Vous admettrez, dans tous les cas, que leur sort a été digne d'envie : régner sur le roi, disposer à pleines mains de ses grâces et de ses faveurs, pouvoir, à son gré, assurer la paix de l'Europe ou déchaîner la guerre à travers les nations, inspirer de grandes idées, faire accomplir de grandes choses...

— Cela, monsieur, c'était la fonction de la reine...

— Si la reine avait eu, du moins, ce qu'il fallait pour la remplir : l'amour de son mari, d'abord... Mais le roi n'a jamais eu pour elle que de l'estime... La politique les a unis ; le caractère les sépare...

— Alors, j'ai non moins de compassion pour la souveraine délaissée que pour ses rivales triomphantes... Cependant, s'il m'était donné de faire un choix, je crois que je préférerais encore son abandon à leur victoire... — Mais je vous avoue que je ne vois pas...

— Où je veux en venir ?... A ceci : que depuis quelques heures, le roi a dans le cœur une nouvelle passion.

— Une nouvelle passion ?...

— Oui : Louis, qui a cessé d'aimer la marquise de Montespan, est follement épris d'une autre femme...

— Une autre femme ?...

— Une créature adorable qui, si elle sait écouter les conseils d'un ami et seconder les vues de celui-ci, en échange d'un dévouement à toute épreuve, n'aura jamais à redouter de tomber du faîte d'où vient de choir l'orgueilleuse fille des Mortemart ; mais qui réalisera, au contraire, ce problème, qui aura cette gloire enviée de fixer sous ses lois le plus puissant des monarques, devenu, plus capricieux, le plus fidèle des amants...

Le duc s'arrêta pour étudier sur le visage de son interlocutrice l'impression causée par cette péroraison.

Aurore avait l'air de chercher.

— Monsieur le duc, murmura-t-elle, il faut être indulgent .. Je ne suis qu'une pauvre provinciale... Et je me demande, en vérité

Jouissant par avance du coup de théâtre qu'il allait déterminer ·

— Comment ! interrogea le diplomate, vous n'avez pas compris que c'est de vous qu'il s'agit ?

Il est certain qu'il s'attendait à une explosion de surprise réelle ou simulée. Son espérance fut déçue.

La jeune fille demeura muette.

Il est évident que son intelligence se refusait à admettre ce qui avait frappé son oreille.

L'ambassadeur reprit, en scandant les phrases :

— Oui, c'est vous qu'aime Sa Majesté, c'est à vos genoux qu'elle s'humilie, c'est presque une couronne qu'elle m'a chargé de vous offrir pour un mot, qui, tombé de vos lèvres, lui permette d'espérer que vous accueillerez sans colère l'aveu, les preuves de cet amour.

Mlle de la Tremblaye se leva brusquement.

— Oh ! mon Dieu !... Le roi m'aime !... Moi !...

Il y avait une immense épouvante dans ses yeux et dans son accent, — et elle avait jeté les bras en avant comme pour repousser le contact des paroles qu'elle venait d'entendre.

M. d'Alaméda se leva à son tour.

Ses deux mains s'appuyèrent sur les épaules d'Aurore avec une familière autorité.

— Calmez-vous, mon enfant, fit-il. Vous êtes un esprit supérieur comme je suis un esprit pratique. Ne sacrifions pas à l'émotion des instants que nous pouvons employer autrement...

« Aussi bien, j'ai hâte de jouer avec vous cartes sur table...

« Le parti dont je suis le chef a besoin de dominer dans les conseils du roi et de diriger sa politique...

« Aidez-le sans arrière-pensée : il vous soutiendra sans limites. Voulez-vous qu'à nous deux nous gouvernions la France ? Je vous laisse la meilleure part de cette royauté partagée : celle de faire le bien où les autres n'ont encore fait que le mal...

« Si vous étiez une femme ordinaire, je vous montrerais toute une cour prosternée à vos pieds dans l'éblouissement des fêtes, le concert des hommages et les vapeurs de l'encens s'élevant vers la compagne du dieu que l'Europe considère comme l'arbitre de ses destins...

« Mais vous êtes aussi bonne que belle...

« Et je vous dirai simplement :

« Le peuple a maudit jusqu'ici le nom des favorites qui vous ont précédée...

« Qu'il apprenne à bénir le vôtre !

VIII

CHANGEMENT DE FRONT

M. d'Alaméda s'arrêta de nouveau : mais, cette fois, ce ne fut pas de lui-même.

L'effet produit lui coupa inopinément la parole.

Une lueur brûlante s'était allumée dans les yeux de Mlle de la Tremblaye, qui ouvrit la bouche pour parler, pendant qu'un flot de pourpre montait à ses joues.

Mais le mot qui voulait jaillir de ses lèvres ne fut point prononcé.

Elle abaissa ses paupières comme un voile sur l'éclair de son regard et redevint calme.

Puis, elle se dégagea doucement de l'étreinte du vieillard et se dirigea vers la porte.

— Où allez-vous ? interrogea l'ambassadeur.

— Je quitte cette maison, répondit-elle d'une voix brève et entrecoupée; je quitte cette ville ; je quitte Paris, — et je m'en retourne dans mon pauvre village de l'Anjou, dont les paysans n'ont pas encore désappris à respecter la fille de leur ancien seigneur...

— Partir!... Mais c'est de la folie!... Après ce que vous venez d'entendre!...

— C'est justement ce que je viens d'entendre qui me commande de ne pas rester un instant de plus dans un lieu où l'on m'outrage...

— Mademoiselle!...

Elle reprit avec amertume :

— Oh! je ne veux pas vous blesser, moi!... Je ne suis pas de celles qui insultent... D'ailleurs, j'ai la ferme persuasion que vous n'avez pas cru m'offenser...

« Et c'est tout simple, en vérité : le monde où vous vivez, où je vis depuis hier, est ainsi fait qu'on y considère comme une gloire ce que je regarde comme une honte...

« J'étais seule et sans ressources : vous m'avez offert les moyens de devenir riche et puissante...

« C'est bonté grande de votre part, et c'est moi qui vous demande pardon de ne pas être à la hauteur de la tâche que vous m'avez jugée digne de remplir...

« Que voulez-vous ?... Je suis une puritaine... J'ai de bizarres idées sur l'honneur...

« J'aimerais mieux me voir morte, sur le revers d'un fossé, la besace au cou et le haillon à l'épaule, la sébile et le bâton de mendiante à la main, que rassasiée des faveurs et des caresses royales, dans l'éclat des atours, du rang et de la fortune...

« Je gâterais votre cœur au contact de mes sots préjugés ; je l'humilierais de ma fierté niaise : je la souffletterais de mon innocence ridicule...

« Voilà pourquoi je me condamne à la fuite, à l'obscurité, à la misère ; pourquoi je n'attendrai même pas l'issue du procès que j'étais venue soutenir et que je me sens inhabile à gagner ; pourquoi j'accepte pour les miens la pauvreté qui jettera une ombre sur le nom de mon père, mais qui, du moins, n'imprimera pas une tache de boue sur son blason...

« Adieu, monsieur le duc. Nous ne nous reverrons plus. Là-bas, où je vivrai dans le travail et la prière, je vous promets de ne me souvenir que de notre première rencontre, et je m'efforcerai d'oublier combien un gentilhomme m'a assez méconnue pour me faire une injure que le roi lui-même serait en droit de punir...

« Car, s'il m'aime, du moins, lui, ne m'a-t-il pas encore assez méprisée pour me proposer de devenir sa maîtresse !

Pendant qu'Aurore parlait ce noble et courageux langage, M. d'Alaméda réfléchissait.

Quand il eut fini de réfléchir, ses batteries étaient préparées.

C'était un comédien dangereux que celui qui avait failli mener à bien l'imbroglio du château de Vaux.

Les comédiens du théâtre, — et il y en avait d'excellents, et des comédiennes aussi, au temps de Corneille, de Racine, de la Béjart et de la Champmeslé, — ont à leur disposition des moyens matériels que l'art du costumier, l'art du coiffeur et l'art du peintre sur peau, combinés avec l'éclairage, d'une part, et avec l'éloignement perspectif, de l'autre, peuvent pousser jusqu'à la toute-puissance.

L'ancien ami de Fouquet était plus fort que la Thorillière et que Baron.

Il jouait son rôle à bout portant, sous la lumière du soleil, et n'avait d'autres ressources que son génie.

Quand Mlle de la Tremblaye, qui marchait d'un pas de statue, fut près d'atteindre la porte du salon, elle trouva l'ambassadeur entre elle et le seuil de cette porte.

Un changement complet s'était opéré dans la physionomie du vieillard.

Ses yeux étaient mouillés de larmes ; ses traits exprimaient une joie, une émotion sans pareilles ; sa voix tremblait ; ses mains se tendaient vers la jeune fille avec un geste suppliant :

— O mon enfant! ma chère enfant! balbutia-t-il, combien vous me rendez heureux !... Et combien je vous admire !... Combien je vous estime et je vous aime !...

Aurore recula devant cette soudaine effusion...

Elle ne prononça pas un mot...

Mais sa figure fut éloquente pour elle et dit son étonnement intense.

— Et quand on pense que j'ai été sur le point de douter de vous! Oui, j'ai douté, je le confesse... Un instant, — oh! mais rien qu'un instant, par exemple ! — j'ai craint que vous ne succombiez à cette épreuve...

La jeune fille poussa un cri :

— Une épreuve !... C'était une épreuve !

Le vieillard baissa la tête avec un air chagrin, et, d'un ton de reproche :

— Vous ne l'aviez donc pas soupçonné !... C'est vrai, je suis allé trop loin... Beaucoup trop loin...

Il lui prit les mains et la ramena sur le sopha :

— Mais je voulais savoir... J'avais juré de pénétrer tout ce qu'il y avait en vous d'intime et de caché... Et qu'y ai-je vu, sinon le pur honneur, tout ce qui embellit, tout ce qui sanctifie un cœur de femme...

Aurore répéta :

— Une épreuve?...

Elle se défiait encore.

— Ainsi, reprit-elle avec lenteur, ce que vous me disiez tout à l'heure...

— Une pure fable, à laquelle je vous supplie de ne plus penser...

— Le roi...

— Le roi n'éprouve à votre endroit que les sentiments qu'un galant homme peut déclarer devant tous à la plus honnête fille, — et, s'il a éloigné Mme de Montespan, c'est uniquement pour se rapprocher de la reine...

Ensuite, hochant le front avec une sorte de tristesse :

— Hélas ! continua-t-il, il faut que cette fournaise de la cour, dont vous n'avez encore fait qu'effleurer le seuil, exerce une bien funeste et bien prompte influence sur les esprits les mieux doués, pour que vous m'ayez cru, — moi, un vieillard à cheveux blancs, un gentilhomme de nom et d'armes, le représentant d'une grande puissance et d'un illustre souverain, — capable de descendre à ce vil métier de pourvoyeur des plaisirs et des caprices royaux.

— Monsieur le duc...

— Ah ! méchante, injuste et cruelle... Comme vous me méconnaissiez à votre tour !... Et comme vous m'avez puni, en y ajoutant foi, d'une ruse dont je n'avais pas calculé les effets !

Sa figure et son accent changèrent de nouveau, tandis qu'il ajoutait, avec une pointe de vanité :

— Il est vrai que je remplissais mon personnage avec un art !... Condamnez-moi si vous voulez... Mais avouez que vous avez été ma dupe...

Elle mit une main sur sa poitrine :

— J'ai beaucoup souffert, soupira-t-elle.

Il l'attira à lui paternellement :

— Encore une fois, pardonnez-moi... C'était ce diable d'amour-propre professionnel... Nous autres diplomates, nous avons tellement l'habitude de tromper et de feindre... Et puis la satisfaction de se dire, comme Charles IX à Catherine de Médicis :

« *N'est-ce pas que j'ai bien joué mon petit rôlet ?* »

Il y eut un silence. M. d'Alaméda observait la jeune fille à la dérobée. Celle-ci, au bout d'un moment, leva sur lui ses beaux yeux clairs et ingénus :

— Mais, interrogea-t-elle, à quoi bon cette épreuve ?

Les dents de l'ex-mousquetaire s'imprimèrent sur sa lèvre.

Aurore appuya :

— Oui, pourquoi cette comédie ?... Pourquoi vous être donné tant de peine ?... Pourquoi m'avoir causé tant de mal ?...

Le temps qu'elle avait mis à formuler cette question, et le subtil compère avait déjà machiné sa réponse :

— Comment ! s'informa-t-il, vous ne devinez pas ?

Elle fit un signe négatif.

— Quoi ! poursuivit le duc, vous n'avez donc pas réfléchi que le but auquel je tendais pouvait seul justifier l'étrangeté des moyens que j'employais pour y arriver...

Elle renouvela son geste.

L'ancien prélat continua :

— Il s'agissait de m'assurer si vous sacrifieriez un sort inespéré au grand et saint amour qui vous remplit le cœur...

« Car j'étais en droit de me demander si en vous réunissant à l'objet de cet amour, je ne m'exposerais pas à vous entendre un jour me reprocher d'avoir été la pierre d'achoppement de vos ambitions et de votre fortune...

« Et celui que vous aimez partageait mes scrupules :

« — Je mourrais de douleur, me répétait-il souvent, si, plus tard, elle devait se plaindre de l'humilité de ma condition comme d'un obstacle à ses légitimes aspirations de luxe, de renom et de grandeur...

« Et c'est alors que j'ai imaginé de vous tenter, comme jadis Satan avait tenté le Sauveur...

« Mais l'expérience a, Dieu merci ! réussi au gré de nos souhaits...

« Vous avez refusé un trône pour vous garder à l'homme que vous avez choisi...

« Quelle preuve plus éclatante pouviez-vous lui donner d'un désintéressement et d'une tendresse que rien n'aura assez de pouvoir pour affaiblir dans l'avenir?

. . . .

Les traits charmants de la jeune fille avaient fini par s'éclairer.

Vous eussiez dit qu'il y avait des rayons autour de sa suave et ravissante beauté.

— Seigneur! Seigneur! bégaya-t-elle, c'est de Joël que vous parlez?

— Eh! de qui voulez-vous que je parle, repartit le vieillard avec gaillardise, si ce n'est de l'heureux coquin qui a la chance inestimable d'avoir été distingué par un pareil trésor?

— Vous savez donc ce qu'il est devenu depuis un mois?

— Si je le sais!...

La vérité nous oblige à déclarer que M. d'Alaméda n'en savait pas le premier mot.

Mais un diplomate de quelque importance ne doit jamais être pris sans vert.

— Vous l'avez vu? questionna de nouveau Mlle de la Tremblaye.

— Comme vous le verrez vous-même avant qu'il soit peu.

Et l'ambassadeur ajouta :

— C'est lui qui vous expliquera les motifs de sa mystérieuse absence.

— Il viendra donc à Saint-Germain?

— Dame! repartit le vieux seigneur avec une bonhomie souriante, il le faudra bien, à moins que vous ne teniez essentiellement à vous marier ailleurs.

— Me marier?...

Il répliqua avec une rondeur guillerette :

— Eh! du moment que j'ai entrepris de maquignonner votre bonheur à tous les deux...

Aurore fixa sur lui un regard sérieux :

— M. Joël a donc trouvé ce qu'il cherchait? demanda-t-elle.

M. d'Alaméda ne s'attendait pas à cette question.

Un autre eût été désarçonné du coup.

Il pensa :

— Que diable ce maraud pouvait-il bien chercher?

Pourtant, il lui fallait répondre, répondre tout de suite, car les yeux de la jeune fille interrogeaient impérieusement.

— Il l'a trouvé, dit-il d'une voix assurée. Mais ce n'a pas été sans peine. La chose a exigé du temps.

— Et vous l'y avez aidé, je gage? reprit son interlocutrice avec un certain élan de reconnaissance.

— Bien joué, sire ; mais tout n'est pas fini.

Le diplomate la menaça amicalement du doigt :

— Oh ! la curieuse enfant !... On ne peut rien lui cacher... Eh bien! oui, je l'y ai aidé, — aidé de toutes mes forces...

Mlle de la Tremblaye lui tendit la main :

— Merci à vous, si, le ciel aidant, mon Joël a enfin un nom !

L'ancien prélat pensa derechef :

— Bon, c'est d'un nom qu'il s'agissait... Notre amoureux était venu chercher un nom à Paris... Eh bien ! nous allons lui en faire cadeau d'un qui n'aura servi à personne...

Puis, à haute voix :

— S'il a un nom !... Et un titre !... *Chevalier de Locmaria...*

Et le rusé compère se dit :

— C'est cela, *chevalier de Locmaria...* Voilà qui sonne bien à l'oreille et qui a force de vraisemblance... Le jeune drôle est de Belle-Isle-en-Mer, où il y a, si je me rappelle, une paroisse ainsi baptisée.

Puis encore, comme la jeune fille ouvrait la bouche pour interroger de nouveau :

— Mais je veux laisser à votre fiancé le plaisir de vous raconter tout ce qui lui est advenu depuis votre séparation... Le chevalier sera près de vous dans quelques jours... Car il est entendu que vous restez à la cour...

Et, comme le visage d'Aurore exprimait une frayeur, une répugnance instinctives :

— Il le faut, mon enfant, insista le vieillard. La reine a grand besoin de vous. La pauvre femme n'a personne à qui confier ses peines et demander conseil. L'amitié qu'elle ne peut manquer de vous témoigner et la haute estime (il appuya sur le mot) en laquelle vous tient le roi vous aideront à amener entre les deux époux un accommodement que tout le monde désire et qui sera un bien pour l'État.

— Je resterai, monsieur le duc.

— Bientôt, d'ailleurs, vous vous appuierez sur le bras d'un mari. Je me fais fort d'obtenir de Leurs Majestés leur consentement à cette union. Elles tiendront à plaisir de signer au contrat, et en manière de présent de noces M. de Locmaria recevra certainement le brevet d'une charge qui lui permettra de ne pas s'éloigner de vous.

M. d'Alaméda consulta sa montre :

— Mais, à propos de charge, voici que va sonner l'heure de prendre votre service... Moi-même, à l'issue au conseil, j'ai rendez-vous avec le roi... Quittons-nous donc, ma chère Aurore...

Elle lui présenta gracieusement son beau front qu'il effleura de ses lèvres.

— Je pourrais être largement votre grand-père, murmura-t-il.

Ensuite, du seuil de la porte :

— Vous me reverrez sous peu. Vous me reverrez *avec lui*. En attendant, faites-moi la grâce de ne pas m'oublier dans vos prières.

— Oh! monsieur, répondit la jeune fille, oh! monsieur, soyez tranquille : vous êtes avec Dieu et Joël dans mon cœur.

IX

AU CONSEIL

Ce jour-là, à midi précis, deux hommes s'étaient assis devant la table à tapis de velours bleu fleurdelisé d'argent et à angles de bronze doré, qui occupait le milieu du cabinet du roi.

Celui-ci avait déjà pris place au haut bout de cette table.

L'un de ces hommes, gros et court, aux larges épaules, au teint apoplectique, à la longue perruque brune ombrageant des traits prononcés, étalait un somptueux habit de peluche écarlate passementé d'or.

Le chapeau, qu'il avait déposé sur un fauteuil en entrant, avec sa canne et ses gants, était couronné de plumes blanches, et, sur ses mains aux doigts surchargés de bagues, ainsi que sur ses mollets puissants, arrondis dans le bas de soie, descendaient les fines dentelles de ses manchettes et de ses canons.

L'autre était un vieillard à la figure pâle, rude, austère et glaciale.

Il avait l'œil enfoncé, des cheveux rares que recouvrait une petite calotte, des sourcils toujours froncés et menaçants, et un abord plein de raideur, de morgue et de sévérité.

Son costume de drap noir contrastait singulièrement avec le luxe de son compagnon.

Il avait, en effet, conservé l'habitude de se vêtir avec la rigoureuse simplicité des premiers secrétaires d'État, qui, au commencement du règne, ne se permettaient point de s'habiller comme des gens de qualité, et affectaient de ne porter ni écharpes, ni broderies, ni couleurs voyantes, ni galons.

Le premier était le marquis de Louvois, l'orgueilleux fils de cet humble Michel le Tellier, qui avait été, lui aussi, ministre de Louis XIV, en la jeunesse de ce dernier.

Le second était M. Colbert, l'ancien commis du cardinal Mazarin devenu, à l'extrême irritation de la noblesse, « marquis de Château-Neuf-sur-Cher, baron de Sceaux, Lignières et autres lieux, titulaire du portefeuille de la marine, contrôleur général des finances et ordonnateur des bâtiments. »

L'histoire rapporte que les deux collègues étaient assez rarement d'accord.

M. Colbert était l'ami de la paix.

M. de Louvois était l'amant de la guerre.

Il convient d'ajouter que, sous l'empire de ses goûts respectifs, chacun d'eux avait accompli de grandes choses.

Colbert avait augmenté notre flotte ; fondé l'Académie de peinture de Rome en 1667 et, en 1671, l'Académie d'architecture de Paris ; établi des manufactures de draps, de soieries et de glaces, et fait sortir du vaste enclos des Gobelins, où travaillaient plus de huit cents ouvriers, ces vastes tableaux en tapisserie imités de Raphaël ou dessinés par Lebrun.

Louvois avait organisé notre artillerie ; créé les écoles de Metz, de Douai et de Strasbourg ; constitué un corps d'ingénieurs, élèves de Vauban ; donné un uniforme aux régiments ; attaché une compagnie de grenadiers à chaque bataillon d'infanterie, et inspiré au roi l'institution de l'ordre de Saint-Louis, pour lequel on n'avait pas besoin de « faire ses preuves » comme pour ceux du Saint-Esprit et de Saint-Michel.

. . . .

Les dépêches arrivées la veille apportaient de graves nouvelles.

Pendant que l'on négociait à Nimègue en vue d'une paix générale, les hostilités avaient cessé en quelque sorte, sur le Rhin, et il était permis à la France d'espérer que l'Empire allait désarmer à l'exemple de celles des autres puissances qui avaient fait partie de la précédente coalition, lorsque M. de Créqui, — commandant de nos troupes sur les frontières de l'Est, — avait brusquement informé le roi que le nouveau duc de Lorraine, Charles V, s'était fortement établi dans Fribourg et qu'il s'y occupait à rassembler une armée évidemment destinée à opérer contre nous.

Or, Charles V était l'un des ennemis les plus implacables de Louis XIV.

Il est vrai qu'il avait quelques motifs pour cela.

En effet, depuis que, pour avoir raison des intrigues ourdies à la cour de Nancy par Gaston d'Orléans, son frère, le défunt roi Louis XIII avait dépouillé le duc Charles IV de ses États, ni celui-ci, ni son neveu et successeur Charles V, n'avaient pu obtenir du cabinet de Saint-Germain la rentrée en possession intégrale de leur héritage.

Le premier était mort à la tâche, après des aventures et des vicissitudes sans nombre.

Le second n'avait pas été plus heureux.

Le roi de France s'était toujours montré « inabordable » à l'endroit de ses revendications.

Constatons, en passant, que ce n'était pas un adversaire à dédaigner que ce capitaine de trente-cinq ans qui avait aidé Montécuculli à battre les Turcs à la fameuse journée de Saint-Gothard, et qui allait aider Jean Sobieski à sauver Vienne, l'Autriche et peut-être la chrétienté du joug de ces mêmes musulmans.

Ainsi, après avoir écouté, le front plissé, la lecture du message de M. de Créqui :

— Eh bien ! messieurs, demanda Louis XIV à ses ministres, quels moyens efficaces comptez-vous employer pour conjurer les coups dont nous sommes menacés?

— Sire, répondit gravement M. de Louvois, on ne m'a que trop accusé, — et cela jusque dans vos conseils, — de chérir la guerre outre mesure et d'entretenir chez Votre Majesté une soif de conquêtes préjudiciable aux intérêts de la nation...

En parlant de la sorte, il regardait Colbert.

Celui-ci ne sourcilla pas.

— Cependant, continua le marquis, je vais prouver à mes détracteurs que je sais, quand il est besoin, partager leur sage prudence...

« Sire, les circonstances actuelles nous conseillent une extrême réserve, la plus grande circonspection et, j'oserais presque ajouter, une immobilité complète...

« Tirer l'épée quand, d'un commun accord, tout le monde semble l'avoir remise au fourreau, et quand nos plénipotentiaires sont en train, à Nimègue, d'imposer à l'Europe vaincue nos pacifiques volontés, me paraît chose inopportune, à moins que l'empereur Léopold ne nous y contraigne par une agression directe...

« D'ailleurs, nous ne sommes pas en mesure de reprendre l'offensive...

« Ainsi que j'avais l'honneur de le déclarer hier à Votre Majesté, le gros de notre armée a dû établir ses quartiers sur nos frontières du Nord, qu'il serait malhabile de dégarnir avant la signature définitive des traités...

« En Lorraine et en Alsace, nos troupes sont juste suffisantes pour conserver ces deux provinces...

« Eh ! mon Dieu, laissons le prince Charles nous faire les gros yeux à Fribourg...

« S'il nous attaque, nous le recevrons. A l'abri de bonnes murailles, nos garnisons lui donneront quelques pelotons de fil à retordre. Mais gardons-nous d'aller le chercher au delà du Rhin, avec le fleuve sur nos derrières pour nous couper la retraite...

« Par la morbleu ! je le connais. C'est un enragé. Il serait capable de nous y jeter.

— Et vous, monsieur Colbert, est-ce là votre avis ?

— Non, sire.

M. de Louvois fit un mouvement de surprise.

— Sire, reprit l'ancien commis, il m'a été reproché un peu plus que de raison de sacrifier la gloire du roi à la tranquillité du royaume...

Il renvoyait la balle à son rival.

Ce dernier protesta d'un geste courroucé.

L'autre poursuivit tranquillement :

— Mais je me sentirais coupable des vues étroites que l'on me prête. si je me rangeais à l'opinion de mon honorable collègue...

« Je crois fermement, pour ma part, que les procédés énergiques sont plutôt de nature à hâter qu'à rompre le cours des négociations...

« Voilà trop longtemps que ces Lorrains bravent la puissance de mon maître. L'oncle Charles IV nous a battus à Consarbrück. Prenons notre revanche sur le dos du neveu...

« Écrasons ses projets dans l'œuf contre les murailles de Fribourg...

« Le Rhin sera derrière nous pour nous couper la retraite. Tant mieux! Nous n'avons pas envie de reculer. Je connais nos Français. Ils aiment mieux le feu que l'eau.

. . . .

Un tel langage devait plaire à Louis XIV dont il flattait les instincts belliqueux et conquérants.

— Malpeste! ricana Louvois, voilà une péroraison que ne renierait pas le dieu Mars en personne! Mais encore M. le contrôleur général des finances oublie-t-il que, pour vaincre, la première condition est d'avoir des soldats. Or, où prendra-t-il ceux qu'il médite d'envoyer là-bas?...

Le hautain gentilhomme avait prononcé ces mots : *M. le contrôleur général,* avec le ton d'un grand seigneur parlant d'un traitant ou d'un croquant.

Colbert ne releva point l'intention dédaigneuse :

— Des soldats, répliqua-t-il, nous n'en manquons pas, grâce à Dieu!... M. de Créqui peut disposer de quatre mille fantassins et de deux mille cavaliers... Oh! ne contestez pas ce chiffre : il est exact à un homme et à un cheval près...

Il ajouta avec un gros rire sec :

— Que diable! je paye pour le savoir, en ma qualité de *contrôleur général des finances...*

Puis encore, accentuant son épaisse gaieté :

— N'est-ce pas de mes coffres que votre gloire sort sous forme d'écus épargnés par mes soins?...

— Elle a même, riposta l'autre, assez de peine à en sortir, car vous ne faites guère que les entrebâiller, vos coffres!...

— Monsieur le marquis, l'économie est une grande vertu.

— Monsieur Colbert, l'avarice est un grand défaut.

— J'aime mieux être avare de l'argent de mon roi que prodigue du sang de ses sujets...

Louis XIV intervint :

— Messieurs, revenons à la question. Vous croyez, Colbert, qu'il nous faut faire la guerre ?

— Je crois que, si Dieu a donné à l'aigle un bec et des serres, c'est pour qu'il s'en serve à montrer sa royauté.

Le monarque rougit de plaisir.

Mais Louvois ne se tint pas pour battu.

— Soit, dit-il, nous irons à Fribourg; cependant, s'il est nécessaire d'en entreprendre le siège...

— Eh bien ! fit Colbert, on l'entreprendra...

— Avec quelle artillerie ?... Nos parcs sont en Flandre... Impossible de dégarnir nos places d'Alsace et de Lorraine... Sans canon, comment battre en brèche ?

— On ne battra pas en brèche, on brûlera la ville.

— Avec quoi ?

— Eh ! avec des bombardes donc !

Cette réponse produisit le même effet que si, en 1804, Fulton fût venu dire à l'Empereur :

— Si j'étais à la place de Votre Majesté, au lieu de débarquer en Angleterre avec des bateaux plats, j'y débarquerais avec des bateaux à vapeur.

Louis XIV et Louvois eurent cette commune exclamation :

— Des bombardes !

C'était, on se le rappelle, celle que Colbert avait poussée, lorsque Renaud d'Elicigaray lui avait, pour la première fois, parlé de son invention.

Alors, de même que notre Gascon avait jadis expliqué au ministre ce que c'était qu'une bombe et qu'un mortier, le ministre, à son tour, avec non moins de clarté, détailla à ses deux auditeurs la nature. la forme, l'emploi et l'action des nouveaux engins de destruction.

Quand il eut terminé, après avoir mis sous les yeux du souverain et du marquis les dessins et les devis élaborés par Petit-Renaud :

— Voilà qui est vraiment magnifique ! s'écria Louis avec enthousiasme. Et, quel est, je vous prie. l'inventeur de cette terrible machine ?

— Un de vos gentilshommes du Béarn : M. d'Elicigaray, sire.

— Que demande-t-il pour cela ?

— L'honneur de commander la première compagnie des bombardiers de Votre Majesté.

— C'est bien : vous lui expédierez un brevet de capitaine, aussitôt que cette compagnie sera en voie de formation.

— La compagnie est sur pied, sire : j'avais chargé un ancien sergent de la Ferté, — qui vient de reprendre du service, — de recruter nos meilleurs pointeurs pour en composer le noyau.

M. de Louvois faisait le gros dos :

— Humph ! bougonna-t-il, j'imagine qu'il serait urgent de s'informer, avant tout, de ce que les gens du métier pensent de cette mirifique invention.

Colbert ne regarda même pas son adversaire ; on eût dit que celui-ci n'existait pas pour lui. Il poursuivit, toujours en s'adressant au roi :

— Votre Majesté estime-t-elle que M. Vauban soit un juge compétent en la matière qui nous occupe ?

— Certes !

— Eh bien ! voici le rapport dans lequel il conclut à l'adoption immédiate du système de mon inventeur.

Louis se tourna vers le marquis :

— Vous entendez ; il faut faire fabriquer de suite des bombes et des mortiers…

— Oui, par la morbleu ! j'entends, sire… Mais on n'improvise pas de semblables mécaniques… Et quand je serais moi-même derrière les ouvriers pour les presser à coups de canne…

— Ne prenez pas cette peine, interrompit Colbert avec calme : les mortiers sont fondus et les bombes sont prêtes…

— Comment ?…

— J'ai envoyé M. d'Elicigaray à notre fonderie de Douai. Depuis un mois, on y travaille nuit et jour sous son active direction. Si bien que, présentement, nous pouvons mettre en ligne trois batteries de mortiers capables de commencer le feu, et que nous avons quinze cents bombes en magasin…

Louvois frappa avec colère sur la table :

— Alors, c'est vous qui êtes ministre de la guerre !… Je ne suis plus que votre commis !… Le commis du commis de M. de Mazarin !…

L'autre poursuivit sans s'émouvoir :

— Pièces et projectiles ont été essayés devant nombre d'ingénieurs militaires et d'officiers d'artillerie, et M. de Seignelay, mon fils, que j'avais dépêché pour assister à l'expérience, me mande que celle-ci a pleinement réussi…

Le marquis sursauta brusquement…

Et, avec un de ces emportements qui devaient le perdre plus tard dans l'esprit de son maître :

— Si vous me prenez ma besogne, gronda-t-il, que ne me débarrassez-vous pareillement de ma montre, de ma bourse et de mon portefeuille !…

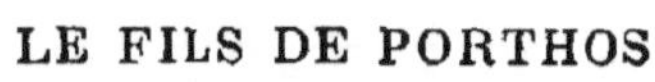

Ses yeux brûlaient comme si une larme desséchée avait laissé un feu sous ses paupières.

— Pour le portefeuille, riposta Colbert avec flegme, je ne m'y refuserai point, si tel est le bon plaisir de Sa Majesté; toutefois, en attendant que vous ayez donné votre démission, dans les formes, vous voudrez bien expédier à M. de Créqui l'ordre de marcher sur Fribourg, où le rejoindront, en passant par Metz et Nancy, M. d'Elicigaray, ses batteries et sa compagnie...

Le bouillant Louvois allait répliquer...

Louis ne lui en laissa pas le temps...

Il jeta son *quos ego* entre les deux ministres comme Mercure son bâton entre les deux serpents :

— Doucement, messieurs, doucement donc ! Vous oubliez que c'est au roi seul qu'il appartient de donner des ordres. Or, le roi de France n'est, que je sache, ni le fils d'un marchand de drap, ni le petit-fils d'un conseiller à la cour des aides.

Il faisait allusion à la profession du père de Colbert et à la charge du grand-père de Louvois.

Il prit une plume sur la table :

— C'est moi qui vais envoyer commandement à M. le maréchal d'avoir à courir sus sur-le-champ à M. de Lorraine.

Puis, tout en écrivant :

— Vous serez libres, chacun en ce qui vous concerne, de lui adresser les instructions que vous jugerez nécessaires pour mener la campagne à bonne fin.

Puis encore, après avoir signé :

— M. de Maupertuis est-il là?

Colbert se précipita obséquieusement vers la porte.

Pendant qu'il faisait un signe au dehors :

— Ma foi, sire, grommela le marquis d'un ton bourru en le désignant au monarque, ce n'était vraiment pas la peine de renvoyer M. Fouquet à cause du zèle qu'il apportait à usurper les prérogatives royales.

Le lieutenant des mousquetaires entra :

— Monsieur, reprit Louis, qui avait pincé les lèvres à l'apostrophe de Louvois, voyez, je vous prie, si M. d'Alaméda ne serait pas dans la *Galerie*.

— M. le duc vient d'y arriver, sire, et il s'y entretient, en ce moment, avec M. le lieutenant de police.

Le roi se leva et, saluant ses ministres de la main :

— Au revoir, messieurs, et tâchez désormais de vivre en meilleure intelligence.

Comme son rival allait prendre ses gants, sa canne et son chapeau, Colbert se pencha rapidement à l'oreille du monarque.

— Ma foi, sire, siffla-t-il en désignant Louvois, ce n'était vraiment pas la peine de renvoyer Mme la marquise à cause de ses colères et de sa tyrannie.

IX

DANS LA GALERIE

Dans les travaux de transformation et de développement exécutés par Mansard, le passage couvert qui contournait le château avait disparu pour faire place à un balcon qui n'avait guère de remarquable que ses supports de fer ouvragés.

C'est ce qu'on appelait la *Galerie*.

Un écrivain nommé Lelaboureur en parle de la façon suivante, dans un opuscule intitulé : *la Promenade de Saint-Germain-en-Laye* :

« Toute la cour donne le nom de *galerie* à ce balcon qui est, en effet, assez large pour qu'on l'appelle ainsi.

« On y est charmé d'une vue si accomplie, qu'il n'est personne qui ne s'imagine être transporté dans l'ancienne Assyrie ou dans l'ancienne Égypte par la machine de quelque songe, et qui ne s'y trouve comme dans un de ces jardins suspendus dont on a fait tant de bruit [1]. »

C'est là qu'à l'issue du conseil Louis XIV était accoutumé de recevoir les personnes qui avaient quelque requête à lui présenter ou auxquelles il avait lui-même à adresser quelque communication.

M. d'Alaméda s'y était rendu en quittant Mlle de la Tremblaye.

Dans le trajet de l'hôtel Montausier au château, le vieux seigneur avait distribué à tous venants toute sorte de petits saluts, onctueux, caressants et bénisseurs, qui fleuraient, comme myrrhe et encens, l'ancien dignitaire de l'Église.

A voir sa mine souriante, sa façon à la fois cavalière et discrète de regarder les jolies promeneuses, et l'art exquis avec lequel il graduait, selon l'importance de chacun, les politesses rendues aux hommes, personne ne se serait douté de la tension de son esprit et du travail mental auquel il se livrait.

— Ainsi, se disait-il en marchant au soleil, afin de réchauffer sa vieillesse, il faut que je retrouve ce Joël...

« Il le faut. Je l'ai promis. Il n'y avait que ce moyen pour sauver la situation compromise par la monstrueuse innocence de cette petite fille, que je suis arrivé à temps pour souffler à la favorite...

---

1. Cette fameuse galerie ou balcon a disparu, avec ses supports ouvragés, dans la reconstruction de la nouvelle façade.

« Il le faut pour retenir cette farouche à la cour...

« Car il est de toute nécessité qu'elle ne quitte pas Saint-Germain. Le roi
en tient déjà dans l'aile, c'est certain. Je mettrais mes deux mains au feu que
ce n'est que pour me parler d'elle qu'il me fait venir ce matin...

« Oui, mais où dénicher ce jeune rustre ?...

« Présent, il gênait mes projets...

« Absent, il est capable de les faire avorter...

« Et moi qui croyais connaître les femmes parce que je les pratique depuis
plus d'un demi-siècle.

« Pardieu! comme je jurais, lorsque j'étais d'épée, avoir été l'amant de ce
démon en vertugadin qui s'appelait Mme de Chevreuse; le confident d'Anne
d'Autriche, la belle reine de Buckingham et de Mazarin; un mousquetaire à
bonnes fortunes ; le confesseur de tout un chapelet de pénitentes mondaines;
le témoin, sinon l'acteur, de toutes les intrigues galantes qui ont illustré la fin
du dernier règne et le commencement de celui-ci...

« Et avoir failli me briser contre les scrupules d'une ingénue!...

« Il est vrai que ce n'était ni Mme de Chevreuse, ni la reine Anne d'Autriche,
ni mes bonnes fortunes, ni mes pénitentes, ni les maîtresses de Fouquet, ni
les premières conquêtes du roi, qui m'avaient habitué à ces scrupules-là !...

« C'est égal, un philosophe, — et c'est peut-être moi, — a eu bien raison de
dire que la femme est capable de tout, même du bien !

. . . .

La première personne que l'ambassadeur aperçut, en pénétrant dans la
Galerie, fut messire Nicolas de la Reynie, maître des requêtes et lieutenant
général de la police du royaume.

Celui-ci avait sous le bras un assez volumineux dossier de cuir, contenant
des papiers de toute sorte.

L'ex-mousquetaire alla à lui, et, après l'échange des courtoisies d'usage :

— Cher monsieur, lui dit-il, puisque vous êtes l'homme qui connaissez le
mieux ce qui se passe à Paris, tâchez donc de me renseigner sur ce qu'est
devenu un brave garçon auquel je m'intéresse fort et qui a disparu depuis un
mois...

— Monsieur le duc, je suis à votre dévotion...

— Ce garçon était tout fraîchement débarqué du fond de sa province. Un
Breton de Belle-Isle-en-Mer, si j'ai bonne souvenance : figure honnête, costume
du pays, taille et carrure de jeune athlète. Signe particulier : à l'échine, une
rapière qui n'en finit pas.

Le magistrat eut un mouvement de surprise :

— Oh ! oh ! s'exclama-t-il, voilà un portrait en trois mots qui m'a bien l'air
de s'appliquer à quelqu'un de ma connaissance!... Meshuy ! il serait bizarre

que le personnage que vous cherchez fût justement celui dont je viens entretenir Sa Majesté... Des poings à démolir une muraille, n'est-ce pas ?

— En effet.

— Et répondant au nom de Joël ?

Ce fut au tour d'Alaméda de s'étonner :

— Joël... C'est cela... Vous savez où il est ?

— Il est à la Bastille, parbleu !

— A la Bastille ?

— A telle enseigne que le major qui fait fonction de gouverneur, en attendant le remplacement du titulaire décédé, me fait demander sur quel pied il
doit y être traité... Car vous n'ignorez pas, monsieur le duc, qu'à la Bastille
chaque prisonnier est nourri avec plus ou moins de luxe ou de simplicité,
selon sa qualité, son importance, sa fortune ou les instructions particulières
données par le chef de l'État...

L'ancien ami de M. Baisemeaux de Montlezun savait tout cela de longue
date.

Aussi, interrompant son interlocuteur :

— Mais pourquoi a-t-on mis ce pauvre diable en prison ?

M. de la Reynie se gratta la perruque du bout de l'ongle :

— Grave, très grave... Violation des édits, duel, mort d'homme... Ce
pauvre diable, comme vous dites, a tout bonnement pourfendu un brigadier de
mousquetaires.

— Bah !...

— On l'a arrêté, naturellement, et la connétablie a évoqué l'affaire ; mais,
comme il n'a pu faire ses preuves de noblesse, ces messieurs du point d'honneur ne se sont pas montrés disposés à déroger en le jugeant...

— Et alors ?...

— Alors, ma foi, vous me voyez assez perplexe. Devant quelle juridiction
faut-il le traduire, pour que force reste à la loi ? Je suis venu chercher à ce
sujet les ordres de Sa Majesté...

En parlant de la sorte, le lieutenant de police avait tiré de son dossier une
feuille de vélin, écrite à mi-marge, en tête de laquelle on pouvait lire cette
formule : *Rapport au roi.*

Il présenta cette feuille au diplomate :

— En attendant, s'il vous plaisait de prendre connaissance du résultat de
l'enquête ?

— Très volontiers.

. . . .

Comme l'ambassadeur achevait la lecture de cette pièce, Louis XIV sortit
de son cabinet.

Il avait l'air d'excellente humeur.

Avisant le P. Bourdaloue, parmi ceux qui se pressaient pour le saluer :

— Eh bien! mon père, lui demanda-t-il, vous voilà content, je l'espère? Mme de Montespan est à Clagny...

— Oui, sire, répondit l'éminent prédicateur; mais Dieu serait bien plus content encore si Clagny était à soixante lieues de Saint-Germain.

Le roi sourit — et passa.

Il entra dans la *Galerie.*

M. de la Reynie, à qui Aramis venait de rendre son rapport, fit un mouvement pour l'aborder.

Mais le monarque qui avait aperçu l'ancien évêque de Vannes :

— Tout à l'heure, monsieur le lieutenant de police.

Puis, prenant le bras de l'ambassadeur :

— Monsieur le duc, je vous sais gré de vous être rendu à mon invitation...

— Oh! sire, répondit le vieillard en donnant l'élasticité la plus noble et la plus souple à son salut, les désirs du souverain sont des ordres pour moi.

Il ajouta, après une pause :

— Du reste, quand Votre Majesté n'aurait point daigné me témoigner son intention de me rencontrer ici ce matin, j'aurais, néanmoins, fait en sorte de me trouver sur son passage, — ayant accepté de lui transmettre un hommage auquel j'ose espérer qu'elle ne se montrera pas tout à fait insensible...

— Un hommage ?...

— J'entends : de lui apporter l'expression des sentiments dont déborde à son endroit le cœur le plus sincère et le plus reconnaissant...

Les joues du prince se couvrirent d'une vive rougeur et ses yeux brillèrent d'une satisfaction non moins grande :

— Ah! questionna-t-il avidement, vous avez vu Mlle de la Tremblaye !

— Je la quitte à l'instant, repartit le diplomate, qui souriait à part lui d'avoir été aussi promptement deviné.

— Elle ne vous a pas paru trop mécontente de sa nouvelle situation?

— Ah! sire, c'est plus que de la gratitude qu'elle professe à l'égard de Votre Majesté : c'est une adoration à peine contenue dans les bornes du respect que la sujette doit au souverain...

« Hier, elle était tout étourdie, tout interdite...

« Songez qu'elle s'attendait si peu à la faveur insigne dont elle était l'objet...

« Et puis, devant le roi, devant la reine, dont la présence lui imposait également...

« Au milieu de toute cette cour dont l'indiscrète curiosité la disséquait en quelque sorte...

« Le saisissement, le trouble, la joie s'unissaient pour paralyser les élans de son cœur...

« Mais, ce matin, après une nuit passée dans la fièvre d'un ravissement qui touchait presque à l'incrédulité, avec quelle éloquence elle me parlait de son auguste bienfaiteur ! Avec quelle ardeur elle me protestait de son dévouement à la personne de sa maîtresse et de son culte pour son maître ! Avec quels accents émus et passionnés elle me répétait en me quittant :

« — Ah ! monsieur le duc, le roi est le plus généreux comme le plus noble des gentilshommes de son royaume !

— Vraiment, elle a tenu ce langage ? interrogea Louis, dont la voix tremblait de plaisir.

— Et comme je lui demandais, en riant, ce qui l'avait le plus frappée dans cette brillante assemblée qu'elle abordait hier pour la première fois, si vous saviez avec quel abandon, avec quelle naïveté elle m'a répondu :

« — Ne me questionnez pas. Je ne saurais rien vous dire. Je n'ai vu que le roi, et j'en suis éblouie comme une pauvre créature qui aurait osé regarder en face le soleil.

Cette comparaison était en quelque sorte obligatoire, lorsque l'on parlait de lui-même, au prince *nec pluribus impar.*

Toute la cour la lui avait chantée à satiété aux oreilles.

Nous avons entendu la veuve Scarron l'employer avec avantage.

Toujours il s'en repaissait, charmé.

Ces paroles étaient, du reste, à peu près celles qu'il avait autrefois surprises dans la bouche de la Vallière, alors qu'à Fontainebleau, sous le chêne royal, celle-ci confiait à ses compagnes, Mlles de Montalais et de Tonnay-Charente, le penchant irrésistible qui l'entraînait vers l'amant heureux, selon les uns, vers l'amoureux transi, selon les autres, de Mme Henriette d'Angleterre, devenue la femme de Monsieur.

Elles reportaient Louis à vingt ans en arrière et lui rendaient, avec une âcre et mélancolique sensation, tous les parfums de sa jeunesse, comme une fleur oubliée entre les pages d'un vieux livre — fleur aux couleurs passées, à l'odeur affadie, — suffit parfois à réveiller le frais souvenir du jour où elle fut cueillie.

M. d'Alaméda appuya :

— Car celle-là est la franchise comme la chasteté même. Son âme ne sait pas plus mentir que ses lèvres. Une âme détachée de tous les intérêts terrestres et sanctuaire de toutes les hautes apirations, de tous les dévouements sublimes ! Des lèvres vierges de toute coquetterie comme de tout baiser !

A entendre l'ancien prélat, « le grand Alcandre » se grisait d'ambroisie.

Cette passion mélangée de respect, prosternée, presque terrifiée devant son objet, était un mets de haut goût dont il aimait à savourer les épices.

Être adoré, moins comme un homme que comme un dieu, quelle flatterie à ses yeux eût pu valoir celle-là ?

Mais, comme il tenait, avant tout, à se montrer au-dessus des faiblesses humaines, il s'efforça de dissimuler, sous un masque de circonstance, la joie et l'orgueil qui le transportaient au ciel.

— Monsieur le duc, reprit-il après un moment de silence, c'était justement pour vous entretenir de Mlle de la Tremblaye, que nous vous avions invité à vous rendre ici à cette heure...

« Cette jeune fille appartient à une famille de fidèles serviteurs que nous avons eu tort de négliger trop longtemps...

« Si les membres de cette famille étaient encore sur cette terre, des récompenses proportionnées à leurs services iraient certainement les chercher dans l'obscurité où leur modestie les a retenus jusqu'à leur mort...

« Nous réparerons envers la fille le préjudice involontaire que notre ingrat oubli a causé aux parents...

« Mlle de la Tremblaye sera dame du palais.

— Mais, sire, s'informa le vieillard, n'est-il pas de règle que les titulaires de cette charge soient en puissance de mari ?

— Nous choisirons de notre main un époux digne d'elle à notre protégée, et nous avons compté sur vous pour nous aider dans cette tâche.

— Ah ! sire, comme Votre Majesté devine et comble tous mes vœux !... Moi qui me proposais d'attirer la sollicitude du roi sur l'état d'isolement en ce monde de cette pauvre chère enfant !... Moi qui avais dessein de supplier mon prince de lui donner un protecteur et de lui rendre une famille !...

— Il sera fait ainsi, monsieur : nous vous chargerons de chercher, parmi nos gentilshommes, quelque cavalier qui mérite d'obtenir un pareil trésor, et nous mettrons dans la corbeille, avec la dot de la mariée, le titre d'une charge près de notre personne pour celui que vous nous désignerez.

L'ambassadeur eut un sourire :

— Je n'aurai pas besoin de m'épuiser en recherches pour trouver ce privilégié...

— Comment ?...

— J'ai sous la main un jeune ami qui s'estimera trop heureux d'unir son sort à celui de l'aimable fille que Votre Majesté honore de ses bontés...

— Ah !...

— Un gentilhomme de Bretagne, sans ambition comme sans attaches..

— Vous l'appelez ?...

— Il s'appelle le chevalier de Locmaria, si, toutefois, le roi daigne lui conférer ce titre.

Mais le mot qui voulait jaillir de ses lèvres ne fut pas prononcé.

— Le chevalier de Locmaria, soit.

— Seulement, je ne cacherai pas à Votre Majesté que c'est une nature un peu primitive, un peu abrupte, un peu sauvage, et qui s'accommoderait assez mal de la vie qu'on mène à la cour; je crois qu'il préférerait de beaucoup faire son chemin à l'armée...

— Qu'à cela ne tienne, il aura un grade.

L'ex-mousquetaire insista :

— Et si quelque campagne se préparait à bref délai, où l'on pût utiliser son zèle...

— Eh bien! nous l'enverrons à M. de Créqui, à qui je viens d'enjoindre d'avoir à opérer contre le prince Charles de Lorraine et contre la place de Fribourg...

M. d'Alaméda poursuivit lentement :

— Je connais mon Breton. C'est un amoureux de la bataille, un affamé de dangers et de gloire. Il faudra lui fournir l'occasion de se distinguer devant l'ennemi. J'entends : ne lui refuser aucun de ces postes d'honneur que l'on ne confie qu'à des gens sacrifiés d'avance...

Il eut un petit rire qui sonna comme un glas.

— Que diable! on ne peut pas empêcher un garçon qui en a envie, de devenir un héros... en se faisant tuer !

Puis, après avoir laissé à son auditeur le temps de se pénétrer du sens de ses paroles :

— Que si un boulet, une balle, si quelque coup mortel enfin était pour ce cerveau brûlé le résultat de quelque courageuse imprudence, sa veuve, pour se consoler, aurait, avec l'appui du prince, l'éclat qu'un tel malheur ajouterait à son nom.

Le rusé compère se tut.

Il avait dit tout ce qu'il avait à dire.

Les deux interlocuteurs, après être allés jusqu'au bout de la *Galerie*, s'en étaient revenus à leur point de départ.

M. de la Reynie patientait là, son dossier sous le bras et son rapport à la main.

— Sire, reprit M. d'Alaméda, voici M. le lieutenant général de police qui attend, depuis un bon moment, qu'il lui soit accordé audience, et j'aurais honte, en vérité, de retenir le roi plus longtemps.

Louis XIV jeta les yeux sur le papier que le magistrat lui tendait avec toutes sortes de démonstrations respectueuses.

— Ah! fit-il, il s'agit de ce duelliste qui a osé tirer l'épée, pour ainsi dire, sous nos fenêtres. . Un hardi coquin, sur ma foi!... D'où vient qu'on ne lui a pas encore fait son procès ?...

M. de la Reynie allait répondre...

L'ancien évêque de Vannes lui coupa la parole :

— Sire, il y a longtemps que l'on a dit que la clémence est la plus belle vertu des rois comme le droit de grâce leur plus bel apanage.

Le monarque le considéra avec étonnement :

— Sur mon âme, monsieur le duc, j'aime à penser que vous n'allez pas intercéder en faveur de ce spadassin...

— J'aurai pourtant cette audace, sire.

— Vous osez me demander la grâce de ce rebelle ?...

— Je demande plus que sa grâce à Votre Majesté : je demande sa mise en liberté immédiate.

— Mais un duelliste est un coupable !...

— Aussi est-ce à la générosité du roi que je m'adresse, et non pas à sa justice.

Louis regimba :

— Encore une fois, y songez-vous ?... La mise en liberté de l'homme qui a foulé aux pieds notre signature royale apposée au bas des édits !... De l'homme qui nous a tué un de nos serviteurs ?... Et qui n'a même pas l'excuse d'appartenir à notre noblesse !...

— Bon ! repartit l'ambassadeur tranquillement, il est bien permis à un Breton, qui arrive du fond de son village, d'ignorer les édits signés à Saint-Germain...

Le monarque dressa l'oreille :

— Ah ! dit-il, ce drôle est Breton ?.,.

— Pour gentilhomme, j'avoue qu'il ne l'est que peu ou prou... Mais il le deviendra davantage, avec l'assentiment de Votre Majesté...

— Hein ?...

— Quant à ce qui est des mousquetaires, vous n'en chômez pas, Dieu merci !... Vous en avez deux compagnies, et de cinq cents hommes chacune... D'ailleurs, si j'en crois le rapport que j'ai parcouru tout à l'heure, ce fameux brigadier Brégy n'était point la fine fleur de la chevalerie française...

— Mais, enfin, son meurtrier...

— Pardon, sire : son adversaire.

— Son adversaire, soit ; il vous est donc bien cher ?

— Cher, à moi ?... Pas le moins du monde... C'est à peine si je le connais : je ne l'ai vu qu'une fois en ma vie...

— Eh bien, alors ?...

— Eh bien, alors il m'est utile, ce qui a beaucoup plus d'importance.

— Utile !... Et qu'en voulez-vous faire ?

Aramis regarda son interlocuteur en face, et, baissant la voix, tout en donnant à chaque syllabe des mots qu'il prononçait une valeur significative :

— S'il plaît au roi, répondit-il, j'en ferai le chevalier de Locmaria et l'époux de Mlle de la Tremblaye.

X

LA TOUR DE LA BASINIÈRE

Il est temps de retourner vers notre ami Joël.

Par bonheur, nous sommes certains de le retrouver à l'endroit où nous l'avons laissé.

La Bastille, en effet, gardait ses prisonniers avec un trop grand luxe de fossés, de remparts, de barreaux, de soldats, de geôliers et de verrous, pour qu'il fût permis d'en sortir, à moins d'avoir des ailes, — ou d'être doué de la patience dont Latude fit preuve plus tard, — une fois qu'on y était enfermé.

La forteresse royale formait une sorte de faisceau de huit tours, dites de la Liberté, de la Bertaudière, de la Comté, de la Basinière, du Puits, de la Chapelle, du Coin et du Trésor.

C'était au troisième étage de celle de la Basinière que le fils de Porthos avait été écroué.

Le malheureux garçon était d'abord resté comme assommé par la violence du coup qui venait de le frapper, — immobile, abruti, n'ayant dans l'oreille et devant les yeux que la terrible prison d'État dont son geôlier lui avait jeté le nom en se retirant.

Puis, il s'était secoué, comme pour s'arracher à un mauvais rêve ; il avait regardé autour de lui ; il avait fait le tour de sa chambre, — et le voyage n'avait pas été long.

Puis encore, par un instinct plus fort que tous les autres besoins, il s'était arrêté devant une fenêtre étranglée et doublement grillée, qui laissait, à travers son treillage de fer, pénétrer un peu d'air et de jour.

Le jour ! l'air ! la vie !

Infortuné Joël !

Ce robuste campagnard, habitué à prendre tant de souffle vital dans ses larges poumons, alors qu'il courait, qu'il chassait dans les plaines, dans les bois, sur les grèves de son île ouverte à tous les vents, il allait donc être réduit à aspirer à travers une crevasse un souffle d'air et un rayon de jour !

Nous écrivons : à *aspirer*, car la fenêtre était tellement étroite, qu'on n'y pouvait passer la tête.

Elle était taillée à quatre angles vifs dans des pierres énormes et si dures que le pic se fût brisé dessus. Deux grilles, à un pied de distance l'une de l'autre, se croisaient, comme nous l'avons dit, dans l'épaisseur de cette muraille. Si bien qu'au fond de cette meurtrière, c'était à peine si le prisonnier apercevait un lambeau de ciel sur lequel rien ne se dessinait : ni la cime d'un arbre, ni la pointe d'une girouette, ni un tire-bouchon de fumée.

Notre héros avait examiné la table vermoulue, recouverte d'un méchant tapis, qui, avec un lit et un escabeau, composait tout son mobilier.

Il avait ensuite tâté ce lit, lequel lui avait paru fort dur.

Enfin, il était revenu s'asseoir sur l'escabeau, où il s'était abandonné aux plus tristes réflexions.

Ainsi, il était en prison, — et sous le coup d'une accusation capitale !...

De ce côté, aucune illusion possible : la faute était patente ; la loi était formelle ; quel qu'il fût, le tribunal condamnerait sûrement le coupable, et, sur dix chances, il y en avait neuf et demie, au bas mot, pour que le roi laissât exécuter la sentence...

Or, notre Breton ne redoutait pas la mort...

Seulement, il regrettait la vie...

Il la regrettait surtout pour la façon dont il eût voulu l'employer : à accomplir la tâche imposée par sa mère et à se consacrer, après, au bonheur de la femme aimée...

Et songer que, lorsqu'il l'avait quittée, celle-ci se débattait contre un mal dont il était difficile de prévoir les effets !...

Si ce mal allait empirer, s'il allait triompher des soins de Françoise d'Aubigné et des forces de la jeune fille !...

Si, au moment où le regard du prisonnier se heurtait à une barrière de pierre inflexible, celui d'Aurore le cherchait pour échanger l'adieu suprême !...

A cette idée, Joël avait eu l'envie de se briser le crâne contre ce mur qui le séparait du lit où souffrait la malade !...

Puis, peu à peu, avec ce sentiment d'égoïsme qui, comme le ver dans le fruit, s'introduit parfois dans le cœur le mieux placé, il s'était dit que, si son amie succombait, du moins ne serait-elle jamais à une autre, et que, par delà la tombe froide, leurs deux âmes se réuniraient, pour se confondre, dans les sphères surhumaines de la vie éternelle !...

Que si, au contraire, Mlle de la Tremblaye recouvrait heureusement la santé, — et c'était là, constatons-le à sa louange, le vœu le plus ardent du jeune homme, — eh bien, il demanderait cette dernière grâce, et il l'obtiendrait certainement, de la revoir avant de marcher au supplice.

Alors il la ferait juge de sa conduite...

Et, fort de son approbation, — car il la savait de ces filles qui ont pour règle de leurs actes, sinon pour devise de leur écu, la fière maxime chevaleresque : *Fais ce que dois, advienne que pourra*, — il s'en viendrait, la tête haute, le pas égal, le visage tranquille, adresser cette recommandation au bourreau :

— Maître, tâchez que votre bras ne tremble pas plus que mon corps.

. . . .

Cependant, au milieu de toutes ces pensées, la nature, toujours exigeante, réclamait ses droits imprescriptibles et sacrés.

Joël avait faim ! Joël avait soif ! Joël avait besoin de repos !...

Aussi, quand on lui eut apporté son dîner, — un repas fort copieux, ma foi, et des plus proprement servis, — car, si les hôtes de la Bastille étaient mal meublés, en revanche ils étaient nourris avec une abondance qui confinait au luxe ; — aussi mangea-t-il et but-il avec l'avidité d'un animal affamé et altéré.

Après quoi, il se jeta sur son lit, où il s'endormit aussi profondément que s'il avait été dans sa chambre du cabaret du *Maure-qui-Trompe*, bercé par l'intarissable babil de son compagnon Petit-Renaud.

Quand il se réveilla, le lendemain, au grand jour, il eut, dès l'abord, quelque peine à se rappeler où il était.

Par exemple, en promenant ses yeux autour de lui et en redescendant au fond de sa mémoire, il se fut bientôt rappelé qu'il se trouvait à la Bastille.

Comme cette conviction lui arrachait un soupir, le geôlier entra et lui dit :

— C'est l'heure de la récréation... Si vous voulez monter là-haut, vous rafraîchir d'une gorgée d'air... Vous causerez avec les autres : ça vous fera une distraction.

Et il ajouta, en guidant notre héros à travers le dédale des escaliers et des corridors :

— D'ailleurs, vous n'aurez pas longtemps à cultiver leur connaissance... Il paraît que votre affaire va marcher dardarc... M. le major m'a chargé de vous annoncer pour demain la visite du greffier de la connétablie.

La « récréation » ou promenade avait lieu sur la plate-forne de la tour.

Comme celle-ci comptait cinq étages, et comme chacun de ces étages ne renfermait qu'un prisonnier, ce fut donc quatre promeneurs que Joël rencontra « là-haut ».

On pouvait presque lire sur leurs figures et sur leurs habits là date de leur incarcération.

Deux d'entre eux paraissaient avoisiner la quarantaine et avaient un air insignifiant.

Le troisième était un homme d'âge moyen et de moyenne taille, carré d'épaules et bâti en force; la face ronde et débonnaire, l'œil nigaud, le sourire bénêt; en somme, l'apparence d'un bon bourgeois un peu idiot.

Le dernier, enfin, était un octogénaire à la chevelure et à la barbe longues, blanches et incultes, et aux vêtements en lambeaux.

A l'arrivée de notre héros, les trois premiers lui demandèrent avidement :

— Qu'y a-t-il de nouveau à Paris?

— Ma foi, messieurs, répondit Joël, je serais fort en peine de vous répondre, étant encore frais émoulu de ma province dans la capitale, alors qu'on m'a arrêté.

— Ah! l'on vous a arrêté?

— Jarnidieu! vous le voyez : vous n'êtes pas ici pour votre plaisir, n'est-ce pas ?

— Non, certes.

— Eh bien! ni moi non plus.

— Mais pourquoi vous a-t-on arrêté? s'informa le bourgeois à la figure niaisotte.

Le Breton conta son histoire.

Quand il eut terminé son récit, l'autre reprit en hochant la tête :

— Sarpebleu! votre cas me paraît désastreux. . Le roi ne plaisante pas avec les duellistes... Dans tous les cas, au moins, vous avez l'avantage de connaître pourquoi vous êtes en prison...

— Est-ce que vous ne le savez pas, vous? demanda Joël vivement.

— Pas le moins du monde.

— Et vous?

— Ni moi non plus.

— Et vous?

— Pas davantage.

Cette même question, adressée par notre héros aux deux autres prisonniers avait amené la même réponse.

Il n'osa pas interroger le vieillard.

Mais comme il le regardait curieusement, ce dernier prit la parole :

— Je vous plains, monsieur, prononça-t-il d'une voix grave. Vous partagerez certainement le sort de Boutteville et de des Chapelles, qui furent fort de mes amis. Le cardinal est sans pitié.

— Quel cardinal? fit le Breton.

Son interlocuteur le considéra avec étonnement :

— En est-il donc un autre que l'ancien évêque de Luçon, Armand-Jean Duplessis, cardinal de Richelieu, que l'on appelle l'*Eminence rouge* ?

— Eh! s'écria notre héros, voilà plus de trente ans qu'il est mort!

— Vous en êtes sûr!

— Et M. de Mazarin, son successeur, pareillement.

— Mais le roi Louis XIII, alors ?

— Il a précédé celui-ci et suivi celui-là dans la tombe.

— Excusez-moi, monsieur, dit l'octogénaire poliment. J'ignorais tous ces événements, — étant entré ici l'année de la naissance du premier fils du feu roi.

Joël frissonna.

Il n'avait pas encore passé autant d'heures en prison que ce malheureux y avait passé d'années !

Et cependant, des quatre prisonniers qu'il avait sous les yeux, c'était celui qui paraissait le plus calme et le plus résigné !

. . . .

Le soir, comme son geôlier lui servait à souper, notre héros lui demanda ce que c'était que ce vieillard.

— C'est le numéro 68, lui fut-il répondu avec indifférence.

— Et les trois autres ?

— Eh bien, ce sont les numéros 123, 136 et 141.

Et l'homme aux clefs condescendit à expliquer au fils de Porthos que les hôtes de la Bastille perdaient leurs noms en y entrant, pour ne plus être désignés que par de simples numéros ; que les motifs de leur détention étaient absolument ignorés du personnel de la maison, et que, pour s'en instruire, le gouverneur lui-même était forcé le plus souvent d'interroger ses pensionnaires en personne.

Il est vrai que, le plus souvent aussi, ses pensionnaires n'en savaient pas plus que lui.

— Alors, moi, questionna le jeune homme, je suis aussi un numéro !

— Oh ! que non pas ! répliqua le geôlier. Vous, vous êtes une exception. On n'a pas jugé bon de vous en donner un, du moment que l'on est assuré que vous ne moisirez pas ici.

Il ajouta, avec quelque chose qui avait la prétention d'être un sourire et qui n'était qu'une grimace :

— Dame ! puisqu'on dit que vous aurez le cou coupé la semaine prochaine.

— J'aime mieux être avare de l'argent de mon roi que prodigue du sang de ses sujets.

XI

MONSIEUR LE GREFFIER EN CHEF DE LA CONNÉTABLIE

Le lendemain, ainsi qu'on l'en avait prévenu, le prisonnier vit se présenter dans sa chambre, — avec la gravité inhérente à l'emploi, — maître Onésime Chamonin, greffier en chef de la connétablie de France.

Celui-ci était un personnage d'aspect bien nourri, gros, frais, rose, jovial et qui faisait plaisir à voir.

Dans le monde de la chicane, on l'avait surnommé Ménélas, à cause du caractère aimable de sa femme.

Ce fonctionnaire daigna apprendre à notre héros que c'était à l'étoffe de son individu, à l'originalité de son costume et à la dimension de sa rapière qu'il devait d'être sous les verrous.

Des gardes de la forêt de Saint-Germain, qui l'avaient rencontré après le duel, avaient été, en effet, non moins frappés de sa corpulence et de sa structure, de ses braies bretonnes, de la plume de paon de son chapeau et de la longueur inusitée de sa flamberge, que de sa mine désorientée et de ses allures incertaines...

Et, ayant deviné en lui l'adversaire du brigadier, — dont ils avaient été chargés de porter le cadavre à la ville, — ils s'étaient empressés de donner son signalement aux *mouches* de M. de la Reynie, lesquelles, grâce à celui-ci, n'avaient pas eu de peine à le *filer* depuis l'auberge de l'*Orme de Sully*, au pont du Pecq, jusqu'au cabaret du *Maure-qui-Trompe*, rue du Pas-de-la-Mule, à Paris.

Quant à MM. d'Escrivaux, de Gacé, de Champagnac et d'Héricourt, ils s'étaient positivement refusés à fournir aucun renseignement sur les causes, non plus que sur le survivant, de la rencontre du Chêne-Saint-Fiacre, se bornant à déclarer que « tout s'était passé conformément aux lois de l'honneur ».

C'était pour les punir de cette obstination, tout autant que de la part indirecte, prise par eux dans l'acte incriminé, que le roi les avait envoyés servir en Lorraine sous le maréchal de Créqui.

— Les braves jeunes gens! murmura Joël à ce récit.

— De telle façon, conclut le greffier, que vous comparaîtrez sous peu devant un tribunal présidé par monseigneur le duc d'Aumont, pair de France, chevalier des ordres de Sa Majesté et doyen de nos seigneurs les juges du point d'honneur... Ce qui en sera un grand pour vous, d'honneur, ainsi que pour votre mémoire... Car une condamnation à mort pour cause de duel ou combat singulier, n'entraîne pas la forfaiture : c'est au contraire, en quelque sorte, un certificat de prud'homie pour celui qui en est l'objet...

— Oui, interrompit le Breton, un certificat libellé avec mon sang et paraphé par la main du bourreau... Merci... J'aimerais mieux un brevet de vieillesse.

— Ah ! reprit maître Chamonin, vous pouvez vous vanter d'avoir une fameuse chance... Tout Paris voudra assister à l'exécution de l'arrêt... Je gage que pas une de ces dames n'y manquera... Sac à papier ! taillé comme vous l'êtes, c'est vous qui allez en faire des conquêtes, mon gaillard !

— Vous voulez dire, sans doute : taillé comme je le serai... par la hache et sur le billot... Ma foi, s'il vous convenait de plaire aux dames à ma place dans de semblables conditions...

Le greffier atteignit sa plume et ses papiers :

— Ne goguenardons pas, mon cher monsieur... Ce n'est pas de moi qu'il s'agit... Et, d'abord, vous avouez que c'est vous qui avez tiré l'épée au lieu dit : le Chêne Saint-Fiacre, et qui avez commis un homicide volontaire sur la personne du sieur Amable de Brégy ?

— A mon corps défendant, c'est vrai.

— A la suite d'une discussion qui a amené une provocation ?

— Précisément.

— Quels étaient les motifs de cette discussion ?

— Là-dessus, vous me permettrez de garder le silence. Qu'il vous suffise de savoir que, ayant donné un démenti au brigadier, j'ai dû le suivre sur le terrain où lui-même a dû m'appeler.

— Le combat a été loyal ?

— Consultez la déclaration des témoins.

Maître Chamonin avait pris note des questions et des réponses.

— Voilà qui est clair et bref, fit-il. A la bonne heure ! On ne lambine pas avec vous. Je vais pouvoir rentrer chez moi pour déjeuner. Une surprise agréable pour ma femme qui était toute désolée, ce matin, d'avoir à se mettre à table seule... J'avais exigé, il est vrai, que mon premier clerc lui tînt compagnie... Histoire de la distraire un peu ; la pauvre minette m'aime tant qu'elle ne mange pas en mon absence...

Il tendit la plume à son interlocuteur :

— Voulez-vous signer, à présent ?

— Volontiers.

Et le jeune homme traça son nom au bas de l'interrogatoire succinct.

Le plumitif lisait par-dessus son épaule.

— Pardon, dit-il, qu'est-ce que vous écrivez là ?

— Vous le voyez, j'écris : Joël...

— Joël tout court ?... Rien que Joël ?...

— Eh bien !...

— Eh bien, c'est un nom de baptême... Et le reste ?... Votre nom de famille, votre titre ?...

— Dame ! c'est que je n'en ai pas, de titre...

— Hein ?

— Et, quant au nom, je ne possède que celui-là, pour le moment. Si vos juges ne s'en contentent pas, j'en suis fâché. Comme la plus belle fille du monde, le plus modeste garçon de la terre ne peut donner que ce qu'il a.

Maître Chamonin se cabra .

— Est-ce que vous badinez, jeune homme ?

— Mon digne monsieur, répliqua tranquillement notre héros, il ne me conviendrait nullement de jouer un rôle de plaisantin vis-à-vis d'un homme de votre âge et de votre rotondité. Veuillez ne point vous y tromper. Je vous dis les choses telles qu'elles sont.

— Comment ! vous n'êtes pas gentilhomme ?

Le Breton ne répondit point.

Le greffier leva les mains au ciel :

— Ah çà ! qu'êtes-vous donc, alors ?

Ici Joël fronça le sourcil :

— Ce que je suis ne regarde que moi, prononça-t-il avec impatience. Que votre tribunal me demande ma tête : je ne la lui chicanerai point. Pour mon secret, c'est différent, je le garde.

L'honnête Onésime semblait littéralement abasourdi :

— Sac à papier ! s'exclama-t-il, vous imaginez-vous, mon gars, que ces messieurs du point d'honneur vont se déranger pour s'occuper d'un quidam qui n'est pas seulement chevalier ou baronnet de quelque chose ?

— Je n'exige pas qu'ils se dérangent, repartit le jeune homme avec cette placidité qu'il conservait au milieu de tous les orages. Ma conscience me laisse en repos. Qu'ils fassent comme ma conscience.

— Monsieur, vous nous avez trompés ! C'est une duperie !... Un abus de confiance !

— Bon ! est-ce qu'avant de me mettre le grappin au collet vos sergents m'ont invité à exhiber mon arbre généalogique ?

Maître Chamonin s'était levé et allait et venait par la chambre, les bras étendus comme les romans de la *Table-Ronde* représentent le bon roi Arthur, quand il reçoit des coups de fendant sur son casque :

— Pas gentilhomme! répétait-il, pas gentilhomme!... Et cela force un greffier de la connétablie à sortir de chez lui avant son second déjeuner!... Et pour venir à la Bastille! Par la pluie encore!... Moi qui ai mon logis derrière les Bénédictines de Chaillot!...

Il s'arrêta devant Joël, qui, cette fois, riait franchement :

— Et cela porte une épée!... Et cela assassine les mousquetaires du roi!... Et cela n'a pas une goutte de sang noble dans les veines !...

Le fils de Porthos poussa une sourde exclamation...

Il saisit l'escabelle que son interlocuteur venait de quitter, et, la brandissant comme une massue, il fit un pas vers celui-ci...

Un cri de terreur s'étrangla dans la gorge du plumitif, que son ventre n'empêcha point de bondir, éperdu, en arrière...

Il est constant que, si le lourd siège de chêne massif s'était abattu sur son crâne, c'en eût été fini de maître Onésime Chamonin, greffier en chef de la connétablie de France...

Tout y eût passé en miettes, depuis la perruque solennelle jusqu'à l'abdomen arrondi...

Et « la pauvre minette » eût pu convoler en secondes noces avec le premier clerc, son compagnon de table...

Mais notre héros sut s'arrêter à propos dans l'exécution du mouvement qu'il avait commencé dans un soudain accès d'emportement...

Il lança l'escabelle à l'autre bout de la chambre...

Ensuite, il appela :

— Huguenin !

Le geôlier, dont c'était le nom, s'empressa d'accourir au tapage du meuble qui rebondissait sur le carreau et à l'appel de cette voix de stentor.

Le Breton lui montra du doigt le greffier, qui, de peur, s'incrustait dans le mur.

— Emmenez-moi monsieur, dit-il, il n'a plus rien à faire ici.

Le plumitif, blême, ahuri, vacillant comme une grosse toupie, se hâta de rassembler ses paperasses.

— C'est bien, bégaya-t-il, on s'en va... On s'en va, monsieur Joël tout court... Monsieur Joël de rien du tout...

Il se glissa vers la porte en rasant la muraille :

— Et je rendrai compte à qui de droit de ce qui s'est passé entre nous...

Le jeune homme haussa les épaules.

Onésime Chamonin s'arrêta sur le seuil avec un méchant sourire :

— Il est probable, reprit-il, que ce que je viens d'apprendre modifiera les intentions de la justice à votre égard...

Puis, en sortant, il ricana :

— Vous ne serez pas décapité... Ah ! mais non !... N'ayant pas les qualités *ad hoc...*

Puis encore, rouvrant la porte, — au moment où notre héros s'en croyait débarrassé, — avec une voix et une figure pleines de cet ignoble bonheur d'une créature poltronne et bête qui peut enfin menacer ce qu'elle a redouté :

— Mais, en revanche, tu seras pendu. Pendu haut et court, entends-tu ? Comme un vil croquant que tu es.

XII

LE NUMÉRO 141

A l'heure de la promenade, Joël monta sur la plate-forme. Il s'y trouva seul tout d'abord. Il pleuvait, et le mauvais temps semblait avoir retenu chez eux les hôtes de la Basinière.

Son entrevue avec maître Chamonin avait fort assombri l'humeur et la mine de notre héros.

Autrefois, à Guérande, il avait vu pendre un Normand...

Un Normand qui se plaignait que la hart fût une peine bien cruelle pour un honnête maquignon qui n'avait volé qu'un licol...

Il est vrai que, par hasard, le cheval était au bout !

Cette chose hideuse que l'on appelle le gibet ; le patient accroché à quinze pieds du sol ; le bourreau qui lui avait sauté des deux pieds sur les épaules : la tension, l'agitation de la corde sous les contorsions du corps ; la face violacée du misérable ; ses grands yeux blancs tout retournés ; sa langue, qui pendait, noirâtre, dans l'effrayante grimace de sa bouche entr'ouverte, — tout cela était resté vivant dans les souvenirs du jeune homme, et, après des années, ce terrible spectacle le faisait frissonner de peur, d'horreur et de dégoût.

Et c'était cette mort ignoble, infamante, patibulaire, qu'on lui réservait, à lui qui se sentait si exubérant de force juvénile, de courage pour les grandes choses et de nobles aspirations.

Ah ! si on lui avait mis la poitrine en face d'une demi-douzaine de mousquets ou la tête sous la foudroyante morsure du glaive !

Mais la potence vile et le collier de chanvre, pouah !

Pour chasser ces vilaines idées, il se mit, de ce point élevé, à regarder les maisons de Paris pelotonnées autour de la forteresse royale comme des moutons sous l'œil du berger.

L'averse tombait drue et droite. Le ciel gris fondait en eau. La pluie souveraine battait sans fin, au milieu du silence et de l'immobilité, la ville qu'elle avait conquise, — et c'était, derrière le cristal rayé de ce déluge, un Paris fantôme, aux lignes tremblantes, qui paraissait fuir et se dissoudre.

Le jeune homme s'ingéniait à découvrir, dans ces lointains brouillés, le clocher, tout proche, de Saint-Paul, et la place, bien plus éloignée, où s'ouvrait le faubourg Saint-Jacques.

Saint-Paul, l'église où Mlle de la Tremblaye venait s'agenouiller tous les soirs, et, à la sortie de laquelle, deux jours à peine auparavant, ils avaient échangé leurs cœurs...

Le faubourg Saint-Jacques, où s'élevait cette *Maison grise* qui abritait maintenant Aurore...

Comme il s'absorbait dans sa recherche, une main le toucha à l'épaule...

Il se retourna brusquement...

C'était celui des quatre autres pensionnaires de la Basinière, — dont nous avons constaté l'aspect innocent et falot, — qui l'abordait sans qu'il l'eût entendu s'approcher...

Joël ne le reconnut pas dès l'abord.

— Qui êtes-vous et que me voulez-vous ? lui demanda-t-il brusquement.

— Monsieur, répondit le bonhomme doucereusement, je suis le numéro 141, pour vous servir, si j'en étais capable.

— Le numéro 141 ?

— Eh ! oui : un prisonnier comme vous. Votre colocataire dans cette boîte de sûreté où le roi serre ceux de ses sujets qu'il tient à avoir sous la main... J'y occupe le tiroir placé au-dessus du vôtre.

— Hein ?...

— Je veux dire que j'y loge au quatrième étage... Le local n'est pas déplaisant... Nonobstant je vais donner congé...

— Vous changez de chambre ?...

L'autre prit une figure goguenarde :

— Point, je me dispose à m'en aller.

— On vous élargit ?

— Pas du tout.

Et se penchant vers son interlocuteur :

— Je compte m'évader cette nuit, continua-t-il à voix basse.

— Vous évader ! s'écria Joël.

Le prisonnier lui saisit le bras :

— Pas si haut donc !... Vous me perdriez !... C'est surtout ici que les murs ont des oreilles...

Il ajouta après un silence :

— Oui, demain, je serai déménagé... Dieu m'est témoin que je ne demanderais qu'à vous emmener avec moi... Par malheur, la chose n'est pas possible...

— On peut donc sortir de la Bastille ? murmura notre héros dont la curiosité était surexcitée au plus haut point.

— Oui ; quand, comme moi, on travaille depuis des années à se préparer les moyens de fuir...

« Tenez, avec un vieux couteau, que l'on a négligé de m'enlever, j'ai fabriqué une lime...

« Avec la laine de mes couvertures et de mes matelas, j'ai tressé une corde.

« Avec ma lime improvisée, je suis parvenu à scier deux barreaux de ma fenêtre...

« Ces deux barreaux, qui ne tiennent plus que par une parcelle de fer, laisseront, en se détachant, une ouverture assez grande pour qu'un homme y puisse passer...

« Vers minuit, j'accroche ma corde au barreau qui reste ; je me coule par l'ouverture ; je descends à la force des poignets le long de cette échelle sans échelons et flottante...

« Par ce temps effroyable, j'aurai peut-être la chance que la sentinelle qui se promène en bas soit dans sa guérite...

« Si elle est dehors, ma foi, tant pis ! A la grâce du diable ! Elle tire. Si elle me manque, je saute du rempart dans le fossé, je traverse celui-ci à la nage ; je remonte le talus opposé, et je tâche de me glisser de là sur quelque maison basse du faubourg Saint-Antoine, où je pénétrerai par les mansardes, à moins que je n'arrive au sol en suivant un tuyau de gouttière...

— Mais, s'écria notre héros, il y a de quoi se casser le cou vingt fois dans un pareil voyage !....

L'autre eut un geste d'insouciance froide.

Il avait dépouillé son masque de stupidité béate, et son œil, atone jusqu'alors, dardait une flamme qui eût fait reculer le plus hardi.

Le Breton éprouvait un singulier malaise à converser avec ce personnage à double face.

Ce n'était certes pas de l'effroi que celui-ci lui inspirait, mais une répugnance invincible.

— Pourquoi, questionna-t-il durement, me faites-vous cette confidence ?...

— D'abord, parce que je suis certain que vous ne me trahirez pas... Vous êtes un honnête garçon... Je l'ai lu sur votre figure...

— Joël, c'est cela. Vous savez où il est ?

— Mais encore ?...

— Et puis, parce que j'ai un **service à vous demander.** .

— Un service ?...

— Comme vous venez de le dire : je cours dix risques pour une chance...

« Ma corde peut se rompre...

« Une balle de mousquet peut me trouer la poitrine...

« Je puis me noyer en traversant le fossé ; me rompre les os en escaladant un toit ; être poursuivi, atteint, et, dans ce cas, je vous en signe mon billet, je me ferais tuer plutôt que de me laisser reprendre...

« Or, j'ai une fille : une fille qui est toute ma joie, toute ma tendresse, toute ma vie !...

« Je me mange le foie loin de ses baisers. J'achèterais de tout mon sang une de ses caresses. Je me jetterais du haut de cette tour rien que pour toucher le bas de sa robe en me broyant sur le pavé !...

« C'est pour la revoir, l'embrasser, que je tenterai, cette nuit, l'entreprise qui vous paraît si hasardeuse...

« Eh bien ! c'est vous qui porterez mon héritage à cette enfant...

— Moi ? fit le jeune homme en se révoltant contre cette bizarre prétention.

Le prisonnier tira de dessous ses vêtements un médaillon en vermeil, de la grosseur et de la forme d'un écu de six livres.

— Ce bijoux est creux, continua-t-il. Il renferme un papier que mes ennemis payeraient de toute une fortune. Ce papier sera pour ma Thérèse comme une sorte de cuirasse susceptible de la défendre contre tous les coups, d'où qu'ils partent, qui pourraient lui être portés...

« Je suis parvenu, jusqu'alors, à le soustraire à toutes les recherches...

« Si on le trouvait sur moi, on l'anéantirait...

« Il faut que ce médaillon, que ce papier ne sortent de vos mains que pour passer dans celles de ma fille...

— Vous me demandez là une chose impossible, repartit sèchement le Breton ; comment voulez-vous, en effet, que je m'acquitte de cette mission ?...

— Vous sortirez d'ici quelque jour...

Notre héros eut un sourire mélancolique :

— Oui, pour marcher à la mort...

— Soit ; mais vous n'êtes pas de ces criminels dont on redoute les révélations dangereuses et qui disparaissent sans bruit...

« On vous jugera. Vous comparaîtrez devant un tribunal. Celui-ci vous appliquera une peine terrible, c'est certain ; mais il aura pour vous les égards que commande votre situation exceptionnelle...

« Un duelliste n'est pas un de ces malfaiteurs que l'on redoute ou que l'on méprise...

« Vous avez des relations au dehors, des parents, des amis avec lesquels il vous sera permis de communiquer. Vous pourrez parler librement à votre avocat, s'il vous convient d'en choisir un, demander une complaisance à quelqu'un de vos gardes, acheter au besoin les bons offices d'un geôlier. Condamné, on ne vous refusera pas la faveur d'adresser vos derniers adieux aux personnes qui vous sont chères...

« Eh bien, c'est par l'une de ces personnes que vous ferez parvenir cet objet à ma fille...

« A moins que vous ne préfériez le lui remettre vous-même en la faisant appeler près de vous.

— Oui, opina le fils de Porthos, tout cela pourrait, au demeurant, avoir lieu comme vous l'arrangez ; mais...

— Mais, interrompit le prisonnier avec chaleur, vous ne refuserez pas de venir en aide à un malheureux qui n'a d'espoir qu'en vous pour préserver de calamités sans nombre la tête d'une innocente enfant.

La physionomie du bonhomme s'était modifiée de nouveau : elle témoignait, maintenant, d'une si ardente tendresse pour cette fille en faveur de laquelle il priait, que le fils de Corentine Lebrenn fut touché malgré lui de cette émotion et de cette supplique.

Cependant, il ne se rendit pas encore.

L'autre insista :

— Ne repoussez pas ma requête !... Vous êtes jeune, vous êtes bon, vous allez quitter la vie... Ce bienfait arrivera en même temps que vous devant le Seigneur...

Il appuya après une pause :

— Surtout, du moment qu'en vous prêtant à ce que j'implore, vous ne vous exposez nullement...

Ceci était de trop.

— Lorsque j'oblige mon prochain, riposta Joël vivement, je ne demande pas si je m'expose...

— Ainsi vous consentez à me servir ?

— Dame ! répondit le jeune homme sans dissimuler sa mauvaise grâce, puisque vous y tenez absolument.

L'autre joignit les mains :

— Si j'y tiens !... C'est-à-dire que je vous en supplie à genoux !... Au nom de tous ceux que vous aimez !...

Le Breton pensa à Aurore.

— Enfin, dit-il, vaincu, donnez-moi ce médaillon...

— Vous me promettez de le remettre ou de le faire parvenir à la destinataire ?...

— Je vous promets, du moins, d'y tâcher par tous les moyens qui seront en mon pouvoir.

— Je puis avoir confiance en votre parole?

— Monsieur, repartit notre héros, il ne faut rien demander à ceux de qui l'on doute.

— Oh! protesta le prisonnier, je ne doute pas de vous! Pourquoi en douterais-je? Seulement, une parole engage, une parole rassure...

— Eh bien! je vous donne la mienne...

— Vous enverrez ou vous remettrez ce médaillon?...

Et le bonhomme souligna :

— Sans lire le papier qu'il contient.

— Puisqu'il est fermé par un secret!

— Ce secret, on peut le trouver; ce bijou, on peut le briser...

— Monsieur, décidément, pour qui me prenez-vous? demanda le fils de Porthos en repoussant du geste l'objet qu'on lui tendait.

— Pardon! cent fois pardon!... Je vous ai blessé sans songer... Le malheur rend si méfiant!... De grâce, reprenez ce médaillon!... Mais réfléchissez à le cacher à tous les yeux!

— Soyez tranquille : je le porterai pendu à mon cou, sous mes habits... Mais votre fille, quel est son nom?... Et où faudra-t-il m'adresser pour lui envoyer ce dépôt ou pour la mander auprès de moi?

— Ma fille se nomme Thérèse... *Thérèse Lesage*... Retiendrez-vous?...

— *Thérèse Lesage*. C'est bien. Ensuite?

— Elle habite, dans la rue du Dragon, la troisième maison à droite après la *Cour de la Reine-Blanche* : n'allez pas oublier ces indications...

— Je vais les noter sur mes tablettes, et, comme il est probable qu'on ne me fouillera point, vu qu'on ne m'accuse de cacher aucun secret d'État dans mes poches...

Ce n'était qu'à son corps défendant que Joël avait accédé à la prière du numéro 141.

Nous répétons que cet inconnu au visage ondoyant et multiple lui inspirait une répulsion qu'il ne pouvait comprendre, et qui ressemblait au dégoût qu'on éprouve à la vue d'une araignée ou d'un crapaud.

Or, ce personnage bizarre venait encore de changer d'aspect.

Il était redevenu balourd et presque pleurard :

— Ah! monsieur, déclara-t-il d'une voix qui sonnait une note fausse, si je pouvais jamais... Si, à mon défaut, ma Thérèse pouvait s'acquitter envers vous...

— Je vous donne quittance, mon camarade, et à mademoiselle votre fille pareillement... Le temps vous manquerait à tous deux... Mais encore un mot, je vous prie : Si, ce que je vous souhaite de grand cœur, votre projet de cette nuit réussit...

— A votre tour, soyez tranquille : je saurai bien vous retrouver pour vous redemander ce que je vous ai confié...

En ce moment, la voix du geôlier emboucha la cage de l'escalier :

— Il est temps de rentrer ! En bas, les promeneurs !

Notre héros tendit machinalement la main à son interlocuteur :

— Il faut nous séparer... Bonne chance... Ce soir, avant de m'endormir, je prierai Dieu qu'il vous assiste.

Le masque du bonhomme se dérangea derechef et laissa voir une sorte d'amertume railleuse :

— Vous êtes plus heureux que moi, grommela-t-il, vous pouvez dormir et prier.

Puis, repoussant la main qui lui était offerte :

— Merci de l'honneur... Plus tard... Quand nous nous reverrons...

— Dans l'autre monde, alors, fit Joël gravement ; car m'est avis que nous sommes tous les deux en danger de mort.

Le numéro 141 eut un hochement d'épaules ironique :

— Dans l'autre monde, si vous voulez, répondit-il avec un léger ricanement ; mais, comme vous êtes un homme de bien, et que je suis un grand pécheur, je ne crois pas que ce soit en paradis que nous nous rencontrions jamais.

XIII

LA MESSE NOIRE

Il était approchant minuit.

Joël ne dormait pas.

L'entretien qu'il venait d'avoir avec le père de Thérèse Lesage le tenait éveillé malgré lui.

Non qu'il s'intéressât outre mesure au numéro 141.

Nous avons dit qu'il y avait, dans les changements de physionomie de celui-ci, quelque chose de louche, d'équivoque, qui choquait instinctivement la loyauté de notre héros, et qui, sous l'habile charlatan, lui faisait deviner le dangereux coquin.

Cependant, en songeant aux périls que le malheureux allait affronter pour recouvrer sa liberté et se rapprocher de son enfant, le jeune homme ne pouvait se défendre d'un sentiment de compassion, ni s'empêcher de former des vœux pour que l'énigmatique personnage, — qui, après tout, donnait la preuve d'une rare bravoure, — ne succombât pas à la tâche.

Au dehors, la tempête soufflait, plus violente et plus âpre.

Des coups de vent s'abattaient sur la tour avec des hurlements de bête.

Des ondées crevaient, qui battaient contre les murailles un roulement sourd et continu.

Minuit sonnait au grand cadran de la Bastille, — à ce cadran qui rappelait sans cesse aux hôtes de cette prison d'État la destination des heures de leur supplice.

Celui-ci, en effet, orné de figures comme la plupart des horloges de cette époque, représentait saint Pierre aux Liens.

Joël avait les yeux rivés sur la petite fenêtre qui s'ouvrait en face de son lit.

Cette fenêtre formait comme une tache blanchâtre dans l'obscurité qui emplissait la chambre.

Soudain, sur cette tache de clarté indécise, un corps opaque se dessina.

C'était le prisonnier qui, accroché à sa corde, descendait de l'étage supérieur.

La bourrasque, en ce moment, livrait à la Bastille son plus furieux assaut. Elle la secouait avec rage. On eût dit qu'elle s'acharnait à arracher du sol la vieille et massive forteresse, et à l'emporter dans l'espace comme une tuile enlevée d'un toit.

L'oraison que les femmes bretonnes murmurent dans les nuits de tempête pour les marins perdus en mer vint involontairement aux lèvres de notre héros.

Quelques minutes s'écoulèrent, qui lui parurent plus longues que des siècles.

Puis, un coup de feu éclata dans le fracas des éléments déchaînés.

Puis encore, on entendit un grand tumulte. La prison semblait s'être réveillée en sursaut. On courait, on parlait, des ordres se croisaient, des voix criaient : *Aux armes!*

. . . .

Le lendemain, quand le geôlier entra dans sa cellule :

— Eh bien! demanda le jeune homme, que s'est-il donc passé cette nuit?... Impossible de fermer l'œil... Le vacarme de l'ouragan, la mousqueterie, un tas d'allées et venues...

— Il y a eu, répondit Huguenin, une tentative d'évasion...

— Vraiment?...

— Oui, votre compagnon de là-haut, le numéro 141, s'est laissé dévaler le long d'une corde par sa croisée dont il avait scié les barreaux...

— Et alors?...

— Alors, quand il a eu touché le sol, la sentinelle, qui se promenait sur les remparts, lui a crié : *Qui vive?* et comme au lieu de répondre, il prenait son élan pour se jeter dans le fossé...

— Après?...

— Le soldat a fait feu, comme c'était sa consigne...

— Et puis?...

Le geôlier fit le simulacre de souffler une chandelle :

— Éteint le numéro 141! *Defunctus ad patres,* bonsoir les voisins! Tué raide d'une balle dans la tête...

Joël, qui commençait son déjeuner, reposa sur la table le verre qu'il portait à ses lèvres.

— Dieu ait son âme! murmura-t-il.

Huguenin haussa les épaules.

— Dieu, c'est douteux; le diable, c'est certain. Un scélérat accompli! qui avait mérité cent fois de finir, en place de Grève, par la main de Charlot Casse-Bras, sur la roue ou sur le bûcher!

— Lui!

Le geôlier était, ce matin-là, en humeur de causer :

— Celui-là, poursuivit-il, était le seul de nos pensionnaires dont je connusse le nom et l'histoire. Je les tenais de l'exempt Desgrais qui l'avait amené ici. Il s'appelait Pierre Lesage. D'aucuns ont prétendu que c'était un ancien aumônier de la maison de Montmorency. C'est faux : il n'avait guère été que marchand de laines à Rouen. Ce qu'il y a de sûr, par exemple, c'est qu'il avait dit la *messe noire*...

— La messe noire?

— Eh! oui : la messe à rebours, — à minuit, tantôt dans quelque chambre cachée à tous les regards, tantôt dans une cave ou dans une masure perdues au fond d'un faubourg; la messe, sur une table entourée de cierges renversés, où l'on offre à Satan, qu'on invoque, un calice rempli jusqu'aux bords du sang d'un enfant égorgé...

Joël n'était pas Breton pour rien...

Il se signa avec horreur...

Mais Huguenin était de Paris, et, partant, sceptique et gouailleur :

— Au demeurant, reprit-il, une comédie destinée à en imposer aux badauds, qui viennent là acheter les moyens de se débarrasser des personnes qui les gênent : celui-ci d'un père ou d'un oncle à succession; celle-là, d'un mari importun ou jaloux...

« Car c'est ainsi : Satan est devenu commerçant. Il trafique sur l'autel. Il débite, en échange de beaux écus sonnants, toutes sortes de morts subites : poudres de venin, chemises empoisonnées, breuvages qui endorment, qui affolent ou qui tuent...

— Et ce Lesage a trempé dans de semblables pratiques? interrogea notre héros, qui avait de la sueur au front.

— C'était le principal associé de la Vigoureux, de la Filastre et de la Voisin : un brelan de mégères dont la Chambre ardente a fait justice... On assure que c'est par centaines que l'on doit compter leurs victimes... Et, parmi celles-ci, il y en avait d'illustres...

— Mais, questionna Joël, comment n'a-t-il pas partagé le sort de ses complices?

— Voilà le *hic* : c'est qu'on craignait qu'en le traduisant devant un tribunal il n'élevât la voix de telle façon que ses révélations ne transpirassent dans le public... Or, comme il avait travaillé pour de grands personnages... A bon entendeur, salut : *pour de très grands personnages...*

Le geôlier avait souligné ces derniers mots d'un clignement d'yeux significatif.

Il ajouta, en baissant la voix :

— M. de la Reynie a étouffé l'affaire, et l'on s'est contenté d'*oublier* ce vaurien entre les quatre murs de l'étage ci-dessus...

— Lesquels ne sont pas si épais, fit le fils de Porthos en essayant de rire qu'il n'ait failli passer à travers, cette nuit...

— Oh! le cas était prévu...

— Comment?...

Huguenin prit un air mystérieux et malin :

— Ce vieux couteau qu'on lui avait laissé, et dont il a façonné la lime qui a servi à scier les barreaux de la fenêtre?...

— Eh bien?...

— Eh bien, on savait que tôt ou tard il l'emploierait à cet usage pour essayer de nous brûler la politesse... Et moi, qui vous parle, j'étais chargé de m'assurer, jour par jour, du point où en était la besogne... Pendant qu'il se promenait sur la plate-forme, avec les autres, vous comprenez...

« Ah! ça a duré des années!...

« A la fin, hier, j'ai averti M. du Junca, le major, que la besogne était terminée et que l'oiseau allait probablement profiter du mauvais temps pour s'envoler...

« On a donné, en conséquence, des ordres à la sentinelle du rempart. Un gars trié sur le volet. Le meilleur tireur de la garnison...

« Et, ma foi, son coup de mousquet, — qu'on lui a payé dix pistoles, — a

— Si vous voulez monter là-haut vous rafraîchir d'une gorgée d'air...

extirpé du pied de bien des gens, à commencer par la marquise de Montespan, une épine longue comme le maître mât d'un vaisseau de guerre.

. . . .

— Jarnidieu! se disait Joël, voici que je m'explique, à présent, le sentiment qui m'éloignait de cet abominable drôle... Et quand je pense que j'ai failli lui toucher la main... Quand je pense que j'ai là son médaillon sur la poitrine !...

Ce bijou le brûlait...

Il lui semblait que le métal en avait été chauffé à blanc à la flamme de l'un des soupiraux de l'enfer.

Et, vingt fois dans la journée, il fut sur le point de rompre le cordon qui le suspendait à son cou, pour le broyer sous son talon.

Mais toujours cette idée le retint, qu'il avait donné sa parole...

Or, Corentin Plouër le lui avait recommandé :

— Garde-toi d'engager ta foi à la légère; mais, engagée, sois son esclave; même quand ce serait à un coquin.

Pendant toute cette journée, du reste, l'image et la pensée de Pierre Lesage hantèrent l'esprit du jeune homme.

Le soir, quand Huguenin lui servit son souper :

— Camarade, s'informa le Breton, ce monstre avait-il une famille?

— Quel monstre? questionna le geôlier qui avait déjà oublié leur conversation du matin.

— L'homme qui a été tué cette nuit?

— Le numéro 141 ?... Ma foi, je l'ignore absolument... Peut-être oui, peut-être non...

Ensuite, se grattant l'oreille :

— Cependant, attendez donc, attendez donc... Eh! c'est cela, je me rappelle... Il a été question d'une fille, qu'il aurait eue de la Voisin, sa concubine...

— Ah!...

— Une fille qui habitait par devers la Croix-Rouge...

— Quelque affreuse compagnonne comme sa mère, sans doute?...

— Impossible de vous renseigner sur ce chapitre... Je ne l'ai jamais vue, d'abord... Et puis, il paraît qu'au moment de l'arrestation de ses parents, elle s'est empressée de prendre de la poudre d'escampette...

— Elle a quitté Paris ?...

— Paris et la France... Pour filer à l'étranger... En Angleterre ou en Allemagne...

— Ouf! songea notre héros, me voilà dégagé de ma promesse... Du moment que la donzelle n'est plus rue du Dragon... On ne peut pas exiger que j'aille la chercher de l'autre côté de la frontière...

Puis, avec un revirement soudain :

— C'est égal, il faudra que je m'assure de ce qu'elle est devenue...

Puis encore, se frappant le front :

— Mais parbleu ! m'y voici !... Une idée magnifique !... Je confie au prêtre qui m'assistera à mes derniers moments le médaillon dont je me suis si sottement embarrassé, et je le charge de le remettre, s'il la découvre, à la destinataire dudit...

Il ajouta avec conviction :

— En lui recommandant d'exorciser cette sorcière à tour de bras. Comme on raconte chez nous que le recteur de Tréguier exorcisait les possédés de sa paroisse : avec un *pen-bas* (bâton) trempé dans l'eau bénite, — de telle façon que c'était avec leur misérable vie que le malin sortait de leur corps...

XIII

CAPTIVITÉ

Cependant, les jours suivants s'étaient passés sans apporter à notre héros vent ou nouvelle de son affaire.

Une première semaine s'était écoulée, puis une seconde, puis une troisième.

Joël commençait à souffrir.

Là-bas, dans sa chère Bretagne, du lever au coucher du soleil, en toute saison, par tous les temps, il employait ses journées à courir, à chasser, à monter à cheval, à faire des armes, — tous exercices qui, non moins que l'air et l'espace, étaient devenus pour lui une nécessité.

Depuis son arrivée à Paris, ces mêmes journées n'avaient pas été moins remplies par des aventures de toute sorte.

Et voilà que, de toute cette atmosphère de liberté, d'étendue et de mouvement, il était brusquement tombé dans l'étouffement, l'immobilité et la monotonie d'une prison !

Cette turgescence vitale, qui bouillonnait dans ses veines, n'avait plus maintenant d'issue pour s'échapper.

Le sang lui montait à la tête ; ses artères battaient comme s'il avait la fièvre ; il restait des heures entières assis sur son escabeau, les jambes croisées une sur l'autre, le coude sur le genou, le menton dans la main, le regard fixe ou vague...

Le soir venu, il se jetait sur sa couchette, fermait les paupières et s'enfonçait dans une espèce de somnolence toute peuplée de visions extraordinaires. La nuit se poursuivait ainsi à se retourner et à se plaindre. Puis, au matin, il finissait par s'endormir d'un sommeil de plomb, dans lequel germait quelque rêve incohérent ·

Il lui poussait des ailes comme à un oiseau, et il s'envolait par la fenêtre...

Ou bien, il devenait souris et passait par-dessous la porte...

Puis, au moment où il courait sur les gouttières, au moment où il traversait les plaines du ciel, les pattes ou les ailes lui manquaient tout à coup, il se sentait rouler dans des profondeurs infinies, et il se réveillait avant d'en avoir touché le fond, — le cœur bondissant, la poitrine haletante, le front ruisselant de sueur...

Alors, jusqu'à l'aube, il n'y avait plus moyen de reposer...

Aux premiers rayons de celle-ci, le Breton sautait sur ses pieds...

Et aussitôt il se mettait à tourner autour de sa cellule comme un ours autour de sa cage, — jusqu'à ce que, fatigué, il s'affaissât, comme la veille, sur son siège, où il demeurait, les bras pendants, à se demander ce qu'il avait fait à Dieu et aux hommes pour être ainsi abandonné de l'un et si maltraité par les autres.

Or, une certaine après-midi qu'il était ainsi abattu, un bruit inusité retentit dans son corridor.

Des soldats présentaient les armes ; des pas s'approchèrent de la porte ; la clef grinça dans la serrure, les verrous jouèrent dans les gâches, — et le major du Junca entra.

Celui-ci faisait fonction de gouverneur en attendant que le roi pourvût au remplacement du titulaire, décédé quelques mois auparavant.

C'était ce même officier qui devait, vingt ans plus tard, nous laisser sur le séjour du *Masque-de-Fer* à la Bastille, des notes aussi précieuses au point de vue de l'intérêt que déplorables à celui de l'orthographe.

Il venait, en procédant à son inspection mensuelle, s'informer si le prisonnier avait quelque chose à reprocher au « régime de la maison ».

— Ne manquez-vous de rien, monsieur? demanda-t-il au fils de Porthos.

— De rien, si ce n'est de la certitude de ce que l'on compte faire de moi... Cette ignorance où l'on me laisse du sort qui m'est réservé, cette attente sont vraiment cruelles... Sur mon âme, puisque je dois mourir, il y aurait humanité à abréger mon agonie...

— Monsieur, répondit l'autre, je suis de votre avis, et je me propose d'écrire à M. de la Reynie afin de solliciter des ordres à votre égard.. M. le lieutenant de police en référera probablement à Sa Majesté : aussitôt que sa réponse me sera parvenue, je m'empresserai de vous la communiquer, s'il n'y voit aucun inconvénient...

— Ah ! qu'elle arrive vite, cette réponse ! Et que je sorte plus vite encore de cette prison où chaque jour est un supplice de vingt-quatre heures... Oui, que j'en sorte, quand ce serait entre le prêtre et le bourreau !...

— Oh! monsieur, protesta le major, j'ose espérer que vous n'en serez pas réduit à cette fâcheuse extrémité... Le roi ne relèvera point l'échafaud du sieur de Boutteville... Il se contentera de vous oublier ici...

Joël bondit :

— M'oublier !... Vous pensez qu'on pourrait m'oublier ici !...

Il ajouta à part lui :

— Comme l'empoisonneur Pierre Lesage...

Ensuite, avec emportement :

— Mais c'est ce que je ne veux pas, moi !...

— Monsieur, repartit du Junca, il ne s'agit pas de ce que vous voulez : il s'agit de ce que veut le roi.

— Eh! s'exclama notre héros, le roi se trompe fort s'il s'imagine me faire grâce en me condamnant à une détention perpétuelle.

Le major prit un air réservé :

— Le roi ne se trompe jamais, monsieur, prononça-t-il.

Puis, saluant son interlocuteur :

— J'aurai l'honneur de vous annoncer ce qui aura été décidé à votre endroit.

Il sortit, suivi des quatre fusiliers qui lui servaient d'escorte et du geôlier qui l'avait introduit.

Cette fois, il sembla au jeune homme que la porte se refermait avec un bruit funèbre.

Il lui sembla que, de ce moment seulement, il était vraiment prisonnier.

Il retomba sans force sur son escabeau. Ses yeux mornes s'attachèrent à cette porte maudite, à laquelle il ne manquait que l'inscription désespérante pour ressembler à l'enfer du Dante. Peu à peu, ils se remplirent de larmes. Il pensa à sa mère, à Aurore et à Dieu...

Alors, toutes les histoires de captivité, plus terribles à cette époque qu'à aucune autre, lui revinrent soudain à l'esprit :

Bassompierre, retenu, pendant dix ans, dans cette même Bastille ; Lauzun, en ce moment captif à Pignerol ; Fouquet, vivant ou mort, on ne savait où...

Il est vrai que Bassompierre avait essayé de lutter contre Richelieu ; que Lauzun avait compromis une petite-fille de Henri IV, et que Fouquet avait osé rivaliser de luxe avec Louis XIV.

On connaissait leurs crimes, à ceux-là !

Mais le monde ignorait ce qu'avait fait cet octogénaire à cheveux blancs, hôte comme lui de la Basinière, qu'il avait rencontré, à sa première promenade sur la plate-forme de la tour, et qui habitait cette tour depuis tantôt quarante ans.

Quarante ans!

Ce vieillard n'avait donc ni parents pour solliciter sa grâce, ni amis pour faire des démarches auprès des ministres? Il était donc tout à fait obscur? Mais, s'il était obscur, pourquoi, depuis quarante ans, était-il à la Bastille?

Et pourquoi, depuis quarante ans, n'avait-il pas essayé de s'évader?

— Pardieu! avait pensé notre héros, il me semble que, si j'étais ici depuis quarante ans, j'aurais déjà tenté quarante fois de me sauver.

Puis, il avait ajouté, après une minute de réflexion :

— Tiens! tiens! tiens! sans qu'il y ait quarante ans que je suis ici, pourquoi n'essayerais-je pas de me sauver tout de même?

Et incontinent, il s'était mis à examiner sa prison :

Une porte de chêne épaisse de trois pouces; une fenêtre à double grillage; des murs de quatre pieds de profondeur, voilà ce qu'il reconnut dès l'abord.

Tout cela ne lui laissait pas de grandes espérances.

Joël chercha à ébranler la porte : tout un attirail de serrures et de verrous répondait de sa solidité; en outre, tout le mécanisme était à l'extérieur; pas une vis, pas un clou du côté de la cellule, — par conséquent, pas moyen de dévisser ces serrures et ces verrous, même quand on aurait eu un instrument pour le faire.

Joël secoua les barreaux des fenêtres : ils étaient profondément scellés dans la pierre qui les encadrait.

Joël sonda les murs : partout, ils rendaient un son mat indiquant qu'ils étaient parfaitement compactes.

Il aurait fallu une pince pour faire sauter la porte.

Il aurait fallu une lime pour scier les barreaux de la fenêtre.

Il aurait fallu un pic de mineur pour éventrer la muraille.

Joël n'avait rien de tout cela.

Il n'avait même pas le vieux couteau de Pierre Lesage.

Alors! oh! alors, si robuste que fût notre héros, son malheur retomba sur lui et lui brisa la poitrine.

D'abord, il se désespéra. Puis l'épuisement succéda au désespoir. Tantôt, il se roulait comme une brute; tantôt il restait immobile comme un idiot.

Il crut, un instant, qu'il allait devenir fou, et, à cette pensée, il se mit à pousser des éclats de rire sauvages.

Comme une pierre, jetée dans un étang, en trouble momentanément l'eau en faisant monter la vase à sa surface, au coup qui avait frappé son cœur, une sorte de vertige était monté au cerveau du fils de Porthos; mais, comme, peu à peu, l'eau s'épure et s'éclaircit, de même l'esprit du prisonnier finit par se calmer, et, au bout d'un mois de captivité, un regard tombé sur lui aurait cru le voir tranquille et rasséréné.

Ah! c'est que le brave garçon avait conçu un plan!

Un plan, d'une simplicité de conception et d'une facilité d'exécution également élémentaires et sublimes!

Un plan que son père, le bon Porthos, aurait trouvé assurément, lui qui avouait, cependant, à son vieil ami d'Artagnan, que sa force n'était pas dans sa tête!

Un plan enfin, que le jeune homme formulait de la façon suivante :

— Quand le major viendra m'annoncer que je deviens son pensionnaire définitif, alors j'empoigne l'escabeau que voici et je m'en sers comme d'un pilon pour l'égruger, lui et ses hommes... Puis, après avoir procédé à cette capilotade, je fonce tout droit devant moi, sur les murailles et sur les gens...

« Non pas que j'aie la prétention de crever la Bastille d'un coup de pied et de passer sur le ventre à toute sa garnison...

« Mais, au moins, celle-ci me tirera dessus. J'aurai la chance d'attraper un feu de peloton. Ce sera mourir en soldat...

« Sans compter que j'emporterai dans l'autre monde la satisfaction d'avoir fait pièce, en même temps, à la connétablie, qui voulait me faire décapiter, à son greffier, qui voulait me faire brancher, et au roi qui voulait me faire manger son pain jusqu'à la fin de mes jours.

.   .   .   .

.   .   .   .

Cette résolution, une fois prise, lui rendit la quiétude et l'appétit.

Il se remit à boire et à manger comme d'habitude.

Ne lui fallait-il pas prendre des forces pour massacrer les autres et pour se faire tuer lui-même?

Or, un soir qu'il s'était bercé, toute la journée, de ces idées douces et consolantes, il entendit au dehors le tumulte de pas et d'armes qui avait signalé la première visite de M. du Junca.

Comme c'était à une heure inaccoutumée, et qu'il commençait, depuis près de six semaines qu'il habitait cette prison, à en connaître les habitudes, il ne fit aucun doute qu'il allait se passer quelque chose de nouveau à son égard.

En effet, deux soldats entrèrent et se rangèrent de chaque côté de la porte.

Le major venait derrière.

Joël alla à sa rencontre avec sa mine la plus joviale :

— Çà! monsieur, interrogea-t-il, venez-vous enfin m'informer des volontés de Sa Majesté, et serai-je décollé comme saint Jean-Baptiste, pendu comme le seigneur Enguerrand de Marigny, ou scellé tout vivant dans cette tombe de pierre comme mon voisin d'ici-dessous?

Le malheur lui avait appris à dissimuler. Il souriait en parlant. Vous n'auriez point surpris dans sa voix caressante la moindre note d'ironie ou de menace.

Mais sa main s'étendait, comme s'il avait voulu l'offrir au visiteur, vers le pesant escabeau de chêne plein sous lequel il avait failli anéantir maître Onésime Chamonin...

Et, de fait, il se préparait à le lui offrir... sur la tête.

— Veuillez m'accompagner, répondit du Junca : il y a en bas quelqu'un entre les mains de qui j'ai commission de vous remettre.

XIV

OU NOTRE AMI JOEL COMMENCE A S'ÉTONNER

Interloqué, le fils de Porthos lâcha le meuble dont il allait se faire une arme.

— Je vous suis, dit-il au major.

Tous deux sortirent de la cellule et, entre une double haie de soldats, traversèrent successivement l'écheveau de corridors et d'escaliers, la cour, le corps de garde, le pont-levis et la voûte par lesquels notre héros avait passé en arrivant.

Le trajet fut silencieux.

Joël se demandait en marchant :

— Quel peut bien être le quidam qui me réclame?

Puis, après un instant de réflexion :

— Parbleu! quelque exempt qui est chargé de me conduire devant mes juges.

De l'autre côté de la voûte, une voiture attendait.

Quatre cavaliers stationnaient près de celle-ci.

En outre, un homme, vêtu de noir, s'appuyait contre la portière.

— Montez, fit-il en s'effaçant pour laisser passer le Breton.

Ce dernier obéit.

Aussitôt, celui qui devenait son gardien s'installa en face de lui ; la portière fut refermée à clef et le véhicule s'ébranla.

Le fils de Porthos poussa une sourde exclamation.

Au début, les chevaux, lancés à fond de train, franchirent, pour ainsi dire, les trois quarts de la ville sans que le jeune homme pût se rendre compte de quel côté on l'entraînait. Il faisait une de ces nuits comme l'on en choisit, d'ordinaire, pour le transfert des prisonniers. Il lui sembla seulement que l'on sortait de Paris par une porte qu'il connaissait.

Bientôt, à un air plus vif et plus pur, il sentit que l'on était hors des faubourgs.

Il se pencha vers la portière et aperçut des arbres et des champs.

Son compagnon de route l'interpella alors :

— Monsieur le chevalier désire-t-il que je baisse les glaces, pour qu'il puisse respirer à l'aise ?...

« Par exemple, je prierai monsieur le chevalier de m'engager auparavant sa parole de gentilhomme qu'il ne cherchera pas à me fausser compagnie...

« Je préviendrai, en même temps, monsieur le chevalier que quatre de mes camarades, lesquels sont armés jusqu'aux dents, galopent derrière la voiture, que j'ai moi-même un pistolet dans chaque poche, et que j'ai reçu l'ordre de faire feu sur lui s'il témoignait de la moindre tentative d'évasion.

— Pourquoi diable, pensa Joël, m'appelle-t-il *Monsieur le chevalier ?*... Est-ce qu'il y aurait eu *error in personnâ*, comme disent messieurs les gens de loi ?... Une erreur de cet estafier funèbre ou du bon major du Junca ?...

Il eut un geste d'insouciance :

— Comme, après tout, je n'ai pas un iota à y gagner ou à y perdre !

Ensuite, répondant à l'homme vêtu de noir :

— L'ami, je vous donne volontiers la parole que vous me demandez... Ce n'est pas, toutefois, par considération pour les armes de vos camarades et pour les pistolets dont vous me menacez... Si les bœufs savaient qu'on les mène à l'abattoir, il y aurait certainement moins de bouchers dans ce monde.

Les glaces furent baissées.

Avons-nous besoin de vous peindre avec quel profond ravissement notre Breton, oppressé pendant un mois par l'atmosphère épaisse et lourde d'une prison, s'enivra de la fraîcheur de cette nuit d'été, pleine de parfums et d'étoiles ?

Avons-nous besoin d'ajouter avec quelle joie inexprimable, au lieu de l'horizon uniforme et borné de ses quatre murailles, il vit des bois, des villages, la campagne s'accrocher aux revers de la route, — de la route brûlée par le fer des roues, qui tournaient à toute vitesse, et par les sabots de l'attelage qui volait comme un tourbillon.

Or, à mesure que ce voyage s'avançait, — rapide, emporté, dévorant l'espace, — notre jeune homme se demandait, avec un étonnement croissant, s'il n'était pas le jouet d'un rêve.

N'avait-il pas déjà suivi ce chemin, traversé ces deux gros bourgs, enjambé ces sinuosités du fleuve, et chevauché dans la forêt qui couvrait presque entièrement l'une des boucles de ce dernier?

Soudain, la lune se démasqua de derrière un troupeau de nuages tumultueux.

Ses rayons neigèrent brusquement sur une nouvelle courbe de la Seine.

La voiture allait s'engager sur un pont.

A gauche de celui-ci, un orme, aux proportions démesurées, mirait dans l'eau glacée d'argent son opulente chevelure de feuillage.

A droite, une grande maison s'appuyait sur de larges piliers de pierre, comme on en rencontrait à Paris, il n'y a pas si longtemps, dans certaine partie des environs des Halles.

Son toit débordait assez pour mettre à couvert une galerie extérieure à balustres qui, comme dans les chalets suisses, circulait autour du second étage

De cette galerie pendait une sorte de drapeau de bois, sur lequel on voyait reproduit le gros arbre qui lui faisait vis-à-vis.

Enfin, par-delà le pont, au-dessus de jardins échelonnés en gradins, comme au haut d'une manière d'escalier des géants, une masse de bâtisses dessinait en sombre, sur le gris bleu léger du ciel, moucheté d'or, l'aérienne architecture de ses pavillons en saillie et de ses galeries en arcade.

— Oh! murmura notre héros, le pont du Pecq, l'auberge de l'*Orme de Sully* et le château neuf de Saint-Germain !

Il ajouta, toujours à part lui, après une songerie d'une couple de minutes :

— Maintenant, je comprends où l'on me mène... C'est à l'endroit où la faute a été commise que l'expiation aura lieu... Peut-être sera-ce même à l'Étoile-du-Chêne-Saint-Fiacre...

Et il se rejeta au fond du véhicule, avec un petit frisson...

Sans doute avait-il peur que son regard ne se heurtât, sur la route, au spectre du brigadier Brégy traînant dans cette nuit pâlie de clartés lunaires un linceul blanc taché de sang.

Les chevaux abordaient, en soufflant, la côte qui s'escarpe de la Seine à la ville.

— Monsieur le chevalier, dit l'homme vêtu de noir, c'est ici que mes instructions m'enjoignent de relever les glaces.

Il les releva, en effet.

Il fit plus : il tira dessus des rideaux de serge qui interceptèrent avec le dehors toute communication visuelle.

Ce personnage, dont les prunelles brillaient dans une face basanée par le soleil, avait un accent espagnol prononcé.

— Ah çà ! se demanda Joël, où ai-je entendu le son de cette cloche du

Midi ?... Où ai-je vu la paire d'escarboucles qui éclaire cette figure en cuir cordouan ?... Où ai-je rencontré cet épervier de potence?

Comme il s'ingéniait à rassembler ses souvenirs, la voiture s'arrêta.

« L'épervier de potence » en rouvrit la portière et invita du geste le Breton à descendre.

Quand ce dernier eut touché le sol, il remarqua en face de lui un bâtiment de physionomie seigneuriale.

Ce bâtiment formait le fond d'une vaste cour, à laquelle on accédait par une porte monumentale et qu'enfermaient de hautes murailles au chaperon embroussaillé de pointes de fer.

— Bon, se dit le fils de Porthos, la geôle de la ville, sans doute.

— Monsieur le chevalier, reprit son gardien, veut-il bien me donner la main?

— Jarnidieu ! pensa le jeune homme, il m'agace, cet animal-là, avec son *Monsieur le chevalier !*... Mais je n'ai pas le temps de me fâcher... Et puis, je n'aurai plus beaucoup le loisir d'être agacé sur cette terre !

Il est constant qu'en ce moment on lui eût montré un échafaud, un billot et une hache, et on lui eût fait signe de s'agenouiller et de courber le front pour recevoir le coup mortel, qu'il eût obéi sans la moindre hésitation, tellement il s'était préparé, tellement il s'était résigné à tout ce qu'il songeait devoir lui arriver, — excepté à l'idée de finir en prison.

Aussi tendit-il sa main de bonne grâce et suivit-il son guide sans une question, sans une observation.

Et aussi passa-t-il, sans s'en apercevoir, d'un perron à un vestibule, d'un vestibule à une galerie et, de cette galerie, à l'un de ces escaliers, larges et hauts, où il y a *tant de terrain perdu*, comme disent nos maçons d'aujourd hui.

Sur une des marches de cet escalier, s'accotant à une belle rampe de fer forgé, un homme tenait un flambeau : un vieux et gros homme à la bedaine flottante, au crâne orné d'une couronne de cheveux blancs, coupés court, qui simulaient une tonsure, et à l'habit de bon drap fin, ressemblant à la fois, par la coupe et l'ampleur, l'ornement et la couleur, — également austères, — à une tenue de procureur, de majordome, de pédagogue ou de bedeau.

— Le geôlier probablement ! pensa Joël. Il me paraît suffisamment entrelardé. Sur mon âme, si les prisonniers sont nourris de la même façon, ils ne doivent sortir d'ici qu'en roulant, à l'instar des boules d'un jeu de mail.

— Monsieur Esteban, prononça le vieillard avec importance, votre mission prend fin ici.

Ensuite, s'adressant au Breton, que, sur cette injonction, son guide venait de lâcher :

— Si monsieur le chevalier daigne permettre que je le précède ?...

— Très poli, ce tonneau! murmura le fils de Porthos. Mais pourquoi me donne-il, lui aussi, du *Monsieur le chevalier* à bouche-que-veux-tu? Serait-ce une méprise ou une gageure?

On atteignait le palier du premier étage.

— Monsieur le chevalier est arrivé, déclara le gros bonhomme d'une voix grasse et flûtée à la fois.

Notre héros hocha le front :

— Trop poli, ce muid!... Les égards qu'on affiche envers un condamné... Me voilà sûr de mon affaire !

L'autre poussa une porte :

— Si monsieur le chevalier veut prendre la peine d'entrer ?

Le Breton étouffa un soupir :

— Beaucoup trop poli, ce foudre!... Misère de moi!... C'est certainement dans un cachot, dans un cabanon, dans un *in pace* qu'il va me boucler pour y attendre l'heure fatale !

Le vieillard insista du geste pour le faire passer devant lui.

Joël obtempéra à cette invitation.

Il franchit le seuil de la porte.

Puis, on l'entendit s'exclamer :

— Ah çà! où diantre suis-je ici ?

XV

OU NOTRE AMI JOEL CONTINUE A S'ÉTONNER

Il est certain que rien ne ressemblait moins à sa cellule de la Bastille que la chambre dans laquelle venait de pénétrer notre héros.

Le décor avait changé complètement.

Plus de lucarne grillagée, de murailles froides et nues, de meubles rares et écloppés, de couchette aux matelas efflanqués et revêches...

Tout était jeune, commode, brillant et luxueux. Galant et pastoral surtout. Nous avons dit que la vogue était aux amours et aux bergères...

Les tapisseries étaient remplies de toute une envolée d'amours et de tout un troupeau de bergères. C'étaient des amours qui soutenaient les bougies des candélabres. C'étaient des bergères qui portaient le cadran de la pendule. Il y avait des bergères qui dansaient en rond sur l'épais et moelleux tapis qui recouvrait le plancher. Il y avait encore des amours qui se lutinaient les uns les autres sur les hauts panneaux encadrés de baguettes de cuivre doré...

Ajoutons qu'amours et bergères se réunissaient pour danser ensemble et se lutiner de compagnie sur le satin broché des fauteuils, des sophas, des rideaux qui retombaient devant deux grandes fenètres et des courtines qui drapaient un lit large d'aspect engageant.

On se serait cru dans le nid d'une duchesse à la mode.

Le fils de Porthos ne s'était jamais trouvé, — même chez Françoise d'Aubigné, — en contact avec de semblables raffinements de somptuosité et d'élégance.

Aussi renouvela-t-il sa question avec une surprise croissante.

— Monsieur le chevalier est chez lui, répondit le personnage qui l'avait introduit.

Les sourcils de notre héros moutonnèrent comme deux nuages avant la tempête :

— Chez moi?... Serviteur à la turlupinade!... Ah çà! se gausse-t-on de moi?

Le gros bonhomme ne se montra que médiocrement rassuré des yeux irrités que roulait Joël...

Il recula un tantinet, — tout en faisant face à son interlocuteur, — c'est-à-dire en mettant son ventre au devant de toute tentative d'agression...

Et, d'une voix que la peur enrouait :

— J'ai hâte d'affirmer à monsieur le chevalier que personne n'a l'envie de se moquer de lui... J'exécute tout simplement les instructions que j'ai reçues... C'est ainsi qu'en quittant monsieur le chevalier, je me verrai contraint, tout à l'heure, de l'enfermer.

— M'enfermer?...

— Jusqu'à ce que, demain, l'on vienne le chercher pour...

— Pour?...

— Pour ce qu'il doit savoir mieux que moi.

Notre héros fit une légère grimace, et, avec une pantomime significative :

— Ainsi, c'est donc pour demain?

— Oui, monsieur le chevalier.

— Demain matin?

— Demain matin.

— De bonne heure?

— A la première heure.

— Si tôt que cela?

— Dame! vous comprenez que tout devant être terminé pour midi...

— Mazette! songea Joël, des juges expéditifs!... Les choses ne traînent pas avec eux... Eh bien ! quand le vin est tiré, s'il est mauvais, il faut le boire vite.

Puis, d'un ton ferme :

— Un bon averti en vaut deux. Merci, mon ami. Je serai prêt.

— A ce propos, reprit l'autre, si monsieur le chevalier éprouvait le besoin de se réconforter...

— Ah ! oui : de prendre quelque chose comme un viatique...

— J'aurai l'honneur de lui servir un *en-cas* que j'ai préparé...

— Un *en-cas ?*

— C'est-à-dire une petite collation froide : histoire de ne pas se coucher l'estomac vide, ce qui serait contraire aux préceptes d'Hippocrate et de Gallien...

Nous savons que notre Breton ne restait jamais insensible à une proposition de ce genre.

Sa tête se dressa malgré lui et son nez renifla dans le vide.

— Oh ! oh ! murmura-t-il, il me semble, en effet, que je flaire quelques bonnes odeurs de cuisine... Où est-elle, cette collation froide ?... Aussi bien, je serais désolé de contrarier Hippocrate et Gallien...

Le gros homme s'empressa d'avancer un guéridon sur lequel un couvert complet était disposé.

Ensuite, devant ce couvert, il plaça successivement un consommé, qui, dans sa tasse de porcelaine de Hollande, ressemblait à de l'or en fusion, un énorme pâté à la croûte rutilante, un poulet cuirassé de sa gelée couleur d'ambre et un jambon d'un si beau rose qu'on l'eût cru fraîchement décroché d'une toile de Jordaëns : le tout, sans préjudice des hors-d'œuvre, fruits, fromages, gâteaux secs et autres éperons de la soif.

En voyant la savante ordonnance de ce véritable festin :

— Malpeste ! s'exclama Joël, Sa Majesté me traite bien... C'est un prince jaloux d'adoucir les derniers moments de ses sujets... Ces lambris dorés, ce lit de plumes, ces mets délicats...

— Oh ! protesta son interlocuteur, un simple impromptu, rien de plus : monsieur le chevalier pourra mieux apprécier le cuisinier de la maison, quand il déjeunera demain matin...

— Comment ! il faudra encore que je déjeune ?...

— Certainement ; avant la cérémonie...

Le jeune homme fit une nouvelle grimace :

— Ah ! oui, la cérémonie...

— C'est l'usage...

— Parbleu ! je sais qu'on ne refuse rien aux gens qui...

Il fit une troisième grimace non moins expressive que les deux autres

Puis, s'asseyant devant le couvert :

— Eh bien! on déjeunera...

Puis encore, à part lui :

— Il n'y a rien de malsain comme de mourir à jeun.

Le vieillard avait déposé les plats sur la table avec la solennité lente et méthodique d'un diacre rangeant sur l'autel les accessoires sacrés du culte.

Vous auriez juré que ce n'était pas un souper, mais une messe qu'il servait.

Maintenant, grave, digne, béat, — sa volumineuse figure figée dans le recueillement et la componction, — il se tenait derrière notre héros, une bouteille de chambertin à la main, dans l'attitude de l'enfant de chœur portant les burettes dont il se prépare à verser le vin dans le calice de l'officiant, et il s'écoutait parler avec complaisance, pendant que, après avoir lapé la tasse de bouillon jusqu'à la dernière goutte, le fils de Porthos s'occupait à démanteler le pâté :

— Ce sera superbe... On se dispute les places... La chapelle est si petite!...

— La chapelle?... On me mènera à la chapelle?... Pour l'amende honorable, assurément?...

— Ce sera le père la Chaise qui prononcera l'exhortation...

— Le confesseur du roi?... Le roi me prête son confesseur... Sa Majesté me comble...

— Du reste, vous pensez bien qu'elle sera là...

— Qui cela?...

— Sa Majesté donc!...

— Vous croyez que le roi voudra assister à...

— Indubitablement : après avoir signé...

— Après avoir signé l'arrêt... Je comprends. Ce sera beaucoup d'honneur pour moi et beaucoup d'amabilité de sa part...

— Et la reine aussi!... Et toutes ces dames!... Et toute la cour!...

— La reine aussi?... Un singulier spectacle pour elle et pour les dames!... En vérité cette cour a des goûts élevés... à la hauteur de l'échafaud ou du gibet!...

Ensuite, s'adressant à lui-même :

— Enfin, on tâchera de faire bonne contenance devant ce public de derrière les fagots... Or, pour ne pas lui exhiber une mine trop défraîchie, il s'agit de goûter un peu de repos... Voyons donc si les lits du roi sont aussi bons que sa cuisine.

Il se leva et jeta sa serviette sur la table.

Empressons-nous de constater que toutes les victuailles qui couvraient celle-ci avaient été consciencieusement escamotées comme autant de muscades.

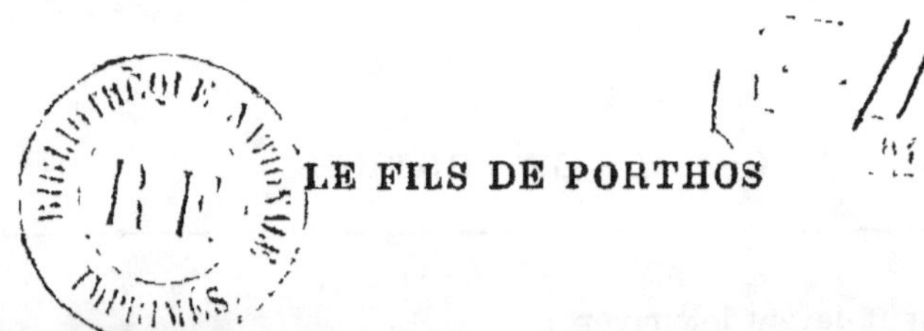

Soudain un corps opaque se dessina.

Le gros bonhomme demanda :

— Monsieur le chevalier désire-t-il que je procède à sa couverture et que je l'aide à se déshabiller?..,

— Non : je me coucherai seul. Vous pouvez vous retirer. Bonsoir !

— Monsieur le chevalier se rappelle que je suis obligé d'emporter la clef de sa chambre. Qu'il veuille bien considérer que ce n'est pas par plaisir que je prends cette précaution. C'est d'après l'ordre de mon maître...

— Emportez, mon cher, emportez : où il y a de la geôle, il n'y a pas de plaisir...

— Il y a, sur la table de nuit, un timbre à portée de la main de monsieur le chevalier...

— Pardon, rectifia le Breton, *monsieur Joel*..,

Il ajouta en haussant les épaules :

— *Monsieur le chevalier!*... Toujours *Monsieur le chevalier!*... Cela devien enrageant, à la fin!...

L'autre continua sans paraître avoir entendu :

— Si monsieur le chevalier a besoin de quelque chose...

— *Monsieur Joël*, s'il vous plaît, insista le fils de Porthos.

— Monsieur le chevalier n'a qu'à sonner...,

— *Monsieur Joël*, vous dis-je, jarnidieu! appuya notre héros avec impatience.

— Il y a quelqu'un qui veille dans l'antichambre...

— Une sentinelle sans doute...

Le vieillard s'inclina profondément :

— Je souhaite une bonne nuit à monsieur le chevalier.

— *Monsieur Joël!*... *Monsieur Joël!*... *Monsieur Joël!* s'exclama le jeune homme exaspéré.

Son interlocuteur le regarda avec étonnement :

— Monsieur le chevalier se trompe. Je ne m'appelle pas M. Joël. Je me nomme Bazin, — dom Bazin, — et j'ai l'avantage d'être l'*alter ego* et le major-dome de M. le duc d'Alaméda.

— Le duc d'Alaméda? pensa notre héros. Voilà la première fois que ce nom frappe mon oreille. Le gouverneur de cette prison, apparemment... Quant à ce M. Bazin, ou je m'abuse fort, ou ce n'est pas pour moi un personnage inédit... Où ai-je aperçu cette futaille de graisse, cette lune de chair purpurine et ces allures d'éléphant de sacristie?

Sur quoi, il se déshabilla et se coucha rapidement.

Or, était-ce l'influence de la lourdeur digestive produite par l'excellent repas, des fumées d'un vin généreux, des caresses de la fine toile de Frise ou de la fatigue du roman qu'il vivait depuis quelques heures, toujours est-il

qu'il s'endormit dans un bien-être inexprimable, — au cours duquel les
gracieuses figures pastorales de la tapisserie semblèrent s'animer pour
réaliser avec lui je ne sais quel rêve poétique, fabuleux, impossible, — et
charmant.

XVI

OU NOTRE AMI JOEL ARRIVE AU PAROXYSME DE L'ÉTONNEMENT

Notre héros était à l'âge où le sommeil vient nous enlever à toutes les
préoccupations, à toutes les douleurs.

Ajoutons qu'il avait une volonté de fer et qu'il commandait à son corps
aussi facilement qu'à son esprit et à son cœur.

Ayant décidé qu'il prendrait un repos nécessaire, il dormit tout d'une traite
jusqu'à l'heure où, un valet s'étant glissé sans bruit dans la chambre et ayant
tiré les rideaux des fenêtres, un flot de soleil joyeux pénétra jusqu'au lit, qu'il
couvrit d'une nappe d'or.

Nous devons avouer, toutefois, qu'en se réveillant, en reconnaissant où il
était, en rassemblant ses idées, et en se disant que « c'était pour ce matin »,
le jeune homme poussa coup sur coup une demi-douzaine de soupirs dont le
vent eût suffi à décorner un bœuf.

Mais nous ajouterons que, chez lui, une résolution une fois prise, il apportait
à l'accomplir une inflexibilité surhumaine.

Persuadé qu'il allait être condamné à mort, et qu'une fois rendu, l'arrêt
serait exécuté sans retard, il avait résolu de bien mourir.

Pour cela, il avait renoncé à demander à voir Aurore.

Une entrevue avec celle-ci lui enlèverait tout son courage.

C'était sur le papier qu'il ferait ses adieux à Mlle de la Tremblaye en même
temps qu'il la chargerait de remettre à la fille de Pierre Lesage le dépôt que
ce dernier lui avait confié.

A la lumière qui remplissait la pièce, Joël jugea que la matinée devait être
assez avancée. On allait venir le chercher. Il lui fallait se lever en toute diligence.

Oui, mais, comme il étendait la main pour prendre ses vêtements, qu'il avait
déposés, en se couchant, sur un fauteuil auprès de son lit, il s'aperçut avec
surprise que ceux-ci avaient disparu.

En ce moment, le majordome Bazin effectua son entrée.

— Monsieur le chevalier, demanda-t-il, a-t-il pris un repos conforme à ses désirs ?

— Tout à fait... Mais, mes hardes ?... Que sont devenues mes hardes ?...

— M. le duc d'Alaméda, mon maître, a pensé qu'il ne serait point décent que monsieur le chevalier se présentât, ainsi nippé à la campagnarde, devant les augustes personnages qui le recevront ce matin.

— Hein ?...

— Il prie, en conséquence, monsieur le chevalier de remplacer son habit breton par celui-ci, qui sort directement des ateliers de Régnier, le tailleur en vogue à Paris.

Il fit un signe.

Quatre laquais entrèrent, portant les différentes pièces d'un habillement complet de cour en velours incarnat : depuis la chemise de fine batiste aux manchettes, au collet et au rabat garnis de point de Venise, — ces dentelles d'*air tissu* beaucoup plus transparentes, mais aussi beaucoup plus chères que celles de Flandre et d'Angleterre, — jusqu'à la veste de drap d'argent et au haut-de-chausses boursouflé de rubans, et depuis les bas de soie à coins pailletés et les souliers à bouffettes, étoilées d'un diamant, jusqu'aux gants de daim parfumés, brodés sur les coutures, et jusqu'au feutre gris de perle ployant à son extrémité sous la courbe d'une magnifique plume couleur de feu...

— En outre, continua Bazin en désignant un personnage d'aspect imposant qui suivait les quatre laquais, voici maître Hardouin, le premier valet de chambre de M. le duc, qui est chargé, après le bain, de vous coiffer et de vous assister dans tous les soins de votre toilette.

— Mon Dieu ! se récria Joël, voilà certes bien des façons pour me conduire à la boucherie... J'y serais allé tout aussi bien dans mes nippes de paysan et sans pompons, sans fanfreluches et sans chamarres... Néanmoins, dites à votre maître que je le remercie de ses prévenances et que je vais me conformer à ses intentions.

Au fond, notre Breton n'était point fâché d'endosser, — une fois dans sa vie, — toutes ces élégances de la mode qu'il n'avait admirées jusqu'alors que sur les épaules des autres.

Il éprouvait un secret plaisir à paraître devant ses juges et à marcher au supplice rehaussé par tous les prestiges d'un luxe nouveau pour lui.

Puis, maintenant, il se sentait sûr de faire bonne figure au bourreau. Sa bravoure se doublait de l'éclat de son costume. Sous la montre de celui-ci oserait-il jamais avoir peur ?

Il se livra donc sans difficulté aux mains savantissimes de maître Hardouin.

La prison ne lui avait point nui.

Peut-être avait-elle pâli quelque peu son visage hâlé par le soleil, peut-être avait-elle aminci légèrement ses formes herculéennes, mais cette pâleur lui avait donné l'élégance qu'on eût, auparavant, vainement cherchée en lui.

Il était entré beau et fort à la Bastille...

La beauté et la force lui étaient restées...

Mais il avait acquis en plus cette finesse de formes qui est la caractéristique de la race...

En somme, un cavalier accompli.

.   .   .   .

— On attend monsieur le chevalier, prononça le majordome.

Or, M. le chevalier était, pour le moment, en train de se regarder dans un grand miroir à bordure de cuivre doré, repoussée sur un fond d'écaille brune, et la vérité nous oblige à déclarer qu'il se trouvait superbe en ses nouveaux atours.

Ah! si Aurore avait pu le voir, ainsi paré au goût du jour!

Bazin réitéra sa phrase.

Le jeune homme prit son chapeau :

— C'est bien. Je suis à vous. Marchons.

Ils sortirent tous deux.

Arrivé dans le vestibule :

— Comment, demanda notre héros, personne pour m'accompagner?... Pas de gardes?... Pas d'escorte?

— Nous n'avons, répondit le vieillard, que le palier à traverser.

— Ah! c'est ici que se réunit le tribunal?

Le Breton fit une grimace.

Il eût volontiers arpenté un bout de chemin par la ville, histoire d'exhiber aux badauds la coupe et la couleur seyantes de son habit, la richesse de ses dentelles et le tour hardi de sa plume.

Nous vous le disons, en vérité : le bon Porthos revivait en lui.

Il se consola en pensant :

— Que diable! on ne va pas me supplicier en chambre!

Cependant, le majordome avait ouvert une porte :

— M. le chevalier de Locmaria, annonça-t-il.

Une voix paternelle répondit :

— Qu'il entre, ce cher enfant, qu'il entre!

Joël poussa un cri de surprise.

Au lieu du décor, du personnel et de l'appareil imposants de la justice qu'il s'attendait à rencontrer dans la pièce où on l'introduisait...

Au lieu du grand christ se détachant en pâleur sur les tentures sombres de la muraille, et de la longue table en fer à cheval derrière laquelle avaient pris

place les juges froids, solennels, vêtus de noir ou de rouge : président, asses-
seurs, avocat du roi, conseillers...

Au lieu du greffier enfoui dans ses paperasses, des huissiers à la chaîne
d'argent, des sergents à la verge d'ébène...

Il se trouvait dans une vaste salle à manger, pleine de clarté et de gaieté,
où le soleil accrochait des grappes de paillettes aux facettes des précieuses
verreries de Bohême et jetait des traînées de flammes sur la splendide
vaisselle plate, alignée derrière les glaces des buffets de chêne fouillé et
sculpté, — et où une table de deux couverts se dressait, étincelante de linge
damassé, de fleurs rares, de cristaux et d'argenterie...

Près de cette table, un vieillard était enfoui dans un grand fauteuil de cuir
de Cordoue estampé d'arabesques et ponctué de clous d'or...

Ce vieillard se leva à l'entrée de Joël...

Ce dernier le reconnut dès l'abord :

— M. le chevalier d'Herblay ! s'exclama-t-il avec un étonnement croissant.

L'autre courut à lui, les bras ouverts :

— Eh ! oui : le chevalier d'Herblay... Puis quelque chose avec, si vous le
voulez bien... Car, si je gardais l'incognito sur la route de Nantes à Paris, ici,
à Saint-Germain, pourquoi me gênerais-je pour reprendre mon nom de duc
d'Alaméda et mon titre d'ambassadeur de Sa Majesté Catholique ?...

Le Breton répéta d'un air stupide :

— Duc d'Alaméda... Ambassadeur... Sa Majesté Catholique...

Il pressa son front de ses deux mains :

— Mes idées s'envolent de ma tête comme, du nid, une famille de passereaux...

Puis, étendant le bras et saisissant son interlocuteur par un bouton de son
pourpoint comme s'il avait peur que celui ne cherchât à lui échapper :

— Mais, puisque je vous retrouve, monsieur le chevalier, c'est vous qui
allez m'expliquer si j'ai encore tout mon bon sens, si je ne rêve point tout
éveillé, et si je ne suis pas le jouet de quelque songe, l'acteur de quelque conte
de fée ou la victime de quelque détestable mômerie...

— Mon jeune ami, repartit cordialement le vieillard, je vous expliquerai
tout ce qui vous fera plaisir... Aussi bien, j'estime comme vous qu'une explication est nécessaire entre nous... Seulement, cette explication, vous me
permettrez de vous la donner en déjeunant ; car nous avons pas mal de besogne
à terminer ensemble ce matin, et nous agirons sagement en mettant les
morceaux doubles...

Il désigna du geste un siège à notre héros.

Ensuite, s'adressant au majordome :

— Faites servir, Bazin.

Il ajouta en dépliant sa serviette :

— Nous pourrons causer à ventre déboutonné ; mes valets ne comprennent que l'espagnol.

Joël s'était assis en face de son amphitryon.

Celui-ci lui remplit son verre et son assiette.

Puis, il dit en se servant lui-même :

— Si vous ne craignez pas de parler entre deux bouchées, je suis à vos ordres, mon camarade.

Le Breton ne se fit point prier.

— Monsieur le chevalier, où suis-je ? questionna-t-il.

— Vous êtes chez moi, monsieur Joël.

— Chez vous ?

— Ou, du moins, chez un mien ami qui met à ma disposition son logis de Saint-Germain, quand mes affaires m'appellent dans cette localité : le gentilhomme que vous avez aperçu avec moi à l'auberge du *Héron-d'Or*, à Saumur...

— Je ne suis donc pas en prison ?

— Vous êtes à l'hôtel Boislaurier, proche l'église, en face du château.

— Cependant, j'y ai été, en prison...

— Bah !...

— A la Bastille...

— Vraiment ?

— Pendant six semaines...

— Oui, je sais : pour un coup d'épée assez malheureusement fourni... Ah ! vous êtes un matador, comme nous disons à Madrid, monsieur le champion de Belle-Isle...

— Mais c'est que j'y étais encore hier soir, à la Bastille, — dans la tour de la Basinière — un séjour fort désagréable.

— Dame ! puisque c'est seulement hier que Sa Majesté a signé votre ordre d'élargissement.

Le fils de Porthos bondit sur son fauteuil.

— Sa Majesté a signé l'ordre...

— De vous rendre à la circulation.

— Elle me fait grâce ?...

— Pleine et entière.

— De sorte que je suis libre ?...

— Comme l'air.

— On ne me jugera pas ?...

— Pas le moins du monde.

— On ne me condamnera pas ?...

— Pas davantage

— On ne me...

Et le jeune homme compléta sa phrase par un geste qui mettait en scène l'action de la hache ou de la corde sur le cou du patient.

Le vieux seigneur se mit à rire :

— Rassurez-vous. Votre tête est désormais tranquille sur vos épaules. Et vraiment c'eût été dommage qu'on y touchât, car elle y tient fort bien sa place... Maintenant, vous offrirai-je de ce chaud-froid de perdreaux?... avec un verre de romanée pour faire passer la bonne nouvelle?

— De grand cœur... Et buvons à la santé du roi... Et aussi à la vôtre, monsieur le chevalier, qui êtes censément pour moi comme la colombe de l'arche...

Puis, après une ample rasade :

— Mais, poursuivit notre héros, à qui diantre suis-je redevable de ce bonheur inespéré?... Qui a sollicité pour moi?... Qui s'est employé à la cour?...

— On a des amis, mon jeune maître.

— Bah! vous croyez que Petit-Renaud et maître Bonaventure Boularron auraient été assez puissants pour obtenir du souverain?... Ce ne me paraît point supposable... Et, cependant, en fait d'amis, je ne me connais guère à Paris que cet enragé petit Gascon et que mon hôte du cabaret du *Maure-qui-Trompe*...

M. d'Alaméda le menaça amicalement du doigt :

— Monsieur le Breton, vous êtes un ingrat...

— Hein?...

— Un ingrat et un aveugle, car vous allez chercher bien loin ce que vous avez sous la main.

Notre héros se frappa le front du poing.

— C'est vrai. Vous avez raison. Je suis un étourdi, un idiot, un sans-cœur... J'aurais dû deviner plus tôt... C'est vous qui avez tout fait... C'est vous qui êtes mon sauveur...

L'autre l'interrompit la bouche pleine :

— Dites tout de suite que je suis la Providence... Parce que je mets mon plaisir à tirer d'embarras les braves gens qui m'intéressent... A propos, reprendrez-vous de ce lapereau piqué?

Le Breton avança son assiette :

— Je reprendrai de tout ce que vous voudrez... Est-ce que je regarde à une indigestion, avec un homme qui m'a dépêtré de la justice?

Puis, sous le choc d'une idée soudaine, posant sa fourchette sur la nappe et appuyant sur son vis-à-vis deux yeux qui débordaient de curiosité naïve :

— Mais, comment aviez-vous appris que je m'étais battu avec ce mousquetaire, que j'avais été arrêté et qu'on me détenait à la Bastille?

L'ancien prélat se frotta le menton avec la paume de la main :

— M'oublier Vous! pensez que l'on pourrait m'oublier ici?

— C'est ce que nous vous raconterons au prochain jour... Pour l'instant, nous avons d'autres chats à fouetter... Vous me remercierez plus tard : quand nous aurons le temps tous deux, vous, de me prodiguer, et moi, de savourer des effusions de reconnaissance.

Le fils de Porthos se leva, la poitrine gonflée d'émotion :

— C'est égal, reprit-il, si vous avez jamais besoin de mon bras, de mon sang, de ma vie...

Le vieillard sourit avec bonhomie :

— Eh ! mon enfant, questionna-t-il, êtes-vous bien sûr que tout cela vous appartienne ?

— Comment ?

— Ne l'avez-vous pas déjà donné à la personne que vous aimez ?

Joël tressaillit.

Ces paroles lui rappelaient Mlle de la Tremblaye.

Il se dit qu'il était désormais libre de courir à la *Maison grise*, de s'informer de ce que la jeune fille était devenue, et de lui expliquer, à son tour, ce qui l'avait retenu lui-même loin d'elle si longtemps.

Toutes les idées qui gravitaient dans son cerveau s'effacèrent aussitôt devant celle-là.

Il ne songea plus qu'à quitter la table.

Ni le fumet des cardons à la moelle, que l'on venait de servir, ni la vue d'un succulent dindonneau de la Bresse, sortant de la broche et d'un beau jaune doré, ne furent capables de paralyser son élan.

— Monsieur le chevalier, déclara-t-il, vous vous êtes montré pour moi excellent et paternel : eh bien, il faut l'être encore davantage...

— Et de quelle façon, mon jeune ami ?...

— En m'octroyant sans retard le congé dont j'ai besoin pour vaquer à des affaires qui ne souffrent aucun délai...

— Eh quoi ! vous voulez me quitter, avant que nous ayons achevé de déjeuner ?...

— Je n'ai plus faim, je n'ai plus soif...

L'ex-mousquetaire se rappela un aphorisme émis autrefois par son camarade Porthos :

— Eh ! fit-il, où serait la différence entre l'homme et la brute, si l'homme ne mangeait et ne buvait que lorsqu'il a faim ou soif?...

Puis, sur un ton d'admonestation cordiale :

— D'ailleurs, écervelé que vous êtes, vous oubliez que la cérémonie est indiquée pour midi...

— Quelle cérémonie ?

— Celle pour laquelle je vous ai fait chercher à la Bastille par mon laquais

Esteban ; pour laquelle on vous a conduit ici ; pour laquelle la chapelle du château a été préparée, le notaire royal averti, des lettres d'invitation adressées à toute la cour ; pour laquelle, enfin, vous avez revêtu ce magnifique habit de velours incarnat qui vous donne la mine héroïque d'un Galaor ou d'un don Sanche.

— Mais encore ?

M. d'Alaméda appuya :

— Celle que Leurs Majestés daigneront honorer de leur présence.

Notre héros se livra à une pantomime qui, jointe au jeu de sa physionomie, dénonça le *summum* de l'effarement.

— J'ai la fièvre, articula-t-il péniblement. Est-ce mon rêve qui continue ? De grâce, monsieur, répondez-moi : de quelle cérémonie s'agit-il ?

Le vieillard le regarda fixement :

— Parbleu ! répliqua-t-il, de celle de votre mariage.

XVII

OU NOTRE AMI JOEL FINIT PAR ACCEPTER AVEC ENTHOUSIASME CE QU'IL AVAIT COMMENCÉ PAR REFUSER AVEC OBSTINATION

Un malheureux, à qui la foudre tombe sur la tête, ne commence pas par éclater en sanglots et en gémissements.

Tout d'abord, il demeure privé de connaissance, hébété, immobile, anéanti...

Mais, sous cette apathie apparente, la nature agit ; les rapports des sens et des organes, un instant interrompus, se rétablissent dans son être, et, quand l'intelligence de la situation lui est revenue, on le voit se mouvoir et on l'entend se plaindre, s'il a conservé assez de forces pour faire un mouvement, pour prononcer une plainte.

Il en fut ainsi de Joël.

Un moment, il resta comme un homme foudroyé.

Puis, ce cri sortit de ses lèvres :

— Mais je ne veux pas me marier !

— Vous ne voulez pas vous marier ? interrogea le diplomate.

— Non !... Cent fois non !... Mille fois non !...

— Impossible ! Vous êtes un enfant. On ne résiste pas aux volontés du roi.

— C'est le roi qui veut que je me marie ?...

— Il le désire, du moins, et, en sujet respectueux...

Notre héros interrompit :

— Eh ! de quoi se mêle-t-il, le roi ?... Il ne me connaît pas !... Il ne m'a jamais vu !

— Monsieur, Sa Majesté connaît tous les gentilshommes de son royaume.

Le Breton eut un hochement d'épaules qui faisait bon marché de sa gentilhommerie :

— Enfin, pourquoi ce mariage ?

— Parce que toute dame du palais doit être pourvue d'un époux.

— Ainsi, c'est une dame du palais que l'on prétend me faire épouser, comme cela, la tête dans un sac... Eh bien ! j'en suis fâché pour elle : mais, si elle m'attend pour faire souche, jarnidieu ! elle est assurée de finir sans postérité !...

Il s'était levé de table et marchait par la salle à pas précipités :

— Que Louis XIV soit le maître de ses courtisans et de ses valets ; qu'il impose sa loi à l'Europe, qu'il courbe même le monde entier au souffle de ses fantaisies, c'est une affaire entre lui et la servilité, la faiblesse, la sottise humaines...

« Mais qu'il dispose de mes sentiments, qu'il gouverne ma volonté, qu'il opprime mon libre arbitre, c'est un droit qu'il ne tient ni de Dieu, ni de la naissance, ni de la couronne...

« Il est tout-puissant, c'est possible. Mais je suis Breton, c'est certain. Or, les gars de mon pays ressemblent tous un peu à leur ancien duc Conan Tête-de-Fer...

— Jeune homme, jeune homme, prenez garde ! repartit le vieillard, qui riait sous cape : la Bastille est, de votre aveu, un séjour fort désagréable...

— C'est-à-dire qu'on m'y ramènera, si je ne me plie pas au caprice royal ?... Le conjungo ou la prison... J'aime mieux la prison : si mon corps y étouffe, ma conscience y sera à l'aise...

— Sa Majesté peut faire plus...

— Oui, je sais : elle peut m'envoyer à l'échafaud ou au gibet... Elle croit peut-être que j'en ai peur... Alors, elle se trompe étrangement : j'étais préparé hier, je le suis aujourd'hui, je le serai demain... Le roi veut-il prendre une leçon de courage ?... Eh bien ! qu'il vienne me voir mourir !

En parlant de la sorte, le fils de Porthos était beau.

Nous ajouterons que la richesse de son habit, de ses dentelles et de ses rubans n'y était pour rien. Ni l'envolée de son panache. Non plus sa force musculaire et ses proportions athlétiques.

Sa beauté était tout entière dans la noblesse de son front, de son regard et de son sourire.

M. d'Alaméda pensa :

— Il a dit tout cela comme il faut... C'est un mâle... La casaque de mousquetaire n'eût point juré sur ses épaules.

Puis, avec une fugitive expression de regret :

— Ce sera dommage, grand dommage... Mais il briserait Louis comme un fétu de paille... Allons, nous le recommanderons à M. de Créqui, lorsque nous l'enverrons au siège de Fribourg.

. . . .

Il y eut un instant de silence.

Ensuite, l'ancien évêque reprit :

— Là! là! tout beau, mon jouvenceau! nous ne sommes pas à Syracuse, et Louis le Grand n'a rien de Denys le Tyran. On ne vous violentera en aucune façon...

Notre héros redevint calme :

— Excusez-moi, fit-il, j'ai tort de m'emporter ainsi et d'oublier ce que je vous dois, ce que je dois aux bontés du roi... Mais je suis mal habile à déguiser ce que j'éprouve... Et puis, si vous saviez...

— Si vous saviez vous-même, interrompit l'ambassadeur, quelle aubaine vous est destinée!... Une créature adorable... La plus charmante comme la meilleure...

— Je désire ne pas la connaître; car, fût-elle douée de toutes les perfections humaines, j'aurais le regret de décliner le bonheur de la posséder... Et vous allez me comprendre, vous qui êtes gentilhomme, et, par conséquent, pour qui toute foi jurée est chose sainte : je me suis engagé ailleurs...

— Vraiment?...

— On ne se donne pas deux fois. Je ne m'appartiens plus. Mon cœur et ma vie sont entre les mains d'une femme qui est, elle aussi, une créature adorable, et que, sans offenser celle dont vous me parlez, j'ai tout lieu de croire, moi aussi, la meilleure et la plus charmante...

— Et si celle dont je vous parle vous apportait en dot plus qu'une âme sans tache dans une enveloppe idéale?... Si, à vous, pauvre, inconnu, incertain de l'avenir, — et, cependant, accessible à de légitimes, à de hautaines ambitions, — elle vous apportait la fortune, le crédit, la gloire : l'amitié du souverain, la place au premier rang, un poste élevé à la cour, un grade supérieur à l'armée?...

Un éclair alluma la prunelle de Joël :

— Dieu m'est témoin, murmura-t-il, que j'ai rêvé bien souvent, sinon l'honneur de commander aux soldats de M. de Turenne, de M. de Condé ou de M. de Luxembourg, du moins la joie de marcher dans leurs rangs et d'aller, au milieu de la fumée des batailles, chercher, dans un carré ennemi, mon brevet de capitaine ou mes éperons de chevalier!...

— Eh bien?...

— Eh bien! votre magicienne, votre enchanteresse, votre fée me fournirait le moyen de réaliser ce rêve, que je refuserais encore...

Aramis appuya son coude sur la nappe, et, le menton dans la main, la tête penchée en avant, ses yeux aigus fouillant dans le regard franc et limpide du jeune homme :

— Même, demanda-t-il en espaçant les mots, si cette magicienne, cette, enchanteresse, cette fée se nommait Henriette-Yolande-Aurore de la Tremblaye?

Un éblouissement enveloppa notre héros.

La joie lui montait au cerveau comme une congestion. Les veines de ses tempes battaient, grossies. Le plancher tournait sous ses pieds. Il se retint à la table pour ne pas tomber...

— Quoi! bégaya-t-il, ce serait...

— C'est Aurore de la Tremblaye que l'on vous offre pour compagne ; la refuserez-vous, celle-là?...

— Elle!... Oh! mon Dieu!... Mon Dieu!...

— Ne l'aimez-vous donc pas comme elle mérite d'être aimée?...

— Si je l'aime!...

Ceci fut prononcé avec une sorte de ferveur où éclatait la plus ardente passion qui puisse échauffer une âme.

Ensuite, s'adressant au vieillard :

— Ah! monsieur, balbutia Joël, si tout ceci n'est pas un jeu, il me semble que je vais mourir de bonheur... Mais si vous vous amusiez de moi, ce serait cruel, bien cruel... Mieux vaudrait me tuer tout de suite d'une balle à travers la tête ou d'un coup d'épée par le corps...

M. d'Alaméda se leva et marcha vers l'une des fenêtres, dont il souleva le rideau :

— Voyez, incrédule, dit-il.

L'hôtel de Boislaurier, qui formait l'angle de la rue de la Paroisse, regardait la façade principale du château.

Sur la place qui les séparait, il y avait, en toute saison, beaucoup de monde : des seigneurs, parlant haut comme les marquis de Molière; des femmes élégantes, avec des robes à queue, portées par des laquais; des pages, des soldats, des bourgeois, du populaire. Force populaire, surtout. Le peuple aime plus qu'on ne pense le spectacle du luxe des grands. On venait de Paris pour voir défiler le roi et la cour

Ce matin-là, les curieux se pressaient en plus grand nombre que d'habitude sur les pavés pointus qui se sont perpétués jusqu'à nos jours entre l'église et le château.

Devant les portes de celui-ci, gardées par les mousquetaires et par les Suisses, des carrosses de la plus noble espèce expectoraient des groupes de cavaliers resplendissants et de femmes dont la mode du temps laissait généreusement le buste à découvert.

On disait parmi les badauds que cette brillante société allait assister à un mariage, lequel devait être célébré à midi, dans la chapelle de la résidence royale, en présence de Leurs Majestés.

Un murmure courut soudain parmi la foule :

— La mariée!... Place!... C'est la mariée!

Un carrosse à la livrée du roi débouchait de la rue de la Verrerie.

Mlle de la Tremblaye était assise dans ce carrosse en compagnie de Mmes de Montausier et de Navailles, surintendantes de la maison de la reine, et d'un maitre des cérémonies, M. le marquis de Monglat.

Quand on la vit, dans son costume de satin blanc, avec son long voile transparent sur ses épaules et les fleurs d'oranger symboliques dans ses cheveux, il n'y eut parmi les spectateurs qu'une voix soulignée par des battements de mains :

— Qu'elle est belle!

Belle, surtout, de l'expression de félicité sans limites qui se lisait sur ses traits ravissants!

Hélas! sans doute cette expression se fût-elle effacée brusquement si la jeune fille avait entendu ce qui se chuchotait, sous le couvert, comme complément et correctif de l'admiration qu'elle soulevait sur son passage...

Mais Aurore n'entendait rien...

Rien que l'hymne d'allégresse qui chantait dans son cœur...

Joël non plus ne pouvait rien saisir de ce qui se disait sur la place...

Chancelant comme un homme ivre, il était tombé sur un siège.

Il se demandait avec angoisse :

— Est-ce que je continue à dormir?... Ne vais-je pas me réveiller?... Ou bien, suis-je devenu fou?

M. d'Alaméda lui frappa sur l'épaule :

— Eh bien! monsieur le descendant de Conan Tête-de-Fer, êtes-vous toujours disposé à mourir dans le célibat et l'obstination finale?

Le fils de Porthos répondit à cette question par une question :

— Qui vous a dit que nous nous aimions?

— Qui me l'eût dit, si ce n'est elle?

— Et elle consent à m'épouser? interrogea de nouveau le jeune homme, dont la voix tremblait légèrement.

— Dame! vous êtes-vous aperçu que l'on fût obligé de la traîner à l'autel?

Notre héros reprit avec un peu de défiance :

— M'épouser, moi qui n'ai pas de nom?

— Pardon, rectifia le vieillard. Vous avez un nom et un titre : vous êtes désormais chevalier de Locmaria. Tel est le bon plaisir du roi...

— Mais je n'ai rien fait pour mériter cette faveur !...

— Vous la mériterez plus tard. J'ai répondu au souverain de votre zèle à le servir. La guerre n'est pas terminée. Une campagne décisive se prépare sur le Rhin. C'est là que vous gagnerez vos éperons...

— Ah! s'écria Joël, je jure Dieu que Sa Majesté n'aura pas de soldat plus dévoué à la gloire de ses drapeaux. Qu'on me fournisse l'occasion de montrer ce dont je suis capable. Comme chante notre vieille ballade de l'Armorique, je prouverai que le danger et moi, nous sommes deux lions nés le même jour, — seulement, que c'est moi qui suis l'aîné.

Sa haute taille se développait dans toute sa richesse. Un souffle d'enthousiasme guerrier semblait déployer les masses de sa chevelure. Son visage rayonnait de la flamme que vomit la bouche des canons, et son accent vibrait comme un clairon qui sonne la charge.

— Je prends acte de vos paroles, prononça gravement l'ancien évêque de Vannes, et je suis sûr de n'avoir pas à les rappeler jamais à un gentilhomme aussi soucieux que vous de la religion du serment.

Il ajouta sur un mode plus familier :

— Sa Majesté avait des torts à réparer envers les parents de Mlle de la Tremblaye. Quoi d'étonnant que, pour ce faire, elle donne à cette chère enfant le mari que celle-ci rêvait? Quoi d'étonnant encore que ce mari soit pourvu, par l'initiative royale, des moyens de tenir état, auprès de sa femme, à la cour?

Puis, comme s'il se fût attaché à effacer de l'esprit du jeune homme jusqu'à l'ombre de la défiance :

— D'ailleurs, poursuivit-il affectueusement, je ne vous permets pas d'afficher des scrupules là où notre charmante Aurore, qui est un parangon d'honneur et de vertu, a jugé à propos de n'en témoigner aucun.

. . . .

En ce moment, M. de Boislaurier entra.

Le diplomate le présenta à notre héros :

— Un de mes excellents amis qui ne demande qu'à devenir le vôtre.

On se serra la main avec chaleur.

— Monsieur le duc, dit ensuite le survenant, permettez-moi de vous rappeler que Sa Majesté vous attend.

— Si monsieur le chevalier veut se donner la peine d'entrer !

— C'est vrai... Et moi qui m'oubliais à bavarder... Partons, chevalier...
Vite, Bazin, nos gants, nos chapeaux, nos épées !

Et le vieux seigneur ajouta avec un effroi comique :

— Faire attendre le roi !... *Bone Deus!* On a embastillé des gens pour moins
que cela... Et, s'il ne s'agissait que du roi... Mais c'est la fiancée qui attend...
Or, un crime de lése-galanterie est encore, à mon sens, cent fois moins par-
donnable qu'un crime de lèse-majesté.

<h2 style="text-align:center">XVIII</h2>

FRAGMENTS DE LETTRES INÉDITES DE MADAME DE SÉVIGNÉ A SA FILLE MADAME DE
GRIGNAN

« A Saint-Germain, vendredi 20 août.

« Vous n'êtes pas sitôt de retour dans votre Provence, ma chère fille, que
j'éprouve le besoin de vous écrire, non pas tant pour vous donner le divertissement de tout ce qui se passe ici, que pour prendre moi-même celui de m'entretenir avec vous.

« Aussi bien, vous devez être curieuse de connaître la suite des événements
qui ont signalé les derniers moments de votre séjour à Saint-Germain.

« Parmi ces événements, il en est un qui aura fait plus de bruit à la cour
que la mort de M. de Turenne, laquelle fut, pourtant, une des plus fâcheuses
pertes qui pût arriver en France, et dont le roi faillit s'évanouir.

« Je veux parler de la retraite, qui serait définitive, cette fois, de Mme de
Montespan.

« Vous avez assisté à la façon dont celle-ci prit congé de Leurs Majestés.
Le lendemain, elle partit pour sa maison de Clagny, où il paraît qu'elle garde
le lit, malade d'une colère rentrée. Il est certain qu'elle ne se doutait point que
sa démission serait aussi facilement acceptée. Mais tout s'use, comme dit M. de
Saint-Simon. J'ajouterai que tout finit, et que tout est bien qui finit bien...

« Il est non moins constant que le roi ne semble pas s'apercevoir de
l'absence de son ancienne amie. Il joue, il chasse, il est fort gai. Jamais on ne
s'est montré ici mieux disposé et plus tranquille.

« Maintenant, je vais vous mander une chose qui exigerait, pour être qua-
lifiée comme il convient, toutes les épithètes de ma lettre à M. de Coulanges
sur le mariage — fait et défait — de Mademoiselle et de Lauzun.

« Savez-vous quelle est la personne appelée à recueillir la succession de *Quantova* [1] ?

« Devinez. Je vous le donne en trois, je vous le donne en quatre, je vous le donne en six, je vous le donne en cent. Jetez-en votre langue aux chiens !

« Vous me dites :

« — C'est Mme de Thianges, l'une des sœurs de la belle marquise...

« — Point du tout.

« — Alors c'est Mme de Fontevrault, son autre sœur...

« — Pas davantage.

« — C'est Mme de Vivonne, sa belle-sœur...

« — Encore moins...

« — C'est la d'Heudicourt, son amie...

« — Vous n'y êtes pas...

« — C'est la Scarron, sa protégée...

« — Eh bien, non, et s'il faut, à la fin, vous le dire :

« Vous rappelez-vous cette provinciale que la reine prit pour lectrice, le jour des adieux de *Quanto*, qui l'avait elle-même présentée au roi dans les jardins de Saint-Germain ?

« Une la Tremblaye. Noblesse d'Anjou. Charmante personne, au demeurant. Point façonnière et point coquette. Vous jureriez qu'elle n'a pas soupçon de l'honneur qui lui pend au nez.

« Non pas que le roi se montre avec elle beaucoup plus attentionné qu'avec les autres dames. Quant à la reine, elle en raffole positivement ; Mme de Montausier aussi, et M. de Condom, et le P. la Chaise, et le P. Bourdaloue pareillement. L'ambassadeur d'Espagne, de son côté, est fort de ses tenants. Toujours est-il qu'il circule des bruits sous le manteau : on prétend qu'elle sera dame du palais, qu'on va la marier et qu'elle aura le tabouret...

« C'est, du moins, ce que nous a rapporté hier, en faisant médianoche chez M. de Pomponne, cette petite peste d'Heudicourt avec force doléances hypocrites à l'adresse de cette pauvre marquise.

« D'Acqueville, qui l'a entendue, l'a comparée à une coupe d'eau bénite.

« Oui : d'eau bénite... empoisonnée. »

. . . .

« A Saint-Germain, lundi-30-août.

« Ce que je vous annonçais, ma chère belle, est en train de se réaliser. Mlle de la Tremblaye est nommée dame du palais, et on la marie la semaine qui vient. C'est M. d'Alaméda qui a fourni le futur : un hobereau assez ignoré

1. *Quantova*, *Quanto*, sobriquet sous lequels madame de Sévigné a l'habitude de désigner la favorite.

— et ignorant — des îles bretonnes. On saura gré, cette fois, à Sa Majesté de ne pas *encornailler* un homme de qualité.

« Avec celui-ci, on n'aura à redouter ni les algarades jalouses de M. de Montespan, ni l'appétit de places et de cordons de M. de Soubise. On le fera quelque chose aux armées, — *cornette*, a dit Brancas, — on l'éloignera, et il n'en sera plus question.

« M. l'ambassadeur d'Espagne s'est considérablement employé dans toute cette affaire. Il doit avoir ses raisons. C'est l'homme le plus poli et le plus carressant qui soit. Je suis persuadée, pour ma part, que s'il avait intérêt à se défaire de quelqu'un, il choisirait pour cela le moyen le plus doux. »

. . . .

. . . .

« A Saint-Germain, mardi 11 septembre.

« Mon ange, tout est terminé. Le mariage de Mlle de la Tremblaye avec le chevalier de Locmaria a eu lieu hier, dans la chapelle du château. Auparavant, l'on avait lu le contrat dans la galerie des Fêtes. Leurs Majestés l'ont signé. Les parents de l'épousée étaient représentés par Mme de Montausier et par M. de Montglat; ceux de l'époux, par M. d'Alaméda et par Mme de Montchevreuil, la femme grande, maigre et jaune du gouverneur de Saint-Germain.

« Tout ce qu'il y a de princes et de princesses, tous les courtisans, toutes les dames, enfin ce qui s'appelle la cour de France se trouvait réuni pour ce spectacle. On aurait dit qu'il s'agissait de l'union de quelque membre de la famille royale. Aussi savait-on ce que c'était que d'y avoir chaud. Mais que voulez-vous? La rage était d'être là *in ogni modo*.

« C'est le roi qui a fourni la dot sur sa cassette.

« La mariée portait le cadeau de la reine : des pendeloques de diamants avec des poinçons d'un grand prix pour fixer son voile et sa couronne.

« Elle était romanesquement belle, et parée, et contente. L'air modeste et fort entendu. On ne dira certainement pas d'elle ce que l'on a dit de la Fontange : qu'elle n'avait pas plus d'esprit qu'un petit chat.

« Le marié ferait un superbe gendarme. Il est jeune et bien en point. Tout le monde a été saisi de sa bonne mine et de son costume. Pour ma part, je lui ai trouvé de l'honnêteté dans le regard.

« Ce qu'il y a de plus plaisant, c'est que tous deux ressemblent à des tourtereaux qui roucoulent. Monsieur dévore sa femme des yeux; madame paraît soupirer :

Qu'il est doux de trouver dans un amant qu'on aime
Un époux que l'on doit aimer !

« Est-ce que, par hasard, il y aurait quelque histoire là-dessous ?

« Le roi était en velouté noir, avec la veste en satin paille.

« La reine, en point de France et jupe de toile d'argent, sans coiffes.

« Après la signature du contrat, l'on s'est rendu à la chapelle, où la musique particulière de Sa Majesté a exécuté un motet. M. de Condom a officié. Le P. La Chaise a admonesté les époux d'une façon fort attendrissante. On a remarqué la netteté avec laquelle le marié a répondu : *Oui*, aux questions d'usage. Le roi rayonnait ; la reine aussi ; M. d'Alaméda de même ; un enchantement général. Je me suis demandé sous cape :

« Qui diantre trompe-t-on ici ?

« C'est ce que l'avenir nous apprendra.

« En attendant, après la collation, on est allé se promener en calèche, dans la forêt ; Sa Majesté menait la reine et la mariée, ensemble côte à côte, dans son petit *soufflet* attelé de deux chevaux au poil blanc truité de bai, ainsi qu'il conduisait jadis mesdame de la Vallière et de Montespan. C'est ce qui a donné lieu à des rapprochements. Toute la société suivait, attroupée selon sa fantaisie. Le mari recevait avec une félicité décente les compliments qu'on lui faisait. J'ignore de plus en plus si celui-là est un pantin et qui en manœuvre les fils ; mais j'estime qu'il faudra y regarder à deux fois avant de le lui venir dire de trop près.

« Au retour, on a dîné en grand couvert, et chacun s'est émerveillé de la manière dont se comporte à table le chevalier de Locmaria. C'est sûrement un aussi gros mangeur que le roi. La Palatine, qui assaisonne encore les réflexions les plus salées de ses lourdes épices germaniques, affirmait que la même ménagère aurait du mal à contenter deux appétits aussi ogresques, et elle tirait cette conséquence : que la fonction de la nouvelle dame du palais ne serait pas précisément une sinécure.

« L'après-dîner, il y a eu comédie et violons.

« C'est ce qui a duré jusqu'à minuit passé, et je m'en suis revenue chez moi comme les *felicissimi sposi* montaient en carrosse pour rentrer.

« C'est le soleil de midi qui a éclairé toute la première partie de cet imbroglio nuptial.

« La lune aura été témoin du reste. »

XIX

LA NUIT DE NOCES

A l'issue de ces différentes cérémonies, les deux nouveaux époux avaient
été reconduits, dans un carrosse du roi, à l'hôtel de Boislaurier, dont l'ami
d'Aramis avait mis fort obligeamment le premier étage à leur disposition.

Aurore et Joël y étaient arrivés encore tout éblouis d'une journée si bien
remplie et des diverses aventures à travers lesquelles ils allaient, tête baissée,
depuis quelque temps

Jugez s'ils avaient hâte de se trouver seuls pour se raconter l'un à l'autre
ce qu'ils avaient fait et senti, chacun de leur côté, pendant leur séparation, et
pour essayer de s'expliquer les événements dont ils subissaient les résultats
sans en connaître les raisons.

Par malheur, Mme de Montausier avait tenu à accompagner la nouvelle dame
du palais, afin de l'édifier sur les devoirs que lui imposaient ses fonctions.

— Votre service commençant demain, avait-elle déclaré à la jeune femme,
il est urgent que vous soyez, dès la première heure, au château, d'où il ne
vous est pas permis, du reste, de vous absenter sans une autorisation spéciale...

— Comment! s'était exclamé le marié, défense de sortir du château...

— Certainement; la reine peut se trouver indisposée et avoir besoin de
soins immédiats...

— Hum! avait toussé notre héros, m'est avis qu'en ce cas il serait beaucoup plus simple d'avoir un médecin sous la main...

— Le matin, avait continué la surintendante, vous assistez au lever de Sa
Majesté; puis vous la suivez à la messe; au retour, vous déjeunez avec vos
autres collègues, à moins que vous n'ayez l'honneur d'être admise à la table
royale. Après le déjeuner, s'il fait beau, promenade; s'il fait mauvais, conversation ou lecture dans les petits appartements. A moins que Sa Majesté, selon
l'habitude espagnole, ne passe dans son boudoir pour se reposer une heure ou
deux...

— Et, pendant que la reine dort, fit vivement notre héros, on est libre de
vaquer à...

— Pendant que la reine dort, on veille à ce que son sommeil ne soit pas
interrompu...

— Ah!...

— Après la sieste, la toilette ; après la toilette, le dîner ; après le dîner, le jeu. Celui-ci dure jusqu'à minuit. Toute la maison de Leurs Majestés y assiste...

— Et le lendemain ? questionna le Breton, pendant que deux caméristes aidaient Aurore à enlever sa couronne et son voile.

— Le lendemain, on recommence : l'étiquette réglée par le roi étant la même pour tous les jours de l'année.

— Et combien, je vous prie, dure ce service ?

— Trois mois : les quartiers sont divisés par trimestres. Seulement vous ne devez jamais vous éloigner de la cour, attendu qu'en cas d'indisposition d'une dame, vous pouvez, si vous êtes en faveur, être désignée pour la remplacer...

— Ah çà ! maugréa Joël entre cuir et chair, on redoute terriblement les maladies à la cour !...

— Maintenant, reprit la surintendante, pour les jours de grandes fêtes, de chasses, de cérémonies, de réceptions...

— Oh ! chère madame, interrompit le jeune homme d'un ton suppliant, si vous saviez combien je vous suis reconnaissant de la façon dont vous voulez bien faire l'éducation de ma femme... Mais si elle commence demain un service qui réclame tant d'assiduité... un service qui va me séparer d'elle pendant trois mois... un service pendant lequel je ne pourrai la voir qu'au château... ma foi, vous comprenez que, ce soir... Il n'y a rien de plus naturel, n'est-ce pas, et vous ne vous offenserez pas si, à près de deux heures du matin...

. . . .

Mme de Montausier s'était retirée, les lèvres pincées, comme il convient à une personne qui confine à la soixantaine. Les époux étaient restés seuls. Ils se livraient avec abandon aux douceurs de cette solitude à deux.

Toutefois notre héros, si hardi à congédier l'austère surintendante, était maintenant, tout timide et tout embarrassé.

C'est à peine s'il osait parler :

— Qu'on est bien près de vous ainsi, disait Aurore, et quelle ivresse que de me sentir désormais sous votre protection rassurante et chérie !

— Et moi, répondait le Breton, depuis mon enfance où, aux côtés de ma pauvre mère, j'étais heureux sans le savoir; je ne me rappelle pas, dans ma vie isolée, avoir eu un seul moment comparable à celui-ci !

Ils demeurèrent muets pendant un instant, absorbés par une contemplation réciproque.

Puis le fils de Porthos reprit :

— Vous êtes belle comme un ange, Aurore !

La jeune femme repartit avec admiration :

— Quand je me souviens de ces deux fois où votre bras me défendit, vous m'apparaissez plus grand qu'un archange et plus vaillant qu'un héros!

Les fenêtres de l'appartement étaient ouvertes: au dehors, la nuit était calme, l'air pur, le firmament splendide. De vagues murmures traversaient par intervalles le vaste silence de la nuit endormie. Par intervalles aussi, le vent apportait des parfums doux ou âcres, puisés dans le calice des fleurs des parterres ou cueillis à la cime des arbres de la forêt...

Ils étaient assis tout près l'un de l'autre, comme sur le banc de la berge des Célestins.

Comme sur ce banc encore, leurs mains se pressaient.

Cette soirée, qui avait entendu échanger leurs aveux, leur revint en même temps à l'esprit à tous deux...

Et, comme à ce souvenir la jeune femme frissonnait:

— Pourquoi trembler? demanda Joël. Ici, nous n'avons à redouter ni la trahison, ni l'orage. Laissons donc nos âmes se détendre et se reposer dans la confiance...

— Oui, soupira Aurore, oublions les méchants. Cette heure délicieuse et unique, savourons-la sans trouble et sans crainte. Dieu nous le permet, qui a reçu nos serments devant ses autels...

Par un gentil mouvement, elle posa sa tête sur l'épaule de son mari; ses paupières s'abaissèrent; ses cheveux effleurèrent les lèvres du Breton...

Celui-ci se leva, frissonnant, éperdu:

— Qu'y a-t-il? questionna la jeune femme, en rouvrant ses yeux étonnés et languissants.

Il tomba tout pâle à genoux devant elle, et ses bras l'entourèrent:

— Il y a que je vous aime comme un fou! s'écria-t-il du fond du cœur.

— Et moi aussi, je vous aime, et je suis votre femme, répondit-elle en se laissant aller à son étreinte.

En ce moment, un pas éperonné sonna sur le pavé de la place.

Un coup vigoureux fut frappé à l'huis extérieur de l'hôtel.

Puis, une voix forte prononça ces mots: *Service du roi!* devant lesquels aucune porte n'avait le droit de rester fermée.

Aurore s'arracha aux baisers de Joël.

— Qu'est-ce que cela? balbutia-t-elle.

— Sans doute, fit notre héros, quelque message de la cour pour M. d'Alaméda ou M. de Boislaurier.

Ils demeurèrent tous deux immobiles et inquiets en face l'un de l'autre.

Deux ou trois minutes s'écoulèrent.

Ensuite, le pas retentit, se rapprochant, à l'intérieur de l'hôtel.

Quelqu'un gratta à la porte.

— *Le roi me prête son confesseur ! Sa Majesté me comble.*

— Qui est là? demanda le fils de Porthos.

— Un envoyé de Sa Majesté, répondit la voix de Bazin.

Le Breton courut ouvrir.

Le majordome entra et annonça:

— M. de Maupertuis, lieutenant aux mousquetaires.

La mâle silhouette de celui-ci, à demi drapé dans son manteau, se dessinait dans la pénombre de l'antichambre.

Derrière lui apparaissaient la figure impassible d'Aramis et celle, légèrement curieuse, de M. de Boislaurier.

Du seuil, le lieutenant salua profondément la jeune femme.

Puis s'avançant vers notre héros et lui présentant un large pli timbré du sceau de la couronne:

— De la part du roi, dit-il.

Joël brisa le cachet, ouvrit l'enveloppe et en tira un parchemin qu'il parcourut rapidement...

Puis il poussa un cri :

— Un brevet d'enseigne dans la nouvelle compagnie d'artillerie qui vient de se former à Douai !

Il se retourna vers Aurore avec un visage resplendissant d'orgueil et d'allégresse:

— Comprenez-vous ?... Officier !... Je suis officier !... Oh! le bon roi, l'excellent roi !...

M. de Maupertuis sortit de sa poche un second pli :

— Ordres de Sa Majesté, fit-il en le tendant au fils de Porthos.

Celui-ci fit de ce pli ce qu'il avait fait du premier.

Puis il jeta un nouveau cri...

Mais, cette fois, ce n'était plus un cri de joie...

Il relisait maintenant « les ordres du roi » avec un étonnement voisin de la stupeur. Il en reprenait chaque ligne. Il en pesait chaque mot un à un. Il était plus blanc que le papier qu'il tenait dans sa main tremblante...

La jeune femme s'alarma:

— Qu'est-ce donc? interrogea-t-elle.

Pour réponse, notre héros se mit à lire à haute voix :

« Aussitôt les présentes reçues, M. le chevalier de Locmaria montera à « cheval et partira à franc-étrier pour Paris, où il se rendra incontinent chez « M. de Louvois, notre ministre de la guerre.

« Celui-ci lui remettra des dépêches qu'il portera en toute diligence à « M. le maréchal de Créqui, présentement en son camp, sous Fribourg en « Brisgau.

« Aucun retard, sous quelque prétexte que ce soit, ne devra être apporté
« à l'accomplissement de cette mission.

« M. de Maupertuis, notre lieutenant aux mousquetaires, se chargera de
« mettre en route mondit sieur de Locmaria.

« Signé : LOUIS. »

Les deux époux se regardaient avec une sorte d'effarement.

— Mais, seigneur Dieu ! ce n'est pas possible ! finit par s'exclamer Joël.

— Qu'est-ce qui n'est pas possible, monsieur? s'informa le lieutenant avec
hauteur.

— Ce que Sa Majesté me demande...

— Sa Majesté ne demande pas : elle commande, repartit l'officier avec la
même raideur.

— Sa Majesté n'a pas songé... Elle aura sans doute oublié... Que diable ! je
ne puis pas quitter ainsi, le soir, la femme qu'elle m'a donnée le matin.

La mine piteuse et l'accent désolé avec lesquels le pauvre garçon bégayait
ces phrases décousues touchèrent M. de Maupertuis :

— J'apprécie, reprit-il, tout ce qu'il y a de pénible dans ce qu'on réclame
de vous... Mais vous êtes soldat, monsieur... Souvenez-vous que l'obéissance
est le premier devoir du soldat...

Le fils de Porthos implora :

— Conduisez-moi auprès du roi... Je veux lui parler, lui expliquer... Il se
rendra à mes prières et m'accordera un délai...

— Le roi dort. Défense d'entrer chez lui avant l'heure ordinaire du lever.
Or, à cette heure, vous devrez être sur la route de Paris à Fribourg

Notre héros jeta un coup d'œil sur son costume :

— Comment, vous exigez qu'en pareil équipage...

M. d'Alaméda s'avança :

— Mon cher chevalier, il y a, dans votre cabinet de toilette, un équipement
complet d'enseigne à la compagnie d'artillerie à laquelle vous êtes attaché.
Vous y trouverez même l'épée que vous aviez remise à ces messieurs de la
connétablie, et que ceux-ci vous ont renvoyée... Une surprise que je vous
ménageais !

— Et tous les chevaux de mon écurie sont à votre disposition, ajouta à son
tour M. de Boislaurier.

L'ambassadeur s'en vint prendre la main du jeune homme :

— Hélas ! reprit-il, vous me voyez navré... Pardonnez à un vieillard qui
s'accuse... C'est moi qui suis la cause de ce qui vous arrive...

— Vous?...

— Eh ! oui : ne soupçonnant pas qu'il serait si tôt mis à l'épreuve, n'est-ce pas moi qui ai eu la malencontreuse idée de parler à Sa Majesté du zèle ardent dont vous brûliez pour son service ?... N'ai-je pas été trop éloquent en lui peignant combien vous étiez impatient de faire vos preuves ?... N'ai-je pas eu le tort, enfin, de lui répéter ce soir vos paroles, votre engagement de ce matin ?...

— Ah ! questionna la jeune femme, M. de Locmaria a pris un engagement ?...

— Celui de tout sacrifier aux intérêts de son pays et de son prince.

Notre héros baissa le front :

Le diplomate continua :

— Si bien que le roi, s'étant trouvé, sans doute à l'improviste, dans la nécessité de confier une mission importante à quelqu'un sur qui l'on pût compter ; le roi, dis-je, se sera résolu, sur la foi de mon langage, à octroyer à notre ami cette marque de son estime...

Le Breton tournait des regards suppliants vers l'ancien évêque de Vannes.

Celui-ci reprit après une pause :

— Sa Majesté n'aura pas calculé ce qu'allait vous coûter, dans un pareil moment, une séparation qui, du reste, ne saurait être que momentanée... Et, s'il m'était permis de lui faire entendre ma voix je suis certain qu'elle s'empresserait de revenir sur sa décision... Malheureusement, le temps nous manque...

— Conseillez-moi, murmura Joël.

Le vieillard redressa sa tête blanche.

— Mon enfant, dit-il gravement, il est telles circonstances où un homme de sens et de cœur, comme vous l'êtes, ne doit consulter que lui-même.

— Enfin, demanda le lieutenant, qu'annoncerai-je à Sa Majesté ?

Aurore intervint :

— Vous lui annoncerez, répondit-elle, que ses ordres seront exécutés

Notre héros la considéra avec étonnement.

— Avez-vous cru, continua la jeune femme, que je vous aimerais si mal et que j'aurais si peu de gloire de moi-même que de chercher à vous retenir ? L'honneur l'ordonne : partez...

« Cette nouvelle séparation m'arrachera bien des larmes, et Dieu seul peut savoir combien, en votre absence, je me sentirai isolée et triste dans cette cour où vous me laissez...

« Mais vous avez offert vos services au roi, et il n'est point possible que vous les lui refusiez, du moment où il les requiert...

« Allez donc vous préparer. Pas d'hésitations ni de faiblesse. Cette pensée nous consolera tous les deux, — vous, au cours de ce long voyage, — moi, ici, dans ma solitude, — que chacun de nous a fait son devoir.

Une demi-heure plus tard, les acteurs de cette scène descendaient dans la cour de l'hôtel Boislaurier, où attendait un valet qui tenait deux chevaux en bride.

Les deux époux marchaient au bras l'un de l'autre.

La jeune femme avait l'œil sec et le visage calme.

C'était en dedans qu'elle pleurait, pour ne point affaiblir la résolution de son mari.

Celui-ci paraissait non moins résigné.

Ajoutons qu'il était superbe dans son harnachement militaire, — avec sa cuirasse et ses gants de buffle, son colletin d'acier, son justaucorps bleu, galonné d'argent sur toutes les tailles, son haut-de-chausse écarlate, son chapeau à plumet rouge et ses hautes bottes éperonnées.

L'épée de Porthos ne jurait plus à son côté.

— Chevalier, dit M. de Boislaurier, je vous ai choisi mon meilleur cheval de campagne.

M. d'Alaméda ajouta :

— Et, comme il vous faut un laquais, je vous donne Esteban, un de mes Espagnols, lequel, du reste, parle français comme un bourgeois de la rue Saint-Denis. C'est un garçon adroit et brave. Il pourra vous aider dans toutes les besognes.

Joël remercia du geste :

— S'il vous plaît, fit M. de Maupertuis, je vous accompagnerai jusqu'à la sortie de la ville pour vous donner vos instructions.

Notre héros se mit en selle.

Les deux époux se regardèrent avec une profonde mélancolie, mais avec une suprême sérénité de cœur.

— Vous ne voyagerez pas seul, prononça la jeune femme; car, avec vous, vous emportez toute mon âme!

— Aurore, murmura le jeune homme, Aurore, vous êtes noble et grande!

Elle étendit la main comme pour lui montrer la route :

— Dieu vous ramènera... Au revoir!... Souvenez-vous que vous me retrouverez telle que vous m'avez quittée : fière de porter votre nom, heureuse de vous aimer et d'être aimée de vous.

Le fils de Porthos se pencha...

Il enlaça du bras la taille d'Aurore, qu'il enleva sans effort et qu'il assit sur le garrot de sa monture...

— Au revoir donc! soupira-t-il, chère femme adorée, au revoir!

Et la dernière syllabe du mot, symbole de l'espérance, se perdit entre leurs lèvres unies dans un baiser.

XX

COLÈRE DE FEMME

C'était dans cet oratoire où nous avons vu la veuve Scarron recevoir notre héros, la nuit que celui-ci apporta à la *Maison grise* Mme de la Tremblaye, évanouie.

Françoise d'Aubigné y écoutait les doléances de Mme de Montespan.

Cette dernière, qui « ne décolérait point » depuis son départ de Saint-Germain, venait d'arriver, de Clagny à Paris, comme une bombe.

Non pour embrasser ses enfants...

Mais pour exhaler à la gouvernante une rage que de récents événements avaient portée au paroxysme.

Les sourcils froncés, le front sombre, les traits contractés, la parole sifflante, elle allait et venait, d'un pas saccadé, à travers la pièce :

— Oui, madame la Raison, c'est ainsi, grondait-elle. Je suis jouée, dupée, bernée par cette pensionnaire de province!... Moi qu'ils appellent *la Merveille!*... Avec tout l'esprit qu'on me prête, c'est moi qui ai fourni un bâton pour me battre!...

« Car c'est moi qui suis allée au-devant des vœux de ce monarque perfide!... C'est moi qui lui ai proposé de me retirer de la cour!... C'est moi qui, de gaieté de cœur, ai fait la place nette à celle qui me succède!...

« Quand je pouvais rester! Quand je pouvais combattre! Quand je pouvais vaincre!...

« On dit que je n'ai plus vingt ans; soit!...

« Mais, qu'on me regarde. Moi, je me regarde tous les jours, allez! Ma première ride est loin encore. Mes yeux en sont-ils moins brillants? Ai-je un fil d'argent dans mes cheveux? Mes dents, mon teint, ma taille, je n'ai rien perdu de mes armes. Enfin, je suis encore belle!...

— Oh! madame, protesta Françoise d'Aubigné, vous serez toujours la plus belle!...

A ce compliment, la marquise alluma de toutes leurs flammes le cristal et le jais de ses yeux, la pourpre de ses lèvres et de sa chevelure.

Puis, s'arrêtant devant la gouvernante et, martelant du pied le tapis par un mouvement sec et nerveux :

— Pour vous, c'est certain... Pour les autres, c'est possible... Mais pour *lui!*

Elle déchira ses gants de colère :

— Ah! cette exécrable petite masque d'Aurore! Comme elle avait son plan tout prêt quand elle a mendié mon appui!... Quand vous me l'avez amenée, vous qui êtes peut-être sa complice!...

Elle dardait sur son interlocutrice un regard envenimé de défiance et de colère.

L'autre protesta :

— Madame!

— Eh bien! non, ma bonne, je suis folle... Admettons qu'elle nous a trompées toutes les deux!... Cette tentative d'enlèvement, leurre, chimère, mensonge!... Une comédie machinée pour arriver jusqu'à moi par votre entremise, pour se faire conduire à la cour, pour être présentée au roi et pour m'escamoter ses faveurs!...

La veuve Scarron secoua la tête :

— Madame, dit-elle, je crois que vous êtes dans l'erreur...

— Comment?

— Mlle de la Tremblaye ne sait pas mentir. C'est une nature franche et droite, dépourvue de dissimulation ou de calcul. A plus forte raison, incapable de se vendre...

— Même quand on y met le prix? ricana la marquise.

— Même au prix d'une couronne, appuya Françoise d'Aubigné.

— Ouais! ma mie, vous la défendez avec une ardeur!...

— Parce que je suis certaine qu'elle n'est pas coupable...

— Oh!

— Cette tentative d'enlèvement, que vous regardez comme inventée à plaisir, elle a eu lieu réellement. Je l'affirme. La pauvre enfant en a gardé le lit assez longtemps... Mais il y a quelque chose qui s'élève davantage contre les vues que vous lui prêtez... Cette jeune fille a dans le cœur un grand, sincère et pur amour...

— Elle aime quelqu'un?...

— Elle aime un brave garçon qui ne lui cède en rien pour la noblesse et la vaillance des sentiments...

La Merveille haussa les épaules :

— Bon! est-ce que Mme Henriette n'avait pas aimé le comte de Guiche?... Est-ce que Mlle de La Vallière n'a pas aimé M. de Bragelonne?... Est-ce que je n'ai pas aimé moi-même mon mari, Lauzun et Rohan?... Ce qui n'a pas empêché Mme Henriette de succéder à la reine, la Vallière de succéder à Mme Henriette, et moi-même de succéder à la Vallière dans les tendresses de Louis!

Puis, recommençant sa promenade furieuse :

— En attendant, je sèche sur pied à Clagny... Toute seule... La cour n'a pas daigné, une pauvre et unique fois, faire prendre de mes nouvelles... A

Saint-Germain, on aiguise contre moi des épigrammes et des couplets que l'on colporte et que l'on chante librement à Paris...

« Tenez, voici ce que j'ai entendu, — tout à l'heure, — dans la rue, — sur le nouvel air du *Traquenard* : il s'agit de

> L'attelage d'aujourd'hui
> Qui mène ce dieu qui luit...

« Le dieu, c'est le roi, naturellement. L'attelage, ce sont les ministres, que l'on drape de la belle façon. Vient ensuite une comparaison entre les deux juments qui complétaient l'attelage :

> Ces juments étaient de bon train ;
> Elles connaissaient le terrain ;
> Fouquet, Rohan dans tout chemin
> Les ont menées à Saint-Germain.
> L'une boitait, marchait en cane :
> L'autre était forte et rubicane ;
> L'une était maigre au dernier point,
> Et l'autre crevait d'embonpoint.

« Quoi de plus clair ? La boiteuse, c'est cette pie-grièche de la Vallière. L'autre, c'est moi, pardieu ! A cause de la couleur de mes cheveux !...

« Ces gens-là s'imaginent donc que je suis déjà *crevée d'embonpoint*, comme ils disent, pour oser m'insulter ainsi ?...

« Ah ! mais qu'ils y prennent garde !...

« Je suis femme à ressusciter pour me donner la joie de les *passer* de nouveau *par les armes !* [1]...

« Quant à votre pécore d'Anjou, du diable si je lui permets de durer autant que la Fontange ! si l'on a brûlé la Voisin, du moins n'a-t-on jamais chômé de gens qui continuent son commerce.

. . . .

Françoise d'Aubigné frissonna à cette menace et à l'expression de haine qui régnait sur le visage, qui vibrait dans la voix de l'ex-favorite.

— Madame, reprit-elle, Mlle de la Tremblaye est innocente des avanies dont vous souffrez, et, s'il est vrai que le roi ait sur elle des intentions...

— Des intentions que j'ai été assez sotte pour éveiller, murmura la marquise entre ses dents serrées.

— Eh bien, il en sera pour ses frais de conquête.

---

1. Telle était la terreur que l'humeur satirique et vindicative de Mme de Montespan inspirait aux gens de la cour, qu'ils évitaient de paraître sous ses fenêtres, quand ils la savaient avec le roi ; ils appelaient cela : *passer par les armes*.

Si Aurore avait pu le voir, ainsi paré, au goût du jour.

« Cette jeune fille est d'un autre temps, elle est d'autres mœurs que les nôtres. Ce n'est pas une Française à la façon de Mme de Ludre, de Mme de Soubise ou de Mlle de Fontange : c'est une Romaine à la façon de Lucrèce, — une Lucrèce qui saura mourir avant de subir l'outrage de Tarquin...

Athénaïs haussa les épaules en ricanant.

— Il s'agit bien de l'histoire ancienne ! Il s'agit de ce qui se passe à Saint-Germain. N'en êtes-vous donc point informée ?

— Je sais seulement que Mlle de la Tremblaye a été admise parmi les lectrices de la reine...

— Mlle de la Tremblaye est, maintenant, dame du palais.

— Dame du palais ?

— Et elle a été mariée hier.

La veuve se leva comme sous l'action d'un ressort :

— Mariée !... Elle !... C'est impossible !

— Mariée hier, à midi, dans la chapelle du château, en présence de toute la cour. .

La Merveille tira plusieurs lettres de sa poche :

— D'Heudicourt et mes sœurs, mes excellentes sœurs, assistaient à la cérémonie... Aussi, n'ont-elles rien eu de plus pressé que de m'écrire, chacune de son côté, en m'expliquant le dessous des cartes avec toutes sortes de détails, de commentaires et de condoléances hypocrites... Autant de coups d'épingle à travers le cœur !...

— Mariée ! redit la gouvernante.

— Avec je ne sais quel inconnu... Un mari de paille !... Un misérable qui couvrira de son pavillon les amours de Louis et de sa nouvelle maîtresse.

Elle eut un éclat de rire sardonique :

— Tout le monde ne ressemble pas à M. de Montespan !

— Mariée, répéta de nouveau Françoise d'Aubigné, qui ne pouvait en croire ses oreilles.

Athénaïs reprit :

— J'ai oublié le nom de l'époux... Toujours est-il que Sa Majesté a daigné signer l'acte de vente... Pardon ! je veux dire le contrat... Il paraît que l'épousée était belle comme le jour...

Puis, sourdement, le front plissé, les narines flairant le meurtre, des lueurs funèbres dans les yeux :

— Oh ! mais gare que je ne fasse la nuit de ce jour-là !

En ce moment, un domestique entra et, s'adressant à la maîtresse du logis :

— Madame, il y a là un officier du roi qui demande à vous entretenir.

— Un officier du roi ? fit la veuve avec étonnement.

— Voici le nom de ce gentilhomme.

La gouvernante prit le papier que lui présentait le serviteur.

— *Le chevalier de Locmaria*, lut-elle avec une surprise croissante.

L'ex-favorite lui saisit le bras :

— Le chevalier de Locmaria!... Vous ne vous trompez pas?... Il y a le chevalier de Locmaria?...

— Oui, et je ne connais personne de ce nom...

— Mais ce nom, c'est celui de cet homme...

— Quel homme?...

— Celui qui a épousé ma rivale...

— Oh!...

— Je me le rappelle à présent... Et, tenez, le voilà écrit dans les lettres d'Heudicourt et de mes sœurs... Le chevalier de Locmaria; voyez...

Les deux femmes s'interrogèrent réciproquement du regard :

— Que peut me vouloir ce personnage? questionna Françoise d'Aubigné, dont la lèvre eut comme un renflement de dégoût.

— Pour le savoir, il faut, d'abord, le recevoir, ma chère, répondit la marquise qui semblait réfléchir.

Elle ajouta après une minute :

— Il est bon de connaître ses ennemis. Il est meilleur de les connaître sans qu'ils puissent se douter que vous les connaissez. Il ne faut pas que cet homme me voie.

Puis, impérieusement :

— Mais il faut que j'entende ce qu'il va vous dire.

La veuve Scarron souleva une portière de tapisserie qui masquait une sorte de cabinet noir où elle mettait ses élèves en pénitence, lorsque ceux-ci avaient commis quelque méfait.

— Qu'à cela ne tienne. Rien de plus facile. Placez-vous là, madame.

Ensuite, se tournant vers le valet qui attendait ses ordres :

— Maintenant, dit-elle, introduisez M. le chevalier de Locmaria.

XXI

EN TRAVERSANT PARIS

Lorsque le visiteur entra, la veuve Scarron poussa un cri :

— Vous !...

Elle recula comme devant une apparition, et joignant les mains :

— Vous!... Est-ce croyable!... Sous ce costume!

— C'est le mien désormais : je suis soldat du roi.

Et notre héros ajouta :

— A preuve que je devrais, en ce moment, courir la poste vers le quartier général de M. de Créqui en Alsace, si M. de Louvois avait l'habitude de se lever un peu plus tôt...

— Que signifie?

— Cela signifie que, quand je me suis présenté, tout à l'heure, à l'hôtel de Son Excellence, afin d'y prendre les dépêches que je dois porter à Fribourg, il m'a été signifié que le ministre, — qui était revenu fort tard, hier, de Saint-Germain — ne serait pas visible avant midi...

« Alors j'ai pensé à vous, — à vous, notre bonne fée, notre bon ange, notre providence, à moi et à ma chère Aurore...

« Et je suis venu vous remercier en passant, de tout ce que vous avez fait pour nous, et vous informer — au galop — de tout ce qui nous est arrivé depuis notre séparation...

— Ah! vous venez pour m'informer...

— Parbleu! ne faut-il pas que vous ayez votre part d'un bonheur qui est un peu votre ouvrage; car c'est grâce à vous, je présume, que ma femme a paru à la cour...

— Votre femme?... Vous avez dit : *votre femme?*... Ainsi, c'est vous qui êtes l'époux de Mlle de la Tremblaye?...

— Vous le saviez?... Ma foi, tant pis!... J'aurais voulu être le premier à vous annoncer cette grande joie de mon âme...

— Et c'est vous qui vous appelez le chevalier de Locmaria?...

— Puisque Sa Majesté m'a conféré ce titre...

Puis, avec une légère inquiétude :

— Mais de quel air bizarre vous me considérez... Voyons, qu'y a-t-il?... On jurerait que vous n'êtes pas heureuse de mon bonheur...

Puis encore, secouant la tête avec une mauvaise humeur comique :

— Il est vrai qu'il y a déjà des anicroches à ce bonheur .. C'est à peine si nous avons eu le temps d'échanger une demi-douzaine de paroles : patatras! un ordre du roi... Il faut monter à cheval, partir, m'éloigner de ma lune de miel...

Françoise d'Aubigné lui désigna un siège :

— Asseyez-vous là, monsieur Joël, — en face de moi, — bien en face, — et contez-moi par le menu comment ce mariage s'est fait... N'omettez aucune circonstance... La sympathie que vous m'inspirez me rend curieuse de connaître jusqu'aux moindres détails d'un événement auquel je m'attendais si peu...

Notre héros commença son récit.

Lorsqu'il l'eut terminé, son interlocutrice, qui l'avait écouté avec une religieuse attention, articula en *aparté :*

— Cet homme doit être de bonne foi.

Ensuite, à brûle-pourpoint :

— Alors, votre femme vous aime ?

Joël eut un éclat de rire franc et sonore.

— Quelle plaisanterie !... Vous me demandez si ma femme m'aime ?... Pas plus, certes, mais autant que je l'aime moi-même.

— Vous en êtes sûr !

— En douter serait offenser le plus brave cœur qui soit au monde.

Ensuite, avec une surprise à laquelle se mêlait une pointe d'anxiété :

— Mais je cherche en vain à comprendre...

Elle l'interrompit.

— Ce M. d'Alaméda, qui a été l'artisan principal de ce mariage, vous n'avez pas de motif de vous défier de lui ?

— Pourquoi m'en défierais-je ?... Un vieillard !... Le meilleur, le plus généreux des hommes !

— Vous ne soupçonnez pas qu'il veuille vous tromper ?

— Dans quel but ?... Par quel moyen ?... Sous l'empire de quel intérêt ?

Il y eut un moment de silence.

Puis, la veuve Scarron reprit :

— Mlle de la Tremblaye ne vous a jamais parlé du roi ?

— Du roi ?

— Oui : elle ne vous a jamais parlé du roi d'une façon particulière ?

— Jamais... Mais c'est étrange... Pourquoi m'interrogez-vous de la sorte ?

La voix du Breton s'étranglait comme sous l'étreinte d'une douleur soudaine.

Il ne souffrait pas ; mais, par ce pressentiment qu'on a parfois des malheurs possibles, il lui semblait qu'il allait souffrir.

Françoise d'Aubigné l'examinait attentivement.

Elle se murmura à elle-même :

— Ce regard clair, ces traits honnêtes, cette parole loyale, cette angoisse réelle et sincère... Celui-là n'est pas de ces maris qui trafiquent de leur honneur... C'est peut-être une victime, ce n'est point un coupable.

Ensuite, s'adressant au jeune homme :

— Vous vous alarmez à tort, mon ami. Je ne sais, en vérité, ce qui me passe par la tête, de vous accabler ainsi de mes sottes questions. Oubliez-les et pardonnez-moi. Il y a des instants où les diables bleus de la folie dansent dans mon cerveau et parlent par ma bouche...

Il y avait un peu de l'enfant dans le fils de Porthos, c'est-à-dire qu'il était aussi prompt à se rassurer qu'à s'émouvoir.

Aux dernières paroles de son interlocutrice, il eut un bruyant soupir de soulagement

— A la bonne heure ! s'écria-t-il rasséréné. Vous m'aviez fait une peur !... C'est moi qui devenais fou, vraiment... Quand on pense que j'ai été sur le point de suspecter la plus parfaite des créatures !...

— Eh bien ! pour vous punir de ce méchant soupçon, reprit la gouvernante affectueusement, il vous faut adorer encore davantage celle qui est si digne de votre amour, lui consacrer toute votre vie et veiller sur votre bonheur comme un avare sur son trésor...

Elle lui tendit la main :

— Partez confiant. Partez vite. Plus vite vous serez de retour.

Notre héros se leva :

— C'est comme cela que je l'entends... Aussi bien, avant de quitter Paris, j'ai encore à m'acquitter d'une corvée dont j'ai hâte d'être affranchi... Mais, avant que je m'éloigne, promettez-moi une chose...

— Laquelle ?

— C'est que vous aussi, en mon absence, vous veillerez de loin sur ma chère femme...

— Je ferai mieux, mon ami : pour l'entretenir de vous, je me rapprocherai d'elle.

— Vous voyez bien que vous êtes un ange !

. . . .

Cependant, Françoise d'Aubigné avait reconduit jusqu'à l'antichambre notre héros, qui, avant de prendre congé, lui avait répété d'un ton suppliant :

— Si quelque péril imprévu menaçait ce qu'avec vous j'appelle mon trésor...

— Soyez sans crainte, avait répondu la gouvernante : je saurais bien vous avertir de ce qui se tramerait contre celle que vous avez le droit et le devoir de défendre.

Puis, venant retrouver Mme de Montespan, elle lui avait demandé :

— Êtes-vous convaincue, à présent, que, si ce garçon nous abusait, il faudrait désespérer de surprendre jamais trace de loyauté sur une figure humaine ?

— Oui, avait répliqué amèrement la marquise, je suis convaincue de ceci : c'est que cette Aurore de la Tremblaye m'a volé les deux seuls hommes dont j'aie eu envie de garder l'un et de prendre l'autre...

— Comment ?. .

— Ce soldat qui sort d'ici me plaisait. Il me plaisait déjà quand il n'était encore qu'un paysan qui arrivait de sa Bretagne. En le voyant si brave, si gai, si bon, combattant si allégrement le combat de la vie, — ce combat qui m'est si rude, à moi, — je m'étais dit :

« Voilà un bras sur la fermeté duquel j'aimerais à m'appuyer, confiante...

« Voilà, en ce temps de courtisans corrompus et menteurs, une nature droite sur laquelle il serait charmant de régner...

« J'y tiens, je le veux, je l'aurai, et promptement, et pour toujours !...

— Oh ! se dit la veuve Scarron, elle avait eu la même idée que moi, — cette idée à laquelle j'ai eu le courage de résister...

— Eh bien ! non, il m'a repoussée, il m'a dédaignée... La vieille et ridicule histoire de Joseph !... Avec cette différence qu'il ne m'a même pas laissé entre les mains un manteau dont je puisse me servir pour l'accuser !...

« Et tout cela pour cette péronnelle qui est sa femme, à lui, et qui va devenir la maîtresse du roi, si ce n'est déjà chose faite...

« Sa femme, dont il est si stupidement féru, qu'il n'ose pas la soupçonner !...

« Oh ! mais comme je vais me venger effroyablement de celle-là !...

« D'abord, il sera urgent d'épier ses actions, de pénétrer ses pensées, de s'assurer du point précis où elle en est avec Louis, ainsi que de ce qui existe au juste entre elle et ce duc d'Alaméda, un intrigant, un ennemi que je me charge de faire renvoyer en Espagne...

« Vous avez sa confiance, ma chère : c'est donc vous qui vous chargerez de ce soin...

— Mais, objecta la gouvernante, il faudrait pour cela que je fusse près d'elle.

— On imaginera un prétexte pour justifier votre présence à Saint-Germain.

Françoise d'Aubigné eut l'air de chercher. Ensuite, après une minute :

— En voici peut-être un qui serait suffisant...

— Dites vite !...

— Fagon a ordonné à M. du Maine l'air de la campagne et les bains froids...

L'ex-favorite frappa ses mains l'une contre l'autre.

— C'est parfait !... Vous allez écrire sur-le-champ au roi pour lui demander la permission de passer le reste de la saison dans ma petite maison du Pecq... Louis est fort soucieux de la santé de son fils : il sera enchanté lui-même de trouver ce moyen de l'avoir près de lui...

La gouvernante eut peine à refouler l'éclair de joie qui vint au bord de sa paupière :

— Oh! pensa-t-elle avec un tressaillement de joie, c'est elle qui me rapproche du roi!

Athénaïs poursuivit :

— Sa Majesté ne peut manquer de vous rendre de fréquentes visites... Elle a déjà en haute estime la sévérité de vos principes et la culture de votre esprit... Vous achèverez de la séduire : j'entends sur le terrain des perfections morales, que l'on ne saurait vous contester...

La veuve Scarron ne sentit pas ou ne daigna pas relever le coup...

Elle songeait :

— Ce terrain de combat, cette tactique à employer, ces armes pour vaincre, ainsi c'est-elle qui me les choisit, qui me les indique, qui me les fournit! Décidément, la Providence s'en mêle! Puisqu'elle se sert de la main de l'altière Vasthi pour conduire l'humble Esther au pied du trône d'Assuérus!

Rêvait-elle donc déjà de renouveler à son profit la tragédie biblique dont elle devait livrer plus tard le sujet à Racine?

« L'altière Vasthi » continua :

— Vous vous attacherez à obtenir ses confidences, à provoquer celles de cette fille et à m'en rendre un compte exact, précis, complet...

— J'obéirai, madame.

Et « l'humble Esther » murmura :

— Oh! cette prédiction! cette prédiction !

Cette idée était, en ce même moment, celle de son interlocutrice.

Car celle-ci reprit, en étendant le bras vers le bureau de la veuve, sur lequel elle avait déposé en entrant le masque de velours noir dont les femmes de qualité se couvraient encore le visage, quand elles ne voulaient pas être reconnues dans quelque expédition hasardeuse :

— Du reste, j'agirai de mon côté... Aide-toi, et le ciel t'aidera... Quoique ce ne soit pas précisément du ciel que j'attende assistance en l'occasion présente...

Et elle se disait à part elle :

— Si j'en crois la sibylle de la rue du Bouloi, il s'écoulera encore un certain nombre d'années avant que Marie-Thérèse disparaisse de la scène... C'est plus de temps qu'il n'en faut pour *écumer mon pot-au-feu*... Autrement, pour me débarrasser de toutes les prétendantes à la succession...

— Vous partez? demanda Françoise.

— Oui : j'ai affaire dans Paris, — une affaire qui ne souffre aucun retard.

— Ne désirez-vous pas auparavant voir Mlle de Nantes, M. le duc du Maine et M. le comte du Vexin?

— A quoi bon? Ce n'est pas pour eux que je suis venue : c'est pour m'occuper de cette Aurore...

— Voyez, incrédule, dit-il.

Et la marquise ajouta avec un accent d'incroyable résolution :

— Car je veux régner...

Puis, avec un regard, un geste, une figure où il y avait de la conviction, de la menace et du défi :

— Or, ce que femme veut...

— Dieu le veut, n'est-ce pas ? interrogea « l'humble Esther », dont la joue pâle s'alluma.

« L'altière Vasthi » eut un sourire étrange :

— Dieu... quelquefois, ma bonne ; mais le diable, toujours.

XXII

LA MAISON DE LA RUE DU DRAGON

En quittant Françoise d'Aubigné, Joël s'était dirigé vers la rue du Dragon.

Il lui restait encore une heure à dépenser avant d'être reçu par M. de Louvois, et il avait résolu d'employer ce bout de temps à se débarrasser du dépôt que lui avait confié Pierre Lesage.

S'il se souvenait bien des indications données par ce dernier, la fille du n° 141 habitait, dans la susdite rue, la troisième maison à droite de la *Cour de la Reine Blanche*, — ou plutôt, des derrières de celle-ci.

Quelle *Reine Blanche ?* — Nous ne savons. — Paris est plein de ces énigmes.

Toujours est-il que chaque fois que nos affaires nous ont appelé dans ce quartier, jamais nous n'avons manqué de nous arrêter devant cette espèce de caserne, comme sur un chapitre de Lefeuve ou d'Édouard Fournier.

Jadis, quand elle était entortillée de ruelles populaires, — cadre enfumé merveilleusement approprié à sa mine hautaine, rébarbative et sombre, — son seul aspect valait tout un volume de Dulaure ou de Saint-Victor.

Maintenant qu'on l'a « dégagée » et qu'un boulevard, d'une beauté bizarre, passe tout contre, aucun observateur ne la remarque plus. Aucun archéologue ne considère plus ses fenêtres géantes et son porche monumental. Aucun poète ne se plante plus en point d'interrogation devant l'animal fantastique, — salamandre, guivre ou tarasque, — qui en historie le fronton.

Mais notre héros n'était ni un observateur, ni un archéologue, ni un poète.

C'était un garçon pressé, voilà tout.

Le premier passant venu lui avait indiqué son chemin.

La rue trouvée, il chercha la maison.

Celle-ci n'avait point bon air.

Elle était bâtie en bois et en torchis, n'avait qu'un étage et avançait son porche jusqu'au ruisseau.

En dedans des poteaux vermoulus qui soutenaient ce porche, s'ouvrait une allée étroite et sombre, aboutissant à un rez-de-chaussée plus sombre encore, lequel ne prenait jour que sur une cour en façon de puits, et avait sa fenêtre sur la rue, close par des volets soigneusement doublés de tôle.

Dans ce rez-de-chaussée, meublé comme un logis de pauvres artisans, un homme et une femme étaient assis devant une table boiteuse qui supportait un pot de vin, deux gobelets d'étain et un jeu de tarots graisseux.

L'homme, petit, et remarquablement ratatiné, avait l'air d'un rat de chicane.

Sur sa laideur venimeuse, il y avait une grimace de coquin plumitif, à la fois humble et moqueuse.

La femme accusait une trentaine d'années. Elle était grande et brune, avec des traits flétris par des excès précoces. Des lueurs de ruse et d'effronterie se mêlaient sous sa paupière éraillée et rougie.

Tous deux buvaient silencieusement.

Soudain le pas de Joël retentit dans l'allée.

Le Breton marchait, pour ainsi dire, à tâtons, en se heurtant aux murs humides de ce véritable boyau.

— Qui nous vient là? demanda l'homme.

La femme écouta un instant :

— A coup sûr, c'est une paire d'éperons, répondit-elle. Je les entends qui sonnent sur les dalles. J'entends aussi le bout du fourreau d'une épée qui égratigne la muraille.

Elle ajouta avec inquiétude :

— Si l'on venait nous arrêter?

Son compagnon, vermine lettrée, avait des prétentions au beau langage, et s'écoutait volontiers parler, encore qu'il émaillât ses discours de certaines locutions empruntées à l'argot des voleurs de l'époque.

— Ma fille, répliqua-t-il, il y a belle lurette que nous serions à l'ombre, si l'on avait dû nous y mettre après l'accident de la patronne et l'*enflacquement* (arrestation) de son associé. Nous sommes un gibier trop menu pour messieurs de la Chambre ardente. Et puis, on n'a rien pu établir contre nous.

Le bruit des pas se rapprochait.

La voix de notre héros éclata, en même temps comme un coup de trompette.

— Ho ! de la maison !...Y a-t-il quelqu'un ?... On demande une âme qui vive pour donner un renseignement à un chrétien embarrassé !

Le petit homme maigre se leva :

— C'est peut-être, dit-il, une *mouche* de Desgrais qui vient essayer de nous tirer les vers du nez.

Il se pencha vers sa compagne :

— Attention ! Jouons serré. Je suis l'écrivain public Latour ; toi, la garde-malade la Bosse, et nous n'avons connu ni d'Ève ni d'Adam aucune des personnes absolument quelconques qui nous ont précédées dans ce logis.

Puis, haut :

— Voilà !... Voilà !... On y va !

Il fut ouvrir sans se hâter, pour fournir à la femme le loisir de se recorder.

Joël entra brusquement :

— Bonnes gens, excusez-moi de faire tout ce tapage... Mais je n'ai pas une minute à perdre... Et puis, dans ce damné corridor, on voyage comme dans un goulot de bouteille...

Le petit homme salua comme on plonge :

— Mon officier, je suis à vos ordres...

— Il s'agit d'un renseignement...

— Si nous sommes en mesure de vous le procurer...

— Voici : j'ai besoin de toucher deux mots à la fille Lesage...

— La fille Lesage ?...

— Oui : la fille Thérèse Lesage, qui doit habiter cette maison...

La figure de l'autre exprima une surprise des plus intenses.

Il se tourna vers sa compagne :

— Thérèse Lesage ?... Thérèse Lesage ?... Est-ce que tu connais cela, toi, la Bosse ?

— Ma foi, non, répondit celle-ci.

— Comment ! s'exclama le Breton étonné à son tour, vous ne connaissez pas cette personne ?

— Voilà la première fois que j'en entends parler. Et toi aussi, n'est-ce pas, ma bonne ?

La femme acquiesça du bonnet.

— Voyons, reprit notre héros, c'est cependant bien ici la troisième maison à droite après la *Cour de la Reine-Blanche.*

— La troisième maison après cette cour, en effet.

— Et vous en êtes locataires ?

— C'est-à-dire que nous l'occupons dans son entier, madame et moi.

— Dans son entier ?

— Oui, mon officier.

— Seuls ?

— Absolument seuls.

— Depuis longtemps ?

— Dame ! voici tantôt trois ans.

— Et vous n'y avez pas connu la personne dont je vous parle ?

— J'ai l'honneur de vous répéter que c'est pour la première fois que ce nom frappe mon oreille.

Le fils de Porthos se montrait tout désorienté.

— Cette fille, que je n'ai jamais vue, poursuivit-il après une pause, a peut-être d'excellentes raisons pour se cacher. Mais je ne lui veux pas de mal. Je ne viens pas à elle en ennemi : j'y viens de la part de son père, — de son père, qui, il y a quelques jours, est mort à la Bastille presque sous mes yeux.

A la nouvelle du trépas de Pierre Lesage, la prunelle du petit homme chafoin projeta un regard perçant, rapide comme la langue bisaiguë d'un serpent.

Sans le remarquer, notre héros continua :

— Ce malheureux m'a chargé de lui remettre ou de lui faire tenir un objet qu'il m'a confié, — un objet d'une certaine valeur, je crois, — un médaillon en vermeil...

A ce mot, ce fut entre les prunelles de la femme que glissa un éclair de fiévreuse convoitise...

On eût dit qu'elle allait parler...

Mais, d'un coup d'œil impérieux, son compagnon lui cloua les paroles sur les lèvres...

— Ce médaillon, reprit Joël, contient un papier qui serait, paraît-il, pour cette Thérèse Lesage d'une importance capitale... Quelque chose comme une arme, si j'ai bien compris... Il est donc urgent que je la retrouve... Dans le but seul de m'acquitter de ma mission...

Son interlocuteur fit un geste qui protestait de l'étendue de ses regrets :

— Mon officier, déclara-t-il, Dieu m'est témoin que je serais heureux de vous être agréable, en même temps qu'utile à cette demoiselle... Mais à l'impossible nul n'est tenu. Or, j'ai beau me battre les flancs, il n'est pas en mon pouvoir de vous fournir le moindre indice sur la personne que vous cherchez.

Sa compagne appuya, — mais comme à contre-cœur :

— Cette personne aura sans doute quitté ce logis avant que nous ne venions nous y installer nous-mêmes.

— C'est cela, pensa notre héros. Le geôlier Huguenin me l'avait bien dit. Elle sera sortie de Paris, peut-être du royaume.

« Ce couple me semble de bonne foi, quoique sa physionomie lui signe un brevet de canaillerie accomplie...

« Si j'interrogeais les voisins ?...

« Mais quoi ! le temps me manque. Nous voici approchant midi. M. de Louvois m'attend. Après cette visite, en route !...

« Oui, mais me voilà encore forcé de conserver ce dépôt qui me pèse...

« Eh bien ! quand je serai de retour de Fribourg, je me livrerai à de nouvelles, à de plus actives recherches...

« Et, si je ne parviens pas à découvrir la destinataire du médaillon, ma foi, j'en serai quitte pour détruire celui-ci sans prendre connaissance du papier qu'il renferme.

. . . .

Le fils de Porthos s'était mis en devoir de regagner la rue.

Comme il atteignait le seuil de l'allée qui conduisait à celle-ci, il se trouva inopinément face à face avec une femme.

Cette femme était masquée et s'enveloppait dans les plis d'une ample mante de soie noire.

Le jeune homme s'effaça pour la laisser passer.

Il lui sembla qu'à son aspect elle avait poussé un petit cri.

Néanmoins, elle s'enfonça, légère, dans la pénombre du corridor, en laissant derrière elle, comme un sillage, un parfum pénétrant et doux.

Joël, en s'éloignant, se demanda :

— Où ai-je respiré ce parfum? Où ai-je vu cette taille altière, riche et souple à la fois? Où ai-je admiré cette tournure à la cadence souveraine et aux voluptueux balancements?

Instinctivement, il se retourna.

Mais la femme avait disparu à l'intérieur de la maison.

Toutefois, elle s'était arrêtée, elle aussi, un moment dans le corridor...

Et elle s'était demandé, avec une voix qui trahissait un étonnement profond :

— Lui?... Dans ce logis ?... Qu'y vient-il faire ?

XXIII

Dans le taudis que notre héros venait de quitter, l'homme et la femme se disputaient.

— Nous aurions vendu le médaillon, disait celle-ci avec humeur, et le prix nous eût servi à faire le voyage de Lorraine... La Thérèse est généreuse comme une fille de coquins... Elle nous eût racheté sans compter le précieux papier caché dans ce bijou ..

Celui-là haussa les épaules :

— Oui, si toute cette histoire n'était pas une fable imaginée pour nous faire parler au sujet de cette même Thérèse, dont la justice ne serait peut-être pas fâchée de connaître la retraite actuelle.

— Tu croirais que cet officier...

— Cet officier avait un uniforme tout battant neuf... Je me défie : la défiance est la mère de la sûreté... Ces limiers de M. de la Reynie ont des façons de se déguiser, que le *rabouin* lui-même (le diable) n'y verrait que du feu...

— Oh!...

— L'exempt Desgrais était habillé en abbé, lorsque la Brinvilliers le rencontra à Liège. Elle avait du flair, la marquise... Cependant, elle n'éventa point le chien de chasse sous son costume de *ratichon* (prêtre), et c'est ce qui fut cause qu'elle finit d'une manière désagréable.

Il y eut un silence. L'homme remplit les verres avec le fond du pot. Il continua ensuite :

— Nous sommes ce qui reste à Paris de la bande à la Voisin. On a brûlé celle-ci ; Pierre Lesage, son amant, est mort, à ce que tu as entendu tout à l'heure ; leur fille a franchi la frontière avec l'Anglais, son amant ; Romani et Bertrand ont disparu ; Guibourg et Mariette sont en fuite ; la Filastre et la Vigoureux ont eu le sort de la patronne...

« Nous étions de tout petits poissons : aussi avons-nous eu la chance de passer à travers les mailles du filet...

« Mais la police n'a consenti à nous laisser tranquilles qu'à la condition que nous ne nous aviserions pas de nous rappeler à son souvenir...

« Qui sait si le particulier qui sort d'ici n'était pas un agent chargé de s'assurer si nous conservions des relations avec nos anciens complices?

.   .   .   .

En ce moment, trois coups légers furent frappés à la porte.

Les deux causeurs se regardèrent avec la même expression d'anxiété qu'auparavant.

On frappa de nouveau et plus fort.

Puis une voix de femme articula, avec un remarquable accent d'autorité :

— Vous qui êtes là-dedans, ouvrez ; on a besoin de vous, mes maîtres.

— C'est une cliente, fit le petit homme.

Sa compagne ajouta avec une voix avide :

— Elle arrive bien ; j'ai la pépie, et il n'y a plus tant seulement un dé à coudre de liquide à se mettre sur le *chiffon rouge* (la langue).

Elle courut tirer le loquet.

La dame masquée entra.

Ses prunelles, qui étincelaient sous le velours noir de son *loup*, firent rapidement le tour de la chambre et déchiffrèrent plus rapidement encore le visage du couple qui s'inclinait devant elle avec un air obséquieux.

— Sommes-nous seuls ici tous trois? demanda-t-elle.

— Oui, noble dame, répondit le petit homme avec respect.

La visiteuse s'avança vers la table :

— C'est bien, dit-elle; Latour, approchez-moi un siège.

— Vous me connaissez? s'exclama l'autre en tressaillant.

— Depuis longtemps, compère. Du reste, je ne vous saurais pas par cœur sur le bout de mon doigt, que le logis où je vous trouve m'enseignerait à qui j'ai affaire. N'est-ce pas ici, en effet, l'un des repaires de la Voisin?

Elle s'assit sur l'escabelle que l'on s'était empressé de lui avancer. On devinait sous sa mante les contours opulents de sa gorge. Sa pose nonchalante montrait l'harmonieuse souplesse de sa taille, et le satin qui l'habillait miroitait orgueilleusement dans la misère de ce taudis.

— De votre nom, poursuivit-elle, vous vous appelez Jean Latour. On vous a surnommé l'*Auteur*, parce que vous prétendez écrire un fatras de billevesées sur des questions philosophiques. Vous avez été successivement tailleur de pierres, marchand d'orviétan, joueur de gobelets et clerc de procureur...

« Vous étiez, en dernier lieu, le factotum de la Voisin et de son amant Pierre Lesage...

« La fille la Bosse, que voici, était également au service de ce ménage aujourd'hui dispersé par la mort...

« Suis-je suffisamment renseignée?

— C'est-à-dire que vous me possédez mieux que je ne me possède moi-même, déclara son interlocuteur d'un ton où il y avait à la fois de la curiosité et de la crainte.

La visiteuse continua :

— Après l'arrestation de Lesage, après le supplice de la Voisin, après la fuite simultanée de leur fille et de leurs complices, vous avez essayé de continuer leur métier dans cette maison qui avait été comme leur quartier général...

« Mais vous êtes à l'index ; on vous surveille ; la peur des tribunaux empêche les gens d'avoir recours à vos pratiques...

« Bref, vous avez de la peine à ne pas mourir de faim dans cette rue du Dragon où vos anciens maîtres et leurs associés avaient amassé une fortune...

— Hélas! c'est vrai, gémit l'*Auteur*. Nos poudres ne se vendent plus, nos onguents chôment, nos pilules sont abandonnées, nos fioles nous restent pour

— Qui est là ? demanda Joël.

compte. Il nous faudra bientôt, pour vivre, manger nous-mêmes ce fonds de pharmacie destructive...

— Et encore, gronda sa compagne, s'il ne s'agissait que de manger... On a toujours assez de pain... Mais nous avons été des jours sans boire...

Elle prononça ces derniers mots avec un accent solennel, et sa physionomie exprima une véritable horreur.

Le nommé Latour appuya :

— Les grandes dames se sont rangées devant la menace du bûcher; les bourgeoises font comme les grandes dames, par esprit d'imitation : il n'y a pas jusqu'aux simples grisettes qui ne travaillent pour nourrir les enfants qu'on leur fait, au lieu de s'affranchir avant terme des soucis de la maternité...

— Je ne partage ni cette terreur, ni ces scrupules, répondit froidement la femme masquée; et, si vous consentez à me servir, je saurai payer ce qu'elle vaut, non votre conscience, mais votre aide.

— Parlez, madame, fit le petit homme; nous sommes prêts à vous obéir.

La visiteuse baissa la voix :

— En plus d'une occasion, reprit-elle, j'ai eu recours aux talents de Pierre Lesage et de Catherine Voisin : êtes-vous aussi habiles qu'eux dans l'art de fabriquer des substances capables de donner la mort sans laisser de traces après elles?

— Mes maîtres m'avaient initié à tous les secrets de la chimie. Leur laboratoire est encore ci-dessus, pourvu de tous ses instruments. Sous la forme qui vous plaira le mieux, je suis en mesure de vous livrer des toxiques qui mettront à agir le temps que vous fixerez vous-même : rapides comme un coup de foudre ou lents et sûrs comme une maladie de langueur.

— Et vous m'affirmez que ces poisons ne marqueront pas de leur griffe les corps sur lesquels ils opéreront?

— Madame, répliqua l'autre avec orgueil, je ne suis pas seulement l'élève de Pierre Lesage, qui avait inventé le procédé employé dans le cas de Mlle de Fontange...

Il s'arrêta pour examiner à la dérobée, à défaut du visage caché par le *loup*, l'attitude et le maintien de son interlocutrice.

Celle-ci demeura impassible.

L'*Auteur* continua :

— J'ai encore étudié avec Exili, avec Sainte-Croix, qui ont été les professeurs de la marquise de Brinvilliers; avec Vanens, avec Cadelan, avec Chastcuil, qui ont préparé la chemise qui servit, en quelque sorte, de linceul au duc Charles-Emmanuel de Savoie; avec le chevalier de Lorraine, enfin, qui envoya de Rome au marquis d'Effiat la substance dont furent frottées les parois intérieures de la tasse dans laquelle madame Henriette de France but son dernier coup...

Il déclama avec une emphase de charlatan vantant sa marchandise :

— Ces illustres savants m'ont légué la recette de ce produit incomparable qui nage sur l'eau, qu'il fait obéir ; qui se sauve de l'expérience du feu, où il ne dégage qu'une matière purement inoffensive ; qui se dissimule avec tant d'adresse dans le corps des animaux, qu'il en laisse toutes les parties saines et vivantes, et qui conserve aux sujets humains toutes les apparences de la vie, en même temps qu'il fait couler dans leurs veines une source de mort infaillible...

— Assez ! interrompit la visiteuse ; je vois que je puis avoir recours à vous...

Jean Latour courba l'échine :

— Vous n'avez qu'à me désigner la personne...

— Plus tard... Le moment n'est pas venu... Nous nous reverrons quand il sera temps.

Elle jeta une lourde bourse sur la table :

— Voici de quoi vivre largement en attendant, et, si je suis contente de votre savoir-faire, vous serez, de votre côté, satisfait de mes façons d'agir.

Pendant l'entretien qui précède, la fille la Bosse s'était endormie, la tête appuyée sur le pot désormais à sec. L'*Auteur* ne la réveilla point, pour partager les libéralités de « la cliente ». Il empocha la bourse lestement. Puis il dit avec soumission :

— Madame n'aura qu'à commander...

— Une de mes suivantes vous apportera mes ordres... Continuez à ne pas attirer l'attention de la police... M. de la Reynie vous guette...

Le petit homme eut un sourire d'intelligence.

— Je sais, et c'est sans doute un de ses émissaires qu'il nous a dépêché tout à l'heure pour nous tâter...

— Cet officier, que j'ai rencontré à la porte ?

— Un officier, si vous voulez. Moi, je penche pour un espion... Dans tous les cas, si fine qu'elle soit, la *mouche* dont il est question en aura été pour sa peine.

La dame eut un geste impérieux :

— Que venait faire ici ce personnage ? J'ai besoin de le savoir. Parlez.

Jean Latour ne se fit point prier.

Il raconta brièvement son entretien avec Joël.

Dès le début de ce récit, celle qui l'écoutait tressaillit violemment :

— Mort, Pierre Lesage ! s'exclama-t-elle.

Le narrateur essuya une larme qui pointa à propos au coin de son œil rusé :

— Mon pauvre maître, oui, madame!

Elle répéta sourdement :

— Mort !... A la Bastille !... C'était donc là que le roi l'avait fait enfermer...

Puis, avec un soupir de soulagement :

— Me voilà délivrée des révélations dont me menaçait ce misérable!...

Son front se redressa avec un mouvement de défi :

— Qui pourrait m'accuser, maintenant? Qui oserait me condamner? Où irait-on chercher des preuves ?...

Puis encore, sa tête se rabaissa lentement comme sous le poids d'une idée avec laquelle elle essayait en vain de lutter; ses sourcils se froncèrent sous son masque, et on l'entendit murmurer :

— Oui, mais il y a cette lettre...

Elle eut un hochement d'épaules qui tâchait d'être insouciant :

— Anéantie, perdue sans doute... On ne l'aura pas retrouvée sur le défunt... Sans quoi, j'aurais déjà reçu le contre-coup de cette trouvaille.

Elle réfléchissait. Derrière le velours noir qui voilait son visage, son front était plissé et sombre. Un cercle de bistre se creusait sous ses paupières. Les lueurs félines de sa prunelle semblaient fureter dans le vague.

— Non, reprit-elle après un instant, cet homme n'a pas été assez sot, il n'a pas été assez fou pour égarer ou pour détruire un papier de cette importance.

Elle pressa sa tête à deux mains pour en faire jaillir une clarté :

— Oh! cette lettre, cette lettre!... Qu'est-elle devenue? Où est-elle?...

Jean Latour avait l'oreille aux aguets.

Il entendit la question que s'adressait la visiteuse :

— La lettre, répondit-il, est dans le médaillon.

— Quel médaillon ?

— C'est ce que va apprendre madame, si elle m'octroie la permission de continuer mon histoire.

Il acheva celle-ci rapidement.

La dame masquée restait silencieuse sur son siège.

Ses traits, sous son *loup*, demeuraient si complètement immobiles que vous eussiez dit un visage taillé dans le marbre.

Mais ses yeux vivaient de colère et son cerveau travaillait furieusement.

— Ainsi, pensait-elle, c'est ce malotru de Bretagne qui a repoussé mes avances; c'est l'associé, inconscient ou non, de la femme qui m'a chassée de la faveur du roi; c'est celui-là qui est, à cette heure, le maître de mon secret et de ma destinée... Ah! par ma foi, c'est trop me braver et me gêner!... Il vous en cuira, monsieur Joël, et je commence à croire que vous n'arriverez pas sans accroc à Fribourg...

Ensuite, s'adressant à l'*Auteur* :

— L'ami, pouvez-vous me procurer deux solides épées emmanchées dans deux bras plus solides encore et prêts à faire, pour de l'argent, la besogne qu'on leur commandera?

— Quand vous les faut-il?

— Tout de suite.

Le petit homme asséna un maître coup de poing sur l'épaule de sa compagne qui s'obstinait à dormir.

— Ma fille, lui intima Latour, va-t'en, de ce pas, quérir tes frères au cabaret du *Puits-sans-Eau*, à la Croix-Rouge. Amène-les incontinent. Il y a du *quibus* à gagner.

— C'est cela, fit la femme en sortant, et, en même temps, je rapporterai de quoi m'arroser... J'ai la pépie... Voilà une heure que je dors de soif!

.   .   .   .

.   .   .   .

Les frères de la fille la Bosse étaient deux ex-soldats aux gardes, avec des figures de bravaches, osseuses, impudentes et cuivrées, dont la forte mâchoire relevait une paire de moustaches cirées.

Ils faisaient métier de donner — ou de vendre plutôt — des coups de bâton ou des coups d'épée.

Nous voulons dire que, pour quelques écus, ils se chargeaient d'empêcher un jaloux, de houspiller un rival ou de bâtonner un mauvais plaisant : quelquefois de faire pis.

Ils se tenaient debout devant la dame masquée, une main au pommeau de leur flamberge, l'autre aux crocs de leur moustache.

— Vous m'avez bien compris, disait la visiteuse : cet homme, en ce moment, prend la route de Lorraine. Je viens de vous le dépeindre. Vous le reconnaîtrez...

Il s'agit de monter à cheval, de le poursuivre, de le rejoindre...

Il est porteur d'un médaillon dont j'ai envie...

Celui de vous qui me rapportera ce médaillon et qui me débarrassera de l'homme aura sa fortune faite...

— La fortune, objecta l'un des deux *bravi*, c'est un mot qui ne signifie rien...

Et l'autre demanda :

— Combien donne-t-on d'avance?

— Cinquante pistoles à chacun.

— Et après?

— Le triple.

Les deux frères tendirent la main et répliquèrent :

— Tope!

XXIV

PREMIÈRE AVENTURE DE VOYAGE

Cependant, après avoir reçu des mains de M. de Louvois les dépêches qu'il devait remettre dans celles de M. de Créqui, notre héros était sorti de Paris par le faubourg Saint-Martin.

Il était en équipage de campagne : l'éperon à la botte, la rapière au flanc, les pistolets dans les fontes, le manteau sur l'épaule.

Son laquais Esteban chevauchait à ses côtés.

Le voyage avait débuté tristement.

Dieu sait si, malgré son apparente résignation, le nouveau marié avait quitté à regret le coin de terre où il allait être si heureux !

Dans le trajet de Saint-Germain à Paris le galop de sa monture, qui l'éloignait de ce morceau du paradis, résonnait comme un glas funèbre dans son cœur.

Puis encore, à mesure que l'horizon s'était élargi et que l'inconnu, avec tous ses mystères, s'était ouvert devant lui, il avait éprouvé le besoin de « se faire une raison », comme l'on dit, et de rentrer en la pleine possession de lui-même, afin de parer aux éventualités, aux dangers d'une aussi longue route.

Et maintenant il cheminait, sinon dans toute la gaieté de son âme, du moins dans l'entière liberté de son esprit.

Le vent de l'espace avait rafraîchi son front. Sa large poitrine buvait l'air à pleins poumons. Le monde lui semblait grand. Il se sentait espérer et vivre...

Et Aurore, m'objecterez-vous ?...

Eh bien ! Aurore, dans son souvenir, souriait au lieu de pleurer...

Elle n'en était que plus charmante.

Deux choses le contrariaient, pourtant :

D'abord la compagnie du laquais Esteban.

Le teint basané, les yeux perçants et le ton mielleux de cet Espagnol ne lui inspiraient qu'une confiance médiocre...

Ensuite, il n'avait pas eu le temps de pousser une reconnaissance jusqu'à la rue du Pas-de-la-Mule et jusqu'au cabaret du *Maure-qui-Trompe*...

Qu'étaient devenus maître Bonaventure Bonlarron, avec sa colichemarde plus haute que le Gascon Petit-Renaud, et ce brave garçon lui-même, le joyeux compagnon si jaloux des prérogatives de la taille ?...

Bast! il les retrouverait au retour...

Car il n'avait qu'une pensée :

Arriver vite là-bas, sous Fribourg, s'y distinguer par quelque action d'éclat et revenir plus vite encore.

Pour obtenir ce résultat, il avait décidé de doubler les étapes.

C'est ainsi qu'en cette première journée de marche, il comptait brûler Chelles et coucher à Lagny.

Par malheur, un peu avant d'atteindre les premières futaies de la forêt de Bondy, comme nos voyageurs passaient devant une petite maison isolée, au rez-de-chaussée de laquelle était installée une forge, le forgeron, qui battait l'enclume sur le seuil, interpella notre héros :

— Hé! mon gentilhomme, prenez garde, la jument de votre valet sera déferrée avant cinquante pas d'ici ; elle n'a plus que deux clous au pied de derrière hors montoir.

La remarque était vraie. Il fallut s'arrêter. Joël, en pestant de ce retard, s'adressa au paysan qui l'avait averti :

— Çà! l'ami, ce n'est pas le tout que de nous signaler ce fâcheux accident : il faut, à présent, nous aider à le réparer...

— Rien de plus aisé, mon cavalier... Il n'y a qu'à aller chercher chez le maréchal de Noisy les clous que votre bête a perdus. En quatre coups de marteau, je me charge de les poser...

La physionomie du jeune homme se rembrunit :

— A Noisy?... C'est bien loin... La chose va prendre un temps du diable...

— Bon : j'ai un apprenti qui a des jambes de cerf... Une petite demi-heure pour aller, une petite demi-heure pour revenir, dix minutes pour l'opération.. Dans cinq quarts d'heure, vous serez en route.

— Oui, mais il ne nous sera pas possible d'aller souper à Lagny...

— Eh bien! vous souperez à Chelles. *A l'Écu de France*... Une honnête hôtellerie où l'on n'écorche point le pauvre monde, et qui n'a pas sa pareille dans toute la Brie pour l'abatis de canard en daube...

Le fils de Porthos mit pied à terre et entra dans la forge :

— Expédiez de suite votre apprenti, fit-il.

Puis, tandis qu'Esteban remisait les chevaux dans une petite cour qui flanquait les derrières de la maison :

— A quoi vais-je m'occuper, moi, pendant ces cinq quarts d'heure d'attente?

Puis encore, après un moment de réflexion :

— Eh! parbleu! c'est cela... Je vais donner de mes nouvelles à Aurore... La chère mignonne s'inquiète sans doute... Prouvons-lui que nous ne sommes pas une minute sans penser à notre petite femme adorée.

Il se tourna vers le forgeron :

— Mon camarade, pouvez-vous me procurer de quoi écrire ?... Comme aussi me caser quelque part où il y ait une table, une chaise, et où je ne sois pas dérangé ?... Je payerai ce qu'il faudra.

Le paysan lui désigna un escalier de bois qui se tire-bouchonnait dans le fond enfumé de l'atelier :

— Montez dans ma chambre, ici dessus. Vous y trouverez l'encre, la plume et le papier qui me servent à faire mes comptes... Et n'ayez souci : on viendra vous prévenir quand l'animal sera rechaussé.

. . . .

Quand le Breton eut disparu dans la spirale de l'escalier, Esteban vint au forgeron et lui fit un signe d'intelligence.

— Il est là, répondit l'autre à cette interrogation muette.

En même temps, il étendait la main vers une sorte de petit bûcher qui s'ouvrait dans un renfoncement obscur.

La porte de ce bûcher tourna doucement sur ses gonds, et l'on vit apparaître la mine pendable, la longue échine et le poil en crocs du capitaine Asdrubal de Cordebœuf.

Celui-ci, en sortant de ce réduit, s'étira les bras et se secoua les jambes comme un chat-tigre qui entre en chasse.

— Ma foi, dit-il à l'Espagnol, j'avais peur que les nouveaux ordres ne vous fussent point arrivés à temps...

— Il est certain, repartit le laquais, que, si M. de Louvois n'avait point jugé à propos de nous faire croquer le marmot jusqu'à midi, l'émissaire de Son Excellence ne m'eût point rejoint à Paris...

Puis, confidentiellement :

— Ah ça ! M. le duc s'est donc décidé à en finir tout de suite ?... Nous n'allons pas jusqu'à Fribourg ?... C'est ici que s'arrête le voyage ?

L'ex-colonel de Royal-Maraude allongea l'index vers la ligne sombre de la forêt :

— Vingt mousquets sont là derrière les premiers taillis. Dix à droite et dix à gauche. De chaque côté de la route, la foudre !

Un sourire féroce éclaira la face bronzée d'Esteban.

— *Caramba !* approuva-t-il, j'aime à entendre parler la poudre, — surtout quand ce n'est pas à moi qu'elle dit des choses désagréables...

— Seulement, poursuivit Cordebœuf, il faut attendre la chute du jour ; autrement ce damné Breton n'aurait qu'à apercevoir dans les branches l'éclair du canon de nos armes...

L'Espagnol examinait le ciel.

— La chute du jour ou le grain qui est en l'air. J'ai l'œil marin. Avant une

Son regard était plein de défiance et de colère.

heure, il fera plus noir sous le couvert que dans la cheminée de cette forge...

Asdrubal se frotta les mains.

— A merveille!... Pour tirer *au jugé*, nos hommes n'en feront pas moins bonne besogne...

Il reprit, après une pose :

— Le coup fait, chacun décampera de son côté... On laissera les corps au milieu du chemin... De cette façon, les gens qui viendront s'y heurter mettront la chose sur le compte de la bande à Vide-Gousset, qui infeste les environs de Paris...

Le laquais dressa l'oreille :

— Pardon, vous avez dit *les* corps... La langue vous a fourché sans doute... C'est *le* corps que vous voulez dire...

Cordebœuf se mordit les lèvres :

— J'entends, rectifia-t-il, le corps du maître et celui du cheval ; car il n'est pas probable que ce dernier en revienne d'une fusillade de ce calibre...

Puis, comme s'il avait hâte d'échapper aux regards soupçonneux de son interlocuteur :

— Mais je rejoins notre embuscade... Ce maudit garçon me connaît, de la route de Saumur et de la berge des Célestins... S'il lui arrivait de descendre et de me rencontrer ici...

— Soit, mais une recommandation...

— Laquelle?...

— Veillez bien à ce qu'aucune balle ne s'égare dans ma direction... Songez que je ne serai qu'à quelques pas derrière lui. Pas de *fatale méprise*, hein! — il appuya sur le mot, — de distraction préméditée ou de mauvaise plaisanterie!...

— Oh! camarade, pouvez-vous croire!

Le ciel se couvrait, en effet.

Des nuages orageux passaient au galop, produisant un chaos d'ombres et de clartés, dont les tons changeaient à chaque instant.

Un de ces jeux de lumière empêcha Esteban de remarquer l'intention perfide qui frétillait, comme une queue de vipère, sur les lèvres de l'aventurier, pendant que celui-ci ajoutait froidement:

— C'est monsieur le duc lui-même qui a donné ses ordres à nos gens. Aucune équivoque n'est possible. Ces ordres seront exécutés.

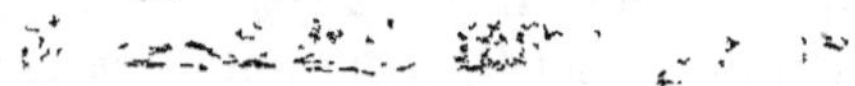

XXV

L'EMBUSCADE

Au premier étage de la maisonnette, Joël continuait à écrire.

Sa plume courait à toute vitesse. C'est à peine s'il s'apercevait que les heures s'enfuyaient, rapides. Il parlait à sa chère Aurore ; il la voyait devant lui ; il l'entendait lui répondre !

Sur les feuilles de papier noirci, les lignes pressées ne répétaient pourtant qu'un mot : *Je t'aime.*

Ah ! ces correspondances, comme ces conversations d'amoureux ! Un thème banal et éternel. Mais si délicatement brodé d'harmonieuses fioritures, — toujours les mêmes et toujours nouvelles !

Cependant, il fallut en finir. Notre héros plia sa lettre et en traça la suscription. En vaquant à ce soin :

— Ah çà ! murmura-t-il, on ne se dépêche guère de me prévenir que nous pouvons nous remettre en route !

Puis, avec un peu d'étonnement :

— Comme il fait sombre !... Est-ce que le jour baisserait déjà ?... Ou bien est-ce le temps qui se brouille ?

Il se leva et s'approcha de la fenêtre pour vérifier l'état du ciel.

Mais, à peine eut-il jeté un regard au dehors, qu'il recula, en homme qui ne veut point se montrer.

— Oh ! oh ! reprit-il, voilà qui est singulier !

Voici ce qui motivait cette exclamation :

En arrivant devant la maison du forgeron, la route formait un coude brusque.

L'une des branches de ce coude — celle déjà parcourue par nos voyageurs — venait, comme on sait, de Paris.

L'autre, — celle sur laquelle ils allaient s'engager, — se dirigeait vers la forêt de Bondy, qu'il leur fallait traverser, et qui commençait à quelques centaines de pas.

Or, la fenêtre de la chambre où se trouvait le fils de Porthos s'ouvrant du côté de la forêt, l'œil du jeune homme était allé — machinalement — jusqu'à la lisière de celle-ci.

Un rayon de soleil, qui passait à travers de gros nuages d'un gris de plomb, prenait la maison à revers et la laissait dans l'ombre.

En revanche, il éclairait en plein les premières futaies de la forêt et se glissait même sous le couvert.

C'était là qu'il avait semblé à notre héros voir des gens se mouvoir à travers les massifs.

Des points lumineux étincelaient sous les branches comme des canons de mousquets.

En s'effaçant avec précaution, Joël en compta vingt : dix sur la droite et dix sur la gauche du chemin.

— Diable ! se dit-il, tout ceci m'a bien la mine d'un guet-apens !

En ce moment, un homme, parfaitement visible, alla des mousquets de droite aux mousquets de gauche et parut les engager à se dissimuler davantage : car l'éclair qu'ils jetaient s'éteignit brusquement.

Puis, cet homme, à son tour, disparut dans un bouquet de petite futaie.

— Jarnidieu ! pensa le Breton, si je n'avais pas assommé cette parpaille de Cordebœuf, sur la berge des Célestins, je jurerais que c'est lui qui est en train d'organiser cette embuscade.

« Oui ; mais contre qui est-elle organisée ?

Comme Joël se posait cette question, il entendit un bruit de chevaux accourir du côté de Paris.

A cause du coude de la route, il n'était point possible aux gens de la forêt d'apercevoir les nouveaux arrivants, avant que ceux-ci eussent dépassé la maison.

Le fils de Porthos ne le pouvait pas davantage, eu égard à la situation de la chambre et de la fenêtre.

Le soleil, du reste, ne s'était montré qu'un instant. Le ciel était, mainte-nant, tout noir d'épaisses nuées. Le vent soulevait des tourbillons de poussière, et de grosse gouttes de pluie aspergeaient le sol.

Le bruit se rapprochait rapidement.

Bientôt, deux cavaliers passèrent au galop devant la forge.

Leurs chevaux, au mors blanc d'écume, semblaient avoir fourni une course précipitée.

L'un de ces cavaliers était sans doute mieux monté que l'autre, car il pré-cédait son compagnon d'une dizaine de pas environ.

Tous les deux, d'ailleurs, se pressaient, sans souci de la poussière et de la pluie qui les aveuglaient de concert.

A peine eurent-ils tourné le coude qu'un mouvement se fit dans la feuillée.

On les voyait venir.

Les mousquets s'abaissèrent.

Ces menaçants préparatifs n'échappèrent pas à l'œil perçant du Breton.

— Ah çà ! murmura-t-il, que ce soit à moi ou que ce soit à eux qu'on en veuille, je ne puis cependant pas laisser ces malheureux tomber dans le piège mortel que leur tend cette canaille !..

Il songea à les appeler...

Mais sa voix se fût perdue dans le fracas du tonnerre et de l'averse...

Les deux cavaliers, du reste, étaient déjà trop loin pour l'entendre...

Le brave garçon s'élança dans l'escalier :

— Nos chevaux ! cria-t-il ; vite nos chevaux !

Ceux-ci étaient prêts devant la porte de la forge.

Esteban se tenait auprès d'eux, sa sombre figure contractée par une colère que dans la furie de sa hâte, le jeune homme ne remarqua point.

L'Espagnol pensait :

— La peste étouffe ces intrus !... Nos gens vont les prendre pour nous... Ils les fusilleront à la place de ce Joël que le diable étrangle...

Notre héros avait bondi en selle :

— Ventre à terre et l'épée au poing !... Il faut sauver ces voyageurs... Ou, tout au moins, leur porter aide.

Oui, mais comme il enfonçait ses éperons dans les flancs de sa monture, plusieurs coups de feu pétillèrent...

Le fils de Porthos n'en partit pas moins à fond de train, — la bride aux dents, — la rapière d'une main et le pistolet de l'autre...

Le laquais le suivit avec la même allure...

— Il ne me reste plus, songeait-il, qu'à lui casser la tête d'une balle, par derrière.

Son bras s'allongea vers ses fontes.

En ce moment, de nouvelles détonations éclatèrent.

— Qu'est-ce que cela ? fit l'Espagnol en s'arrêtant dans son mouvement.

Joël, le distançant, entrait sous bois comme une trombe.

. . . .

. . . .

A l'endroit où la route s'enfonçait entre les taillis touffus, comme entre une double muraille de feuillage, il y avait — à un intervalle d'une vingtaine de pas — une paire de cadavres étendus, chacun dans une mare rouge...

C'étaient les deux cavaliers qui étaient tombés sous les projectiles destinés au fils de Porthos.

Chacun d'eux en avait reçu sa part à peu près égale.

Le premier était encore engagé sous son cheval qui avait la cuisse brisée.

La monture du second, blessée à la croupe et affolée par la fusillade, s'était emportée à travers la forêt.

Celle-ci demeurait désormais silencieuse.

Ses profondeurs semblaient redevenues solitaires.

On entendait seulement, à une certaine distance, le galop d'une cavalerie irrégulière qui allait se perdant dans le lointain.

C'étaient les gens de l'embuscade qui, obéissant à la consigne, se dispersaient dans toutes les directions.

Joël avait mis pied à terre et attaché sa monture à un arbre.

Esteban l'avait imité.

Notre héros s'était d'abord évertué à retirer de dessous le cheval blessé la première des deux victimes.

Mais, quand il y était parvenu, grâce à sa force peu commune, il avait reconnu — à grand'peine — que le pauvre diable n'avait plus besoin de secours.

Il avait été littéralement foudroyé.

Le second n'était pas moins atteint.

Il avait deux balles dans la tête, une dans l'épaule et une demi-douzaine ailleurs.

On paraissait l'avoir soigné d'une façon particulière. Tous les coups tirés sur lui avaient porté comme dans une cible.

L'Espagnol le considérait avec une expression étrange :

— Ainsi, se disait-il, si j'avais été à la place où j'aurais dû être, c'est moi qui aurais maintenant tout ce plomb dans le corps... Les ordres avaient été donnés de ne pas plus ménager le valet que le maître... Ou bien c'est ce bandit d'Asdrubal qui aura voulu se débarrasser d'un concurrent qui le gênait dans les bonnes grâces du duc... Dans l'un et l'autre cas, ce qui est arrivé, ce soir, est une leçon dont je serai sage de profiter...

Puis, se rapprochant de Joël :

— Monsieur le chevalier, il n'y a décidément rien à faire avec ces deux hommes.

— Alors, continuons notre voyage.

Et le Breton ajouta, en mettant le pied à l'étrier :

— Ma foi, je ne sais pas quelle physionomie avait celui que vous examiniez avec tant d'attention ; mais, pour celui auprès duquel je me suis employé tout à l'heure, j'ai peine à croire qu'il soit reçu en paradis sur sa bonne mine.

. . . .

Profitons de ce que l'orage s'est apaisé subitement, de ce qu'un coup de vent a balayé les nuages et de ce que la lune se lève dans un ciel rasséréné et éclairci...

Profitons-en, disons-nous, pour nous pencher à notre tour sur les deux cadavres qui grimacent là, dans le sang...

Nous les reconnaîtrons sûrement...

Car nous avons rencontré, il n'y a pas si longtemps, ces deux figures de *bravi* aux moustaches aiguisées comme des poignards...

Rappelez-vous ces frères de la fille la Bosse qui avaient promis à la dame masquée de la rue du Dragon de lui rapporter le médaillon de Pierre Lesage et de la débarrasser, en outre, du détenteur de ce bijou…

Pour gagner la prime convenue, nos deux anciens soldats aux gardes s'étaient mis sur l'heure en campagne…

Ils avaient joué de l'éperon pour rejoindre le fils de Porthos…

Ils en avaient même joué avec tant de zèle et d'énergie, qu'il étaient venus se jeter, avant notre héros, dans le traquenard que l'on tendait à celui-ci…

Il faisait sombre…

Les porte-mousquet n'avaient pas le loisir de s'assurer de l'identité des cavaliers qui leur passaient devant au galop…

Errare humanum est…

Un proverbe latin que nous traduirons par cet autre adage français :

A qui mal veut mal arrive.

XXVI

SECONDE AVENTURE

Nos voyageurs avaient traversé sans encombre Meaux, Châlons et les deux Vitry.

En sortant de celle de ces deux dernières villes, que nous appelons Vitry-le-*Francais*, et que nous devrions, avec plus de raison, appeler Vitry-le-*François*, — car c'est François Ier qui en fut le parrain, — ils arrivèrent, à la couchée, dans une hôtellerie isolée au milieu de l'une de ces plaines dont le sol crayeux, quand le soleil frappe dessus, vous brûle les yeux aussi sûrement que le sable ardent du désert.

Nos cavaliers avaient fourni, depuis le matin, une traite d'une dizaine de lieues dans ce Sahara champenois.

Une poussière fine et blanche couvrait leurs vêtements, et, mêlée à la sueur, formait masque sur leur visage, en même temps qu'elle piquait, comme sous des pointes d'aiguilles rougies au feu, leurs paupières gonflées et cuisantes.

Le caravansérail ne payait pas de mine.

Il n'avait guère pour enseigne qu'un bouquet de houx pendu au-dessus de la porte.

C'était une bâtisse basse et délabrée, qu'une cour, pleine de fumier, séparait d'une écurie qui tenait de l'étable à porcs pour la propreté et les dimensions.

Mais quoi ! on n'avait pas le choix.

Aucun clocher, aucune fumée de village ne s'élançaient à l'horizon.

D'ailleurs, maître et valet, bêtes et gens, étaient littéralement fourbus.

Pendant que l'Espagnol s'occupait des chevaux, Joël entra dans la maison.

Il y avait là, au rez-de-chaussée, une pièce qui devait être la salle commune, avec une table au milieu, un escalier dans le fond, et, en face de l'escalier, une cheminée dans l'âtre de laquelle un morceau de souche achevait de se consumer pauvrement.

Une vieille femme filait près d'une fenêtre.

Quand elle se leva pour recevoir notre héros, celui-ci aperçut une figure ravagée, avec des yeux bordés de rouge, mais qui étaient clairs en dedans, et des cheveux gris qui se hérissaient comme des serpents sur un front raviné de rides.

— Qu'y a-t-il pour votre service, mon gentilhomme ? demanda-t-elle.

— Ma foi, beaucoup de choses, la mère, répondit le jeune homme gaiement : une chambre pour moi, une pour mon laquais, le gîte et la provende pour nos chevaux; puis, à souper, si c'est possible...

La matronne eut un sourire qui montra le vide caverneux de sa bouche :

— Tout cela est possible, déclara-t-elle, avec du temps et de l'argent.

— Nous vous laisserons le temps nécessaire et nous ne regarderons pas à la dépense... Par exemple, je vous serai obligé de me donner de suite une jatte d'eau. Ce me sera plaisir que d'y plonger la tête...

L'hôtesse éleva la voix :

— Allons, debout, là-bas, fainéant de Parisien ! .. Va-t'en aider le valet de ce cavalier à installer leurs montures à l'écurie, pendant que je vais moi-même tirer un seau au puits... Tu reviendras ensuite me seconder à la cuisine.

L'individu ainsi interpellé se dressa sous le manteau de la cheminée...

Et les lèvres du fils de Porthos s'ouvrirent pour laisser échapper une exclamation de surprise.

Mais cette exclamation ne sortit point.

Notre héros la refoula à temps dans sa gorge.

Car, profitant de ce que la vieille avait tourné le dos, le « fainéant de Parisien » avait mis son doigt sur sa bouche avec un jeu de physionomie, plus impérieux qu'un cri, qui commandait à Joël de ne point s'étonner.

Chose assez difficile, si l'on songe que ce dernier venait de reconnaître dans ce garçon d'auberge le *famulus* du cabaret du *Maure-qui-Trompe*...

Mon Dieu! oui, Bistoquet lui-même ! Bistoquet, l'ancien aide-gargotier de l'ex-sergent du régiment de la Ferté ! Bistoquet, nourrisson des muses et disciple de Loret, le poète-journaliste !...

Vous! Est-ce croyable!...

Que pouvait faire ce marmiton subalterne si loin des fourneaux de maître Bonaventure Bonlarron et de l'établissement de la rue du Pas-de-la-Mule?...

Et quel concours de circonstances l'avait amené, des abords de la place Royale, au Marais, sur les confins de la Champagne pouilleuse et dans ce *bouchon* de campagne?

C'est ce que le Breton était en train de se demander, pendant que la vieille sortait.

Aussitôt que celle-ci fut dehors, Bistoquet s'élança vers le voyageur :

— Pas un mot, lui dit-il en lui saisissant le bras, pas un geste qui prouvent que nous nous connaissons ! Autrement, ce serait fait de nous !...

— Hein ?...

— Plus tard nous causerons et je vous expliquerai dans quel guêpier nous sommes tombés... En attendant, ne me perdez pas de l'œil pendant le repas, et tâchez de comprendre les signes que je vous ferai... Puis, quand on vous aura conduit dans votre chambre, laissez-en la porte entr'ouverte...

L'hôtesse revenait...

Il s'empressa de se sauver, pendant que notre héros, mis en éveil par ces paroles énigmatiques, rebouclait son ceinturon qu'il était en train de lâcher pour se mettre à l'aise.

— Voici de l'eau fraîche, dit la matrone. Votre Seigneurie peut s'ébrouer à loisir. Si tout cet attirail la gêne, elle n'a qu'à me le donner.

Elle désignait l'épée du jeune homme, ainsi que les pistolets, qu'en descendant de cheval, il avait retirés de ses fontes pour les passer à sa ceinture.

— Merci, ma bonne dame, répondit-il sans perdre son sourire : cet attirail ne me gêne pas.

Le parchemin qui se collait sur les os faciaux de la vieille se plissa de colère sourde ; néanmoins, après une minute, elle reprit en se remettant :

— Comme il vous plaira, mon cavalier... Alors, si vous le permettez, je vaquerai aux soins de votre souper... Quant à votre laquais, ne vous en inquiétez point : il mangera avec mes *fiots*, lorsque ceux-ci seront revenus des champs.

Quelques instants plus tard, on l'entendait souffler les fourneaux dans la cuisine.

Puis, Bistoquet rentra et s'occupa à dresser le couvert.

Comme notre Breton allait l'interroger, le *famulus* eut une pantomime éloquente qui signifiait évidemment :

— Silence !... Je ne puis pas parler... On nous écoute...

Joël, pour tuer le temps et se donner une contenance, se mit alors à examiner les estampes grossières que l'on avait collées par places contre les parois de la salle, dans le but de dissimuler la nudité de la maçonnerie.

C'étaient, pour la plupart, des images de saints, encadrées dans des cantiques.

Or, tout en ayant l'air de parcourir avec attention ces poésies plus naïves encore que les gazettes rimées de Loret, le jeune homme s'adressait cette question :

— Qu'est-ce que tout cela signifie ?

Cependant le garçon d'auberge avait déposé sur la nappe deux bouteilles de vin blanc mousseux.

En même temps, son regard avait dit au fils de Porthos :

— Vous pouvez boire en toute sécurité.

Bientôt, l'hôtesse reparut.

Elle portait un plat de chaque main. Dans l'un, fumait une omelette foncée de solides tranches de lard. Dans l'autre, un lapin en gibelotte nageait dans une sauce à l'oignon.

Dans les circonstances les plus épineuses de la vie, notre héros ne perdait jamais le fameux appétit que vous savez.

Il salua les deux plats d'une franche bienvenue.

— A table ! s'écria-t-il en lançant son chapeau sur une chaise.

La vieille apostropha Bistoquet, qui essuyait une assiette avec un torchon noir comme de l'encre :

— Eh bien ! paresseux, vous n'aidez donc pas monsieur à se débarrasser de son harnachement ?

Ce harnachement, c'étaient toujours les pistolets et la rapière.

— Laissez, repartit le jeune homme ; je suis en passe, en ce moment, de faire mon apprentissage de soldat, et je tiens à m'habituer à prendre mes repas sous le harnais.

Il s'assit, gardant sa figure ouverte et son regard libre.

Toutefois, en attaquant l'omelette, il glissa une œillade sournoise vers le garçon d'auberge.

Celui-ci approuva d'un signe imperceptible cette conduite et ce langage.

Par contre, le visage de l'hôtesse s'était rembruni devant le refus de quitter ses armes nettement opposé par Joël à ses sollicitations.

Pour la dérider, il ne fallut rien moins que la façon de boire, vraiment supérieure, du Breton, qui vida la première bouteille avec l'omelette, la seconde avec la gibelotte et une troisième avec le fromage et les fruits.

Cependant, la nuit était venue. On avait allumé. La matrone questionna :

— Mon gentilhomme, comment trouvez-vous notre vin ?

— Exquis, en tous points, ma commère... Un bouquet, un pétillant, une chaleur !... Je n'ai jamais goûté le nectar ni l'ambroisie dont, si j'en crois le digne abbé qui a fait mon éducation, les dieux de la fable se régalaient dans les ripailles de l'Olympe, mais j'imagine que ces breuvages délicieux devaient être le produit des baisers du seigneur Phébus aux vignes de votre Champagne...

Tout en parlant, il interrogeait le *famulus* du coin de l'œil...

Ce dernier, tandis que la patronne mouchait la mèche charbonneuse de la lampe qui éclairait faiblement la pièce, ferma vivement les deux yeux en appuyant sa tête sur sa main...

— Compris au vol! pensa le jeune homme. Il me dit ou qu'il est temps de dormir, ou qu'il faut que j'aie l'air d'avoir besoin de sommeil.

Il se leva.

— Est-ce que Votre Seigneurie désire aller se coucher? demanda la vieille femme avec empressement.

— Sur mon âme, je n'en serais pas fâché... Je me sens fatigué... Le marchand de sable passe...

L'hôtesse se retourna pour prendre une chandelle sur une crédence.

Pendant ce temps, Bistoquet fit rapidement quelques pas autour de la table, en affectant la démarche titubante d'un homme ivre.

— C'est bien, murmura le Breton. On va se conformer au mot d'ordre.

Il parut osciller légèrement sur sa base :

— Jarnidieu! la maman, reprit-il, m est avis que j'ai des étourdissements dans les jambes... Et la tête me pèse comme un boulet de trente-six... C'est ce satané vin mousseux : un feu d'artifice en bouteille !

La matrone se mit à rire avec sa bouche rentrée qui ressemblait à un coup de tranchet dans du cuir.

— Bon, répliqua-t-elle, un tour de lit va vous guérir... Après une bonne nuit, il n'y paraîtra plus... Vous vous réveillerez, demain matin, joyeux comme un pinson et frais comme une rose.

Elle ajouta, revenant à son idée première :

— Confiez seulement au Parisien votre épée et vos pistolets, afin que vous les trouviez fourbis convenablement lorsque vous vous remettrez en route.

La physionomie de Bistoquet dit clairement : *Non, non, non!*

La vieille avança les mains pour recevoir les armes.

Le fils de Porthos lui prit gaillardement le menton :

— Minute! fit-il, il n'y a que moi qui touche à ces joujoux, ma bonne.

Il avait le geste lourd, la langue épaisse, l'œil émérillonné d'un cavalier qui a trop bien soupé.

Son interlocutrice haussa les épaules.

— A votre convenance, mon joli garçon. C'était pour vous obliger. Maintenant, s'il vous plaît de me suivre...

Joël lui emboîta le pas, non sans décrire quelques zigzags...

Tous deux gravirent l'escalier, s'engagèrent dans un corridor et s'arrêtèrent devant une porte...

L'hôtesse leva un loquet, poussa la porte et introduisit le Breton dans un réduit dont l'ameublement lui rappela vaguement celui de sa cellule, au troisième étage de la Basinière.

— Voilà votre chambre, mon gentilhomme... Le lit est ici, à gauche... Vous n'avez besoin de rien?

— Je n'ai besoin que de m'allonger entre les draps... Et puis aussi de mon valet à l'aube, pour me réveiller... N'oubliez pas de me l'envoyer.

— Soyez tranquille! La bonne nuit! Que Votre Seigneurie repose en paix!

La vieille sortit sur ce souhait, qui avait l'apparence d'une oraison funèbre.

Mais, avant de redescendre l'escalier, elle stationna un moment, l'oreille tendue, derrière la porte du taudis.

Puis, quand elle eut entendu le voyageur se diriger d'un pas pesant vers le grabat qu'elle décorait du nom de lit...

Quand elle eut entendu ce grabat crier sous la pression du corps qui s'étendait sur les matelas décharnés...

Quand elle eut entendu un ronflement sonore ébranler la mince cloison...

Alors une joie sinistre anima sa figure terreuse et dévastée, et elle marmotta, pendant que ses yeux sanglants, luisaient au milieu de sa pâleur :

— Il dort. L'affaire est dans le sac. Allons rejoindre mes garçons.

XXVII

LE COUPE-GORGE

Joël, lui aussi, avait l'oreille au guet.

Aussitôt que la matrone se fut éloignée, il se releva prestement.

Ses mouvements n'avaient plus rien de pénible et d'incertain, et, dans toute sa personne, il ne subsistait plus aucun vestige de son ivresse simulée.

Il n'avait pas besoin d'être sorcier pour deviner qu'on en voulait à sa bourse et à sa vie.

Aussi renouvela-t-il avec un soin minutieux l'amorce de ses pistolets et rendit-il à son épée le jeu qu'elle devait avoir dans le fourreau.

Après quoi, se rappelant la recommandation de Bistoquet, il s'en fut doucement entrebâiller sa porte.

Une demie-heure s'écoula. Puis un pas furtif fit un petit bruit dans le corridor. Puis encore le *famulus* se glissa avec précaution dans la chambre. Le pauvre diable était livide de peur. Il s'affaissa comme un linge mouillé, sur une chaise.

— Ah! monsieur Joël, gémit-il, dans quel antre vous me retrouvez!... Moi, un adolescent de mœurs si pacifiques!... L'amant des rimes qui se becquètent, au bout des vers, comme des colombes!...

Notre héros se tint debout en face de lui :

— A présent vas-tu m'expliquer ?...

— Tout ce que vous voudrez... Nous avons une heure devant nous... Les fauves sont en train de prendre leur pâture, — et d'enivrer votre laquais...

— Ah!

— Oui : le vin du pays est leur complice. Il n'a pas son pareil pour étourdir les gens qui n'en ont pas l'habitude... Vous, monsieur Joël, c'est différent : vous avez une tête à défier les crus les plus traîtres du monde... Je vous avais vu à l'œuvre, là-bas, chez mon ancien patron, où vous jaugiez, à chaque repas, une demi-douzaine de bouteilles... Aussi vous ai-je laissé boire....

— Il est certain que je ne m'en porte pas plus mal... Mais au plus pressé : où sommes-nous?

— Chez d'estimables villageois dont c'est la spécialité d'assassiner et de détrousser les voyageurs... Ils commencent par les griser... Puis, lorsque les infortunés goûtent les douceurs du sommeil, vli! vlan! un coup de marteau sur le crâne, un coup de couteau dans la poitrine, un coup de fourche à travers le corps.

— Et combien sont-ils pour parfaire cette abominable besogne?...

— La mère et les fils : trois jumeaux... De grands diables aux cheveux roux qu'on croirait coiffés de toutes les flammes et de toutes les braises de l'enfer... Mais la vieille est la plus terrible : une femelle qui vaut trois mâles !

Le Breton haussa les épaules avec mépris.

— Pourquoi ne m'as-tu pas averti tout de suite?... Avec Esteban, mon valet, nous étions trois, nous aussi... Chacun le sien : je me serais chargé de la mère par-dessus le marché !

Le *famulus* hocha la tête :

— D'abord, vous n'étiez que deux. Il ne faut pas me compter. Je suis trop homme de plume pour être homme d'épée... Ensuite, vous n'étiez même qu'un... Vu que l'on avait enfermé votre Esteban dans l'écurie...

— Mais enfin, mon pauvre garçon, comment es-tu venu échouer de Paris dans ce repaire?...

— Ah! voilà. C'est tout un poème. Figurez-vous, pour commencer, qu'il y a un mois, le patron a fermé la boutique...

— Maître Bonaventure Bonlarron?

— Oui, pour reprendre du service et s'en aller à l'armée de la guerre, en compagnie de votre ami Petit-Renaud, qui est devenu, à ce qu'il paraît, quelque chose dans les bouches à feu de Sa Majesté...

— Est-il possible ?...

— A preuve qu'ils m'ont offert de m'emmener avec eux... Mais mes principes s'y opposaient... Et puis, à ne vous rien céler, j'étais fort épris de Pâquette...

— Qu'est-ce que c'était que cela, Pâquette?...

— La fille d'évier de l'apothicaire d'en face. Vous ne vous rappelez pas? Une grosse brune, marquée de la vérette, et qui avait deux yeux superbes, dont un absent... Nonobstant, une sirène, une nymphe, une déesse!... Un beau matin, elle m'enleva...

— Bah!...

— Avec cent écus dont je venais d'hériter d'un mien oncle décédé barbier dans la rue des Vieilles-Haudriettes... Nous partîmes pour Saint-Dizier, où son frère tenait garnison en qualité de trompette dans les dragons de Noailles : un militaire franc du collier et jaloux comme un tigre de l'honneur de sa famille... Ce qui ne l'empêchait pas de pinter sec et de manger comme s'il avait eu une douzaine de vers solitaires...

Notre héros tendit l'oreille :

— Est-ce que tu n'entends pas qu'on se remue en bas?

— Mais non, repartit Bistoquet; ils sont à boire pour s'entraîner. D'ailleurs, ne faut-il pas qu'ils vous laissent le temps de vous endormir?

Puis, continuant son récit :

— A nous trois, mes cent écus ne durèrent pas plus de quinze jours. Quand nous fûmes au fond du sac, le trompette me fit comprendre que ma présence à Saint-Dizier compromettait la réputation de sa sœur. Il m'engagea donc à retourner à Paris, me menaçant, en cas de refus, de me couper une oreille chaque fois qu'il me rencontrerait...

« Je ne suis pas poltron : ah! mais non!.,.

« Seulement, je réfléchis qu'après la seconde rencontre, je ne serais vraiment plus présentable...

« Je m'éloignai, — la mort dans l'âme et pas un *fifrelin* en poche..

« Cette auberge se trouvait sur ma route. Je m'y arrêtai à bout de ressources. En me servant un verre d'eau claire, que je payai de mon dernier liard, la patronne me tint ce langage :

« — Nous avons besoin d'un garçon qui ait l'air d'un parfait imbécile, pour amorcer les voyageurs. L'air et la chanson aussi. Vous nous allez. Ça vous va-t-il?

« Pour son âge, elle était encore fort suffisamment conservée...

« Et puis, j'étais si loin de soupçonner les procédés indélicats dont mes nouveaux maîtres usaient à l'endroit de leur clientèle!...

— Enfin, demanda le Breton, que va-t-il advenir tout à l'heure?

Bistoquet prit une mine avisée :

— Il adviendra, répondit-il, que, pendant qu'on expédiera votre laquais, nous descendrons par cette fenêtre, nous monterons sur les chevaux qui sont à l'écurie et nous fuirons cette boucherie où l'on travaille sur des chrétiens... Tout seul, je n'avais pas le courage de me sauver... Avec vous, je n'ai plus peur... Et si, pour remplacer le défunt, il vous faut un jeune homme poli par le frottement des belles-lettres...

Le visage du fils de Porthos s'enflamma d'indignation :

— Ah çà! drôle, s'écria-t-il, vous imaginez-vous que je laisserai égorger ce malheureux?... Jarnidieu! si je commettais une semblable vilenie! je me croirais le complice de cette famille de coquins qui n'a de force que contre l'ivresse et le sommeil! Le sang versé m'éclabousserait et j'en sentirais sur mes mains, sur mon front, sur ma conscience la tache sinistre fumante, ineffaçable!

— Mais, monsieur...

— Il n'y a pas de : *Mais, monsieur*... Tout ce qui existe, en mon âme, d'humain, d'honnête et de généreux se révolte à l'idée saugrenue de tourner casaque devant cette nichée d'oiseaux de proie... Restez ici, si vous voulez, à cuver votre couardise; moi, je vais...

Il n'acheva pas.

Un coup de feu, qui retentit au rez-de-chaussée, coupa la phrase commencée.

Un bruit de lutte suivit : meubles renversés; vaisselle brisée, froissements de fers, imprécations sourdes...

Puis, un cri ; un cri désespéré, affreux, suprême!...

Le fils de Porthos s'était précipité dehors...

En trois bonds, il eut parcouru le corridor, descendu l'escalier, traversé la salle commune...

Un mince filet de lumière filtrait sous une porte...

Joël se rua contre cette porte, qu'il enfonça d'une poussée...

Il y avait, derrière, une cuisine éclairée par une lampe pendue à l'une des solives du plafond, et, sous cette lampe, une table, les pieds en l'air; des verres, des assiettes, des bouteilles en morceaux; puis, sur le plancher, au milieu de ces débris, de larges flaques rouges qui étaient du vin et du sang...

Il y avait aussi deux cadavres :

Celui de l'hôtesse, — le crâne fracassé par une balle...

Et celui d'Esteban, — les dents d'une fourche dans le ventre.

Les trois fils de la vieille femme étaient penchés sur ce dernier qu'ils dépouillaient consciencieusement.

Sur sa laideur venimeuse, il y avait une grimace de coquin.

Trois gars trapus qui se ressemblaient comme se ressemblent des jumeaux : même crinière d'un roux ardent encadrant un mufle de bouledogue.

— A moi. bandits ! leur cria Joël...

Ils se retournèrent, le couteau au poing.

Notre héros avait un pistolet de chaque main.

Il fit feu.

Deux des assassins tombèrent : le premier, une balle dans le front; le second, une balle dans la poitrine.

Le troisième essaya de fuir.

Il n'en eut pas le temps.

La pointe de l'épée de Porthos le cloua contre la muraille.

XXVIH

LES RÉVÉLATIONS D'ESTEBAN

Voici ce qui s'était passé auparavant :

Les trois jumeaux avaient eu beau protester au valet de notre héros que c'était sans mauvaise intention qu'ils l'avaient tenu en chartre privée dans l'écurie pendant le souper de son maître...

Esteban était défiant :

— Est-ce que, par hasard, s'était-il demandé, ce brelan de méchantes figures ferait à M. d'Alaméda la gracieuseté de le débarrasser pour rien de l'obstacle dont il payerait si cher pour être délivré?... Je n'y mettrai, pour ma part aucun empêchement... Quant à ce qui est du fils de mon père, mon intérêt est d'ouvrir l'œil, afin de lui garder une peau vierge de toute boutonnière.

A table, il avait donc conservé ses armes et avait bu modérément.

Puis, quand, à la fin du repas, l'hôtesse s'était glissée sournoisement derrière lui pour l'assommer d'un coup de marteau, — ainsi que c'était son habitude de procéder, — il avait fait une brusque volte-face, et sans hésiter, il avait, d'un coup de pistolet, cassé la tête de la mégère

Puis encore, il avait mis flamberge au vent pour se défendre contre les trois fils.

Malheureusement, la partie n'était pas égale.

Les jumeaux avaient sauté sur des fourches aux dents fraîchement aiguisées...

Un premier coup de l'une de celles-ci avait brisé la rapière de l'Espagnol.

Un second lui avait crevé le ventre.

Toutefois quand, en parlant de lui, tout à l'heure, nous nous servions du mot : *cadavre*, nous anticipions quelque peu.

Le pauvre diable n'était pas encore mort.

Il est vrai que ce n'était guère qu'une question de quelques minutes.

Aidé de Bistoquet, — lequel s'était enfin décidé à descendre quand il n'avait plus couru chance d'attraper quelque horion, — notre héros l'avait assis sur la table qu'il venait de relever, en lui appuyant le haut du corps à la muraille, ainsi qu'un malade contre une pile d'oreillers.

Le malheureux tenait ses deux mains sur sa blessure, qui avait cessé de saigner.

Une sueur d'agonie baignait son front livide.

Ses paupières, abaissées, se noyaient dans une buée violette. Une sueur rougeâtre coulait aux deux coins de sa bouche :

— A boire ! supplia-t-il d'une voix faible.

Le Breton remplit un verre d'eau; il engagea le bras gauche sous le corps du blessé, souleva légèrement celui-ci et lui présenta le breuvage.

La tête de l'Espagnol ballottait affreusement. Ses dents claquaient contre le verre. Il parvint cependant à avaler une gorgée...

— Merci, soupira-t-il avec soulagement

— Prenez courage, fit Joël : je vais essayer d'improviser un appareil pour poser sur votre blessure.

Quelque chose comme un sourire d'ironie passa sur les lèvres du laquais :

— Ne vous dérangez pas... C'est fini... J'ai mon compte...

Ses paupières se relevèrent lentement, découvrant sa prunelle vitreuse...

Son regard se promena, incertain, sur l'effroyable boucherie qui couvrait le plancher de cadavres et de sang...

Et, soudain, ce regard, déjà obscurci par l'ombre d'une fin prochaine, se ranima d'une clarté fugace :

— Oh! oh! hoqueta le moribond, oh! oh ! je m'aperçois que vous m'avez vengé...

Puis, se tordant sous la douleur :

— Mon Dieu ! je vais mourir !... Un prêtre!... Vite, un prêtre!...

— Hélas ! répondit le Breton, nous sommes au milieu de la nuit et je ne sais à quelle distance se trouve un endroit habité... Je ne puis vous quitter d'ailleurs... Mais demain, à la première heure...

Esteban secoua la tête :

— Demain, il sera trop tard...

Ensuite, avec effort :

— Eh bien, puisque vous êtes là, puisque vous êtes venu à mon secours, c'est vous qui recevrez ma confession...

— Moi !...

— Oui... Et elle vous profitera, allez... Elle aidera peut-être à vous sauver...

— Me sauver !...

— Et d'abord, apprenez que cette embuscade de la forêt de Bondy...

— Eh bien ?...

— C'est vous qu'elle menaçait, c'est vous qu'elle attendait... Vous et moi... Ce misérable Cordebœuf n'eût point épargné son complice...

— Cordebœuf... C'était donc lui !... J'avais bien vu !... Ce capitaine de coupe-bourses devenu chef de coupe-jarrets...

— Votre ennemi mortel... Mais vous en avez d'autres... D'autres, plus puissants et plus adroits...

— Est-il possible !..

— C'est pour que vous n'en reveniez point que l'on vous envoie à Fribourg... On espère que vous y laisserez votre peau... On vous y fera tuer, s'il le faut.

— Mais pourquoi?... Quels sont ces ennemis?... Et qui a besoin de ma mort?...

L'Espagnol parut près de défaillir.

— Tout tourne... Mon cœur s'en va... De grâce, donnez-moi quelque chose qui m'empêche de me pâmer comme une femme...

Notre héros lui tendit le verre...

— Non ; l'eau me glace... J'ai froid... je ne sens plus mes jambes...

— Attendez, fit Bistoquet : j'ai sous la main ce qu'il demande...

Il prit, dans un buffet, un flacon de brandevin et en versa quelques gouttes au blessé. Celui-ci les ingurgita rapidement. Un peu de flamme monta à ses joues. Ensuite, se raidissant, s'appuyant sur son coude :

— Maintenant, reprit-il, en se hâtant comme s'il avait peur qu'une crise ne l'emportât avant d'avoir terminé; maintenant, écoutez-moi et gravez bien dans votre esprit, gravez dans votre souvenir l'indication que je vais vous donner :

« M. d'Alaméda, mon maître, a acheté à Marly, sur la lisière de la forêt, un pavillon qui était un rendez-vous de chasse et qui n'est qu'à une faible distance du château...

« Dans la partie principale de ce pavillon, à gauche de la cheminée, il y a un panneau qui tourne sur lui-même, si l'on appuie sur un bouton de cuivre dissimulé dans l'une des fleurs de la tapisserie...

« Ce panneau mobile masque l'entrée d'une galerie souterraine qui communique avec le château et qui aboutit dans l'une des chambres dont se compose la partie des appartements affectée au logement du roi...

— Mais, questionna Joël, à quoi bon ces détails ? En quoi m'intéressent-ils ? En quoi peuvent-ils me servir ?...

Le blessé respira avec peine et poursuivit avec effort :

— Oui ; vous ne comprenez pas. Vous croyez que j'ai le délire, que je suis fou, vous vous trompez : je m'entends et je me comprends...

« Plus tard, vous comprendrez vous-même...

« C'est par là qu'il faudra passer pour arriver jusqu'au roi... pour arriver à temps... pour arriver à empêcher...

— Empêcher... Quoi ? au nom du ciel !

— Empêcher que ce que j'ai entendu tramer ne s'accomplisse...

Le souffle du malheureux s'embarrassait, son regard se voilait, sa tête allait à la dérive.

Il étendit le bras.

— Le verre !... De l'eau-de-vie !... J'expire !...

Joël lui mit dans la main le flacon de brandevin...

Il en effleura le contenu de ses lèvres...

Puis, le laissant tomber sur le parquet, où il se brisa bruyamment :

— Je ne veux pas, murmura-t-il, paraître ivre devant mon juge...

Son visage se décomposait avec une rapidité effrayante. Ses prunelles, remontées, disparaissaient à moitié sous l'arc des paupières relevées jusqu'aux sourcils. Les ailes de son nez se pinçaient et sa bouche s'emplissait d'une bave jaunâtre...

Le Breton se pencha sur lui.

— Que signifie ?... Répondez-moi !... Qu'avez-vous entendu tramer ?...

— Je ne sais plus... je ne me rappelle plus... J'ai comme un brouillard devant les yeux et comme une cloche dans la cervelle... Mais le passage sera gardé... Cordebœuf et ses coupe-jarrets seront là pour vous le disputer... *Caramba !* écrasez-les comme ces trois-là ! Comme cette vieille !

Son doigt s'allongeait sur les corps des trois jumeaux et de l'hôtesse.

Puis, tout à coup, se rejetant en arrière, et battant l'air des bras comme pour écarter un spectre :

— Oh ! la voilà qui se lève, la vieille... Elle s'approche de moi... Elle veut m'étrangler...

Il se souleva tout d'une pièce, comme pour résister, pour échapper à l'étreinte imaginaire...

L'orbite de son œil s'agrandit d'une terreur intense..

Ses deux mains se portèrent à son cou...

Il répéta en suffoquant :

— Elle m'étrangle !...

Sa peau devint couleur de cendre...

Un rauquement sortit de sa gorge...

Une mousse sanguinolente monta à ses lèvres...

Notre héros l'avait saisi à bras-le-corps :

— Encore une fois, supplia-t-il, parlez !... Parlez, je vous en prie... Je veux savoir...

Le laquais ne répondit pas...

Sa tête retomba, inerte, sur sa poitrine...

Il était mort.

XXIX

TROISIÈME AVENTURE

A la fine pique du jour, notre héros avait envoyé Bistoquet à la ville prévenir la justice de ce qui s'était passé.

Le lieutenant criminel du bailliage de Vitry s'était aussitôt empressé d'accourir.

Il avait reçu les dépositions du *famulus* et du Breton.

Le premier était demeuré à la disposition des gens du roi, afin de leur fournir des éclaircissements sur le cas de cette famille d'hôteliers assassins.

Quant au second, excipant de sa mission pour ne pas s'attarder davantage, il s'était éloigné de la maison scélérate, moins troublé par les scènes sanglantes dont celle-ci avait été le théâtre que par les étranges révélations d'Esteban.

Fallait-il prendre ces révélations au sérieux ?

Fallait-il les considérer comme le résultat du dérangement cérébral inhérent au passage de la vie à la mort, et comme les divagations d'un esprit que l'agonie avait rempli d'incohérences et de chimères ?

Qu'y avait-il derrière ces paroles suprêmes, dont le moribond n'avait pas eu le temps d'expliquer le sens énigmatique ?

Que signifiaient, à quoi tendaient ses mystérieuses indications : ce pavillon, ce panneau, ce passage secret ?

Quels étaient, enfin, ces ennemis « adroits et puissants » qui menaçaient les jours, qui avaient tramé la perte du jeune homme ?

Dans quel but et pour quelles raisons ?

Ce n'était point, à coup sûr, M. d'Alaméda

Celui-ci, en effet, ne s'était point contenté d'obtenir la liberté du prisonnier de la Bastille.

Il avait rendu ce dernier le plus « fortuné » des amants, — et des époux, — en l'unissant à Mlle de la Tremblaye.

En supposant que ce mariage lui causât le moindre ombrage, le vieillard n'avait qu'à ne le point faire et à tenir les deux jeunes gens séparés à jamais en laissant Joël en prison.

Ce n'était pas le roi davantage.

Le roi n'avait qu'à froncer le sourcil pour se débarrasser d'un sujet dangereux ou tout simplement importun.

En ce qui concerne le fils de Porthos, il n'avait qu'à ne pas entraver l'action de la justice.

Eh bien ! non ; il avait été grand, il avait été bon, il avait fait grâce.

En quoi, d'ailleurs, un pauvre hère de paysan aurait-il pu offusquer la toute-puissance de Sa Majesté Très Chrétienne ou gêner un ambassadeur de Sa Majesté Catholique ?

Il va sans dire qu'il n'était point venu à l'idée du brave garçon qu'Aurore fût pour quelque chose dans ce qui s'ourdissait contre lui.

Le laquais n'avait pas parlé de la jeune femme.

Le nouveau marié n'en était pas moins fort intrigué et fort perplexe.

Ce fut sous le coup des plus vives préoccupations qu'il traversa Saint-Dizier et Toul.

Par bonheur pour sa pauvre tête, deux lettres le rejoignirent à Nancy, où il fut obligé de s'arrêter quelques jours pour prendre langue et laisser souffler sa monture, qui avait beaucoup fatigué.

Deux lettres qu'il saisit en poussant un cri de joie.

La première était d'*Elle*.

Aurore attendait avec une impatience tranquille le retour de l'époux de son cœur.

Elle faisait, à Saint-Germain, son service auprès de la reine, qui lui témoignait chaque jour une plus tendre et plus affectueuse bienveillance. Ses compagnes paraissaient l'aimer. Ceux qu'on appelait *les sages*, dans cette cour papillonnante et bruyante, — M. le Grand-Dauphin, M. de Montausier, M. de Condom, les PP. la Chaise et Bourdaloue, — l'entouraient à l'envi de déférence et d'égards.

Quant au roi, il semblait complètement absorbé par les importantes négociations qui se poursuivaient à Nimègue.

On ne l'apercevait que rarement chez Marie-Thérèse.

La meilleure partie de son temps était prise par les conseils de cabinet, ainsi que par la réception et l'expédition des dépêches, dont l'incessant échange avait lieu entre ses plénipotentiaires et ses ministres.

La jeune femme ajoutait qu'elle n'avait pas revu Mme de Montespan, mais qu'en revanche, elle avait rencontré plusieurs fois Françoise d'Aubigné, laquelle était venue s'établir au Pecq en compagnie de ses élèves :

« Nous avons là, écrivait-elle, une amie dont j'apprécie de plus en plus le grand esprit et le grand cœur...

« Est-il besoin de vous dire que toutes nos entrevues se passent à parler de vous, et combien elle s'efforce de me consoler, de me raffermir, de me rendre la foi en la bonté du ciel et l'espérance en l'avenir, alors que ma pensée, vous devançant sur les routes lointaines, vous cherche au milieu des horreurs d'un siège, dans la furie des assauts, parmi les blessés et les morts ?...

« O mon cher et vaillant Joël, ménagez-vous pour celle qui n'est pas ici une minute sans songer qu'elle est votre femme. Soyez prudent comme vous êtes brave. Ayez souci de votre vie comme j'aurai soin de votre honneur... »

— Comme elle m'aime ! murmura Joël à cette lecture, et comme elle est digne d'être aimée !

Une larme roula sur sa joue brunie par le voyage.

Il baisa le papier avec transport.

Le second message était de la veuve Scarron.

Celle-ci mandait à notre héros qu'Aurore faisait son admiration par sa franchise à se révolter contre la méchanceté et le vice...

« Le roi, ajoutait-elle, dont j'ai parfois l'honneur de recevoir les confidences, depuis que je me suis rapprochée de Saint-Germain ; le roi m'a déclaré, en mainte occasion, que, parmi les dames du palais, nulle ne méritait mieux qu'elle les marques d'estime et de sympathie dont la reine daignait la combler. »

La gouvernante concluait :

« Elle est à vous, ami, comme le prêtre est à Dieu. Il faut être de même pour elle. Du reste, je tiens ma promesse et je veille de loin sur cet ange de perfection avec autant de sollicitude que sur les enfants que Sa Majesté a commis à ma garde.»

— Nous croyons, ou le ciel nous pardonne, que le Breton embrassa cette seconde lettre avec non moins d'ivresse que la première.

Il se sentait réconforté. Toute crainte s'était éteinte en lui. Son mâle visage rayonnait d'allégresse et de passion exaltée.

Il lut et relut les deux messages, dont chaque mot était pour lui comme un cordial et un dictame.

Dans aucun d'eux, il n'était même question de M. d'Alaméda. Décidément, la fièvre et la douleur de sa blessure, l'approche du moment suprême et sans doute les terreurs d'une conscience louche avaient brouillé le cerveau du laquais Esteban.

Les deux frères étaient d'anciens soldats aux gardes.

Notre voyageur se remit donc en route, la tête et le cœur délivrés du poids qui pensait l'étouffer.

Toutefois, avant de quitter Nancy, il était allé saluer M. le comte de Fourille, mestre de camp de cavalerie, qui y commandait en l'absence de M. de Créqui.

Celui-ci lui avait] appris qu'il trouverait le maréchal à Waldau, près de Fribourg, où il avait établi son quartier général, après s'être porté si rapidement de Colmar sur ce point, que le duc Charles de Lorraine avait vu la place investie avant d'avoir, pour ainsi dire, eu le temps de se reconnaître.

M. de Fourille avait continué :

— La batterie de bombardes, que l'on attendait de Douai pour commencer les opérations, étant passée par ici, ces jours derniers, il est probable qu'à cette heure elle donne le signal du bal...

— Alors, comme j'ai hâte de danser, s'était exclamé le Breton, je remonte à cheval incontinent et je joue de l'éperon du côté des violons.

Le vieil officier avait souri dans sa moustache :

— Jeune homme, avait-il reparti, on n'emporte pas une ville de l'importance de celle de Fribourg comme maître Gonin ou maître Brioché escamotent une muscade sous un gobelet devant les badauds du pont Neuf... Le duc Charles de Lorraine est un rude compagnon : il ne battra pas la chamade sans nous avoir servi quelque plat de son métier... Soyez tranquille : vous arriverez avant que le branle soit terminé.

Il avait, en outre, recommandé au Breton de prendre garde en chemin aux mauvaises rencontres.

Toute une Babel de routiers, appartenant à différentes nations, — Allemands et Suédois venus de par-delà le Rhin, Espagnols remontés de la Franche-Comté, Wallons et Anglais descendus des Flandres, déserteurs français et partisans lorrains, — infestait, en effet, les défilés des Vosges et y rançonnait sans merci populations et voyageurs.

Joël promit au comte de se montrer prudent.

En réalité, il se sentait bien plus dispos en face d'une agression de ces batteurs d'estrade qu'en la compagnie des soucis qui n'avaient cessé de chevaucher en croupe avec lui depuis « les histoires » d'Esteban.

En suivant le vallon de la Meurthe, il arriva sans accident de l'autre côté de Saint-Dié.

Là, la route commençait à s'encaisser entre les cônes d'un vert sombre de montagnes hérissées de sapins.

Tantôt, elle grimpait comme une chèvre — par bonds — les étages superposés des Vosges, à la cime desquelles des plaques de neige luisaient, ainsi que des miroirs, et où se dressaient, drapées de toutes les plantes de la solitude et de l'abandon, les tours encore altières des bürgs ébréchés.

Tantôt, elle se précipitait à l'instar d'une cascade dans des vallées profondes où gazouillaient des sources invisibles, et où d'énormes roches moussues moutonnaient dans une mer d'herbes hautes ou dans un maquis de chênes nains.

Tantôt encore, elle s'enfonçait, ainsi qu'un fer de lance, dans les flancs d'une forêt plus silencieuse, plus solennelle, plus obscure qu'une cathédrale.

Dans cette partie de la France, — dont l'Allemagne a, depuis, happé le meilleur morceau, — il n'y avait, à cette époque, ni villages industriels, assis au bords des cours d'eau, ni usines fumant dans la plaine, ni fabriques jasant sur les rampes, ni scieries accroupies au bas des chemins de *schlitte*

C'est à peine si quelque hutte de charbonnier, si quelque *chaume* de marcaire ponctuaient — de loin en loin — d'un toit hospitalier cette contrée déserte et sauvage.

Ce fut en sortant de l'une de ces misérables demeures, — où il avait fort succinctement déjeuné d'un chanteau de pain noir, d'une croûte de fromage et d'une gorgée d'eau-de-vie de brimbelles [1] — que notre héros fit la rencontre de sa troisième aventure.

Il venait de s'engager dans l'une de ces forêts dont nous vous parlions tout à l'heure — et dont les chênes séculaires, les hêtres magnifiques et les sapins géants se serrent et s'alignent ainsi que les tuyaux d'un buffet d'orgues, — quand une mousquetade crépita à cinquante pas devant lui.

Puis, des voix crièrent :

— Tue ! tue !..

Puis une autre voix s'éleva, qui demandait avec un accent étranger :

— Mes bons amis, par grâce, recevez-nous à merci !

Puis encore, les gémissements d'une femme accompagnèrent cette prière et se mêlèrent à un choc d'épées et à un tumulte de jurons.

Le fils de Porthos piqua des deux.

Son cheval l'eut, en un instant, porté sur le théâtre de la lutte.

C'étaient, au milieu d'une clairière, un cavalier et une amazone qu'entourait une poignée de partisans.

La dame semblait plus morte que vive.

Son compagnon ne paraissait pas beaucoup plus maître de lui-même.

L'impétuosité de l'attaque lui avait sans doute fait perdre la tête.

Il se défendait mollement, et, pas plus que sa compagne, il ne songeait seulement à éperonner sa monture pour essayer de se dégager.

— Courage, monsieur ! lui cria Joël. Tenez bon ! Voici du renfort !

Puis il se précipita sur le groupe, en poussant ce cri à son tour :

— A moi, France !... Chargez !... Pas de quartier !

Mais les oiseaux de proie n'attendirent pas le choc.

1. Petites baies noires et acides qui sont connues ailleurs sous le nom de myrtilles.

S'imaginant que tout un régiment fondait sur eux, ils lâchèrent pied, s'éparpillèrent et disparurent dans les arbres ainsi qu'une compagnie de perdreaux sous le coup de plomb du chasseur.

XXX

MILORD ET MILADY

Le cavalier se confondait en actions de grâces :

— Ah ! monsieur, que d'obligations !... Les abominables goujats !... Sans vous, nous étions morts, — oui, bien morts.

— Vous voyez bien qu'on ressuscite, répondit en riant le fils de Porthos.

Il avait envie d'ajouter :

— Et vous en êtes quitte, pour la peur...

Car l'autre était encore tout pâle et il essuyait en parlant la sueur qui lui coulait du front.

— Voulez-vous mon flacon, Harry ? demanda l'amazone, qui paraissait à présent tout à fait revenue à elle et dont la voix avait une pointe d'ironie.

Le gentilhomme refusa du geste.

Puis il reprit, en s'adressant à notre héros :

— Madame vous remerciera mieux que je ne saurais le faire... J'éprouve, en effet, quelque peine à m'exprimer dans votre langue... Je suis Anglais, monsieur : sir Henry Walton, votre très respectueux, très dévoué et très reconnaissant serviteur...

Le Breton salua :

— Eh bien ! milord, déclara-t-il, si vous m'en croyez, nous ne nous attarderons pas en ce méchant endroit. Ces abominables goujats n'auraient qu'à s'apercevoir que l'armée que je leur annonçais se compose de moi tout seul... Il ne faut pas leur laisser le temps de tenter un retour offensif, et si vous vous dirigez par hasard du côté où j'ai affaire...

— *By God!* s'exclama l'Anglais, nous n'aurions garde d'aller dans une direction différente. Dans des parages aussi fertiles en malandrins, on ne renonce pas, de gaieté de cœur, à la compagnie d'un paladin tel que vous...

— D'ailleurs, opina l'amazone, puisque vous veniez derrière nous, c'est que vous suiviez la même route : celle qui va de Lorraine en Alsace...

S'interrompant, ensuite, pour regarder autour d'elle avec anxiété :

— Mais je n'aperçois plus Ralph... Où donc est-il?... Harry, vous ne voyez pas Ralph?

— Ma foi, non... Ces hommes l'auront effrayé... Il se sera enfui...

Et le gentleman ajouta avec une certaine impatience :

— Vous n'allez pas, j'espère, nous contraindre à l'attendre?

— Qu'est-ce que c'est que ce Ralph? interrogea Joël.

Sir Walton haussa les épaules :

— Rien qui vaille la peine de nous occuper plus longtemps... Un chien... Un lévrier, que j'ai rapporté d'Écosse et dont il semble que milady se soit follement énamourée...

— Ralph est beau et fidèle, repartit l'amazone, qui avait un ton singulier. Quoi d'étonnant que je m'y sois fort attachée?

Puis, élevant la voix :

— Ralph!... Ralph!...

L'Anglais s'agita avec inquiétude sur sa selle :

— *By Jove!* taisez-vous donc, ma chère!... Si vos appels allaient arriver aux oreilles de ces mécréants de tout à l'heure!... S'ils leur donnaient l'idée de revenir nous mettre à mal...

Il poursuivit après une pause :

— D'ailleurs, Ralph est une bête d'un flair, d'une intelligence remarquables... Il retrouvera notre piste, c'est certain... Ce n'est pas la première fois qu'il nous est advenu de le perdre, et son nez l'a toujours guidé sur les brisées de sa maîtresse jusqu'à ce qu'il ait rejoint celle-ci...

Et, se tournant vers notre héros :

— Vous plaît-il que nous continuions notre route? C'est, à mon avis comme au vôtre, ce qu'il y a de plus sage pour l'instant... Aussi bien, j'ai hâte d'être sorti de cette maudite forêt, dont chaque arbre peut dissimuler un ennemi.

Il est constant que tout le temps que l'on chemina sous bois, l'honorable sir Henry Walton se montra médiocrement rassuré.

C'était physiquement, dans la force du terme, un Anglais tel qu'on peut en voir depuis que l'Angleterre existe :

Brillant de teint et rouge de poil, avec des dents à dévorer un bœuf sous une moustache ébouriffée.

Un assez bel homme, sauf les yeux, des yeux d'un bleu pâle, abrités derrière des paupières tombantes, — des yeux froids, fixes et scrutateurs, — des yeux de verre.

Sans ses yeux, le noble étranger aurait pu passer pour un gentleman fort *correct*, un adjectif qui est le premier de tous, une fois passée la jetée de Calais, et qui exprime le plus bel éloge que la langue anglaise puisse décerner à un être humain...

Avec ses yeux, ce devait être, dans son enveloppe de poltron, un habile et déterminé coquin.

Il portait, non sans élégance, ce que nous appellerions aujourd'hui un *complet* de voyage en velours gris, avec *la petite oie congruente à l'habit*, comme dit notre Molière : les « marquis » baptisaient ainsi les menus ornements du costume, avec la garniture de plumes du chapeau.

Sa compagne avait fort bon air sous le feutre empanaché, qui coiffait à la mousquetaire sa tête brune et hardie, et dans l'étroit corsage de drap, passementé d'argent, qui emprisonnait les richesses de sa taille.

Ce n'était pas une fille de la blanche Albion, — l'île des cygnes... ou des grues. Ce n'était pas non plus une *précieuse* de l'hôtel de Rambouillet, ni une duchesse de la cour de Saint-Germain. C'était bien plutôt comme une grisette parisienne, improvisée grande dame par les caprices du sort...

Elle en avait le nez spirituellement retroussé, le regard vif, la bouche sensuelle...

Un type que vous retrouverez encore, affadi et amoindri, dans ces boudoirs où nos faubouriennes d'à présent, devenues reines au pays des sept châteaux dont Nodier a écrit la légende, mettent de côté ce que jetaient par les fenêtres leurs aïeules, les grandes courtisanes d'autrefois.

. . . .

La forêt une fois traversée, c'était ce versant des Vosges qui descend en Alsace.

En face des trois voyageurs, mais à une distance de dix lieues, une sorte de ruban argenté serpentait dans la brume bleuâtre du lointain.

C'était le Rhin — *der Vater Rhein* — le « vieux père Rhin »

Par delà celui-ci, le *Schwarzwald* (forêt Noire) donnait des bornes sombres à l'horizon.

Puis, entre le fleuve et les Vosges, une plaine s'étendait, où des villes et des villages pointaient vers le ciel clair les fumées de leurs toits et les clochers de leurs églises.

Sir Walton allongea l'index vers l'un de ces clochers, d'une apparence plus considérable que les autres :

— Si je ne me trompe, dit-il, voici la flèche du *munster* de Colmar, où nous comptons coucher ce soir.

— Ma foi, déclara Joël, qu'elle soit la bienvenue : je ne serai pas fâché de m'arrêter une nuit, — ne fût-ce que pour essayer de m'y restaurer chrétiennement, — dans cette ville, d'où je partirai demain matin pour fournir ma dernière étape.

— Vous allez plus loin que Colmar ?

— Je vais à Fribourg en Brisgau.

— Est-ce qu'on ne s'y bat pas légèrement par là ?

— Si fait, jarnidieu ! et j'espère ne point laisser aux autres ma part de la bataille.

L'Anglais le considéra avec attention.

Il demanda ensuite :

— Est-ce que vous appartenez aux armées du roi de France ?

— J'y viens d'être nommé enseigne dans une compagnie d'artillerie.

— N'est-ce pas M. de Créqui qui commande devant Fribourg ?

— En effet.

— Et vous arrivez de Paris pour servir sous ses ordres ?

— Je lui apporte des dépêches du ministre de la guerre.

— De M. de Louvois ?

— Lui-même.

Si, avant de répondre ainsi à l'étourdie, notre héros avait regardé l'amazone qui chevauchait à ses côtés, il aurait retenu sa langue.

Milady avait rapidement posé un de ses doigts sur sa bouche...

Mais tout entier au magnifique paysage qui se déroulait sous ses pieds, Joël n'avait point remarqué ce geste par lequel on lui recommandait le silence...

Il n'avait point aperçu davantage l'éclair dont ses paroles avaient allumé la prunelle vitreuse de l'Anglais...

Celui-ci questionna de nouveau :

— Avez-vous à Colmar quelque endroit où vous descendiez de préférence ?

— Ma foi, non. J'irai au hasard. Je ne suis pas difficile, d'ailleurs, et, pourvu que mon cheval et moi, nous trouvions quelque part une provende suffisante ; en outre, lui, une litière fraîche, et votre serviteur, un lit à peu près passable...

— Eh bien ! on m'y a signalé, comme l'une des meilleures de la ville, l'hôtellerie de l'*Hommelet-Rouge*, hors de la porte de Brisach... S'il vous plaît d'y gîter en notre compagnie, j'en serai enchanté, *by God !*... Nous y viderons, après souper, une vieille bouteille de vin du Rhin à l'heureux hasard de notre rencontre et à la réussite de vos armes...

Puis, s'adressant à l'amazone :

— Milady, joignez donc vos instances aux miennes pour décider le gentleman...

La jeune femme regarda le Breton et lui sourit :

— Il est certain, commença-t-elle, que si monsieur ?... monsieur ?

— M. le chevalier de Locmaria, ou M. Joël, si vous préférez, se hâta de préciser le jeune homme.

— Il est certain que si M. le chevalier de Locmaria veut nous faire ce plaisir et cet honneur...

Les paroles et le sourire disaient : *Acceptez.*

Le regard, au contraire, signifiait : *Refusez.*

Mais le fils de Porthos n'entendit que les paroles et ne vit que le sourire.

— C'est convenu, fit-il gaiement. Va pour l'*Hommelet-Rouge.* J'aime à croire que le rôti y sera cuit à point et que le vin y sentira le sang de la vigne. Autrement, gare à l'hôtelier ! Je l'empale à la broche à la place du rôti manqué ou, à la place de son vin anabaptiste, je le fais entrer dans la bouteille.

XXXI

A L'HOMMELET-ROUGE

Nos voyageurs étaient arrivés sans accident à Colmar.

Ils s'y étaient installés à l'auberge indiquée et y avaient soupé a un joyeux accord.

L'*Hommelet-Rouge* n'avait point volé la réputation que sir Henry lui avait faite : tout y avait été exquis, depuis les *œufs au miroir* jusqu'au quartier de chevreuil aux raisins secs, depuis les tranches de jambon sur un lit de céleri cru jusqu'à la volaille baignant dans un jus relevé par un brin d'estragon, et depuis les petites truites bleues de la Vologne et de la Moselle jusqu'aux écrevisses de la Meuse, presque aussi grosses que des homards.

Au cours de ce succulent repas, l'Anglais s'était déboutonné.

Il avait avoué à notre héros que, tout gentleman qu'il fût, il ne dédaignait point de vendre aux tisseurs d'Allemagne la laine de ses troupeaux de moutons du Yorkshire.

C'étaient les exigences de ce commerce qui l'avaient appelé sur les bords du Rhin.

Quant à milady, elle n'avait cessé d'accabler le jeune homme d'œillades et de cajoleries toutes plus incendiaires les unes que les autres.

Mais Joël n'avait pas prêté plus d'attention aux racontaines de milord qu'aux véritables avances de la jeune femme, — avances dont, si flagrantes qu'elles fussent, sir Walton n'avait pas, du reste, l'apparence de s'apercevoir.

Lorsque Joël était à table, sa principale occupation était de manger, — et les deux autres convives n'avaient pu se défendre d'un sentiment d'admiration en face du mécanisme de cette mâchoire fonctionnant seule et sans chute d'eau, mais non sans un riche et perpétuel courant de liquides...

Il avait été littéralement foudroyé.

Vins rouges et vins blancs, purée de topazes et purée de rubis, tout s'engouffrait à profusion dans cet estomac mémorable...

Et le possesseur de celui-ci ne semblait pas plus animé que quand il avait vidé son premier flacon d'*affenthaler !*

Milord fronçait le sourcil, par intervalles, et milady redoublait d'agaceries.

Le premier se leva comme on servait le dessert :

— *My dear friend,* fit-il, souffrez que je vous quitte... Une affaire urgente à traiter avec un négociant de cette ville, avant que ses bureaux ne soient fermés ce soir... Oh ! mais je ne serai guère plus de trois quarts d'heure absent... D'ailleurs, vous ne m'accuserez pas de vous laisser en désagréable compagnie ?...

Puis, sans attendre la réponse du Breton, il gagna lestement la porte...

Puis encore, du seuil de celle-ci, il adressa à la jeune femme un signe impérieux que notre héros ne put saisir au vol, — absorbé qu'il était par son voluptueux travail de trituration...

La dame et Joël restèrent seuls...

Celui-ci, un peu étonné de cette brusque sortie, mais n'en attaquant pas moins, sans un semblant de défaillance, les fruits en coque et les nonnettes de Remiremont.

Celle-là, couvrant ce beau soupeur d'un regard dont l'éclat profond n'appartenait pas à des yeux de jeune fille...

Il y eut un instant de silence, pendant lequel on n'entendit que les dents, de notre héros qui croquaient alternativement des amandes et des noisettes...

Ensuite, milady demanda :

— Vous l'aimez donc bien, chevalier ?

— Qui cela ? questionna le Breton à son tour entre un *leckerli* (pain d'épice) de Bâle, et un coup de vin (*liebfraumilch*) que les Allemands, poètes jusqu'en leurs goinfreries, ont baptisé du nom de *lait de la femme aimée.*

— Celle que vous avez laissée là-bas ! — je ne sais où, — en Bretagne, à Paris peut-être...

Notre héros la considéra avec surprise :

— Quoi ! murmura-t-il, vous savez ?...

— Elle doit terriblement vous payer de retour ; car vous n'avez d'yeux et de pensées que pour elle...

Il interrogea de rechef :

— Comment avez-vous deviné ?...

Elle secoua la tête avec un mouvement mutin :

— La belle malice !... Parbleu ! il n'y avait qu'à voir l'indifférence, — que dis-je ! l'insensibilité, — avec laquelle vous avez accueilli les efforts que je faisais pour vous plaire...

Le fils de Porthos sursauta :

— Vous vouliez me plaire, vous, madame ?...

— Oui, je voulais vous plaire...

Elle appuya :

— *Par ordre...*

Puis, avec un accent singulier :

— Et aussi par caprice, par fantaisie, par besoin même... Quoi de plus naturel, après tout ?... Vous avez l'air si bon, si loyal et si brave !

Elle ajouta avec mélancolie :

— Cela m'aurait changée des autres !

Ensuite, reculant son siège de la table, comme si elle prenait du champ pour attaquer son interlocuteur :

— Maintenant, parlons raison... Le temps presse... Monsieur le chevalier, j'ai juste une demi-heure pour faire de vous un traître...

Joël bondit sur ses pieds :

— Un traître ?... Que dites-vous là ?... Faire de moi un traître !...

— J'entends ; pour vous décider à passer des Français aux Lorrains et aux Allemands...

— Oh !...

— Enfin, pour obtenir que vous me remettiez les dépêches que vous portez à M. de Créqui...

Notre héros la foudroya du regard, du geste et de la voix :

— Sur ma foi, vous êtes insensée, si vous avez pu penser que...

Elle l'interrompit froidement :

— Je ne pense pas, j'obéis, voilà tout... On m'a chargée de vous séduire, afin que vous me livriez ces précieux papiers dans l'ivresse de la passion... Sinon, c'est par la force qu'on vous les arrachera.

— Et qui donc cela, je vous prie ?

— La personne qui sort d'ici.

— Sir Henry Walton ?

— Oui, sir Henry Walton, qui n'est pas plus lord que marchand de laines, pas plus gentleman qu'Anglais, pas plus mon mari qu'honnête homme...

— C'est donc un bandit ?

— C'est un démon.

Elle continua avec une hâte fiévreuse :

— Plus tard, je vous apprendrai ce qu'il est, ce qu'il a fait et comment il se nomme... Qu'il vous suffise de savoir qu'il a juré de s'emparer des dépêches dont vous êtes porteur, afin de les vendre au prince Charles contre un asile qui l'abrite, contre une protection qui le couvre, contre un appui qui lui permette de satisfaire d'épouvantables ambitions... Cette infernale idée lui a

poussé ce matin, après notre rencontre, comme il se dirigeait vers l'Allemagne pour y proposer ses services aux ennemis du roi Louis...

— Cet homme est votre amant pourtant...

— C'est mon bourreau... C'est l'image, l'épave, le souvenir vivant d'un
passé dont la pensée me brûle comme un fer rouge. La destinée nous a rivés
l'un à l'autre, ainsi que deux galériens au même banc de la chiourme. Peut-
être l'ai-je adoré jadis? Aujourd'hui, je le subis, je suis forcée de le servir, et
je le hais, — je le hais comme je ne pourrais haïr personne autre ..

Puis, se rapprochant de Joël :

— Mais ce n'est pas de moi qu'il s'agit. Je vous répète qu'il va revenir...
Il va revenir accompagné... Dans ces villes de la frontière, à travers lesquelles
nous errons depuis qu'on nous a chassés de France et de Lorraine, il ne
manque pas de ces soldats douteux qu'une poignée d'or métamorphose en
assassins... Au besoin, il ferait alliance contre vous avec la bande de larrons
dont vous l'avez tiré ce matin...

Notre héros toucha son épée de la main :

— Qu'il revienne ! prononça-t-il avec une résolution superbe.

— Oui, je vous comprends, reprit-elle : vous vous défendrez contre dix,
contre vingt, contre cent... S'il le faut, vous soutiendrez un siège dans cette
chambre... Mais il sera capable, lui, de mettre le feu à la maison...

— Eh bien...

Le fils de Porthos n'acheva pas la phrase et le geste de défi qu'il avait com-
mencés...

Car la jeune femme lui avait saisi le bras :

— Eh bien, et *elle ?* demanda-t-elle.

— Elle !...

— Celle que vous aimez... Celle qui vous aime... Celle qui vous attend
là-bas...

— Aurore !...

— Ah! c'est Aurore qu'elle se nomme. J'ignore ce qu'elle est, où elle est. .
Mais ce que je sais, c'est que ceux qui sont aimés n'ont pas le droit de mourir volontairement...

Joël baissa la tête et répéta :

— Aurore !...

Son interlocutrice poursuivit avec un redoublement d'énergie :

— Si vous vous faites tuer, que deviendra-t-elle? Qui vous dit qu'elle ne
réclamera pas quelque jour l'appui de votre bras, de votre épée?... Encore
une fois, songez à elle !...

Puis, levant vers le jeune homme des yeux mouillés qui suppliaient :

— Songez aussi à moi, mon Dieu!.. Quand ce misérable aura appris que c'est moi qui vous ai averti de ses projets, ma vie ne m'appartiendra plus. Or, je ne veux pas qu'il m'assassine avant que j'aie eu le temps de fléchir le juge d'en haut par mon repentir et mes prières...

Le Breton se sentait vaincu :

— Mais, enfin, que voulez-vous que je fasse? questionna-t-il.

— Suivez-moi sans bruit, répondit-elle.

Notre héros eut un mouvement de révolte :

— Fuir devant un pareil coquin !...

— Bon, repartit milady avec un accent farouche, je vous le ferai retrouver plus tard...

Elle ouvrit la porte avec précaution :

— Venez !...

Et quand il fut dehors :

— Fermez la porte à double tour... Bien... Mettez la clef dans votre poche... Je n'ai pas éteint les lumières ; il croira que nous sommes là, et nous gagnerons un peu de temps avant qu'il soit parvenu à s'assurer de notre départ...

La chambre était au premier étage. Ils descendirent en retenant leur souffle. Au bas de l'escalier :

— Tournons par ici, murmura la jeune femme à l'oreille de son compagnon. Cette allée conduit aux écuries. Nous y retrouverons nos chevaux sellés et harnachés...

— Est-il possible !...

— Écoutez-moi et ne parlez pas... Pendant que notre ennemi mettait dans ses intérêts le maître de cette hôtellerie, moi, j'en gagnais l'un des valets à prix d'argent... Ce garçon m'a promis de tenir nos montures prêtes aussitôt qu'il verrait milord s'éloigner...

— Bravo !...

— Silence donc !... Il a dû, en outre, laisser entrebâillée la porte de l'écurie qui donne sur la cour et celle de la cour qui donne sur la route... Car nous sommes ici dans le faubourg de Brisach...

Le couvre-feu sonnait dans la ville.

A l'intérieur de l'*Hommelet-Rouge*, l'hôte et sa domesticité buvaient joyeusement les largesses dont les avait arrosés le prétendu sir Henry Walton.

Un bon Alsacien ne boit pas sans chanter.

On chantait donc dans la maison toutes sortes de refrains barbares sur des airs à porter le diable en terre, et le fracas des chopes qui se choquaient se mêlait à celui des refrains répétés en chœur.

Les chevaux étaient prêts dans l'écurie.

Notre héros et sa compagne parvinrent à leur faire traverser la cour sans éveiller l'attention des braillards.

Puis, une fois dehors, ils sautèrent en selle.

Le tapage de voix avinées couvrit le bruit de leur départ.

— Ah çà! sur quelle route sommes-nous? interrogea le fils de Porthos en galopant à côté de l'amazone.

— Sur la route que vous deviez prendre : sur celle de Fribourg, chevalier.

— Et sur celle que l'on prendra évidemment pour nous poursuivre... Car on nous poursuivra, gardez-vous d'en douter... Et on nous rattrapera, c'est certain...

— Vous croyez?...

— Dame! nos montures ont voyagé toute la journée; c'est à peine si elles ont eu une couple d'heures pour se reposer; elles ne pourront aller bien loin... Par contre, ceux qui nous donneront la chasse se serviront pour cela de chevaux frais et dispos, capables de fournir une course endiablée...

— Je penserais comme vous, chevalier, si nous suivions en ligne droite la route sur laquelle nous nous sommes engagés; mais il n'en sera pas ainsi...

— Ah!...

— Lorsque les bois succéderont aux houblonnières et aux champs de choux que nous traversons en ce moment, nous nous jetterons sous le couvert par un sentier perdu que m'a indiqué le valet de l'*Hommelet-Rouge*...

— Et ensuite?...'

— Pendant ce temps, nos limiers fileront devant eux dans la direction du pont de bateaux de Brisach, persuadés que c'est ce chemin qui est le nôtre, puisque ce pont est le seul qui existe à dix lieues en aval et en amont du fleuve...

— Mais alors comment le franchirons-nous, le fleuve?

— Sur la barque d'un pêcheur qui a sa cabane à l'endroit où le bois trempe sa corne dans le Rhin... Nous rencontrerons cette cabane en longeant la rive qui fait face à Alt-Brisach, un peu au-dessous de cette ville... C'est mon garçon d'auberge qui, moyennant salaire, m'a fourni toutes ces précieuses indications...

— Jarnidieu! il vous en a donné pour votre argent!... En avant donc!... Mais c'est égal : je n'aurais pas été fâché de passer au fil de ma lardoire ce traître d'Anglais qu'on dirait coiffé d'un panier de tomates.

. . . .

Joël et sa compagne cheminaient sous bois. Ils avaient ralenti l'allure de leurs montures, qui soufflaient de fatigue. La nuit sans lune était épaisse.

— Hélas! contait la jeune femme, on ne choisit pas ses parents. Ma mère — que le ciel lui pardonne! — est de celles dont le nom éveille un frisson de terreur et d'horreur. Elle était matrone jurée dans la rue Hautefeuille, et tirait les cartes aux dames, lorsqu'elle connut mon père, qui, sous prétexte de lui enseigner le grand œuvre, lui apprit à fabriquer des poisons...

Des poisons, qui étaient tantôt une poussière si subtile qu'il fallait avoir
un masque de verre pour la préparer, tantôt un élixir liquide composé d'une
quintessence de crapaud... [1].

« Bientôt, nous allâmes demeurer à la Croix-Rouge...

— A la Croix-Rouge ! s'exclama notre héros, qui avait souvenir de la rue
du Dragon.

Milady poursuivit, tout entière à son histoire :

— Là, mes parents tinrent une boutique où toutes les passions et tous les
vices trouvèrent secours et satisfaction...

« Ils avaient de nombreux clients...

« Femmes gênées par leurs maris, maris fatigués de leurs femmes, grandes
dames aux prises avec des rivales incommodes, fils de famille ruinés en quête
de successions, ambitieux impatients, concurrents de places, ennemis de cour,
venaient acheter là les criminels moyens de contenter rapidement leurs intérêts et leurs mauvais penchants...

« Ils avaient aussi des complices de toutes les nationalités et de toutes
les conditions...

— Écoutez ! interrompit le Breton.

On entendait courir — au lointain — une troupe de cavaliers.

Dans la nuit silencieuse, le bruit du galop des chevaux, qui martelait le
sol sonore, parvenait distinctement aux oreilles de l'amazone et de son compagnon.

— Ce sont nos hommes, murmura ce dernier : les voilà qui arrivent
à l'endroit où nous avons quitté la grande route... Ils passent... Ils sont
passés.

Le bruit diminuait, en effet.

Il finit par s'éteindre dans l'éloignement.

— Oui, répondit la jeune femme, ils se hâtent dans la direction du pont
de bateaux.

Elle reprit après un instant :

— Leur chef était un des complices dont je vous parle. On l'avait surnommé l'*Anglais*, parce qu'il était né à Londres d'un gitano et d'une gipsy. Il
était lâche, perfide, cruel, rapace, abominablement perverti ; mais actif, mielleux, intelligent, rusé, de belles manières et de beau langage. Ce fut lui que
l'on employa, par l'entremise de la des Œillets et de la Cateau, ses suivantes,
près de madame de Montespan, quand celle-ci eut dessein de se défaire du
roi...

Joël sursauta sur sa selle :

1. *Archives de la Bastille*, t. IV, page 198.

— Allons donc !... Se défaire du roi !... Madame de Montespan !...

Son interlocutrice appuya :

— Lorsque Louis lui préféra, un moment, la belle Fontange...

Notre héros protesta derechef :

— Impossible !... Un pareil crime !... Elle, la maîtresse du monarque !...

— Une maîtresse qui n'eût point hésité à sacrifier son royal amant à la douleur, à la colère, à la honte de le voir dans les bras d'une autre... D'ailleurs, la preuve de ce que j'avance existe... Elle est tout au long dans une lettre adressée par la marquise à mon père pour lui demander du poison....

Le fils de Porthos n'entendit pas cette dernière phrase.

Le cou penché en avant, il écoutait de nouveau...

Quelque chose grondait sourdement derrière les arbres qui commençaient à s'éclaircir...

En même temps, un air vif et frais fouettait nos voyageurs au visage...

—Nous approchons du Rhin, dit Joel.

Dix minutes plus tard, en effet, ils débouchaient sur la berge du fleuve, qui, large et rapide, roulait ses eaux tumultueuses que la lune frappait obliquement, — en se levant de derrière un troupeau de nuages dispersés par le vent, — et transformait en un long spectre de paillettes mobiles.

Ils suivirent cette berge au pas.

Milady était revenue à son récit :

— Comment me suis-je éprise d'un pareil misérable ? Saurais-je l'expliquer autrement que par le milieu dans lequel j'avais poussé ? Ce détestable milieu d'entremetteuses et de ruffians, de faux prêtres et de chimistes homicides, où l'on ne professait que le culte du mal, où l'on ne craignait que les sergents de la prévôté et où l'on ignorait ce que c'était que la conscience...

« Bref, je fus sa maîtresse, — c'est-à-dire qu'il devint mon maître...

« Ma mère battit des mains à ma chute : honnête, j'eusse été pour elle le reproche vivant de sa honte...

« Mon père seul, — qui m'aimait comme les fauves aiment leurs petits, — tenta de m'arracher aux griffes de ce satan...

« — Il te tuera quelque jour, me dit-il.

« En attendant, il commença par me tromper, par me voler et par me battre...

« Quand il me trompa, quand il me vola, quand il me battit, — quand il me battit, surtout, — je sentis que je l'adorais.

. . . .

— N'est-ce pas là ce que nous cherchons ? s'informa Joel en ce moment.

Car, tout en écoutant l'histoire de sa compagne, il ne cessait de fouiller le terrain d'un regard investigateur...

Et, en parlant, il étendait le bras vers une cabane qui se dressait dans

Une vieille femme filait près de la fenêtre.

l'ombre, au bord du fleuve, et non loin de laquelle une barque, — amarrée à un pieu par une chaîne rouillée, — se balançait sur l'eau au milieu des roseaux.

Sautant à bas de sa monture, notre héros s'en fut heurter à la porte de cette hutte.

Quelques minutes s'écoulèrent.

Ensuite, une voix d'homme demanda de l'intérieur :

— Qui êtes-vous et que voulez-vous ?

— L'ami, répondit le Breton, nous sommes des gens qui avons besoin de tes services.

— Et nous te les achèterons au prix que tu les estimeras, ajouta l'amazone qui venait, elle aussi, de vider les arçons.

— Attendez, alors, que je me lève et que j'allume.

On entendit battre le briquet.

Puis, la porte de la cabane s'entrebâilla avec précaution, et le pêcheur parut sur le seuil : un vieillard courtaud et trapu, avec la peau couleur de tan, qui élevait d'une main un falot pour dévisager les visiteurs, et qui serrait, de l'autre, une gaffe, pour défendre son *home* contre toute invasion.

— Mon camarade, reprit Joël, il s'agit de nous transporter de l'autre côté du Rhin...

Le pêcheur secoua sa grosse tête blanche ébouriffée sous son bonnet de laine brune :

— Cette nuit ?... Ce n'est pas facile... Le courant est rapide, et ma barque fait eau...

— Tu t'en sers, pourtant, pour pêcher...

— Oui, parce que je suis seul, mais, du moment qu'il est question de la charger de trois personnes...

Notre héros frappa sur le pommeau de son épée :

— Arrange-toi comme tu l'entendras. Il faut que nous passions. Du fer ou de l'argent ; choisis !

— Dame ! fit l'autre épouvanté, on va tâcher d'aveugler la voie d'eau avec une planche, des clous et des étoupes...

— Et combien ce travail durera-t-il de temps ?

— Pas plus de vingt minutes, je présume.

— C'est bien, fit le fils de Porthos, qui enfla le ton avec une inflexion terrible : si dans une demi-heure, — trente-cinq minutes au plus, — nous ne sommes pas au milieu du fleuve, c'est toi qui seras dedans avec une pierre au cou, au lieu d'une bourse dans ta poche.

XXXIII

RALPH

Pendant que le vieillard besognait du marteau, — tapant, clouant, se dépê-
chant, — à la lueur de son falot, la jeune femme et le jeune homme étaient
entrés dans la cabane. Ils s'étaient assis, dans l'obscurité, l'un à côté de l'autre,
sur un tas de filets. Puis, Joël avait demandé à sa compagne :

— Comment êtes-vous venue de Paris dans cette partie de la Lorraine et
de l'Alsace?

— Hélas! répondit milady, hélas! il arrive ce qui devait arriver. La clémence divine se lassa. La justice humaine pareillement. Un beau matin, M. de
la Reynie nous fit tous arrêter, et la Chambre ardente instruisit notre procès.
Ma malheureuse mère fut condamnée à la peine capitale et exécutée en place
de Grève, ainsi que trente-cinq de ses complices ou associés des deux sexes...

« Quant à mon père, il fut déclaré *retenu par l'ordre du roi :* formule élas-
tique qui équivaut à la suppression d'un accusé, que l'on envoie mourir *oublié*
dans quelque forteresse...

« Je bénéficiai de ma jeunesse, et mon amant, de ses révélations. On se
contenta de nous bannir. Nous passâmes en Angleterre, où nous vécûmes du
jeu. Tant qu'il trouva des dupes pour remplir ses poches, tout alla bien, car il
n'a pas son pareil pour corriger le hasard; mais les lords se fatiguèrent, et il
fallut s'ingénier...

« Nous voyageâmes...

« Il fit la contrebande sur les côtes de Normandie, la guerre de partisans
dans les Flandres, de l'espionnage et de la politique à Nancy...

« M. de Créqui nous intima l'ordre d'en sortir...

« Nous partîmes alors, pour nous mettre à la solde du duc Charles, près
de qui tous les ennemis de la France sont sûrs de trouver bon accueil...

« Si nous ne pouvions nous introduire dans Fribourg pour y donner à M. de
Lorraine des renseignements sur les forces qui l'ont attaqué, sur les positions,
sur les ressources du maréchal, nous pousserions jusqu'à Vienne...

« Oui, à la cour de l'Empereur, où je deviendrais la maîtresse de quelque
personnage considérable, par qui je me ferais livrer les secrets de l'État...

« Il me dit cela tout crûment, en ajoutant :

« — Nous rétrocéderons ces secrets à M. Colbert et à M. de Louvois, et nous en obtiendrons ainsi l'autorisation de revenir à **Paris**, reprendre notre ancien métier...

« Oh! cette fois, le bandeau me tomba du front. Mes yeux virent clair, à la fin. Je compris quel était cet homme. J'eus honte de moi et de lui, et ma folle passion se noya dans le dégoût...

« Mais il me fallait une occasion, un protecteur, pour le quitter...

« Occasion et protecteur se sont présentés aujourd'hui...

— Par malheur, objecta le fils de Porthos, il ne m'est guère possible de vous emmener avec moi au camp de M. de Créqui, — et je cherche en vain où je vais vous mettre en sûreté...

— N'ayez là-dessus aucune inquiétude, chevalier : ma retraite est toute trouvée...

— Vraiment?...

— Il me reste encore assez de bijoux dans la valise qui est bouclée sur la croupe de mon cheval, pour que le prix de leur vente suffise à payer ma dot dans un couvent...

— Vous voudriez?...

— Je suis affamée d'oubli et assoiffée de repos... Je veux disparaître dans l'ombre protectrice de la croix, aux pieds de laquelle je m'agenouillerai pour implorer du Ciel le pardon de mes fautes... Je veux me repentir et prier : prier pour ma mère, qui a expié ses crimes sur le bûcher, pour mon père, qui expie les siens au fond de je ne sais quelle prison...

— Vous ne m'avez pas dit, fit Joël, comment se nommaient votre père et votre mère...

— Ces noms me coûtent à prononcer parce qu'ils sont, je vous le répète, de ceux devant lesquels le peuple de Paris se signe comme en face d'une apparition infernale...

— Mais encore ?

Elle secoua la tête avec tristesse :

— Vous tenez donc bien à connaître cette seconde tache originelle?

Il protesta chaleureusement :

— N'allez pas croire que se soit la seule curiosité qui me pousse. Mon insistance a à la fois une autre cause et un autre but. Je me suis chargé d'un dépôt. Si, d'aventure, vous étiez la personne à qui je doive le remettre...

— Quel dépôt?... Quelle personne?... Parlez...

— Apprenez donc...

La jeune femme lui avait mis la main sur la bouche...

— Taisez-vous, par grâce! dit-elle.

Ils demeurèrent tous deux un instant silencieux.

Puis son interlocutrice reprit :

— Avez-vous entendu comme moi?

— Entendu... Quoi?

— L'aboiement lointain d'un chien.

— Non, ma foi.

— Eh bien! écoutez : il se rapproche.

Notre héros tendit l'oreille :

— Oui, répondit-il, je l'entends : quelque chien échappé qui chasse dans le bois.

— Qui *nous* chasse, appuya milady.

— Nous?

— Ce n'est pas l'aboiement d'un chien en quête de gibier : c'est le hurlement d'un chien qui cherche son maître...

— Oh!...

L'amazone tressaillit :

— Nous sommes perdus, murmura-t-elle. Je reconnais la voix de l'animal...

— Comment?

— C'est Ralph...

— Ralph?...

— Ce lévrier d'Écosse qui nous a quittés, hier matin, au moment de l'attaque de ces miquelets... Une bête qui m'est si attachée, qu'elle arrive toujours à me rejoindre, conduite par un flair infaillible... On l'a dit devant vous : ne vous le rappelez-vous pas?

— Si fait.

— Eh bien! Harry, milord, l'Anglais, — comme il vous plaira de l'appeler, — aura retrouvé Ralph après notre départ et il s'en sert pour nous poursuivre...

Puis, après une minute de réflexion :

— Cependant, si c'était Ralph, il me semble qu'il accourrait plus vite...

— Oh! repartit le Breton, c'est qu'on le tient en laisse. Il ne peut pas aller aussi vite qu'il voudrait. Il ne faut pas lui en vouloir. Soyez tranquille : il arrivera.

Il se précipita hors de la cabane...

Et, se couchant de son long, il appuya l'oreille contre le sol...

Ensuite, se relevant, le sourcil froncé :

— Ce sont nos hommes de tout à l'heure... Les voici qui reviennent sur nous... Ils suivent la rive à fond de train. .

Puis, s'adressant au pêcheur :

— Et la besogne, mon brave, la besogne?...

— Un brin de patience! Elle s'achève... Encore quatre clous à planter...

— Hâte-toi, jarnidieux! hâte-toi!... Tu tiens notre vie dans ta main...

La jeune femme venait de sortir à son tour.

Les aboiements redoublaient dans l'éloignement.

Ils devenaient de plus en plus distincts.

Tout à coup, après un silence, ils éclatèrent, proches et joyeux.

Puis, un grand lévrier écossais, au pelage roux mêlé de blanc, bondit de l'ombre, essoufflé, haletant, — un bout de corde au cou, la langue pendante, les côtes lustrées de sueur, — et s'en vint, d'un élan, se rouler aux pieds de milady, qu'il couvrit de caresses et de petits cris fous.

L'amazone se pencha sur lui et le flatta de la main :

— Mon pauvre Ralph, soupira-t-elle, tu mènes en laisse ma destinée!

Comme l'écho de ces paroles prophétiques, un galop furieux retentit sur la berge.

— Ce sont eux! murmura Joël.

Une voix s'élevait, au même instant, parmi les cavaliers qui accouraient comme une tempête :

— Nous les tenons!... Voilà leurs chevaux attachés là-bas, contre cette cahute... Dix écus à ceux de vous qui arriveront assez à temps pour les empêcher d'embarquer!...

— La barque, malheureux, la barque! criait de son côté le Breton au pêcheur.

Celui-ci s'essuya le front :

— Voilà qui est fait... Montez!... N'y a plus qu'à démarrer...

Joël prit la jeune femme dans ses bras et la plaça dans le bateau...

Oui, mais le vieillard perdait la tête devant la charge de cavalerie qui se rapprochait rapidement et qui menaçait de s'abattre sur lui comme la foudre...

Ses mains tremblantes ne parvenaient point à détacher du pieu la chaîne qui retenait l'esquif à la terre ferme... .

Il soufflait, suait, s'épuisait en vains efforts, geignait : *Jésus-Maria!* et n'avançait à rien...

— A tes avirons! commanda notre héros.

Il se pencha sur le lourd morceau de bois ferré, enfoncé de plusieurs pieds en terre, le saisit de ses deux mains, l'ébranla d'une secousse, et, se redressant lentement, l'arracha aussi facilement du sol qu'un maraîcher — permettez-nous la trivialité de cette comparaison — tirerait une maîtresse asperge de son plant.

A cet instant, la jeune femme jeta ce cri d'avertissement :

— Prenez garde, chevalier, prenez garde!

Trois des cavaliers de la troupe de l'Anglais fondaient, en effet, sur lui à bride abattue et à bras raccourci.

C'étaient les plus terribles — et les mieux montés — de la douzaine de reîtres allemands que le faux lord avait embauchés dans une taverne de Colmar.

Deux d'entre eux avaient l'épée haute.

Le troisième avait le pistolet au poing...

Ils enveloppèrent notre héros et l'assaillirent en même temps.

Le premier lui porta un coup de tête qui l'eût fendu jusqu'au nombril...

Le second lui lança un coup de pointe qui l'eût embroché jusqu'à la garde...

Le dernier, enfin, lui déchargea à brûle-pourpoint son *küchenreiter* (long pistolet de cavalerie) de fort calibre...

Nous ne saurions dire comment ces trois attaques furent parées...

Mais le pieu, qu'il venait de déchausser, tournoya comme une massue dans la main du fils de Porthos...

Il y eut, pendant une minute, des chocs, des chutes, des blasphèmes, des hurlements de rage et de douleur...

La minute une fois écoulée, voici quels étaient l'état de la question et l'aspect du champ de bataille :

Nos trois cavaliers étaient désarçonnés.

Les flamberges des deux premiers avaient sauté à quinze pas.

Celui-ci soutenait dans sa main gauche son bras droit brisé au-dessus du coude.

La bouche de celui-là crachait rouge, et sa mâchoire pendait, fracassée.

Le troisième était couché sur le dos. Il serrait encore entre ses doigts crispés son formidable pistolet déchargé. Son morion n'avait pas défendu son crâne, qui portait une large fêlure.

Quant à notre héros, il se tenait debout dans la barque, qu'à l'aide de son pieu, — dont il se servait comme d'une gaffe, — et d'une vigoureuse poussée il venait de détacher du rivage. Il avait bien une joue noire de poudre et les cheveux du même côté surabondamment roussis. Mais on ne lui voyait aucune blessure sérieuse.

Lorsque le reste des reîtres arriva au galop, l'esquif était déjà à dix brasses du bord.

L'Anglais écumait de rage.

Il poussa sa monture dans l'eau, comme s'il eût songé à poursuivre les fuyards, et se haussant sur ses étriers :

— Ah! *french dog!* grinça-t-il en montrant le poing à Joël.

— N'allez pas plus avant! lui cria un des siens. Le Rhin est traître. Si votre cheval perdait pied...

Le misérable n'écoutait rien...

Vert de fiel et de colère, la lèvre sibilante, l'œil injecté de sang :

— Ils m'échappent, répétait-il. *By Jove!* ils m'échappent! C'est certain!

Puis, tout à coup, avec un rugissement :

— Mais non, *God me bless!* Nous avons des mousquets! Feu! compagnons, feu sur la barque!

Celle-ci ne s'éloignait que lentement du rivage...

Le courant était rapide...

Elle avait grand'peine à le couper, encore que le Breton et le pêcheur jouassent des rames de toutes leurs forces...

Chaque reître s'était empressé de saisir le mousquet accroché à l'arçon de sa selle...

La voix de l'Anglais s'éleva de nouveau :

— Visez bien. Ne les manquez pas. Dix écus pour le batelier ; ving' pour la femme ; trente pour le Français!

— Couchez-vous, tout le monde, ordonna notre héros.

Le vieillard et milady obéirent rapidement.

Le jeune homme les imita avec non moins de promptitude.

La barque, maintenant, filait à la dérive.

Mais elle ne descendait pas le fleuve en droite ligne.

L'action du courant la faisait peu à peu infléchir vers la rive opposée.

Le fils de Porthos murmura :

— Ils sont neuf. Je les ai comptés. C'est donc neuf coups à essuyer... Après quoi, bonsoir Luc : compliments à tes poules !... Nous serons hors de leur portée avant qu'ils aient eu le temps de recharger...

Deux détonations retentirent, — puis deux autres, — puis deux autres...

Les balles sifflèrent au-dessus de la barque...

— *Six!* compta le Breton avec satisfaction. Comme ils y vont! Les deux tiers...

Le pêcheur, étendu près de lui, comme un sac de lest, lui toucha le bras doucement :

— Mon gentilhomme...

— Qu'est-ce?...

— Est-ce qu'on ne dirait pas que quelqu'un est en train de nous suivre à la nage?...

— Quelqu'un?...

— Oui, ce bruit... Dans l'eau... Ici, à l'arrière...

Notre héros retint son souffle...

Puis, après un moment d'attention concentrée :

— C'est, ma foi, vrai!... Ah çà! est-ce qu'un de ces chenapans essayerait, par hasard, de nous enlever à l'abordage?... Attendez un peu, que je m'assure...

Il se souleva légèrement et regarda par-dessus le plat-bord...

Comme sa tête dépassait ce dernier, un nouveau coup de fusil partit, — et le chapeau du jeune homme s'envola dans le Rhin...

— *Sept!* fit Joël en souriant. Va bien! Ils ont assassiné mon couvre-chef!...

La pointe de l'épée le cloua contre la muraille.

Ensuite, s'adressant à sa compagne :

— Ce n'est pas un homme, c'est le chien...

— Ralph?...

— Il se sera jeté à l'eau pour courir après vous...

— Oh! la fidèle et brave bête !

Et la jeune femme fit un mouvement pour se lever...

Notre héros la contraignit à ne point quitter la position horizontale :

— Pas d'imprudence!... Ils ont encore deux balles à tirer... Voulez-vous donc que l'on vous traite comme mon infortunée coiffure?...

Il ajouta, pour la rassurer :

— L'animal n'a, d'ailleurs, pas besoin de notre aide... Il nage comme un marsouin... Dans une brasse ou deux il nous aura atteints...

Au bout d'un instant, en effet, la tête intelligente du lévrier apparut à l'arrière de la barque...

Ses deux pattes de devant se posèrent sur le bord de celle-ci...

Et il prit son élan pour sauter près de sa maîtresse...

Mais une huitième explosion eut lieu...

L'animal poussa un hurlement plaintif. Ses pattes lâchèrent leur point d'appui. Il se renversa en arrière et coula à pic...

Milady s'était dressée d'instinct.

Elle tendait les bras vers l'endroit où la bête avait disparu :

— Ralph!... Ralph!... Mon pauvre chien!...

L'éclair d'un dernier coup de mousquet troua l'obscurité de la nuit et du fleuve...

La jeune femme roula au fond du bateau...

— Seigneur, murmura-t-elle, ayez pitié de moi!... Ayez pitié de Thérèse Lesage! Ayez pitié de la fille de la Voisin !

XXXIV

LE MÉDAILLON

La barque avait fini par aborder à la rive opposée.

Le ciel pâlissait au levant. A l'horizon, un mince trait lumineux dessinait, d'un côté, les cimes dentelées de la forêt Noire. De l'autre, il découpait la silhouette d'Alt-Brisach, haut perché sur son plateau, et allumait d'une étincelle les vitraux de l'église Saint-Étienne, qui est le couronnement de ces quatre ou cinq étages de maisons superposées. L'aube allait naître et la campagne se réveiller dans la clarté et dans la vie.

Joël avait gravi la berge du fleuve.

Il se dirigeait vers la ville.

Le pêcheur lui servait de guide dans la pénombre crépusculaire.

Le Breton portait dans ses bras le corps sans mouvement de la jeune femme.

— *Qui vive?* cria soudain une voix impérieuse.

C'était une patrouille de cavaliers qui, le mousqueton sur la cuisse, débouchait d'un pli de terrain.

— France! s'empressa de répondre notre héros, qui avait reconnu des compatriotes.

— *Avance à l'ordre!* reprit la voix suivant la formule ordinaire.

Comme le fils de Porthos se hâtait d'obéir, le soleil se leva derrière le *Schwartzwald,* le paysage s'éclaira brusquement, et toute une trombe d'exclamations de surprise jaillit de la bouche des survenants :

— Cette rencontre!...

— Est-il possible!...

— Le Breton du Chêne-Saint-Fiacre!...

— L'adversaire du brigadier Brégy!...

Joël n'était pas moins étonné.

— Ah! par exemple, s'écria-t-il, c'est un hasard providentiel!... Mes mousquetaires de Saint-Germain!... MM. d'Escrivaux, de Gacé, de Champagnac et d'Héricourt!...

Ceux-ci redoublèrent de questions :

— Ah çà! d'où venez-vous ainsi?...

— A cette heure?...

— Sous ce costume?...

— Et chargé de ce corps couvert de sang?...

— Messieurs, repartit le jeune homme, je vous expliquerai tout cela plus tard. Mais songeons à cette malheureuse... Au nom du ciel, procurez-lui ce que réclame son état : un lit, un abri et des soins.

Le vieux sous-officier qui commandait la patrouille hocha la tête d'une façon significative :

— Hum! fit-il, m'est avis que la particulière a plus besoin d'un confesseur que d'un médecin... Nonobstant, on fera le nécessaire... Ces messieurs vont vous aider à la transporter dans la première maison que vous trouverez sur la route, tandis que je piquerai jusqu'à Alt-Brisach requérir le chirurgien de la garnison...

Pendant qu'il s'éloignait, le pêcheur tira notre héros par la manche :

— Mon gentilhomme, si j'osais vous communiquer une idée...

— Osez, mon maître. Ne vous gênez pas. Surtout si cette idée est bonne...

— C'est qu'avec les rames de ma barque et les manteaux de ces messieurs, il serait facile de fabriquer un brancard...

Il n'y eut qu'une voix pour approuver la proposition, et il ne fallut que quelques minutes pour la mettre à exécution.

Le batelier courut chercher ses rames. On étendit dessus les manteaux des cavaliers. Puis, la blessée fut déposée sur cette litière improvisée. Elle demeurait toujours immobile. Vous auriez dit Madeleine, morte de repentir.

Les jeunes gens se relayèrent pour la porter.

On arriva ainsi à une ferme, dont les hôtes, que le sous-officier avait prévenus en passant,   attendaient sur le seuil le funèbre cortége.

Les braves gens avaient préparé un lit.

La jeune femme fut déshabillée et couchée.

Un pansement sommaire fut même pratiqué avec de la charpie, des compresses et des bandes.

La blessure, du reste, ne laissait que peu d'espoir : le projectile avait traversé la poitrine et était sorti par le dos.

Sous l'action du vinaigre qu'on lui fit respirer, et dont on lui frotta ensuite les tempes, l'infortunée parut, à la fin, se ranimer.

Une rougeur fugitive revint à ses joues.

Sa bouche trembla et ses paupières se rouvrirent.

Elle jeta sur ceux qui l'entouraient un regard terne, vacillant et sans chaleur...

Joël, qui ne l'avait pas quittée, se pencha vers elle :

— Me reconnaissez-vous? demanda-t-il.

Le regard, qui s'échauffa. répondit affirmativement.

Le Breton questionna de nouveau :

— Pouvez-vous m'entendre et me comprendre?

Les yeux de la blessée firent la même réponse.

Le fils de Porthos se tourna vers les assistants :

— J'ai à parler à cette femme, veuillez nous laisser un moment.

Tout le monde s'était retiré.

Notre héros était assis au chevet du lit de milady.

Il tenait dans ses mains l'une des mains déjà glacées de celle-ci.

— Ainsi, interrogeait-il, vous êtes la fille de Pierre Lesage et de la Voisin?
Elle baissa la tête.

— Oui, murmura-t-elle d'une voix qui semblait n'être plus qu'un souffle.
Puis, avec effort et douleur :

— Je vous fais horreur, n'est-ce pas?

Il répliqua avec douceur :

— Voilà du temps que je vous cherche.

— Moi?

— Eh! oui, vous, ma pauvre Thérèse.

— Et que me voulez-vous, bon Dieu?

— Je voulais vous remettre ceci.

Il tira de sa poitrine et présenta à la blessée le médaillon du numéro 141.

Les prunelles de la malheureuse s'agrandirent de stupéfaction :

— Oh! ce bijou, fit-elle, je le reconnais... Il appartenait à mon père... Comment est-il tombé en votre possession?

— Je le tiens de son légitime propriétaire.

— De Pierre Lesage?

Elle se souleva avec un faible cri :

— Vous avez vu Pierre Lesage?

— Je l'ai vu et je lui ai parlé.

— Où cela?

— A la Bastille.

— C'est donc à la Bastille qu'il était détenu?... Et moi qui le croyais à Vincennes!... Mon Dieu! combien de temps encore restera-t-il dans cette prison?...

— Il en est sorti...

— Sorti?... Lui?... Et depuis quand?...

— Il y a plus de six semaines...

— Où est-il alors?... Qu'est-il devenu?... Que fait-il?

Joël la considéra avec une profonde compassion :

— Du courage, dit-il, mon enfant... Écoutez-moi... Et soyez forte!

Il entreprit le récit de son entrevue, de son entretien avec le numéro 141 sur la plate-forme de la tour de la Basinière; de ce qui s'était passé, la nuit suivante, et de ce qu'il avait appris, le lendemain, de la bouche du geôlier Huguenin.

Quand il eut terminé :

— Ainsi, murmura la jeune femme, voilà toute la famille qui va se trouver réunie hors de ce monde où elle a eu de si terribles destinées!... Comment le juge d'en haut a-t-il accueilli le père et la mère?... Comment accueillera-t-il la fille?...

Le Breton lui tendit de nouveau le médaillon :

— Ceci est à vous, reprit-il.

Elle le repoussa de la main :

— Gardez-le.

— Hein?

— Est-ce que j'ai besoin de bijoux, maintenant?

— Cependant...

— Gardez-le, vous dis-je, et appuyez le doigt à l'endroit du rebord qui est marqué d'une hachure, en quelque sorte, imperceptible... La découvrez-vous?... Le médaillon doit s'ouvrir...

— Il s'est ouvert, effectivement...

— Eh bien! apercevez-vous dedans le papier dont Pierre Lesage vous a parlé?

— Ce papier est là, en effet.

Thérèse tourna péniblement son visage sur l'oreiller :

— Écoutez-moi à votre tour... Ce papier est un talisman... Un talisman qui apportera à l'homme qui saura s'en servir tout ce que peut rêver l'ambition humaine : richesse, crédit, honneurs, puissance!...

« C'est une lettre qui prouve ce que je vous affirmais, cette nuit, dans la cabane de ce pêcheur, et ce que vous avez refusé de croire...

« Une lettre, dans laquelle Mme de Montespan, furieuse de se voir délaissée par le roi pour Mlle de Fontange, demande à Pierre Lesage et à la Voisin un poison qui la débarrasse de sa rivale et qui la venge de son amant...

« Un aveu complet, écrit, signé. Ah! pour commettre une si monstrueuse imprudence, il fallait qu'elle eût le cerveau troublé jusqu'au vertige, celle que l'on appelait *la Merveille*. Mais ne dit-on pas que le ciel rend fous ceux qu'il a l'intention de perdre? ..

« Quoi qu'il en soit, ces pattes de mouche placées sous les yeux de Louis, et peut-être l'altière marquise eût-elle partagé le bûcher de la Voisin ou le cachot de Pierre Lesage...

« Quoi qu'il en soit encore, j'imagine qu'elle payerait fort cher une pièce de cette importance...

« J'ai lieu de penser pareillement que le roi lui-même l'achèterait à sa valeur...

« Celui-ci, pour l'employer à son gré contre une maîtresse dont le joug lui pèse, dont il supporte impatiemment les exigences tyranniques et dont il n'ignore point jusqu'où peut aller le caractère surexcité par les plus violentes passions : la jalousie, la haine, l'orgueil humilié...

« Celle-là, pour anéantir la preuve patente de son crime...

« Car, si l'œuvre de mort ne s'est point accomplie — pour l'instant — sur la personne du souverain, elle a couché la pauvre Fontange dans la tombe...

« Ce chiffon de papier a été ma sauvegarde...

« C'est parce que l'on était certain qu'elle ne l'avait point en sa possession, que l'on n'a pas hésité à traduire ma mère devant un tribunal et à l'envoyer au supplice...

« Et c'est parce que l'on redoutait qu'elle ne fût produite aux débats par mon père ou par moi, cette confession accablante qui eût soulevé la France entière, — noblesse et peuple, — contre la véritable, contre l'exécrable empoisonneuse; et c'est parce qu'on craignait que la voix de l'opinion, qui est parfois celle de Dieu, ne contraignît le monarque, publiquement convaincu, à livrer la mère de ses enfants aux juges et peut-être au bourreau...

« C'est parce que l'on avait peur, que l'on a oublié Pierre Lesage entre les quatre murs d'un donjon de l'État, jusqu'à ce que l'on s'en défît dans l'ombre et par surprise, et que l'on m'a laissée, moi libre, de me retirer tranquillement, avec l'Anglais, à l'étranger.

. . . .

Elle parlait aussi rapidement que le râle et les hoquets pouvaient le lui permettre.

Sa chemise dérangée montrait sa poitrine nue, où il y avait un trou et d'où un filet de sang jaillissait par intervalles.

Elle demeura un instant silencieuse ; ensuite elle poursuivit, avec une lenteur qui trahissait l'épuisement croissant de ses forces :

— J'ai lu, dans un de ces contes d'Orient que l'on s'arrachait récemment, l'histoire d'un mot devant lequel cèdent les portes d'un trésor.

« Ce médaillon est aussi un *Sésame, ouvre-toi!*...

« Supposez-le entre les mains d'un homme ingénieux impatient d'arriver, sans peur parce qu'il est sans reproche...

« Le papier qu'il renferme, cet homme pourra le vendre, selon son bon plaisir, à la favorite ou au roi, et, de l'une comme de l'autre, il est sûr d'obtenir — si élevé qu'il soit — le prix qu'il lui conviendra d'en demander...

« Eh bien ! ce médaillon et ce papier, je vous les donne...

— A moi?

— A vous qui m'assistez à mes derniers moments, comme vous avez été en quelque sorte témoin de la mort de mon père.

Notre héros hocha le front :

— Eh! questionna-t-il, que voulez-vous que j'en fasse?

— A défaut d'une clef pour pénétrer dans l'épargne ou dans la faveur royale, une arme offensive et défensive à la fois : une arme qui protège les êtres que vous aimez et qui frappe, en même temps, ceux que vous avez raison de haïr ou de craindre.

— Oui, répliqua Joël, une arme empoisonnée... Mais je ne suis pas de l'école de Mme de Montespan... D'ailleurs, il n'y a plus rien à attendre ni à redouter de celle-ci...

— Comment?

— On dit que sa disgrâce est complète et qu'elle a quitté Saint-Germain...

Quelque chose comme un sourire passa sur les lèvres décolorées de la blessée :

— Oh! chevalier, reprit-elle, se peut-il que vous soyez si mal initié aux choses du jour et de la cour?,..

« La marquise ne tombe jamais si bas, qu'elle ne soit capable de remonter, sur l'aile de l'ange du mal, plus haut qu'elle n'avait su atteindre...

« Deux ou trois fois déjà, on s'est imaginé qu'elle était complètement perdue dans l'esprit de son royal amant...

« Toujours elle a réussi à ressaisir et le monarque et le pouvoir...

« Et chacune de ces résurrections a été signalée par de cruelles vengeances, qui frappaient, — à tort et à travers, — aussi bien sur ceux qui s'étaient montrés indifférents que sur ceux qui avaient applaudi à sa chute.

— Mais du diable si je la connais, cette marquise ! se récria le Breton avec animation. Je ne suis ni son partisan ni son ennemi Pourquoi aurais-je affaire à elle?

La jeune femme leva sur lui des yeux où apparaissaient les sombres profondeurs de la nuit éternelle...

Puis, avec un accent qui semblait déjà venir d'un autre monde :

— On prétend que le voile de l'avenir se déchire à la minute suprême devant les prunelles qui vont s'éteindre pour jamais... J'ai le don de seconde vue... Je vois, je lis dans l'avenir...

Elle essaya de se dresser :

— Chevalier, prenez garde!... Vous lutterez contre cette femme... Vous lutterez pour les vôtres...

— Pour les miens!

Joël tressaillit violemment...

La pensée d'Aurore lui traversait l'esprit et le mordait au cœur...

Thérèse ajouta d'une voix qui faiblissait de plus en plus :

— Il faut conserver ce médaillon, ce papier... Il faut les conserver pour *elle*... Pour *la* défendre, pour *la* sauver !...

— Oh !...

— Et puis, c'est un souvenir que je vous lègue... Un souvenir de celle qui vous eût aimé de toute son âme, si vous aviez été libre et si elle n'avait pas été indigne de vous...

Puis, comme honteuse de l'aveu qui venait de lui échapper, elle saisit convulsivement le drap à deux mains et s'efforça de le remonter pour en couvrir son visage...

Puis encore, ses bras se raidirent. Elle lâcha le drap. Ses paupières se fermèrent...

— En ce moment, la porte s'ouvrit...

Quelqu'un annonça du dehors :

— C'est le chirurgien que l'on est allé chercher...

Le fils de Porthos se précipita à la rencontre de ce dernier :

— Venez, docteur! s'écria-t-il. Au nom du ciel, venez vite!...

Il suivait le vallon de la Meurthe.

Et il l'entraina vers le lit sur lequel le corps de Thérèse Lesage avait désormais la pâleur et la rigidité du marbre...

Le survenant considéra un instant cette figure blanche, qui, idéalisée par la mort, reculait au delà du possible les bornes de la beauté humaine...

Ensuite, se découvrant avec un geste grave :

— Cette femme n'a plus besoin de soins, prononça-t-il.

TROISIÈME PARTIE

LA PRISE DE FRIBOURG

I

LA REVANCHE DE CONSARBRUCK

La ville de Fribourg en Brisgau est aujourd'hui bouclée dans une ceinture de boulevards qui forment autour d'elle une guirlande de feuillage, d'où essorent les tourelles, les portiques, les terrasses et les minarets de tout un monde de petits hôtels architecturés et peinturlurés à la gothique, à la grecque, à l'italienne, à la mauresque, avec un mauvais goût exquis.

Ces boulevards s'allongent à la place qu'occupaient les anciens fossés et les anciens remparts, ceux-ci rasés, ceux-là comblés depuis un demi-siècle environ.

Fribourg était jadis une place d'un abord assez difficile — en dépit des collines boisées qui la dominent. — et, pour l'emporter, le grand Condé avait dû entraîner ses troupes en jetant son bâton de maréchal dans les retranchements qui la couvraient.

Au moment où Joël arrivait devant elle, c'était à un autre maréchal de France, — adversaire et rival, pendant la Fronde, du vainqueur de Rocroy, de Nordlingen et de Lens, — que la ville allemande avait affaire.

Un fier et rude capitaine que ce François de Blanchefort de Créqui, marquis de Marines, qui atteignait alors à sa cinquante-quatrième année!

D'une lignée de gens d'épée; soldat, pour ainsi dire, dès le bris de la coque; volontaire à seize ans, au siège d'Arras; à vingt-quatre, comptant déjà sept campagnes dans les Flandres; à vingt-cinq, mis à l'ordre de l'armée devant Tortose et en Catalogne; blessé à Réthel, à Maragnes, à Saint-Ghislain, à Valenciennes; il avait, au siège de Dunkerque, repoussé jusqu'à quatre fois, avec son régiment de cavalerie, une sortie des assiégés.

Aux Dunes, il avait soutenu l'effort de l'aile droite de l'ennemi, commandée par Condé en personne, qui avait failli y être pris.

Plus tard, il avait couvert Lille et battu le prince de Ligne près de Deinsse.

Le bâton de maréchal de France avait récompensé ces éclatants services. Plus tard encore, comme pour remercier le roi d'avoir ainsi reconnu sa bravoure et son mérite, il avait conquis la Lorraine, malgré la résistance héroïque de ses places et de ses populations.

Une seule fois, l'illustre homme de guerre avait essuyé un échec.

C'était au moment où l'armée française, découragée par la mort de M. de Turenne, faisait retraite sur le Rhin.

Les Allemands ayant investi Trèves, M. de Créqui eut l'idée de se porter sur cette ville avec un corps de troupes considérable, afin de la secourir et de surprendre, s'il se pouvait, les assiégeants.

Par malheur, ce fut lui qui fut surpris, à Consarbrück, par le duc Charles IV de Lorraine, et si vertement « houspillé » qu'il manqua de tomber aux mains des assaillants, et que ce ne fut qu'à grand'peine qu'il parvint à se jeter, *lui quatrième*, dans Trèves, après avoir été contraint de faire le coup de sabre et le coup de pistolet à l'instar d'un simple dragon.

C'était la première leçon que recevait la fortune militaire de Louis XIV. Ce prince s'en montra fort marri et témoigna savoir mauvais gré aux courtisans qui essayèrent d'en pallier la gravité. Un de ceux-ci insinuant « que ce n'étoit rien que ce qu'on avoit perdu », il (le roi) lui répondit « qu'il haïssait ces manières, et, qu'en un mot, c'étoit une défaite très complète ». (Lettre de Mme de Sévigné, du 19 août 1675.)

De son côté, « le bon Créqui », comme l'appelait son vainqueur en plaisantant, était furieux de sa déconfiture.

Si furieux même, que Charles IV déconseilla aux Allemands de le presser trop vivement dans Trèves, et fut d'avis qu'on lui fît des conditions honorables, s'il consentait à rendre la ville, qu'il s'était mis à défendre avec acharnement :

— Vous y périrez tous, messieurs, disait le duc de Lorraine aux officiers de l'empereur ; songez qu'il y a là-dedans quatre mille hommes d'excellentes troupes et un maréchal de France en colère.

La place capitula, pourtant, par trahison.

Mais une fois de retour en France, M. de Créqui ne songea plus « qu'à remonter sur sa bête », ainsi que l'écrivait Bussy-Rabutin, qui ne paraît pas avoir professé pour le maréchal une bien grande admiration, ni une bien vive sympathie.

Charles IV était mort subitement quelques mois après la journée de Consarbrück.

C'était donc contre son neveu et successeur, — le prince de Vaudémont, devenu Charles V, — que les forces françaises avaient à s'escrimer.

Ce dernier, nous le répétons, était un adversaire digne des plus savants et des plus hardis capitaines.

Il avait appris l'art de la guerre dans cette mémorable campagne du Rhin qui fut, au dire du chevalier de Folard, « le chef-d'œuvre du vicomte de Turenne et du comte de Montecuculli. »

Sous ce grand maître, à la bataille de Saint-Gothard, qui, si funeste aux musulmans, faillit d'abord l'être aux chrétiens, on l'avait vu commander en prince et combattre en soldat, conduisant les charges en personne et, au plus fort de l'action, brûlant la cervelle à un cavalier ennemi pour lui enlever un guidon.

Déjà, en Flandre, à la journée de Sénef, il s'était jeté en désespéré dans nos rangs, et il avait fallu l'emporter, atteint à la tête d'une dangereuse blessure.

Ce fut lui, du reste, qui prit l'offensive en Lorraine, ayant fait inscrire sur ses drapeaux cette devise : *Aut nunc, aut nunquam,* — *ou maintenant, ou jamais,* — qui manifestait clairement son intention de reconquérir ses États.

On escarmoucha quelque temps, avec des avantages variés, autour de Pont-à-Mousson et de Saverne.

Ensuite eut lieu, aux environs de cette dernière ville, l'important combat de Kockberg, où l'avantage nous resta.

Cet échec obligea le duc de Lorraine à se retirer de l'autre côté du Rhin.

On l'y croyait découragé et inactif, lorsqu'on apprit tout à coup qu'il se concentrait à Fribourg avec des forces imposantes et que son avant-garde, commandée par le prince de Saxe-Eisenach, venait de rentrer en Alsace par Schlestadt.

M. de Créqui se hâta d'informer le roi de ce brusque retour offensif. Puis, sans attendre les instructions de M. de Louvois, il se porta résolument en avant. Une partie de ses troupes, conduite par le baron de Monclar, fit face au prince de Saxe. L'autre, sous ses ordres personnels, franchit le Rhin sur un pont de bateaux, et marcha en toute diligence sur Fribourg.

« Cette grosse ville, écrit Bussy-Rabutin, est située au pied des Montagnes-Noires et fermée par un bon fossé et une assez forte muraille bastionnée, avec des demi-lunes, des chemins couverts et des glacis de trois côtés.

« Du quatrième, qui est celui du château, il y a un grand faubourg, clos de remparts, flanqué de tours, et défendu par un fossé sec assez large et creux de plusieurs toises.

« Le château est à mi-côte, d'une figure irrégulière. Il y a trois bastions : le premier, enveloppé sur le roc par un fossé très large et très profond, taillé avec mille chicanes. Tout en haut de la montagne, se trouve une grande redoute de pierre, avec une demi-lune bien fraisée et palissadée. »

. . . .

Or, un matin, dans la salle à manger de ce *schloss*, le colonel bavarois Schütz, gouverneur de la place, achevait de déjeuner en compagnie d'un personnage auquel il prodiguait les marques de la plus respectueuse déférence.

La physionomie de celui-ci semblait composée de contrastes.

En effet, si l'élégance de sa taille et de sa tournure, si la régularité de ses traits et si la fraicheur de son teint étaient celles d'un jeune homme de vingt-cinq à trente ans, les rides qui bridaient ses yeux, les cheveux qui s'argentaient sur ses tempes et la bouche qui apparaissait sévère, sous un bouquet de poils grisonnants, dénotaient l'homme mûr et réfléchi, qui a, depuis longtemps, dépassé l'âge de la joyeuse insouciance.

De même, si sa figure mâle et hardie, si son regard vif et perçant, si les hautes bottes à éperons d'acier et si la longue épée à coquille de fer bruni, dont il ne s'était pas séparé pour se mettre à table, lui donnaient l'aspect d'un soldat, son front large et quelque peu dégarni, l'expression parfois mélancolique et fatiguée de cette figure et de ce regard, son chapeau sans plumet, son habit gris, sans autres ornements que des boutons de passementerie assez neufs, et sa perruque blonde, « des plus mal faites, » accusaient le savant, l'observateur, le penseur, comme aussi le philosophe ignorant des exigences de la mode et ennemi d'un vain luxe de représentation.

Et c'était tout cela, vraiment, que ce duc Charles V de Lorraine, que les Allemands, après la délivrance de Vienne, saluaient en criant : *Ah ! unser brave Kœnig ! Ah ! notre vaillant roi !* et dont la mort devait, douze ans plus tard, arracher cet aveu à Louis XIV :

— *J'ai perdu le plus grand, le plus sage et le plus généreux de mes ennemis.*

Quant au colonel Schütz, figurez-vous un Bavarois dont la veste crevait sous la puissante rotondité d'abdomen, et dont la peau, haute en couleur, et les trois ou quatre mentons lisses, replets et vermeils, répétaient, à l'instar de ces gais compagnons de la taverne d'Auerbach, que Gœthe met en scène dans *Faust* :

— *Je hais cordialement les Français ; mais je bois volontiers de leurs vins.*

Car ce n'était point le produit safrané des vignes de la rive du Rhin qui étincelait le plus souvent dans le verre du digne gouverneur.

C'était la fleur capiteuse de nos grands crus bordelais ou bourguignons.

Et notre Allemand aimait à savourer sans être dérangé ce nectar ou cette ambroisie.

En effet, quelque bruit s'étant fait à la porte et un officier étant entré avec précipitation :

— Qu'y a-t-il donc? interrogea le bonhomme avec impatience, et pourquoi vous présentez-vous ici sans y être appelé?

— Mon colonel, répondit le survenant, c'est le capitaine Kupper qui m'envoie...

— Ah! oui : le capitaine qui commande nos grand'gardes... Et pour quel pressant motif vous envoie-t-il?... Expliquez-vous...

— C'est que nous venons de voir déboucher d'Hugstetten une forte colonne de Français...

Le gouverneur bondit sur son siège comme s'il avait été mis en contact avec la bouteille de Leyde ou avec la pile de Volta.

— Les Français !

— Les Français ! répéta Charles de Lorraine en se levant.

L'officier continua :

— Leurs éclaireurs couvrent la plaine...

Le digne Schütz l'interrompit en haussant les épaules :

— Allons donc!... Impossible!... Erreur, illusion, chimère !

En ce moment, on entendit au lointain une fusillade irrégulière.

L'officier appuya :

— Ce sont nos avant-postes qui se retirent en tiraillant.

Le colonel eut un nouveau mouvement d'incrédulité et d'impatience :

— Une panique ridicule... Des maraudeurs sans doute... Peut-être un parti d'enfants perdus qui s'est égaré dans nos lignes!...

La fusillade se rapprochait. Elle devenait mieux nourrie. On eût dit qu'elle pétillait de plusieurs côtés à la fois.

— N'importe, opina le duc en fronçant le sourcil ; il faut monter dans la redoute, d'où la vue plane sur tout le pays, et s'assurer de ce que c'est.

Il se dirigea vers la porte. Le bonhomme le suivit à regret. Tout à coup, une espèce de tumulte éclata dans l'antichambre. Des voix qui se croisaient demandèrent :

— Le gouverneur?... Où est le gouverneur?...

En même temps, d'autres officiers entrèrent, effarés...

L'un d'eux paraissait essoufflé par une course rapide...

— Mon colonel, balbutia-t-il, je vous annonce l'ennemi...

— *Der Teufel!* grommela Schütz, nous sommes prévenus... Oui, on prétend que l'ennemi s'avance... Par Hugstetten, nous le savons...

— Vous vous trompez, mon colonel...

— Comment?...

— C'est par Saint-Méryan qu'il arrive.

— Par Saint-Méryan, dites-vous? fit le prince en marchant à l'officier.

Celui-ci se découvrit respectueusement.

— Oui, monseigneur.

— Vous ne vous êtes pas trompé ?

— J'ai reconnu les gendarmes de Buzenval qui nous ont chargés à Kockberg avec des fantassins des régiments d'Orléans et de la Couronne.

— Une forte reconnaissance, alors?

— Une armée, prononça une voix.

Charles se retourna vivement vers celui qui parlait ainsi.

C'était un vieux capitaine de cuirassiers qui s'adossait à la muraille, près de la porte, pour ne pas tomber. Ses habits, couverts de poussière, témoignaient d'une chevauchée à fond de train. Il avait à la main un tronçon de rapière, et une éraflure rouge rayait son front, d'où un filet de sang coulait, le long de ses joues en sueur, jusque dans sa moustache blanche.

— Oui, reprit-il avec effort, l'armée de M. de Créqui... Les brigades de la Valette et de Beaupré, les chevau-légers, le régiment d'Aubijoux-Infanterie... Et tout cela n'approche pas seulement par Hugstetten et par Saint-Méryan; mais encore par Waldau...

— Vous en êtes sûr? s'exclama le prince.

— Pour vous avertir, monseigneur, il m'a fallu passer sur le ventre à une douzaine de ces démons...

— En effet, vous êtes blessé...

Le vieux soldat toucha son front ensanglanté :

— Oh! ce que vous voyez là n'est rien... Il y a ce que vous ne voyez pas...

« Une balle que l'un de ces enragés m'a envoyée au défaut de la cuirasse...

Il devint blême. Ses traits se contractèrent affreusement. Ses yeux se fermèrent. Il s'affaissa...

On l'emporta...

Charles était sombre :

— Ainsi, murmura-t-il, voilà la retraite qui m'est fermée de trois côtés... Il ne me reste plus que celui de la montagne... Encore, dois-je me hâter d'en profiter...

Puis, brusquement :

— Un cheval!... Vite!... Qu'on me selle un cheval!...

Ensuite, du ton du commandement :

— Que l'on donne l'alarme; que les canonniers montent aux remparts; que les servants soient à leurs pièces... Toutes nos troupes sur pied!... Que l'on reçoive *le bon Créqui*, comme disait feu duc mon oncle, avec les honneurs dus à un maréchal de France : les cloches, les tambours, les clairons — et le reste !

Deux officiers s'élancèrent dehors pour veiller à l'exécution de ces ordres.

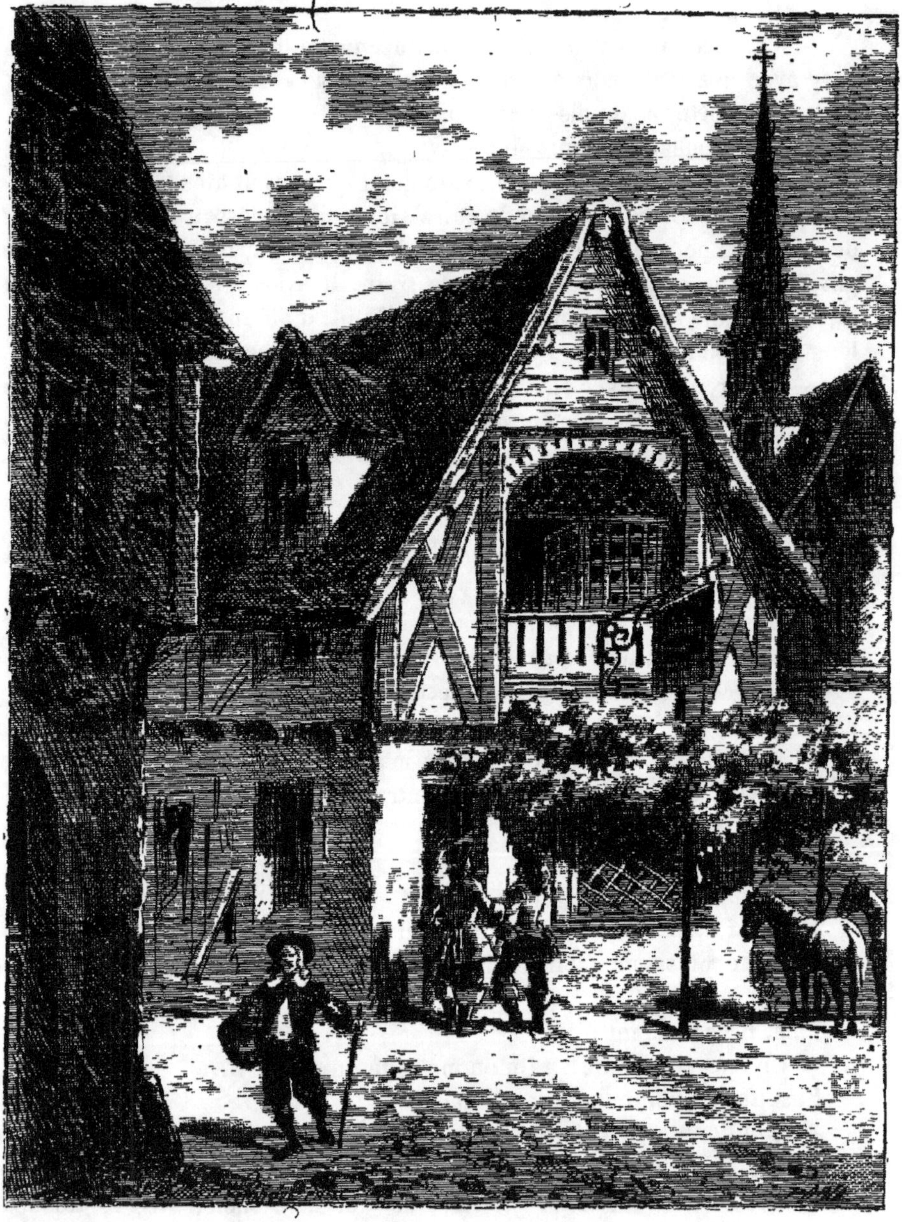

Nos voyageurs étaient arrivés, sans incident, à Colmar.

Quelques moments plus tard, on entendit sonner et battre la *générale*, et le tocsin tinta à la flèche du munster.

Charles s'adressa au gouverneur :

— Colonel, je vous confie Fribourg, lui dit-il solennellement. Vous avez de bonnes défenses, armées supérieurement, des munitions, des vivres, une garnison vaillante. Promettez-moi de tenir quinze jours. Avant ce temps, je serai revenu, avec soixante mille hommes, noyer les Français dans les fossés du château.

Le bonhomme Schütz avait de l'énergie, de la bravoure, de l'expérience et de l'entêtement.

— Que Votre Altesse s'éloigne en paix, répondit-il. On a pu surprendre la place. Moi vivant, on ne la prendra pas.

II

CHEVAU-LÉGERS ET BOMBARDIERS

Les nouveaux amis de Joël, — car on se lie vite entre jeunes gens, surtout lorsqu'on s'est donné des preuves d'une valeur réciproque, que l'on porte le même harnais et que l'on est destiné à vivre de la même vie, à partager les mêmes fatigues et à courir les mêmes dangers, — les ex-mousquetaires de Saint-Germain avaient accompagné au cimetière d'Alt-Brisach le Breton, qui marchait derrière le cercueil de Thérèse Lesage, la tête nue, l'œil humide et le cœur oppressé.

Pour leur permettre d'assister notre héros dans l'accomplissement de ce pieux devoir, M. de la Bérange, capitaine de l'escadron de chevau-légers, auquel ils appartenaient désormais, les avait autorisés à retarder de quelques heures leur départ pour le camp de M. de Créqui.

Cet escadron avait été, dès l'abord, détaché du gros de l'armée pour former sur les bords du Rhin un cordon qui empêchât les partisans lorrains, dévoués à leur duc, de franchir le fleuve nuitamment et de se jeter dans Fribourg en traversant nos lignes.

Puis, le maréchal ayant eu besoin de tous les bras pour mener à bien les travaux d'investissement, nos cavaliers avaient été rappelés sous la place.

Ils avaient quitté Alt-Brisach dans la journée dont le commencement vit mourir Thérèse Lesage.

Les cinq jeunes gens en sortirent le lendemain, vers midi, à l'issue de la funèbre cérémonie.

Ils arrivèrent, sur le soir, à Waldau, où MM. de Gacé, d'Héricourt, de Champagnac et d'Escrivaux devaient rallier l'escadron, et où le fils de Porthos comptait trouver le quartier général.

Mais les chevau-légers n'étaient déjà plus à Waldau.

M. de Créqui, lui-même, en était parti à l'aube crevant.

Sur le rapport de ses éclaireurs que des mouvements de troupes allemandes avaient été remarqués dans les environs de Fessenheim et de Mulheim, et que ces troupes paraissaient avoir l'intention de le prendre à revers pour l'écraser contre les murailles de Fribourg, le maréchal s'était décidé à marcher à leur rencontre avec une partie de sa petite armée, et, depuis le matin, on n'en avait aucunes nouvelles.

Quant aux cavaliers de M. de la Bérange, ils avaient été dirigés sur les tranchées que l'on creusait en avant des faubourgs de Herdern et de Wiehre...

— Probablement pour protéger les tirailleurs, opina M. de Gacé; messieurs, il faut aller rejoindre nos camarades.

Ensuite, s'adressant à Joël :

— Ah çà ! pourquoi ne viendriez-vous pas avec nous?

Et les trois autres ajoutèrent :

— On se serrera pour vous faire place.

— Quand il y en a pour quatre, il y en a pour cinq. sous la tente et à la cantine.

— Vous attendrez là le retour du maréchal.

Le fils de Porthos accepta.

On se mit donc en route pour se rendre au point indiqué.

Comme on en approchait :

— Messieurs, questionna Champagnac, est-ce que vous n'entendez pas quelque chose comme un brouhaha singulier?...

— Oui, vraiment, fit de Gacé; on crie...

— Des cris de colère, appuya d'Héricourt, on se dispute, on se menace...

Et d'Escrivaux insinua :

— On dirait la voix de nos hommes...

— Si nous rendions la main, conseilla le Breton, nous saurions plus tôt ce qui se passe...

On prit le galop, et l'on arriva rapidement sur le théâtre du tumulte.

C'étaient les chevau-légers, en effet, qui occasionnaient celui-ci.

Ils avaient mis leurs montures au piquet, et, le visage enflammé, la bouche pleine de clameurs et de jurons, ils s'agitaient autour d'un groupe d'officiers avec de grands gestes de protestation et de violence.

Nos cinq cavaliers mirent promptement pied à terre, attachèrent plus promptement encore leurs chevaux avec les autres, et coururent en toute hâte vers cette espèce d'émeute tourbillonnante et bruissante.

— Qu'y a-t-il donc? demandèrent-ils en l'abordant.

— Il y a, répondit un soldat, que le maréchal se moque de nous...

— Comment?...

— Oui, non content de nous transformer en fantassins et de nous imposer le service de ses grenadiers et de ses canonniers, ne voilà-t-il pas qu'il s'avise de vouloir nous changer en terrassiers et en pionniers !

— C'est cela, ricana un autre ; on nous enlève l'épée et le mousqueton pour les remplacer par la pelle et par la pioche !

— Par la male heure ! harangua un troisième, ce n'est pas pour rien que le roi nous a mis l'éperon au talon et le poulet d'Inde entre les jambes... Qu'on nous ordonne de charger sur des carrés hérissés de piques, sur des canons qui crachent la mort; qu'on nous commande même de franchir ces fossés, d'escalader ces remparts et d'aller dénicher le Père Éternel à la cime de son paradis, — en selle, la bride en main, la botte à l'étrier, — et nous irons, comme nous sommes allés, à Kockberg, sabrer les régiments de Montecuculli, de Bournonville, et les *cravates* impériales... Mais remuer du sable, creuser des galeries, faire un métier de taupes...

Il y eut une explosion générale :

— Jamais !...

— Plutôt la hart !...

— Au diable les outils !...

— Brisons-les !...

— Brûlons-les !...

— A bas le maréchal !...

La voix de M. de la Bérange s'éleva au milieu de ce tumulte.

Le capitaine s'adressait à quelqu'un que notre héros ne pouvait apercevoir :

— Vous voyez, monsieur, disait-il, que mes soldats se refusent absolument à ce que vous exigez d'eux. Je me fais fort, d'ailleurs, d'obtenir de M. de Créqui qu'il les dispense de cette corvée. En attendant, cherchez ailleurs les travailleurs dont vous avez besoin...

Une seconde voix répliqua :

— Et moi, je vous répète, monsieur, que j'ai reçu de M. de Basset, major général de l'artillerie, l'ordre de prendre cinquante de vos hommes pour m'aider à achever cette tranchée et à y installer ma batterie. Et je les prendrai, vivadioux !... Quand je devrais les happer chacun par le collet, pour les traîner à la besogne...

— C'est ce que je ne vous conseille pas.

— Et pourquoi cela, je vous prie?...

— Parce que ces pauvres diables sont fort surexcités, et qu'ils pourraient, dans un moment d'indiscipline, oublier le respect qu'ils doivent à votre grade.

— Monsieur le chevau-léger!...

— Monsieur le bombardier!...

— Est-ce un défi?

— C'est un avis.

— Ah çà! se demandait Joël, est-ce que les oreilles me cornent?... Cette façon de parler, de jurer... Tout, jusqu'à cet accent qui sonne la fanfare de la forfanterie méridionale...

La seconde voix reprit aigrement :

— Merci de la leçon!... Sangdioux! je vais vous montrer de quelle façon je prétends la mettre en pratique...

Puis, apostrophant un des cavaliers de M. de la Bérange :

— Allons, toi, fainéant, avec ta taille déraisonnable, commence par attraper cette pioche et par donner l'exemple aux autres...

L'interpellé ne bougea pas.

— Eh bien, ne m'as-tu pas entendu? continua le précédent.

— Si fait, repartit le chevau-léger.

— Alors, obéis, ou sinon...

Le soldat haussa les épaules :

— Je n'obéis qu'à mes officiers...

— Ventredioux! n'en suis-je pas un?...

Le soldat appuya :

— Aux officiers *de chez nous*...

— Hein?...

— A ceux qui portent l'habit vert avec le nœud d'épaule orange et qui mesurent plus d'un empan de la molette à la gourmette...

Si l'on songe que l'empan s'entend de la mesure de l'extrémité du pouce à celle du petit doigt, dans leur plus grande distance, il y eut un rire universel.

Le bombardier se fâcha :

— Drôle!...

Le soldat gouailla :

— Hé! doucement!... N'avancez pas comme ça sur moi!... Vous pourriez tomber dans l'entonnoir de mes bottes, et ce serait le diable pour vous retirer!

Les rires redoublèrent.

L'autre, exaspéré, appela :

— Sergent Bonaventure !

— Présent!

Un grand corps, coiffé d'un morion, sortit de la tranchée.

— Sergent Bonaventure, poursuivit le précédent, empoignez-moi ce flandrin de dimension ridicule... Celui-là qui s'esclaffe bêtement... Et conduisez-le au prévôt qui lui fera frotter les reins avec de bonnes gaules de bois vert...

— Bien, mon officier.

Et le grand corps s'avança vers le cavalier qui lui était désigné.

Mais, lorsqu'il étendit le bras pour le saisir, celui-ci fit un pas de retraite et porta la main à la garde de son épée :

— Mille barbes ! ne me touchez pas, fantassin! grogna-t-il.

M. de la Bérange s'écria en même temps :

— Monsieur, monsieur, je vous préviens que mes chevau-légers ne laisseront pas arrêter leur camarade.

— C'est ce que nous verrons... A moi, les bombardiers!

Ceux-ci s'élancèrent hors de la tranchée qu'ils étaient en train de creuser, en brandissant les pics, les pelles et les pioches qui leur servaient dans leurs travaux.

L'officier de cavalerie reprit :

— Encore une fois, monsieur, je vous rends responsable du sang qui va être versé.

— Et moi, je vous rends responsable de la désobéissance et de l'insolence de vos soldats... Des mutins que je ferai châtier... Oui, que je ferai brancher, fusiller, décimer. en punition de leur effronterie...

Une tempête de huées accueillit ces menaces ·

— Nous brancher!...

— Nous fusiller!..

— Nous décimer!...

— Ce ragot!

— Ce magot!..

— Ce marmot!...

L'autre suffoquait :

— Ragot! magot! marmot!... Ces insultes... Sangdioux!... Vivadioux!... Ventredioux!...

Il se tourna vers ses hommes :

— Allons, mes enfants, tope et tingue à ces maroufles!

Il avait mis flamberge au vent. Son sergent l'imita. M. de la Bérange et les chevau-légers en firent autant.

— Bon! pensa le fils de Porthos, voici le moment d'intervenir.

Il joua des coudes et des épaules, troua le rassemblement comme un boulet de canon et apparut brusquement au milieu des lames qui étincelaient hors du fourreau et des pics, des pelles et des pioches qui se levaient pour l'attaque et pour la défense.

III

LA TRANCHÉE

— L'ami Joël !

— Mon locataire de la rue du Pas-de-la-Mule !

Notre héros salua cordialement ceux à qui son aspect soudain arrachait ces exclamations et qui demeuraient maintenant, bouche béante, à le contempler :

— Mon Dieu ! oui, maître Bonlarron, mon Dieu ! oui, mon cher Petit-Renaud. Non moins enchanté qu'étonné de vous retrouver tous les deux aussi loin de la place Royale.

Et, comme les deux hommes couraient à lui, les bras ouverts :

— Un instant, d'abord, un instant !... Commencez par me rengainer ces aiguilles à tricoter... Jarnidieu ! vous n'en avez pas besoin pour m'embrasser.

Il s'adressa au capitaine des chevau-légers :

— Rengainez aussi, mon gentilhomme, et vos cavaliers pareillement.

Le Gascon et l'officier se récrièrent :

— Vous voulez...

— Vous prétendez...

— Je veux et je prétends vous dire que vous avez tort tous les deux.

Il y eut une nouvelle protestation :

— Tort !...

— Tous les deux !...

Joël reprit paisiblement :

— Et je n'aurai pas de peine à vous le démontrer...

Il se tourna vers Petit-Renaud :

— Vous *primo*, mon camarade, qui avez des façons tellement impérieuses, tellement agressives, tellement provocatrices de réclamer une chose juste, qu'on a toujours envie de vous envoyer promener bras dessus, bras dessous avec votre méchante humeur chatouilleuse et querelleuse. Que diable ! ce n'est pas la faute des cavaliers de Sa Majesté s'ils ont la tête de plus que vous... Pardonnez-leur cette supériorité involontaire en répétant, avec le proverbe connu, que c'est dans les petits pots qu'on trempe les meilleures soupes et que l'on serre les meilleurs onguents...

— Il est certain, grommela *l'homunculus* en repoussant lentement sa

rapière au fourreau, que les dames donnent parfois la préférence à ceux qui
n'ont pas la corpulence d'un Jupiter olympien, et que nul ne sait le compte de
celles qui ont eu des bontés pour moi, puisque je l'ignore moi-même...

Notre héros revint à M. de la Bérange :

— Quant à vous, mon capitaine, permettez-moi de vous déclarer, — en
toute déférence, mais en toute franchise, — que vous avez gravement fauté,
en refusant, vous et les vôtres, d'exécuter les ordres du major général...

— Monsieur!...

— N'êtes-vous les serviteurs du roi que lorsque vous avez un dada entre les
jambes? Êtes-vous des centaures ou des soldats? Et croyez-vous que, pour être
à pied, l'on travaille moins efficacement à la gloire du drapeau de la France?...

« Qu'est-ce que l'on vous a envoyés faire ici, messieurs les chevau-légers,
comme ces braves gens, comme moi, comme le reste de l'armée, d'ailleurs?...
Aider le maréchal à prendre Fribourg, n'est-ce pas?... Eh bien, aidons-le tous,
d'abord, en lui sacrifiant un vain amour-propre, un stupide esprit de corps et
des préférences absurdes!...

« Allez, pour emporter la ville, un coup de pioche vaut un coup de sabre, —
et il n'y a pas moins de bravoure, pas moins de danger, pas moins d'honneur
à rouler une brouette sous le feu de l'ennemi qu'à escadronner en rase
campagne contre un bataillon ou une batterie.

. . . .

En ce moment, et comme pour appuyer ce langage, un jet du fumée blanche
monta à l'angle de l'un des bastions de la place...

Un coup de canon retentit, — et un boulet vint s'enfoncer, avec un bruit
sourd, dans les sacs de terre qui recouvraient l'épaulement de la tranchée...

Un de ces sacs creva. Joël, qui se trouvait à côté, disparut dans une pluie
de sable. Il se secoua et dit avec tranquillité :

— Comprenez-vous l'utilité de la besogne qu'on vous commande?

Il venait d'achever sa phrase, quand un nouveau nuagillon s'éleva...

Un second coup de canon tonna...

On entendit un cri, et ce fut un flot de sang qui couvrit à moitié le fils de
Porthos...

Cette fois, les assiégés avaient rectifié leur tir : le boulet avait passé par-
dessus l'épaulement et était venu frapper M. de la Bérange en pleine poitrine...

Une clameur terrible partit du groupe des soldats épouvantés. Le capitaine
gisait, râlant. Il expira au bout de quelques minutes...

M de Champagnac jeta son manteau sur le corps. Les assistants se regardaient en silence, pâles et la sueur aux tempes. Notre héros reprit froidement :

— Si le front de la tranchée avait été couvert, ce brave gentilhomme serait
encore vivant.

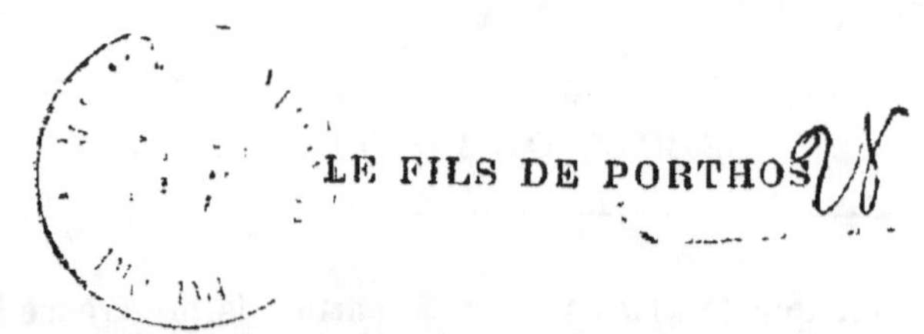

Le vieil Alsacien frappait à coups de marteau.

Puis, sans ajouter un seul mot, il saisit une pelle et se mit en devoir de remplir un gabion.

Tout le monde suivit son exemple. Ce fut comme une fièvre. Chevau-légers et bombardiers, officiers et soldats coururent aux outils, aux fascines, aux brouettes...

Une furieuse canonnade de l'ennemi ne parvint pas à paralyser cet élan.

A la nuit, la tranchée était devenu logeable...

On s'y établit solidement...

Ensuite, Petit-Renaud et maitre Bonlarron s'empressèrent de revenir vers le fils de Porthos :

— Sangdioux! s'exclama le premier, voilà qui est vraiment fabuleux, pyramidal et stupéfiant!... Renouer commerce d'amitié sous les boulets des Allemands!... Mon féal, mon vaillant, mon excellent Joël!...

— Voyez donc! s'écria à son tour le second : il porte l'uniforme de notre compagnie... Avec les galons d'officier... C'est l'enseigne que nous attendions...

Le Breton serra avec effusion les mains qui lui étaient tendues :

— Mon brave Renaud... Mon digne hôte... Combien je suis aussi heureux que vous de cette rencontre inespérée!...

— Et moi, reprit le Gascon, qui te croyais en cage!... A preuve que je me proposais, Fribourg une fois brûlé par mon intervention, de demander ta grâce au roi pour récompense, et, si on me l'avait refusée, d'emporter d'assaut le donjon dans lequel on t'avait mis en pénitence...

Il se pencha à l'oreille de notre héros :

— Est-ce que je n'ai pas grandi de quelques pouces, depuis notre dernière accolade, là-bas, au Châtelet, chez M. de la Reynie?

Puis, se cambrant sous ses broderies de capitaine :

— Toujours est-il que par les villes où j'ai passé, les aventures galantes me pleuvaient sur la tête, à cause de mon esprit subtil et de mon avenante tournure : à Douai, par exemple, la femme du gouverneur en tenait pour moi, j'en réponds, et Mme la présidente voulait me posséder, tous les soirs, pour le souper, le jeu, le bal et tout ce qui s'ensuit...

— Avec tout ça, mille espontons! interrompit Bonaventure, nous en avons à dégoiser!... des histoires de toutes les couleurs!... Car, depuis la visite chez moi des corbeaux de la connétablie, il en a joliment coulé de l'eau sous les ponts!

Il ajouta facétieusement :

— Et dans le vin à onze sols de mon successeur à l'enseigne du *Maure-qui-Trompe!*

L'homunculus leva les épaules :

— Vivadoux! mon ex-hôtelier, vous n'avez donc pas deviné le mot du mystère qui nous occupe?...

— Ma foi, non, mon ex-pensionnaire.

— Comment, vous n'avez pas compris que notre cher Joël aura retrouvé son père?...

— Il se pourrait!...

— Sans doute, et c'est le seigneur Porthos qui aura obtenu pour son fils un grade conforme à sa naissance et à son rang...

A ces paroles, notre héros se sentit comme une brûlure au cœur. Une violente rougeur lui monta au visage. Il balbutia, embarrassé :

— Non, ce n'est pas ce que vous pensez... Je n'ai pas eu ce grand bonheur... Mais je vous raconterai plus tard...

Heureusement, pour cacher le trouble qui dominait le brave garçon, on venait chercher « le capitaine d'Élicigaray » de la part du major général de l'artillerie.

— Çà ! monsieur mon enseigne, demanda Petit-Renaud, nous accompagnez-vous dans nos cantonnements?

— C'est cela, fit maître Boularron, et nous achèverons la nuit à nous régaler du récit de nos aventures réciproques.

— Excusez-moi, repartit Joël : je resterai, si vous le voulez bien, jusqu'à demain avec ces messieurs (il désignait MM. d'Héricourt, de Gacé, de Champagnac et d'Escrivaux, qui, par discrétion, s'étaient tenus à l'écart), lesquels sont aussi de mes amis et sont de garde à la tranchée. Mais, aussitôt le retour de M. de Créqui, je prendrai mon service dans votre compagnie. Alors, par affection non moins que par devoir, je vous appartiendrai tout entier.

On échangea de nouveau une chaleureuse étreinte.

Puis, le capitaine des bombardiers et son sergent s'éloignèrent en répétant : « *Au revoir!* »

IV

LA SURPRISE

La ville allemande, le camp français, la plaine qui descend vers le Rhin et les noires futaies qui couvrent les premières rampes du *Schwartzwald*, au pied desquelles Fribourg est pelotonné, disparaissaient dans l'ombre épaisse d'une nuit sans air et sans étoiles.

Les canons de la place s'étaient tus. Aucune lumière ne brillait dans celle-ci, pas plus que dans nos cantonnements, du reste. Chez l'assiégeant comme chez l'assiégé, tout semblait silence et repos.

Dans la tranchée, il n'y avait guère d'éveillé que notre ami Joël et que les sentinelles.

Encore ces dernières, harassées par les travaux de la journée et accablées par la chaude lourdeur de l'atmosphère, sommeillaient-elles à moitié, — appuyées, les unes sur la pique que conservaient encore certaines compagnies d'infanterie, les autres, sur le fusil, au bout duquel la baïonnette, d'invention récente, commençait à s'adapter.

Notre héros ne pouvait dormir.

Un remords lui tenaillait le cœur.

Ce remords avait surgi en lui d'une phrase de Petit-Renaud

Le fils de Porthos se demandait :

— Ai-je bien fait ce que je devais faire?

Et sa conscience répondait : *Non!*

Non, ce n'était pas pour s'éprendre de Mlle de la Tremblaye; ce n'était pas pour être aimé d'elle; ce n'était pas pour l'épouser...

Ce n'était pas pour recevoir du roi un titre, un nom, un grade; pour guerroyer sous Fribourg; pour avoir à foison les aventures bizarres d'un personnage de roman...

Ce n'était pas pour être un héros, ce n'était pas pour être un heureux, qu'il avait quitté son village, son île, sa Bretagne, et qu'il était venu à Paris, à Saint-Germain, à la cour...

C'était pour chercher l'inconnu dont le sang coulait dans ses veines.

Sa mère, au lit de mort, lui avait imposé cette tâche, et, sous les baisers déjà glacés de la pauvre femme, le jeune homme avait promis de s'y dévouer tout entier.

Et voilà que les rencontres, les circonstances, les événements les plus étranges l'avaient saisi, entraîné, précipité de péripétie en péripétie, jusqu'à l'oubli de l'engagement pris dans un moment et d'une façon aussi graves, aussi solennels!

Cet oubli, maintenant, Joël se le reprochait avec amertume.

Comment le réparer, mon Dieu?

Il le fallait, cependant. Non point par intérêt ou par ambition. Si le fils de Corentine Lebrenn s'était montré ambitieux un instant, il avait cessé de l'être depuis que son mariage avec Aurore lui avait donné tout ce qu'il pouvait rêver en ce monde.

Mais il y avait chose promise, — et notre héros se disait qu'il n'aurait acquis le droit de jouir de son bonheur que lorsque la persévérance de ses recherches lui aurait démontré l'impossibilité absolue de retrouver le compagnon d'Athos, d'Aramis et de d'Artagnan.

Toutefois, le jeune homme n'était pas de ceux qui s'attardent en réflexions stériles.

La pensée n'était guère chez lui que la préface de l'action.

Sa résolution fut prise en un moment.

Il exposerait son cas à M. de Créqui.

Certes, le maréchal n'avait pas besoin de lui pour se rendre maître de Fribourg.

Il apprécierait le motif qui forçait le Breton à lui demander congé.

Joël, alors, s'en reviendrait à Saint-Germain. Il ferait le roi juge de sa conduite. Louis avait une âme trop grande et un esprit trop élevé pour ne pas approuver chez l'un de ses sujets cette religion du serment qui lui garantissait combien ce fils pieux serait, en même temps, l'esclave fidèle de la foi jurée à son prince.

Et puis il s'adresserait à M. d'Alaméda.

Celui-ci était un vieillard d'expérience et de ressources.

Il fournirait, il indiquerait sûrement au jeune homme le moyen de recommencer, de diriger et de mener à bien ses investigations.

Ce plan une fois débattu et arrêté avec lui-même, notre héros, tranquillisé, songea à reposer, lui aussi.

Il se préparait donc à se coucher, à côté de ses camarades, qui dormaient çà et là, étendus sur le sol ou enveloppés dans leurs manteaux, quand un léger bruit vint frapper son oreille de chasseur, exercée à surprendre, pendant les nuits d'affût, les moindres mouvements du gibier sous le couvert.

On eût dit le pas étouffé d'une troupe qui marchait avec précaution.

Ce bruit, auquel se mêlait un certain cliquetis d'armes, se rapprocha avec assez de rapidité.

Ensuite, il cessa brusquement.

Joël s'était levé du gabion sur lequel il était assis.

Il se disposait à regarder par-dessus le retranchement ce qui se passait du côté de l'ennemi.

Tout à coup, une tête se dressa lentement derrière le chaperon de ce retranchement.

Puis, un corps l'enjamba lestement.

Puis encore, un homme s'affala dans la tranchée et se glissa, l'épée au poing, vers une sentinelle qui lui tournait le dos.

Oui, mais cet homme rencontra sur son chemin Joël bondissant et terrible.

Le Breton avait ramassé un pic de terrassier.

Celui-ci s'abattit sur le crâne de l'Allemand.

On entendit la boîte osseuse éclater sous le fer aigu.

En même temps, d'une voix qui sonnait comme toutes les trompettes du jugement dernier, le fils de Porthos criait :

— *Aux armes !*

Cependant, une vingtaine d'ennemis avaient sauté dans la tranchée...

On vit alors une chose titanesque :

Ce fut notre héros, qui, sans leur laisser une minute pour se reconnaître, chargea ce groupe d'assaillants...

Vous auriez juré qu'à lui seul il était dix, — il était vingt, — il était cent !...

On l'aurait cru invulnérable...

Un coup de pistolet lui brûla les cheveux, un coup de pique lui laboura les côtes, un coup d'estramaçon lui entama le front...

Il ne sentait pas ses blessures. Il semblait ivre de bravoure. Il allait, courant et frappant avec une furie d'ange exterminateur...

Le pic dont il était armé se levait et s'abaissait sans cesse. Des hommes tombaient, la tête broyée. Des plaintes, des râles et des imprécations se mêlaient aux cris des sentinelles qui propageaient l'alarme.

Les dormeurs s'étaient réveillés. Ils s'étaient rués à la rescousse. Dans le camp, clairons et tambours faisaient rage. Les troupes se formaient en toute hâte...

Mais le hardi coup de main des Allemands était manqué.

Ceux-ci ne pouvaient réussir que s'ils avaient surpris dans leur premier sommeil les défenseurs de la tranchée.

Joël, en se trouvant là sur pied, avait déjoué la surprise.

Les assiégeants n'avaient donc plus qu'à battre en retraite, sous peine d'avoir tout le camp français sur le dos, et c'est ce qu'ils firent au plus vite, non sans abandonner nombre de morts et sans emporter nombre de blessés.

Lorsque M. de Basset, qui commandait en l'absence de M. de Créqui, arriva au pas de course sur le point attaqué, — avec quatre bataillons des régiments de Beaupré et d'Aubijoux, et quatre compagnies du régiment du Roi, il n'y avait plus, en fait d'ennemis dans nos lignes, que les cadavres de ceux que le fils de Porthos avait si prestement mis en capilotade.

Il n'y eut, du reste, qu'une voix parmi les officiers et les soldats pour célébrer les exploits de notre héros et pour raconter de quelle façon digne de l'Ajax d'Homère ou du Samson de l'Écriture il avait écrasé l'effort des Impériaux.

— C'est notre sauveur à tous, déclarèrent d'un commun accord MM. d'Escrivaux, de Champagnac, d'Héricourt et de Gacé.

— Oui, c'est notre sauveur! Vive notre sauveur! répétèrent bruyamment les gens de la tranchée.

— Bon! repartit Joël en riant, je dormais comme vous, mes amis. Seulement j'ai rêvé que l'ennemi nous attaquait. Alors, j'ai eu le sommeil turbulent, voilà tout.

— Monsieur, dit M. de Basset, avec le sommeil turbulent, laissez-moi vous féliciter d'avoir la plaisanterie sublime.

Et il embrassa le jeune homme, tout fier et tout ému de ce témoignage de satisfaction donné aux applaudissements et aux acclamations de tous les assistants.

Le major général ajouta :

— Je rendrai compte de votre conduite au maréchal, et je ne doute pas qu'à son tour, celui-ci ne s'empresse d'en informer le roi.

V

LE MARÉCHAL DE CRÉQUI

— Mon Dieu, oui, messieurs, je le confesse ici publiquement avec l'esprit de pénitence qui sied à tout être faillible : je me suis laissé leurrer, comme un blondin de vingt ans, par les rapports de ces paysans, de ces espions qui agissaient sans aucun doute de concert avec le prince Charles... Les prétendus mouvements de celui-ci sur Fessenheim et sur Mulheim n'étaient qu'une ruse de guerre pour m'attirer de ce côté, avec une bonne partie de mes forces, tandis que les assiégés tenteraient une sortie nocturne pour détruire les ouvrages que nous avons eu tant de peine à élever, et, s'il était possible, pour enlever notre camp... Par bonheur, votre vigilance a réduit à néant les effets de ce projet, auquel ce n'est point la hardiesse qui a manqué pour réussir.

Tel était le langage que M. de Créqui tenait à son état-major, réuni au quartier général de Waldau.

Le maréchal était rentré, le matin même, de son expédition à la recherche d'un ennemi imaginaire et il venait d'apprendre par M. de Basset l'événement de la nuit précédente.

Le major général répondit en souriant :

— Me sera-t-il permis d'imiter votre humilité et votre franchise en vous faisant, à mon tour, un aveu, qu'à défaut de ma sincérité, le respect de la vérité m'impose comme un devoir?...

— Et quel est cet aveu, mon cher comte?...

— Eh bien! c'est qu'aucun de nous ne mérite les compliments qu'il vous convient de nous adresser...

— Comment?...

— Travailleurs, officiers, soldats, la lassitude d'une longue et pénible journée nous avait tous plongés dans le plus profond sommeil quand les Allemands ont escaladé le retranchement...

— Oh!...

— Et le coup qu'ils méditaient aurait certainement reçu son exécution, si quelqu'un, qui veillait, ne s'était trouvé là providentiellement pour les arrêter, à lui seul, comme on dit que, jadis, Horatius Coclès arrêta, à la tête d'un pont, je ne sais quels ennemis de l'ancienne Rome...

— Est-il possible!

— Jugez-en plutôt, maréchal.

Et M. de Basset se mit à raconter par le menu l'aventure du fils de Porthos, depuis son heureuse intervention entre les chevau-légers et les bombardiers prêts à en venir aux mains, jusqu'à la manière expéditive dont ce nouvel Hercule avait, à l'instar des étables d'Augias, « nettoyé » la tranchée envahie par l'ennemi. Ce récit fut, plus d'une fois, interrompu par les murmures étonnés et flatteurs de l'auditoire. Puis, M. de Créqui demanda vivement :

— Où est-il, cet Horatius Coclès, qui, plus heureux que le héros du pont de la Trébie, a survécu à sa victoire?

Le major général éleva la voix :

— Monsieur de Locmaria, approchez.

Notre Breton, qui se dissimulait derrière tout le monde, dut obéir à cette invitation directe.

Il s'avança donc au milieu du cercle que les officiers de tous grades formaient autour du maréchal.

Celui-ci répétait en se frottant le menton :

— Monsieur de Locmaria?... Voilà qui est bizarre... Je ne connais ici personne de ce nom...

Puis, examinant Joël qui s'inclinait devant lui avec timidité :

— Depuis quand appartenez-vous au corps d'armée que je commande?

— Monsieur le maréchal, j'y suis arrivé hier.

Et, tirant un pli de sa poche :

— Ils ont assassiné mon couvre-chef.

— Voici, ajouta le jeune homme, des dépêches que M. de Louvois m'a fait l'honneur de me confier pour vous les remettre en mains propres.

— Vous venez de Paris, alors?

— Oui, monsieur, et de Saint-Germain.

— Sa Majesté se porte bien?

— Aussi bien que ses fidèles sujets peuvent le souhaiter pour le bonheur de la France et la confusion de ses ennemis.

M. de Créqui décacheta les papiers :

— Oui, c'est cela, murmura-t-il, en les parcourant rapidement, MM. les ministres m'enjoignent de mettre le siège devant Fribourg...

Il eut un léger hochement d'épaules :

— Si j'avais attendu leurs ordres pour le faire, il y aurait maintenant trente mille hommes dans la place, — c'est-à-dire un peu plus du triple que je n'en possède pour la prendre... Ils me recommandent, en outre, de pousser les opérations avec vigueur... Mais ils négligent avec soin de m'envoyer l'artillerie dont j'aurais besoin pour battre en brèche... Oh! ces tacticiens de bureau, ces généraux de cabinet, ces hommes de guerre en chambre!... Enfin, on se contentera de ce qu'on a : j'entends de ces nouveaux engins, — de cette batterie de mortiers, dont il va me falloir presser l'installation...

Il continua silencieusement sa lecture.

Ensuite, levant les yeux sur Joël :

— Monsieur le chevalier de Locmaria, reprit-il, on me dit là-dedans le plus grand bien de vous, et, pour ma part, je n'ai qu'une chose à ajouter, c'est que, d'après ce que je viens d'entendre, de la bouche de M. de Basset, j'en pense encore plus qu'on ne m'en dit.

— Monsieur le maréchal me gâte, balbutia le Breton en saluant derechef.

Le pauvre garçon était plus gauche sous le feu des regards qui se croisaient sur lui, qu'il ne l'eût été sûrement sous celui des canons de la place.

M. de Créqui s'aperçut de son embarras :

— Çà! jeune homme, poursuivit-il avec bonté, il n'y a pas lieu d'être confus. Tout le monde ici est de mon avis. N'est-il pas vrai, messieurs, que vous êtes heureux de faire accueil à un aussi brave camarade?

Un officier, qui n'avait guère plus de l'âge du fils de Porthos, vint à ce dernier avec un empressement cordial :

— Chevalier, lui dit-il, croyez que tous, tant que nous sommes, nous professons autant d'admiration pour vos prouesses de cette nuit que de sympathie pour votre personne. Donnez-moi la main, je vous prie. Je vous demande votre amitié.

M. de Créqui appuya :

— Et à votre amitié, chevalier, vous pouvez joindre votre estime; car

M. de Villars, qui vous parle en ce moment, au nom de toute l'armée, est un intrépide, lui aussi. C'est ainsi qu'il a eu deux chevaux tués sous lui, à Kockberg, en chargeant, à la tête de ses carabiniers, les fameux cuirassiers du régiment de Kronach...

Les deux jeunes gens s'embrassèrent, aux applaudissements de toute l'assistance.

Le général en chef reprit, en frappant sur l'épaule du futur vainqueur de Denain :

— Homme de science autant qu'homme d'action. Un de mes meilleurs auxiliaires. Ou je me trompe fort, ou il y a là l'étoffe d'un grand capitaine...

— Ah! monsieur, s'exclama Villars avec chaleur, toute mon ambition est de marcher sur vos traces!

— Comme M. le maréchal lui-même est en train de marcher sur celles de M. de Turenne, insinua le Breton avec à-propos.

Rien ne pouvait être plus agréable que cette comparaison pour l'adversaire, souvent heureux, de Condé, pour le défenseur de Lille et pour le conquérant de la Lorraine.

Aussi ne prit-il pas la peine de cacher sa satisfaction.

Ce qui ne l'empêcha point, du reste, de menacer les deux jeunes gens, en leur disant avec une sévérité comique :

— Messieurs, je n'aime pas les flatteurs...

Puis, il ajouta en riant :

— Mais je pardonne aux enthousiastes...

— Bravo! pensa Joël, il paraît enchanté et il déclare publiquement que j'ai suffisamment fait mes preuves : voici le moment de lui demander l'autorisation d'aller vaquer à mes affaires...

Cependant, M. de Créqui avait remis les yeux dans les dépêches...

Comme il arrivait à la fin de celles-ci, il eut un mouvement de surprise...

— Oh! oh! murmura-t-il, un *post-scriptum* signé : *Louis!*...

Il lut ce *post-scriptum* lentement...

Puis, il le relut avec plus d'attention encore...

On eût dit qu'il s'étudiait à en déchiffrer le sens caché, incertain, équivoque, — ce qu'il y avait d'écrit sous les mots et entre les lignes...

Et, par intervalles, il considérait à la dérobée notre héros qui se préparait à formuler sa supplique...

Comme ce dernier ouvrait la bouche :

— Chevalier, articula nettement le maréchal, le roi me mande de vous garder auprès de moi jusqu'à la fin de la campagne, comme aussi de ne point vous ménager les occasions de vous distinguer... Vous avez déjà commencé, au débotté... Toutefois, je me conformerai aux volontés de Sa Majesté, qui paraît tenir expressément à ce que vous deveniez un Cyrus, un Achille ou un Hector...

Patatra!...

Toutes les espérances du fils de Porthos s'en allaient une fois de plus à vau-l'eau.

Il ne s'agissait plus de quitter l'armée.

Le roi avait parlé.

Il fallait obéir.

— En attendant, continua M. de Créqui, si je puis vous être utile ou agréable en quelque chose; si vous avez quelque requête à me présenter...

— Ma foi, mon général, j'avais une grâce, une grande grâce à solliciter de vos bontés; mais j'y renonce pour le moment — car je comprends qu'il ne serait pas en votre pouvoir de me l'accorder, et je ne demande plus qu'à faire mon service, mon devoir dans la compagnie dont Sa Majesté a daigné me nommer enseigne.

— Celle de nos nouveaux canonniers, je crois?... Eh bien, je vous recommanderai au capitaine...

— Oh! nous nous connaissons, M. d'Elicigaray et moi : nous avons failli nous couper la gorge...

— Vraiment!. .

— Depuis lors, nous sommes à la vie, à la mort... Non, ce n'est pas cela... Je voudrais...

— Quoi donc?...

— Obtenir un renseignement qui est pour moi d'une importance capitale...

— Et lequel ?

— Un renseignement qui me fixe sur la durée de la campagne...

— Hein?

— Et si j'osais interroger celui de qui elle dépend...

Le maréchal étendit la main dans la direction de Fribourg :

— Le dénoument de la campagne est là, prononça-t-il. C'est là l'aire d'où le duc Charles comptait s'élancer pour nous arracher la Lorraine; la forteresse impériale d'où il suspend sur notre Alsace l'épée de l'Allemagne, ainsi qu'un autre glaive de Damoclès. C'est son point d'appui dans l'attaque, son lieu de ravitaillement au courant de la guerre, sa ligne de retraite en cas de défaite...

Puis, élevant la voix :

— Fribourg pris, c'est la clef de Vienne dans notre poche; c'est la ruine des espérances du prince lorrain; c'est la preuve, pour l'empereur Léopold, de la témérité et de l'inanité des entreprises de son futur beau-frère contre la France, et, partant, c'est le désaveu de celui-ci par celui-là...

Il conclut, après une pause :

— Voilà pourquoi je prendrai Fribourg, messieurs ; quand je devrais, comme Condé, jeter mon bâton de maréchal dans ses redoutables défenses, pour vous contraindre à venir l'y rechercher avec moi.

— Nous irions tous, mon général, s'écria M. de Villars.

— Oui, tous, ventredioux ! répéta Petit-Renaud.

Et après eux, tous les officiers, agitant leurs chapeaux ou tirant leurs épées :

— Oui, tous, tous !

Cet enthousiasme se communiqua aux soldats. Il courut par le camp comme une traînée de poudre. On entendit une grande clameur :

— Vive le maréchal ! A Fribourg ! A Fribourg !

— Alors, allons-y tout de suite ! opina le fils de Porthos.

M. de Créqui réprima cet élan :

— Jeunes gens, répliqua-t-il, il convient d'être brave ; mais il faut se garder d'être présomptueux...

Puis, allongeant le bras de nouveau :

— Voyez-vous d'ici cette citadelle incrustée, comme un nid d'aigle, aux flancs de cette montagne?... C'est ce qu'on appelle *le Château*... C'est ce que vous parlez d'emporter, comme si vous aviez des ailes pour y monter, ou comme si j'avais l'hippogriffe pour vous y conduire!...

Il secoua sa tête grisonnante sous son large feutre galonné :

— C'est comme si vous me disiez de vous faire passer sous la mitraille de ces bastions, armés d'une artillerie dont nous manquons, hélas! Et, quand j'y aurais perdu la moitié de mes hommes, d'aller jeter le reste dans ces fossés profonds, le heurter contre ces murailles, le déchirer aux dents de ces palissades, l'opposer à une garnison, à une population qui nous attendent à couvert et qui ont avec elles contre nous la pierre, l'eau, le fer et la flamme!...

Puis encore, frappant le sol de sa haute canne à pomme d'ivoire :

— Non, morbleu ! Soyons patients ! Laissons jouer la sape, la mine et le canon. Quand la brèche sera ouverte, ce n'est pas votre général qui vous retiendra, mes enfants : c'est lui, au contraire, qui vous montrera le chemin.

— Bon! murmura notre héros, puisque c'est désormais une affaire de bouches à feu, je vais m'entendre avec Petit-Renaud pour qu'elle ne traîne pas en longueur... Autrement...

Le maréchal, qui l'entendit, questionna d'un ton jovial :

— Autrement, que ferais-tu, cadet?

— Autrement, répondit Joël sans barguigner, je me verrais bien obligé de prendre la place moi-même.

Il y eut un accès d'hilarité universelle.

M. de Créqui ne put s'empêcher de la partager.

— Ouais! dit-il, et moi qui croyais que, dans cette compagnie, il n'y avait que le capitaine de Gascon!

Ensuite, pinçant amicalement l'oreille du Breton :

— Eh bien! soit, garçon, ne te gêne pas... Si tu as une idée pour faire mieux et plus vite que nous, on te fournira les moyens de la mettre à exécution... Je t'autorise au besoin à être un fou sublime...

— Cette idée, repartit Joël, je ne l'ai pas encore, général...

Puis, il ajouta avec un accent d'inébranlable conviction :

— Mais, soyez tranquille, je l'aurai.

VI

LE BALLET DES QUATRE PARTIES DU MONDE

Louis XIV ne dansait plus ; mais il aimait à voir danser.

Ce fut à cette époque qu'eut lieu, à Saint-Germain, la représentation de l'un des derniers ballets qui aient égayé son règne. Ce ballet avait nom : *les Quatre Parties du monde*. Il était dû à la collaboration de Quinault, pour le scénario, et de Lulli, pour la musique. Ces deux célèbres virtuoses, — le premier, trop attaqué, et le second, peut-être trop loué par Boileau, — atteignaient alors à l'apogée de la renommée et du succès.

De cet ouvrage il ne reste guère que le titre, encore que deux particularités remarquables l'aient signalé à la curiosité et à l'attention des contemporains :

D'abord, il fut donné sur un théâtre construit exprès dans les jardins, entre les deux bassins, de quarante pieds de diamètre, symétriquement opposés en face des pavillons de l'Horloge et de l'Est.

Puis, tous les rôles en furent remplis par « les dames de l'entourage de la reine » en l'honneur de laquelle, d'ailleurs, ce divertissement avait été spécialement organisé.

Il devait y avoir feu d'artifice après le spectacle et collation en plein air après le feu d'artifice.

Car Marie-Thérèse s'ennuyait, et il s'agissait de la distraire.

C'était du moins ce que le roi disait à qui voulait l'entendre.

Or, en réalité, c'était lui — lui seul, et c'était assez — qu'il entreprenait de délasser des travaux de la politique et des journées passées, en compagnie de ses ministres, à ressasser leurs instructions aux plénipotentiaires chargés de le représenter à Nimègue et d'y débattre les conditions de la paix.

Donc, ce soir-là, Louis avait pris place sur un fauteuil, devant la scène improvisée.

La reine était assise à sa droite sur des coussins, et les princes du sang à sa gauche sur des tabourets et des pliants.

Toute la cour se massait derrière sur des banquettes.

Décrirons-nous ces parterres, ces massifs, ces bosquets *embrasés de mille feux?* Les lumières mouchetant d'une myriade d'étoiles le fond sombre des verdures et des feuillages? Les flammes de couleur se reflétant dans l'eau irisée des bassins?

Nous prierons nos lecteurs de nous en dispenser.

Nous ne voulons pas, en effet, réveiller pour nous la critique du *Législateur du Parnasse :*

Ce ne sont que festons, ce ne sont qu'astragales...

Et nous imiterons Despréaux :

En nous sauvant à peine au travers du jardin,

après avoir constaté toutefois qu'il y avait là assez de velours, de satin, de dentelles pour habiller une cathédrale! Assez de diamants pour remplir le trésor de tous les souverains de la terre! Et des yeux dont chaque paire valait tous ces diamants! Et des cheveux blonds baignant des rangs de perles et de saphirs! Et des cheveux noirs ruisselant sur les rubis et les topazes! Et toute une exhibition de marbres de Paros, d'ivoire ou simplement de chair humaine, qui rendraient un tableau obscène, mais qui, heureusement, à la cour, ne sont pas même un péché véniel!

Nous n'analyserons pas davantage le sujet de l'œuvre de Quinault.

Qu'il vous suffise de savoir qu'on y voyait « les Quatre Parties du monde » venir tour à tour déposer leurs plus respectueux hommages et leurs plus ingénieuses flatteries aux pieds du « plus grand prince qui fût ».

Ce n'était point fort compliqué.

Il va sans dire, par exemple, que ce « plus grand prince » n'était autre que S. M. Louis de France, — spectateur et acteur à la fois de cette véritable apothéose.

C'était Mme de Crussol qui personnifiait l'Europe; Mme de Richelieu, l'Asie, et Mme de Nevers, l'Amérique.

Dieu sait avec quel fouillis de drap d'or, de rubans, de panaches, de guipures et de bijoux!

Elles furent consciencieusement applaudies toutes les trois.

Mais, lorsque l'Afrique parut, il y eut un murmure de sincère admiration.

L'Afrique, c'était Mlle de la Tremblaye.

Qu'on nous permette de lui conserver son nom de jeune fille.

Aussi bien, cette belle et pauvre Aurore n'était-elle pas aussi peu dame que possible.

Un corsage à pointe, très échancré et très bas, contre les révélations duquel sa pudeur s'était insurgée dès l'abord, — mais le goût du jour le voulait ainsi, — découvrait, jusqu'à la naissance des seins, les splendeurs neigeuses de sa gorge.

Une peau de tigre à griffes de vermeil était jetée sur ses magnifiques épaules.

La rondeur et la perfection de ses bras entièrement nus apparaissaient sous les bracelets qui les cerclaient de pierres fines.

Sa tête, un peu farouche, portait haut son diadème de brillants et de plumes d'autruche...

Enfin, de sa jupe de damas vert-pomme ramagée d'argent et fendue au-dessous du genou, sa jambe s'élançait, ferme et pure, moulée dans un tricot de soie, et son pied divin jouait à l'aise dans de mignons cothurnes, galamment ornés de nonpareilles et de passequilles.

Elle s'avança vers Leurs Majestés avec des allures de jeune déesse et les salua avec une grâce quelque peu âpre...

Ensuite, s'adressant à la reine, elle lui débita le compliment que voici :

> Votre beauté, grande princesse,
> Porte les traits dont elle blesse
> Jusques aux plus sauvages lieux ;
> L'Afrique avec vous capitule
> Et les conquêtes de vos yeux
> Vont plus loin que celles d'Hercule.

En même temps, elle présentait à Marie-Thérèse un bouquet de fleurs exotiques.

La fille de Philippe IV, — qui n'était rien moins que belle, et qui ne l'ignorait point, — accepta, en souriant, le compliment et les fleurs.

Puis, elle s'empressa d'offrir celles-ci à son royal époux.

L'étiquette l'avait ainsi réglé d'avance.

Le monarque prit le bouquet, et, en faisant le simulacre d'en respirer le parfum, il l'approcha et l'effleura de ses lèvres.

Le cœur de la reine battit d'ivresse à ce mouvement.

La naïve et affectueuse princesse ne s'imaginait-elle pas que c'était à elle que s'adressait cette effusion de tendresse passionnée?

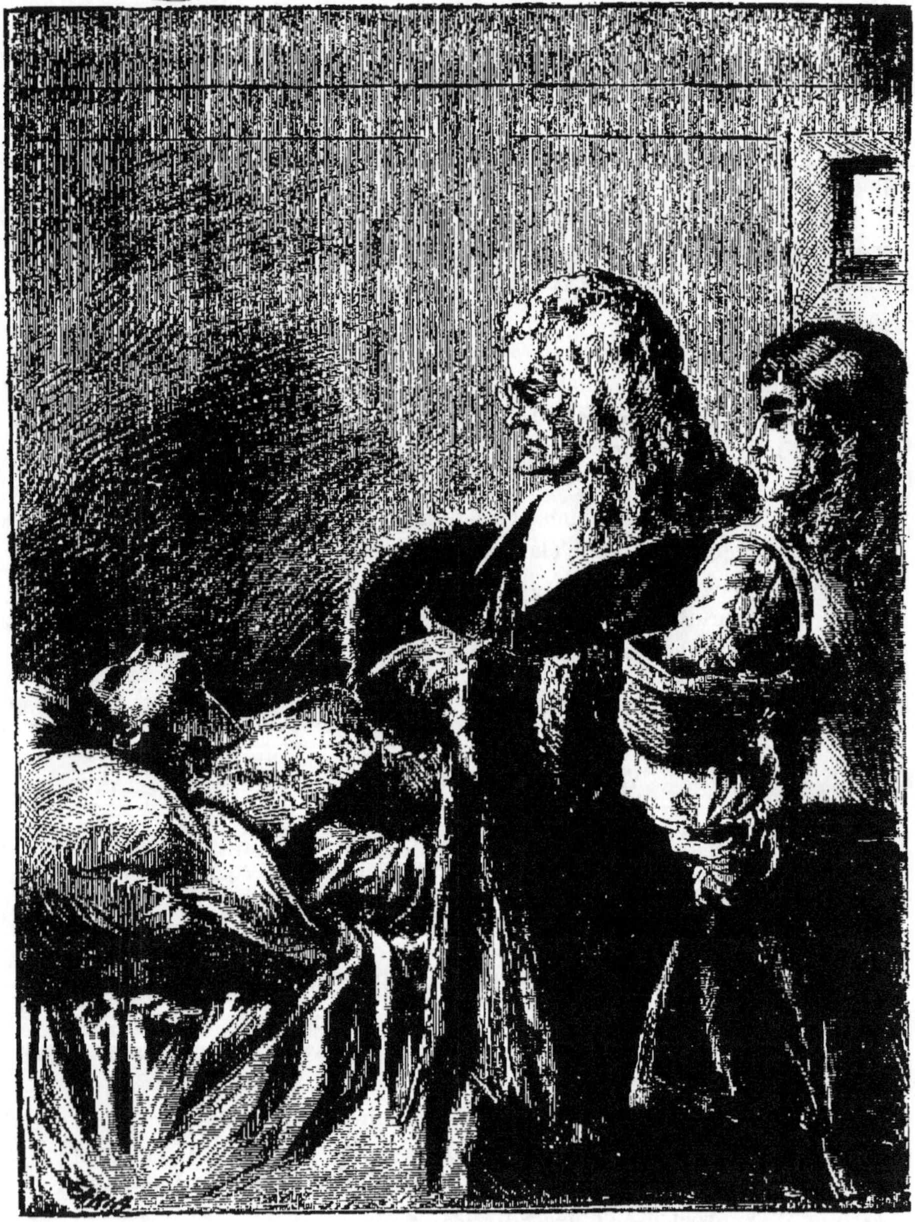

— Cette femme n'a plus besoin de soins.

Le ballet était terminé. Le feu d'artifice commençait. Louis avait permis que, pour le voir, chacun se plaçât à sa guise.

C'était pour lui un moyen de quitter sa crédule épouse, de se débarrasser de la compagnie des courtisans et de s'isoler dans quelque coin écarté des jardins, pendant que les fusées, les soleils, les grandes pièces à transformations — éblouissante aurore — éclairaient jusqu'aux moindres détails des parterres.

Il s'était donc retiré dans un bosquet adossé à la grille de la forêt, et, aux lueurs de ce feu toujours croissant en beauté, et qui faisait pousser des cris d'admiration dans tous les villages d'alentour, il était en train de lire un billet qu'il venait de sortir des fleurs remises à la reine par Aurore.

Ce billet renfermait nombre de lignes serrées, d'une petite écriture fine, correcte, élégante :

« O mon roi, disaient-elles, quelle est ma félicité de m'incliner, ce soir, devant vous dans des atours qui me feront peut-être paraître plus belle à vos yeux !

« C'est à une illustre princesse que ma bouche récitera l'hommage composé par Quinault ; mais c'est à un prince adoré que mon cœur l'enverra comme un écho de la pensée qui ne cesse d'occuper mes esprits.

« Mon cher seigneur, combien je souffre et je languis, lorsque les soucis de la couronne, en accaparant vos instants, vous éloignent de mon amour, — de cet amour respectueux et discret, qui ne veut même pas qu'un geste, un regard, un sourire lui apprennent qu'il est compris : Je n'ose écrire *partagé*.

« Insensée que je suis de m'épancher ainsi, comme si je parlais à un homme semblable aux autres hommes !

« Ah ! détruisez, au nom du ciel, ces monuments de ma folie ! Gardez-vous de répondre à ces aveux dont je rougis, mais qui s'exhalent malgré moi ! Que vos yeux, que vos lèvres conservent le silence que j'ai été assez forte pour m'imposer en présence d'un monde curieux, satirique et jaloux !

« Songez que si la reine, si ma noble et généreuse protectrice s'apercevait jamais de ce qui se passe en moi, il ne me resterait plus qu'à mourir à ses pieds de honte, de douleur et de remords !

« Maudit et béni soit le jour où une auguste bienveillance m'a attachée à cette cour, dans laquelle je ne vois rien de pareil à Votre Majesté !

« Depuis ce jour, ce feu me brûle, qui dévore la Phèdre de votre poète, et dont elle dépeint, avec des accents si ardents, les ravages étouffés dans son sein...

« Mais je suis à la fois plus heureuse et plus malheureuse que la coupable épouse de Thésée...

« Si le héros qui l'a causé n'ignore point le feu qui me consume ; s'il daigne compatir à mes tourments, ce n'est pas seulement le rang, ce n'est pas seulement le devoir qui élèvent une barrière entre nous...

« C'est ma propre volonté, ma volonté inébranlable...

« Car une fille de ma race peut sacrifier à son maître, à son dieu, son repos, son sang, sa vie, tout, — fors l'honneur. »

. . . .

Quand il eut terminé la lecture de ce papier, suffisamment expressif, Louis obéit à la prière que celui-ci lui adressait : il le déchira en morceaux qu'il sema à tous les vents.

Il reprit ensuite le chemin du château, — pensif, l'œil étincelant d'un éclat inaccoutumé ; une rougeur de fièvre enflammant ce visage aux lignes duquel il s'étudiait à conserver une olympienne sérénité.

Sur les pelouses, Marie-Thérèse accourut à sa rencontre :

— Eh quoi ! sire, s'écria-t-elle, voilà que vous rentrez déjà ! Vous n'attendez pas le bouquet ! Sainte Vierge ! seriez-vous malade ?

Le roi fronça quelque peu le sourcil. Il n'aimait point que la reine lui parlât de cette façon bourgeoise. Cependant, ce fut en lui baisant la main qu'il répondit :

— Rassurez-vous, madame... Un peu de lassitude seulement... Et puis, il faut que je me lève demain de grand matin pour expédier les affaires... Toutefois, que mon absence ne vous empêche point de goûter le plaisir jusqu'au bout...

Mais la fille de Philippe IV ne goûtait aucun plaisir là où n'était pas son mari.

Elle accompagna donc celui-ci.

Tout le monde suivit derrière eux, et les dernières fusées partirent pour le menu peuple.

En entrant dans sa chambre, où quelques privilégiés seuls étaient admis, — il n'y avait à Saint-Germain que le *petit coucher*, — et en dégageant son cordon, sa montre et ses reliques, qu'il remit au gentilhomme de la chambre en service, Louis dit à son premier valet de garde-robe :

— Le bougeoir à M. l'ambassadeur d'Espagne.

Ce flambeau de vermeil à deux bougies, sur lequel se mesurait la faveur royale, était placé sur une table, près de la cheminée, à côté de l'*en-cas* de nuit et du *mortier* ou veilleuse d'argent.

M. d'Alaméda, qui, depuis quelques jours, ne quittait presque plus le souverain, sortit du groupe des *grandes et des secondes entrées*.

Il reçut le bougeoir des mains du valet et se mit en devoir d'éclairer Sa Majesté jusqu'à son lit.

— Monsieur le duc, fit le monarque au cours de ce trajet de quelques pas, ma patience touche à son terme... Il devient urgent d'en finir... Je vous attends demain, à mon lever, pour vous dicter mes volontés.

VII

INTRIGUE ET AMOUR

L'ancien évêque de Vannes n'eut garde de manquer au rendez-vous.

Le lendemain, à neuf heures et demie, il était introduit dans le cabinet du roi. avec tout ce que l'on appelait *l'entrée du cabinet,* « laquelle, dit Saint-Simon, était fort étendue, car les charges l'avaient toutes. »

C'est là que Louis XIV donnait l'ordre à chacun pour la journée, et jamais. à moins d'événements graves, cet ordre n'était interverti ou changé.

C'est là pareillement qu'avait lieu *l'entre-temps.*

On avait baptisé ainsi — car chaque minute avait son nom à la cour — le temps qui s'écoulait entre le lever du monarque et la messe ; temps que Sa Majesté consacrait à ses *audiences secrètes,* intitulées de cette façon pour les distinguer de celles qui se donnaient sans façon, à la ruelle du lit, après la prière. et des audiences de cérémonie qui se donnaient en grand apparat aux ambassadeurs.

Ce jour-là, le roi, en entrant, alla droit à M. d'Alaméda et fit un signe...

Aussitôt, tous les assistants se retirèrent.

Louis avait les yeux battus et les traits fatigués. Il avait dû passer une nuit sans sommeil. Comme Aramis, incliné selon la formule, semblait attendre qu'il lui adressât la parole :

— Monsieur, entama-t-il brusquement, je vous ai dit hier qu'il fallait en finir.

. — Oui, sire, j'ai bien entendu, mais je vous avoue humblement qu'il ne m'a pas été possible de comprendre...

Puis, se redressant et regardant son interlocuteur en face, l'ex-mousquetaire ajouta :

— En quoi ai-je pu lasser la patience du roi?... Avec qui Votre Majesté est-elle décidée d'en finir?... Je la supplie de m'éclairer...

Louis ouvrit la bouche pour répondre.

Ensuite, il s'arrêta soudain.

Vous auriez juré qu'il avait avait honte de ce qu'il allait dire.

Son visage témoigna d'un subit embarras. Un moment, il parut chercher.

Puis, avec la précipitation d'un homme enchanté de tomber sur une échappatoire :

— Il s'agit de l'attitude de votre gouvernement dans les conférences de Nimègue...

— Ah !...

— Oui : l'Espagne a fait cause commune avec l'Angleterre et l'Empire pour nous blâmer de nos prétentions à refuser aux envoyés du duc Charles de Lorraine le titre et les pouvoirs d'ambassadeurs...

— Sire...

— En vérité, comment Charles II, votre maître, comment l'Empereur et ses ministres, qui se rendent si grands protecteurs du prince lorrain, entendent-ils que je puisse être capable de voir si peu mes intérêts ?... Nancy restitué au futur beau-frère de Léopold !... Sur mon âme, ce serait comme si j'ouvrais les portes de Vincennes aux trabans, aux Croates et aux pandours autrichiens !...

M. d'Alaméda avait essuyé cette sortie sans sourciller :

— Sire, répliqua-t-il avec calme, je regrette d'autant plus de trouver Votre Majesté en de pareilles dispositions, que j'étais chargé par mon souverain de faire appel à la générosité de la France en faveur du successeur de Charles IV, qui, innocent des fautes de ce brouillon...

Louis interrompit avec colère :

— Mon frère d'Espagne prend bien son temps !... Quand cet incorrigible ennemi de notre puissance est, en ce moment, le seul en Europe qui n'ait pas remis l'épée au fourreau !... Quand, après nous avoir combattus à Sénef et battus à Consarbrück, il nous brave encore dans Fribourg !...

Puis, avec un geste d'autorité :

— N'en parlons plus !... J'ai pris la Lorraine, je la garde... Si elle n'est pas française, elle le deviendra avec le temps, et peut-être sera-t-elle plus tard notre plus solide boulevard contre les agressions de l'Allemagne...

Il y eut un instant de silence.

Ensuite, l'ambassadeur reprit :

— Il est un autre point, beaucoup plus important, sur lequel Sa Majesté Catholique m'a invité à attirer l'attention de Sa Majesté Très Chrétienne...

— Et lequel ?

— Votre Majesté a-t-elle connaissance que les protestants de son royaume entretiennent des intelligences avec leurs coreligionnaires de Hollande et d'outre-Rhin ! Sait-elle que, dans leurs temples, on prêche d'audacieux appels à une prétendue paix universelle qui sont la négation des droits du souverain et des frontières nationales ? Que, dans beaucoup de provinces, et notamment dans le Midi et dans l'Ouest, ils sont devenus dangereux par le nombre, l'esprit, l'organisation, la richesse, l'exercice de certaines charges, de certaines industries, de certaines professions ? Qu'ils ont ouvert des collèges, fondé des hôpitaux, établi des manufactures, imprimé des livres, réclamé la solution de certains problèmes sociaux et proclamé dans leurs conciliabules, en attendant qu'ils les inscrivent sur leurs drapeaux, ces grands mots creux de liberté et d'égalité qui font les révolutions et qui défont les trônes ? Qu'enfin, les garanties dont ils jouissent, grâce à l'un de vos prédécesseurs, sont un outrage et une menace pour cette Église dont le roi de France s'est déclaré le fils aîné ?

Pendant que l'ancien prélat parlait ainsi, le monarque semblait s'abandonner à une préoccupation personnelle.

Il écoutait cette voix, qui tonnait comme en chaire, comme un homme distrait écoute le bruit d'un torrent.

— Monsieur, prononça-t-il à la fin avec une impatience à peine déguisée, si les gens que vous accusez conspirent avec l'étranger, ils seront punis sévèrement. Je les punirai pareillement s'ils violent les lois de l'État ou s'ils attaquent mon autorité. Mais, jusqu'à ce que les intentions qu'on leur prête se soient traduites par des actes répréhensibles, il est juste que je les traite à l'égal de mes autres sujets.

— Sire, repartit le vieux seigneur, mieux vaut prévenir que réprimer.

— Prévenir !... Et comment ?

— En retirant à ces rebelles les garanties dont ils abusent ; en fermant leurs temples ; en confisquant leurs biens ; en leur interdisant l'accès de certaines carrières ; en les convertissant, au besoin, par la force ; j'entends, en les mettant dans la nécessité d'abjurer ou d'émigrer...

Et le vieillard ajouta entre ses dents :

— Encore peut-être sera-t-il bon de leur enlever cette dernière ressource...

Cependant, le roi le considérait avec une sorte de stupeur :

— Ah çà ! monsieur, s'écria-t-il, avez-vous bien pensé que ce n'est rien moins que la révocation de l'édit de Nantes que vous me proposez là ?

— Rien moins que cela, en effet, sire, articula froidement M. d'Alaméda.

— Songez que cet édit, c'est mon aïeul, c'est Henri IV, c'est le grand Henri qui l'a signé !...

— Eh bien ! ce sera le petit-fils, ce sera Louis XIV, ce sera Louis le Grand qui le déchirera, voilà tout !...

— De pareilles mesures d'injustice, de spoliation et de violence !...

— Elles seront le salut de la monarchie et de la religion...

— Oui, et la tache de mon règne : la postérité et l'histoire les condamneront dans l'avenir...

— Oserai-je faire observer à mon illustre interlocuteur qu'il ne s'agit pas ici de l'avenir, mais du présent ?...

— Cinquante mille familles me maudiront !...

— Qu'importe, si cent mille vous approuvent !...

Louis se promenait avec agitation :

— Porter la main sur la liberté de conscience !

— Aimez-vous mieux que ce soit elle qui la porte sur votre couronne?

Le monarque s'arrêta devant l'ambassadeur :

— Encore une fois, duc, brisons là !... Pour aujourd'hui, du moins... Un sujet aussi grave demande à être mûri, approfondi par une étude raisonnée. avant d'être traité, débattu en conseil...

Puis, avec énergie :

— Mais qu'on n'espère pas que jamais je consentirai à dépouiller, à persécuter mes sujets !...

Aramis se courba :

— Il suffit. Je n'insiste plus. Aussi bien, j'imagine que cette hésitation du souverain à trancher de suite une question de cette nature ne témoigne que de sa prudence et du souci qu'il prend du bonheur de ses peuples... Votre Majesté réfléchira... Et elle reconnaîtra que les observations que j'ai eu l'honneur de lui soumettre ne sont dictées que par le désir qui anime l'Espagne de voir la France, — sa toute-puissante voisine, son alliée naturelle, sa sœur aînée dans le giron de l'Église, — aussi prospère, aussi florissante au dedans que respectée et redoutée au dehors...

Il ajouta d'un air bonhomme :

— Eh ! mon Dieu, moi aussi, avant de faire entendre à Votre Majesté le langage de ses intérêts et de la raison d'État, j'ai hésité, j'ai réfléchi, j'ai consulté... J'ai consulté, surtout... Un peu tout le monde... Des clercs, des laïques. des casuistes. — les sages de la politique, — des gens de cour, — jusqu'à des femmes... Je veux dire : jusqu'à une femme...

Le regard étonné du monarque interrogea l'ancien prélat.

Celui-ci poursuivit sur le même ton familièrement enjoué :

— Il est vrai que cette femme se recommande par une droiture d'esprit, par une sûreté de jugement auxquelles les personnages distingués, qui entourent son auguste protecteur, — et ce dernier, même, si je ne m'abuse, — rendent un éclatant hommage...

— Mme de Surgère, je parie ?...

L'ambassadeur secoua la tête :

— Sire, je n'ai pas le plaisir de connaître celle qui fut la veuve Scarron...

— De qui parlez-vous donc, alors, si ce n'est de la gouvernante de mes enfants ?

— De la nouvelle dame du palais de la reine ; de notre aimable protégée à tous les deux, s'il m'est permis de m'associer à vos bonnes œuvres ; de Mme de Locmaria, enfin...

— De Mlle de la Tremblaye ?...

Le vieux seigneur sourit :

— En effet, l'expression est plus juste : de Mlle de la Tremblaye...

— Vous avez entretenu cette jeune femme de...

— Pourquoi non ? N'ai-je pas la plus grande confiance dans ses lumières, dans la justesse de ses appréciations, comme aussi dans la noblesse de son caractère et dans le désintéressement de ses intentions ? Et ne me paraît-elle pas avoir à cœur, plus que personne, la grandeur, la gloire et le bonheur de son prince ?

Louis eut un tressaillement d'aise.

Ensuite, essayant de plaisanter :

— Parbleu ! questionna-t-il, je ne serais pas fâché de savoir quelles sont sur de telles matières les opinions de la charmante Afrique de notre ballet d'hier soir.

— Votre Majesté désire ?...

— Certes !...

Aramis sourit derechef :

— C'est que je serais peut-être un peu embarrassé de déférer à cette curiosité du roi...

— Et à quel propos, je vous prie ?...

— A ce propos que les opinions de la charmante mais très judicieuse Afrique sont, par hasard, tout le contraire de celles que j'ai recueillies tout à l'heure de la bouche de mon éminent contradicteur.

— Ah !...

— Et, à moins que celui-ci ne m'enjoigne de lui répéter les arguments dont cette intelligente adversaire s'est servie pour soutenir la cause de la rigueur unie à la justice, dans la répression de l'hérésie et la défense de la religion...

— Je vous y invite, monsieur le duc...

— Eh bien, sire, voici, sinon le texte exact, du moins le sens précis des paroles de Mlle de la Tremblaye :

« Le roi est un père de famille. Il a charge d'enfants, la plupart inconscients. Si quelqu'un de ceux-ci s'éloigne du droit chemin, il lui faut l'y remettre d'une main ferme, — d'une main de fer, — d'une main inflexible, au besoin.

« Oui, le roi est bon, généreux, magnanime...

« Oui, son cœur se brisera à l'idée de consommer la ruine d'une partie de ses sujets...

« Mais qu'il songe que la ruine des méchants n'est autre que le triomphe des bons...

« Oui, tout son être saignera devant la dure nécessité d'emprisonner des innocents, d'arracher des fils à leurs mères et des Français à la patrie, de tourmenter l'agonie des vieillards, d'inventer des supplices et de les appliquer à des milliers de malheureux dont la croyance est le seul crime...

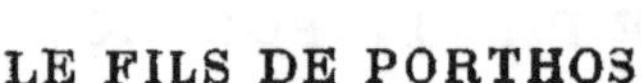

Le colonel Schütz.

« Mais qu'il songe qu'en torturant, qu'en tuant le corps, il sauve l'âme...

« L'âme est tout. Le reste n'est rien. Le martyre, un baptême forcé ! Ouvrir les portes de la mort à des égarés endurcis, c'est leur ouvrir celles du ciel !...

« Et, si des considérations d'un ordre plus terrestre devaient frapper le grand, le divin esprit de mon maître, j'ajouterais que c'est assurer la solidité d'un État que de lui donner une seule loi, une seule foi, sous un seul chef : *Lex una et fides una sub uno !* »

— Mlle de la Tremblaye s'est exprimée ainsi? s'écria Louis en se levant du fauteuil dans lequel il s'était jeté.

— En substance, oui, sire ; au latin près, du moins... Car notre amie n'est point une de ces pédantes justiciables des traits acérés de Molière... Ce que je ne saurais, par exemple, faire passer dans ce décalque imparfait de ses paroles, c'est l'inspiration qui vibrait dans sa voix, c'est l'enthousiasme qui mettait autour de son front le nimbe d'or des prophétesses de l'Écriture !... Plus belle cent fois dans cette espèce de délire religieux qu'elle ne l'était, hier, du bonheur de donner, dans les vers de Quinault, un libre essor aux sentiments que le respect lui commande de contenir.

Le rusé compère s'arrêta un moment.

Il voulait laisser à son auditeur — enfiévré peu à peu — le temps d'évoquer par la pensée l'image d'Aurore à demi nue sous son costume de théâtre.

Puis, il reprit, quand il eut vu un éclair s'allumer dans la prunelle du monarque, comme une lame de dague qui jaillit du fourreau :

— C'est une chrétienne des âges antiques... Capable de descendre dans le cirque pour affirmer sa foi... Du reste, apportant dans son zèle la même violence que dans ses tendresses et dans ses haines...

Il y eut une seconde pause, habilement calculée.

Ensuite, l'ex-mousquetaire continua :

— J'ai peur parfois de cette violence... D'autant plus peur que la pauvre femme emploie toutes ses forces à la dissimuler sous le calme apparent de la physionomie. Mais ces forces s'épuiseront quelque jour, — et alors...

— Alors...

C'était Louis qui s'informait avidement.

M. d'Alaméda prit une mine réservée.

— Souffrez, sire, que je n'aille pas plus loin. Il en est de certains secrets, que ma clairvoyance surprend, comme de ceux que l'on me confie. Je ne me crois pas plus autorisé à révéler les uns que les autres.

— Même au roi?

L'ambassadeur appuya d'une façon significative.

— Dans le cas qui nous occupe, surtout au roi.

Celui-ci le regarda fixement.

— Monsieur le duc, demanda-t-il, avez-vous connaissance de certains billets qui m'arrivent par une voie mystérieuse, et dans lesquels la personne dont nous parlons me décrit l'état de son âme?

Aramis baissa la tête en signe d'affirmation.

— A franche question franche réponse, répliqua-t-il. Oui, sire, j'ai connaissance de cette correspondance. La personne dont vous parlez m'a confessé cette grande faute, et je l'ai blâmée sévèrement.

— Blâmée?... Vous l'avez blâmée?... Et pourquoi?

— Parce que *madame de Locmaria* (le vieillard souligna le mot) ne s'appartient pas, étant mariée, et que celui à qui elle s'adresse est encore moins libre qu'elle...

Louis frappa un coup sur le bras du fauteuil dans lequel il s'enfonçait et duquel il bondissait tour à tour, depuis quelques minutes, avec une agitation fébrile.

— Monsieur, dit-il, savez-vous que, si j'en crois les aveux qui échappent à sa plume, Mlle de la Tremblaye m'aime?

— Je ne le sais pas moins que Votre Majesté, et je remercie Dieu d'être le seul à la cour qui se soit aperçu de ce déplorable incident.

Le roi fit un tour dans le cabinet, s'assura de la solitude, du silence, et revint vers son interlocuteur, qu'il attira dans l'embrasure d'une fenêtre.

Puis, baissant sa voix qui tremblait :

— Et moi aussi, poursuivit-il, j'aime Mlle de la Tremblaye.

— Vous, sire?

— Moi.

VIII

LE ROI LE VEUT

L'ancien prélat passa la main sur son front, comme pour lutter contre un éblouissement causé par cet aveu :

— Oh! mon Dieu, murmura-t-il, il me semble que je suffoque... De grâce, sire, pardonnez-moi ma surprise et mon émotion... Mais j'étais si loin de m'attendre...

Et, de fait, cette surprise et cette émotion étaient merveilleusement jouées.

Le roi répéta sourdement :

— Je l'aime.

A cette affirmation réitérée, le vieux seigneur laissa choir ses bras le long de son corps avec un découragement non moins admirablement feint que son émotion et sa surprise :

— Quelle catastrophe ! gémit-il, comme s'il se parlait à lui-même.

Le souverain protesta avec vivacité :

— Une catastrophe, parce que je suis épris des charmes d'une femme adorable ; parce que je partage enfin le sentiment que je lui inspire !...

L'ambassadeur eut un geste effrayé :

— Au nom du ciel, parlez moins haut... Si quelqu'un vous entendait?... Si Sa Majesté la reine...

— Eh ! monsieur, la reine...

Louis n'acheva pas la phrase...

Mais son ton et son mouvement disaient clairement que l'infortunée princesse avait dû en souffrir, en endurer bien d'autres depuis le jour où elle s'asseyait, dans une calèche de promenade, côte à côte avec Mlle de la Vallière et Mme de Montespan réunies, jusqu'à celui où elle voyait les enfants de cette dernière solennellement légitimés.

Le roi tordait violemment les dentelles de ses manchettes :

— D'ailleurs, reprit-il, je ne suis plus l'adolescent timide qui tremblait devant le sourcil froncé de Mazarin, quand celui-ci me surprenait avec sa nièce. Je ne suis plus l'époux novice qui s'ingéniait à dérober à tous les yeux les premiers entraînements de son cœur. Je suis un homme fait, maître de ses actions, qui n'a pour juge que sa conscience et pour guide que sa volonté...

« Il me semble l'avoir bien prouvé par l'éclat et par la durée de ma liaison avec la marquise...

« Je ne veux pas que ce temps revienne, d'une favorite avouée, qui règne sur le roi, plus puissante par la faiblesse de celui-ci que par le bonheur qu'elle lui donne...

« Mais je n'entends point me priver d'une affection discrète, secrète, qui m'apportera dans ses bras ces élans, ces transports, cette réalité de l'amour que je n'ai jamais rencontrés dans les langueurs extatiques de la Vallière, dans les caresses intéressées d'Athénaïs, ni dans l'alcôve tranquille et bourgeoise de la reine.

. . . .

Aramis écoutait, immobile, — désolé même, en apparence.

Mais sa joie était grande, de cette explosion de la mine qu'il avait creusée, chargée et allumée de sa propre main — et, certes, il avait besoin de toute sa puissance sur lui-même pour empêcher cette joie d'éclater sur son visage.

Cependant, Louis essuyait les flots d'une abondante sueur qui lui coulait des tempes.

Il poursuivit, ensuite, avec une véhémence croissante :

— Est-ce que, pour être prince, on demeure étranger aux misères, aux vertiges, aux ivresses, aux folies du reste de l'humanité? Est-ce que je n'ai pas des muscles, des nerfs, des appétits et des besoins comme le dernier de mes sujets? Et la couronne que je porte n'est-elle pas déjà assez lourde à mon front, sans que son poids étouffe encore ce qui bat de vivant dans ma poitrine?

Il avait recommencé son va-et-vient saccadé à travers le cabinet.

— Oui, redisait-il, j'aime Mlle de la Tremblaye... Je l'aime d'un amour étrange où le désir se mêle à l'estime et au respect : un désir emporté, sauvage, irrésistible!... Je l'aime non seulement pour son âme sans tache, mais pour ce corps aux souples et divins contours, dont les voiles dérangés m'ont appris hier à deviner le trésor de perfections!...

Il marchait toujours, essuyant cette sueur qui eût effrayé ses médecins, si ses médecins avaient pu le voir dans un pareil état.

— Et cet amour s'exaspère en se heurtant au masque de marbre qu'elle m'oppose le plus souvent... Car rien, non rien, dans sa hautaine indifférence, ne transparaît de la flamme qui dévore ses lettres et qui fait bouillonner mon sang!... Rien dans son regard calme, froid, sur ses lèvres sévères, dans ses allures de statue!...

« C'est-à-dire que je me demande parfois si ces billets sont bien de sa main, s'ils ne sont pas l'œuvre d'un hardi faussaire, et si je ne suis pas la victime d'une cruelle comédie ou d'une déplorable illusion!...

— Quoi! s'exclama l'ambassadeur, Votre Majesté douterait...

Le monarque eut un geste d'incertitude et de découragement :

— Eh! qui ne douterait à ma place?... Les rois ne sont-ils pas plus fréquemment trompés que les autres?...

Puis, avec un nouveau geste, — mais, cette fois, de courroux et de menace ·

— Oh! mais malheur au misérable qui se serait ainsi joué de moi!

Il y avait une telle résolution dans l'expression de ses muscles froncés, que l'ancien évêque de Vannes, — qui, pourtant, ne s'effrayait pas facilement, — ne put s'empêcher de tressaillir.

— Je jure Dieu, s'empressa-t-il de protester, que Mlle de la Tremblaye est pure de toute supercherie vis-à-vis de Votre Majesté...

— En attendant, cette contrainte qu'elle sait si bien s'imposer et qu'elle ne cesse de commander, j'use mes forces à l'affecter... En vérité, je suis à bout de courage et de patience... Et j'ignore ce qui me retient de marcher droit à elle et de lui demander — les yeux dans les yeux, — lesquelles sont menteuses, des lignes qu'elle confie au papier ou de celles qu'offre son visage.

M. d'Alaméda eut peine à réprimer un second tressaillement.

— Le roi, s'écria-t-il, n'aurait certes point recours à un moyen aussi extrême...

— Pourquoi non ?... Qui m'en empêcherait ?... Je m'étais promis, au contraire, de l'employer dès ce matin...

— Et Votre Majesté a renoncé à ce projet ? questionna le vieillard, dont la voix eut un léger frissonnement...

— Pour le moment, du moins...

— Ah !...

L'ambassadeur respira.

Son interlocuteur poursuivit :

— J'ai préféré vous consulter... Vous êtes de bon conseil, monsieur le duc... Avant de débuter dans la diplomatie, vous fûtes, si je me souviens, et d'église et d'épée.

— En effet.

— Et je me rappelle une récente conversation dans laquelle vous m'avez prouvé que, si l'ancien prélat compâtissait volontiers aux faiblesses de son prochain, l'ex-mousquetaire n'affichait pas non plus chez vous une morale bien austère...

— Sire...

— N'est-ce pas vous qui m'avez prêché la distraction et le changement ?... C'était, il n'y a pas si longtemps, ici, à Saint-Germain, sur la terrasse... Le jour de ma première rencontre avec celle qui est devenue Mme de Locmaria..

— Oh ! sire, déclara Aramis, je n'ai eu garde d'oublier la bienveillance avec laquelle le roi a daigné m'écouter en cette circonstance... C'est cette bienveillance que j'invoque aujourd'hui pour obtenir la permission d'adresser une question à Votre Majesté... La permission de lui demander ce qu'elle attend de son serviteur dans la circonstance actuelle.

Louis se recueillit un moment.

Il était facile de voir qu'il brûlait du désir de parler, mais qu'un scrupule le retenait.

Puis, se décidant tout à coup :

— Monsieur, dit-il, c'est vous qui avez causé le mal...

— Moi ?...

— Oh ! je ne vous accuse point... C'était sans le vouloir, sans le savoir sans doute... Toutefois, l'ayant causé, il vous faut travailler à le réparer...

— Sire, je ne comprends pas...

— Eh ! monsieur, vous êtes trop homme d'esprit, au contraire, pour ne pas me comprendre à demi-mot et pour m'obliger à vous expliquer par le menu le service que je réclame de vous.

Le vieux seigneur eut l'air de prendre son parti :

— Ne s'agit-il pas d'une ambassade ? demanda-t-il.

— Précisément.

— D'une ambassade du genre de celle qui illustra feu Mgr le cardinal Mazarin, quand il s'en fut, à l'île des Faisans, négocier le mariage de Votre Majesté avec la fille de Philippe IV...

— Duc !

— Dame ! sire, puisque nous jouons cartes sur table... Avec cette différence, cependant, que ce n'est que le cœur du roi que je puis offrir à l'infante... Je veux dire : à la belle Aurore...

Louis fronça le sourcil.

Il ne tolérait point l'ombre d'une plaisanterie.

— Songez, continua-t-il, que je n'ai pas le temps de faire ma cour... D'abord, les affaires de l'État sont là, qui absorbent mes instants... Et puis, je ne suis plus un muguet à roucoulements, à soupirs et à bergerades...

Il ajouta après une pause :

— Si le mal dont je souffre devait se prolonger, j'y laisserais la santé, la raison, la vie... La fièvre me mine.. J'ai perdu l'appétit, le sommeil... Il ne m'a pas été possible de fermer l'œil de toute cette nuit : j'avais sans cesse en face de moi cette image fascinatrice... Je n'ai pas soupé, hier au soir, et c'est à peine si, à dîner, j'avais pris deux ou trois potages...

Cette dernière particularité fournissait la mesure du trouble que la passion avait apporté dans les habitudes du monarque.

Nous avons constaté, en effet, que ce dernier était un convive presque aussi redoutable que l'excellent et mémorable Porthos et que le digne fils de celui-ci.

A chaque repas, il commençait par absorber plusieurs potages, soit ensemble, dans une espèce de macédoine, ou séparément,

« Il entremêlait ou plutôt il séparait chacun de ces potages d'un grand verre de vin vieux. »

— Sire, repartit Aramis, je suis trop bon Français — encore que je sois présentement au service d'un gouvernement étranger, — et Mme de Locmaria est une trop fidèle sujette, pour qu'aucun de nous deux veuille la mort de son roi...

Il y avait une pointe d'ironie dans cette protestation de respectueux dévouement.

Louis la devina plutôt qu'il ne la sentit.

— Monsieur d'Alaméda, répliqua-t-il avec hauteur, peut, ce me semble, pour mériter nos bonnes grâces, oublier un instant qu'il est le représentant de notre frère Charles II d'Espagne, quand, pour être agréable à celui-ci, nous avons bien oublié, nous, que ce représentant n'était autre qu'un certain chevalier d'Herblay dont nous avons eu fort à nous plaindre autrefois.

L'ancien ami de Fouquet se mordit les lèvres *en dedans*, s'il est permis de s'exprimer ainsi.

Ensuite, avec une grande affectation d'humilité :

— Sire, déclara-t-il, veuillez croire qu'il n'est rien que M. d'Alaméda ne fasse pour effacer les torts du chevalier d'Herblay.

Les rois eux-mêmes ménagent ceux dont ils ont besoin.

Louis frappa affectueusement sur l'épaule de l'ex-conspirateur :

— Duc, nous ne demandons à nous souvenir que des services rendus... Faites donc au gré de nos désirs... J'ajouterai : et surtout, faites vite.

— Votre Majesté, cependant, consentira bien à m'accorder quelque temps...

— Eh ! c'est qu'il y en a déjà tant que je me contiens !... C'est au point, je vous le répète, que j'ai parfois envie d'exiger de ce marbre, de ce bronze vivants une explication qui provoquerait un scandale... Ou bien encore de l'éloigner... Oui, afin de mettre un terme au supplice qu'elle m'inflige, de renvoyer cette Galatée au fond de la province d'où, pour mon repos, elle n'aurait jamais dû sortir...

Un nuage passa dans les yeux du vieux seigneur.

— Sire, articula-t-il nettement, je vous réponds qu'avant quinze jours la statue sera devenue femme, et que Galatée n'aura plus rien à refuser à celui dont l'amour l'aura tirée de son immobilité et de son mutisme.

— Avant quinze jours ?

— Avant quinze jours.

— Puis-je l'espérer ?

— Je m'y engage.

Le vieillard avait sur la bouche le sourire de Méphistophélès promettant à Faust de lui livrer Marguerite.

— Mais, reprit-il, d'ici là, le roi s'engage de son côté à ne faire aucune tentative pour se rapprocher de Mlle de la Tremblaye, à ne lui point parler, à ne lui point écrire... Ce silence est indispensable au succès de mes négociations... Ai-je là-dessus la parole de Votre Majesté ?

— Vous l'avez.

Aramis se recula pour saluer avec plus de cérémonie Louis, qui, désormais, semblait radieux.

Ce dernier éleva la voix :

— Holà ! quelqu'un !

Puis, aux pages qui accouraient :

— Faites rentrer !

— Est-ce que je n'ai pas grandi de quelques pouces?

Puis encore, tandis que les courtisans reparaissaient sur le seuil du cabinet :

— Monsieur l'ambassadeur, prononça-t-il gravement, le roi d'Espagne, votre maître, a beaucoup de choses à attendre de la France. Nos concessions se mesureront à l'étendue de vos complaisances. Réussissez dans ce que vous avez entrepris, et nous nous chargeons de rappeler à notre frère Charles II qu'il est sans exemple qu'un envoyé de Sa Majesté Catholique près de notre cour ne porte pas sur la poitrine le collier de la Toison d'or.

IX

JOËL S'ENNUIE

Sous Fribourg, les opérations n'avançaient qu'avec lenteur, — contrariées par le feu incessant de l'ennemi, qui possédait en abondance une artillerie dont nous étions, pour ainsi dire, presque absolument dépourvus.

La fameuse batterie de mortiers avait bien été installée...

Mais elle ne pouvait commencer son œuvre de destruction, faute de munitions et de projectiles, — le convoi qui portait ceux-ci ayant été obligé de s'arrêter quelques jours dans les Vosges par suite du mauvais état des chemins.

En attendant son arrivée, les Français devaient se borner à tenir la place aussi étroitement bloquée que possible.

M. de Créqui se montrait fort mécontent de ce retard.

Notre héros pareillement.

Ce qui étonnait surtout celui-ci et ce qui l'exaspérait outre mesure, c'était la façon — éminemment philosophique — dont son ami Petit-Renaud paraissait supporter ce fâcheux contre-temps.

Le capitaine des bombardiers, qui semblait si pressé auparavant de faire sur la ville allemande l'expérience de sa terrible invention, avait l'air, maintenant, de prendre en patience les circonstances qui venaient entraver cet essai.

Il était insouciant et gai, quand toute l'armée se rongeait les poings d'être réduite à l'inaction.

Joël avait remarqué, en outre, qu'il ne perdait aucune occasion de s'absenter du camp, pour papillonner dans la campagne voisine : il était de toutes les reconnaissances, il était de tous les fourrages qui avaient lieu aux environs, laissant volontiers le soin de sa compagnie à son enseigne et à son sergent

Le Breton lui avait adressé de fréquentes observations à cet égard

A celles-ci, l'*homunculus* n'avait guère répondu qu'en se rengorgeant avec toutes sortes d'allures mystérieuses et conquérantes.

Puis, notre héros le pressant, il avait ajouté que la déesse Vénus était, en toute saison, l'amusette du dieu Mars ; que lui, Petit-Renaud, connaissait aussi bien les randonnées des nymphes sylvestres du Schwartzwald que celles des nymphes bocagères de la cour ; enfin, que, s'il avait un faible pour les personnes de qualité, il ne dédaignait pas non plus les simples villageoises.

Sur quoi, le fils de Porthos avait vivement répliqué qu'il y avait temps pour tout ; que, lorsqu'on était en guerre, il ne fallait point s'arrêter aux bagatelles du sentiment, et, jarnidieu ! que ce n'était pas pour faire le siège de *fräulein* Gretchen, de *fräulein* Lischen ou de *fräulein* Trüdchen, que Sa Majesté avait expédié à Fribourg ses bombardiers et ses bombardes...

— D'abord, avait reparti le Gascon, elle ne se nomme d'aucun de ces vilains noms-là... Et, si la discrétion n'était la première qualité comme le devoir d'un galant homme... Qu'il vous suffise de savoir que c'est la fille la plus suave qui soit à vingt lieues à la ronde.

Ensuite tendant la main au Breton :

— Ne me grondez pas, vivadioux ! Je n'ai point mené joyeuse vie pendant notre séparation. C'est à peine si j'ai donné une heure ou deux, en passant, à quelque belle d'amour qui sèche sur pied de mon absence...

« Je ne songeais qu'à vous, Joël, mon ami, mon frère ; qu'à vous tirer d'embarras, qu'à vous sortir des griffes de la connétablie...

« Aujourd'hui que vous m'êtes rendu, il est juste que je me rattrape.

. . . .

. . . . , .

Le seigneur d'Elicigaray était, en vérité, un heureux petit homme.

Ses seuls chagrins dans la vie venaient de l'exiguïté de sa taille et de l'incrédulité publique à l'endroit de ses innombrables victoires sur le beau sexe.

Pour discret, il l'était à la façon du roi Candaule, qui enrageait qu'on ne vît point ses bonnes fortunes toutes nues.

Il entra, un soir, la mine toute décidée, dans la tente qu'il partageait avec le fils de Porthos.

Celui-ci était couché, dans un coin, sur son manteau.

Il appuyait son coude sur la terre et sa tête contre sa main.

Son œil fixe avait pris pour but un pan de ciel étoilé que l'on apercevait par la fente qui servait de porte.

Au dehors, le camp s'allumait. Les soldats s'entretenaient, assis autour des feux des bivouacs. Une patrouille faisait entendre le bruit régulier de son pas.

Dans les tranchées retentissait le cri de veille : *Sentinelles, prenez garde à vous!* qui allait s'affaiblissant, puis mourant au lointain.

Notre héros songeait.

Dans la journée, il avait rencontré M. de Créqui.

— Eh bien! monsieur de Locmaria, avait demandé celui-ci à l'enseigne, avez-vous enfin découvert le moyen de prendre Fribourg ?

— Hélas ! non, mon général, avait répondu le jeune homme avec tristesse.

Le maréchal avait hoché le front :

— Dépêchez-vous de le trouver, alors !

Il avait ajouté avec une physionomie soucieuse :

— Autrement, si nous laissons au prince Charles le temps de rassembler des forces suffisantes, ce n'est pas nous qui prendrons la ville, c'est la ville qui nous prendra.

C'était à ces paroles que rêvait notre héros, lorsque Petit-Renaud arriva bruyamment.

Joël n'eut pas l'air de le voir, ni de l'entendre.

Il continua à regarder son morceau de ciel moucheté d'or.

— Oui, murmura-t-il en suivant le fil de ses pensées, emporter la place avant que les troupes allemandes nous attaquent par derrière et nous mettent entre deux feux, c'est le point capital : tout est là.

— Sans doute, ventredioux ! tout est là, s'exclama le Gascon avec gaillarderie. Aussi, soyez tranquille, mon bon : on l'emportera, votre place ! Et, si on ne l'emporte pas, on la brûlera, je vous en réponds. C'est moi qui me charge de ce soin, quand j'aurai sous la main ce qu'il faut pour cela.

Le Breton se leva, impatienté.

On eût dit un lion importuné par un moucheron.

L'autre le retint par le bras :

— Voulez-vous que je vous fasse part d'un soupçon qui vient de me poindre ?

— Lequel?

— C'est que vous maigrissez.

— Moi ! fit le jeune homme en frappant sur son thorax, qui résonna comme une cuirasse vide.

D'Elicigaray insista :

— C'est l'effet de l'ennui, ou le résultat du chagrin...

Notre héros haussa les épaules :

— Bon! voilà que j'ai de l'ennui, du chagrin, à présent !

Le capitaine des bombardiers appuya :

— Le chagrin d'être loin de celle que vous aimez... De cette incomparable Aurore, dont vous n'osez point souffler mot, et à laquelle vous ne restez pas une seule minute sans penser... A laquelle vous rêviez encore tout à l'heure en dormant, les yeux ouverts...

— Eh ! mon pauvre Renaud, je ne dormais *même* pas !...

— *Même* pas !... Vous avouez !... Ce *même* est une confession !...

— Eh bien ! quoi ? Est-ce que, par hasard, ce mot ne serait pas français, monsieur le Gascon ?...

— Si fait, sangdioux ! il est français !... Il ne l'est même que trop dans votre bouche... Car votre accent lui visse, malgré vous, à l'échine une queue de révélations affligeantes ?...

— Comment ?...

— Dame ! du moment que vous dites que vous ne dormez *même* pas, c'est comme si vous disiez que vous n'avez pas la consolation de dormir... Or, quand on ne dort pas, c'est qu'on souffre. Et vous souffrez, mon camarade, vous souffrez du mal du pays, — puisque le pays est pour vous l'endroit où vous attend votre chère petite femme...

— Hélas !...

— Et si vous étiez en train de contempler si attentivement le ciel et ses étoiles, quand je vous ai dérangé, c'est parce que vous pensiez que c'était le même qui étendait son manteau broché de paillettes au-dessus de la résidence royale de Saint-Germain...

— Hélas !...

— Et aussi parce que vous songiez que, si Mme Aurore avait, à ce même instant, la même idée que vous, vos regards se rencontreraient et vos âmes s'embrasseraient dans l'espace...

— Hélas !...

Ces trois gémissements convertissaient en certitudes les suppositions de l'*homunculus*.

Celui-ci reprit avec la gravité de Purgon au chevet d'Argan :

— Quand on est malade, que fait-on ?... On se soigne, n'est-il pas vrai ?... Et quand on se soigne, qu'arrive-t-il ?... Que l'on guérit...

— Ou que l'on crève, déclara notre héros d'un ton bourru.

— Bon ! riposta gaiment le Gascon, cela dépend du remède et du médecin... Or, ici, le médecin, c'est moi... Quant au remède...

— Quel est-il ?

— C'est la distraction.

— La distraction ?

— C'est celui que j'emploie, et je m'en sens à merveille... Vivadioux ! est-ce que vous croyez que je me divertis follement à demeurer ainsi, bras et jambes croisés, sans pouvoir seulement me dégourdir les poings sur les caboches carrées de ces mangeurs de choucroute ?... Alors, j'essaye d'étendre sur ce pain sec de l'attente ce que j'appellerais volontiers les confitures de la vie...

— Et vous y réussissez ?

— Sans effort.

— C'est miraculeux !

— Qu'en dites-vous ?

— Je dis, mon cher Renaud, que votre philosophie n'a pas sa pareille au monde...

— Eh bien ! imitez-la. Suivez mon exemple. Faites comme moi.

Le Breton secoua la tête :

— Je ne demanderais pas mieux ; mais tous les hommes ne sont pas de la même trempe, et peut-être que, s'il fallait que je m'amusasse comme vous, je continuerais à m'ennuyer horriblement...

Le capitaine des bombardiers fit la roue.

— Mon frère Joël, prononça-t-il, chacun prend son plaisir où il le trouve... Moi, c'est dans la galanterie, le changement, l'inconstance... Toujours vainqueur ! Jamais de cruelles ! Attachant à mon char des centaines de victimes !...

Joël ne put s'empêcher de rire :

— Jarnidieu ! pensa-t-il tout haut, je n'ai pas vu, à la foire de Nantes, un singe plus amusant que ce cadet de Gascogne !

Petit-Renaud n'eut pas l'air de l'avoir entendu.

— Toutefois, continua-t-il, que Votre Austérité se rassure. Loin de moi l'intention de l'induire en coups de rapière dans le contrat. Il ne s'agit que d'une promenade...

— Une promenade ?...

— Je vous emmène.

— Quand cela ?

— Ce soir.

— Où ?

— Souper à la campagne, à deux petites lieues d'ici, chez une dame qui me veut du bien.

Notre héros fronça le sourcil :

— Vous allez vous absenter, cette nuit ?

— Sangdioux ! vous pouvez bien dire : *Nous allons...* Vous m'accompagnez... Je vous invite...

— Oh ! oh ! vous n'y songez pas !... Et s'il y avait une alerte ?... Si l'ennemi tentait quelque chose ?

— L'ennemi se gardera de bouger. Vous l'avez trop vigoureusement étrillé le jour de sa première sortie. D'ailleurs, en cas de prises d'armes, j'ai donné ses instructions à notre sergent Bonlarron...

— Soit ; mais comment sortir du camp ?

— C'est M. de Villars qui commande les grand'gardes. Je lui ai touché deux mots de cette partie fine. Il nous laissera nous esquiver en liberté. Du reste, je lui ai engagé ma parole que nous serions, demain, de retour pour la diane.

Le Breton se grattait l'oreille :

— C'est égal... Une pareille escapade... A votre place, j'y regarderais à deux fois.

Le Gascon se rebiffa avec fatuité :

— Ventredioux ! parlez pour vous, compère !... Faire attendre une créature qui m'idolâtre !... Il y aurait de quoi déshonorer à tout jamais un cavalier renommé, comme moi, pour ses façons courtoises d'user de la victoire !

Puis, enfonçant du poing son feutre sur sa tête avec une crânerie de bourreau des cœurs :

— Voyons, décidez-vous à vous décider. Est-ce *oui* ou est-ce *non ?* Je pars.

Joël réfléchit un moment.

Ensuite, brusquement :

— C'est *oui.*

— A la bonne heure ! Prenez votre chapeau, votre manteau, votre épée ! Et en route !

— En route !

Et notre héros ajouta :

— Aussi bien, il vaut mieux que je sois avec vous pour faire cette folie. De cette manière, si une tuile nous tombe de quelque part, comme je suis le plus grand, c'est moi qui la recevrai le premier. Et, ma foi, j'ai le crâne s dur, que c'est, selon toute apparence, la tuile qui sera brisée.

X

LES AMOURS DE PETIT-RENAUD

Les deux jeunes gens cheminaient côte à côte en causant.

La nuit était claire, et le paysage sortait nettement de l'ombre aux rayons de la lune dans son plein.

C'était, derrière nos piétons, le camp, avec les mouches de feu de ses bivouacs ; puis, par-delà, les lignes noires de la tranchée ; puis, plus loin encore, d'autres lignes noires, qui étaient les fossés de la ville, et, de l'autre côté de ceux-ci, la ceinture blanche des remparts, que dominaient le château et la redoute.

Devant eux, après un petit vallon, montaient de sombres massifs de sapins, couvrant la croupe sombre d'une colline.

Celle-ci formait comme la sentinelle avancée de ce troupeau de montagnes boisées dont la réunion constitue le Schwartzwald, — le Schwartzwald qui commence dans le pays de Bade pour descendre, dans le Wurtemberg, jusqu'au coude dessiné par le Neckar, à la hauteur d'Eberbach.

C'était vers cette colline que se dirigeaient Joël et Petit-Renaud.

Nous avons dit qu'ils jasaient en marchant.

— Ainsi, c'est Mina qu'elle s'appelle ? interrogeait notre héros.

— Un joli nom, n'est-ce pas ? s'exclama le Gascon. Un nom qui a l'éclat, le parfum, la fraîcheur d'un bouquet de fraises sauvages ! Avec cela, blanche comme un fromage à la crème et blonde comme une galette de pur froment !...

— On en mangerait, quoi ! fit le fils de Porthos.

— Dodue, potelée, ni trop grasse, ni trop maigre !

— Entrelardée ! reprit gravement le Breton.

— Une bartavelle ! Gibier friand ! Vrai morceau de roi — et de moi !

— Et dans quel garde-manger votre bonne étoile vous avait-elle conservé ce morceau ?

— Voici l'histoire : la Minette est l'unique enfant du forestier Gaspard Braun, — un ancien de la guerre de Trente Ans qui est dévoué, corps et âme, à son empereur et à son Allemagne...

« Nos soldats avaient voulu lui faire un mauvais parti, parce qu'il s'était mis dans la tête de les empêcher de couper du bois dans la montagne...

« Ils allaient le pendre : ni plus ni moins. La fillette a crié au secours. Je suis venu, elle m'a vu, j'ai vaincu : tout comme messire César de Rome, auquel il paraît que je ressemble trait pour trait...

« Seulement, je suis un peu plus grand que lui...

« Depuis ce jour, nous nous voyons, la belle et moi, toutes les fois que mon service m'amène du côté de la forêt.

« Encore une qui est capable de se périr, quand un ordre du roi, le désir de la gloire ou un caprice de mon esprit volage m'entraîneront sous d'autres cieux !. .

— Et le père ? questionna Joël.

— Quel père ?

— Eh ! celui de cette malheureuse, — le forestier, — Gaspard Braun ?

— Eh bien ! c'est un brave Allemand qui adore sa fille et qui exècre les Français...

Tout à coup une tête se dressa lentement,

— C'est son droit.

— Mina m'a répété vingt fois que, s'il avait vent de notre liaison et de ce qu'elle appelle son déshonneur, il n'hésiterait pas à lui envoyer un lingot de plomb dans la tête...

— C'est son droit.

— Quitte à traiter, après cela, son séducteur comme un daim, un chevreuil, un sanglier ou un loup enragé, — c'est-à-dire à l'abattre, sans pitié, d'un coup de couteau de chasse, d'un coup de mousquet ou d'un coup d'épieu...

— C'est son droit, répéta de nouveau le Breton.

— C'est son droit, c'est son droit ! se récria Petit-Renaud, sangdioux ! savez-vous que ce séducteur n'est autre que votre capitaine ?

— Que voulez-vous ? fit Joël avec tranquillité. Le métier a ses bénéfices ; l'entends celui de suborneur des onze mille vierges. Il doit avoir aussi ses inconvénients.

Ils s'étaient engagés dans la forêt. Celle-ci n'avait pas volé son nom. Il y faisait noir comme dans un four. C'était à peine si l'on apercevait le ciel à travers les cimes des arbres pressés.

Le Gascon n'était point poltron.

Cependant, ce fut avec une légère altération dans la voix qu'au bout d'un instant, il reprit, en répondant à sa propre pensée :

— Ventredioux ! c'est qu'il le ferait comme il le dit !

— Qui cela ? demanda son compagnon

— Ce grand diable de Tudesque, donc ! Il n'y a, pour s'en assurer, qu'à voir sa figure résolue. Ces vieux soldats sont chatouilloux...

— Parbleu ! déclara le fils de Porthos avec une bruyante ironie, un honnête homme a une fille. On la lui prend, et il se fâche. Susceptibilité stupide ! Ces vieillards n'ont pas le sens commun !

— Vivadioux ! protesta l'*homunculus* piqué, est-ce ma faute, à moi, si les crocs de ma moustache donnent dans l'œil à toutes les femmes ? Celle-ci a la tête de plus que moi, qui ne suis pourtant pas un avorton, quoi qu'on en dise... On ne m'accusera pas de l'avoir prise de force...

— Il est évident, opina Joël avec flegme, que, proportions gardées, elle a dû y mettre une certaine bonne volonté... Mais c'est le père qui m'occupe... Où diantré se fourre-t-il, pendant que vous contez fleurette à la jeune personne?...

— Il est en forêt, à chasser, à inspecter ses coupes, à surveiller les braconniers, les charbonniers et les bûcherons...

— Et aujourd'hui ?

— Absent pour vingt-quatre heures... Un petit voyage dans les environs... Une affaire à traiter du côté de Mulheim...

— Alors ?...

— Alors, la charmante Mina m'a fait prévenir, ce matin, — par un des soldats que j'avais envoyés en maraude, — qu'elle m'attendait, cette nuit, seulette en sa chambrette, avec un quartier de venaison et quelques pots de bière mousseuse...

Puis, s'interrompant pour allonger le bras :

— Et, tenez, ajouta Renaud, apercevez-vous cette lumière ?

— Qui brille là-bas dans les arbres ?

— Oui ; c'est le lampion du bonheur... Le fanal d'Héro et de Léandre... La fenêtre de la dryade de mes pensées...

— Ainsi, nous approchons...

— Dites : nous arrivons... Voici la maison de herr Braun... Au milieu de cette clairière...

Une bâtisse rustique se dressait, en effet, dans une éclaircie de sapins.

Un jardinet la précédait sur une face, clos d'un mur à hauteur d'appui que coupait une porte à claire-voie

Cette maison ne comprenait qu'un rez-de-chaussée, composé de trois pièces : une cuisine et deux chambres. L'une de celles-ci servait de logis au forestier ; l'autre était le retrait de sa fille. La première ouvrait sur la forêt, la seconde donnait sur le jardin. En face de la croisée de cette dernière, dans le jardin, il y avait une tonnelle de lattes, drapée de clématites, de chèvrefeuille et de jasmin, et, sous cette tonnelle, une petite table et un banc.

La porte à claire-voie était entrebâillée.

Petit-Renaud n'eut qu'à la pousser et les deux compagnons pénétrèrent dans le jardinet.

Ils eurent tôt fait de le traverser.

Au seuil de la maison, avertie par le bruit de leurs pas, *fräulein* Mina accourut à leur rencontre.

C'était une grande et belle Allemande qui eût pu figurer sans trop de désavantage dans les rangs des carabiniers ou des cuirassiers de Kornach.

Riche santé, florissante nature ; la gorge de l'une des déesses de boucherie de Rubens ; des rougeurs d'api sur les joues ; des fossettes qui riaient partout : en somme, l'air gai, naïf et bon.

Comment une créature ainsi charpentée en hauteur et en vigueur s'était-elle éprise de ce Gascon minuscule, maigrelet et noiraud ?

C'est un mystère, dont la loi des contrastes pourrait seule nous fournir la clef.

A la vue du fils de Porthos, la fille du forestier poussa un petit cri effrayé, qui jurait singulièrement avec la formidable robustesse de sa personne.

Mais le capitaine des bombardiers lui prit les mains de la même manière qu'il eût pris celle de Mme de Montespan.

C'était avec ses façons de cour qu'il devait avoir fasciné notre Allemande.

Et désignant Joël à celle-ci :

— M. de Locmaria, mon meilleur ami...

Il appuya :

— *Mein bester Freund.*

— Jarnidieu ! s'exclama le Breton, on sait donc l'allemand, à présent ?

— Oh ! repartit *l'homunculus*, une demi-douzaine d'expressions seulement, acquises dans la fréquentation de mademoiselle, qui, elle, n'entend pas un traître mot de français.

Notre héros adressa à la *fräulein* un salut dont la reine Marie-Thérèse se fût déclarée satisfaite, sous peine d'être bien exigeante.

Mina rougit et sourit en même temps.

Puis elle introduisit les deux amis dans sa chambre.

Il y avait là une nappe de toile bise, appétissante de propreté, et entre deux vases de faïence remplis de fleurs des champs, un cuissot de chevreuil froid, avec sa sauce aux confitures, une terrine de lièvre, des *würsten* (saucisses fumées), et plusieurs *moos* de grès bleu, que la bière couronnait d'un panache d'écume.

L'aspect des victuailles avait toujours le privilège de dérider le fils de Porthos.

Aussi, n'ayant rien aperçu de suspect dans le trajet, ni aux abords de la maison, ni dans l'accueil de la jeune fille, s'attabla-t-il joyeusement. Le Gascon et Mina l'imitèrent, — et le repas commença, plein d'entrain. Plein d'entrain, sinon plein de bruit.

En effet, quand Joël fonctionnait des mâchoires et du gosier, il était tout entier à cette occupation.

D'autre part, nous savons que la fille du forestier ne comprenait, ni ne parlait la langue française, et que, de son propre aveu, Petit-Renaud, en fait d'allemand, ne possédait qu'une collection de vocables assez restreinte.

Il est vrai que, lorsqu'il eut épuisé celle-ci, il eut recours à la pantomime.

Nous ajouterons : à une pantomime tellement significative, qu'elle n'eût point manquer d'effaroucher la sévérité des principes du Breton, si ce dernier avait été en état de la remarquer.

Mais il ne remarquait même pas les œillades assassines dont le criblait M͏ᵐᵉ Mina en se défendant — faiblement — contre les entreprises du Gascon.

Car nous avouons que celui-ci avait furieusement baissé dans l'esprit de sa douce amie depuis qu'il lui avait présenté un luron de l'étoffe du fils de Porthos.

Notre héros avait, pourtant, cessé de boire et de manger.

Il regardait autour de lui...

Et il songeait qu'il voudrait être, avec sa chère Aurore, dans cette maison forestière perdue parmi les verts sapins...

Sans témoins, sans contrainte, l'un à l'autre !...

Ah ! comme ils s'y sentiraient mieux que sous les lambris dorés de la cour, dans cette chambre, encadrée de feuillages, qui, à la douce clarté de la lampe posée sur la table, lui apparaissait comme une riante image de la paix, de l'aisance, du bonheur !

. . . .

Soudain, une voix rude, s'élevant du dehors, tomba par la fenêtre entr'ouverte.

Cette voix disait en français, — mais avec un accent tudesque prononcé :

— C'est ici ; entrez, monseigneur.

— *Mein Fater!* s'écria Mina.

XI

SOUS LA TONNELLE

Son père !

Ce fut comme un coup de foudre.

Les trois convives s'étaient levés en sursaut.

Les couleurs avaient disparu des joues de la *fräulein*. Tout son corps était agité par un tremblement convulsif. Une indicible épouvante se lisait dans l'émail, subitement animé, de ses yeux.

Petit-Renaud semblait ahuri...

Seul, après une demi-minute de saisissement, le fils de Porthos témoigna qu'il avait le sentiment de la situation :

Il se pencha rapidement et souffla la lampe.

Par un heureux hasard, la table autour de laquelle ils étaient assis tous les trois ne se trouvait point placée tout près de la fenêtre.

On n'avait donc pu les apercevoir du dehors.

Deux hommes étaient entrés dans le jardin.

L'un demanda :

— Qu'est-ce que c'est que cette lumière qui s'est éteinte à notre approche ?

— Monseigneur, répondit l'autre, c'est sans doute ma fille qui aura travaillé jusqu'à ce moment et qui a soufflé sa lampe avant de se mettre au lit... D'ailleurs, on peut s'en assurer... Et je vais...

Il fit un pas pour pénétrer dans la maison.

Mais son compagnon, le retenant :

— Non... Il n'est pas besoin de déranger cette enfant. Je serai tout aussi bien ici pour recevoir celui que j'attends...

— Dans ce jardin ?

— Sous cette tonnelle.

Dans l'obscurité qui remplissait la chambre de la *fräulein*, Petit-Renaud, remis de sa première alarme, se haussa sur la pointe des pieds jusqu'à l'oreille de notre héros, et, d'une voix à laquelle il mettait des sourdines :

— Si nous tentions une sortie ?... Nous sommes armés ; ils ne sont que deux, — et l'un de ces deux est le forestier, qui a passé la soixantaine...

Le Breton eut un mouvement qui indiquait bien moins que de la sympathie pour une proposition de ce genre :

— Ouais ! répliqua-t-il avec les mêmes précautions, vous ne rougiriez donc pas de tirer l'épée contre un homme à qui vous avez volé sa fille ?... Vos vingt-cinq ans contre ses soixante !... Fi, monsieur d'Élicigaray !... Jarnidieu ! ne comptez pas sur moi pour vous seconder dans une pareille vilenie !

L'*homunculus* baissa la tête et se tint coi.

Pendant ce temps, le plus vieux des deux survenants essuyait avec sa manche le banc sur lequel son compagnon se disposait à s'installer.

Gaspard Braun accusait l'âge que lui avait donné le Gascon.

Mais sa figure, brûlée par le soleil, respirait une indomptable énergie, jointe à cette gravité, presque mélancolique, particulière aux gens qui ont vécu longtemps dans la contemplation habituelle des grandes solitudes de la nature.

Par-dessus son justaucorps et ses chausses de drap vert, il portait une casaque de peau de chèvre, dont les poils étaient tournés en dehors ; ses hautes guêtres de daim se laçaient étroitement sur ses souliers ferrés ; un couteau de chasse à manche de corne pendait à son côté, et il avait en bandoulière un de ces longs mousquets d'affût fabriqués pour tuer la grosse bête non moins que le menu gibier.

— Ainsi, demandait-il, monseigneur ne fera pas à son fidèle serviteur l'honneur de s'asseoir à l'intérieur de cette modeste demeure et d'y accepter ce qui sera à sa convenance dans le cellier et dans la huche ?

L'autre lui tapa affectueusement sur l'épaule :

— Sois tranquille, mon brave Gaspard, j'y entrerai, dans ta maison, et j'y prendrai place, à ta table... Mais ce sera quand j'aurai débarrassé le pays de ces maudits Français qui sont venus nous braver jusque sur les terres impériales... Alors, je te le jure, nous boirons les meilleurs crus de nos vignes rhénanes, à la honte de l'ennemi vaincu et à la joie de Fribourg débloqué !

En ce moment, trois coups, régulièrement espacés, furent frappés à cette porte du logis qui aboutissait directement à la forêt.

— C'est mon homme, reprit « monseigneur ». Va lui ouvrir, et envoie-le-moi. Tu resteras ensuite en sentinelle de ce côté, jusqu'à l'arrivée de l'escorte.

Le vieillard obéit.

Il pénétra dans la maison et traversa la pièce voisine de celle où la jeune fille et les deux jeunes gens demeuraient immobiles et muets.

Tous les trois retenaient leur souffle.

On n'entendait dans le grand silence que les battements précipités du cœur de la pauvre Mina.

Celle-ci s'était affaissée sans bruit sur un siège et y restait sans mouvement, anéantie par la terreur.

. . . .

Il y avait, maintenant, deux personnes sous la tonnelle : le compagnon de Gaspard Braun et un nouveau venu, enveloppé d'un manteau.

Le premier était assis, les deux mains appuyées sur les genoux, le buste penché en avant, de façon à ne rien perdre des jeux de physionomie ni des paroles du second.

Ce dernier se tenait debout, le chapeau à la main, dans une attitude respectueuse.

Il tournait le dos à la fenêtre de la chambre de la *fräulein*.

— Oui, monseigneur, déclamait-il avec une certaine emphase, voilà huit jours que je suis en selle pour le service de Votre Altesse.

Celui-là avait, lui aussi, un accent étranger.

Mais ce n'était pas l'accent allemand.

— Oh ! oh ! murmura à part lui notre héros en l'écoutant, est-ce que ce timbre-là ne m'a pas déjà martyrisé le tympan.

Juste à ce moment, Petit-Renaud lui donna un léger coup de coude.

Ce coup de coude était éloquent.

Il signifiait à n'en point douter :

— A présent que le vieux n'est plus en jeu, si nous prenions notre volée, en passant sur le ventre de ces deux bavards.

Il paraît que tel n'était point l'avis du fils de Porthos.

Car il répondit à la question mimée de son ami par une bourrade qui voulait dire :

— Ne bougeons pas et tendons l'oreille !

Les paroles échangées par « les deux bavards » lui arrivaient, du reste, d'une façon fort distincte dans le calme profond de la nuit.

Son Altese demandait :

— Alors vous m'apportez des nouvelles?

— En effet.

— Bonnes ou mauvaises ?

— De bonnes et de mauvaises. monseigneur.

— Les mauvaises, les mauvaises tout de suite, monsieur !

— D'abord, c'est que, pour le succès de la campagne, il ne faut plus compter sur le concours de M. de Saxe-Eisenach...

— Et pourquoi ?...

— Parce que le prince, après avoir honteusement reculé devant le corps français de M. de Monclar, s'est laissé tout stupidement cerner par celui-ci dans une île du Rhin, près de Strasbourg, et qu'il y a mis bas les armes.

Monseigneur pâlit :

— Oui, fit-il, vous avez raison... Voilà une mauvaise nouvelle... Plus que mauvaise: désastreuse, en vérité !

Il essuya d'un revers de main son front où perlaient quelques gouttes de sueur...

Puis, d'un ton qui se raffermissait sous l'effort de sa volonté :

— Après, monsieur ?... Après !... Vite !...

— Eh bien ! monseigneur, il ne faut pas compter davantage sur les soixante mille hommes qui vous avaient été promis pour dégager Fribourg et rentrer en Lorraine...

— Comment ?

— Sa Majesté Impériale, de qui vous attendiez ce secours, a besoin de la paix pour tourner l'effort de ses armes contre les révoltés de Hongrie...

— Ah !...

— En outre, ses ministres jugent la position de la France si forte, qu'ils ont résolu d'accepter, sans discuter, les conditions que cette puissance met, à Nimègue, à la signature des traités.

L'autre était plus blanc que le mouchoir avec lequel il se tamponnait le visage...

L'homme au manteau continua :

— De telle sorte que l'armée qui avait été rassemblée sous Bâle, et dont vous deviez prendre le commandement pour dégager Fribourg et marcher en avant...

— Eh bien ?...

— Cette armée est partie ce matin pour Vienne, avec ordre de faire toute diligence pour y arriver, afin d'être dirigée au plus tôt contre les magnats rebelles...

Le compagnon de Gaspard Braun se mordit les poings :

L'Afrique était représentée par Mlle de la Tremblaye.

— Oh! rugit-il, mes espérances, mes espérances!... Oh! ce prince de Saxe-Eisenach!... Oh! ce Léopold, mon beau-frère!

Il se leva et sortit de la tonnelle en chancelant :

— Deux Varus!... Varus couard et Varus parjure!... Qui me rendra mes légions?...

Il respira bruyamment...

Puis déboutonnant, par un geste machinal, son habit de ratine grise, semi-militaire et semi-bourgeois :

— Il n'y a donc plus rien sur la terre! Rien de ce que l'on avait respecté jusqu'alors... La foi jurée, les liens de la famille, l'honneur du soldat!

Il paraissait près de suffoquer.

Son interlocuteur questionna vivement :

— Son Altesse veut-elle que j'appelle?

— Non pas! Merci! C'est passé!

Le malheureux ajouta :

— J'ai bien fait de rester dans ce jardin... L'air m'eût manqué dans une chambre... Oui, ce que vous m'apprenez là m'y eût étouffé de désespoir et de rage!

Il se laissa retomber sur le banc.

Puis, avec un geste de lassitude :

— Avez-vous encore quelque chose à m'annoncer?

— Monseigneur, j'en ai fini avec les mauvaises nouvelles.

— C'est vrai : il nous reste les bonnes. Eh bien! parlez, monsieur... Je vous écoute... Et plaise au ciel que ce que je vais entendre ne soit pas aussi triste que ce que j'ai entendu!

— Votre Altesse en jugera : pour commencer, elle n'ignore point que les Français n'ont sous Fribourg que peu ou prou d'artillerie...

— On me l'a rapporté, du moins... Mais on m'a aussi prévenu de l'installation de certaine batterie...

— De bouches à feu d'un nouveau système et de récente invention?...

— Précisément; et d'un effet terrible, dit-on...

— C'est possible; mais cette batterie ne pourra être utilisée de longtemps...

— Le croyez-vous?...

— J'en suis sûr, puisqu'elle manque des projectiles particuliers et des munitions spéciales dont elle a besoin pour agir...

— Comment?...

— Les chariots qui convoyaient tout cela, se sont embourbés à la descente des Vosges; il a fallu plusieurs journées de travail pour les remettre en route; si bien, que c'est seulement demain soir qu'ils franchiront le Rhin à Brisach...

— Soit, mais c'est après-demain matin qu'ils arriveront devant la place...

— Si on ne les enlève pas pendant la nuit...

— Hein ?...

— Ces voitures ne sont escortées que par un piquet de dragons : vingt-cinq ou trente hommes, au plus. Un chiffre suffisant dans un pays ami. Or, j'ai cent cinquante reîtres, embauchés à Colmar, qui les attendent au passage...

— Vous avez fait cela ?...

— Oh ! j'ai fait mieux que cela encore... Figurez-vous qu'en apprenant que la paix allait être conclue, à Nimègue, bon nombre d'excellents garçons qui adorent la guerre, — pour ce qu'elle rapporte, — ont déserté, qui les armées du stathouder, qui celles de l'empereur, qui celles du roi de France, qui celles du roi d'Espagne, à cette fin de s'associer et de besogner pour leur compte... Il en est arrivé ainsi sept à huit mille à Oppenau...

— Sept à huit mille?... A Oppenau?... A quelques lieues d'ici...

— Et moi, qui ai jadis connu leurs chefs, quand je faisais le même métier dans les Flandres, j'ai eu l'idée de les enrôler sous vos drapeaux...

— Vous !...

— Si bien que voilà Votre Altesse à la tête, sans s'en douter, d'un noyau de troupes qui ne demande qu'à marcher à l'ennemi, à la victoire — et au butin.

Le beau-frère de Léopold fronça le sourcil :

— Oh ! oh ! ne serait-ce pas la guerre de partisans que vous me proposez de faire là ?

— Toute guerre est faisable, quand elle sert les intérêts de celui qui la fait.

— Je suis un général d'armée, et non un capitaine de bandes.

— Un général d'armée... Sans armée !

— Monsieur !

— Eh ! j'imagine que Votre Altesse est un esprit trop supérieur pour s'arrêter devant des mots !... Qu'était-ce, au demeurant, que les compagnons de Romulus?... Une poignée de chenapans ramassés çà et là pour ce vol organisé qu'on appelle la conquête... Qu'était-ce que ces grandes compagnies que Duguesclin ne dédaigna point de mener battre le roi de Navarre?...

« Laissez-les, ces bandes, vous remettre en possession de vos États...

« Alors, vous ferez d'elles des régiments, et, de leurs capitaines, des colonels, des généraux, des maréchaux, qui ne feront pas plus mauvaise figure devant l'histoire que les armées de M. de Turenne qui ont brûlé le Palatinat, de M. de Créqui qui ont pillé la Lorraine, de Gustave-Adolphe qui ont ravagé l'Allemagne, et de Wallenstein qui ont failli mettre sens dessus dessous l'Empire et l'empereur...

« D'ailleurs, vous n'avez pas le temps d'avoir des scrupules...

« L'heure est décisive pour vous...

« La prise de Fribourg par les Français, c'est votre impuissance à secourir ceux que vous avez entraînés, constatée devant l'Europe entière, — devant l'Europe qui se contente de vous plaindre aujourd'hui, mais qui vous méprisera, qui vous reniera demain...

« Voulez-vous continuer à être ce prince dépossédé, vagabond, famélique, que votre oncle Charles IV a été, et que vous êtes vous-même depuis que vous lui avez succédé ?...

« Voulez-vous que Louis XIV vous jette un morceau de terre comme on jette un morceau de pain à un mendiant ?...

« Voulez-vous, enfin, vous restreindre, pour toute souveraineté, à une prévôté dans les Trois-Évêchés, avec cette bicoque de Toul pour capitale ?...

« S'il en est ainsi, serviteur ! Prenez que nous ne nous sommes pas vus. Je vais, de ce pas, tâcher d'associer ma fortune à celle de quelque homme politique plus ambitieux, plus entreprenant et plus téméraire.

XII

LA HOUSSINE ET LE BILLET

Vous pensez si notre héros écoutait cela avec avidité. Petit-Renaud pareillement, quoiqu'il ne connût point le personnage au manteau comme Joël semblait le connaître. Sur son siège, *fräulein* Mina pleurait silencieusement.

M. de Lorraine avait mis son front dans ses mains. Il songeait. C'était un lettré. On l'entendit murmurer ce vers du poète latin :

Qui jacet in terra non habet unde cadat.

Ce qui, dans sa bouche, signifiait que, étant à terre, il n'avait plus de chute à redouter, — partant, qu'il pouvait risquer le tout pour le tout.

Pendant qu'il réfléchissait, son interlocuteur le considérait en dessous, tout en fouettant du bout d'une houssine, ses bottes couvertes de la poussière du voyage.

A la fin, le duc Charles releva la tête.

— Mais, demanda-t-il, en supposant que je consente à me servir des soldats que vous m'offrez, croyez-vous qu'ils aient chance de vaincre une armée pleine de discipline, de cohésion et de bravoure comme celle de M. de Créqui?

— Oui, si la garnison de Fribourg, qui est, elle aussi, composée de bonnes troupes régulières, disciplinées et braves, court sus à l'ennemi par devant, en même temps que vous l'attaquerez par derrière.

— Encore faudrait-il qu'elle fût prévenue du jour où je tenterai cette attaque.

— Soyez tranquille : elle le sera.

— Par qui?

— Par moi.

— Vous vous introduirez dans la place?

— Je m'y introduirai.

— Quand cela?

— Pas plus tard que demain.

— En traversant le camp français?

— Parfaitement.

— Par quel moyen?... Sous quel déguisement?... Sous quel prétexte?...

— Ceci me regarde, monsigneur... Du reste, je vous avouerai qu'en ce moment je ne sais pas encore comment je m'y prendrai pour réussir... Mais je trouverai le moyen, je trouverai le prétexte et je trouverai le déguisement... Fiez-vous-en à moi; j'ai l'esprit inventif; et, quand j'ai décidé une chose, le diable, qui est un peu mon cousin, ne manque jamais de m'aider à l'accomplir...

— Si le succès couronne nos efforts, je vous aurai de grandes obligations, monsieur...

L'homme au manteau s'inclina :

— En travaillant pour Votre Altesse, n'est-ce pas pour moi que je travaille?

Il ajouta, après une pause :

— Pour reconstruire l'édifice, singulièrement lézardé, de ma fortune, ce cousin — je parle du diable — m'avait jadis mis sous la main le plus merveilleux instrument... Cet instrument, je ne l'ai plus... Un misérable m'a contraint à le briser.

— Bon! pensa le fils de Porthos; voici qu'il est question de moi et de cette pauvre Thérèse !

L'interlocuteur du prince reprit :

— Aujourd'hui, je n'ai plus que mon propre savoir-faire pour regagner ce que j'ai perdu... Voilà pourquoi j'ai tant d'audace... Voilà pourquoi aussi je suis venu à vous, qui êtes dans une situation assez comparable à la mienne...

M. de Lorraine plissa le front. Il était évident que ce rapprochement ne lui souriait qu'à moitié. L'autre le comprit d'un coup d'œil.

— Mais, poursuivit-il, avisons au plus pressé... Votre Altesse songe-t-elle à prendre ses dispositions en vue de l’affaire dont il s’agit?... Est-elle, par exemple, en mesure de m’indiquer quel jour elle compte livrer bataille au maréchal?

Le duc se recueillit un moment.

Ensuite, d’un ton décidé :

— Nous sommes aujourd’hui lundi; j’irai demain à Oppenau me mettre à la tête de vos partisans, — et, dans la nuit de vendredi à samedi, nous nous jetterons à corps perdu sur les Français...

Et, levant les yeux au ciel :

— Puisse cette journée, ajouta le duc, être pour nous le pendant de celle de Consarbrück!...

Puis, revenant à son interlocuteur :

— Mais, je vous le répète, monsieur, pour que cette tentative suprême ait quelque espérance d’aboutir, le concours de la garnison, de la population de la ville nous est impérieusement nécessaire...

— Encore une fois, il ne vous fera pas défaut. Je vous répète, de mon côté, que, demain, je serai dans Fribourg. Dans la nuit convenue, annoncez-nous seulement par un signal quelconque votre présence devant l’ennemi...

— Une fusée, tirée de cette maison, vous préviendra que nous sommes sur le point d’attaquer.

— Une fusée, soit : tenez pour certain qu’alors, tout ce qu’il y aura dans la place d’hommes en état de manier une arme viendra se joindre à vous pour broyer M. de Créqui et ses soldats comme entre les branches d’une tenaille...

— Vous m’en répondez?

— Eh ! monseigneur, mes intérêts vous en répondent mieux que moi !

Le duc se leva.

C’était une manière d’indiquer que l’entretien était arrivé à son terme.

Mais le personnage au manteau ne bougea pas :

— Encore quelques minutes, mon prince !... Tout n’est pas fini entre nous... Il est un point essentiel que Votre Altesse oublie sans doute...

— Ah! fit M. de Lorraine avec un léger mouvement de dédain, j’oubliais que tout service demande sa récompense et que nous n’avons pas encore débattu le prix que vous êtes en droit de réclamer des vôtres...

L’autre secoua la tête.

— Votre Altesse se trompe, dit-il.

— Comment?

— C’est quand nous aurons réussi qu’elle fixera elle-même dans quelles proportions il lui plaira de reconnaître la part que j’aurai prise à ce résultat.

— Diable! pensa le duc, il ne me demande rien : ce sera terriblement cher.

Son interlocuteur reprit :

— Ce n'est guère qu'en manière d'arrhes que je la supplierai humblement de vouloir bien me promettre une chose...

— Et laquelle ?

— De faire rechercher, s'il n'est pas tué dans le combat, — ou s'il se trouve, par hasard, au nombre des prisonniers qui tomberont entre nos mains, — un certain officier français avec lequel j'ai un petit compte à régler...

— Vous vous intéressez à ce gentilhomme ?

— Beaucoup. *Qui paye ses dettes s'enrichit*, dit le proverbe. Or, comme je tiens à devenir riche, je veux commencer par m'acquitter envers ce chevalier de Locmaria...

— C'est bien ; **on le fera rechercher**...

— Et si on le découvre, on me le remettra...

— On vous le remettra, soit...

L'autre insista :

— **Avec toute liberté de le traiter à ma fantaisie ?**...

Le duc eut un mouvement d'humeur :

— Eh ! monsieur, je ne veux pas savoir la façon dont vous le traiterez... Si je le savais, peut-être serais-je obligé de reprendre la parole que je vous ai donnée...

— Un dernier point à établir : il est entendu, n'est-ce pas, que je pénètre dans Fribourg...

— Eh bien ?...

— Eh bien ! ne faut-il pas j'exhibe au gouverneur les pouvoirs qui m'accréditent auprès de lui et qui lui enjoignent d'obéir aux instructions que je lui apporterai de votre part ?... Autrement, ce digne officier n'aurait qu'à voir en moi un affidé, un agent secret du maréchal, et qu'à m'appliquer des procédés que je réserve absolument pour le débiteur français dont je vous parlais tout à l'heure... Ce qui n'avancerait pas sensiblement les affaires de Votre Altesse...

Le duc réfléchit un instant.

Ensuite, tirant de sa poche des tablettes dont chaque page était marquée à son chiffre.

— En effet, vous avez raison, et je vais incontinent vous munir de ce qui vous manque.

Il traça rapidement quelques lignes au crayon sur l'une de ces pages.

Puis il lut :

« *A M. le colonel Schütz, notre gouverneur militaire ès ville et château de Fribourg.*

     « Colonel,

« Nous vous invitons à recevoir le porteur du présent billet avec les égards

« qui sont dus à un envoyé de notre personne et à obtempérer, vous et les
« vôtres, à tout ce qu'il requerra de vous pour le bien de notre service et la dé-
« fense de la place. »

— A merveille !

— Attendez !

Le prince lorrain continua :

« Si, toutefois, cet envoyé ouvrait l'avis de rendre ladite place, ou s'il y
« avait apparence qu'il commît quelque acte nuisible à la défense de celle-ci, ou
« comme aussi qu'il entretînt des intelligences avec l'ennemi, vous n'hésiterez
« pas à le punir sur-le-champ des peines qu'édicte la loi contre les espions et
« les traîtres.

« Surveillez-le donc avec soin, et, au premier mouvement suspect, bran-
« chez-le-moi sans rémission ou faites-lui laver la tête avec quelques onces de
« plomb.

« Ceci est notre expresse volonté. »

Charles regarda fixement son interlocuteur :

— Vous avez compris ? demanda-t-il.

— Oui, monseigneur.

Le duc signa et détacha la page de ses tablettes :

— Le colonel, reprit-il, connait notre écriture. Il ne mettra donc point en
doute l'authenticité de ces ordres. Je vous préviens pareillement qu'il est
homme à les exécuter, quand ce serait de sa propre main.

Le personnage au manteau eut un geste d'indifférence, sinon réelle, du
moins assez finement simulée pour que le prince pût s'y tromper.

Ce dernier lui tendit le papier :

— Prenez, poursuivit-il, et si, par aventure, il vous advient de vous trouver
en contact avec les soldats de M. de Créqui...

— Je m'y trouverai assurément, car c'est du maréchal que j'espère obtenir
la faveur d'entrer dans Fribourg...

— Eh bien ! veillez à ce que l'on ne découvre pas sur vous une pièce aussi
compromettante...

L'autre sourit :

— Oh ! n'ayez crainte, monseigneur. J'ai ici une certaine cachette portative
où je défie bien les malins d'aller chercher ce que je lui confie...

Tout en parlant ainsi, il dévissait le pommeau d'argent de la houssine avec
laquelle il jouait depuis le commencement de l'entretien...

Quoiqu'elle ne fût guère plus grosse que le petit doigt, cette houssine était
creuse dans sa partie supérieure...

Notre homme roula dextrement le billet du duc et l'introduisit dans cette
sorte de tuyau...

Il s'était retiré dans un bosquet.

Puis il en revissa la pomme...

Puis encore, fouaillant l'air de cette baguette qui siffla :

— Voilà qui est fait ! conclut-il. Votre Altesse peut dormir tranquille. Ce ne sont pas messieurs les Français qui iront dénicher là-dedans sa précieuse correspondance !

Notre héros et son compagnon n'avaient rien perdu de cette manœuvre.

Tous deux eurent un rire assourdi.

Charles V et son interlocuteur se dirigeaient, maintenant, vers la porte du jardinet en échangeant quelques dernières paroles.

Au seuil de cette porte, ils se séparèrent.

Le personnage au manteau s'enfonça dans la forêt et dans la nuit.

Le duc le suivit un instant des yeux sous le couvert, dont l'aube naissante commençait à blanchir les profondeurs :

— Oh ! murmura-t-il, je te connais, intrigant de la pire espèce... A Paris, on t'appelait l'*Anglais*... Si, seulement, pour moi, aujourd'hui, tu pouvais t'appeler le *Succès !*...

Cependant Petit-Renaud tirait le fils de Porthos par la manche :

— Le duc Charles, c'est le duc Charles ! Si nous finissions la campagne en le faisant prisonnier, hein ? Sangdioux ! vivadioux ! ventredioux ! c'est cela qui serait un exploit devant lequel les plus grands hommes de guerre du temps ne nous iraient pas à la cheville !

Le Breton se grattait l'oreille :

— Oui, j'avoue que c'est fièrement tentant !... Et, dans toute autre circonstance, je n'hésiterais pas une minute... Mais, ici, il y a un obstacle...

— Un obstacle ?...

Joël lui désigna Mina, toujours sans mouvement sur sa chaise, comme une statue de l'Effroi :

— Il y a cette pauvre fille, dont notre présence dans cette chambre révélerait la faute et causerait la mort... Son père la tuerait sans miséricorde... Çà ! mon camarade, faut-il donc qu'elle paye de sa vie et de son honneur le crime de n'avoir pas su vous résister ?...

M. de Lorraine revenait à pas lents vers la tonnelle :

— Oh ! oui, ruminait-il, le succès !... Le succès !... Il n'y a que lui qui puisse m'absoudre de l'emploi de pareils auxiliaires !...

Sur ses traits, que l'aurore éclairait peu à peu, il y avait de la lassitude, de la révolte et du dégoût...

Et s'il avait été plus près d'eux, nos deux Français l'auraient entendu soupirer :

— C'est grand'pitié et c'est grand'honte qu'un prince de ma race, apparenté aux plus illustres maisons de l'Europe, en soit réduit, pour combattre la des-

tinée, à s'allier avec un complice de la Vigoureux, de la Filastre et de la
Voisin!...

Puis, brusquement :

— Oh! j'ai besoin de contempler la figure d'un honnête homme!...

Il éleva la voix et appela :

— Gaspard!... Holà! Gaspard Braun! Mon loyal et féal serviteur!...

Une marche pesante ébranla le plancher de sapin, à l'intérieur de la
maison.

C'était le forestier, avec ses lourds souliers ferrés, qui traversait de nouveau
la pièce contiguë à celle où, à la clarté grandissante du jour, on distinguait
déjà vaguement la *fräulein*, abîmée dans un immense épeurement, et nos deux
compagnons l'un vers l'autre penchés...

Petit-Renaud revenait à la charge :

— Voyons, mon fils, il faut songer... Ce prince lorrain... l'implacable
adversaire de M. de Créqui, de Sa Majesté et de la France... Allons-nous le
laisser s'envoler comme cela, quand nous n'avons qu'à allonger le pouce et
l'index pour le cueillir?

Joël secoua la tête.

L'*homunculus* insista :

— Une capture de cette importance... Voilà qui vous rehausse des gens à
la taille du colosse de Rhodes ou de l'effigie du Memnon!... Le maréchal nous
congratule à la face de toute l'armée : le roi nous accable de grades, d'honneurs,
de bénéfices et de cordons, — et la France, dans la personne des plus jolies
femmes du royaume, nous couronne des palmes de la gloire unies aux myrtes
de l'amour...

Il fit mine de prendre son élan :

— Un mot, et je saute par la fenêtre, je lui tombe dessus et je l'apporte...
Ou, mieux encore, je lui tords le cou, quoiqu'il mesure quelques lignes de plus
que moi... Morte la bête, mort le venin...

Le Breton regarda la *fräulein*...

On eût dit que celle-ci avait compris ce que le Gascon proposait à son
camarade, — avec tout ce qui pouvait en résulter pour elle...

Car elle sortit de sa prostration pour lever sur notre héros un visage dont
la contraction et la pâleur étaient une double prière ..

Dans la chambre voisine, Gaspard Braun s'était arrêté...

Si étouffé, si assourdi qu'il fût, le dialogue des deux Français lui avait fait
dresser l'oreille...

La batterie de son mousquet craqua sous la pression machinale de ses
doigts...

En même temps, il demanda :

— Mina, mon enfant, est-ce toi que j'entends remuer là-dedans ?

Juste en ce moment, Petit-Renaud chuchotait :

— Une fois !... Deux fois !... Ça y est-il ?

Joël regarda de nouveau la jeune fille. La dryade s'était transformée en naïade. Elle étendait vers le jeune homme des bras inertes et suppliants et l'implorait avec des yeux noyés de larmes.

Le Gascon répéta :

— Veux-tu ? ,

— Non, repartit le fils de Porthos, qui eut pitié de la malheureuse.

Et, pour mieux lui imposer sa volonté inébranlable, il appuya sa main robuste sur l'épaule du capitaine des bombardiers ..

. Celui-ci plia sous l'étreinte..

Vous auriez juré qu'il recevait sur les reins la chute d'une bâtisse à quatre étages...

Pendant ce temps, le père de Mina murmurait :

— *Der Teufel!* est-ce que je deviens fou ?... Ou bien est-ce que le tympan me tinte ?... On dirait des voix contenues...

Il eut un mouvement pour entrer dans la chambre de la *fräulein...*

Mais M. de Lorraine réitérait son appel.

— Braun !... Gaspard Braun !... Mon vieil ami !...

Le forestier oublia sa fille pour son maître...

Il pivota sur les talons et se hâta de passer de la maison dans le jardin...

— Eh bien ! interrogea le duc, tu ne m'avais donc pas entendu ?...

— Je vous demande pardon, monseigneur, et j'accourais avertir Votre Altesse qu'avec le jour, qui va croissant, il ne serait pas prudent à elle de s'attarder plus longtemps si près du camp français...

Charles eut un sourire contraint :

— C'est vrai... Me voyez-vous enlevé par un parti de fourrageurs ?... Le hasard a le plus souvent des combinaisons si terribles !..

— S'il lui plaît, je vais conduire sous bois Votre Altesse jusqu'à l'endroit où elle rencontrera son escorte...

— Soit... Allons... Allons vite, surtout....

Et le prince ajouta amèrement :

— Je n'ai pas envie de figurer de ma personne derrière le char de triomphe de M. de Créqui.

Les deux hommes atteignirent la porte à claire-voie.

Comme ils en franchissaient le seuil, pour se perdre sous les sapins, et comme M. de Lorraine enfonçait son chapeau sur ses yeux, afin de cacher son visage, et s'assurait que son épée jouait à l'aise dans le fourreau, afin de défendre chèrement sa liberté et sa vie, au cas où on le reconnaîtrait, Gaspard

Braun se retourna pour promener sur sa demeure un long regard inquiet et soupçonneux.

Puis, sa sévère physionomie eut comme une éclaircie, en remarquant que la fenêtre de M^{ne} Mina était légèrement entr'ouverte.

— Voilà, se dit-il; l'enfant est en train de se lever... C'est là le bruit qui m'avait frappé tout à l'heure... Et cette voix qui m'alarmait, c'était la sienne, faisant sa prière du matin...

Du bout de ses doigts tremblants, le bonhomme envoya un baiser vers la chambre de cette fleur d'innocence, à laquelle ce geste, d'une ineffable tendresse paternelle, sembla faire amende honorable des doutes injurieux et des offensants soupçons...

Ensuite il précéda son maître dans une percée qui se resserrait entre deux murailles de grands troncs élancés.

L'écho de leur marche s'éteignit dans l'éloignement...

Notre héros et son compagnon sortirent alors, à leur tour, — et non sans empressement, — de la maison où ils venaient de passer des instants si accidentés d'émotions et de surprises...

Des fanfares de trompettes et des roulements de tambours leur arrivaient par bouffées.

C'était la diane que l'on sonnait et que l'on battait dans le camp français et sur les remparts de Fribourg.

Joël poussa Petit-Renaud dans les bras de la belle Allemande, qui commençait à recouvrer ses sentiments :

— Voyons, s'écria-t-il gaiement, fais tes adieux à mademoiselle et présente-lui nos excuses de l'embarras dans lequel l'a mise notre équipée de cette nuit. Présente-les-lui... sur les deux joues, puisque c'est seulement de cette façon qu'elle entend notre langue française... Et puis, ne lantiponnons point la dixième partie d'une seconde... Ça chauffe, ça flambe, ça bout : en route !

— Où allons-nous? questionna le Gascon étourdi.

Joël, rayonnant, répondit :

— A la conquête de ma femme.

XIII

AU QUARTIER GÉNÉRAL

M. de Créqui s'était installé dans la maison du bourgmestre de Waldau.

Il venait d'y rentrer, après une reconnaissance matinale avec M. de Basset, et de se mettre à table avec son état-major, interrogeant les officiers assis à ses côtés sur les renseignements qu'il avait chargé chacun d'eux de prendre à l'endroit du duc Charles, et de l'armée que celui-ci se proposait, à n'en pas douter, d'amener au secours de Fribourg.

Mais personne n'avait de nouvelles, ni du premier, ni de la seconde.

Depuis l'investissement de la place, le prince n'avait pas donné signe de vie.

Or, jamais une armée ennemie, jamais un adversaire de la taille de M. de Lorraine ne devaient être, au sens de M. de Créqui, si proches que lorsqu'ils avaient disparu complètement.

Le maréchal se montrait donc maussade et sérieux, contre son habitude, lorsqu'un officier de service entra et lui annonça que le capitaine et l'enseigne de la compagnie des bombardiers demandaient instamment à être reçus par lui.

— Voyez ce dont il s'agit, comte, dit à M. de Basset le général préoccupé.

Le major général de l'artillerie sortit.

Puis, étant revenu après quelques minutes :

— Maréchal, fit-il d'une voix qui trahissait toute sa surprise, ce sont MM. d'Elicigaray et de Locmaria qui se prétendent en mesure de vous donner des nouvelles de M. de Lorraine, que nous cherchons sans le trouver, et qu'ils ont trouvé, eux, sans le chercher, à ce qu'ils affirment, du moins.

M. de Créqui bondit sur sa chaise :

— Est-il possible ! Qu'ils entrent, alors ! Qu'ils entrent !

M. de Basset se pencha à l'oreille du général :

— C'est que, reprit-il, les choses dont ces jeunes gens ont à vous entretenir, et dont ils m'ont touché quelques mots, m'ont semblé d'une importance telle qu'il serait opportun, je crois, que vous les entendissiez seul.

— Ah !...

— J'ai donc fait conduire ces messieurs dans la pièce qui vous sert de cabinet de travail...

Le maréchal se leva vivement et, jetant sa serviette sur la table :

— Continuez sans moi, messieurs, dit-il à son état-major. Et mettez les morceaux double. Il se peut que j'aie besoin de vous dans un moment.

Puis il passa dans une chambre voisine, où Joël et Petit-Renaud l'attendaient.

Le véritable rapport que ceux-ci firent à l'éminent homme de guerre de ce qui leur était arrivé, pendant la nuit, dans la maison forestière, et de ce qu'ils avaient vu et entendu, de leur poste d'observation forcée, ne dura pas moins d'une grande heure.

Quand ils eurent cessé de parler tour à tour :

— Jeunes gens, prononça le maréchal, qui les avait écoutés avec une silencieuse attention, vous avez abandonné vos cantonnements sans permis-

sion, et vous serez punis... Mais vous venez de sauver l'armée et vous serez
récompensés... Nous réglerons tout cela plus tard... Pour l'instant, il s'agit
de courir au plus pressé...

Il appela :

— Holà ! l'officier de service !

Celui-ci se présenta aussitôt.

— Où est M. de Villars ? s'informa M. de Créqui.

— De grand'garde, mon général.

— Qu'on le relève et qu'on me l'envoie sur-le-champ.

— Bien, mon général.

— Vous ferez, en même temps, sonner le boute-selle chez les chevau-
légers et les carabiniers... Que ces deux régiments se préparent à se porter
sur le point que je leur désignerai... Allez, monsieur, allez vite !

L'officier s'élança dehors.

Le maréchal se tourna vers nos deux amis :

— Grâce à vous, reprit-il, c'est contre un mur de fer que va se briser
l'embuscade qui comptait nous escamoter nos munitions... Ah ! les cent cinquante reîtres de votre homme au manteau auront là une surprise assez
désagréable !... Penser avoir raison d'une poignée de dragons et se heurter à
une brigade de cavalerie !...

Il se frottait les mains d'un air de bonne humeur.

En le voyant si bien disposé :

— Monseigneur, avança Joël, vous avez parlé de punition... Mais vous
avez aussi parlé de récompense... Ma foi, s'il vous était égal de commencer
par celle-ci...

— Vraiment!... Tu me parais bien exigeant, cadet !... Enfin, soit, que
réclames-tu ?...

— Je ne réclame pas, monseigneur, je supplie...

— Et pour qui, pour quoi supplies-tu ?... Pour toi ou pour ton capitaine?...
Pour l'enjôleur de cette donzelle du Schwartzwald ?

— Ni pour lui, ni pour moi, monsieur le maréchal... Mais pour le père de
cette pauvre fille... Pour le forestier Gaspard Braun...

M. de Créqui redevint sérieux.

— Soyez tranquille, chevalier : je vous engage ma parole que ce vieillard
ne sera pas autrement inquiété... Il sert son prince, et il fait bien... Quant à
cet Anglais, à ce misérable dont vous m'avez appris les ténébreux agissements...

— Oh ! celui-là, repartit le Breton, je l'abandonne à votre justice... C'est
lui qui a armé la main qui a frappé Thérèse Lesage... Que le sang de cette
malheureuse retombe sur sa tête coupable !...

M. de Villars arrivait en toute hâte :

— Général, je me rends à vos ordres.

— Vous allez prendre le commandement des deux régiments de cavalerie qui sont en train de monter à cheval, et vous pousserez avec eux, sur la route de Colmar, jusqu'à ce que vous rencontriez le convoi de munitions que nous attendons de France...

— Après ?...

— Vous escorterez ce convoi. On vous attaquera peut-être ; dans les environs de Brisach : une bande de soldats d'aventure. Vous sabrerez cette canaille, et vous me ramènerez intacts les chariots qui portent nos bombes et nos gargousses...

— Mon général, déclara le jeune officier avec confiance, c'est tout comme si ces gargousses et ces bombes étaient déjà dans les mortiers de monsieur...

Il désignait Petit-Renaud.

— Sangdioux ! s'exclama celui-ci, puisque MM. les Impériaux ont tant de goût pour ces projectiles, on s'arrangera pour les leur envoyer sans retard...

Il ajouta en riant :

— Avec perte.

Cependant M. de Villars s'était dirigé vers la porte.

Sur le point d'en franchir le seuil :

— Ah ! pardon, j'oubliais ! fit-il en s'arrêtant.

— Quoi donc ? questionna le maréchal.

— J'oubliais qu'au moment où je quittais les avant-postes un étranger s'y présentait et insistait pour être amené devant vous...

— Un étranger ?...

— Quelque chose comme un Anglais, si j'en juge par son accent, sa physionomie et sa tournure...

M. de Créqui regarda notre héros.

— C'est notre homme ? interrogea-t-il.

Le fils de Porthos fit un signe affirmatif.

M. de Villars appuya :

— Un vieillard qui paraît brisé par la douleur...

— Un vieillard ?...

En répétant ce mot, ce fut au tour du Breton de regarder M. de Créqui avec un soudain étonnement.

Mais le Gascon, le poussant du coude :

— Ventredioux ! frérot, avons-nous oublié que cette vermine s'est vantée de revêtir tous les déguisements ?

— Par la morbleu ! jura de son côté le maréchal, je suis curieux de m'assurer comment le coquin s'y prendra pour me jeter de la poudre aux yeux...

Ensuite, s'adressant à M. de Villars :

Qu'importe, si cent mille vous approuvent.

— Où l'a-t-on conduit, ce barbon ?

— Mon général, je l'ai laissé à quelques pas d'ici, sous la garde d'un anspessade, attendant que vous lui accordiez la faveur de le recevoir.

— Dites, en passant, qu'on l'introduise dans cinq minutes.

Le jeune officier sortit.

M.de Créqui se tourna vers nos deux amis :

— Monsieur de Locmaria, il ne faut pas que ce prétendu gentleman vous aperçoive dès l'abord. Tenez-vous donc derrière cette porte. Je vous ferai intervenir quand il sera besoin... Quant à M. d'Elicigaray, qu'il aille me chercher le prévôt de l'armée, avec un piquet de fusiliers et une brassée de cordes neuves : le prévôt, à portée de ma voix ; le piquet, sous cette fenêtre ; les cordes... Ah ! ma foi, les cordes, en chevron sur la maîtresse branche de ce chêne, qui est là, au revers du chemin... Si elles s'ennuient d'y être seules, nous verrons à leur procurer de la société tout à l'heure.

. . . .

. . . .

Il est certain que, s'il n'eût été prévenu par le récit des aventures nocturnes de Joël et de Petit-Renaud, la sûreté de coup d'œil et la pénétration d'esprit de l'ancien rival de Condé et de l'adversaire actuel de M. de Lorraine eussent été mises en défaut par l'aspect du personnage qui s'inclinait devant lui, — quelques instants plus tard, — avec sa longue chevelure blanche et vénérable, tombant en mèches éplorées sur ses épaules voûtées par l'âge ; avec l'affliction profonde écrite dans ses paupières, gonflées et rougies par les larmes, dans les rides de son visage, dans les tons exsangues de sa peau — et avec le tremblotement sénile de ses membres, de sa démarche et de sa voix.

Ce personnage était vêtu de deuil. Il portait un manteau de voyage plié sur le bras. La houssine qu'il avait déposée sur un siège en entrant, et les éperons, qui garnissaient ses bottes poudreuses, témoignaient qu'il venait de faire une longue route à cheval.

— Monsieur le maréchal, dit-il, en se redressant péniblement, l'Angleterre a cessé d'être en guerre avec la France. Le roi, mon maître, et votre auguste souverain signent, en ce moment, à Nimègue, le traité qui rend une paix désirée à leurs peuples. J'ose donc espérer que, si vous ne m'accueillez point tout à fait en allié, du moins, ne me traiterez-vous pas absolument en ennemi.

M. de Créqui lui désigna un siège :

— En quoi puis-je vous servir, milord ? demanda-t-il.

— Vous pouvez me rendre le plus grand service dont un homme soit capable d'obliger un autre homme et acquérir par là des droits éternels à la reconnaissance du père le plus cruellement éprouvé...

— Expliquez-vous : je vous écoute...

Le visiteur s'était affaissé avec accablement, plutôt qu'il ne s'était assis, sur le siège qui lui avait été indiqué.

— Monsieur, commença-t-il, j'ai une fille...

Il s'arrêta...

Un sanglot lui monta à la gorge...

— Hélas ! s'écria-t-il avec un accent déchirant, m'est-il encore permis de m'exprimer ainsi ?... Cette fille, la retrouverai-je ?... Et chaque minute qui s'écoule ne m'enlève-t-elle pas une chance de la revoir ?

Il cacha sa tête dans ses mains.

— Sur mon âme, pensa M. de Créqui, ce pendard, — dont je ferai un pendu, — ne déparerait point les planches de l'hôtel de Bourgogne ou de la salle du Palais-Royal.

L'étranger reprit, après une pause :

— De grâce, pardonnez-moi... La douleur me rend fou... N'aurais-je pas dû débuter par vous apprendre qui je suis ?...

« Je me nomme sir Hugues Carlisle, et j'ai rang de baronnet dans le comté de Middlesex...

« Ma femme, — un ange du ciel, — m'avait donné deux enfants : un fils, qui était devenu un vaillant et brillant soldat ; une fille, à qui sa mère semblait avoir légué sa beauté douce, chaste et frêle...

« Misère de moi ! ma pauvre Ellen avait hérité pareillement de la maladie qui avait couché la défunte dans le tombeau : cette maladie impitoyable qui naît des brouillards glacés de notre île !...

« Bientôt, je vis la nacre de ses yeux prendre des teintes d'argent bruni, sa peau transparente devenir diaphane, et ses joues se colorer d'un rose obstiné...

« C'était le mal !...

« Je compris...

« On me dit qu'il y avait à Vienne un médecin sans pareil dans l'art de guérir ces mortelles langueurs...

« Nous partîmes pour Vienne. Le médecin regarda ma fille. Puis, secouant la tête :

« — Je ne puis rien pour cette enfant... Cependant, voyez à Paris... On prétend qu'il y a dans cette ville des docteurs dont la science prime celle de leurs confrères du reste de l'Europe...

« Mais le mal avait fait des progrès effrayants.

« Nous fûmes obligés de nous arrêter à Fribourg. Mon Ellen n'avait plus de forces. Elle s'alita. Je lus sur ses traits amaigris, sur ses pommettes, dans ses prunelles brulées de fièvre, l'approche du dénouement fatal.

« Et comme je pleurais, comme je priais, à son chevet, abîmé dans mon désespoir, je reçus de Flandre une lettre qui m'apprenait que mon fils Georges, mortellement blessé dans l'un des derniers combats de la campagne, m'appelait pour me serrer une dernière fois entre ses bras...

« Je me trouvais entre deux mourants également chers. Que résoudre ! Devant laquelle de ces deux agonies agenouiller ma douleur et crier dans mes larmes :

« — Seigneur, vous me les aviez donnés ! Seigneur, vous me les avez repris ! Que votre saint nom soit béni !

« Ce fut Ellen, elle-même, qui me dicta mon devoir :

« — Père, il faut aller là-bas, me dit-elle. Il faut aller recevoir les adieux de mon frère et lui porter les miens. Le ciel est bon : il permettra que j'attende ton retour pour mourir.

« J'obéis à cette volonté suprême. Je fis le voyage de Flandre. Mon fils expira dans mes bras. C'est son deuil que je porte, monsieur !...

« Ensuite, je revins vers Fribourg...

« Qu'allais-je retrouver dans cette ville ?

« Un cercueil couvert d'un drap noir, ou deux lèvres pâles et glacées, mais assez fortes pour murmurer encore dans un baiser :

« — Mon père, je t'aime !...

« Ellen m'avait-elle attendu pour échanger d'ultimes caresses, ou me faudrait-il me tuer sur une tombe ?...

« Ah ! comme la route me semblait longue, et comme j'aurais usé volontiers, pour l'abréger de quelques lieues, ce qui me reste de sang, de vigueur et d'énergie dans mon pauvre corps épuisé...

« Hélas ! les événements avaient marché plus vite que moi...

« J'arrive...

« Voici devant moi les murailles derrière lesquelles s'agite le dénouement de ma destinée...

« Et je ne puis en approcher. La guerre se dresse entre elles et moi. La guerre inexorable et exécrable ! La guerre qui m'a déjà pris les vingt-cinq ans de mon fils et qui va encore me voler le dernier soupir de ma fille !...

XIV

LA JUSTICE DE M. DE CRÉQUI

L'ancien complice de la Voisin, l'ex-amant de Thérèse Lesage, était un acteur remarquable.

Il avait *détaillé* cette longue *tirade*, — c'est à dessein que nous nous servons de ces deux expressions *de théâtre*, — avec un talent que n'eût point désavoué M. d'Alaméda lui-même.

Tout y était :

Tout ce qu'il ne nous est pas possible de faire passer sur le papier, muet, inanimé et froid : la chaleur, le naturel, la conviction, — la science, habilement employée, des nuances et des contrastes, — et le geste complétant ceci, et l'organe soulignant cela, et la figure brochant sur le reste, donnant à l'invention force de réalité et élevant cette comédie à la hauteur, à la puissance de la tragédie d'*Électre* ou de *Niobé!*...

M. de Créqui faillit en être dupe...

Par bonheur, pour lui rappeler quel adroit charlatan il avait devant lui, le regard, avec lequel il étudiait ce dernier, — sans découvrir en lui la plus minime des défaillances ou le plus léger des défauts, — ce regard, disons-nous, rencontra la houssine que l'étranger avait déposée sur une chaise, avec son manteau et son chapeau, au cours de son lamentable récit.

Lorsque ce récit eut pris fin, dans l'étouffement de la voix et dans la prostration du corps :

— Milord, fit le maréchal, si je vous ai bien compris, votre intention, votre désir, seraient de pénétrer dans Fribourg?

L'autre baissa la tête en façon affirmative.

Vous auriez juré qu'il n'avait plus la force d'articuler un son.

M. de Créqui poursuivit en le considérant avec attention :

— Il est certain que je compatis à vos peines... Il est constant, pareillement, qu'il ne tiendrait qu'à moi de vous donner satisfaction... Mais serait-il bien prudent de le faire?

— Eh! monsieur, protesta l'étranger, permettez-moi d'aller de suite au-devant des objections que vous êtes en droit de m'adresser... Je vous comprends : vous semblez redouter que je ne livre aux assiégés le secret de vos forces, de vos opérations et de vos travaux... Hélas! est-ce que mes yeux, obscurcis par les larmes, ont pu seulement distinguer ce qui se dressait sur ma route?... Est-ce que je suis capable de compter vos soldats, vos canons, quand j'ai l'esprit plein de l'image de mon enfant, qui m'appelle dans un râle désolé ou qui dort sous la terre froide? Et croyez-vous que, dans cette ville ennemie dont vous m'aurez facilité l'accès, ma bouche s'ouvre pour autre chose que pour réunir dans la même bénédiction la malheureuse créature qui va me quitter pour jamais, — si ce n'est déjà fait, mon Dieu ! — et l'homme généreux à qui je devrai d'avoir recueilli au passage le souffle de cette âme envolée vers le ciel!...

L'astucieux drôle parlait admirablement. Il était doué du don d'éloquence et passé maître en l'art de feindre. C'eût été, de nos jours, un avocat fort distingué. Plaignons son ombre.

M. de Créqui l'écoutait sans répondre.

Certes, dans sa triple carrière de capitaine, de diplomate et de courtisan, — il avait été tout cela, — celui-ci s'était frotté à bien des fripons retors, à bien des menteurs impudents, à bien des orateurs captieux...

Mais il n'en avait pas encore rencontré un de la perfection du prétendu vieillard, du prétendu baronnet, du prétendu Hugues Carlisle.

Devant le silence du maréchal, ce dernier se leva avec dignité :

— Du reste, reprit-il lentement, si j'ai deviné la pensée à laquelle obéit, en ce moment, votre circonspection de général d'armée; si vous me soupçonnez de faire le métier d'espion, qu'attendez-vous pour me traiter comme tel?... Pour donner ordre qu'on me fusille ou qu'on me pende?... Votre devoir vous impose cette rigueur, et je n'essaierai point de m'y soustraire : trop heureux du supplice qui m'enverra retrouver mon Georges et précéder mon Ellen dans la vie éternelle!...

Ses bras tombèrent, pendants comme si un ressort s'y fût brisé.

— Donc, je ne prie plus... Je n'ai plus de force ni de courage... Le ciel s'est montré inflexible... Comment garderais-je l'espérance de convaincre et de fléchir les hommes ?

Sa voix était tellement sourde et éteinte qu'elle semblait venir de l'autre côté d'un abîme :

— Indiquez-moi, seulement, conclut-il, où il faut que j'aille pour en finir...

Et il fit quelques pas vers la porte, — machinalement, — chancelant, courbé, abêti, — comme entraîné et broyé par l'étreinte de fer de l'adversité...

Pnis, tout à coup, se retournant brusquement et se tordant les mains :

— Eh bien! non !... Je ne peux pas!... Je ne peux pas!... Ma fille qui est là-bas... Morte ou vivante, il me la faut!...

Il eut l'air de se redresser avec un effort surhumain, et, regardant le maréchal avec des yeux farouches et sanglants :

— Monsieur, demanda-il, êtes-vous père?

Il y eut une pause.

Puis M. de Créqui appela :

— M. de Locmaria!

Joël entra.

Il n'avait rien perdu de la scène qui précède, et celle-ci avait été si merveilleusement jouée, que le jeune homme s'en était senti quasi tout remué.

Mais où son étonnement ne connut plus de bornes, ce fut quand il se trouva face à face avec la tête que s'était fabriquée, pour les besoins de sa cause, l'ancien sir Henry Walton.

Comment, en effet, déchiffrer l'ex-amant de Thérèse Lesage, l'Anglais de la route des Vosges, de l'*Hommelet-Rouge* et de la berge du Rhin devant Brisach, dans ce «père» suppliant, larmoyant, étendant les bras et murmurant des mots presques indistincts que l'on comprenait à peine?

Notre héros n'en revenait pas.

— Chevalier, lui dit le maréchal, vous allez vous mettre en rapport avec l'ennemi en faisant hisser le drapeau et sonner la sonnerie des parlementaires.

— Bien, mon général.

— Monsieur que voici vous accompagnera. Vous le remettrez à ceux des assiégés qui s'aboucheront avec vous, et vous reviendrez dans nos lignes en le laissant entre leurs mains. Il s'expliquera avec eux.

Puis, se tournant vers le faux Carlisle :

— N'est-ce pas là, milord, ce que vous réclamez de moi?

L'autre n'en exigeait pas davantage.

A l'entrée du fils de Porthos, il avait gardé une contenance indifférente et tranquille.

Mais, quand il eut entendu M. de Créqui ordonner à notre héros de le conduire aux gens de Fribourg, il ne put se défendre d'un tressaillement de joie.

Puis, tout entier à son rôle, il fit mine de se jeter aux genoux de M. de Créqui :

— Ah! monsieur, balbutia-t-il, merci du plus profond de mon cœur!... Le peu de jours qui me restent à passer sur cette terre vous appartient en propre désormais, et, en vous le sacrifiant, je vous serai encore redevable!... Le Seigneur vous récompensera .. Oui, il protégera vos drapeaux; car vous êtes bon, vous êtes humain, vous êtes grand!...

Puis encore, s'adressant au jeune officier :

— Venez, monsieur!... Votre général le permet!... Venez vite!

Le Breton semblait tout déferré.

Il interrogeait son supérieur d'un regard surpris et inquiet.

M. de Créqui le rassura d'un léger clignement de paupières.

L'Anglais se dirigeait avec empressement vers le siège qui supportait son chapeau, son manteau et sa houssine.

Il avait enfoncé le premier sur sa tête; il avait jeté le second sur son bras; il étendait la main vers le troisième...

Le général éleva la voix :

— Milord!...

— Monsieur le général?...

— Vous paraissez avoir peine à vous soutenir... L'âge, la fatigue, l'émotion, sans doute... Pour assurer vos pas, prenez donc cette canne...

— Quelle canne ?

— Celle qui est là, contre le mur... La mienne... Je suis heureux de vous l'offrir...

— A moi ?...

— Oui : pour remplacer cette houssine ?...

— Cette houssine ?...

— Elle ne saurait vous être d'aucune utilité... C'est à pied que vous allez franchir la zone de terrain, fort encombrée d'obstacles, qui vous sépare de la ville... Moi, par contre, je vais monter à cheval tout à l'heure... Voulez-vous que nous fassions un échange ?...

L'Anglais pâlit et répéta :

— Un échange ?...

M. de Créqui souriait :

— C'est une fantaisie... Un pur caprice... Histoire de conserver un souvenir matériel de notre rencontre de ce matin...

L'autre se troublait de plus en plus.

— Monsieur, bégaya-t-il, n'insistez point, de grâce !... Cet échange n'est pas possible... Non, vraiment, il n'est pas possible...

— Bon ! fit le maréchal, voilà qui est plaisant... Il y a à peine un moment, vous parliez de me donner votre vie toute entière... Et, maintenant, vous me refusez cette bagatelle...

Il allongea le bras vers l'objet du litige...

Mais l'étranger se jetant devant la chaise sur laquelle celui-ci était placé :

— Encore une fois, ne touchez pas à cette baguette !...

— Ah çà ! demanda le général froidement, serait-ce, par hasard, parce qu'elle est creuse et que vous avez caché dedans le billet de M. de Lorraine, qui doit vous servir de passeport près du gouverneur de Fribourg ?

Ce qui suivit eut la rapidité de l'éclair.

Un juron, étranglé par la rage, sortit à demi des lèvres frémissantes de l'Anglais.

En même temps, un long couteau jaillit de dessous ses vêtements.

Ce couteau menaça la poitrine de M. de Créqui.

Mais, depuis quelques instants, Joël surveillait attentivement tous les mouvements du misérable.

Le Breton s'était élancé entre le maréchal et l'agresseur.

Son poignet s'était abattu sur celui de ce dernier.

Il y eut un choc et un cri.

Quand on accourut de toutes parts au bruit de cette lutte foudroyante, — car elle ne dura qu'une minute, — notre héros était debout et tenait à la main l'arme qu'il avait arrachée aux doigts crispés de l'assassin...

— Faites entrer.

Celui-ci gisait sur le parquet comme une masse inerte...

Sa longue perruque blanche était tombée et découvrait ses cheveux dont le roux violent faisait encore ressortir la lividité de sa face...

Il ne bougeait plus. Le souffle sortait pénible et sifflant de sa gorge. Ses yeux, demi-fermés, disparaissaient dans l'ombre de ses sourcils et laissaient sourdre par intervalles une lueur rougeâtre...

Le pied du fils de Porthos le clouait sur le sol.

— Mon général, questionna le jeune homme, faut-il l'écraser tout à fait?

— Garde-t'en bien, cadet, répondit M. de Créqui : il appartient à mon prévôt.

S'adressant, ensuite, aux officiers qui remplissaient la pièce :

— Messieurs, l'homme que vous voyez là sous le talon de ce brave garçon, est, à lui seul, une trinité de scélérats... Empoisonneur, assassin et espion... Empoisonneur, il a trempé dans la plupart des exécrables attentats dont, par malheur, la Chambre ardente n'a pu punir tous les coupables... Assassin, il a essayé de me poignarder, tout à l'heure; il a tenté de se défaire du chevalier de Locmaria; il a fait tuer une femme dont il avait été l'amant... Espion, je vous montrerai, dans un moment, qu'il n'avait rien moins conspiré que l'anéantissement de notre armée sous Fribourg...

Il y eut une grande rumeur parmi les assistants.

M. de Créqui reprit :

— Laissez-le se relever, chevalier; qu'il se défende, s'il est possible.

Le fils de Porthos obéit, — et le bandit se remit avec peine sur ses jambes.

Puis, se livrant à des efforts sans pareils pour recouvrer son sang-froid et faire bonne contenance :

— Je ne me défendrai pas, répliqua-t-il d'une voix presque inintelligible... Non, non, je ne me défendrai pas... Je suis sujet anglais... Vous n'avez pas le droit de me juger...

— Vous êtes, repartit le maréchal, un de ces aventuriers que renie toute nation honnête... Vous n'avez pas de nom... Ou, plutôt, vous prenez tous ceux qui vous conviennent pour assurer le succès et l'impunité à vos criminelles entreprises...

Il ajouta, avec un accent interrogateur et sévère :

— Encore une fois, qu'avez-vous à articuler pour votre justification ?

L'autre eut un mouvement d'épaules farouche :

— Encore une fois, je ne répondrai pas, dit-il.

— Alors, on répondra pour vous.

Et, interpellant notre héros :

— Monsieur de Locmaria, questionna le maréchal, reconnaissez-vous cet homme pour celui qui vous a déclaré jadis s'appeler sir Henry Walton?

— Je le reconnais, prononça Joël gravement.

— Le reconnaissez-vous pour celui qui vous a donné la chasse, entre Colmar et Alt-Brisach, dans le but de s'emparer des dépêches dont vous étiez porteur? Pour celui qui a commandé de tirer sur la barque qui vous emportait? Pour celui qui a ordonné le meurtre de la fille Lesage? Pour celui que cette malheureuse vous avait désigné auparavant comme l'un des associés, des complices de la Voisin?

— Je le reconnais.

— Le reconnaissez-vous, enfin, pour celui qui, la nuit dernière, a eu, chez le forestier Gaspard Braun, un entretien avec le prince Charles de Lorraine?

— Je le reconnais.

M. de Créqui se tourna vers Petit-Renaud, qui était entré avec le reste de l'état-major :

— Et vous, monsieur d'Élicigaray, le reconnaissez-vous pareillement?

— Si je le reconnais !... Ventredioux ! plutôt vingt fois qu'une !... Encore que je ne l'aie aperçu que de dos et dans la carapace de son manteau couleur d'amadou !

L'Anglais s'agita comme une bête fauve qui cherche à se débarrasser du piège qui l'étreint :

— Ces misérables, grinça-t-il, se sont entendus pour me perdre !...

— Vous oubliez, continua le maréchal, qu'il y a des témoignages muets qui sont plus accablants pour vous que les affirmations de ces deux soldats dignes de foi...

L'autre lécha l'écume qui lui venait aux lèvres...

Puis, il répéta furieusement :

— Calomnie !... Imposture !... Mensonge !...

M. de Créqui pointa le doigt vers un objet tombé sur le carreau.

— Tenez, poursuivit-il, voici qui va parler, vous accuser et vous confondre...

Le vertige de la colère et de la peur semblait avoir brouillé le cerveau de l'aventurier et lui avoir enlevé toute souvenance...

Mais quand, sur un geste du maréchal, il vit le Breton se baisser, ramasser la houssine qui recélait le billet du duc Charles, en dévisser le pommeau d'argent et en retirer le papier roulé...

Alors, ah ! alors, il comprit qu'il ne lui était pas possible d'échapper — par la ruse ou l'effronterie — au sort terrible qui l'attendait...

Le sentiment de son impuissance le terrassa plus violemment encore que ne l'avait fait le bras de notre ami Joël...

Son audace, sa voix, ses forces le trahirent. La flamme diabolique de son regard s'éteignit. Ses paupières s'abaissèrent. Sa peau se marbra de tons noirâtres et verdâtres. Il s'affaissa contre le mur et ne bougea plus.

— Chevalier, lisez, dit M. de Créqui.

Puis, quand le jeune homme eut donné lecture du message du prince lorrain au gouverneur de Fribourg :

— Eh bien ! messieurs, demanda le maréchal, croyez-vous que l'arrêt que je vais rendre soit suffisamment justifié ?

Il y eut autour de la chambre un long murmure approbatif.

— Henry Walton ou Hughes Carlisle, continua M. de Créqui, c'est vous qui avez prononcé vôtre propre condamnation : « Si je vous trompe, me disiez-vous il n'y a pas encore une heure, faites votre devoir de général d'armée. » Je ne faillirai pas à ce devoir. M. de Lorraine, du reste, avait soupçonné que vous pouviez être un traître, et, prudemment, il avait pris ses précautions en conséquence... Je ne serai pas moins sage que lui... — Holà, monsieur le prévôt !...

Celui-ci s'approcha, le chapeau à la main...

— Par la morbleu ! interrogea le maréchal, parmi la nuée de goujats qui tourbillonne autour du camp, — charretiers, vivandiers, juifs, bohèmes, — vous n'êtes pas sans avoir quelque vaurien de choix qui se montrera enchanté d'empocher une couple de pistoles pour remplir l'office de bourreau.

— Il n'en manque pas, monseigneur.

— Eh bien ! allez m'en quérir un, — des moins maladroits, s'il se peut.

Il ajouta, en désignant du bout de sa canne, avec un souverain mépris, le meurtrier de Thérèse Lesage, désormais sans intelligence et presque sans respiration, immobile, comme mort :

— Et qu'on me pende *ça* sur-le-champ.

XV

LES AUDIENCES DE MADAME DE MONTESPAN

Dans son « pied-à-terre » de Clagny, devenu — forcément — sa résidence définitive depuis son départ de Saint-Germain, Mme de Montespan, nous apprend Saint-Simon, « passait son temps à faire payer aux personnes de son entourage les déboires d'une disgrâce dont son orgueil démesuré ne pouvait supporter le poids. »

Parmi ces personnes, deux seules trouvaient grâce devant sa mauvaise humeur continuelle et ses emportements quotidiens.

C'étaient sa femme de chambre, la des Œillets, dont il a été question au commencement de ce récit, et une de ses filles d'atours, baptisée du nom — ou du surnom — de Cateau, laquelle ne le cédait en rien à sa compagne pour l'absence totale de scrupules, le déluré de la conduite et l'indépendance du cœur.

La des Œillets et la Cateau n'étaient pas seulement les confidentes de la marquise...

Celle-ci les avait mêlées à plus d'une intrigue criminelle, dont les mémoires de l'époque et les archives de la police nous ont conservé les détails compromettants.

A Clagny comme à Saint-Germain, l'intérieur de l'ex-favorite offrait un bizarre amalgame d'objets qui reflétaient le double aspect de son caractère, où les passions les plus mondaines et les plus charnelles s'alliaient aux pratiques de la piété la plus étroite et de la plus grossière superstition.

Les tableaux de sainteté austère n'y paraissaient point scandalisés de coudoyer les trumeaux peuplés des priapées des satyres et des bacchantes ; les madones au cœur percé des sept glaives y pleuraient à côté des portraits de la maîtresse du logis en déshabillé de ruelle, — et tout un calvaire de christs couronnés d'épines et zébrés de stigmates sanglants y laissaient pendre leurs regards sur un olympe de marbres et de bronzes aux voluptueuses nudités.

C'est dans ce milieu plein de contrastes que nous irons chercher la belle Athénaïs.

Elle y déjeunait, un matin, au saut du lit, dans son cabinet de toilette.

Singulier cabinet et plus singulier déjeuner.

Dans le premier, au milieu des frivolités du luxe le plus raffiné et du désordre de tout ce qui constitue l'arsenal d'une coquette, on voyait traîner çà et là une discipline et un cilice.

Le second se composait d'un tout petit morceau de pain noir et d'un verre d'eau posés sur un plateau de vermeil.

Certes, ce n'était point à ce régime plus que frugal que *la Merveille* avait acquis ces formes *triomphantes* auxquelles Mme de Sévigné ne cesse de rendre hommage dans sa correspondance.

On faisait volontiers chez elle chère plus grasse et plus délicate.

Seulement, ce jour-là était un vendredi.

Or, la mère des *légitimés* affichait la plus scrupuleuse orthodoxie.

« Rien ne lui aurait fait rompre un jeûne ou un jour maigre, raconte de nouveau Saint-Simon, et ses scrupules allaient si loin en ce sens qu'elle se faisait peser son pain, pour n'en pas manger plus que n'en exigeait strictement le besoin de contenter sa faim. »

On assure, à ce propos, que la duchesse d'Uzès lui ayant témoigné son étonnement de ce mélange de désordre et de régularité dans ses mœurs :

— Eh quoi! madame, lui répondit la favorite, faut-il, parce que je fais un mal, m'abandonner à tous les autres ?

L'écrivain que nous venons de citer à deux reprises ajoute :

« Elle croyait ainsi fermement qu'elle obtiendrait du ciel le pardon des fautes qu'elle n'hésitait point à commettre toutes les fois que ses intérêts ou sa vanité y trouvaient de la satisfaction. »

. . . .

Tout en procédant à ce repas économique, Mme de Montespan livrait aux soins de la des Œillets son ardente et abondante chevelure.

Nous ne savons si, sous son riche peignoir d'étoffe orientale brochée de fleurs de pourpre et d'or, l'ancienne maîtresse de Louis XIV avait, comme le disait la maréchale de la Meilleraye, « le dos aplati par l'effet de ses mécomptes; » dans tous les cas, ni son teint, ni ses yeux, ni ses lèvres ne paraissent s'en ressentir.

Assise devant une toilette encombrée de brosses, de peignes, de flacons, de sachets et de boîtes de poudres et d'opiats, auxquelles, du reste, elle n'avait jamais recours, — car elle était d'une fraîcheur naturelle véritablement surprenante, — elle se regardait avec complaisance dans le cristal biseau d'une glace sur le cadre d'argent de laquelle des faunes vigoureux caressaient des dryades, tandis qu'en face, à la muraille, s'accrochait un *Chemin de la Croix* aux personnages en ivoire artistement travaillé.

Elle se regardait et se souriait.

Cependant, par intervalles, un brusque rapprochement des sourcils, un frémissement rapide des narines, une soudaine contraction des muscles indiquaient que, sous cette apparente quiétude, courait une rancœur profonde.

La des Œillets était rousse comme sa maîtresse.

C'était une grande fille, déhanchée et dégingandée dont la taille virile rappelait celle de la *fræulein* Mina.

Mais elle n'avait ni l'œil limpide, ni le front candide, ni l'air timide de l'amante de Petit-Renaud.

Sa prunelle dégageait de mauvaises lueurs.

Ses traits étaient durs, sa mine sournoise, sa bouche lippue et sensuelle.

Ses mouvements, son verbe et ses propos semblaient être bien plutôt d'un corps de garde que d'un boudoir.

A un moment, on gratta à la porte.

— C'est Cateau, dit la des Œillets.

Elle s'en fut ouvrir, et la fille d'atours entra.

Celle-ci ne ressemblait nullement à sa compagne.

Petite, brune et rondelette, elle avait dans les yeux tout le soleil de la Provence, son pays, et, dans ses allures provocantes d'ondulations et de cambrure, quelque chose de la chatte câline, qui caresse avant de griffer.

— Eh bien ? lui demanda vivement la marquise.

— Eh bien ! madame, répondit-elle, l'homme en question vient d'arriver.

— Alors, amenez-le vite, ma mie.

Quatre minutes plus tard, notre ancienne connaissance, le colonel — ou le capitaine — Asdrubal de Cordebœuf se présentait devant *la Merveille*.

Oui, mais splendidement requinqué de neuf et fondant dans l'éclat prismatique de son costume toutes les couleurs de l'arc-en-ciel, depuis le vert d'eau des bas de soie jusqu'au jaune d'or de la plume, en passant par le violet des hauts-de-chausses, par l'azur de la veste et par l'amarante de l'habit.

Mme de Montespan congédia du geste les deux chambrières. Puis toisant le survenant avec hauteur :

— Est-ce vous, interrogea-t-elle, qui m'avez écrit pour me demander une audience ?

L'ex-capitaine — ou colonel — de Royal-Maraude s'inclina si profondément que son plumet balayait le tapis du boudoir.

— C'est moi, répondit-il, qui ai eu cet honneur.

— Qui êtes-vous ?

Asdrubal salua de nouveau, avec une plus grande affectation de respect :

— Madame, je suis le plus humble, et je ne tends qu'à être le plus actif, le plus fidèle et le plus dévoué de vos serviteurs.

Athénaïs eut un moment d'impatience :

— Trêve de salamalecs !... Au fait !... Encore une fois, qui êtes-vous ?

— Madame, j'ai possédé jadis un grade supérieur dans l'armée...Une armée que j'avais levée moi-même, et dont un quart a déserté, dont deux autres quarts ont été taillés en pièces, et dont, ma foi, j'ignore ce qu'est devenu le reste... Pour le quart d'heure, je fais partie de la maison de S. Exc. l'ambassadeur de Sa Majesté Catholique.

— De M. le duc d'Alaméda ?

— Précisément.

— Vous me parlez, dans votre lettre, de secrets importants que vous avez à me révéler : seraient-ce, par hasard, ceux de votre maître ?

— Madame la marquise a deviné.

— Il me semble que vous êtes franc...

— Toujours : quand ma franchise ne peut me faire de tort.

— Et cette franchise va jusqu'à révéler les secrets des autres ?

— Pourquoi pas, quand cette révélation est susceptible de me rapporter quelque chose ?

— Que faites-vous chez M. d'Alaméda?

— Hélas! tout ce qui ne concerne pas mon ancien métier d'homme de guerre, de l'observation et de la calligraphie.

— Et le duc vous confie ses secrets?

Le drôle se campa en personnage qu'on offense dans toutes ses pudeurs :

— Madame, prononça-t-il gravement, si je trahissais la confiance de mon maître, je me considérerais comme indigne de l'estime des honnêtes gens... Mais ces secrets, Son Excellence ne me les a nullement confiés : je les ai surpris, voilà tout... Il m'est donc permis de les vendre.,.

— Combien? s'informa la marquise.

Cordebœuf se recueillit un moment.

Ensuite, avec le ton de désinvolture d'un comédien qui débite un rôle dont il ne croit pas le premier mot :

— Quoique d'apparence assez robuste, j'ai la poitrine fort délicate... L'air des villes ne me convient pas... Il me faut l'atmosphère pure et saine des campagnes...:

« Et puis, j'ai beaucoup guerroyé... Sous différents drapeaux... Sous le mien, surtout... Et les vieux soldats ont besoin d'un repos vaillamment gagné...

« Je me suis donc décidé à renoncer au monde, à accrocher la brette au clou et à chercher de ci, de là, comme l'Alceste de M. Molière, quelque endroit écarté

> Où de vivre tranquille on ait la liberté...

« Ce n'est peut-être pas exactement le vers; mais c'est l'idée; la mienne, du moins...

« Or, qu'est-ce que je demande, bon Dieu! pour réaliser ce doux rêve au sein de la nature forte et grande?...

« Un simple pigeonnier quelque part en province, avec deux ou trois mille écus de revenu, quelques arpents de terres et de vignes au soleil, ma place au banc-d'œuvre de la paroisse, un bois pour chasser le lapin, et, si les injures du temps n'ont pas défraîchi mon physique, une gentille ménagère qui me console, en me donnant beaucoup d'enfants, des déboires de la première partie de mon existence aventureuse!...

« Oh! la propriété, la famille et les champs! Tout est là! Virgile l'a dit avec raison :

> *O fortunatos nimium sua si bona norint!...*

« Il parlait de ces braves paysans. Or, madame la marquise a trop de lettres pour ne pas connaître Virgile. Quand ce ne serait que de réputation!

— Pasdieu! pensa l'ex-favorite, qui jurait à l'occasion, — même le vendre-

Ils s'étaient engagés dans la forêt.

di, — voilà un coquin que l'on aurait plaisir à voir au pilori ou sur la roue!

Puis, tout haut :

— Pourquoi quitter la maison de M. d'Alaméda? Le duc est riche et généreux. Si vous le servez fidèlement, ses bontés vous mettront à même de réaliser votre rêve.

Asdrubal secoua la tête :

— Humph! répliqua-t-il, c'est que Son Excellence a une façon à elle toute particulière de récompenser ses serviteurs...

« Tenez, il y avait jadis un mien ami, auquel j'ai succédé dans les bonnes grâces du maître. C'était un Espagnol appelé Esteban. Ce pauvre diable avait été employé par monseigneur dans plus d'une affaire délicate...

« Eh bien! il en est mort!...

— Vraiment?

— Et j'ai tout lieu de soupçonner que M. le duc n'est pas tout à fait étranger à l'événement... Ni moi non plus, du reste, je l'avoue... Or, comme je n'entends pas que, plus tard, on s'assure de ma discrétion par des moyens de même nature...

L'ex-colonel de Royal-Maraude était, en effet, persuadé que le laquais, dont on n'avait plus eu de nouvelles à l'hôtel de Boislaurier, — non plus que de Joël, d'ailleurs, — avait succombé, en compagnie de ce dernier, sous les balles de l'embuscade organisée, par les ordres de l'ambassadeur, sur la lisière de la forêt de Bondy.

Il y eut un instant de silence.

Ensuite, *la Merveille* reprit :

— Je comprends vos appréhensions; mais pourquoi, dans cette occurrence, est-ce à moi, plutôt qu'à tout autre, que vous proposez d'acheter les secrets que vous vous vantez de posséder?

— Parce que c'est vous, plus que tout autre, que les secrets en question intéressent.

— Comment cela?

— S'il m'est permis de me faire l'écho des propos qui tombent du salon dans l'antichambre, cette supposition n'est point dénuée de toute vraisemblance, que madame la marquise ne s'est retirée de la cour que pour ne pas assister au triomphe d'une rivale...

Athénaïs se mordit les lèvres jusqu'au sang.

— C'est bien, fit-elle. Je sais. Passons...

— On répète pareillement, là-bas, à Saint-Germain, — oh! mais sous le couvert, par exemple, — que la nouvelle arrrivée, la nouvelle épousée, qui vous a supplantée, qui vous a remplacée dans les affections d'un auguste personnage...

Elle interrompit avec un sourire amer :

— A bas les masques! Parlons cru. Oui, je n'ignore point que le roi a pour maîtresse cette la Tremblaye devenue par mariage chevalière de Locmaria...

Cordebœuf sourit :

— Voilà où madame la marquise se trompe...

— Je me trompe!... Moi!... Et en quoi, je vous prie?...

— Il est constant que Sa Majesté est follement éprise de la personne dont il s'agit; mais celle-ci n'est pas sa maîtresse...

Mme de Montespan se leva avec impétuosité :

— Elle n'est pas sa maîtresse!... Vous dites que cette Aurore n'est pas la maîtresse de Louis!... Où avez-vous pris cette histoire?...

Asdrubal appuya froidement :

— Non, Mme de Locmaria n'est pas la maîtresse du roi. Je l'affirme. J'en ai la preuve...

— Oh!...

— J'ajouterai que cette jeune femme ne paraît même pas se douter de la passion dont elle est l'objet.

— Est-il possible!...

— Par exemple, ce qui me semble non moins certain, c'est que Sa Majesté a la ferme croyance qu'elle répond à son amour...

L'ex-favorite regarda l'ex-colonel avec une expression d'étonnement et de colère :

— L'ami, questionna-t-elle, vous moquez-vous de moi? Que signifie ce galimatias?... Voyons, expliquez-vous, parlez...

— Eh! mon Dieu, madame, rien de plus simple : on trompe le roi...

— On trompe le roi?...

— Oui, madame.

— Qui cela?

— M. le duc d'Alaméda, mon maître.

— Le duc?... Et par quels moyens, dans quel intérêt le trompe-t-il?

— Dans quel intérêt, je l'ignore; mais il faut, en vérité, que celui-ci soit bien puissant pour faire jouer à Son Excellence la dangereuse comédie dont le monarque est la dupe : une comédie qui consiste à persuader à ce dernier que Mme de Locmaria brûle pour lui d'une passion qu'elle cache à tous les yeux...

— Et vous croyez que cette créature n'est pas la complice du duc?...

— Je vous répète que j'ai la preuve qu'elle n'est que la victime de cette trame...

— Mais comment a-t-on réussi à abuser ainsi le roi?...

— En lui faisant tenir mystérieusement une suite de lettres dans lesquelles cette jeune femme lui peint en traits de flamme les prétendus sentiments qui la dévorent et dont elle ne saurait, dit-elle combattre le coupable entrainement.

— Ces lettres sont donc fausses, alors?...

— Parbleu! c'est moi qui les fabrique!

— Vous!...

L'ex-chef de bande se redressa avec orgueil :

— J'ai plus d'une corde à mon arc... On pourrait prendre pour devise : *Ense et calamo, — Par la plume et l'épée*... Donnez-moi dix lignes d'un homme, et je me charge de le faire pendre, — en imitant son écriture, sa signature et son paraphe si adroitement que je consens à être pendu à sa place s'il ne s'y trompe pas tout le premier !

Il ajouta en caressant sa moustache avec complaisance :

— Il ne s'agit que de me fournir un modèle... Or, Son Excelle m'avait procuré quelques pièces de la correspondance de Mᵐᵉ de Locmaria avec une vieille parente qui habite Paris... C'est là-dessus que j'ai travaillé... Que l'on mette aujourd'hui sous les yeux d'un expert une page tracée par la main de la belle Aurore et un fac-simile de celle-ci dû à mon prodigieux talent d'imitation : du diable si l'on distinguera la copie de l'original !

La Merveille eut un bruyant accès d'hilarité :

— Sur ma parole, voilà qui est habilement mené!... Et ce pauvre Louis qui se figure être adoré de cette pimbêche !... Le grand Alcandre berné comme un simple Géronte !...

Puis un nuage soudain rembrunissant ses traits :

— Oui, mais ce duc d'Alaméda... Dans quel but cette machination?... J'ai beau me creuser la cervelle...

Puis encore, relevant sur son interlocuteur un regard et un front redevenus sérieux :

— D'ailleurs, il faudra bien que ce jeu ait un terme... Je connais le roi par expérience... Il n'est pa. omme à se contenter d'espérances et de pattes de mouche...

— Aussi, repartit Asdrubal, mon maître s'est-il arrangé pour lui donner satisfaction...

— Il ne le peut que d'une manière...

L'ex-colonel approuva de la tête :

— J'ai eu l'honneur d'affirmer à Mᵐᵉ la marquise, déclara-t-il péremptoirement, que sa rivale n'était point la maîtresse de Sa Majesté; mais je n'ai aucunement prétendu qu'elle ne le deviendrait pas dans un avenir prochain.

Le sang monta violemment aux joues de Mᵐᵉ de Montespan.

— Vous voyez bien, s'écria-t-elle, que cette vertu si sauvage finira par s'apprivoiser et par édifier sa fortune, comme les autres, sur les ruines de son honneur...

— Mme de Locmaria ne s'apprivoisera pas...

Elle haussa les épaules avec impatience :

— On ne la violentera pas pourtant !... Louis n'a pas de ces façons... Alors elle sera bien obligée de consentir...

— On ne lui demandera aucune espèce de consentement...

— Hein ?...

— Elle n'aura qu'à subir la loi du fait accompli...

— Je ne comprends pas...

— J'estime, cependant, que madame la marquise s'est assez occupée de chimie pour ne pas ignorer les propriétés de certaines substances qui paralysent toute volonté et neutralisent toute résistance...

— Endormie ! s'exclama l'ancienne favorite, c'est endormie que cette Aurore sera jetée dans les bras du roi !...

Son interlocuteur conclut paisiblement :

— Ces substances s'appellent, je crois, des narcotiques... Il y a des gens qui en tiennent boutique ouverte dans Paris... Comme aussi de poisons, du reste.

Il se tut. Mme de Montespan demeura pensive. Puis, au bout de quelques minutes :

— Mon ami, reprit-elle d'un ton dont l'affabilité laissait percer une menace, votre conversation me plaît, et je n'en voudrais pas perdre l'agrément... Continuez donc, je vous prie... Vous m'avez dit trop de choses curieuses pour rester en si beau chemin...

L'escogriffe se courba avec humilité :

— J'attends les questions de madame.

— D'abord, qui a imaginé le procédé expéditif dont vous venez de m'entretenir ?

— Oserai-je répéter à ma noble auditrice que M. d'Alaméda est un homme doué d'un génie d'invention en tous points extraordinaire ?

— Et quand ce génie d'invention aura-t-il recours à ce procédé, qu'il n'a certainement pas inventé, d'ailleurs ?

— Voici ce que j'ai pu recueillir à ce sujet : il paraît que Sa Majesté chassera prochainement à Marly...

— Oui : les grandes chasses d'automne...

— La reine suivra le roi, et les dames du palais suivront la reine, naturellement. Il y aura collation sur l'herbe. Eh bien, l'un des sommeliers qui verseront à boire, celui-là même qui sera chargé de servir Mme de Locmaria, a été acheté par le duc...

— J'entends...

— Lorsque le narcotique produira son effet ; lorsqu'on verra la jeune femme pâlir, faiblir, fermer les yeux, tout le monde croira à l'une de ces syncopes auxquelles elle est sujette, dit-on...

— Fort bien...

— L'intéressante malade sera alors transportée dans un pavillon que mon maître possède au bord de la forêt, et non loin duquel on fera en sorte que cet accident ait lieu...

— Après ?...

— Or, ce pavillon communique par un passage souterrain avec le château de Marly...

Et l'ex-capitaine appuya d'une façon significative :

— Où le roi passera la nuit...

— Ah !...

Mme de Montespan se remit à songer

— Voilà, murmura-t-elle, un plan admirablement ordonné !...

Ensuite, regardant fixement son interlocuteur :

— Mais comment en avez-vous eu connaissance?... Car je ne pense pas que votre maître ait pris soin de vous l'exposer...

— Oh ! mon Dieu, rien de moins compliqué... J'ai un défaut... Je suis curieux.

— C'est parfois une qualité.

— Si, d'aventure, je m'aperçois que quelqu'un s'ingénie à me cacher quelque chose, il me prend aussitôt une rage furieuse de découvrir ce quelque chose et de percer à jour ce quelqu'un...

« C'est ainsi que Son Excellence s'étant enfermée, hier au soir, dans son cabinet, avec M. de Boislaurier, son âme damnée, pour causer d'affaire d'importance, je ne sais comment cela s'est fait, mais je me suis trouvé tout à coup accroché au treillage qui tapisse la muraille, au-dessous de la fenêtre de ce cabinet...

« Cette fenêtre était ouverte, — par hasard

« J'ai donc entendu, — malgré moi, — les deux gentilshommes s'entretenir de cette savante combinaison.

— A merveille !... Je comprends... Mais ce que je saisis moins, c'est que l'idée ne vous soit point venue de prévenir Sa Majesté de la fraude dont elle était la dupe.

Cordebœuf hocha le front :

— Madame, répliqua-t-il, le roi ne m'aurait jamais pardonné d'avoir trempé dans cette fraude...

— Soit... Dans tous les cas, Mme de Locmaria vous restait... Pourquoi ne pas l'avoir avertie du piège tendu à son honneur ?...

Les traits du coquin s'assombrirent

— Je suis venu à vous, déclara-t-il nettement, parce que vous devez haïr cette femme...

« Moi aussi, je la hais, — et de toute mon âme...

« Je la hais pour l'amour qu'elle porte à son époux, — à ce stupide Breton qui m'a crossé deux fois devant elle : sur la route de Saumur et sur la berge des Célestins...

« Je me suis vengé de celui-là : sa force brutale ne terrassera plus personne...

« Mais je veux que sa veuve souffre...

« Je veux qu'elle souffre par moi...

— *Sa veuve?* interrompit brusquement la marquise : vous avez dit *sa veuve?*

— Certainement : puisque M. de Locmaria est mort.

Les deux mains d'Athénaïs saisirent convulsivement les bras de son fauteuil, comme si elle eût voulu bondir...

Et cette exclamation s'échappa de ses lèvres, — une exclamation dans laquelle il y avait à la fois de l'incrédulité, du doute et de l'espoir :

— Mort, M. de Locmaria!... Le chevalier !... Ce Joël !...

— Ce Joël, en effet, repartit Asdrubal

Il ajouta avec une férocité froide :

— Mort *par moi.*

— Vous en êtes sûr ?

— C'est moi qui avais placé de chaque côté de la route les compagnons qui l'ont fusillé au passage.

— Quelle route ?

— Celle d'Allemagne, parbleu !... A l'endroit où commence la forêt de Bondy. Le jour de son départ de Paris...

La Merveille répéta :

— Vous en êtes sûr ?

— Je les ai vus tomber tous les deux sous les balles : lui et cet Esteban dont je vous parlais tout à l'heure...

— Oh !...

— C'était M. d'Alaméda qui avait ordonné cette double exécution... Le duc avait primitivement résolu de laisser ce godelureau aller se faire tuer sous Fribourg... Ensuite, il s'était ravisé, — et c'était pendant que nos voyageurs s'attardaient, à Paris, chez M. de Louvois, que j'organisais l'embuscade dans laquelle ils devaient succomber...

Mme de Montespan redit une troisième fois :

— Vous en êtes sûr ?

— Le lendemain, je suis retourné m'informer : on avait ramassé les deux cadavres et on les avait enterrés dans le cimetière de Nogent. Le maître et le valet étaient là côte à côte... Je me suis penché sur leurs fosses... J'ai interrogé les paysans... Il n'y avait pas à s'y tromper.

Et le sacripant ricana avec une joie fauve et stridente :

— La nouvelle épousée peut attendre des nouvelles d'Allemagne... Elle n'en recevra point... Et son mari ne reviendra pas pour la défendre contre les intrigues de mon maître et contre la passion du roi.

La marquise respirait, comme délivrée d'un poids écrasant.

Ainsi, ce Joël, le contempteur de ses charmes ; l'amant, l'époux, le protecteur de sa rivale ; le porteur du médaillon qui renfermait le papier dont elle avait à redouter si fort la production, elle s'en voyait débarrassée à tout jamais !

Les paysans qui lui avaient donné la sépulture avaient peut-être trouvé le bijou en question sur la poitrine du jeune homme...

Mais quoi ! ils n'en connaissaient pas le secret, et il ne leur était point possible d'en soupçonner le contenu...

Dans le cas contraire, médaillon et papier, tout cela était enfoui sous six pieds de terre avec le corps du « fusillé ».

Athénaïs s'expliquait maintenant comment elle n'avait plus entendu parler des deux *bravi* qu'elle avait dépêchés à la poursuite du Breton.

Sans doute avaient-ils prolongé le pourchas jusqu'à la frontière, et, dans leur rage de gagner la récompense promise, s'épuisaient-ils là-bas en recherches infructueuses, puisque d'autres avaient accompli leur besogne.

Nous savons, nous, que les frères de la fille la Bosse dormaient de compagnie dans le cimetière de Nogent, aux lieu et place du fils de Porthos et de son laquais.

Mais la marquise l'ignorait, elle !...

Et, délivrée de toute inquiétude — par les affirmations réitérées de Cordebœuf — à l'endroit de notre héros et de la lettre accusatrice, elle se sentait, avec ivresse, libre de se consacrer tout entière à la perte de sa rivale.

Partant, le sourire était revenu sur ses lèvres.

— Mon cher colonel, s'enquit-elle d'un air affable et enjoué, voulez-vous, en réalité, que la bucolique qui forme l'objet de vos souhaits ne reste pas pour vous, comme ces victuailles qui, à la broche des rôtisseurs, tentalisent le ventre et les yeux des pauvres hères sans le sou ?...

— Si je le veux !...

— Ces vignes, ces prés, ce colombier, cette lapinière, — qui sollicitent vos goûts champêtres, — voulez-vous qu'ils cessent d'exister seulement à l'état de domaine en Espagne ?...

— Si je le veux !...

Il pénétra dans la maison.

— Voulez-vous, enfin, satisfaire cet appétit de tranquillité, de considération, de joies ménagères et mounoyées, lequel vous a pris sur le tard, mais qui n'en est que plus légitime, plus honorable et plus pressant?...

— Si je le veux!... Vous me le demandez, belle dame! Mais c'est-à-dire que, pour réaliser cette pastorale de mes rêves, je donnerais tout ce que contient la poche des autres!

La protestation ne manquait ni de chaleur, ni de conviction, et le sacripant l'avait lancée avec une voix, un geste, une pose dignes du Sbrigani de la farce italienne ou du Scapin de notre comédie française.

Toutefois, « belle dame » était familier...

Mme de Montespan ne tolérait point volontiers les privautés.

Elle pinça la bouche et se renversa dans son fauteuil avec un laisser-aller de reine ou de déesse.

— Ainsi, mon garçon, reprit-elle, vous n'hésiteriez pas à faire tout ce qui vous serait recommandé?

— Je fais tout ce qui se paye, répondit sèchement Asdrubal.

Remis à sa place par ce : *Mon garçon* dédaigneux, il se tenait au port d'armes en face de son interlocutrice, comme un soldat devant son général.

— Prenez ce tabouret, continua *la Merveille*. Votre audience n'est pas finie : elle commence. Nous allons travailler ensemble.

XVI

LES AUDIENCES DE M. D'ALAMÉDA

La scène suivante se passait, le même jour, dix heures du soir approchant, dans le cabinet de M. de Boislaurier, en l'hôtel de celui-ci, à Saint-Germain.

M. d'Alaméda était là, assis, dans un vaste fauteuil de cuir, devant un bureau, de l'autre côté duquel une visiteuse, aux coiffes soigneusement baissées, semblait se disposer à prendre congé.

Cette visiteuse n'était autre que la fille des Œillets, qui, nous le savons, entretenait, depuis longtemps, de secrètes intelligences avec l'hôte de l'ambassadeur.

— Ainsi, questionnait ce dernier, c'est là tout ce que vous êtes parvenue à entendre?

— Dame! monseigneur, ils parlaient bas... Les draperies qui recouvrent la porte sont épaisses... Et puis, j'avais une peur du diable que cette mauricaude de Cateau ne me surprît l'oreille aux écoutes...

Quelque chose comme un sourire effleura les lèvres parcheminées du vieillard.

— Dans tous les cas, poursuivit-il, vous êtes certaine que c'est ce drôle qui s'est chargé d'opérer la substitution en question?

— Oui, monseigneur.

— Vous êtes non moins sûre de l'exactitude des paroles que vous me répétiez tout à l'heure?

— Je suis sûre que madame a dit en propres termes : « *Je ne change pas leur dénouement; je me contente de le modifier; je le rends tragique, voilà tout.* »

— Vous n'en savez pas davantage?

— Non, monseigneur : sinon que l'entretien a duré plus d'une heure... Après quoi, ma maîtresse m'a sonné et m'a donné commission de partir sur-le-champ pour Paris et d'y faire brûler un cierge à Notre-Dame pour la prospérité de ce qu'elle va entreprendre... C'est au retour de cette corvée que je suis accourue à Saint-Germain vous informer de ce qui avait lieu...

Le diplomate lui adressa un signe bienveillant et protecteur.

— C'est bien, ma mie... Continuez à renseigner l'association... Il vous en sera tenu bon compte...

Il y avait, dans la boiserie, une petite porte masquée aboutissant à un escalier de service par lequel on descendait dans le jardin de l'hôtel, d'où l'on gagnait la rue par l'entrée spécialement réservée aux subalternes et aux fournisseurs.

La des OEillets salua et se dirigea vers cette porte.

Puis, au moment de mettre la main sur le bouton qui la fermait :

— Ah! fit-elle en se retournant, un détail que j'allais omettre... Comme votre homme sortait de chez madame, le nommé Latour y entrait... Cet oiseau de nuit et cet oiseau de proie se sont croisés dans l'antichambre...

Puis encore, avec volubilité :

— M'est avis que le vieux hibou arrivait comme marée en carême... D'ailleurs, il ne démarre pas de Clagny depuis voici tantôt quinze jours... La marquise s'enferme avec lui... Et il est question de la *Messe noire*...

Elle attendait. Le duc demeura silencieux. Alors, avec sa résolution :

— Monseigneur, j'ai l'idée qu'il se prépare un pendant à l'histoire de la Fontange.

Elle attendit de nouveau. M. d'Alaméda persévéra dans son mutisme. La chambrière interrogea :

— S'il en était ainsi, qu'est-ce qu'il faudrait que je fisse?

Le vieillard leva sur elle un regard froid et aigu :

— Ma mie, questionna-t-il à son tour, de quelle façon avez-vous agi dans ce que vous appelez l'histoire de la Fontange?

La des Œillets baissa le front comme une coupable.

Le diplomate continua :

— Les maîtres sont de véritables parents que les nécessités sociales donnent aux serviteurs... Or, il faut toujours obéir à ses parents... Seulement, ceux-ci ont à répondre, devant la justice de Dieu et devant la justice des hommes, de ce que leurs ordres peuvent renfermer de contraire à la morale et à la loi.

Il conclut, après un moment :

— Vous n'avez donc qu'à obéir aux ordres de votre maîtresse...

Ensuite, avec un accent et un clin d'œil également significatifs :

— Sauf à me tenir au courant de ce qu'elle vous ordonnera.

. . . .

La camériste était sortie. Aramis restait immobile et pensif dans son fauteuil. Le travail de sa pensée se lisait en quelque sorte sur ses traits maintenant mobiles et souverainement expressifs. Il combinait et il calculait. De temps en temps, son sourire, ou même un mouvement de tête approbatif, annonçait le résultat satisfaisant de son travail mental.

Vingt minutes s'écoulèrent ainsi.

Puis, trois coups furent frappés du dehors à la boiserie.

— Entrez, prononça l'ambassadeur sans se déranger.

La porte masquée s'entre-bâilla doucement — et une seconde visiteuse se glissa dans le cabinet.

Comme la précédente, celle-ci s'efforçait de cacher son visage sous le coqueluchon rabattu de sa mante.

Mais, quand elle eut rejeté ce dernier en arrière, et quand elle se fut avancée dans la zone de lumière de la lampe placée sur le bureau, il est constant que la des Œillets, si elle eût encore été là, n'eût pu retenir une exclamation de surprise...

Car la figure que ce geste découvrit, n'était ni plus ni moins que celle de Mᴸˡᵉ Cateau, sa collègue.

La fille d'atours s'approcha lestement du vieux seigneur.

— Il y a du nouveau, dit-elle.

— Voyons, fit brièvement l'ancien évêque de Vannes.

— D'abord, nous avons reçu une demande d'audience d'une personne de votre maison.

— Oui, interrompit le diplomate, et l'audience a été accordée incontinent.

Cet Asdrubal est né coiffé. Remarqué par la soubrette, accueilli par la dame !...

— Vous savez?...

— Je sais encore qu'il ne t'a pas été possible d'écouter à la porte du cabinet de toilette, où cette audience avait lieu, parce que la des Œillets t'avait précédée à cette place...

La Provençale joignit les mains :

— *Pécaïre !* c'est de la magie !... Vous êtes un sorcier, à coup sûr... Peut-être bien le diable en personne...

L'ex-mousquetaire lui pinça le menton :

— Tu me flattes, coquine !... Mais trêve de compliments : lorque notre belle marquise a eu expédié ta compagne à Paris, as-tu seulement songé à remplacer celle-ci dans son poste d'observation?. . Et m'apportes-tu quelques bribes de l'entretien de ta maîtresse avec Latour, dit l'*Auteur*, qui est devenu, à ce qu'il paraît, l'un des familliers de Clagny...

— Bon ! pendant qu'ils étaient ensemble, je n'ai pas bougé de l'office, où madame m'avait enjoint de faire restaurer votre Asdrubal...

— Hein?...

— Oh ! mais soyez tranquille : je n'en connais pas moins le principal sujet de leur conversation,

Le vieux seigneur la menaça paternellement du doigt :

— Alors, c'est toi qui es sorcière. Prends garde !... On finira par te brûler en Grève comme l'on a brûlé à Aix ton compatriote Gaufridi, le prêtre émule d'Urbain Grandier...

La fille d'atours fit la grimace :

— Monsieur le duc, par grâce, ne parlons pas de fagots... Je n'ai que trop senti le roussi à la suite des différentes opérations auxquelles Mme la marquise m'a employée jadis... Aussi ne me mêlerai-je qu'à mon corps défendant de ce qui se trame en ce moment...

— Et que se trame-t-il donc, mon enfant?...

— D'abord, il faut que vous sachiez que cet affreux Latour est bourré de vices cachés... Un satyre, quoi !... Consumé de désirs sournois que sa laideur empêché de satisfaire !...

« Et défiant, et soupçonneux, et poltron, donc !...

« Toutes les fois qu'il sort de chez madame, on dirait qu'il a peur de rencontrer des hommes de police dans l'antichambre...

« Or, ce matin, il y a trouvé une femme...

— Et cette femme...

— Cette femme, c'était moi, monseigneur... Si bien qu'au lieu de fuir, il a poursuivi... Une poursuite qui ne s'est arrêtée que dans ma chambre...

« Supplications de sa part. Refus obstiné de la mienne. Enfin, — je saute les détails, — concessions mutuelles qui aboutissent à l'accommodement souhaité...

« Je lui accorde ce qu'il me demande...

« Il m'apprend ce que je veux savoir...

— Pauvre enfant! s'exclama Aramis avec une compassion ironique : un pareil sacrifice !... Mais c'est de l'héroïsme, cela !... De l'héroïsme à la Curtius !...

La fine mouche éclata de rire :

— Monseigneur, on vous le portera sur la note... Une façon d'amasser ma dot honnêtement... Dame! vous comprenez que, lorsqu'une fille comme moi ne possède que sa vertu pour entrer en ménage..

— C'est maigre, j'en conviens... Mais, çà ! occupons-nous de choses plus sérieuses que ta vertu... Défile ton chapelet : je t'écoute.

Mlle Cateau commença par s'asseoir sans cérémonie sur l'un des coins du bureau.

Ensuite, elle entama une antienne qui ne dura pas moins de trois quarts d'heure.

Les mots de *narcotique* et de *poison* revinrent fréquemment dans celle-ci.

M. d'Alaméda ne parlait point. Il battait, du bout des ongles, sur l'un des bras de son fauteuil, l'ancienne marche des mousquetaires. Ceci indiquait chez lui un contentement intime.

— Bref, termina la fille d'atours, il avait été entendu primitivement que ce serait votre Cordebœuf qui se chargerait de subtiliser la première fiole et de la remplacer par la seconde entre les mains du sommelier... Mais après la visite de *l'Auteur*, et après ce dont il a informé ma maîtresse, celle-ci a changé d'idée... Et, foi de femme qui s'y connait, sa nouvelle combinaison est quelque chose d'infernal...

— Oui, fit l'ambassadeur, c'est fort ingénieux... Ah ! cet esprit des Mortemart !... On l'emploie à d'étranges besognes !...

Mlle Cateau sauta brusquement du bureau sur le parquet :

— Comment ! s'écria-t-elle, vous avez deviné ?...

— Le hardi projet de la marquise !... Je le lui aurais soufflé, au besoin... Si son mauvais génie n'avait eu cette prévenance...

Le vieillard se leva, guilleret, et, frappant avec une aménité toute épiscopale sur la joue de la camériste :

— Mais tu n'y perdras rien, ma chère petite peste... La prime convenue ne t'en est pas moins acquise... Et l'on verra à te pourvoir...

— Avec le colonel Asdrubal ?...

— Ouais ! tu te sens donc un penchant pour cet officier de sac et de corde ?

— Dame ! monseigneur, il est si gibier de potence !

— C'est juste : il faut des époux assortis...

Tout deux s'esclaffèrent franchement.

Ensuite, le duc reprit avec bonhomie :

— Eh bien ! l'on vous établira...

Il ajouta entre ses dents :

— Cela me vengera de ce traître...

Puis, après réflexion :

— S'il ne lui arrive pas malheur auparavant. `

. . . .

L'ancien évêque de Vannes était seul de nouveau. Il se promenait de long en large. Ses deux mains sèches, mais blanches, régulières et affectant cette forme déliée qui, selon les experts, est un signe d'esprit chercheur et subtil, se frottaient doucement l'une contre l'autre. Il pensait tout haut en marchant :

— Décidément, cette Montespan est une adversaire digne de moi... Employer le bras d'un ennemi, — le mien, — pour assurer sa vengeance : sur ma foi, voilà qui est réellement supérieur...

« Oui, mais je retourne l'arme contre elle. .

« Ce breuvage, qu'elle s'imagine avoir changé en poison, il reste entre mes doigts un simple somnifère...

« Ce n'est pas la mort que je verse dans le verre de sa rivale, c'est le sommeil qui m'est nécessaire pour le triomphe de mes projets...

« Et c'est elle qui m'aide en essayant de me perdre !...

« Ce prétexte que je cherchais pour livrer à Louis, qui s'en croit adoré, une femme hors d'état de se soustraire à ses désirs, — ce prétexte, c'est l'ancienne favorite qui me le fournit à son insu...

« Si l'amant de la charmante Aurore s'étonne de la trouver endormie :

« — Sire, dirai-je, j'étais certain qu'un crime allait être commis...

« Ce crime, si je l'avais dénoncé, avant qu'il soit patent aux yeux de tous, « le roi se serait refusé, tout le premier, à prêter l'oreille à ma voix accusa- « trice...

« J'ai donc voulu que l'œuvre odieuse s'accomplît...

« Seulement j'en ai annihilé les effets...

« J'ai métamorphosé le toxique mortel en narcotique inoffensif...

« Voilà pourquoi c'est une pauvre créature en léthargie que je dépose « entre vos bras, au lieu du cadavre que l'on rêvait d'y jeter et que tous vos « baisers n'auraient pas réveillé... »

« Les deux péronnelles, qui sortent d'ici ; l'empirique, qui va y venir ; jusqu'à ce misérable Cordebœuf, qui me sert en me trahissant, tous ces gens-là, pour sauver leur tête, appuieront mes affirmations de témoignages irrécusables...

« On se souviendra de la malheureuse Fontange...

« Il n'y aura qu'un cri pour accuser la marquise...

« Et, cette fois, le scandale aura été trop éclatant ; cette fois, Louis se sera senti trop directement menacé dans l'objet de son amour, pour que l'on songe à ensevelir ce nouveau drame dans la poussière d'un greffe ou dans les cendres des dépositions anéanties *par ordre*...

« Voilà l'ex-favorite à terre, — et pour toujours !...

« Ses enfants, les *légitimés*, la sauveront sans doute de l'échafaud de la Brinvilliers et du bûcher de la Voisin...

« Mais je ne sache pas qu'il lui reste autre chose que le cloître et l'exil...

Il avait les bras croisés sur sa poitrine soulevée. Pendant un instant, l'enthousiasme de la victoire illumina son être, et son front eut un intime rayonnement. Mais bientôt on eût entendu le choc vif et anxieux de son pied sur le tapis.

— Et Aurore ? se demanda-t-il.

Il avait cessé sa promenade, et il se tenait, maintenant, debout près du bureau ; son regard s'était assombri, et sa main convulsive tâtait ses tempes humides.

— Il est constant, poursuivit-il, que celle-là pleurera toutes les larmes de son corps, et qu'elle jettera tous les cris, et qu'elle poussera tous les sanglots de l'indignation et de la douleur...

Puis, sa figure s'éclaira derechef.

Un ironique sourire courut sous sa moustache blanche.

— Eh bien ! reprit-il, elle est femme... Elle se résignera... Elle se résignera à être heureuse, fêtée, adulée, encensée, plus souveraine que la reine...

Puis encore, au bout d'un moment, et comme répondant à une pensée soudaine :

— Je saurai bien l'empêcher de se tuer...

Une nouvelle besogne mentale sembla marteler sa cervelle infatigable.

Le résultat de cette besogne fut cette phrase nettement formulée :

— On ne se tue pas quand on est mère... Or, elle est mère, par le fait... Mère des deux orphelins qui n'ont qu'elle pour ressources... Je le lui ferai comprendre et elle le comprendra...

Il se replaça devant son bureau :

— Il faudra aussi que je m'occupe de ce Joël... Ce fanfaron de Cordebœuf

— Eh ! monseigneur, mes intérêts en répondent mieux que moi

m'a bien affirmé ses grands dieux que nous n'avions plus rien à craindre de ce côté... Cependant, je ne suis pas tranquille...

Il ferma ses poings sur les bras de son fauteuil :

— La jeune femme a reçu une lettre de lui... Il est vrai que cette lettre avait été écrite avant que notre voyageur passât sous le feu des mousquets à l'affût... N'importe : je vais m'informer...

Il attira à lui une feuille de papier et trempa une plume dans l'encre...

En cet instant, quelqu'un heurta à trois reprises contre la boiserie de la porte secrète...

Le vieillard se leva et marcha vers celle-ci...

Le panneau tourna sur ses gonds...

Un petit homme s'introduisit dans le cabinet...

Nous avons déjà rencontré cette hideur vipérine et cette échine pliée en forme de compas...

Vous vous souvenez : à Paris, en compagnie de la fille la Bosse, dans la salle basse de la maison de la rue du Dragon...

— Ah! c'est vous, maître Jean Latour! fit le duc en le toisant d'un œil investigateur.

— Pour vous obéir, monseigneur, répondit le survenant en se plat-vautrant dans un salut immodéré.

— Vous m'apportez ce que je vous ai demandé?

— Voici la chose, monseigneur.

Et l'ancien « préparateur » de la Voisin tira de sa poche et présenta au diplomate une petite fiole d'aspect pharmaceutique et hermétiquement bouchée.

Aramis insista :

— Cette liqueur a été bien réellement composée en vertu de la formule que je vous ai procurée?

— Oui, monseigneur.

— Donnez.

L'ancien prélat ouvrit un des tiroirs du bureau, y déposa la fiole, referma le tiroir, en retira la clef et glissa celle-ci dans l'une des poches de son habit.

Ensuite, dirigeant sur son interlocuteur des yeux qui étaient comme deux lames de feu et qui fouillaient jusqu'au fond du cœur du misérable :

— Eh bien! dit-il froidement, monsieur le triple coquin, — monsieur le charlatan, monsieur l'hypocrite, monsieur l'empoisonneur, — cette fiole sera remise dans une heure à M. de la Reynie, lieutenant général de police et président de la Chambre ardente, ainsi que vous ne l'ignorez point, et, demain, vous serez jugé, condamné, séance tenante, et ce qui ne fait aucun doute, exécuté le jour suivant...

— Monseigneur!...

— Après avoir, au préalable, été appliqué, selon l'usage, à la question ordinaire et extraordinaire...

— Oh!...

— Malpeste! celle-ci n'est pas chose tendre, si j'en crois les procès-verbaux du Châtelet...

« C'est l'estrapade qui disloque les membres; c'est l'eau qui gonfle la poitrine; c'est la flamme qui lèche les chairs...

« Ce sont les brodequins qui broient, les tenailles qui mordent, les coins qui brisent...

« Une collection, un choix de raffinements qui font honneur à l'esprit inventif de M. de Paris et de ses aides...

— Monseigneur!...

— Et, après cela, le bûcher... Le bûcher des exécrables chimistes et des détestables commères qui vous ont légué leurs abominables secrets... Car votre crime est le même à tous...

M. d'Alaméda frappa sur le bureau :

— Les preuves de ce crime sont là. Elles vous accablent. Elles appellent sur votre tête toutes les foudres de la justice...'

— Des preuves!...

— Ce poison, que l'analyse trouvera dans cette fiole au lieu du narcotique que je vous avais demandé...

Jean Latour était livide.

La sueur coulait à grosses gouttes sur la peau bise de ses joues.

Il essaya d'élever la voix.

— Monseigneur, il y a erreur... Vous vous trompez... Je suis innocent...

L'ambassadeur haussa les épaules.

— On commence toujours par nier... Mais la torture arrache des aveux aux plus forts et aux plus obstinés... — C'est ce à quoi je vous engage à réfléchir — en prison...

— En prison!...

— Il y a, dans l'antichambre, un exempt et des archers qui vous attendent pour vous conduire à la geôle de Saint-Germain, — d'où vous serez probablement dirigé, sous bonne escorte, vers l'Arsenal où siège la Chambre des poisons...

Les jambes du petit homme fléchirent.

Il tomba à deux genoux sur le parquet.

— Monseigneur, grâce!... Pitié!... J'avoue!...

— Bon! repartit le diplomate d'un ton glacial, vous avouez!... La belle avance! Encore une fois, les faits sont là, qui avouent pour vous, mon cher!

L'autre prit son front à deux mains :

— Mais, mon Dieu! gémit-il, que faut-il que je fasse pour obtenir miséri-corde?... Dites, monseigneur, je vous en prie !

— Il faudrait tout d'abord confesser vos complices...

— Mes complices ?...

— J'entends : les véritables auteurs de cette coupable machination... Ceux dont vous n'avez été que l'instrument... A moins, toutefois, que vous ne pré-tendiez assumer sur vous seul la responsabilité de vos actes.

Jean Latour se précipita par cette porte entr'ouverte :

— Vous avez raison, monseigneur, s'écria-t-il vivement. On m'a sollicité, forcé... Oui, forcé... Et ce qui le prouve, c'est que j'avais préparé votre narcotique... Je vous l'apportais... Le voilà...

Et il s'empressa d'exhiber une seconde fiole du même volume et de la même force que la première.

— Voyons, fit M. d'Alaméda.

Il prit l'objet que l'acolyte de la fille la Bosse lui tendait d'une main trem-blante et l'examina avec attention.

Puis, sévèrement :

— Et qui m'assure que ceci soit le narcotique et que ce ne soit pas le poison ?

— Oh ! protesta le petit homme avec chaleur, on peut pratiquer l'expé-rience... Sur moi, si l'on veut... Je boirai...

L'ancien évêque de Vannes eut l'air de réfléchir.

Ensuite, il dit :

— C'est bien ; je crois.

Il mit la fiole dans sa poche

Jean Latour supplia :

— Et Votre Excellence me pardonne ?

— Quand vous m'aurez appris le nom de celui ou de celle aux suggestions desquels vous avez obéi.

L'autre parut hésiter.

L'ambassadeur allongea le bras vers un timbre :

— Vais-je appeler l'exempt et les archers ? demanda-t-il.

— Oh ! non, monseigneur !... N'appelez pas !... Je vais parler...

— Aimez-vous mieux écrire?... Tenez, asseyez-vous ici... Prenez cette feuille de papier et cette plume...

— Et que faut-il que j'écrive?

— Ce que je vais vous dicter : « *Je déclare que le poison renfermé dans cette fiole, a été élaboré par moi pour le compte et sur l'invitation, — je pour-rais presque dire : sur l'injonction expresse, — de la marquise de Montespan...* »

La plume, qui avait commencé à courir sur le papier, s'arrêta brusquement à ce nom...

Et le petit homme leva vers son interlocuteur un visage bouleversé par l'étonnement et l'effroi...

Le vieux seigneur ne daigna même pas s'apercevoir du trouble de cette bouche béante et de ces paupières redressées sur des prunelles agrandies :

— Achevez et signez, reprit-il impérieusement.

L'Auteur se hâta d'obtempérer.

Puis il murmura avec angoisse :

— Votre Excellence me promet que je ne serai pas inquiété ?

— Aussi longtemps que vous garderez le silence sur ce qui s'est passé aujourd'hui entre nous...

— Oh ! monseigneur, je vous promets sur tout ce que j'ai de plus sacré...

Aramis l'interrompit :

— Sur votre vie, alors. C'est ainsi que je l'entends. Allez, maître Latour, et attendez mes ordres. Je veillerai à ce qu'ils vous parviennent en temps et lieu.

XVII

LE PAVILLON DU ROI HENRI

Au bas des rampes du château neuf, sur le bord du fleuve, et à l'endroit où celui-ci reflète les masses d'arbres de l'île Corbière, — qui donnent à ses eaux une couleur d'un vert sombre, — il y avait une petite maison à laquelle une heureuse combinaison de la pierre et de la brique rouge, employées pour sa construction, son toit en terrasse et sa façade égayée d'une treille imprimaient une physionomie méridionale des plus pittoresques.

On l'appelait le *Pavillon du roi Henri*, parce que c'était le Béarnais qui l'avait fait bâtir sur le modèle de ces habitations de son pays natal, dont il ne cessait de garder un pieux souvenir.

C'est là qu'il venait se distraire des réceptions d'apparat et des cérémonies de la cour, et oublier, dans des rires de bon aloi, les ennuis de la *question du jour*, qui, en ces temps-là, se nommait la Ligue, la Réforme, la Faction espagnole ou la Conspiration de Biron.

Au début de ses tendresses pour Mme de Montespan, Louis XIV avait donné à celle-ci cette dépendance du domaine royal. Mais la favorite l'avait rarement habitée. Elle préférait de beaucoup vivre sous le même toit que son auguste amant.

C'est là, pareillement, que Françoise d'Aubigné venait de s'installer, depuis quelques jours, avec sa couvée de poussins.

En apparence, il s'agissait de faire prendre au duc du Maine les bains de Seine qui lui avaient été ordonnés par Fagon.

Mais, en réalité, si vous vous le rappelez, la gouvernante des *légitimés* n'avait été envoyée si près de la cour par la marquise que pour surveiller les rapports de l'ancien amant de cette dernière avec celle que, dans son aveugle jalousie, elle regardait comme sa rivale.

Or, rien n'avait été plus facile que cette surveillance.

Mais rien aussi n'avait produit moins de résultats de nature à justifier les soupçons de *la Merveille*.

Les rapports du roi avec la nouvelle mariée ne différaient pas essentiellement de ceux de courtoisie — un peu hautaine — qu'il entretenait avec les autres dames de la reine.

Vous n'ignorez point qu'en cela il ne faisait qu'obéir, — tout en se contenant à grand'peine, — aux recommandations renfermées dans les prétendues lettres de la jeune femme.

Celle-ci, de son côté, s'occupait bien du prince, en vérité!

Elle n'avait de pensées que pour Joël.

Les courts instants qu'elle dérobait à son service, elle accourait au *Pavillon du roi Henri* les passer avec Françoise d'Aubigné à se souvenir et à parler du cher absent.

La gouvernante l'avait étudiée à fond et à tréfond.

Avec la pénétration qui la distinguait, entre autres qualités éminentes, elle avait sondé l'âme d'Aurore jusque dans ses plus intimes replis, afin d'y découvrir quelque « serpent sous l'herbe », et elle n'y avait rencontré — ainsi qu'elle l'avait écrit au fils de Porthos — rien que de bon, de beau et de réellement supérieur...

Aussi s'était-elle volontiers attachée à notre héroïne, comme nous pourrions appeler Mlle de la Tremblaye, si les nécessités de notre récit ne nous avaient obligé, depuis quelque temps, à la reléguer au second plan.

La jeune femme, par réciprocité, professait une sincère admiration pour le grand sens, le grand esprit et le grand cœur de son ancienne protectrice devenue sa nouvelle amie.

Ce qui l'avait surtout attirée vers la veuve Scarron, c'étaient les soins que celle-ci prodiguait aux enfants confiés à sa garde, et, plus d'une fois, en arrivant au *Pavillon du roi Henri*, elle s'était sentie émue jusqu'aux larmes par le tableau touchant qu'il lui avait été donné d'y contempler :

Françoise d'Aubigné soutenant, d'une main, le duc du Maine sur le siège où le clouait sa faiblesse, berçant de l'autre main Mlle de Nantes, et gardant le comte du Vexin endormi sur ses genoux.

. . . .

Transportons-nous au *Pavillon du roi Henri* pendant une des visites que Mme de Locmaria y rendait à la gouvernante.

D'ordinaire, ces visites s'écoulaient assez tristement.

Les deux femmes étaient d'un caractère sérieux.

Puis, le passé, pour elles, prolongeait sur le présent une ombre mélancolique.

Les mêmes souffrances endurées : la perte des parents, la solitude, la pauvreté, les incertitudes de la vie, tout cela avait laissé un nuage sur le front de Mlle de la Tremblaye et mis des rides précoces sur celui de la veuve Scarron.

Ce jour-là, cependant, leur visage rayonnait.

Elles semblaient heureuses franchement.

C'est que, la veille, Fagon, — Gui-Crescent Fagon, dont les arrêts étaient considérés comme des oracles, — avait déclaré à Françoise d'Aubigné qu'il répondait de la guérison de M. du Maine : espoir qui ne devait se réaliser qu'à moitié, mais qui, pour l'instant, comblait de joie sa seconde, sa véritable mère.

Et c'est que, le matin, Aurore avait reçu une lettre de notre héros.

Il ne faudrait point trop reprocher son long silence à celui-ci.

Comme le digne sire du Vallon de Bracieux de Pierrefond, le fils de Porthos s'entendait mieux à manier la flamberge que la plume.

Ensuite, son temps avait été confisqué, malgré lui, par tant d'événements de toute nature !

Aussi, jugez de l'émotion de la jeune femme, lorsque Mme de Montausier lui avait remis, le matin même, un pli à son adresse, arrivé de Fribourg.

Aurore avait saisi ce pli avec allégresse.

Puis, comme justement elle avait devant elle quelques instants de liberté, cette allégresse, elle s'était hâtée de venir la partager avec son amie.

L'enveloppe brisée de la lettre était tombée. Les mains tremblantes de notre héroïne ne pouvaient réussir à défaire les plis du papier. Elle voulait lire et ses yeux troubles ne voyaient point.

Ce fut Françoise d'Aubigné qui dut lui donner lecture du message

Dans celui-ci, après toute sorte de protestations de tendresse, notre Breton entreprenait de raconter tout ce qui lui était advenu depuis son départ de Paris.

La besogne n'était pas mince.

Et Dieu sait si ce long récit d'aventures de toute espèce fut, à plus d'une reprise, ponctué par les exclamations de terreur des deux femmes.

Et comme elles s'embrassaient, en remerciant le ciel, après que leur Joël venait d'échapper à quelque péril nouveau !

Le jeune homme terminait de la façon suivante, après avoir narré, sans en rien retrancher, le double épisode de la maison du forestier Gaspard Braun et du meurtrier de Thérèse Lesage :

« J'avais demandé la grâce de ce grand misérable, afin qu'il eût, pour se repentir, le reste de sa coupable existence.

« Le maréchal s'est montré inflexible.

« Le mécréant a donc été pendu par la main de l'un des goujats de l'armée : le général n'ayant point voulu que l'un de nos soldats se chargeât d'une pareille corvée.

« Je n'ai pas assisté à cette exécution. Ce genre de spectacle me répugne. Mais j'ai appris par Petit-Renaud que le patient était mort aussi mal qu'il avait vécu, la peur l'ayant plus d'aux trois quarts tué avant qu'on lui passât la corde au cou.

« M. de Créqui m'a fait appeler ensuite :

« — Chevalier, m'a-t-il dit, il faut régler nos comptes. L'autre jour, dans la tranchée, la force de votre bras a déjoué une surprise des assiégés ; aujourd'hui, les précieux renseignements que vous m'avez fournis m'ont mis en garde contre l'attaque que médite M. de Lorraine ; enfin, vous m'avez sauvé la vie, en vous jetant entre ma poitrine et le couteau de ce bandit. Je suis donc triplement votre débiteur. Çà ! de quelle manière m'est-il donné de m'acquitter ?

« — Mon général, ai-je répondu, contentez-vous de répéter à Sa Majesté le langage que votre indulgence vient de tenir, et c'est moi qui me considérerai comme votre débiteur.

« — Ce n'est pas là seulement ma volonté ; c'est mon devoir : aussi, mon prochain rapport au roi signalera-t-il tout ce dont l'armée est redevable à votre intelligence et à votre courage.

« Et, comme je me préparais à me retirer, heureux de ces obligeantes paroles :

« — Mais, a poursuivi le maréchal, je désire vous témoigner ma reconnaissance personnelle... Voyons, pas de fausse honte, ni de fausse modestie... En quoi puis-je vous être agréable ?

« J'avais envie de lui demander à m'en aller.

« Mais quoi ! nous n'avions pas encore eu raison de Fribourg.

« On allait seulement se battre *pour tout de bon.*

« Et puis, j'avais mon idée.

« Sur la table de M. de Créqui, il y avait le fameux billet retiré par moi de la houssine de l'Anglais.

Joël poussa Petit-Renaud dans les bras de la belle.

« Vous savez : le billet adressé par le duc Charles au gouverneur de la place.

« — Mon général, ai-je repris, voulez-vous me donner ce papier?

« — Ce papier?

« — Oui, mon général, et, avec lui, l'autorisation d'agir comme bon me semblera, pendant quarante-huit heures, en prenant avec moi le nombre d'hommes qui me conviendra, d'après mon initiative et sous ma responsabilité absolue?

« Le maréchal me regarda en face et, me tutoyant, comme il lui arrive par intervalles :

« — Cadet, tu médites quelque chose?

« — Peut-être bien, monseigneur.

« — Prends garde!... Il faut être prudent... Ne va pas compromettre nos affaires plus qu'elles ne le sont déjà.

« — Nos affaires sont donc compromises?

« L'illustre soldat secoua la tête :

« — Oui, je te comprends; tu te dis que tu m'as averti des projets de M. de Lorraine, et qu'un homme averti en vaut deux, à ce que prétend le proverbe... Mais ici le proverbe se trompe : un homme, eût-il reçu tous les avertissements de la terre et du ciel, ne saurait valoir les sept à huit mille partisans avec lesquels le duc va se jeter sur nous... Sans compter toutes ces populations environnantes, qui, foncièrement allemandes, nous sont foncièrement hostiles, et tous ces soldats débandés, isolés, rôdeurs, qui vont former la boule de neige autour de son drapeau déployé...

« — Mais vous, n'avez-vous pas vos troupes?...

« — Eh! oui, j'ai des troupes : de braves troupes!... Et, certes, elles seraient suffisantes pour battre la petite armée du prince et la garnison de Fribourg l'une après l'autre, séparément... Mais elles ne le sont pas pour faire face à cette garnison, à cette armée nous assaillant en même temps et nous foudroyant entre deux feux...

« — Oh! oh! voilà qui est grave, monseigneur!...

« — Si grave, repartit douloureusement le maréchal, que, plutôt que de m'exposer à un échec probable et complet, je me demande si je ne vais pas me retirer de ces murailles maudites...

« — Vous songeriez à lever le siège?...

« — Hélas !...

« — Battre en retraite, vous, le vainqueur des Dunes, de Deinffe et de Rockberg !...

« — Cela vaut toujours mieux que de rendre témoin de ma défaite cette ville qui a vu la victoire de Condé, mon rival!...

« — N'importe! le coup serait désastreux, et pour le prestige de la France et pour la réputation de mon général...

« — Par la morbleu! je ne le sais que trop!... Si j'avais réussi, mon nom restait inscrit au panthéon des grands capitaines... J'échoue, et les ministres, le roi lui-même vont me reprocher cruellement de n'avoir pas attendu leurs ordres, tandis que tout ce que j'ai d'ennemis à la cour va renchérir de sarcasmes et de huées pour conspuer l'esprit présomptueux et vain qui aura mérité la honte de sa chute...

« — Mais n'est-il donc aucun moyen d'éviter cette véritable catastrophe?...

« — Il en est un, peut-être...

« — Et lequel?...

« — Donner l'assaut demain matin...

« — Mais rien n'est préparé pour un semblable effort : nos travaux ne sont pas avancés comme il faut...

« — On les poussera, cette nuit, avec toute l'activité possible... Et puis, il n'y a pas d'autre parti à prendre... La *furie française*, comme ils disent en Italie, viendra peut-être à bout, dans son impétuosité prodigieuse, de ces remparts inabordables...

« Ce fut à mon tour de secouer la tête :

« — Non, fis-je, je crois qu'elle s'y brisera. .

« — Oh!...

« — Monsieur le maréchal, pensez aux sages conseils que vous nous donniez, l'autre jour, lorsque, dans un élan inconsidéré, nous ne parlions rien moins que de courir sus à ces mêmes remparts...

« Pensez que votre armée n'est ni assez forte, ni assez faible pour s'aventurer ainsi...

« Restez calme et patient comme un excellent général que vous êtes. Ne donnez pas trop vite le signal d'une attaque trop précipitée. Ne vous jetez pas, avant l'ordre de la nécessité, dans une entreprise hasardeuse...

« Qu'adviendrait-il, en effet, si, après avoir perdu une partie de notre monde, nous étions finalement repoussés?

« — Eh! jeune homme, s'exclama mon interlocuteur en arrachant deux ou trois poils de sa moustache grise, jeune homme qui faites si aisément la remontrance à vos aînés et à vos supérieurs, croyez-vous que je n'aie pas songé à tout cela?... Oui, ce que je tenterais là serait une folie : mais une folie plus raisonnable, au demeurant, que d'attendre ici l'arrivée du prince Charles et de ses partisans!

« — Bon! répliquai-je, que voulez-vous qu'il fasse, votre prince Charles, si, en débouchant dans la plaine, il aperçoit l'étendard de France en train de flotter sur la ville et sur le château de Fribourg?

« M. de Créqui sursauta :

« — L'étendard de France sur Fribourg!

« — Du diable, poursuivis-je, si cette vue ne leur fait pas rebrousser chemin, à ce duc et à ces bataillons de rencontre!

« Le maréchal répéta :

« — Nos couleurs sur Fribourg rendu?

« — Sur Fribourg pris.

« — Par vous?

« — Par moi.

« — Quoi! vous espérez...

« — Je compte et je vous promets qu'après-demain la place nous appartiendra, — ou que j'aurai cessé de vivre.

« — Comment ferez-vous?...

« — Laissez-moi mon secret, je vous en supplie, monseigneur. Si vous connaissiez ce que mon plan a de bizarre, peut-être voudriez-vous m'empêcher de le mettre à exécution. Or, ce n'est plus l'heure de réfléchir et de douter...

« — Cependant...

« — D'ailleurs, je ne diminuerai pas vos forces de beaucoup. Je n'ai besoin que de trente hommes de bonne volonté ..

« — Trente hommes!...

« — Je les ai choisis. Ils sont prêts. Une poignée de vaillants garçons qui ont fait d'avance le sacrifice de leur peau...

« — Vraiment!...

« — Je les ai pris un peu dans tous les corps de l'armée, pour ne pas faire de jaloux. Il y a même des chevau-légers : mes anciens amis de Saint-Germain : MM. de Champagnac, de Gacé, d'Escrivaux et d'Héricourt. Tous ont confiance en moi. Ils savent que je prétends réussir ou mourir.

« Le maréchal se recueillit un moment.

« Ensuite, d'un ton grave :

« — Et moi aussi j'ai confiance en vous, chevalier ! prononça-t-il.

« — Ainsi, questionnai-je, j'ai mon autorisation ?

« — Je vous la donne.

« — Il me faudrait pareillement le mot de passe, afin de pouvoir, dans la nuit de demain, sortir du camp avec mes gens.

« — Je veillerai à ce qu'il vous soit communiqué.

« — Enfin, si, après-demain, à la pointe du jour, vous voyez le drapeau français couronner la redoute et le château de Fribourg, je vous demanderai de faire contre la ville une démonstration appuyée par l'artillerie de mon ami Petit-Renaud.

« — Je dirigerai moi-même cette démonstration... Est-ce tout ?

« — C'est tout, mon général.

« Celui-ci me tendit la main.

« — Je vous laisse donc tout entier à votre mystérieux projet... Mais tenez pour certain que, jusqu'à après-demain matin, je serai bien inquiet et je ne dormirai guère.. Surtout, à cause de cette obscurité qui plane pour moi sur ce que vous allez tenter... Toutefois, quelque chose me dit que je vous reverrai...

« — Merci de l'augure, monseigneur; car si vous me revoyez ce sera dans Fribourg tombé en notre pouvoir.

« — En ce cas, vous pourrez vous vanter d'avoir tiré d'un grand péril et l'honneur de la France et le mien propre.

« — Mon général, répondis-je en saluant, c'est un dicton en usage chez les pêcheurs de mon pays, que ce sont, parfois, les plus petites barques qui sauvent les plus gros navires.

. . . .

. . . .

« Ma chère femme adorée, si je vous ai mandé, sans omettre un détail, cette conversation avec M. de Créqui, c'est afin que vous vous pénétriez de l'importance de la tâche dont je me suis chargé, et que vous suppliiez le ciel de me venir en assistance.

« Les prières des anges sont agréables à Dieu.

« Avant tout, n'ayez aucune crainte à mon endroit.

« A moi aussi, comme au maréchal, quelque chose me crie que je me tirerai sans horions de l'aventure, et que nous nous retrouverons pour être heureux.

« La Providence ne peut pas nous avoir unis, dans les circonstances que vous savez, pour nous séparer à jamais sur cette terre!

« Que si, cependant, je succombais à la besogne, je vous adjure, par le culte que je vous ai voué, de rester ferme sous le choc et d'attendre avec patience, — ainsi que je ferai moi-même, s'il survit de nous quelque partie immatérielle, — le moment où nos deux âmes, dégagées des liens d'ici-bas, se rejoindront dans l'éternité.

« Pour moi, le cas échéant, c'est sans colère, sinon sans regret, que je tomberais, frappé en face, pour la gloire de mon général, de mon prince et de mon drapeau.

« Et la dernière image qui apparaîtrait à mes yeux, avant que ceux-ci se fermassent, ce serait votre doux visage...

« Et le dernier mot que prononceraient mes lèvres, en exhalant leur dernier souffle, ce serait votre nom chéri!

« Mais foin de ces idées funèbres! Je reviendrai, en vérité. Je le veux; cela sera, je l'ai mis dans ma tête. Or, quand une fois un Breton s'est logé une volonté sous le crâne, tous les Satan, tous les Belzébuth, tous les Astaroth de l'enfer ne seraient pas assez forts pour la faire déguerpir!...

« Ma belle Aurore, j'ai employé à vous écrire cette longue lettre les trois quarts de cette journée...

« Le courrier de France va partir...

« Il faut que je vous quitte...

« Voici le soir, d'ailleurs, — et mes compagnons vont se réunir pour l'expédition projetée..

« Encore une fois, au revoir, mon espoir, mon âme, ma vie !

« Vous entendez : je dis *au revoir*.

« On vous avait donnée à moi, sans que j'eusse rien fait de grand et d'héroïque pour obtenir un pareil trésor.

« Je vais le mériter.

« Priez ! »

. . . .

— Qu'il est brave ! s'écria Françoise d'Aubigné.

— Et comme il m'aime ! ajouta Aurore.

Son beau visage resplendissait de passion exaltée.

Sa compagne la regardait, attendrie.

Ce fut cette dernière qui, au bout d'un moment, reprit avec anxiété :

— Mais ces dangers qu'il va courir... Cette expédition nocturne... La mort qui l'environne et qu'il affronte ainsi...

La jeune femme leva vers le ciel des yeux étincelants de conviction et d'enthousiasme :

— Je n'ai pas peur, prononça-t-elle. Dieu est avec lui. Il vaincra.

En ce moment, le duc du Maine, qui était assis près d'une fenêtre ouverte sur la route, poussa cette exclamation :

— Le Roi !

XVIII

APRÈS LA LETTRE

C'était Louis XIV, en effet.

Ce prince revenait de visiter dans la forêt, sur le bord de la Seine, une fortification passagère qu'on y élevait pour l'éducation militaire du Grand-Dauphin.

Cette construction en terre tirait son nom de *fort Saint-Sébastien*, d'une chapelle voisine placée sous l'invocation de ce saint. C'était une sorte de camp retranché, dont le fleuve formait la base défensive. Quand le chef de l'État chasse, de nos jours, à Saint-Germain, il n'est point rare qu'il déjeune, avec ses invités, dans un pavillon édifié au milieu de cette enceinte bastionnée, qui, ainsi, se couronne parfois encore du pétillement et de la fumée de la poudre.

Le roi était à cheval.

Il précédait de quelques pas un groupe de gentilshomme *en tenue de manège* comme lui.

Le matin, M. de Louvois lui avait communiqué le passage suivant d'une dépêche de M. Créqui apportée par le courrier d'Allemagne :

«... Quant au chevalier de Locmaria, que Votre Excellence me recommandait de la part de Sa Majesté, je n'ai pas eu besoin de lui fournir les occasions de se distinguer. Il a bien su les trouver tout seul. Par malheur, il vient de s'embarquer dans une nouvelle prouesse dont j'appréhende fort qu'il ne sorte point. Ce sera une grande perte pour l'armée. »

Louis n'était point cruel...

Il n'était guère qu'égoïste...

Il est vrai qu'il l'était au suprême degré.

Sa folle passion pour Aurore s'accommoda fort de ces nouvelles de Fribourg.

Cependant à l'exclamation de M. du Maine, la récente marquise de Surgère et la plus récente encore chevalière de Locmaria s'étaient précipitées vers la fenêtre.

Le monarque aperçut la seconde.

Il fit un mouvement de surprise.

Dans ce mouvement, sa cravache lui échappa de la main, et, comme il se penchait pour la rattraper, son cheval eut un brusque écart et faillit le désarçonner.

Les deux femmes jetèrent un cri.

Le monarque n'entendit que celui d'Aurore.

Il sauta prestement à terre, donna à tenir à un laquais la bride de la bête ombrageuse et s'avança avec vivacité vers le *Pavillon du roi Henri*.

Les deux amies s'élancèrent pour le recevoir sur le seuil.

— Madame, dit-il, en les abordant à la gouvernante qui s'inclinait devant lui, j'avais besoin d'entrer ici, au retour de ma promenade, pour me féliciter avec vous de l'heureux résultat du traitement que vient de suivre M. du Maine,

— un résultat qui, je suppose, est non moins dû à vos bons soins qu'à ceux de mon médecin Fagon...

Ensuite, s'adressant à la jeune femme qui saluait, pareillement.

— Mais je ne m'attendais pas à avoir le plaisir de rencontrer mademoiselle de la Tremblaye...

— Pardon, sire : *madame de Locmaria*, rectifia Aurore doucement.

Louis fit une légère grimace :

— C'est vrai ; madame de Locmaria que je crains d'avoir alarmée tout à l'heure par cette algarade de mon cheval...

— Oh ! sire, vous me voyez confuse que Votre Majesté ait remarqué...

— Confuse !... Pourquoi cela, je vous prie ?... Ce qui me rendrait confus, moi, ce serait que le roi de France, un gentilhomme, ne s'empressât pas de s'excuser après avoir amené, — encore que ce fût sans le vouloir, — la terreur sur des traits aussi charmants que les vôtres...

— Sire, je suis tout à fait remise, repartit Aurore froidement.

Vous vous souvenez que celle-ci était nerveuse à l'excès.

Le spectacle du moindre accident, — quelles qu'en fussent, d'ailleurs, la nature et la victime, — déterminait chez elle une émotion qu'elle se montrait incapable de maîtriser.

Aussi, en voyant le souverain manquer de vider les arçons, avait-elle failli se trouver mal.

Louis avait mis cette frayeur sur le compte du sentiment qu'il se flattait d'avoir inspiré à la nouvelle dame du palais.

Aussi fut-il sur le point de se précipiter, pour la rassurer, aux genoux de cette dernière, qui lui semblait encore vingt fois plus désirable dans sa pâleur et son émoi.

Il sut, toutefois, se contenir.

N'avait-il pas promis à M. d'Alaméda de ne tenter auprès de la jeune femme aucune démarche directe, personnelle et compromettante ?

Puis, la veuve Scarron était là.

Le duc du Maine, du reste, accourait à la rencontre du visiteur aussi lestement que sa jambe malade le lui permettait.

Le roi aimait tendrement le pauvre petit boiteux.

Quand il le vit marcher avec moins de peine qu'auparavant :

— Ah ! madame, s'écria-t-il en souriant à Françoise d'Aubigné, quelle joie vous me causez de me le rendre ainsi !

Puis, embrassant l'enfant avec effusion :

— Eh bien ! demanda-t-il, êtes-vous raisonnable ?

— Comment ne le serais-je pas, sire, répondit le jeune duc avec un grand sérieux, puisque j'ai une gouvernante qui est la raison même ?

Le monarque sourit derechef à la veuve :

— Marquise, vous avez là, fit-il, un élève qui confirme la haute opinion que

Ce personnage était vêtu de noir.

m'ont donnée de vous vos lettres, si pleines de sollicitude et de bons sens.

Puis encore, revenant à M. du Maine :

— Mon fils, vous annoncerez à votre gouvernante que je lui ferai envoyer cinquante mille livres pour vos dragées.

Françoise d'Aubigné crut devoir protester :

— Oh ! sire, une pareille somme !... C'est trop !... C'est beaucoup trop !

Louis se retourna vers Aurore :

— Est-ce votre avis, madame ? s'informa-t-il.

— Sire, articula la jeune femme, puisque Votre Majesté me fait l'honneur de m'interroger, je lui déclarerai sans ambages qu'un dévouement comme celui de Mme de Surgère ne saurait être payé son prix...

« J'oserai même douter que tout l'or des caisses du royaume et des épargnes de la couronne puisse jamais la récompenser en proportion de ses mérites...

« Il faut l'avoir vue comme moi, lorsque sa petite famille souffrait, et que les femmes de service n'avaient pu résister à la fatigue des veilles ; il faut l'avoir vue, dis-je, passer quatre nuits sans sommeil près des berceaux de ses chers enfants...

— Aurore !.. Par pitié !... Ménagez ma modestie !...

C'était la gouvernante qui faisait mine d'interrompre.

Le monarque leur adressa un signe bienveillant à toutes deux :

— Il suffit... La cause est entendue... Je porte la gratification de cinquante mille à cent mille livres...

Et, comme les deux amies s'épuisaient en remerciements :

— Que voulez-vous ?... L'avocat a plaidé avec une chaleur !... Sur mon âme, il faut proclamer que, si Mme de Surgère est la raison qui persuade, Mme de Locmaria, de son côté, est l'éloquence qui entraîne...

Ensuite, après un silence :

— Vous êtes, à ce qu'il me paraît, étroitement attachées l'une à l'autre, mesdames... Eh bien ! l'on avisera à ne pas trop vous séparer... C'est ainsi, marquise, que je prétends que vous assistiez désormais aux réceptions du château...

La veuve Scarron tressaillit d'aise.

Jusqu'alors, en effet, elle n'avait été que tolérée, plutôt qu'admise, au jeu de la reine et aux soupers « particuliers ».

Le souverain continua :

— On vous a dit sans doute que nos chasses d'automne commenceraient sous peu à Marly...

En prononçant cette phrase, il regardait Aurore...

Ouvrons ici une parenthèse pour expliquer à nos lecteurs comment il avait eu, la veille, avec M. d'Alaméda, un entretien au cours duquel ce dernier lui avait annoncé que la jeune femme, à bout de forces, renonçait à lui résister, mais qu'elle exigeait impérieusement que « sa soumission » demeurât, — dès l'abord, du moins, — enveloppée de l'ombre du plus profond mystère...

Et comme Louis demandait, tout frémissant d'ivresse :

— Mais comment sera-t-il possible de lui donner satisfaction?

— Rien de plus simple et de plus facile, avait reparti l'ambassadeur : Votre Majesté ne doit-elle pas courre le cerf prochainement à Marly?

— Oui, certes... Dans quelques jours... Notre grand-veneur a reçu des instructions en conséquence.

— Eh bien! c'est la première journée de ces chasses qui verra la victoire du roi...

— Comment?...

— Ordonnez, seulement, que la collation ordinaire ait lieu non loin de certain vide-bouteille qui m'appartient sur la lisière de la forêt...

— Soit...

— Faites en sorte pareillement que la reine rentre de bonne heure à Saint-Germain, et que Votre Majesté passe la nuit à Marly...

— En semblable circonstance, c'est son habitude et la mienne...

— Alors, tout est au mieux et je me charge du reste.

— Du consentement de Mme de Locmaria?

— Elle m'a laissé carte blanche.

Voilà pourquoi le roi apportait une curiosité marquée à examiner si cette allusion à la chasse prochaine n'éveillerait point quelque reflet d'une impression intérieure sur le visage de la jeune femme.

Or, ce visage n'exprima, ce visage ne refléta absolument rien, — et pour cause.

La pauvre Aurore était si loin de soupçonner ce qui se tramait contre son honneur!

Louis pensa :

— Cette jeune femme appartient à la race sévère qui joue les héroïnes romaines.

Puis insistant et l'interpellant directement:

— Je n'ai pas besoin de vous convier à cette partie de plaisir; vous y accompagnerez la reine...

— Sire, c'est le devoir de ma charge, répondit respectueusement la nouvelle dame du palais.

Le monarque se rapprocha d'elle, et, baissant légèrement le ton :

— Puis-je espérer que ce devoir vous sera, cette fois, doux à remplir?

La jeune femme le considéra avec une pointe d'étonnement :

— Votre Majesté, répliqua-t-elle, ne peut pas douter du bonheur que j'éprouve, en toute circonstance, à servir mes augustes maîtres.

Louis vit un aveu dans ces simples paroles.

Sa figure s'illumina :

— Madame, dit-il à Françoise d'Aubigné, je vous autorise à suivre la chasse en compagnie de votre élève, qui, pour la première fois, prendra le justaucorps bleu.

M. du Maine battit des mains :

— Ah! sire, comme je vous remercie!... Et mon frère aussi, n'est-ce pas?... Et aussi ma petite sœur?

Le monarque daigna paraître se divertir de cette allégresse enfantine.

— Soit, j'invite tout le monde, reprit-il.

— Alors, lança une voix railleuse, si elle invite tout le monde, j'aime à. croire que Sa Majesté ne fera pas une loi d'exception en ma faveur.

Les quatre interlocuteurs se retournèrent.

Mme de Montespan était debout sur le seuil.

XIX

QUERELLE DE MÉNAGE

La marquise était venue à cheval. La rapidité de la course avait encore animé les vives couleurs de son visage. Son amazone de velours vert, soutaché d'argent, moulait les opulentes saillies de son corsage, et son feutre emplumaillé se penchait coquettement de côté sur ses cheveux étagés avec art.

Elle était encore digne ainsi de tourner la tête à plus d'un gentilhomme plus scrupuleux dans le choix de ses tendresses que le prince dont la maréchale de Noailles disait, après le décès de la reine :

— Il faut se hâter de remarier ce veuf-là convenablement; autrement, il épousera peut-être la première blanchisseuse qui lui tombera sous la dent.

Le roi n'avait pas revu l'ancienne favorite depuis le départ de celle-ci pour Clagny.

A son aspect, il éprouva un violent mouvement de dépit.

— Eh quoi! madame, vous ici! s'écria-t-il avec une surprise irritée.

La Merveille s'avança sans témoigner du moindre embarras.

Elle avait ramassé sous son bras gauche la queue de sa longue jupe de soie rose, et sa main droite serrée dans un gant de peau de daim à crispins, jouait avec un fouet au manche d'ivoire ciselé.

— Eh bien ! demanda-t-elle, qu'y a-t-il d'étonnant?... Est-ce qu'une mère n'a plus le droit de venir embrasser ses enfants ? Et ne m'en avez-vous pas, vous-même, octroyé la permission?

— Une permission dont, en tout cas, vous n'avez guère abusé jusqu'à ce jour ! repartit Louis aigrement.

— Sire, riposta Athénaïs avec flegme, j'avais tout lieu de craindre que ma présence ne vous fût désagréable, — et votre accueil me prouve que je n'avais pas tort...

Elle lui tourna le dos cavalièrement, et, se dirigeant vers Aurore :

— Je n'en suis pas moins enchantée du hasard qui me fait rencontrer Mlle de la Tremblaye, — devenue Mme de Locmaria, je crois, — et qui me fournit l'occasion de lui offrir mes compliments sur son récent mariage et sa nouvelle fortune.

Cela fut prononcé d'une voix haute et mordante.

La jeune femme regarda avec une sorte de compassion celle qui lui parlait avec cette hostilité et cette provocation évidentes.

En effet, elle la plaignait de toute son âme d'avoir été aussi brusquement délaissée par le roi.

— Madame la marquise, répondit-elle avec douceur, c'est à Sa Majesté que je suis redevable, et de ce mariage, et de cette fortune : c'est donc Sa Majesté que je vais, une fois de plus, supplier d'accepter, avec vos compliments, l'expression de ma gratitude.

La Merveille eut un petit ricanement :

— Je m'aperçois avec plaisir que vous n'êtes pas une ingrate...

— Je ne suis ingrate envers personne, repartit Aurore dignement : c'est ainsi, croyez-le, que je n'ai pas oublié que c'est à votre généreuse protection, à celle de Mme de Surgère, que je dois d'avoir pu approcher du souverain et de la cour.

— Si vous vous en souvenez, prouvez-le.

— Et comment?

— En me protégeant à votre tour.

— Vous protéger, moi !

— Intercédez auprès de Sa Majesté pour qu'elle me permette de me mêler, une dernière fois, aux splendeurs de cette cour dont je suis exilée, et de suivre cette fameuse chasse de Marly, dont elle vous parlait tout à l'heure.

— Ce que vous demandez là, madame, est impossible, déclara Louis sèchement.

La marquise n'eut pas l'air de l'avoir entendu.

Elle continua, toujours en s'adressant à la jeune femme :

— Intercédez, et, j'en suis sûre, toute volonté fléchira devant la vôtre...

N'avez-vous pas la jeunesse, qui est la magie, et le charme, qui est la toute-puissance?... Sans compter la nouveauté et la vertu, qui ne sont point choses tant méprisables!... Intercédez, vous dis-je, et j'aurai cause gagnée, comme vous l'avez eue, il n'y a pas si longtemps, quand je me suis employée pour vous...

Mme de Locmaria se sentait blessée jusqu'au plus profond de son cœur par cette ironie, par cette amertume non équivoques...

— Madame, supplia-t-elle, n'insistez pas, de grâce!... Vous exagérez étrangement l'influence dont je puis jouir... A quel titre, mon Dieu! aurais-je le pouvoir que vous me supposez?...

La Merveille éclata en un rire insultant :

— A quel titre?... Vous me demandez à quel titre?...

Une parole vint à ses lèvres.

Elle la retint en les mordant.

Puis, sur le même ton de sanglante raillerie :

— Vous êtes modeste, ma chère belle! Il est vrai que cette modestie vous permet de faire banqueroute à cette reconnaissance que vous affichiez si pompeusement tout à l'heure...

Aurore ne pouvait deviner ce qui se passait dans l'esprit d'Athénaïs...

Ses beaux yeux humides, qui se fixèrent sur ceux de cette dernière, dirent tout son étonnement et toute sa souffrance :

— Madame, madame, balbutia-t-elle, que vous ai-je fait pour que vous me traitiez ainsi?...

— Ce que vous m'avez fait!...

En commençant, l'ex-favorite s'était promis de rester calme.

Mais elle avait compté sans l'impétuosité, sans l'irascibilité de son caractère.

Ce caractère, Françoise d'Aubigné ne savait que trop, par expérience, à quelles extrémités il était capable d'entraîner l'orgueilleuse fille des Mortemart.

Elle eut peur de l'éclat qui allait se produire.

Et puis sa nature droite et ferme lui ordonna de protester :

— Sur mon salut, fit-elle en venant à la marquise, vous avez tort de soupçonner et d'accuser...

L'autre la repoussa du geste :

— La paix, ma bonne!... Occupez-vous de mes enfants!... Je sais ce que je dis et je dis ce que je sais...

Elle avait les paupières à demi baissées, et ses cils laissaient jaillir deux flammes qui allaient du roi à Aurore...

— Mais de quoi me soupçonne-t-on? Mais de quoi m'accuse-t-on? répétait celle-ci avec effarement.

Athénaïs éleva la voix :

— Je sais et je dis qu'il se passera probablement bien des choses extraordinaires, à cette chasse de Marly, pour que l'on tienne si fort à m'en interdire l'approche !... Mais on m'y verra, j'y serai *quand même*... Oui, j'y serai : comme la fée sinistre qu'on a négligé d'inviter au baptême de la princesse, et qui surgit, à un moment, pour changer, d'un coup de baguette, la joie en deuil, le poupon en laideron, et, parfois, le berceau en tombe !

Ces paroles, que la colère lui arrachait, étaient autant d'énigmes pour la veuve Scarron et pour Mme de Locmaria.

Les deux amies s'interrogeaient réciproquement avec des regards éperdus.

Mme de Montespan était-elle devenue folle ?

Mais Louis avait compris, lui, — Louis qui, entre les deux femmes, avait, jusqu'alors, gardé bien plutôt la mine d'un coupable que d'un juge.

Il pâlit.

Comment son ancienne maîtresse était-elle parvenue à connaître ce qui avait été convenu entre lui et duc d'Alaméda?

Il marcha vers la marquise et, la couvrant de tous les éclairs de sa prunelle courroucée :

— Madame, commanda-t-il entre ses dents serrées ; madame, plus un mot, ou sinon...

Il avait étendu le bras pour mieux souligner l'ordre et la menace.

— Bon! demanda Athénaïs avec un sourire de bravade, est-ce que vous allez me frapper de votre cravache, comme vous avez jadis failli frapper de votre canne ce pauvre Lauzun, dont l'imprudente franchise avait eu, comme la mienne, le malheureux talent de vous déplaire ?

Ils étaient là tous les deux en face l'un de l'autre, se mesurant, se provoquant, le front également sombre, le regard également dur et méchant, également prêts à s'attaquer et à se défendre avec le même acharnement...

Exaspéré par l'attitude de défi de *la Merveille*, le roi sortit des gonds entre lesquels le retenait sa dignité habituelle...

Il eut un geste d'emportement agressif...

— Sire!... Oh! sire!... C'est maman!

C'était M. du Maine qui implorait ainsi...

Tout épeuré, le pauvre estropié venait de se traîner entre ceux que nous pourrions à bon droit appeler *les deux adversaires*...

Pour la première fois de sa vie, il donnait à la Montespan ce doux nom enfantin de *maman*, qu'elle s'était montrée, d'ailleurs, si peu soucieuse de mériter...

Sans doute, avec cette merveilleuse intuition dont le ciel doue ces petits êtres, s'était-il dit que ce titre serait plus éloquent que toutes les prières pour mettre un frein à la fureur du roi...

Celui-ci, en effet, s'arrêta court dans son mouvement, comme un cheval *emballé* à qui le mors brise le palais en se retournant dans sa bouche...

Puis, jetant sa cravache loin de lui :

— Il ne sera point dit, murmura-t-il, que j'aurai levé la main sur une femme, non plus que sur un homme de qualité.

Cependant, Françoise d'Aubigné s'était élancée vers le jeune duc, chez qui ces violentes péripéties avaient déterminé une sorte d'attaque de nerfs.

Pareillement brisée, Aurore s'appuyait au dossier d'un siège pour ne pas tomber...

— Sire, pria-t-elle d'une voix mourante, c'est l'heure de mon service... La reine m'attend... Je supplie Votre Majesté de me permettre de me retirer...

Louis appela :

— Holà ! quelqu'un de ces messieurs !

Un des gentilshommes de la suite accourut.

— Monsieur de Marsillac, continua le roi, voici madame de Locmaria qui est un peu souffrante et que vous allez accompagner au château : je vous serai obligé d'en prendre le plus grand soin.

Le gentilhomme offrit le bras à la jeune femme défaillante. Le monarque les regarda s'éloigner. Ensuite, il revint à la marquise. Au lieu de reculer, celle-ci avança. Leurs têtes se rapprochèrent. Un instant leurs bouches se touchèrent presque, comme pour les baisers d'autrefois.

Aucun d'eux ne paraissait songer à l'enfant, que la veuve Scarron avait pris sur ses genoux, tout frémissant, tout sanglotant, et qu'elle s'efforçait de calmer.

— Eh bien ! oui, je l'aime, déclara résolument le roi dont tout le sang rougissait le visage.

La Merveille eut une espèce de rauquement :

— Ah ! vous l'aimez !... Enfin, je vous ai donc arraché cet aveu !... Ah ! vous l'aimez !... Alors qu'elle tremble !...

Louis ferma les poings :

— Madame, gronda-t-il sourdement, madame, c'est à vous de trembler... Depuis assez longtemps, vous lassez ma patience... Prenez garde de me rappeler que, au dire de tous ceux qui ont souci de mon bonheur et de mon honneur, Clagny est trop près de Saint-Germain...

Athénaïs haussa les épaules :

— Soit, vous me renverrez plus loin, si tel est votre bon plaisir; mais auparavant...

Le sens suspendu de la phrase se complétait par l'intonation farouche.

Le monarque lui saisit le bras, et, répondant à la portée menaçante de cette phrase inachevée :

Le pied du fils de Porthos le clouait au sol.

— D'abord, je vous défends de paraître à Marly...

— Vous me défendez?...

— Si vous osez vous y montrer, je jure Dieu que je vous fais arrêter par mon capitaines des gardes!...

— Vraiment?... Et où me conduira-t-il, votre capitaine des gardes?... A la Bastille, comme Lauzun, dont vous étiez jaloux? A Pignerol, comme Fouquet, qui avait été avant vous l'amant heureux de la Vallière? Ou aux îles Sainte-Marguerite, comme ce mystérieux prisonnier, qu'un crime — qui n'est pas le sien — a, dit-on, voué à la géhenne, au supplice d'un masque d'acier?...

Toutes ces allusions tombaient sur le cœur de Louis comme des gouttes de plomb fondu sur une blessure saignante?

— Non, tonna-t-il hors de lui; mais au Châtelet où l'on enferme les empoisonneuses; à l'Arsenal, où on les juge, et à la Grève, où on les exécute!...

Et, la tête raidie, l'œil flamboyant, il gagna la porte à reculons...

On eût dit qu'il avait peur que, s'il cessait de lui faire face, son interlocutrice ne se jetât sur lui, par derrière, pour le déchirer...

Puis, du seuil, avec une voix, un geste et un regard pleins de sous-entendus significatifs :

— Souvenez-vous de Mlle de Fontange!

Puis encore, sortant du pavillon, il rejoignit sa suite, remonta à cheval et piqua des deux dans la direction de Saint-Germain.

Mme de Montespan était demeurée impassible.

— Va, murmura-t-elle, je ne crains rien : pour exécuter un coupable, il faut un jugement dans les formes, et, pour le condamner, des preuves, — des preuves visibles et tangibles... Or, la seule preuve qui puisse exister contre moi est renfermée dans le médaillon de Pierre Lesage... Et le médaillon de Pierre Lesage ne soulèvera pas tout seul la terre du cimetière de Nogent...

Ensuite, avec un explosion de rage froide, concentrée, effrayante :

— Oui, je me souviendrai de la Fontange... Je m'en souviendrai, surtout, le jour de cette chasse... Je m'en souviendrai d'une façon mortelle pour qui me brave ou m'embarrasse!

Et, semblable à une statue de la Haine soudainement animée, elle quitta, à son tour, le *Pavillon du roi Henri*, sans accorder une minute d'attention au duc du Maine, alors en proie à la prostration qui suit ordinairement toute crise nerveuse, et que la veuve Scarron, dans sa sollicitude, venait de déposer sur son lit.

L'enfant royal dormait. Assise à son chevet, la gouvernante songeait. La scène à laquelle elle avait assisté la troublait de ses révélations inattendues :

— Ainsi, pensait-elle, voilà ma perspicacité battue à plate couture!...

« Mon Dieu! oui, c'est ainsi, *il l'aime!*...

« Et je m'étais toujours refusée à le croire !...

« Il l'aime, et c'est à peine si elle parait se douter de cette aubaine inespérée !...

« Oui, mais n'est-elle pas exposée à les payer cher, cette aubaine, ce bonheur qui ne saurait lui être qu'indifférent ou odieux, puisque son cœur, comme sa vie, appartient à l'époux absent ?...

« La marquise médite quelque chose...

« Quoi ?... Je l'ignore, en vérité... Sa colère n'a laissé échapper que la moitié de son secret...

« Dans tous les cas, une mine qui éclatera à cette chasse...

« Et me voici, par ce que j'ai surpris, à peu près dans la position de monseigneur de Luçon, Armand-Jean Duplessis, lorsque, la veille du jour où se trama entre le feu roi, Luynes et Vitry, la terrible affaire du maréchal d'Ancre, un billet vint le prévenir de ce qui aurait lieu le lendemain...

« Vais-je dire avec celui qui fut l'*Éminence rouge :*

« — Rien ne presse ; j'aviserai plus tard. »

. . . .

Françoise d'Aubigné interrompit ici son monologue pour se plonger dans de laborieuses réflexions.

Ensuite, avec résolution :

— Il faut, pourtant, que je sauve cette chère enfant... Il faut que je la rende à son Joël... Il faut...

Elle s'arrêta un instant...

Puis, avec un sourire, un accent singuliers :

— Il faut que j'aide la prédiction, il faut que j'aide ma destinée à s'accomplir.

Elle se plaça devant un bureau, saisit une plume d'un air décidé et écrivit rapidement quelques lignes sur une feuille de papier qu'elle glissa dans une enveloppe.

L'enveloppe scellée et la suscription libellée, elle sonna une de ses femmes :

— Envoyez-moi Honorin.

— Oui, madame.

Quelques minutes plus tard, le serviteur entra.

C'était un homme d'une soixantaine d'années, d'apparence honnête et discrète, que nous avons aperçu à la *Maison grise.*

— Mon vieil ami, lui dit la veuve, vous étiez déjà chez mon pauvre mari, lorsque j'y pris le gouvernement du logis... A sa mort, vous avez refusé de me quitter... Nous avons partagé ensemble le pain amer de la pauvreté...

On raconte qu'Anne d'Autriche ayant, un jour, appelé son capitaine des gardes : « Mon bon Guitaut », celui-ci lui demanda brusquement :

— Qui Votre Majesté a-t-elle à faire arrêter aujourd'hui?

Honorin n'avait pas moins de pénétration et de franchise que l'énergique soldat qui conduisit le duc de Beaufort au donjon de Vincennes.

Aux paroles cordiales de Françoise d'Aubigné il répondit en questionnant :

— Madame a besoin de mes services?

— Honorin, repartit la veuve, ce n'est pas à vos bons offices habituels que je fais appel en ce moment : c'est un service que je réclame de vous, — un de ces services que, seul, est en mesure de rendre un serviteur intelligent et dévoué...

— Madame peut disposer de moi : elle n'ignore pas que je lui suis non moins acquis qu'à feu mon maître...

— Il s'agit de partir, de partir sur-le-champ, et de faire toute diligence pour arriver devant une ville dont plus de cent lieues nous séparent...

Le vieillard se redressa :

— Merci Dieu! on est encore vert, et ce n'est pas pour rien qu'avant de servir chez défunt M. Scarron on a porté les éperons dans Conti-Cavalerie...

— Ainsi vous consentez?...

— Le temps d'aller choisir un bidet à la poste, de chausser des bottes et de recevoir vos instructions, et je brûle le pavé sur-le-chemin qu'il vous conviendra de m'indiquer.

Ces instructions de la maîtresse ne furent, du reste, pas plus longues que les apprêts du domestique.

Ce dernier, trois quarts d'heure plus tard, enfourchait un robuste courtaud, comme l'on appelait alors les chevaux vigoureux, doublés, bien membrés et près de terre que l'on employait pour la chasse, la guerre et le voyage, — et laissant Paris sur sa droite, afin de ne point s'attarder, il gagnait la route d'Allemagne.

Sa souquenille était soigneusement boutonnée sur la poche qui renfermait la lettre de Françoise d'Aubigné.

Toutefois, comme le privilège du romancier est de lire, sinon à travers les murailles, comme Asmodée, du moins à travers le drap des habits et le cuir des portefeuilles, nous vous apprendrons, — si, cependant, c'est vous apprendre quelque chose, — que l'adresse de cette lettre était ainsi tracée :

Au chevalier de Locmaria,
Au camp de M. le maréchal de Créqui,
Sous Fribourg.

XX

M. LE GOUVERNEUR DE FRIBOURG

A Fribourg, herr Schütz, — gouverneur ventripotent, — mangeait bien, buvait mieux, mais ne dormait que d'un œil.

Il était à l'abri derrière de bonnes murailles ; il avait en abondance des vivres de toute espèce, — solides et liquides, *der Teufel !* — plus d'artillerie que l'assiégeant, des munitions à lui en revendre...

La population de la ville était dévouée à l'Empereur...

Et puis le duc Charles avait promis de venir la débloquer...

Or, jamais le prince lorrain n'avait manqué à sa parole...

Par toutes ces raisons, le digne colonel se montrait médiocrement inquiet de l'investissement de la place.

Seulement, il faisait bonne garde autour de celle-ci, et, la première sortie tentée ne lui ayant point réussi, — repoussée qu'elle avait été, on s'en souvient, grâce à la vigilance et à l'énergie de notre ami Joël, — il avait jusqu'alors différé d'en hasarder une seconde et s'était borné à canonner, non sans dommages pour ces derniers, les travaux d'approche des Français.

Or, le lendemain de la pendaison, à Waldau, du prétendu baronnet Hughes Carlisle ou Henri Walton, — comme on voudra, — herr Schütz venait de se mettre à table, lorsqu'un officier accourut des remparts lui annoncer qu'un envoyé extraordinaire de M. de Lorraine demandait à être introduit devant lui.

A cette nouvelle, notre Allemand faillit avaler de travers le verre de vin de la Moselle qu'il était en train de déguster.

— Un envoyé du prince Charles ! s'écria-t-il tout ébaubi : et comment diable nous arrive-t-il ?... J'imagine que l'ennemi ne l'a pas laissé passer tranquillement par ses lignes... Et, à moins qu'il ne nous soit tombé du firmament, cette nuit, à califourchon sur la lune...

— Mon colonel, reprit l'officier, nous l'avons aperçu qui courait de notre côté, poursuivi par les coups de mousquet des Français... C'est aussi à coups de mousquet que nos sentinelles l'ont accueilli... Mais il s'est jeté dans le fossé, bravement, sous ce double feu, en nous criant : *Freund ! Freund !*... Alors, ma foi, j'ai pris sur moi de lui faire lancer une corde, à l'aide de laquelle il s'est hissé sur le bastion...

— Et où est-il, en ce moment?...

— Au corps-de-garde, où il se sèche... Car, après un bain de cette nature... Mais on va vous l'amener...

— Tout de suite, *sacrament!* tout de suite!... Je l'interrogerai en croquant un morceau... Et si quelque chose me paraît équivoque dans ses réponses...

Et l'excellent gouverneur ingurgita son verre de vin de la Moselle d'un air positivement menaçant et féroce.

Dix minutes après, le personnage ainsi annoncé se présentait sous l'escorte de quatre de ces fusiliers impériaux (*kaiserliche*), dont, un peu plus d'un siècle plus tard, nos soldats devaient franciser le nom en l'appliquant à toutes les troupes d'outre-Rhin.

C'était un grand vieillard à la mine, à l'allure, à la moustache militaires, lequel offrait cette singulière particularité qu'avec la figure osseuse, les bras maigres et les longues jambes de don Quichotte, il avait l'abdomen arrondi de Sancho.

— Vous êtes Allemand? lui demanda Schütz brusquement.

— Non, colonel: je suis Lorrain.

— D'où venez-vous?

— D'Oppenau.

— Vous vous prétendez chargé d'une mission par M. de Lorraine?

— En voici la preuve.

Et le survenant tira de dessous ses vêtements et remit à son interlocuteur un papier qui n'était autre que le billet que nous avons vu passer des mains du duc Charles dans la houssine de l'aventurier anglais, de cette houssine dans les mains de M. de Créqui, et des mains de M. de Créqui dans celles de notre héros.

Le gouverneur le lut, le relut et l'examina avec soin.

— Oui, conclut-il, ce sont bien là le chiffre, l'écriture, la signature et le paraphe de Son Altesse.

Il n'y avait plus à douter: c'était un véritable envoyé du prince qu'il avait en face de lui.

Cependant, avec un reste de défiance:

— Comment, questionna-t-il, êtes-vous parvenu à traverser les lignes ennemies?

— Je me suis introduit dans le camp du maréchal sous ces habits de paysan et sous le prétexte de vendre aux soldats du kirsch de la forêt Noire, dont je traînais avec moi un baril sur une charrette...

« Ces cerveaux brûlés de Français n'ont pas pour un *pfennig* de défiance...

« En débitant ma marchandise, j'ai réussi à me faufiler dans la tranchée...

« Une fois là, pendant que les sentinelles avaient le dos tourné et que les hommes de garde s'occupaient de mon baril, j'ai escaladé le parapet, je suis tombé de l'autre côté et je me suis mis à jouer des jambes dans la direction de la ville...

« On m'a tiré dessus, — naturellement.

« Mais, sarpédiable ! il eût fait beau voir que des balles françaises écharpassent un ancien lapin de Rocroy !...

— Vous vous êtes battu à Rocroy ?

— A en crever, mon colonel.

— Pour la bonne cause, j'imagine...

— Vous dites ?...

— Je dis : dans les rangs de nos alliés les Espagnols...

— Certainement, certainement... Pour la bonne cause, mille espontons !... Et dans les rangs des *dons* et des *señors*...

Et notre Lorrain ajouta avec une compassion narquoise :

— Le malheur est qu'elle a été fièrement étrillée, la bonne cause !... Et nos alliés les Espagnols, donc !... Par ce blanc-bec de duc d'Enghien !

Herr Schütz fit la grimace :

— Et vous m'apportez, reprit-il, des nouvelles de monseigneur ?

— Plus que des nouvelles... des instructions...

— Ah !...

— Particulières, précises et confidentielles...

— Instructions verbales, alors ?

— Parbleu ! vouliez-vous que le duc s'exposât à laisser pincer sur votre serviteur le plan au moyen duquel Fribourg sera délivré avant trois jours ?

— Et ce plan ? s'informa avidement le colonel.

L'autre lui désigna du coin de l'œil les quatre fusiliers qui attendaient.

Herr Schütz les renvoya du geste.

Ensuite, demeuré seul avec son interlocuteur :

— Déboutonnez-vous, maintenant. Je vous écoute en mangeant. Mon déjeuner est mon meilleur repas.

Le Lorrain lui répéta mot pour mot tout ce dont nous avons entendu le duc Charles convenir avec le faux milord dans le jardin du forestier Gaspard Braun.

A mesure qu'il parlait, le colonel approuvait en se trémoussant de plaisir :

— Bravo ! C'est cela ! A merveille !... Une fusée de signal, oui, vraiment... Puis, une double attaque simultanée : d'un côté, le prince et ses troupes ; de l'autre, la garnison et la population de Fribourg, avec leur gouverneur... Ah ! Créqui et ses gens n'ont qu'à bien se tenir !

Il broya un pilon de volaille entre la double herse de ses dents puissantes :

— Han !... Voilà ce qu'il en adviendra, de ces ennemis héréditaires !

Puis, changeant de ton brusquement, et, levant de dessus son assiette sa grosse figure empourprée :

— Or çà ! mon camarade, avez-vous connaissance de ce qu'on me mande à votre endroit dans le bout d'écrit que vous m'avez apporté ?

— Oui, repartit l'autre tranquillement, monseigneur vous recommande de me farcir la caboche de plomb ou de me fiancer avec une corde neuve, si quelque chose dans ma conduite éveille le moindre soupçon...

L'Allemand le regarda avec ses yeux ronds qui surmontaient son nez coloré et charnu :

— Ah ! s'exclama-t-il, vous savez...

— Son Altesse a daigné me donner lecture du billet dont il s'agit, en appuyant amicalement sur le point dont il est question...

Le gouverneur frappa de son verre sur la table :

— Alors, rappelez-vous, *landsmann* (compatriote, locution affectueuse au delà du Rhin), oui, rappelez-vous, *sacrament !* que le colonel Schütz n'a jamais, dans sa vie, manqué à la consigne... Et que le tonnerre m'écrase si je n'exécute pas les ordres de M. de Lorraine... *Herr Gott !* Quand je devrais vous casser la tête moi-même ou vous passer le nœud coulant de ma propre main...

— Eh ! répliqua notre Lorrain avec la même sérénité, il y a une façon fort simple de vous assurer si rien ne cloche ou ne bronche dans mes faits et gestes.

— Et laquelle ?

— C'est de ne pas me quitter d'une semelle, de me garder sans cesse auprès de vous, de ne perdre aucune de mes paroles, aucun de mes mouvements, jusqu'à aucune de mes pensées.

L'Allemand saisit la balle au bond :

— *Der Teufel !* s'écria-t-il, c'est ce que j'avais décidé... Donc, à partir de ce moment, ma surveillance ne vous lâche plus, — et vous voici désormais rivé, vissé, soudé à ma personne ainsi que l'ombre l'est au corps...

L'envoyé du duc Charles prononça gravement :

— Je suis heureux de devenir, — ne fût-ce que pour un instant, — l'ombre de l'éminentissime colonel Schütz, dont la prudence, la vaillance et la science militaire sont proverbiales dans toute l'étendue de l'Empire.

On peut, à la rigueur, rencontrer un Teuton qui ne boive ni bière de Munich, ni vin du Rhin, ni *kirschenwasser* du Schwartzwald...

Mais il est difficile d'en découvrir un qui résiste à un petit verre de gloriole.

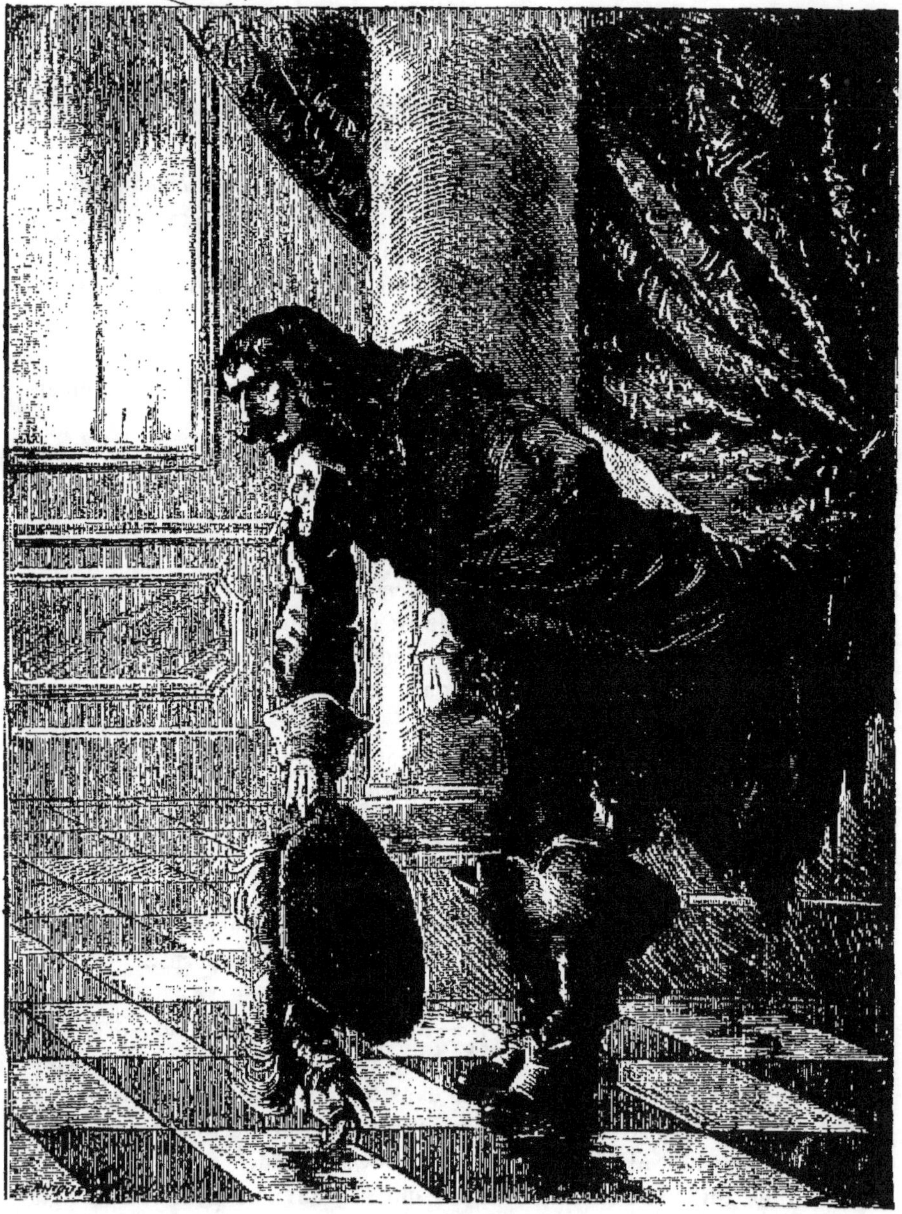

Il s'inclina profondément.

Cette flatterie à brûle-pourpoint opéra un nouveau revirement dans les manières du gouverneur.

Sa physionomie s'amabilisa dans les limites du possible.

— Vous m'allez, vous, déclara-t-il avec une rondeur bourrue. D'abord nous sommes du même âge. Ensuite, soldats tous les deux. Quel grade aviez-vous, dans l'armée ?

— J'étais sergent dans le régiment de la Ferté.

— Hein ?

— Idiot que je suis ! pensa l'autre.

Puis, haut :

— Excusez-moi... L'esprit et la langue m'ont fourché : c'est l'effet de cet satané bain froid dans le fossé... Je voulais dire que j'étais major, — oui, major, — dans le régiment de Vaudémont.

— A la bonne heure ! Et votre nom ?

— Le glorieux saint Bonaventure est mon patron.

Herr Schütz lui tendit la main :

— Eh bien ! major Bonaventure, non seulement vous m'accompagnerez dans l'inspection que je fais chaque jour des travaux de défense de la place ; dans la revue que je vais passer des troupes de la garnison, afin de leur annoncer les bonnes nouvelles que vous venez de m'apporter ; partout, enfin, où m'appelleront les exigences du service...

« Mais encore vous aurez l'honneur de dîner en ma compagnie...

Et je veillerai à ce que nous ne soyons pas trop mal traités... Parce que c'est étonnant comme, de manger le matin, cela me met en appétit pour le reste de la journée... Et puis, le dîner de midi est encore le meilleur repas des fils de la vieille Allemagne.

. . . .

. . . .

— Major, à votre santé.

— A votre santé, colonel.

Ils étaient attablés, en face l'un de l'autre, devant un de ces plantureux repas que sont seuls capables de digérer les estomacs complaisants des Lucullus et des Trymalcions transrhénans.

Au préalable, le major avait suivi le colonel dans sa ronde sur les remparts, dans ses visites aux casernes, et au sein du conseil de guerre où avaient été débattues et adoptées les mesures militaires à prendre en vue de l'action décisive du surlendemain.

Ensuite, ils avaient dîné copieusement. Maintenant, ils soupaient, plus copieusement que jamais. En effet, comme l'avait avoué l'amphitryon à son convive :

— Il est souverainement dangereux de se coucher le vendre vide... S'il vous arrivait de mourir d'inanition pendant la nuit?... D'ailleurs, le souper de huit heures est le meilleur repas des gens qui besognent depuis le matin.

Le gouverneur semblait enchanté de son hôte.

Toutefois, au cours de leurs différentes allées et venues par la ville, il n'avait cessé de l'observer d'un œil sournois, inquisiteur et tenace.

Hâtons-nous d'ajouter que rien, dans la conduite du Lorrain, ne lui avait paru de nature à éveiller sa défiance.

Au dehors, Fribourg était en liesse. Les bourgeois se félicitaient bruyamment de leur prochaine délivrance. Ils acclamaient le prince Charles — par anticipation — et se préparaient à le recevoir magnifiquement après la défaite des Français.

Les troupes partageaient cette confiance, — surtout depuis qu'on leur avait distribué une ration supplémentaire de vivres, de bière et d'eau-de-vie.

Le colonel n'en avait pas moins recommandé à ses officiers de redoubler de vigilance. Les postes avaient été renforcés; les consignes les plus sévères données aux sentinelles; la garnison se tenait prête à se porter sur les points où son concours serait nécessaire. Bref, on était en mesure de recevoir l'ennemi, si, d'aventure, il lui prenait la fantaisie de tenter un mouvement offensif.

Herr Schütz, en effet, n'était pas uniquement un ivrogne et un goinfre.

C'était un brave soldat, expert en son métier, à qui plus de trente années passées sous le harnais avaient appris que plus le succès d'une entreprise de guerre se présente proche et certain, plus il devient urgent de *faire feu des quatre pieds*, comme on dit, pour que rien ne vienne entraver ou retarder la réussite escomptée d'avance.

Aussi n'était-ce qu'après avoir pris les plus minutieuses dispositions pour parer à toutes les éventualités, qu'il s'était mis à table avec l'envoyé de M. de Lorraine.

Les appartements du gouverneur occupaient le rez-de-chaussée.

C'était dans une ancienne salle des gardes, transformée en salle à manger, que le souper avait eu lieu.

Il avait été des plus gais, en dépit du cadre sévère de cette voûte surbaissée, de ces piliers trapus et de ces murailles tapissées d'armures et de panoplies.

Il avait été, surtout, abondamment arrosé, si l'on en jugeait par la douzaine de corps diaphanes, — couchés sur le plancher, — qui étaient devenus des fioles vides, après avoir été des fioles pleines.

Il menaçait de se montrer plus gai encore, si l'on considérait la seconde douzaine de bouteilles, de forme particulière, aux bouchons rouges, jaunes, verts ou argentés, — parfaitement intactes, celles-ci, — qui flanquaient le dessert et qui, sous le liège fidèle, emprisonnaient le plus pur du sang gascon, champenois ou bourguignon.

Neuf heures sonnaient au clocher de la cathédrale.

Un officier entra :

— Mon colonel, le mot d'ordre?

Herr Schütz leva sa grosse face enluminée, boursouflée, congestionnée :

— Le mot d'ordre!... Ah! oui : c'est le mot d'ordre que vous venez chercher!... Eh bien! le voici, le mot d'ordre...

Il fit au survenant signe de se pencher.

Précaution inutile, si l'on songe qu'en mettant la bouche au niveau de l'oreille de l'officier, l'Allemand ne modifia pas sensiblement le diapason de sa forte voix de commandement pour prononcer :

— *Fater* et *Faterland... Père* et *Patrie...* Y êtes-vous?

— Bien, mon colonel.

L'officier sortit.

Un autre lui succéda.

Celui-ci, selon l'usage de chaque soir, une fois la retraite battue, apportait un trousseau de clefs au gouverneur.

Non point celles des portes de la place : ces dernières étaient closes, les ponts-levis levés et les herses baissées depuis le début du siège, — et leurs clefs avaient été déposées dans un coffre de fer scellé à la muraille au chevet du lit du colonel.

Mais celles des portes par lesquelles le château communiquait avec la ville, ainsi que celle d'une grille qui défendait l'accès d'un escalier par lequel on montait sur la plate-forme de ce château.

En les recevant et en les serrant dans la poche de son habit, herr Schütz demanda à celui qui les lui remettait :

— Vous descendez de là-haut, capitaine?

— Oui, mon colonel.

— Quoi de nouveau du côté de l'ennemi?

— Absolument rien, mon colonel.

— Avez-vous insisté, ainsi que je vous l'avais enjoint, auprès du chef de poste et de la vigie, pour qu'ils eussent l'œil en vedette sur les Français et sur la plaine?

— Soyez tranquille, mon colonel : on se conformera à vos ordres. Toutefois, je dois vous déclarer qu'il sera assez difficile de les exécuter. La nuit s'épaissit de plus en plus, on n'y voit pas plus loin que son nez, et la pluie commence à tomber.

L'Allemand eut un sourire lourd et guttural.

— Tout est pour le mieux alors... Les petits-maîtres de M. de Créqui ne se hasarderont pas dehors... Ils auraient bien trop peur de mouiller leurs plumets et d'enrhumer leurs dentelles.

Et quand l'officier se fût retiré, renvoyant les deux soldats qui avaient servi le repas :

— Allez vous coucher, vous autres !... Nous n'avons pas besoin de vous pour déboucher ces demoiselles... Moi, d'abord, quand je bois, je n'aime pas à avoir là quelqu'un pour compter les rasades.

Les soldats obéirent.

Le colonel reprit gaiement, en s'adressant à son convive .

— Maintenant, à nous deux, major Bonaventure !... Voici encore des Fran_ çais qui nous attendent et nous défient... Allons, *herr Gott!* imitez-moi : sus à ces bouteilles de Royal-Bordeaux, de Royal-Bourgogne et de Royal-Cham- pagne.

Il saisit un flacon et se mit en devoir de verser.

Mais l'autre, retirant son verre :

— Minute ! fit-il, je rends les armes...

— Comment ?...

— Je ne bois plus.

Le gouverneur fixa sur lui ses gros yeux avec une éloquente stupéfaction :

— Ah çà ! s'écria-t-il, les oreilles m'ont corné !... Vous ne buvez plus ?... Quelle est cette mauvaise plaisanterie ?...

— Dame ! répliqua le major, m'est avis que nous ne nous sommes déjà pas mal humecté le canon du mousquet comme cela !...

L'Allemand regarda avec mépris les fioles couchées sur le carreau :

— Peuh ! pour une méchante douzaine de bouteilles !... Moi, il me faut trois nuits de boisson pour m'enterrer... Et, quand je ressuscite, j'avale un fût de bière, à cette fin de me rincer la bouche !...

Puis, fronçant le sourcil :

— M'abandonner ainsi devant l'ennemi !... Quand celui-ci est recruté parmi les meilleurs crus de ma cave !... Et quand j'ai envoyé tout mon monde dans son lit pour que nous ne fussions pas dérangés !... Mais c'est de la trahison, cela, monsieur !

— C'est de la fatigue, voilà tout...

— Hein ?...

— Excusez-moi : mais j'ai une si terrible envie de faire comme tout le monde !...

— Vous voulez aller vous reposer ?...

— Avec plaisir, si c'est possible... Oh ! mais je n'entends prendre la chambre de personne... N'importe où : dans un coin, sur une chaise, par terre, — comme au bivouac...

— C'est votre volonté?

— C'est, du moins, celle de mes paupières qui battent le couvre-feu... Je dors debout... Encore un peu, je vais ronfler...

Herr Schütz jeta un long regard de regret sur les bouteilles alignées en bel ordre de bataille.

Puis, avec un soupir de résignation qui ressemblait à un coup de soufflet de forge :

— Soit, dit-il; allons nous coucher...

— Un instant, sarpédiable! un instant! protesta l'autre vivement Je n'ai pas la prétention de vous troubler dans vos habitudes. Restez à table, si bon vous semble, et indiquez-moi seulement la niche où je devrai m'étendre...

— La niche, c'est ma propre chambre; la niche, c'est mon propre lit...

— Votre lit?..,

— C'est le meilleur du château. A ce titre, j'en dois faire hommage à mon hôte. Et puis, le prince Charles ne m'a-t-il pas recommandé de vous traiter comme lui-même?...

' — Non, je ne souffrirai pas... Mais vous?... Où vous caserez-vous, monsieur le gouverneur?...

— Oh! ne vous inquietez pas de moi : on m'a dressé une couchette...

Et herr Schütz appuya :

— Dans la même pièce.

Puis, avec un accent plus significatif encore :

— En travers de la porte.

Il y eut un moment de silence

Ensuite, Bonaventure se leva :

— Au préalable, reprit-il, je vous demanderai la permission d'aller humer dehors une ou deux lampées d'air... On étouffe entre ces murailles... D'ailleurs, un bout de promenade est sain avant de s'endormir...

— Sortir?... Vous tenez à sortir?... A cette heure!...

— Il n'y a pas d'heure pour bien faire..,

— Mais il pleut...

— Tant mieux!... La tête me pèse comme un boulet de canon... Un peu de pluie me rafraîchira les idées...

— Et puis, c'est que les portes du château sont fermées...

— Bon! Je n'ai pas l'intention de courir le guilledou par la ville... Histoire seulement de me dégourdir les jambes ici ou là... Dans une cour, dans une galerie, sur le rempart...

Herr Schütz se leva à son tour et prit son chapeau :

— Allons nous promener, alors.

— Vous m'accompagnez?

— Est-ce qu'il n'a pas été convenu que nous ne nous quitterions point?

Le Lorrain plongea ses yeux dans ceux de l'Allemand :

— Ainsi, questionna-t-il, vous vous défiez encore?

— Je me défie toujours : c'est mon droit et mon devoir.

— Soit ; mais vous semblez oublier que j'ai un peu le droit de commander, et vous, le devoir d'obéir... Consultez le billet du prince... La chose y est écrite en toutes lettres.

Le gouverneur tira de sa poche l'autographe de M. de Lorraine.

— Oui, répliqua-t-il froidement, le droit de commander et le devoir d'obéir *en ce qui concerne le bien du service de Son Altesse et la défense de la place*... Dans ce double cas, donnez des ordres : je suis prêt à les exécuter... Autrement, le billet du duc — lisez plutôt — me recommande de vous surveiller, et, *der Teufel!* je vous surveille!

Bonaventure eut un éclair et un tressaillement de colère.

Ses mains, qu'il avait longues, maigres et pointues, avec des doigts comme des grappins, s'ouvrirent avec l'intention évidente de saisir herr Schütz à la gorge.

Mais ce mouvement fut si rapidement réprimé, que l'Allemand n'eut pas le temps de s'en apercevoir.

Ce dernier avait la mine goguenarde et satisfaite d'un quidam qui vient de jouer un excellent tour à son voisin.

— Eh bien! interrogea-t-il, qu'avez-vous décidé, notre hôte?... Sort-on ou va-t-on se coucher?... Coiffons-nous le chapeau ou le bonnet de nuit?

L'autre reprit sa place à table :

— Buvons, dit-il, en décoiffant une bouteille.

XXI

LE MAJOR BONAVENTURE

On avait bu. Aux vins généreux avaient succédé les liqueurs capiteuses : le kirsch clair comme de l'eau de roche, le vieux brandevin jaune comme de l'or et le curaçao sec de Hollande qui mêle les étincelles des topazes et des rubis dans les fioles trapues, matelassées de roseaux, orgueilleuses de leur rotondité...

Tout cela avait été savouré religieusement, à petits coups, sans parler...

Puis, nos deux buveurs en étaient venus à la période d'expansion, où chacun bavarde de son côté sans prêter attention à ce que dit son voisin..

Puis encore, les coups s'étaient pressés, — et le Lorrain avait entonné le noël qu'on avait rimé autrefois sur la duchesse de Chevreuse, à la suite des équipées de celle-ci en habit de cavalier :

> — La Boisière, dis-moi,
> Suis-je pas bien en homme ?
> — Vous chevauchez, ma foi,
> Mieux que tant que nous sommes.
> Au régiment des gardes
> Elle est
> Parmi les hallebardes
> Comme un cadet.

Pour ne pas être en reste, herr Schütz avait entamé le psaume bachique des universités germaniques :

> *Gaudeamus igitur*
> *Juvenes dum sumus !*

Et, de fil en aiguille, de rasade en rasade, de refrain en refrain, on avait fini par ne plus entendre, dans la vaste salle austère, que des ronflements sonores qui allaient s'enflant à l'unisson.

Les deux convives s'étaient endormis.

Vingt minutes environ s'écoulèrent.

Le clocher de la ville sonna onze heures.

Un des dormeurs fit alors un léger mouvement.

C'était le major Bonaventure.

Sa tête, qui disparaissait enfouie entre ses bras croisés et appuyés sur la table, se redressa avec lenteur et précaution, — et son regard alla chercher, à quelques pas de lui, l'Allemand, qui, renversé dans son fauteuil, laissait échapper de sa bouche démesurément ouverte, des notes de serpent de paroisse.

Celui-là paraissait positivement enseveli dans un sommeil de plomb.

L'autre se leva sans bruit.

Il n'y avait plus en lui aucun symptôme d'ivresse.

Il continua à examiner, de sa place, le gouverneur, qui, de son côté, continuait à ne pas bouger.

— Si je le veux! Vous me le demandez, belle dame?

— Quand on pense, murmura-t-il, qu'il avait l'espoir de me griser!... Et avec des vins de France encore : des amis, des compatriotes !... Griser un particulier qui a tenu boutique de brindezingues, rue du Pas-de-la-Mule, à Paris !

Puis, écoutant les différentes horloges de la ville qui répétaient l'heure annoncée par le munster :

— J'ai juste encore soixante minutes devant moi... C'est plus qu'il ne m'en faut pour me faire tuer si j'échoue... Allons !...

Il s'ébranla doucement, — sur la pointe des pieds, — en retenant son souffle...

Vous auriez souri en voyant ce grand corps évoluer comme un fantôme, s'avancer du bout des orteils, comme s'il cheminait sur des œufs, et se servir de ses bras ainsi que d'un balancier pour conserver l'équilibre dans ce trajet de deux ou trois emjambées que, en le coupant d'arrêts dictés par la prudence, il fit durer plusieurs minutes.

Il arriva ainsi jusqu'auprès du dormeur.

Celui-ci ronflait plus énergiquement que jamais.

Les mains de Bonaventure eurent une velléité de s'accrocher au cou du taureau d'où sortait cette basse formidable.

Mais il repoussa cette idée.

— Non, prononça-t-il à part lui, ce serait méconnaître les lois de l'hospitalité.

Puis, après avoir considéré herr Schütz avec une minutieuse attention :

— Les clefs sont là... Je les aperçois qui se dessinent sous le drap de l'habit... Il ne s'agit que d'en faire accoucher la poche...

Il se pencha ; son bras s'allongea ; sa main atteignit l'endroit qui l'attirait...

Deux de ses doigts s'introduisirent dans l'entre-bâillement de l'étoffe...

Et, soudain, deux jurons — de nationalité différente — éclatèrent comme deux coups de pistolet :

— Mille espontons !...

— *Sacrament!...*

Le Lorrain avait sauté en arrière, comme enlevé par un pétard...

Et l'Allemand avait bondi de son siège, comme projeté par un ressort...

Tous deux se dévisagèrent un moment avec une stupéfaction réciproque...

Ensuite, l'Allemand demanda :

— *Herr Gott!* major Bonaventure, que cherchiez-vous donc dans ma poche ?

— Dans votre poche ?

— Oui, dans ma poche.

Le Lorrain sembla prendre une résolution :

— Eh bien ! répondit-il, je cherche à en extraire la ville et le château de Fribourg. Voilà ce que j'y cherche, colonel Schütz, dans votre poche.

Il s'en fut pousser les verrous qui fermaient la porte massive et s'en revint décrocher une épée à l'une des panoplies qui ornaient la muraille.

L'Allemand, saisi, le regardait faire.

L'autre reprit avec une certaine dignité :

— Tâchez de rentrer dans votre assiette. Nous nous sommes touché la main et nous avons trinqué ensemble : je ne voudrais pas vous assassiner.

Puis, comme pour aider son interlocuteur à se rendre un compte exact de la situation :

— D'abord, je n'ai pas plus été major dans Vaudémont que le Pape ou le Grand-Turc. Sergent j'étais dans la Ferté, et sergent je suis redevenu dans la compagnie de bombardiers que commande mon ancien pensionnaire, le capitaine Renaud d'Élicigaray ; sans préjudice des années que j'ai passées à mes fourneaux, à restaurer les Parisiens, à l'enseigne du *Maure-qui-Trompe...*

« Ensuite, si je me suis immiscé dans cette ville, ainsi que dans votre société, ce n'a été que dans l'espérance que j'inventerais une rubrique pour vous brûler la politesse, et pour me faufiler en catimini sur la plate-forme de ce château, à cette fin de fournir aux camarades le moyen d'en opérer l'escalade...

« Car ils m'attendent, les camarades, et je leur ai promis qu'à minuit je serais mort ou que je leur jetterais la corde...

« La corde, elle est ici, sous ma chemise, enroulée autour de mes reins : c'est elle qui me fait ce ventre de chanoine...

— Mais, s'informa herr Schütz, qui commençait à comprendre, mais ce billet du prince Charles...

— Après ?...

— Il était donc faux, ce billet ?...

— Pas le moins du monde...

— Bah !...

— Par exemple, je n'ai pas le loisir de vous apprendre par suite de quelles circonstances il est tombé entre nos mains. Voici qu'il est onze heures un quart... Je n'ai plus que quarante-cinq minutes pour terminer mes petites affaires...

« Et, tenez, c'est comme cette attaque, — vous vous rappelez, — cette attaque dont je vous ai parlé, que M. de Lorraine doit tenter, conjointement avec une sortie de la garnison, histoire de délivrer la place...

« Rien de plus exact, de plus réel et de plus certain...

— Oh !...

— Seulement, quand le duc arrivera, après-demain, devant Fribourg...

— Eh bien ?...

— Eh bien ! nous aurons pris Fribourg depuis la veille.

Le colonel se mit à rire.

— La plaisanterie est bonne, dit-il.

Il avait peu à peu recouvré tout son sang-froid.

— Oui, répondit l'ex-tavernier, elle me paraît telle, — du moins puisque c'est moi qui la fais...

— En attendant, gronda l'Allemand entre ses dents, je vais appeler, mon bel ami, et vous faire jeter dans un cul de basse-fosse, d'où vous ne sortirez que pour marcher à la potence.

Mais l'autre, lui portant brusquement la pointe de sa rapière à la gorge :

— Si vous essayez de crier, je vous saigne comme un poulet !

Il ajouta, tandis que herr Schütz pâlissait et restait muet :

— D'ailleurs, les verrous sont solides et la porte me paraît à l'épreuve du canon. Avant qu'on ne l'ait enfoncée, j'aurai eu dix fois le temps de vous expédier. Dégaînez donc : je vous répète que je ne voudrais avoir aucun avantage sur vous.

Le gouverneur lança autour de lui un regard fauve et rapide.

La porte de la salle était aussi soigneusement fermée que maître Bonlarron venait de le déclarer.

En outre ce dernier avait eu la précaution de se placer entre son adversaire et les fenêtres.

Herr Schütz tira donc son épée.

— A la bonne heure ! reprit l'ex-cabaretier du *Maure-qui-Trompe*. Avant de commencer, un mot encore, pourtant. C'est une proposition que j'ai à vous adresser...

— Voyons la proposition, fit l'Allemand, en appuyant sur son interlocuteur des yeux furieux et marbrés de sang.

— Vous allez me remettre les clefs que vous avez là, dans votre poche...

— Vraiment ?...

— Et puis, vous irez tranquillement faire dodine sur vos deux oreilles...

— C'est tout ?...

— Et, demain matin, on vous promet d'obtenir de M. Créqui, pour vous et pour la garnison, des conditions honorables...

Le Lorrain n'avait pas achevé que herr Schütz s'élançait sur lui avec un ricanement sauvage.

Bonaventure le reçut sur son fer :

— Mes compliments ! prononça-t-il. Voilà ce qui s'appelle répondre. Colonel, vous êtes un brave !

Tous deux étaient à peu près de la même force.

Tous deux, aussi adroits qu'intrépides et aussi experts que prudents.

Mais le gouverneur était gros et lourd.

Maître Bonlarron, au contraire, maigre et grand, ressemblait à un serpent démesuré, tant son bras prolongeait son corps, et tant sa flamberge s'agitait comme un triple dard.

Or, tout en restant sur la défensive pour étudier le jeu de son adversaire, dont il suivait des yeux tous les mouvements avec une infatigable présence d'esprit, tout en parant et ripostant avec calme, mais ne se livrant pas encore, l'ex-tavernier de la rue du Pas-de-la-Mule bavardait comme une pie-borgne.

— Sarpédiable ! vous êtes un habile escrimeur... Mais c'est égal : je ne vous en démontrerai pas moins le fameux coup *du gigot*... Un coup dont M. de la Ferté se servit dans son duel avec M. de Rouville, qui était, cependant, un homme rude et haut la main...

« Mon ancien colonel était venu manger un gigot, dans mon établissement, le matin même de cette rencontre...

« Vous saisissez le rapprochement ?

« M. de Rouville fut blessé...

« Moi, je vais sûrement vous tuer...

— *Lumpen Hound !* grinça l'Allemand qui était devenu cramoisi.

— Vous vous fâchez ?... Donc, vous avez tort... Ah ! bien envoyé, ce coup droit !... Seulement, ce ne sont pas mes côtes qu'il a labourées, — mais mes cordes !

Le gouverneur soufflait comme un buffle.

Bonaventure continua :

— Ah ! voici que vous commencez à vous fatiguer... Les inconvénients de la panse... Hélas ! ce n'est pas ce qui me gêne...

L'autre fit un pas en arrière.

— A mon tour, murmura le sergent des bombardiers.

Il fit un pas en avant.

Pendant qu'il marchait, le colonel dégageait pour l'arrêter.

Maître Bonlarron para prime, lia tierce sur tierce et se fendit.

— Voilà le coup *du gigot*, dit-il.

Herr Schütz ne répondit point.

Il tomba à la renverse sur le carreau en crachant une gorgée de sang.

Son adversaire était resté en garde de peur de surprise.

Mais le colonel ne se releva pas.

Un instant, il s'agita convulsivement, se brisant les ongles et se meurtrissant la nuque contre le dur granit des dalles.

Puis, il rendit le dernier soupir.

La rapière de Bonaventure lui avait traversé la gorge.

Le vétéran de Rocroy se découvrit :

— Dieu me donne une pareille mort ! prononça-t-il gravement.

Puis, il se pencha sur le corps et retira le trousseau de clefs de la poche de l'Allemand.

Puis encore il prit sur le siège, où celui-ci les avait déposés, le chapeau à plumail jaune et le manteau à galon d'or du défunt.

Il se coiffa de ce chapeau, s'enveloppa de ce manteau, se dirigea vers la porte, l'ouvrit, franchit un vestibule, enfila une galerie et arriva devant une grille à travers les barreaux de laquelle on distinguait dans l'ombre la spirale d'un large escalier.

L'une des clefs du trousseau joua dans la serrure de cette grille.

Cette dernière tourna sur ses gonds.

Maître Bonaventure Bonlarron s'engagea dans l escalier.

XXII

L'ESCALADE

Nous avons dit — par la plume de Bussy-Rabutin — que le château, ou *Schloss*, de Fribourg défendait cette place du côté de « la montagne Noire ».

Il la défendait non seulement avec la redoute de pierre qui le flanquait, avec ses trois bastions, son fossé « large et profond » et les « mille chicanes » de celui-ci, mais encore par le fait de sa situation sur un plateau qui dominait la plaine et la ville, et qui ne communiquait avec cette dernière que par une rampe fort étroite « et fort roide à gravir ».

On mesurait près de deux cents pieds entre la plate-forme de sa maîtresse tour et le fond du fossé creusé à la base de ce plateau.

Aussi ce fossé était-il demeuré à sec, et, tandis que toutes les forces de la garnison avaient été savamment espacées le long du reste de l'enceinte, un simple bataillon d'infanterie — du régiment impérial — occupait-il cette position, qui se gardait assez elle-même par ses ouvrages et par sa hauteur.

Il n'était point supposable, en effet, que l'effort de l'ennemi se portât sur ce point réputé imprenable et que l'on n'eût pu aborder sans passer, d'abord, sous le feu de toute l'artillerie de la place.

Il y avait, cependant, sur cette plate-forme, « six gros canons, montés sur pivot, qui se pouvaient tourner du côté de la ville, si, celle-ci une fois prise, le château continuait à tenir ».

Il y avait aussi, dans une guérite en pierre, un guetteur — ou vigie — dont la vue planait sur tout le pays environnant.

Herr Schütz y avait aussi établi un poste de vingt hommes, commandés par un enseigne et chargé de lui rendre compte de tous les mouvements des Français.

Vous avez vu, en outre, qu'il se faisait apporter, chaque soir, les clefs des portes qui ouvraient sur la rampe conduisant à la ville et celle de la grille qui fermait l'escalier aboutissant au sommet de la tour.

A l'endroit où cet escalier débouchait sur la plate-forme, une sentinelle se promenait.

En entendant quelqu'un monter :

— *Wer da?* cria-t-elle en s'arrêtant et en croisant sa hallebarde.

Maître Bonaventure Bonlarron parlait allemand, pour avoir guerroyé en Alsace, comme herr Schütz parlait français, pour avoir guerroyé en Lorraine.

— Ronde d'officier, répondit-il avec aplomb dans la langue, pleine d'harmonie, usitée du Rhin à l'Oder et de la Moselle au Danube.

Sa figure disparaissait entre les bords de son chapeau et le collet de son manteau.

Il s'approcha de la sentinelle et échangea *le mot* avec elle :

— *Fater...*

— *Faterland...*

Le soldat releva sa hallebarde.

— *Sacrament!* demanda brusquement le prétendu officier de ronde, qui est-ce qui t'a placé là, *landsmann?*

— C'est l'anspessade, mon officier.

— Eh bien! l'anspessade est un imbécile... C'est dans le milieu de l'escalier que j'avais donné ordre de poser une sentinelle... Tu vas me faire le plaisir d'y descendre achever ta faction tout de suite.

— Oui, mon officier.

Le soldat obéit sans répliquer, — et l'ancien cabaretier passa.

La nuit était profonde; la pluie tombait par torrents; le vent soufflait *en foudre*, comme disent les marins.

Dans la baraque en bois qui leur servait de corps-de-garde, l'enseigne et ses vingt hommes dormaient à poings fermés sur le lit de camp.

Dans sa guérite, contre le parapet, le guetteur sommeillait pareillement.

Toutefois, au bruit des pas du survenant, il allongea le cou hors de sa logette.

Mais en reconnaissant le chapeau, le panache et le manteau du gouverneur, il laissa sans défiance le faux herr Schütz s'avancer.

— *Fater*, prononça ce dernier.

L'Allemand se pencha :

— *Faterland...*

La dernière syllabe du mot était à peine sortie de sa bouche, que les deux mains de Bonaventure s'abattirent sur le pauvre diable...

L'une d'elles le happa à la gorge et l'empêcha de pousser un cri...

L'autre le saisit à la ceinture, l'arracha de la guérite, le souleva du sol, et, avec une force décuplée par la circonstance, le lança par-dessus le parapet.

Après cette exécution rapide, l'ex-sergent de la Ferté respira bruyamment :

— C'est toujours un de moins, fit-il.

Puis, avec anxiété :

— Oui, mais pourvu qu'il ne leur soit pas tombé sur la tête, aux autres !

Les autres, c'étaient Joël et ses compagnons qui attendaient en bas, dans le fossé.

Puis encore, avec un geste d'insouciance philosophique :

— D'abord, il n'y avait que ce moyen... Ensuite, c'est une façon de les prévenir que je suis là.

Il écouta un instant :

— Voilà minuit qui carillonne à toutes les paroisses de la ville... C'est le moment... Écoulons mon ventre !

Il déboutonna lestement son gilet et sa veste et se mit à dévider hors d'un créneau ouvert derrière la guérite cet abdomen factice, qui était une longue corde fine enroulée autour de son corps.

Cette corde, alourdie par un crochet fixé à l'une de ses extrémités, descendit lentement dans le vide.

Maître Bonlarron en avait conservé l'autre extrémité dans les mains.

Quelques minutes s'écoulèrent.

Ensuite, l'ancien tavernier murmura :

— Je les sens qui accrochent l'échelle... Ils donnent la secousse convenue... Allons, remontons la bricole.

Et il ramena la corde à lui, — brasse par brasse, — mais avec plus de peine qu'il ne l'avait *larguée* auparavant, car un objet assez pesant y était attaché

Cet objet n'était autre qu'un fort câble à nœuds, dans le bout duquel une barre de fer était passée.

Bonaventure plaça cette barre de fer en travers du créneau, de manière à ce qu'elle fût assurée solidement...

Puis, il imprima à son tour une secousse d'avertissement au câble qui pendait dans l'espace...

Puis, il se pencha sur l'abîme aux obscures et silencieuses profondeurs...

— Voici la chose, monseigneur...

Puis encore, avec cette nature gouailleuse du vieux soldat qui nargue le danger suprême :

— Messieurs les voyageurs pour le ciel, en voiture !

XXIII

L'ESCALADE

Une heure auparavant, trente-deux hommes étaient sortis du camp français, et, de peur qu'on ne les aperçût des remparts, avaient rampé, l'un derrière l'autre, dans l'ombre, la boue et l'averse.

Ils étaient arrivés ainsi au bord du fossé qui soulignait le plateau sur lequel le château de Fribourg posait sa masse formidable.

Plateau et château paraissaient ne faire qu'un, du reste, tant les murs lisses de celui-ci étaient continués par l'arête vive de celui-là.

Trente de ces hommes étaient descendus dans le fossé.

Deux étaient demeurés un instant sur le bord.

— Mon cher Petit-Renaud, fit le premier, n'oubliez pas que nous comptons sur l'aide de votre artillerie...

— Soyez tranquille, ami Joël, répondit le second : du moment que le convoi, ramené ce soir par M. de Villars, m'a apporté les munitions dont je manquais, j'espère bien procurer à MM. les Fribourgeois une surprise *à tout casser...*

Puis, avec un accent chagrin :

— Mais, sangdioux ! c'est moi qui regrette de ne pas vous accompagner... Rester ici, dans la tranchée, pendant qu'on se frottera là-haut... Racler du violon pour faire danser les autres !...

— Eh ! mon Dieu, à chacun sa tâche, repartit le fils de Porthos.

Et, comme l'*homunculus* ouvrait la bouche pour répliquer :

— Maintenant, séparons-nous ; il faut agir et non parler.

— Allez donc et réussissez... Mais, ventredioux ! prendre ainsi le plus gros morceau... Frérot, c'est de la gourmandise !

Ils s'embrassèrent cordialement.

Ensuite, le Gascon reprit le chemin du camp, tandis que le Breton rejoignit ses compagnons.

Ceux-ci attendaient, groupés.

Trois quarts d'heure environ se passèrent.

Notre héros s'était assis sur une pierre.

— Il n'est pas loin de minuit, murmura-t-il à un moment.

Et, se levant, il fit un pas, dressa la tête en l'air et se mit à interroger avec des yeux ardents d'angoisse et d'espérance la masse énorme, menaçante et sombre, qui s'étageait devant lui.

A cet instant, une autre masse, — humaine et mobile, celle-là, — tournoya de haut en bas dans le vide et s'abattit, avec un bruit sourd, à la place qu'il venait de quitter.

Si, par malheur, il fût resté une minute de plus à cette place, cette masse, dont il sentit le vent, — tellement elle l'effleura dans sa chute, — tombait sur lui et l'assommait, au lieu de se briser sur le sol.

— Harnibieu ! jura M. de Champagnac, il pleut donc des hommes par ici !

Et ce cri, étouffé, jaillit de toutes les poitrines :

— Si c'était le sergent Bonlarron !

Le Breton se pencha anxieusement sur le corps, qui ne remuait plus que par saccades et dont le sang se délayait avec la boue.

Puis, avec un soupir de soulagement :

— Dieu soit loué ! ce n'est pas notre camarade.

— Alors, fit M. de Gacé, c'est un courrier qu'il nous envoie.

— Oui, pour nous informer qu'il nous attend là-haut, ajouta M. d'Escrivaux.

— Mes enfants, reprit notre héros, ayons confiance : si je me suis éloigné de l'endroit où ce malheureux n'eût pas manqué de m'endommager en tombant, c'est que la Providence, qui m'a inspiré ce mouvement instinctif, savait que nous avons à brasser ensemble une glorieuse besogne, cette nuit...

— Et, tenez, s'exclama M. d'Héricourt, tenez, ici, cette corde...

Tous les regards se tournèrent du côté désigné...

Et, à la lueur noire que dégage le ciel le plus couvert, on vit « le ventre » de maître Bonaventure Bonlarron descendre lentement du sommet de la tour.

— Où est le câble à nœuds avec sa barre de fer? questionna le fils de Porthos.

— Le voici.

— Attachez et donnez le signal.

La corde remonta, emportant le câble.

Joël tira sur celui-ci, après un temps.

Ensuite, il prononça avec une sorte de solennité :

— Tout va bien. L'échelle est fixée. Êtes-vous prêts?

Tous les visages demeurèrent impassibles, et toutes les voix répondirent avec le même accent viril et résolu :

— Nous sommes prêts.

— Alors, attention! Le mousquet attaché sur le dos! L'épée ou le poignard aux dents!... Et faites comme moi : ne vous pressez pas; à chaque nœud, arrêtez-vous une seconde pour respirer; regardez le ciel et non la terre ; ne pensez pas au danger, mais à la France... Et, maintenant, en avant, et que Dieu nous sauve!

— En avant!

Et les trente hommes firent un même mouvement pour s'élancer à l'escalade.

Mais le Breton les arrêta, et, du ton du commandement :

— Un instant! Chacun à son tour. Et comme c'est la mort peut-être qui nous guette là-haut, je réclame le privilège du chef : celui de passer le premier.

Puis, après avoir recommandé son âme au Seigneur, après avoir murmuré le nom de sa mère et de son père, après avoir donné un suprême souvenir à sa chère et charmante Aurore, il saisit le câble à deux mains et commença à s'élever à la force des poignets.

Lentement et en silence, ses compagnons l'imitèrent.

L'un après l'autre, ils entreprirent la périlleuse ascension avec une commune et prodigieuse vigueur d'esprit et de corps.

Ce ne fut rien, tant que celui qui venait le dernier resta à quelques pieds du sol.

Mais, à mesure qu'ils avançaient, la corde, tourmentée par le vent, balançait davantage, et la file humaine qui s'y cramponnait, suivant son va-et-vient saccadé, menaçait de s'égrener dans l'espace ou de s'écraser contre les parois du plateau ou contre le granit de la tour.

En somme, quelque chose d'étrange, d'émouvant, de terrible que ce serpent monstrueux qui se dressait dans la nuit et dans la rafale, — déroulant, le long de ce plateau et de cette tour, ses anneaux formés d'êtres vivants, — avec des étincelles et des froissements d'écailles qui étaient l'éclair et le heurt des armes.

Si la peur ou le vertige s'en mêlaient, c'en était fait de ces trente hommes.

La chute de l'un d'eux entraînait celle de tous les autres.

Un cri poussé donnait l'éveil aux Allemands.

N'était-ce pas pis encore si l'échelle se rompait?

Heureusement, l'échelle était solide et les hommes étaient vaillants.

On eût dit que le fils de Porthos leur avait insufflé à chacun une parcelle de son cœur héroïque.

. . . .

— Est-ce vous, monsieur Joël? demanda maître Bonaventure, lorsque la tête de notre héros arriva au niveau du rebord de la plate-forme.

— Oui, c'est nous, jarnidieu! répondit le Breton, et sans avarie, grâce au ciel.

— Vivat!... Donnez-moi la main, appuyez le genou ici, dans la fente du créneau, et passez... Vous voilà sur le plancher des vaches.

Le jeune homme avait, en effet, sauté sur la terre ferme.

Pendant que ses compagnons prenaient pied successivement, l'ex-cabaretier lui expliquait brièvement ce qu'il avait fait depuis le matin et ce qu'à son avis il était urgent de faire.

— D'abord, dit-il en indiquant le corps de garde, il s'agit de s'assurer des hommes qui sont là-dedans. La chose ne pèsera pas deux onces. J'estime qu'ils dorment comme des marmottes dans leurs terriers ou comme des chanoines aux vêpres.

Joël se tourna vers ses hommes, qui attendaient l'épée au poing :

— Vous avez entendu, mes amis. Il importe d'enlever ce poste. Et pas un coup de feu, surtout. C'est ici que le silence est d'or.

La petite troupe se porta rapidement sur le point désigné.

L'enseigne qui y commandait s'était réveillé au bruit.

Encore tout ensommeillé, il fit mine de sortir pour reconnaître ce qui se passait au dehors.

Mais, au moment où, effrayé par cette trombe silencieuse qui s'abattait sur son poste, il reculait et se préparait à crier, notre héros le saisit au collet de la main gauche et de la droite lui mit le poignard sur la gorge, en lui jetant dans l'oreille cette injonction menaçante :

— Pas un mot ou tu es mort !

L'Allemand comprit, à l'expression du visage de celui qui lui parlait, que le plus sage était d'obéir, et il demeura sans mouvement et sans voix, collé à la muraille comme un oiseau de nuit cloué à la porte d'une grange.

Pendant ce temps, nos Français envahissaient le corps-de-garde.

On n'eut pas besoin de donner un coup de rapière, ni de tirer un coup de mousquet. Les impériaux ronflaient à bouche-que-veux-tu. Avant qu'ils n'eussent ouvert les yeux, ils étaient déjà garrottés.

— Il y a encore la sentinelle de l'escalier, insinua Bonaventure.

— C'est bien, répondit le Breton. Je m'en charge. Occupez-vous seulement des canons.

Il se glissa dans l'escalier.

Quelques minutes plus tard, on le vit remonter, tenant sous son bras le soldat pour lequel il s'était contenté d'une formidable bourrade.

Cependant, les six grosses pièces d'artillerie, qui garnissaient la plate-forme, avaient viré sur leur affût mobile.

Désormais, c'était vers la ville qu'elles allongeaient leur gueule prête à vomir un ouragan de fer et de flamme.

Joël jeta autour de lui un coup d'œil fier et satisfait.

— Maintenant, commanda-t-il, arborez le drapeau.

XXIV

JOEL AU COMBLE DE SES VOEUX

Cependant, M. de Créqui avait passé une nuit assez agitée.

La réflexion l'empêchait de croire au succès d'une entreprise aussi téméraire que celle de notre héros.

Et pourtant, comme dans les circonstances critiques où il se trouvait, on espère même l'impossible, il sortit, dès l'aube, de son quartier général, — botté, éperonné, entouré de son état-major, — et braqua une longue-vue dans la direction de Fribourg.

Puis, aussitôt, avec un cri de triomphe :

— Par la morbleu! voyez, messieurs! Ce n'est pas une illusion, n'est-ce pas? Ce sont bien les couleurs françaises qui flottent là-bas, sur le château!

Puis encore, comme ses officiers lui affirmaient qu'il ne se trompait point, et, partageant son étonnement et sa joie, se félicitaient à l'envi de ce résultat inattendu.

— Ce brave garçon, ajouta-t-il; il faut qu'il ait le diable au corps pour avoir accompli ce prodige... A présent, il s'agit de lui venir à la rescousse... Monsieur de Basset!...

— Maréchal!...

— A-t-on exécuté mes ordres?

— Oui, maréchal : toutes les troupes sont sous les armes depuis une heure!

— Eh bien, faites sonner et battre la charge, et que l'armée entière s'ébranle vers Fribourg!... On nous a mâché la besogne : il n'y a plus qu'à l'avaler... Flamberge au vent et vive le roi! .

— Vive le roi! redirent les officiers.

— Vive le roi ! répétèrent les troupes.

. .   .   . !   .   .   .   .

.   .   .   .   , ...

Dans la ville, l'effet ne fut pas moins foudroyant, — mais dans un sens tout différent, — quand, aux premières lueurs du jour, on aperçut l'étendard blanc, fleurdelisé d'or, qui *ventelait* au-dessus du *Schloss*.

Officiers, soldats et bourgeois, s'étaient regardés avec stupeur.

Puis, formant une foule éperdue, ils s'étaient rués vers le château.

Mais nous savons que les portes de celui-ci étaient fermées et que les clefs en étaient passées de la poche de herr Schütz entre les mains de maître Boularron.

La garnison de ce château se trouvait, elle-même, en quelque sorte, prisonnière entre ces portes et la grille — également close — qui défendait l'accès de l'escalier aboutissant à la plate-forme.

Cette grille, la garnison, avait, tout d'abord, entrepris de la forcer.

Mais, lorsque, furieux, les Allemands s'étaient heurtés à ses barreaux, la cage de l'escalier s'était enflammée comme une traînée de poudre.

Une volée de coups de mousquet avait crépité, emplissant cette cage d'éclairs, de tonnerres et de fumée.

Une douzaine d'hommes étaient tombés en hurlant.

C'était la moitié de nos Français, que Joël avait postés sur les degrés supérieurs et qui recevaient ainsi l'ennemi, — tirant, comme on dit, *dans le tas.*

Les assaillants étaient à découvert. Les assaillis étaient à l'abri. Toutes leurs balles portaient. Elles abattaient quiconque essayait d'approcher de la grille. Il y eut bientôt devant celle-ci un amas de corps sanglants d'où s'échappaient des râles, des gémissements et des imprécations.

Les officiers allemands s'efforcèrent en vain de ramener leurs soldats à l'attaque.

Pas un de ces derniers ne se hasarda plus à servir de cible à des adversaires invisibles.

En même temps, dans la ville comme dans le château, on se demandait de toutes parts :

— Le gouverneur ? Où est le gouverneur ?

Des voix répondaient :

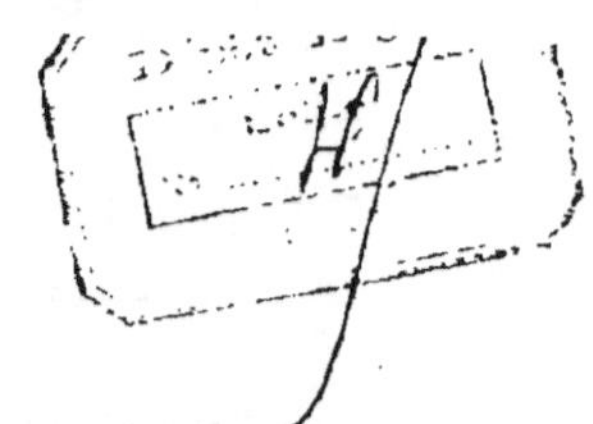

— Ah ! fit-elle en se retournant...

— Le gouverneur est mort.

Les premiers qui étaient accourus, pour le prévenir de ce qui se passait, n'avaient, en effet, ramassé qu'un cadavre déjà froid sur le carreau de la salle où l'infortuné colonel avait soupé de compagnie avec l'ex-sergent du régiment de la Ferté.

Herr Schütz était l'âme de la défense.

Il était le représentant du prince Charles et de l'Empereur.

Sans lui, qu'allait-on faire ?

Parmi les officiers appelés à lui succéder, il y avait des Autrichiens, des Bavarois et des Lorrains...

A qui de ceux-ci reviendrait le dangereux honneur du commandement ?

On se demandait encore comment ces damnés papistes de France étaient parvenus à s'emparer d'une position de cette importance.

Combien étaient-ils dans la tour ?

Et de quelle façon comptaient-ils procéder ?

On ne tarda pas, du reste, à être fixé sur ce dernier point :

Un petit nuage de fumée s'éleva soudain de la plate-forme...

Un coup de canon retentit...

Un boulet siffla...

On entendit les cris de douleur des malheureux qu'il renversait sur son passage, avant de décapiter l'un des saints de pierre qui décorent l'admirable portail de la cathédrale...

A ces cris, d'autres répondirent, qui arrivaient de tous les côtés des remparts :

— Les Français ! voici les Français !

C'était eux, effectivement !

La petite armée de M. de Créqui venait de sortir de ses lignes, — le maréchal en tête, avec tout son état-major : le comte de Choiseul, le chevalier d'Estrade, MM. de Basset, de Nonant, de Villars, de Bellegarde, d'Haussonville, de la Luserne et de Ranty.

La brigade de la Valette formait l'aile droite ; les régiments de la Couronne et d'Aubijoux, la gauche ; au centre, le régiment d'Orléans s'appuyait sur les chevau-légers, les carabiniers et les dragons, lesquels avaient laissé leurs montures au piquet pour combattre à pied comme de simples fantassins.

Ces trois colonnes s'avançaient en bon ordre, — enseignes déployées, tambours battant, trompettes sonnant, — comme pour une revue du prince à Satory ou dans la plaine des Sablons.

Leur intention manifeste était de donner l'assaut; encore, comme l'écrit un contemporain, que dans la redoutable ceinture de remparts qui entouraient la ville il n'y eût pas une brèche capable de livrer passage non seulement à un homme, « mais au poing d'un enfant. »

Leur pas était si cadencé, leur attitude si tranquille et leur mine si résolue, que les bastions hésitèrent à ouvrir le feu.

Dans ce même moment, une sphère de fonte à oreillettes sortit de la tranchée française et passa au-dessus des troupes en marche en décrivant une courbe et en sciant l'air d'un sifflement aigu.

On eût dit une étoile filante, avec la fusée qui brûlait, enfoncée dans ses flancs bourrés de poudre.

Elle s'abattit juste sur la place de l'Hôtel-de-Ville, où s'agitait tout un monde de bourgeois, et écrasa dans sa chute une pauvre femme et son nouveau-né.

Puis, au milieu de l'épouvante et de la bousculade générale, l'œuvre infernale de Renaud d'Elicigaray éclata, mitraillant de ses débris la foule tourbillonnante, cassant les bras, fendant les têtes, crevant les poitrines, et traçant autour de la place où elle était tombée et du trou fumant qu'elle avait creusé dans le sol, un cercle de corps mutilés aux blessures béantes.

Puis encore, à travers la tempête de hurlements et de lamentations que souleva ce véritable carnage, une seconde bombe suivit la première et une troisième la seconde.

Celle-ci éventra un toit et entra dans une maison dont les murailles se fendirent comme des planches de sapin sous l'explosion et s'écroulèrent avec fracas.

Celle-là fit sauter un magasin de poudre.

Une autre alluma l'incendie dans les combles de la Collégiale.

Alors, oh! alors, dans la ville en feu et en sang, ce ne fut plus de la détresse...

Ce fut de l'affolement, du délire, du vertige!...

Hommes, femmes, enfants, garnison, personne n'eut plus qu'une idée :

Échapper, en capitulant, à ce désastre qui tombait des nues, pareil à cette pluie de soufre et de flammes, qui, dans l'Écriture, détruit les cités maudites!..

En vain, quelques braves officiers essayèrent-ils d'endiguer cette débâcle.

Ils furent renversés et foulés aux pieds, par la cohue, qui, pour les ouvrir, se précipitait vers les portes...

Nous savons que les clefs de celles-ci manquaient.

Elles étaient chez le gouverneur.

On s'en passa.

Les herses furent levées en un instant; les lourds battants de chêne, cuirassés de ferrures, furent enfoncés à coups de hache; les chaînes des ponts-levis furent brisées comme des pailles...

Et la foule, éplorée, s'encourut au-devant des Français en demandant grâce et merci.

M. de Créqui donna aussitôt l'ordre de cesser le feu.

Il reçut, ensuite, sur le front de ses troupes, dont il avait refusé d'arrêter le mouvement, le bourgmestre et les notables de Fribourg, qui vinrent lui annoncer que la place se rendait sans conditions.

Enfin, à neuf heures du matin, aux acclamations de ses soldats, aux fanfares de ses clairons et au son des cloches « mises en branle pour lui faire honneur », il effectua son entrée dans la ville par le faubourg de Herdern, tandis que par celui de Wishre, la garnison, qui avait mis bas les armes et pris l'engagement de ne plus servir avant cinq ans sous le drapeau du prince lorrain, se retirait dans la direction de Bâle, conduite par ses officiers.

Le maréchal s'en fut, à la cathédrale, remercier le Ciel de ce succès inespéré.

Il visita, de là, l'Hôtel-de-Ville, du perron duquel il renouvela aux habitants la promesse que leurs personnes et leurs biens seraient également respectés.

Sur quoi, les Fribourgeois crièrent : *Vive M. de Créqui!* avec non moins d'empressement qu'ils avaient crié : *Vive le duc Charles!* quelques jours auparavant.

Ce fut en cet instant que notre héros arriva, suivi de maître Bonlarron, lequel portait, posées sur le propre chapeau de herr Schütz ainsi que sur un coussin de velours, les clefs du château et de la tour.

En quelques mots brefs et modestes, il exposa au maréchal de quelle façon il était venu à bout de son entreprise.

M. de Créqui lui jeta les bras autour du cou :

— C'est toi, cadet, s'écria-t-il, qui es la véritable clef qui a ouvert la place à la France !

Et il l'embrassa à plusieurs reprises devant la population et l'armée.

Puis, il s'informa de M. d'Élicigaray.

— Me voici, mon général, répondit Petit-Renaud, qui accourait de sa batterie.

— Messieurs, reprit le maréchal, c'est à vous trois que Sa Majesté est redevable de la prise de Fribourg : à vous, chevalier, qui avez conçu et exécuté un projet devant lequel auraient reculé les Titans ; à ce brave soldat (il frappait sur l'épaule de Bonaventure) qui, comme ses autres compagnons, vous a si énergiquement secondé dans l'accomplissement de cette incroyable prouesse ; à M. d'Élicigaray, enfin. dont l'invention a produit de si merveilleux et de si terribles effets...

Il se tourna vers M. de Basset :

— Où sont les drapeaux enlevés à l'ennemi ?

— Les voilà, mon général.

C'était ceux du régiment impérial, du régiment de Kornach et de la milice bourgeoise.

M. de Créqui poursuivit :

— Monsieur de Locmaria, c'est vous que je charge de porter à Saint-Germain et de déposer aux pieds du roi ces trophées de notre victoire.

« J'y joindrai un rapport, écrit tout entier de ma main, qui, en annonçant à Sa Majesté l'heureux résultat de la campagne, constatera la part large et glorieuse qui vous revient dans ce résultat.

« Le capitaine d'Élicigaray et le sergent Bonaventure vous accompagneront : ayant été à la peine, il est juste qu'ils soient à l'honneur.

« Allez, messieurs, prenez ces clefs et ces drapeaux. Je n'ai pas besoin d'ajouter que je suis fier d'avoir commandé à des héros de votre trempe et que je suis vôtre à l'occasion.

XXV

LE MESSAGE

Nos trois compagnons partirent le soir même.

Tous trois, ils avaient l'esprit libre, le corps dispos, le cœur content.

Petit-Renaud était enchanté d'aller expérimenter sur les beautés de la cour les séductions de l'uniforme et le prestige de la victoire.

Celle-ci l'avait grandi de cent coudées, — en imagination, bien entendu, — et sangdioux! vivadioux! ventredioux! il ne doutait point que sa haute mine et ses lauriers n'exerçassent autant de ravages parmi les dames de Saint-Germain que ses mortiers et que ses bombes en avaient causés parmi l'infortunée population de Fribourg.

Comme toutes gens qui ont habité « la capitale, » maître Bonlarron se gaudissait à la pensée de la revoir.

Oh! sa rue du Pas-de-la-Mule, théâtre de si magnifiques beuveries, et sa place Royale, théâtre de si mirifiques estocades!

Et puis, comptez-vous pour rien le plaisir de s'asseoir *en consommateur* dans son ancien cabaret, au-dessous de sa propre enseigne, de commander où l'on a obéi et de crier à son successeur, en frappant du poing sur la table :

— Holà! tavernier, un gigot et une fiole!

Le gigot fondamental, sarpédiable! Et gare s'il était brûlé, mille espontons! L'hôte n'avait qu'à tenir ses oreilles! Ou bien encore, l'ex-cabaretier se promettait d'être bon prince et de trinquer avec ses clients d'autrefois au repos de l'âme de herr Schütz...

Quant à Joël, qui, plus que lui, était au comble de ses vœux?

Il allait revoir Aurore.

Le doux visage de celle-ci lui souriait à travers la vapeur de l'éloignement.

Maintenant, il se sentait digne d'elle, digne de la faveur royale, digne du père à la recherche duquel il allait se consacrer désormais.

Il regardait avec orgueil, solidement attachés au pommeau de la selle de Bonaventure, les trois drapeaux allemands qu'il avait mission de présenter à Sa Majesté...

Il touchait, entre son buffle et sa poitrine, le rapport de M. de Créqui...

Il entendait, malgré la distance, les effusions d'ardente tendresse qui allaient accueillir son retour...

Il avait encore présent à l'oreille le langage fier et chastement passionné de sa jeune femme, au soir de leurs noces et de leur brusque séparation.

Que de **gages, de** présages éloquents de bonheur!

Le ciel même, tout d'azur et de limpidité, semblait parler d'espérance; l'air vif, mais pur, laissait bien circuler le sang dans les veines; les mille bruits de la campagne avaient, dans le crépuscule, un profond caractère de calme et de paix, — et le soleil qui se couchait dans sa splendeur de pourpre, à la gauche de notre voyageur, donnait à ses yeux et à ses idées le plus réjouissant spectacle.

Il était impossible de se mettre en route vers un but désiré sous de plus joyeux auspices.

Cette route, du reste, se fit rapidement et gaiement.

Les villes que l'on traversait fêtaient à qui mieux mieux de tous leurs pétards, de tous leurs feux de joie, de tous leurs carillons de cloches et de toutes leurs acclamations enthousiastes l'heureuse nouvelle de la prise de Fribourg.

On arriva ainsi à Saint-Dizier.

Les chevaux étaient sur les dents.

Petit-Renaud et Bonaventure aussi

Cet ex-commis de la marine et cet ancien fantassin n'avaient point, en effet, l'habitude de la selle.

Il fallut s'arrêter pour laisser souffler bêtes et gens.

La halte eut lieu à l'auberge de *la Croix de Lorraine*, sur la place.

Or, comme nos cavaliers venaient de remettre leurs montures aux mains d'un garçon d'écurie, l'aubergiste accourut pour les recevoir, tout en plumant une volaille avec des gestes pleins d'ampleur et de majesté

Mais, sitôt qu'il eut dévisagé les survenants, il parut si furieusement étonné qu'il oublia de détacher du corps du volatile la pincée de plumes qu'il tenait entre le pouce et l'index.

En même temps, il poussa ce cri :

— Monsieur Joël!... Monsieur Renaud!... Le patron!...

Ceux-ci, surpris, le regardèrent...

Et, à leur tour, d'une commune voix.

— Comment, c'est toi, imbécile!...

— Vous m'avez reconnu! s'exclama avec gratitude l'hôte de *la Croix de Lorraine*, en qui nos lecteurs voudront bien, de leur côté, reconnaître le sieur Bistoquet, ancien *famulus* du cabaret du *Maure-qui-Trompe*.

Nos voyageurs continuèrent successivement :

— Toi ici?...

— Propriétaire de cet établissement?...

— Par quel hasard?

L'autre se rengorgea :

— Voilà l'histoire, prononça-t-il. M. Joël se souviendra qu'il m'avait laissé à Châlons, en train de donner à la justice tous les éclaircissements dont j'étais susceptible au sujet de ces misérables aubergistes qui avaient failli nous massacrer et que, par contre, nous avions mis en si complète capilotade qu'on n'a pu pendre que leurs cadavres...

« La chose avait fait un bruit du diable dans le pays, et l'on venait en masse de vingt lieues à la ronde pour me féliciter de la belle conduite dont j'avais témoigné en cette circonstance...

« La patronne de *la Croix de Lorraine* était parmi ces curieux...

« Elle n'avait pas eu à se louer de ses deux premiers maris. Celui-ci lui avait arraché un œil dans un mouvement d'humeur. Celui-là lui avait dévoré la moitié du nez dans un accès de jalousie. Aussi désirait-elle ardemment convoler en troisièmes noces...

« Je lui parus un jeune homme doux, poli et incapable de battre une femme, — surtout quand celle-ci est plus forte que moi...

« Bref, nous sommes mariés depuis huit jours..

— Bravo, monsieur Bistoquet!

— Tous nos compliments, ventredioux!

Ce fut Françoise d'Aubigné qui lui donna lecture du message.

— Et tâche que ta cuisine soit plus soignée et plus complète que ta femme!

Le *famulus* se frappa le front.

— Eh! mais j'y songe, monsieur Joël, c'est la Providence en personne qui vous a envoyé chez moi...

— Comment?

— Vous allez épargner à un pauvre brave homme la fatigue d'une longue route...

— Quel brave homme?

— C'est un voyageur qui est en passe d'aller vous quérir à Fribourg...

— Moi?

— Oui, et qui s'est arrêté ici... Nous avons causé ensemble... quoique ce ne soit qu'un domestique... Parce que, moi, je ne suis pas fier.

— Et où est-il, ce domestique?

— Il casse une croûte, là, dans la salle, pendant que l'on donne l'avoine à sa monture.

— Eh bien! fit une voix en ce moment, mon courtaud est-il en état de repartir?... Je suis pressé... Qu'on se dépêche!

C'était le personnage dont il était question, qui venait d'apparaître sur le perron de l'hôtellerie.

Aussitôt ces deux cris retentirent simultanément :

— Honorin!

— Monsieur le chevalier!

Puis, ces deux exclamations suivirent, en se croisant, cette première explosion de surprise :

— C'est moi que vous cherchez?

— C'est vous que je rencontre!

Les deux interlocuteurs avaient couru l'un vers l'autre.

— Voyons, demanda le Breton, pourquoi alliez-vous à Fribourg?

— Monsieur le chevalier, pour vous remettre un message...

— Un message?

— Un message de ma maîtresse...

Et le serviteur appuya :

— Un message *pressé*.

— Oh !

Notre héros avait pâli.

Une crainte vague lui serrait le cœur.

— Donnez, dit-il, donnez vite !

Une expression d'étonnement et de souffrance avait traversé ses yeux soudainement assombris, et un éclair d'inquiétude s'y était allumé ainsi qu'au sein d'une nuit profonde.

Honorin tira de dessous sa souquenille et lui tendit la lettre de Françoise d'Aubigné.

Le fils de Porthos hésita un moment à prendre ce pli.

Certes, il avait mis plus d'empressement à saisir le câble le long duquel il avait opéré la périlleuse ascension de la tour du *Schloss* de Fribourg...

Et quelque chose d'inconnu l'effrayait, qui était dans cette enveloppe et sous ce cachet, — et cependant il ignorait la peur, le soldat qui avait tenté l'escalade du géant de granit au haut duquel était la mort probable !

Il se décida, à la fin.

Il rompit le cachet, déchira l'enveloppe et lut rapidement, pendant que ses deux compagnons, le serviteur et l'hôtelier, le considéraient avec une émotion, une anxiété involontaires.

Puis, il devint plus blanc que le papier qu'il tenait dans sa main tremblante.

Puis encore, il chancela et menaça de s'abattre comme un chêne frappé par la foudre.

Petit-Renaud et Bonaventure s'élancèrent pour le soutenir.

— Au nom du Ciel ! qu'as-tu, frérot ? interrogea l'*homunculus*.

— Oui, ajouta l'ex-cabaretier, qu'est-ce qu'il y a de si renversant dans ce grimoire ?

— Voyez !

Il leur présenta, tout ouvert, le message de la veuve Scarron.

Celui-ci ne renfermait que ces deux lignes :

« *Venez sans perdre une minute. La vie, l'honneur d'Aurore sont en danger.*

« Votre Amie. »

Le Gascon jura :

— Ventredioux !

Notre héros prit le papier. Il le tourna et le retourna entre ses doigts. Il pesa un à un chaque mot de cet appel...

Comme naguère, lorsque M. d'Alaméda lui avait parlé d'épouser Mlle de la Tremblaye, il se demandait :

— Est-ce que je rêve?

Mais, cette fois, ce n'était plus le bonheur inespéré qui lui éblouissait le cerveau.

Ce n'était plus le rêve : c'était le cauchemar.

Le réveil vint avec cette question de maître Bonlarron :

— Pour lors, qu'est-ce que vous comptez faire?

Le pauvre garçon prit sa tête à deux mains comme pour se forcer à réfléchir.

Ensuite, se redressant brusquement :

— Holà! mon cheval! commanda-t-il

— Où vas-tu? s'écria Petit-Renaud.

— Droit à Aurore, répondit-il en resserrant la boucle de son ceinturon. J'irais à pied. Je m'y traînerais sur les genoux ou sur le ventre!

— Et nous?

— Je n'ai pas le loisir de vous attendre : vous me rejoindrez plus tard; — si je suis encore de ce monde.

— Et les drapeaux? insinua Bonaventure.

— Et le roi? appuya le Gascon.

Notre héros eut un grand geste d'insouciance farouche :

— Eh! jarnidieu! répliqua-t-il, il s'agit bien du roi! Il s'agit bien des drapeaux!... Il s'agit de ma femme... De ma femme, entendez-vous, qu'on veut me voler et me tuer!...

Puis frappant du pied et froissant du poing le pommeau de sa rapière :

— Vous tous, si, dans deux minutes, je n'ai pas mon cheval, prenez garde!

— La monture de M. le chevalier! s'écria Bistoquet effrayé.

On l'amena.

Joël sauta en selle, et, rassemblant les rênes avant de jouer de l'éperon :

— Adieu ou au revoir! dit-il. Si vous m'aimez, récitez un bout de prière pour moi, car je ne sais pas qui je vais combattre.

XXVI

CHASSE ROYALE

Les cors sonnaient le départ dans les cours du château de Saint-Germain, et, sur la place, dans les rues, par les avenues que la chevauchée royale allait traverser, c'était une bruyante affluence de populaire insatiable de contempler tant d'équipages, de chevaux de race, de panaches et de dorures.

La brillante cavalcade sortit, selon l'usage, par la porte récemment ouverte entre les deux pavillons de l'Est.

Elle défila entre les suisses et les gardes-françaises, dont une gravure du temps nous a conservé l'ordonnance et nous représente les rangs *élargis en éventail*.

Ce furent, d'abord, les veneurs, la trompe à l'aisselle, et les piqueurs avec leurs compagnies de chiens.

Puis, les forestiers de la couronne, en chausses, soubreveste et casaque de drap vert à passe-poils orange.

Le roi venait ensuite, en justaucorps bleu, bottes noires et chapeau garni de plumes blanches

Derrière lui, le premier écuyer et le capitaine des gardes.

Derrière ceux-ci, le gros des seigneurs, vêtus, comme Sa Majesté. du fameux justaucorps *à brevet*.

Puis, la reine, dans son carrosse entouré d'un escadron volant de charmantes amazones, parmi lesquelles Mme de Locmaria montait avec une aisance incontestable un barbe, d'une éblouissante blancheur, que M. d'Alaméda lui avait envoyé le matin.

Les exigences de son service n'avaient point permis à la jeune femme de retourner au logis de la veuve Scarron, et de demander à celle-ci l'explication de la scène étrange dans laquelle Mme de Montespan l'avait ainsi prise à partie.

Cette scène l'avait troublée au delà du possible. Elle craignait d'en comprendre la cause. Elle en redoutait les conséquences. Elle se sentait déplacée, isolée, menacée dans cette cour où son soutien, son protecteur naturel, — Joël, son mari, — lui manquait.

Aussi ne remarquait-on point sur son visage pâle et fatigué la joie qui éclatait sur celui de ses compagnes.

Les équipages des dames invitées suivaient celui de Marie-Thérèse.

Tout cela, escorté de gentilshommes, de pages, de laquais, de mousquetaires et d'archers de la vénerie habillés de bleu et d'écarlate.

Louis XIV saluait avec une majesté affable: la fille de Philippe IV, avec un sourire plein de franchise et de bonté. C'était plus qu'il n'en fallait pour exciter l'enthousiasme. Aussi plusieurs milliers de badauds s'égosillaient-ils à crier : *Vive la Reine!* et *Vive le Roi!*

Le matin, le jour s'était levé sombre et blafard.

Au haut des arbres stationnait une vapeur épaisse, qui avait à peine en la force de s'élever à trente pieds de terre, sous les rayons d'un soleil qu'on n'apercevait qu'à travers un voile de nuages.

Signes non équivoques d'orage pour le milieu de la journée.

Il eût été prudent de rester à couvert.

Mais, comme tous les ordres étaient donnés pour cette partie de plaisir; comme tous les préparatifs étaient faits; comme, — chose bien plus péremptoire, — Louis, sur la promesse de M. d'Alaméda, comptait positivement sur son séjour d'une nuit à Marly pour triompher des derniers scrupules, des dernières résistances d'Aurore, Sa Majesté avait déclaré que, la chasse étant décidée, quelque temps qu'il pût faire, la chasse aurait lieu.

Le ciel, du reste, s'était à peu près éclairci au moment de la sortie du château.

Il n'y avait plus à l'horizon que des nuages légers qui semblaient venir de l'est avec lenteur, malgré le vent contraire qui soufflait du sud-ouest par petites rafales tièdes et lourdes.

Le cortège avait tourné entre le Jeu de Paume, — qui est devenu le théâtre actuel, — et les bâtiments du chenil.

Il avait passé devant les hôtels du Maine, de Luxembourg et de Grammont, — qui ont été absorbés depuis par des casernes de cavalerie, — et s'était mis en devoir de descendre la rampe, qui conduit dans *les fonds* de Saint-Germain.

En ce moment, le roi ordonna de prendre le galop.

On obéit.

Chevaux et cavaliers, équipages et limiers s'éloignèrent dans les tourbillons de poussière que soulevait cette allure précipitée.

Quand ils eurent disparu au coude de la route qui remonte vers Marly, les curieux se dispersèrent. Chacun rentra chez soi, et la bonne ville de Saint-Germain redevint ce qu'elle était, d'ordinaire, en l'absence de ses hôtes illustres : c'est-à-dire aussi silencieuse, aussi déserte et aussi morne qu'elle l'est, en semaine, aujourd'hui.

Sur le soir, comme les nuages, dont nous avons parlé tout à l'heure, grandissaient démesurément et que leur ligne de bataille, tranchant sur le gris bleu du ciel, empruntait au soleil couchant quelques teintes pourprées qui rendaient plus lugubre leur masse entière, — sombre et pesante, — les fers d'un cheval lancé à toute vitesse firent feu sur les pavés de la place du château.

C'était notre héros, l'habit poudreux, la figure enflammée, les cheveux dégouttants de sueur, les éperons ensanglantés, qui arrivait à fond de train.

Or, de Saint-Dizier à Saint-Germain, fendant le vent, dévorant l'espace, ne s'arrêtant dans les villes qu'il traversait qu'à la poste, pour sauter d'un cheval sur un autre, le jeune homme s'était fait cette réflexion :

C'est qu'il n'y avait encore rien de tel que le roi pour l'aider à sauver Aurore...

N'apportait-il pas à Louis une nouvelle qui allait transporter d'allégresse et d'orgueil ce prince avide de gloire et de conquêtes?...

Et cette victoire de nos armes, n'était-ce pas à lui, Joël, que la France et le roi la devaient?...

Le maréchal l'avait proclamé publiquement...

Son rapport ne pouvait manquer de le répéter.

Le fils de Porthos avait donc tout à prétendre, tout à attendre de la reconnaissance du souverain.

Eh bien ! grades, charges, faveurs, honneurs, il ne lui demandait rien de tout cela.

Il l'adjurait seulement de couvrir de sa protection celle qui lui était si chère.

Qui oserait s'attaquer à elle, quand le monarque étendrait son bras pour la défendre?

Mieux encore : il supplierait Sa Majesté de lui permettre d'emmener la jeune femme loin de ces mystérieuses embûches, de ces périls semés dans l'ombre et de ces ennemis inconnus.

Le droit d'être heureux avec elle, dans quelque solitude, enfouie au fond d'une province, voilà tout ce qu'il réclamait de la munificence royale.

. . . .

— On ne passe pas !

C'était le garde-suisse en faction à la porte du château, qui, en voyant ce cavalier couvert de poussière foncer tout droit sur celle-ci, baissait sa pertuisane pour lui barrer le chemin.

— Courrier de M. de Créqui, répondit le Breton du haut de sa monture, en écartant le soldat d'un geste impérieux.

L'officier de planton au guichet accourut sur le mot.

— Vous venez de Fribourg, monsieur ? s'informa-t-il avec empressement.

— Oui, monsieur, et en toute hâte, comme vous pouvez vous en apercevoir.

Et notre héros désignait les martiales souillures de son uniforme.

Il ajouta en s'essuyant le front :

— Vous comprenez qu'il faut que ma présence soit urgente chez Sa Majesté pour que j'ose m'y présenter en un pareil désordre. Veuillez donc, je vous prie, me faire annoncer sur-le-champ.

— Eh ! monsieur, à mon grand regret, ce m'est tout à fait impossible.

— Comment ?

— Sa Majesté n'est pas ici.

— Oh !...

— Sa Majesté chasse à Marly, et elle y passera probablement la nuit, ainsi que c'est son habitude.

Le Breton eut un vif mouvement de dépit.

Ensuite, songeant à Aurore :

— Et Mme de Locmaria ? questionna-t-il avec angoisse.

— Mme de Locmaria ?...

— Oui : ma femme. Une des dames du palais. Il ne lui est rien advenu de fâcheux, je suppose ?...

— Je n'ai pas l'honneur de connaître personnellement Mme de Locmaria ;

Le monarque les regarda s'éloigner.

mais je n'ai pas entendu dire qu'un accident fût arrivé à quelqu'une des dames
du palais...

Joël respira :

— Ah! très bien! Alors, je puis la voir, n'est-ce pas? Et je vous serai
obligé de la faire prévenir de mon retour et du désir que j'ai de l'entretenir
sans retard.

— Je n'y manquerais pas, monsieur, si cette personne était au château.

— Hein?...

— Mais Sa Majesté la Reine suit la chasse, et toute sa maison l'a accompa-
gnée à Marly.

Le fils de Porthos ricochait de désappointement en désappointement.
Aussi eut-il peine à étouffer le trio de jurons familier à Petit-Renaud. Puis,
saluant son interlocuteur :

— Merci, néanmoins, reprit-il. Maintenant, un dernier renseignement. Le
chemin de Marly, s'il vous plaît?

On le lui indiqua, et, tournant bride aussitôt, il s'engagea au galop sur la
route parcourue le matin par la cour.

De brusques coups de vent prenaient cette route en écharpe et soulevaient
de véritables ouragans de sable.

Mais pour notre cavalier, il s'agissait bien de ce sable qui lui piquait les
yeux, de ce vent qui lui coupait le visage — et de l'orage qui allait éclater !

Ce à quoi il songeait, c'était à Aurore, —à Aurore, qui en cet instant peut-
être avait besoin de son bras et de son épée...

Et il précipitait sa course. Sa selle brûlait. Sa monture, dont l'éperon
fouillait les flancs, hennissait de douleur en blanchissant son mors d'écume.
Il fit ainsi deux lieues en quinze minutes...

Des fanfares lointaines le guidaient...

A la fin, en se haussant sur l'étrier, il aperçut la forêt toute proche...

Le bruit des trompes était, maintenant, tout près de lui...

Elles donnaient toutes à la fois...

Oui, mais, comme il tressaillait de joie à l'idée que la chasse était là et
qu'il allait la rejoindre; comme il desserrait les genoux, libre desquels son
cheval pouvait respirer plus largement; comme, ramenant les guides, il modé-
rait l'allure du pauvre animal, qui, s'il avait continué plus longtemps du même
train, serait certainement, avant peu, tombé de fatigue et d'épuisement...

En ce moment, disons-nous, le jour se voila subitement.

Il semblait qu'un rideau noir, aux reflets verdâtres et violacés, se fût soudain tendu au-dessus de la terre.

Puis ce rideau creva brusquement et se fondit en une nappe d'eau intense et furieuse.

Vous auriez juré que le ciel se jetait sur la campagne. Celle-ci s'abîma dans ce déluge. Le son des trompes s'éteignit. On entendit sous la feuillée les cris de détresse des chasseresses et des chasseurs surpris et inondés.

Joël n'en poussa pas moins sa monture dans l'averse.

Malgré les larges gouttes, serrées comme une trame, qui lui cinglaient la face, il pénétra dans une avenue qui s'enfonçait dans la forêt.

Tout à coup, un piquet de mousquetaires, qui occupait toute la largeur de cette avenue, arriva sur lui à bride abattue.

— Place! place! criait à tue-tête un piqueur qui les précédait.

C'était la reine qui s'en retournait à Saint-Germain.

Elle passa, comme un éclair, pelotonnée au fond de son carrosse.

Derrière elle, tout une débandade de gentilshommes, d'amazones et d'équipages se hâtait, la pluie dans les reins.

Pour ne pas être écrasé par cette trombe de fuyards, notre héros n'eut que le temps de se jeter dans une allée latérale.

Ainsi garé, il déchiffra d'un œil inquiet tous les visages qui défilaient rapidement devant lui.

Aurore n'était pas là.

Où était-elle?

Comme il allait se remettre en quête, un dernier carrosse suivit la déroute générale.

Dans ce carrosse, il y avait une femme et un enfant.

La femme tenait l'enfant sur ses genoux, et, l'entourant de ses bras, le serrant contre sa poitrine, elle s'efforçait de le garantir du froid de l'ondée meurtrière.

Le Breton poussa un cri.

Il avait reconnu Françoise d'Aubigné.

Celle-ci entendit ce cri.

Elle tourna la tête et aperçut Joël.

Aussitôt elle donna un ordre au cocher. Ce dernier pesa sur ses guides. L'attelage allait s'arrêter...

Mais M. de Brissac, le capitaine des gardes, accourait ventre à terre par le bas côté de la route :

— Au galop ! commanda-t-il, au galop, le carrosse de M. le duc du Maine !

La gouvernante ouvrit la bouche pour émettre une observation...

Mais le capitaine ajouta :

— Ordre du roi.

Il n'y avait pas à répliquer.

Le cocher enleva ses chevaux.

La veuve Scarron se dressa à demi sur les coussins. Ses lèvres remuèrent.

Il sembla au fils de Porthos qu'elle lui jetait une indication ou un avertissement.

Mais sa voix fut couverte par le fracas de la voiture qui repartait avec rage et de la pluie qui battait la feuillée.

Un seul mot de la phrase prononcée parvint à l'oreille du jeune homme.

Ce mot, c'était :

— *Aurore !*

Nous le soulignons comme le faisaient le geste, l'accent et le visage de Françoise d'Aubigné.

Aurore !...

Où la trouver ? Où la chercher ? Il le fallait, pourtant. Jamais le jeune homme n'avait senti, comme ce soir-là, le sang qui coulait froid dans ses veines. Sur sa conscience le pressentiment d'un terrible malheur pesait comme un morceau de plomb.

Il avait de nouveau éperonné son cheval.

Ce n'était pas par réflexion : l'instinct le menait.

Quel était son dessein ? Il n'avait pas de dessein. Il creusait en vain sa cervelle vide.

Le cheval, harassé, aux trois quarts fourbu, suivit l'allée latérale que son cavalier avait prise pour éviter la rencontre de la reine et de son escorte.

Cette allée, bordée de chênes plus que séculaires, allait en montant et aboutissait à une sorte de terrasse naturelle d'où l'œil embrassait trois ou quatre lieues de forêt.

A trente pieds environ au bas de cette terrasse, coupée à pic de ce côté, s'ouvrait un carrefour formé par la jonction de plusieurs avenues qui rayonnaient dans tous les sens.

Or, au moment où la monture de Joël s'arrêtait brusquement au bord du vide béant qui séparait la terrasse du carrefour, un groupe assez étrange traversait ce dernier.

C'étaient trois hommes, dont deux portaient avec précaution un fardeau qui avait l'apparence d'un cadavre.

Le troisième guidait la marche des deux autres.

Il avait l'air d'un gentilhomme et ressemblait à M. de Boislaurier.

Tout cela, le fils de Porthos ne le vit pas de prime abord.

Il commença par ne distinguer qu'une masse confuse qui se mouvait dans l'ombre.

Mais, soudain le clapotement continu de l'averse fut traversé par un craquement sec et déchirant...

Une illumination livide enveloppa le carrefour...

Et, de la poitrine, de la gorge, des lèvres de notre héros jaillit quelque chose qui était à la fois un appel, un rugissement et un sanglot...

C'est qu'à cette clarté éphémère, il avait reconnu une femme dans le fardeau dont les deux hommes étaient chargés..

Une femme évanouie ou morte...

Et cette femme, c'était la sienne!...

Puis, tout était retombé dans la nuit...

Debout sur les étriers, Joël avait tendu les bras du côté de la vision disparue...

Par malheur, pour faire ce mouvement machinal de désespoir ou de prière, sa main avait lâché les rênes...

En cet instant, un nouvel éclair couvrit le sol de lueurs funèbres...

Un jet de flamme zébra la feuillée...

La foudre s'abattit en zigzag sur un hêtre qu'elle fendit, avec une explosion que les échos du ciel et de la terre renvoyèrent en un formidable roulement...

Effrayé, le cheval se cabra violemment.

Et le Breton, désarçonné, s'en fut donner de la tête contre un bouleau au pied duquel il demeura étendu, privé de sentiment.

XXVII

SACRILÈGE

L'orage, cependant, faiblissait, — plus prompt à s'évanouir qu'à naître.

Une dernière rafale balaya devant elle un reste d'ondée retardataire, et la lune se montra dans un coin du ciel pour activer la déroute des nuages tumultueux.

Il était environ neuf heures du soir.

Depuis cinquante minutes, notre ami Joël était couché sur l'herbe mouillée, au milieu d'un silence rendu plus profond encore par l'étrange confusion de bruits qui avait rempli la forêt quelques instants auparavant.

L'humidité et le froid le firent revenir à lui.

Il se remit péniblement sur ses pieds.

Son intelligence triompha, non sans effort, de son trouble, et un souvenir se dégagea, distinct, dans le chaos de son esprit : celui des inconnus qui emportaient la jeune femme...

Il se dit, en moins de temps qu'il n'en faut pour l'écrire, qu'il allait se mettre à la poursuite de ces misérables, les atteindre, leur arracher leur proie, si elle vivait encore, et s'ils l'avaient tuée, leur prendre sang pour sang!...

Oui, mais de quel côté s'étaient-ils dirigés?...

Par où tourner pour leur donner la chasse?...

Le temps avait marché. Ils avaient de l'avance. Le Breton ignorait absolument le pays. Son cheval avait disparu dans la tourmente. Si, seulement, il avait eu quelqu'un sous la main, — paysan, garde, braconnier, chasseur attardé, charbonnier, — pour lui fournir un renseignement ou un indice?...

Il fit route au hasard. Il chancelait comme sous le choc de l'ivresse. Ses membres étaient glacés et il ne sentait plus son cœur...

Tout à coup, au détour d'un fourré, il lui sembla voir une lumière briller à une faible distance...

Oui, c'était bien une lumière, — dans une clairière, — derrière les arbres...

Notre héros s'achemina aussitôt vers ce fanal...

Celui-ci était allumé à l'intérieur d'une masure basse, délabrée, couverte de chaume, avec une porte aux ais disjoints et une unique fenêtre qui ressemblait à une lucarne...

Notre héros s'approcha de celle-ci en étouffant sur le gazon le bruit de ses bottes éperonnées...

Avant de frapper à la porte, nous ne savons quelle idée le poussa à s'assurer, en regardant par cette fenêtre, de ce qui se passait à l'intérieur...

La chose était d'autant plus facile que cette ouverture à tous vents n'avait ni vitres, ni rideaux...

Une sorte de bourdonnement en sortait, — bourdonnement d'oraisons psalmodiées en latin sur un mode contenu, comme celui du prêtre qui dit une messe basse...

Malgré l'anxiété qui le poignait, cette singularité intrigua violemment le fils de Porthos...

Il se glissa donc doucement contre la muraille, atteignit le rebord de la fenêtre, allongea le cou avec précaution et plongea dans la baie éclairée deux yeux qu'aiguisait une curiosité inquiète

.   .   .   .

Dans une chambre aux murailles nues, une table recouverte d'une nappe d'étoffe noire ne figurait point mal un autel.

Quatre cierges de cire également noire brûlaient à ses extrémités.

Sur la nappe, des livres saints étaient posés contrairement à la place qu'ils occupent dans le saint sacrifice.

Auprès d'eux, pour compléter les accessoires de cette sacrilège comédie, on remarquait pareillement un crucifix renversé, la tête en bas, un vase de cuivre et un long couteau.

Devant l'autel, un quidam de mauvaise mine, habillé d'une chasuble endossée à l'envers, récitait *à rebours* les prières de l'office divin.

Deux femmes agenouillées nasillaient les *répons*.

Une troisième, la figure enveloppée d'une mantille à l'espagnole, était debout et semblait attendre.

L'officiant était Jean Latour, dit l'*Auteur*.

Les deux diacres femelles, les filles Cateau et des Œillets, les suivantes favorites de Mme de Montespan.

Leur compagne voilée, c'était la marquise elle-même[1].

Au moment de la consécration, Jean Latour prit le vase de cuivre, l'éleva au-dessus de sa tête, comme le prêtre fait du calice, — puis, le renversant, en fit tomber un énorme crapaud.

La Merveille s'avança alors, se débarrassa de son voile et apparut avec le masque tragique d'une Médée, — l'œil profond et fiévreux, — le flot de serpents de sa chevelure pourprée descendant d'une couronne de verveine, — le lierre des tombes, les violettes de la mort...

Le crapaud sautelait sur l'autel...

La marquise saisit le couteau, et, d'un coup sec, décapita l'immonde animal, dont le sang visqueux éclaboussa la blancheur de ses mains patriciennes.

Ensuite, d'une voix grave et forte :

— Par ce sacrifice, prononça-t-elle, je demande que l'amitié du roi me revienne et qu'elle me soit continuée; que j'obtienne de lui tout ce dont j'aurai besoin pour moi et mes parents; que mes amis et serviteurs lui soient agréables; chérie et respectée des grands seigneurs, que je puisse être appelée dans les conseils de Sa Majesté et savoir ce qui s'y passe; enfin, que cette amitié redoublant plus que par le passé, Louis quitte pour moi cette exécrable Aurore comme il a quitté la Vallière et la Fontange, et que, la reine morte ou répudiée, je puisse épouser mon amant.

— Madame, insinua Jean Latour, il est temps de procéder à l'évocation.

Mme de Montespan tourna le dos à l'autel.

Les mèches de ses cheveux se tordaient comme des couleuvres rousses et lui faisaient un front d'Euménide.

La narine frémissante, le buste cambré, le sein haletant, elle clama par trois fois :

— Satan! Satan! Sa...

1. *Archives de la Bastille*, publiées par M. Ravaisson.

Le gouverneur lança au'our de lui un regard fauve et rapide.

Mais la dernière syllabe du nom du Maudit se perdit dans un cri terrible...

Un cri poussé par elle et par ses trois complices...

La porte de la masure venait de s'effondrer avec fracas...

Et un personnage de haute taille, — dont un rayon de lune douteuse exagérait encore les proportions colossales et fantastiques, — se dressait, immobile et menaçant, sur le seuil...

Les deux suivantes et le faux prêtre étaient tombés, la face contre terre.

La marquise avait reculé jusqu'à la muraille...

Était-ce donc le prince des Ténèbres qui avait répondu à leur évocation impie ?...

L'homme entra...

Il balaya du geste et de la voix les cáméristes et l'*Auteur* prosternés :

— Sortez !

Les misérables ne se le firent pas répéter.

Ils se relevèrent rapidement, s'élancèrent dehors et disparurent dans la forêt ainsi qu'un trio de hiboux épouvantés par la lumière.

L'homme marcha lentement vers Athénaïs.

Il s'arrêta devant elle, et croisant les bras sur sa poitrine :

— Madame, demanda-t-il, qu'avez-vous fait d'Aurore de Locmaria, ma femme ?

La Merveille le considéra avec stupeur et, rejetant la tête en arrière pour fuir ce regard dont le double jet de flamme lui fouillait les yeux et le cœur :

— Oh ! murmura-t-elle, est-ce son ombre ? Les morts sortent-ils du tombeau ? Ou bien Satan a-t-il pris ce visage pour se manifester ?

L'autre lui saisit le poignet avec rudesse.

— Madame, poursuivit-il, pas de faux-fuyant ni de momerie. Je suis vivant et bien vivant Il faut me répondre et promptement. Les minutes valent des heures dans la circonstance présente. Encore une fois, qu'avez-vous fait de ma femme ?

A la vigueur de l'étreinte, l'ex-favorite avait compris qu'elle n'avait pas affaire à un fantôme.

Elle essaya de combattre.

— Je ne connais pas celle dont vous me parlez, répliqua-t-elle.

— Vous mentez !...

— Monsieur !...

— Vous mentez ! répéta Joël. Tout à l'heure, dans vos abominables pratiques de sorcellerie, vous avez prononcé son nom. J'ai entendu sans comprendre; j'étais là; derrière cette fenêtre... Et, tout à l'heure aussi, j'ai vu, — oui, j'ai vu, — sans pouvoir lui porter secours, hélas ! — deux hommes, deux bandits à vos gages sans doute, qui l'emportaient en pâmoison à travers la nuit et l'orage... Où allaient-ils?... Jarnidieu ! c'est ce que vous allez m'apprendre sans retard, — ou sinon...

— Vous porteriez la main sur une femme ? ricana Athénaïs avec bravade.

Il frappa du pied avec colère et fit tomber sur le sol une poussière sanglante :

— Ne me défiez pas !... Je vous l'ai dit, la première fois que nous nous sommes rencontrés : je suis capable de tout pour défendre, pour sauver, pour venger mon Aurore!... Pour vous comme pour moi, ne me défiez pas !

— Eh bien! frappez-moi, si vous ne me croyez pas, dit-elle avec résolution.

Notre héros secoua la tête :

— Vous frapper?... Oh! que non pas ! C'est un soin qui regarde la justice et le bourreau.

— La justice !... Le bourreau !...

— N'ont-ils pas mission de condamner, de punir les empoisonneuses ?...

— Une empoisonneuse !... Moi !... A votre tour, mensonge !...

— Mlle de Fontange gênait vos projets ambitieux : vous avez tué Mlle de Fontange... Le roi vous délaissait pour de nouvelles amours : vous avez essayé de tuer le roi...

— Erreur !... Chimère !... Calomnie !...

— N'essayez pas de nier!... J'en ai la preuve... Tenez, ici, dans ce médaillon...

— Ce médaillon?...

— Oui, ce médaillon, qui renferme votre arrêt de mort écrit, signé de votre main : un papier qui est un aveu, une confession tout entière...

Mme de Montespan redit :

— Ce médaillon! ..

A la vue de l'objet que lui montrait le jeune homme, elle sembla se replier sur elle-même, prête à bondir...

Le fils de Porthos lut son intention dans le feu sombre de sa prunelle.

— Madame, déclara-t-il froidement, je vous préviens que là-bas, dans mon île, en Bretagne, j'ai étouffé entre mes bras une louve enragée qui s'était jetée sur moi pour me déchirer

Puis, d'un ton qui chassait les mots comme le marteau chasse les clous :

— Maintenant, finissons-en... Vous allez m'indiquer l'endroit où l'on retient ma femme, et, en échange, je vous donnerai l'impunité devant les hommes en vous restituant ce papier... Mais si, par contre, vous vous obstinez à vous taire, je jure Dieu que c'est moi qui irai, dès demain, le déposer dans les mains du roi, après en avoir crié si haut le conteuu, à toute la noblesse du royaume, au peuple de Paris, à la France, qu'il faudra bien que ces messieurs de l'Arsenal rallument le bûcher de la Voisin ou rouvrent le cachot de Pierre Lesage...

Son accent devint encore plus bref, plus dur, plus pénétrant :

— En ce qui touche Aurore, voyez-vous, je suis à peu près patient comme un chien qu'on étrangle... Vous avez deux minutes... Dépêchez-vous de vous décider...

— Mais, monsieur, protesta la marquise, ce n'est point moi qui ai fait enlever Mme de Locmaria...

— Ce n'est point vous ?

— Eh! mille fois non !

— Qui donc alors ?

— Il faut aller le demander à M. l'ambassadeur d'Espagne...

— M. d'Alaméda !... Mor protecteur !... Ce serait lui qui... Impossible !...

— Cela est ainsi, cependant.

— Et pourquoi M. d'Alaméda aurait-il fait enlever ma femme ?

Athénaïs se pencha en avant pour mieux se repaître de l'effet qu'elle allait produire :

— Parce que, répondit-elle, il ne rêve rien moins que d'en faire la maîtresse du roi.

L'effet fut celui d'un coup de massue.

Il sembla à notre héros que le sol manquait sous ses pieds et ondulait comme une mer.

Il s'affaissa contre la muraille, — ne vivant plus que par une sensation qui éveillait en lui une douleur, une terreur nouvelles :

Il se crut fou !

Et, comme son interlocutrice ouvrait la bouche pour continuer :

— Attendez ! murmura-t-il. Ne parlez pas. Laissez-moi le temps de comprendre !·

Un effroyable travail s'opérait dans l'esprit du pauvre garçon.

Mille lueurs d'éclairs se croisaient sous son crâne, illuminant soudain tout ce qui, jusqu'alors, était resté pour lui obscur ou équivoque dans l'histoire de son mariage...

Tout un monde de faits, de détails qu'il avait négligés, oubliés, sortait brusquement de l'ombre pour appuyer de témoignages irrécusables la révélation de l'ex-favorite.

La mémoire lui revenait ; l'intelligence et la raison aussi ; mais dans quelle tempête intérieure !

A la fin, il se redressa avec une raideur d'automate.

— Où est M. d'Alaméda ? questionna-t-il. Où est le roi ? Où est Aurore ?

— Tous trois, probablement, au château de Marly.

La Merveille ajouta, en étudiant de côté l'émotion que devait éprouver le Breton :

— Il paraît que Mme de Locmaria s'est trouvée mal pendant la chasse...

— Ah !

— Le duc alors l'a fait transporter dans un pied-à-terre qu'il possède non loin de la résidence royale ; or, apprenez que ce pied-à-terre...

Joël l'interrompit :

— Assez !... C'est bien... Je sais ce que vous allez me dire...

Une nouvelle clarté, en effet, venait de pénétrer dans son cerveau.

Il se rappelait les dernières paroles prononcées par Esteban dans l'auberge où celui-ci avait trouvé la mort, — les indications, les avertissements du laquais, — ces indications mystérieuses, ces avertissements étranges dont le sens lui avait échappé et dans lesquels il était question d'un pavillon appartenant à M. d'Alaméda, au bord de la forêt de Marly ; d'une porte qui, dans ce pavillon, masquait un passage souterrain, et de la communication secrète que ce passage établissait entre la propriété du vieux seigneur et le domaine ainsi que les appartements royaux.

Et, à mesure qu'il se souvenait, il sentait renaître en lui la conscience de lui-même et la volonté d'agir.

— Madame, interrogea-t-il derechef, où est le repaire dont vous parlez ?

— Le pied-à-terre du duc ?... A vingt minutes d'ici... Entre le bois et le château.

— Et le chemin le plus direct pour y arriver ?

— Il n'y a qu'à suivre en droite ligne le sentier qui part des rochers que vous voyez là-bas, argentés par la lune.

— Merci.

Le Breton arracha de son cou et jeta devant la marquise le médaillon de Pierre Lesage :

— Voilà votre salaire, dit-il.

Puis, il sortit sans plus s'occuper d'Athénaïs.

Son épée était hors du fourreau, et sa main convulsive en serrait la poignée.

Il marchait d'un bon pas, ferme et précipité, et on l'entendait gronder, en secouant ses cheveux dans le vent comme fait le lion de sa crinière :

— Monsieur l'ambassadeur, et vous, sire, à nous trois !

XXVIII

AU CHATEAU DE MARLY

A Marly, le roi soupait, assis à une petite table séparée qui dominait, comme le bureau d'un président, celles devant lesquelles ses invités avaient pris place, après le geste habituel qui leur prescrivait de s'asseoir.

Louis XIV aimait beaucoup à critiquer ses cuisiniers; mais, lorsqu'il leur faisait honneur, nous avons déjà constaté que cet honneur était gigantesque.

Laissons son appétit, encore aiguisé par une longue course en plein air, s'escrimer contre la prodigieuse quantité de mets de toute espèce entassés pour le satisfaire : poissons, gibiers, viandes domestiques, fruits, légumes, conserves et desserts.

Laissons ses convives s'entretenir autour de lui — à voix discrète et étouffée — de l'orage indélicat qui a semé le désordre dans le divertissement princier ; de la pluie irrévérencieuse, qui s'est permis de tremper l'auguste compagnie comme le dernier des croquants de Fourqueux, de Mareil ou de Chambourcy ; du cerf, enfin, un vieux dix-cors médiocrement courtisan, qui a entraîné la meute sur les hauteurs de Louveciennes, alors qu'il avait été décidé que l'hallali serait sonné au bord de l'étang de Saint-Cucupha...

Quittons la salle à manger, dont les six fenêtres étoilent de taches lumineuses la façade sombre du château...

Traversons les antichambres encombrées de pages et de laquais, et les salons où, si nous en croyons Mme de Sévigné, l'on va jouer tout à l'heure des poules de cinq, six et sept cents louis, — et les plus grosses de mille et de douze cents...

Enfilons cette galerie qui se prolonge jusque dans l'aile opposée de la résidence royale.

Nous voici sur la frontière des appartements de Sa Majesté.

Oui, mais impossible d'aller plus loin.

Défense aux hôtes de Marly, — sans distinction, sans exception, — d s'introduire dans le sanctuaire où Louis cesse d'être Dieu en face des besoins et des passions de l'homme.

Ajoutons qu'aujourd'hui, par extraordinaire, cette défense s'étend jusqu'aux familiers, aux serviteurs même du monarque.

Et, tenez, *M. le Premier* (on appelait ainsi le premier valet de chambre) qui a voulu entrer, il n'y a qu'un instant, pour vaquer aux devoirs de sa charge et préparer le coucher de son maître ; *M. le Premier*, disons-nous, s'est vu — à son grand étonnement — éconduit par les deux gardes-françaises en sentinelle sur le palier.

Consigne donnée à ceux-ci par M. de Saint-Hérem, leur lieutenant.

Toutefois, comme cette consigne ne nous concerne point et comme nous sommes aussi pressé que nos lecteurs d'arriver à un dénouement impatiemment attendu, nous passerons devant les soldats et nous pénétrons — en dépit

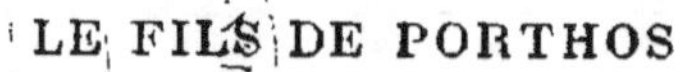

Son regard plongea dans la baie éclairée.

du *veto* souverain — sur le théâtre où vont se jouer les dernières scènes de ce drame.

C'est là que nous retrouverons Aurore de Locmaria.

A la collation sur l'herbe qui avait précédé le laisser-courre, celle-ci avait commencé par ne toucher à rien de ce qu'on lui servait.

M. d'Alaméda, qui était au nombre des convives, s'était approché d'elle.

— Qu'avez-vous donc, ma chère enfant? s'était-il informé avec un affectueux intérêt. Vous paraissez souffrir. Seriez-vous malade?...

— En effet, je ne me sens pas bien... Mais, de grâce, ne vous occupez pas de moi... Un malaise passager sans doute...

— Soit; mais il faut se soutenir .. Surtout quand on va se livrer à un exercice comme la chasse... J'exige absolument que vous preniez quelque chose... Quand ce ne serait qu'un doigt ou deux de malvoisie...

Il avait fait signe à un sommelier...

Puis avec bonhomie :

— Ne voulez-vous pas boire avec moi à la santé et au retour de notre commun ami Joël?

— Oh ! si fait, et de tout mon cœur, monsieur le duc.

La jeune femme avait donc accepté le verre de vin d'Espagne que le vieux seigneur lui offrait.

Quelques heures plus tard, l'orage éclatait avec la violence que vous savez — et Marie-Thérèse, effrayée, donnait l'ordre qu'on la reconduisit sur-le-champ à Saint-Germain.

Aurore avait alors voulu rejoindre la reine et ses compagnes...

Mais un trouble soudain s'était emparé d'elle. Les forces lui avaient manqué pour enlever son cheval. Elle était restée en arrière, en proie à une faiblesse qui allait toujours croissant...

Elle avait tenté d'appeler...

Son cri de détresse s'était arrêté dans sa gorge. Ses paupières battaient. Elles se fermaient sous la puissance d'une irrésistible pression...

Sa main avait cessé de guider sa monture...

Et elle glissait de la selle, lorsque M. de Boislaurier, — qui l'épiait à quelque distance, accompagné de deux valets, — était accouru pour la recevoir dans ses bras.

Maintenant, elle reposait sur un vaste lit à dôme empanaché, à lourds rideaux de velours bleu, à embrasses et torsades d'or, qu'une balustrade en bois également doré séparait du reste de la chambre.

Cette chambre aux meubles somptueux était discrètement éclairée par une lampe d'argent posée sur une table.

M. d'Alaméda était assis près de cette table.

A un moment, il se leva, prit la lampe, s'approcha du lit et passa par deux fois la lumière devant les yeux de la jeune femme.

— Une belle statue de marbre ! murmura-t-il.

Aucun muscle du visage d'Aurore n'avait, en effet, tressailli.

Le vieux seigneur vint se rasseoir.

— Oui, reprit-il, mais, dans une heure, l'action du narcotique cessera.... Le roi tarde bien, sur ma foi... Il n'en finira donc pas avec ce souper !...

Ensuite, après avoir réfléchi un instant :

— Il paraît que ce Joël est encore de ce monde et qu'il a écrit à sa femme... Il adore celle-ci, c'est certain, et il est non moins évident que notre future favorite donnerait pour son mari tout le sang de ses veines... Eh bien ! voilà qui ne me déplaît pas, non, vraiment, — et, en menaçant la première de révéler sa chute au second...

Il s'interrompit, comme pour répondre à une objection d'un interlocuteur invisible :

— Sans doute, c'est vil et odieux... La haute gentilhommerie d'Athos, l'honnêteté naïve de Porthos et la vaillante droiture de d'Artagnan s'insurgeraient contre l'indignité de l'acte et contre la mesquinerie du procédé... D'Artagnan jurerait tous ses mordioux de Gascon que ce que je fais est d'un plat gueux. Du bout de sa lèvre dédaigneuse, Athos laisserait tomber ce seul mot : *Fi!* Le bon Porthos ne dirait rien, lui ; mais sa large et blanche figure s'écarquillerait d'étonnement en voyant son compagnon du bastion Saint-Gervais et de la grotte de Locmaria ; Aramis le mousquetaire, le prélat, le conspirateur, l'homme qui a joué avec la couronne de France, avec les personnes et les destinées royales, faire ainsi besogne d'araignée et métier de proxénète.

Une grimace de dégoût contracta son visage, qui était resté noble et beau, en dépit des ravages du temps et de l'intrigue.

Puis il continua lentement :

— Tout s'enchaîne. Il faut que cette femme devienne la maîtresse du roi, et il faut que je sois le maître de cette femme, pour que nous puissions tous

les deux mettre dans la main de Louis la plume qui biffera l'hérétique sur le
livre du droit des gens. Alors, l'ordre dont je suis le chef restera debout au-
dessus de ses ennemis terrassés : armée nombreuse, disciplinée, invincible,
— et quand je la commanderai du haut du trône de saint Pierre...

Il s'interrompit de nouveau, — mais, cette fois, ce fut pour se sourire :

— Et pourquoi non? Mes épaules ne sont-elles pas de force à supporter la
pourpre pontificale, la tiare ne siérait-elle pas admirablement à mes cheveux
blancs, et n'y a-t-il pas en moi l'étoffe d'un Grégoire VII, d'un Léon X ou
d'un Jules II?... Autrefois on disait : Le pape et l'empereur; mais aujourd'hui,
il n'y a plus ni Charlemagne ni Charles-Quint...

Il conclut :

— La fin justifie les moyens. Qu'importent la boue du chemin et la branche
brisée sous son pied à qui marche à la conquête du monde? Qu'importe l'honneur d'une femme, si le sacrifice de cet honneur assure le triomphe de la religion?...

Puis encore, secouant sa tête chenue :

— Eh bien! non. Sophismes avec lesquels j'essaye de tromper ma conscience! La religion n'a rien à voir dans tout ceci. C'est mon ambition seule
qui est en jeu...

Il eut un ricanement qui était plutôt d'un héros de la farce italienne, —
Mezzetin, Scaramouche ou Trevelin, — que de l'un des illustres personnages
dont il venait de parler.

— *Basta!*... Le Saint-Père n'a-t-il pas le pouvoir d'absoudre tous les
crimes?... Quand je serai pape, je me donnerai l'absolution.

Il avait à peine formulé cette ironique plaisanterie, qu'une violente surprise se peignit sur ses traits.

— Oh! oh! fit-il, qu'est-ce que cela?

Il se souleva à demi sur son siège, tendit le cou et prêta l'oreille.

Ensuite, avec un étonnement croissant :

— Je ne me trompe pas... Quelqu'un marche par là... On monte l'escalier
de la galerie souterraine...

Il acheva de se lever :

— C'est Boislaurier sans doute... Ce ne peut être que lui... Oui, mais que
me veut-il?... Et que se passe-t-il de si important, qu'il vienne me chercher
jusqu'ici?

Il se dirigea vers une porte si bien perdue dans la tapisserie qu'il était impossible à l'œil le plus exercé d'en soupçonner l'existence. ·

Son doigt pesa sur un bouton de cuivre dissimulé avec non moins de soin dans l'une des fleurs brodées de cette tapisserie.

Un ressort joua, la porte évolua sans bruit, et, si maître qu'il fût de lui-même, M. d'Alaméda ne put s'empêcher de pousser quelque chose comme une exclamation de frayeur.

Le fils de Porthos se dressait, en effet, dans le cadre sombre de l'ouverture, pâle, solennel et menaçant, — avec l'épée nue à la main.

. . . .

Après avoir quitté Mme de Montespan, notre héros s'était rapidement engagé dans le sentier que celle-ci lui avait indiqué.

Ce sentier coupait sous le couvert pour arriver à la lisière de la forêt.

Joël le suivait depuis une dizaine de minutes, et il estimait être à la moitié du chemin — si la marquise avait dit vrai — lorsqu'il tressaillit à l'idée que des gens se glissaient à ses trousses.

Il se retourna.

Rien n'apparaissait dans le noir.

Il marcha de nouveau.

Le même bruit se reproduisit, mettant une sueur froide à son front.

On n'est pas impunément de ce pays de Bretagne où toute une nuée de légendes, de traditions et de superstitions flotte, comme un essaim d'âmes en peine, au-dessus de la lande désolée et déserte.

Le jour, le fils de Corentine Lebrenn eût bataillé contre toute une armée.

La nuit, le cri d'une chouette ou d'un hibou lui ôtait le cœur.

Il passa sa rapière dans la main gauche et fit le signe de la croix.

Nonobstant, le bruit persista.

Il n'était plus seulement derrière le jeune homme : il était ici, là, devant, partout.

— C'est la fièvre, murmura-t-il en lui-même ; ah çà! est-ce que Dieu va m'ôter jusqu'au calme de ma tête et à la vigueur de mon bras?

Il s'était arrêté pour regarder et écouter : il ne vit que la nuit immobile et n'entendit, outre les battements de son cœur, que des bourdonnements confus qui emplissaient ses oreilles.

Cependant, quand il se remit en route, des êtres invisibles continuèrent à marcher autour de lui.

Il se signa derechef et prit sa course.

Ceux qui le talonnaient coururent avec lui.

Tout à coup le sentier déboucha hors de la forêt.

A quelques centaines de pas, le château de Marly se dressa avec ses fenêtres flamboyantes.

Entre celui-ci et celle-là, il y avait un petit bâtiment dont la construction semblait de beaucoup antérieure à celle de la résidence royale.

C'était une sorte de pavillon qui datait de l'époque où le Béarnais tenait campagne autour de Paris contre la Ligue.

— Voilà ce que je cherche, songea Joël.

Oui, mais à travers les étincelles qui dansaient devant ses yeux, ébloui par le passage subit de l'obscurité du sentier à la clarté relative d'un endroit découvert, il vit tout un rideau d'ombres se mouvoir entre lui et pavillon; les unes, droites et hautes comme des spectres; les autres, rampantes, comme des loups ou des couleuvres.

— Jarnidieu! rumina le Breton, mon parrain Corentin Plouër l'a dit : il faut se hâter de faire aux autres ce que vous ne voulez pas qu'ils vous fassent.

Il se prépara à charger.

En ce moment deux ombres se détachèrent de la masse grouillante, — et l'une d'elles demanda :

— Holà! où allez-vous, l'ami?

La voix était sèche et dure, mais, en tous cas, absolument humaine.

— A la bonne heure! ce sont des chrétiens! pensa Joël.

Dès l'instant qu'il n'avait point affaire à des korrigans, à des lavandières de minuit, à des chats courtauds ou à des *garous*, il avait recouvré tout son sang-froid et toute son énergie.

L'ombre réitéra sa question, cette fois, d'une façon impérieuse et menaçante.

Notre héros ne répondit pas davantage.

Il était occupé à se souvenir.

Esteban ne l'avait-il pas dit en expirant ·

— *Le passage sera gardé... Cordebœuf et ses coupe-jarret seront là pour vous le disputer... Écrasez-les tous, tous, tous!*

Notre Breton songea :

— Les dernières volontés d'un mourant sont sacrées.

Et il marcha résolument à l'ennemi.

Aussitôt, celle des deux ombres qui lui avait adressé la parole, poussa cette exclamation :

— Le chevalier de Locmaria !

Et l'autre appuya d'une voix qui témoignait d'un égal étonnement et d'un égal émoi :

— Mortdiable ! il est ressuscité !

Le fils de Porthos avait reconnu les deux voix et les deux ombres.

— Oui, moi-même, répliqua-t-il, mon cher monsieur de Boislaurier ; moi-même, digne seigneur Asdrubal ; moi-même qui vous préviens que vous ne ressusciterez pas des croupières que je vais vous tailler.

M. de Boislaurier se tourna vers ses acolytes :

— A moi ! commanda-t-il. Celui-là est de trop. Il ne sortira pas du cercle de nos épées.

— En avant ! cria Cordebœuf de son côté. Abattons ce chien enragé. Son Excellence nous le paiera son pesant d'or.

La troupe entière s'ébranla.

Elle enveloppa notre héros.

Celui-ci para de son mieux les coups qui l'assaillaient de toutes parts.

Mais, sans son buffle, solide comme une cuirasse, et sans le moulinet enragé de sa flamberge, son sang eût bientôt coulé par plus d'une blessure.

Il ne reculait pas, cependant. Il avançait, au contraire. Parfois même, il prenait l'offensive. La longue et large épée de Porthos cessait de siffler en cercle : elle abattait un poignet à gauche, elle ouvrait une joue à droite, elle piquait dans le fouillis, — trouant une gorge ou une poitrine.

Avec tout cela, à mesure qu'il perçait, l'ennemi se refermait derrière lui, en gémissant et en hurlant.

Un moment vint où il se trouva au milieu d'une masse compacte, au travers de laquelle il eût été aussi difficile de reculer que d'avancer.

En outre, sa main se lassait.

Il leva vers le ciel un regard désespéré :

— Seigneur, Seigneur, supplia-t-il, sauve-moi, afin que je sauve Aurore !

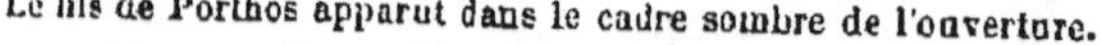

Le fils de Porthos apparut dans le cadre sombre de l'ouverture.

Il sembla que cet appel fût entendu d'en haut.

En effet, à l'instant où un éclat de rire féroce de ses adversaires répondait à cette prière, deux cavaliers émergèrent brusquement de la forêt.

Le cliquetis des lames et les piétinements, les cris sourds, l'acharnement des combattants, avaient couvert le bruit de leur galop furieux.

En arrivant sur le théâtre de la lutte, ils s'arrêtèrent une minute pour se rendre compte de ce qui se passait devant eux.

Puis, d'un commun mouvement, ils mirent leurs éperons tout entiers dans le ventre de leurs montures.

En même temps, leurs voix s'élevaient :

— Hardi, frérot! Tiens bon! Nous voici, ventredioux!

— La Ferté et Royal-Bombarde! Sabrez tout! Comme à Rocroy!

Jusqu'alors, M. de Boislaurier s'était contenté d'exciter ses gens.

Il lui répugnait de prendre part personnellement à cette besogne d'assassins.

Mais quand il vit le secours inattendu que la Providence envoyait à notre héros, il se jeta bravement, le pistolet au poing, au-devant des deux survenants...

Et, levant le bras, il ajusta le plus petit de ceux-ci...

Mais il n'eut pas le temps d'appuyer le doigt sur la gachette...

Un coup d'estoc lui ouvrit le crâne...

Le noble sire Asdrubal de Cordebœuf n'eut guère plus de bonheur :

Comme il s'était placé héroïquement au dernier rang des assaillants, ce fut sur lui que tomba directement cette véritable charge de cavalerie...

Et, comme, — la détresse lui donnant un semblant de courage, — il se retournait et donnait un coup de pointe au plus grand des cavaliers, celui-ci, écartant le fer d'un coup de fouet, poussa à fond, du haut en bas, dans ce jour...

Le bandit se renversa avec un blasphème qui fut sa dernière parole...

L'autre l'avait littéralement embroché...

Les deux nouveaux venus y allaient, du reste, de tout cœur...

Joël aussi, — ragaillardi par cette aide tombée des nues...

Tous trois lardaient, taillaient, assommaient à qui mieux mieux!..

Si bien qu'au bout de quelques moments, les gens M. de de Boislaurier, ayant réfléchi que celui-ci les payait pour tuer, non pour se faire tuer, abandonnèrent la partie et gagnèrent au pied dans toutes les directions, non sans laisser sur le terrain une bonne moitié des leurs en fort piteux état.

Les trois vainqueurs ne prirent point cure de les poursuivre.

Ils aimèrent mieux se précipiter dans les bras les uns des autres.

— Mes amis, répétait le Breton, mes braves, mes excellents amis!... Vous êtes arrivés à propos!... Mais par quel hasard, quelle intuition, quel miracle?...

— Sangdioux! rien de plus simple, répondit Petit-Renaud : nous sommes partis de Saint-Dizier une demi-heure après toi, histoire de ne pas t'abandonner, si, d'aventure, tu avais besoin d'un coup de main...

« Mais il paraît qu'au lieu de fers, ton cheval avait aux pieds des bottes de sept lieues; car, quelque diligence que nous fissions, nous n'avons jamais pu te rattraper...

« Et pourtant, nous allions, nous allions!...

— Les jambes m'en cuisent, déclara maître Bonlarron.

— Et moi donc! appuya le Gascon. Il me semblait, vraiment, en route, qu'on me piquait avec des aiguilles. Nonobstant je souriais aux dames...

« Enfin, ce soir, neus débarquions à Saint-Germain, où nous apprenions que tu devais être chez Sa Majesté à Marly...

« Vivadioux! ces demoiselles de la cour, voilà de délurées commères!... ne prétendaient-elles pas nous retenir de force?... Mais j'avais juré de te rejoindre...

— Avec les drapeaux, ajouta Bonaventure : les voici toujours en travers de ma selle.

— Alors nous avons mis le cap sur Marly sans baguenauder dans les jardins d'Armide...

— Par la forêt, que je connaissais pour m'y être aligné autrefois avec un sergent du régiment de Champagne...

— Et, quand nous avons vu qu'on se houspillait par ici...

— Et qu'un particulier tenait tête à un bataillon de malandrins...

— Nous nous sommes dit : Ce ne peut être que notre Joël...

— Mon ancien pensionnaire de la rue du Pas-de-la-Mule...

— Et nous avons foncé...

— Voilà!

Le Breton ne les écoutait pas.

— Suivez-moi, leur dit-il, quand ils eurent terminé.

Sa figure, son geste étaient de ceux auxquels on ne réplique point.

Conduisant leurs montures en bride, l'*homunculus* et l'ex-cabaretier lui emboîtèrent le pas silencieusement.

Il se dirigea vers le pavillon.

La porte en était fermée.

D'une vigoureuse poussée d'épaule, Joël la jeta en dedans, et nos trois compagnons — les deux cavaliers ayant attaché les chevaux à une paire d'anneaux qui flanquait cette porte — pénétrèrent dans le rez-de-chaussée du bâtiment.

Maître Bonlarron battit le briquet. Petit-Renaud trouva une bougie sur un meuble. Le Breton la prit :

— Voyons, fit-il, si mes souvenirs et les indications d'Esteban sont exacts... A gauche de la cheminée... Un bouton de cuivre caché dans un ornement de la boiserie... Un panneau mobile...

Il s'orienta :

— Voici la cheminée...

Il examina la muraille :

— Voici le bouton...

Il appuya sur celui-ci :

— Voici le panneau...

Un pan de boiserie venait, en effet, de virer sur lui-même, donnant accès, — ainsi que le laquais l'avait spécifié, — dans une sorte de corridor qui allait s'enfonçant graduellement dans l'ombre.

Ce passage datait, avons-nous dit, du Béarnais, qui l'avait fait pratiquer, afin, — si les ligueurs le surprenaient dans ce pavillon, — de pouvoir en sortir autrement que par la porte ou la fenêtre.

L'association dont M. d'Alaméda était le chef aimait fort à avoir l'œil, le pied et l'oreille dans les appartements du souverain.

L'architecte qui avait bâti Marly appartenait à cette association.

Par l'ordre de celle-ci, il avait utilisé ce passage en le continuant — par un escalier ignoré de tout le monde — jusque dans la chambre à coucher du roi.

Du bout de son épée, le fils de Porthos désigna cette ouverture sombre à ses compagnons étonnés :

— Voici mon chemin, prononça-t-il.

Les deux autres se regardèrent avec stupéfaction.

— Est-ce qu'il y a du vin dans cette cave? demanda maître Boularron.

Et Petit-Renaud ajouta :

— Et nous?... Que faites-vous de nous?... Vivadioux! je puis bien vous suivre : en me baissant..

— Vous, mes amis, si, dans vingt minutes, vous ne m'avez pas vu reparaître, vous prendrez le même chemin...

— Et les drapeaux? interrogea Bonaventure.

— C'est vrai, ajouta le Gascon : nous ne pouvons cependant pas laisser ces glorieux trophées sous la garde de nos Bucéphales.

— Vous emporterez les drapeaux.

— Mais où allez-vous donc, sangdioux!

— Oui, où allez-vous, sarpédiable!

— Je vais chez le roi, répondit Joël.

XXIX

LE COUP DE PORTHOS

A l'aspect du fils de Porthos, M. d'Alaméda avait reculé jusqu'à la table sur laquelle il s'accoudait quelques instants auparavant.

L'apparition du jeune homme était certes la chose à laquelle il s'attendait le moins.

Elle s'abattait dans ses projets comme une des bombes de Petit-Renaud au milieu des bourgeois de Fribourg.

Mais l'ancien mousquetaire ne se démontait pas facilement, comme on dit. Une bombe fût tombée à ses pieds, qu'il en eût arraché la mèche. Si son premier sentiment avait été tout entier à la surprise, à l'émotion, à la stupeur, il n'avait duré qu'une minute, — et ce redoutable lutteur avait bien vite rappelé toutes ses idées et rassemblé toutes ses forces.

— Monsieur, questionna-t-il, comment êtes-vous ici?... Vous aviez un poste à l'armée... Déserter est une faute grave...

— Monsieur, répondit le Breton avec un calme d'autant plus terrible que l'on devinait quel orage s'amassait dessous, je n'avais plus rien à faire à l'armée : Fribourg est pris...

— Fribourg est pris?...

Notre héros souligna :

— Pris *par moi...*

— Ah!...

— J'ai là, dans ma poche, le rapport de M. de Créqui qui l'atteste...

Puis, s'efforçant de se modérer, bien qu'un léger mouvement de ses sourcils indiquât quelle peine il se donnait pour y réussir :

— Mais ce n'est pas de cela qu'il s'agit. Ce que vous me demandez, n'est-ce pas, c'est comment j'arrive par ce couloir, par cet escalier connus de vous seul... Malheureusement, je n'ai pas le temps de m'attarder à un récit .. Qu'il vous suffise de savoir que M. de Boislaurier est mort.

— Mort!...

— Mort aussi le chef de vos tueurs : votre Asdrubal de Cordebœuf...

Aramis haussa les épaules :

— Celui-là me trahissait et je l'avais condamné...

Ensuite, avec une colère sourde :

— Quant au meurtre de M. de Boislaurier...

Le fils de Porthos l'interrompit :

— C'est un compte que je suis prêt à régler avec qui de droit, quand nous aurons réglé le nôtre...

L'ambassadeur demeurait froid, comme la bête fauve qui, acculée dans sa tanière, suit d'un œil en apparence immobile tous les mouvements du chasseur qui la traque.

— Ah! fit-il avec hauteur, nous avons un compte à régler ensemble?...

— En doutez-vous?...

— Eh bien! soit; plus tard, je vous écouterai... Mais ce n'est ni le moment ni le lieu... Savez-vous que vous êtes ici chez Sa Majesté?...

— Pardieu! puisque je viens lui réclamer ma femme!...

— Votre femme?...

Joël étendit le bras :

— Ma femme, que voilà endormie sur ce lit, dont vous n'avez même pas songé à tirer les rideaux pour la dérober à mes yeux, tellement ma visite vous a mis hors de toute précaution et de toute prudence. Endormie à l'aide d'un philtre. Endormie pour lui enlever toute conscience de l'attentat qui allait se consommer sur elle.

— Mme de Locmaria est morte, répliqua le vieillard sèchement.

Notre héros eut un menaçant éclat de rire :

— Si je le croyais, monsieur le duc, vous n'existeriez déjà plus. Et, si cela était, il n'y aurait pas en vous assez de sang tiré goutte à goutte, assez de chair arrachée lambeau par lambeau, pour punir un semblable crime. Mais votre infamie me rassure : ce n'est pas un cadavre que le roi vous achèterait...

Un peu de rouge monta aux joues de l'ambassadeur :

— Quoi! murmura-t-il, vous savez...

— Je sais que vous ne m'avez marié que pour faire de moi le mari de la favorite; je sais que vous ne m'avez envoyé à Fribourg que dans l'espoir que je n'en reviendrais jamais; je sais que vous comptiez que les balles allemandes se chargeraient de la besogne dans laquelle vos sicaires avaient échoué...

Aramis secoua la tête :

— Jeune homme, jeune homme, si vous savez tout cela, c'est bien peu sage à vous de venir me le dire... Et puis, avez-vous bien pensé que j'allais, pour vous être agréable, renoncer, de gaieté de cœur, au bénéfice de ce que vous appelez mon infamie?... Non, n'est-ce pas?... Eh bien! alors, que voulez-vous?

— Je veux ma femme, repartit notre héros avec ténacité.

— Hélas! c'est la seule chose en quoi il ne me soit pas possible de vous octroyer satisfaction... Et vous m'en voyez désolé... Mais, s'il vous plaisait, faute de mieux, d'accepter un conseil de ma vieille expérience...

— Donnez, mais donnez vite.

— Voici : allez-vous-en!

« Rien n'est perdu, revenez vite. »

— Hein?

— Retournez à l'armée. Les bontés de Sa Majesté vous y suivront. Vous êtes en train, paraît-il, de devenir un grand capitaine : continuez. Renouvelez les exploits de Samson. Acquérez des brassées de lauriers et des monceaux de gloire. Et, s'il vous convient, de loin en loin, de faire un voyage à la cour, — où Mme de Locmaria tiendra, du reste, le premier rang, — vous y serez sûrement accueilli d'une façon conforme à vos mérites, et du diable si, en face de vos prouesses guerrières, quelqu'un s'y avisera de rire à vos dépens!...

— Vraiment!...

La fureur concentrée qui grondait chez Joël se traduisait par le claquement de sa langue sèche contre son palais et par un mouvement nerveux de son pied droit qui frappait rapidement le tapis.

L'ancien évêque de Vannes prit son ton le plus paternel, le plus persuasif et le plus onctueux :

— Voyons, mon enfant, réfléchissez qu'il ne faut rien moins que les plus hautes raisons d'État pour me contraindre à jouer le rôle dont il s'agit...

« Oui, le sacrifice que j'exige de notre chère Aurore, que je lui impose, si vous voulez, — car le stratagème que j'emploie est l'hommage le plus éclatant que je puisse rendre à sa vertu, — ce sacrifice est nécessaire à des combinaisons politiques, que je n'ai pas le loisir de vous expliquer pour le moment, et qui intéressent la paix du monde...

« Vous êtes un garçon d'esprit : ne roulez pas ces yeux furibonds et ne tourmentez pas ainsi la garde de votre rapière...

« Comprenez-moi à demi-mot; saluons-nous, comme il sied entre gens de bonne compagnie; et, ensuite, ma foi, ensuite...

— Après?...

— Je vous le répète : allez-vous-en!

— Avec ma femme.

Aramis se mordit les lèvres :

— Chevalier, votre obstination me peine... Elle ne changera rien, d'ailleurs, à l'exécution de mes projets... Le roi va venir. Mme de Locmaria va se réveiller : encore une fois, allez-vous-en!

— Pas sans ma femme.

La prunelle du duc s'alluma de colère :

— Oh! oh! grommela-t-il, voilà que vous lassez ma patience... Je ne vous veux pas de mal, pourtant... Allez-vous donc m'obliger à vous tuer?

— Me tuer!... Vous!... Et avec quoi?

— Avec ceci.

Et le vieux seigneur saisit, sur un fauteuil, son épée, — une épée de cour,
— un mince filet d'acier dans un fourreau de velours.

— Oh! répliqua le fils de Porthos, si vous n'étiez pas un vieillard!...

L'ex-mousquetaire bondit comme sous un soufflet :

— Un vieillard!... Prenez garde, monsieur, prenez garde!... Vous êtes, en
cet instant, plus près de la tombe que moi!...

Aurore avait fait un mouvement...

Joël fit un pas vers le lit...

Mais M. d'Alaméda s'était jeté devant la balustrade qui défendait l'approche
de celui-ci, — le corps, appuyé sur cette balustrade, les jambes fléchies, le
bras plié, la pointe en arrêt...

— Allons, demanda-t-il, êtes-vous prêt, jeune homme?

— Me voici, puisqu'il le faut, répondit notre héros.

Et, croyant avoir promptement raison d'un adversaire de cet âge, il ne
s'amusa pas à tâter ce dernier et *engagea* par un coup droit, rapide et flamboyant comme un éclair.

Le coup fut paré avec une agilité et une aisance que le Breton ne
s'attendait pas à rencontrer dans ce corps débile et cassé.

Il en fut de même de ceux qu'il porta ensuite, en essayant de trouver
jour en quarte, en tierce, par des dégagés, par des coupés.

La large lame de sa rapière avait beau voltiger d'une ligne dans une
autre avec une vivacité redoutable, le frêle carrelet la suivait ainsi que le
fer suit l'aimant, se tortillant et sifflant ainsi qu'une vipère.

Le fils de Porthos comprit qu'il avait devant lui un tireur de première
force.

Il modéra son jeu.

Aramis serra le sien, l'épée droite, ne parant que par des simples,
ripostant mécaniquement, des éclairs bleuâtres flambant dans son maigre et
pâle visage.

C'était en vain que Joël multipliait les attaques. Il ne sentait aucune
lassitude chez son adversaire. Le poignet du duc semblait d'acier.

Notre héros, au contraire, se ressentait des fatigues de sa rapide et longue
route à cheval, de celles de la journée et de celles de sa lutte avec les
routiers de M. de Boislaurier.

En outre, cette supériorité inattendue l'étonnait et le troublait. Il avait le sang au visage. Son bras perdait de sa vigueur et de sa prestesse accoutumées.

A un moment, Aurore s'agita sur le lit en poussant un faible soupir.

Le Breton l'entendit.

Son regard quitta machinalement celui de M. d'Alaméda pour se diriger vers la jeune femme.

Un sourire sinistre et cruel éclaira la face exsangue du vieux seigneur.

— Vous voilà pris, mon bel oiseau, murmura-t-il, et je vais pratiquer sur vous le coup favori de l'ami Porthos.

Puis, tout en intéressant le fer par une pression habile, il s'avança, ramassé sur les jarrets, et soudain, fit un frénétique battement à l'épée et tira droit en se fendant de toute sa largeur.

Par bonheur, au nom qui venait d'être prononcé, notre héros avait fait en arrière un saut qui le sauva.

En même temps, ce cri s'échappait de ses lèvres:

— Porthos, c'était mon père!...

— Son père!

Ce second cri fut poussé par le vieillard, qui recula à son tour et abaissa son arme.

Ce jeune homme qu'il considérait maintenant avec des yeux hagards, comme l'on regarde se dresser un fantôme, ce jeune homme lui rappelait Porthos, — ce Porthos à la naïve grandeur d'âme, à la réelle supériorité du cœur, bien plus puissante que la splendeur de l'esprit...

Ce Porthos, sublime de vigueur, de courage et de désintéressement, — souriant, épanoui, invincible, — le plus fort des quatre compagnons, et, cependant, le premier mort: mort, parce que lui, le chevalier d'Herblay, l'avait entraîné à sa suite, inconscient, innocent, dans la tragique aventure du château de Vaux!...

Il se le rappelait dans l'explosion du baril de poudre et l'écroulement de la grotte de Locmaria, dans la flamme, la fumée, les roches roulant avec fracas, comme un Titan, comme Encelade, comme l'ange du chaos antique!...

Il le revoyait, les mains crispées, les bras raidis, les épaules tendues luttant contre les blocs de pierre qui s'affaissaient sur lui!...

Il le revoyait dormant de l'éternel sommeil dans le sépulcre de granit que Dieu avait fait à sa taille et dans lequel il s'était couché victime de son pacte avec son ami, — pacte que cet ami avait rédigé seul et que le géant n'avait connu que pour en réclamer la terrible solidarité !...

Son ombre gigantesque avait écarté la masse dont, vivant, il n'avait pu soulever le poids. Elle était venue mettre sa vaste poitrine devant celle du loyal jeune homme en qui l'ex-mousquetaire retrouvait tous ses traits. Et avec elle, avaient surgi les ombres d'Athos et de d'Artagnan. Elles semblaient adopter l'enfant de leur ami et s'apprêter à le défendre. Et Athos, d'une voix sévère comme celle d'un juge, et d'Artagnan, d'une voix plus vibrante que le cuivre et l'acier, demandaient à celui qui avait été Aramis s'il allait sacrifier le fils, après le père, à son exécrable ambition...

Il n'y avait qu'une façon de répondre...

M. d'Alaméda lâcha son épée...

Ses yeux se remplirent de larmes ; ses bras s'ouvrirent ; son cœur tout entier lui vint aux lèvres.

— Mon enfant, dit-il à Joël, on m'appelait jadis Aramis, et je suis le dernier survivant des quatre compagnons qui avaient pris pour devise : *Tous pour un, un pour tous.*

XXX

LES DRAPEAUX DE FRIBOURG

Cependant, aux derniers froissements des épées. Aurore s'était réveillée de son sommeil léthargique.

Et, sans se rendre compte de l'endroit où elle se trouvait, terrifiée à la vue du combat, suffoquée en reconnaissant les adversaires, elle s'était élancée au bas du lit royal, voulant intervenir, voulant crier et ne pouvant pas, râlant, balbutiant comme une pauvre folle...

Puis, la scène avait changé subitement :

Maintenant, les deux hommes avaient jeté leurs armes...

Ils étaient dans les bras l'un de l'autre, — et le vieillard serrait notre héros contre sa poitrine haletante...

La jeune femme ne comprenait pas davantage...

Mais elle était tombée à genoux, les yeux, les mains levés vers le ciel, que son ardente et muette prière remerciait de cette métamorphose...

La vive succession de ces suprêmes péripéties avait eu deux autres témoins :

Renaud d'Élicigaray et maître Bonaventure Bonlarron avaient suivi à la lettre les recommandations du Breton.

Ne voyant pas celui-ci revenir à l'expiration du terme qu'il leur avait fixé, ils s'étaient à leur tour engagés dans le passage souterrain et étaient arrivés sans encombre — par l'escalier clandestin — au seuil de la porte secrète.

En ce moment, un grand bruit retentit dans l'antichambre qui précédait le retrait royal.

La voix de *M. le Premier* appela :

— Le service de nuit de Sa Majesté !

Presque aussitôt, une seconde voix ajouta :

— Non, non, personne! Allez, messieurs !

Cette voix était celle de Louis.

Jamais celui-ci n'avait parlé ainsi.

Le roi, dit Saint-Simon, « se couchait en compagnie » et les *entrées* ne se retiraient « qu'après qu'il avait indiqué l'habit qu'il entendait porter le lendemain, » et lorsque l'huissier avait crié :

— Allons, messieurs, passez.

Aussi cette dérogation à l'étiquette souleva-t-elle parmi les courtisans un long frémissement de surprise.

Cependant, *M. le Premier* avait « ouvert au roi ».

Louis entra dans la chambre à coucher.

Il est certain que, confiant dans la promesse d'Aramis, il espérait y rencontrer Mme de Locmaria.

Mais l'attitude, la pâleur, l'expression des traits de la jeune femme le frappèrent d'une foudroyante stupeur.

La présence de M. d'Alaméda ne l'étonna pas moins.

Quant à celle de Joël et de ses deux compagnons, elle lui arracha une exclamation si violente, que les courtisans s'arrêtèrent dans leur mouvement de retraite.

Ils avaient cru que la personne du prince demandait à être protégée.

Le vieux seigneur avait quitté le fils de Porthos.

Il s'inclina profondément devant Louis qui demeurait debout sur le seuil de la porte ouverte, — muet, étourdi, flottant, — l'œil interrogateur, la bouche dilatée, le front inquiet :

— Sire, prononça-t-il comme pour répondre à l'ordre que le monarque venait de donner, je supplie Votre Majesté de permettre, au contraire, à tout le monde de rester.

— Et pourquoi faut-il que tout le monde reste, monsieur ? questionna le souverain, dont le front se plissa.

Puis, désignant d'un geste hautain et irrité notre héros et ses amis :

— Et, d'abord, quels sont ces hommes ?

— Sire, trois fidèles sujets du roi : le chevalier de Locmaria, que Votre Majesté a reconnu sans doute, et, si j'en crois leur uniforme, un officier et un sergent de l'armée de M. de Créqui ..

— Soit ; mais encore, comment les trouvais-je chez moi ?

— Sire, j'ai pris la liberté de les y amener...

— Et pourquoi ?

— Dans l'espoir de causer à Votre Majesté une surprise qui ne pourra bu'être agréable à sa grande âme de souverain et de soldat.

— Une surprise ?

M. d'Alaméda se tourna vers Joël :

— Çà ! venez, chevalier, et annoncez au roi la nouvelle que le maréchal vous a chargé de lui apprendre.

Chez Louis XIV, l'orgueil primait toutes les autres passions. Or, un échec devant Fribourg eût non seulement humilié profondément cet orgueil incommensurable, mais encore, en montrant que ses armes n'étaient point invincibles, obscurci son prestige aux yeux du monde entier et entravé sérieusement ses négociations de Nimègue où toute l'Europe se plat-vautrait sous sa souveraine volonté. Sa prunelle s'alluma donc d'une curiosité anxieuse en voyant approcher le messager de M. de Créqui.

Il va sans dire que, dans l'antichambre où les courtisans attendaient,

— C'est là qu'il repose...

groupés, le dénouement de cette comédie incompréhensible pour eux, toutes les oreilles étaient tendues et toutes les poitrines palpitaient.

Notre héros fléchit le genou :

— Sire, articula-t-il, d'une voix ferme au milieu du silence général, j'ai l'honneur d'informer Votre Majesté de la reddition de Fribourg.

— Fribourg est à nous? s'exclama Louis, dont le visage s'illumina de fierté et d'allégresse.

— Fribourg est à vous, sire, répéta le jeune homme.

Le monarque se tourna vers les courtisans :

— Entendez-vous, messieurs? Fribourg a capitulé !

— Vive le roi ! fut-il crié d'un commun élan.

Joël fit un signe à Petit-Renaud et à maître Bonaventure :

Ceux-ci s'approchèrent à leur tour.

— Sire, reprit le fils de Porthos, il me reste à présenter à Votre Majesté les drapeaux conquis sur les Allemands. Les voici à vos pieds. Voici, en outre, le rapport autographe dans lequel M. de Créqui rend compte au roi des circonstances qui ont amené l'heureuse issue de la campagne.

Louis était radieux. Il oubliait tout autre chose en face du nouveau triomphe qui rehaussait l'éclat de sa gloire.

Il prit vivement le pli que le Breton lui offrait, rompit le cachet, déchira l'enveloppe et appela :

— Monsieur le marquis de Louvois !

Celui-ci, ainsi que Colbert, était parmi les assistants. Il y faisait même assez mauvaise figure. On se rappelle, en effet, combien, dans le conseil, il s'était montré hostile à l'entreprise du maréchal sur la ville allemande. Louis, qui supportait difficilement les assauts de son caractère, ne perdit point cette occasion de lui jouer un mauvais tour :

— Tenez, monsieur, dit-il en lui tendant le papier, à vous la joie de nous donner connaissance d'un document qui intéresse non seulement le roi, mais la France.

Le ministre obéit en roulant des yeux furibonds, et, tandis que le sourire de la haine satisfaite éclairait le masque sévère de son rival, il déplia le message de M. de Créqui et en commença la lecture.

Cette pièce n'était qu'une longue apologie des hauts faits de notre héros.

Elle le prenait depuis son arrivée à l'armée; depuis la nuit où sa vigilance, son courage et sa vigueur avaient repoussé la tentative des Impériaux sur nos tranchées; depuis le jour où il avait fourni au général en chef le moyen de déjouer les plans de M. de Lorraine, et où il s'était jeté entre la poitrine du maréchal et le couteau d'un assassin, pour le suivre jusque dans cette idée audacieuse, plus audacieusement exécutée encore, jusque dans l'effrayante escalade, jusque dans le coup de main épique qui nous avaient rendus maîtres du château, et par conséquent, de la place assiégée.

A plusieurs reprises, un murmure d'admiration interrompit ce véritable récit de roman, et la présence seule du roi empêcha les auditeurs d'éclater en acclamations à l'adresse de l'auteur de ces invraisemblables et chevaleresques exploits.

Louis se sentait entraîné par cet élan universel.

Il fit un pas vers le Breton, qui se tenait debout devant lui, dans une attitude calme et modeste, et qui baissait les yeux, non moins embarrassé de l'attention louangeuse dont il était l'objet qu'impatient de ces longueurs qui l'empêchaient de courir à sa chère Aurore et de l'entourer de ses bras...

Et, avec un regard, un ton de bienveillance marquée :

— Voilà qui est au mieux, reprit-il. M. de Créqui nous mande quelles obligations considérables nous avons contractées envers vous. A votre tour de nous apprendre de quelle façon, digne à la fois du débiteur et du créancier, il nous sera donné d'acquitter cette dette.

Joël ouvrait la bouche pour répondre...

M. d'Alaméda ne lui en laissa pas le temps...

Il s'interposa vivement...

— Votre Majesté, questionna-t-il, m'autorise-t-elle à me faire l'interprète des vœux de mon jeune ami?

— Parlez, monsieur.

— Eh bien! M. de Locmaria ne souhaite, ne demande, ne réclame.

Le roi dressa l'oreille sur ce dernier mot.

L'ambassadeur s'en aperçut :

— Sire, appuya-t-il, je dis : *réclame* parce que tous les sujets du prince ont droit à sa protection et à sa justice... Donc, M. de Locmaria, je le répète, ne souhaite, ne demande, ne réclame qu'une chose... C'est que Votre Majesté défende l'honneur et la vie d'une compagne qu'il aime tendrement et dont il est tendrement aimé...

— Qu'est-ce donc?... Je ne vous comprends pas... L'honneur, la vie de Mme de Locmaria sont, prétendez-vous, en danger?...

Le vieux seigneur alla prendre par la main la jeune femme, qui, pendant tout ce qui précède, était demeurée à l'écart, — défaillante, expirante d'émotion, inconsciente de tout ce qui se passait autour d'elle, et n'ayant d'yeux que pour notre héros, dans les bras duquel elle était, elle aussi, impatiente de se jeter.

— Sire, poursuivit l'ancien prélat, avec un sang-froid de statue, voici Mme de Locmaria qui vient se plaindre par ma voix d'une odieuse machination : d'audacieux faussaires ont imité son écriture, sa signature pour abuser une personne qui mérite le respect de tous...

Les courtisans, Joël et Aurore elle-même, se demandèrent — silencieusement — ce que signifiaient ces paroles.

Mais Louis savait bien de quoi il s'agissait.

— Ah! murmura-t-il en chiffonnant ses manchettes, ah! l'on a osé se jouer ainsi de... de Mme de Locmaria?

— On a fait plus : on a essayé de l'empoisonner.

Toute l'assistance tressaillit, — et le monarque répéta :

— L'empoisonner?...

— Oui, continua Aramis : heureusement, le ciel m'a permis de déjouer cette entreprise criminelle, dont le commencement d'exécution se lit plus que suffisamment dans la pâleur, dans la faiblesse de celle qui a failli en être victime...

Le roi, après une minute, interrogea avec une certaine hésitation :

— Monsieur le duc, soupçonnez-vous quel est l'auteur de cette action abominable?

— Non seulement je soupçonne, mais j'accuse.

— Et qui donc?

Le souffle s'était arrêté dans toutes les poitrines, tant l'attention était profonde.

— Sire, prononça gravement le vieillard, la main qui a tenté de frapper Mme de Locmaria est celle qui a couché Mlle de Fontange dans la tombe

Un frisson passa parmi les courtisans.

Le nom, que l'ambassadeur taisait, chacun le bourdonnait à l'oreille de son voisin.

Louis était devenu plus blanc que ses dentelles.

— Monsieur de la Reynie, fit-il, ceci est de votre ressort. Je ne veux pas connaître *la* coupable. Mais vous *la* connaîtrez, vous, et je vous charge de l'éloigner de ma personne et de la cour.

L'ancien mousquetaire s'inclina jusqu'à terre devant le monarque.

Ensuite, avec une éloquente et solennelle lenteur :

— Merci, du fond du cœur, à Votre Majesté, d'avoir compris qu'il n'était point possible de rendre à ce vainqueur de Fribourg la douleur et la honte en échange des drapeaux, des lauriers et de la gloire dont il ombrage le front de son prince.

Louis parut se recueillir.

Une ombre flottait sur son profil de médaille.

Mais il sentait les yeux de toute l'assistance rivés sur sa personne auguste, et cette ombre se dissipa sous la tension de sa volonté : les dieux restent inaccessibles aux souffrances des simples mortels.

Et puis, il se piquait d'être aussi ferme, aussi résolu, aussi tranchant en amour qu'en politique.

— Allons, reprit-il avec un sourire contraint, allons, monsieur le vainqueur de Fribourg, puisque c'est ainsi qu'on vous nomme avec raison, le roi permet que vous embrassiez votre femme.

Vous pensez si notre héros s'était élancé vers Aurore !

Le monarque étouffa un soupir en les regardant échanger toute leur âme dans une étreinte.

Mais ce qu'il adorait le plus au monde, c'était lui-même.

Et il avait cette conviction, qui le consolait de tous les mécomptes, que la femme qui avait le mauvais goût de lui préférer un autre homme devenait, par cet acte de folie, indigne de son attention.

Majestueux dans sa taille courte. il salua Aurore cérémonieusement :

— Recevez mes adieux, madame. Un de mes carrosses va vous reconduire incontinent à Saint-Germain, où vous voudrez bien, je vous prie, prévenir la reine que je ne rentrerai de Marly qu'après-demain.

Puis encore, s'adressant à Joël :

— Vous devez avoir besoin de vous reposer, chevalier. Mme de Locmaria, pareillement, si j'en juge par l'altération de ses traits. Je vous donne congé à tous deux. Il n'y a rien comme le sol natal pour vous remettre du cœur au ventre, disait le grand Henri, mon aïeul. Vous partirez donc pour Belle-Isle dès demain, à la première heure.

CONCLUSION

Quinze jours plus tard, sur le pont d'une balancelle qui faisait route du Croisic à Belle-Isle, vous auriez retrouvé quelques-uns des personnages de ce récit.

C'était notre héros, d'abord, qui, avec une émotion qui allait jusqu'aux larmes, regardait surgir à l'horizon la ceinture sombre des rochers sur la crête desquels avait couru son enfance.

C'était sa jeune femme, qui, appuyée sur lui et plus belle que jamais, le regardait sourire et pleurer avec une gravité attendrie.

C'était M. d'Alaméda, qui, accoudé sur le bordage, dans une immobilité de statue, regardait, lui aussi, quelque chose que, cependant, l'on n'apercevait pas encore dans la brume du matin qui enveloppait la côte.

C'était, enfin, Petit-Renaud, qui ne regardait rien, par exemple, mais qui ronchonnait, avec une mauvaise humeur non équivoque, à l'oreille de maître Bonaventure Bonlarron :

— Ce prince est la fleur des pois chiches... Pas un bout de remerciement, de galon ni de cordon... Pas un fifrelin de pécune, histoire de boire à sa santé... Ventredioux ! si c'est pour cela que l'on appelle Louis le Grand un souverain d'aussi petite taille !

Le soleil, en montant, éclairait maintenant l'île dont les moindres dentelures se dessinaient en net sur ce fond de lumière éblouissante.

Aramis vint au fils de Porthos.

Puis, étendant le bras vers un point de la plage où l'on découvrait une éminence que l'on eût pu prendre de loin pour la toiture d'un gigantesque dolmen :

— C'est là qu'il dort, murmura-t-il.

Joël se découvrit avec un sanglot :

— Mon père !... mon père !... Mon pauvre père !

Aurore lui serra la main :

— Quand nous aurons prié, dit-elle, sur la tombe de votre mère, nous irons ensemble nous agenouiller là-bas.

La balancelle entrait à pleines voiles dans le port de Locmaria.

Un coup de canon, tiré d'un fort, salua son arrivée.

Aussitôt, le tambour roula dans le château, et les cloches de la paroisse se mirent en branle.

On débarqua.

La garnison était en bataille sur le môle : les soldats avaient des bouquets dans le canon de leurs mousquets et des flots de rubans au fer de leurs hallebardes.

Derrière eux, en habits de fête, se massait toute la population de l'île. Les femmes et les enfants portaient des brassées de fleurs. Les hommes agitaient leurs bonnets. De tous côtés on criait :

— Vive monsieur le comte!... Vive madame la comtesse!... Vive notre nouveau seigneur!

— Sangdioux! pensa l'*homunculus*, voilà des gens civilisés... Et un pays des mieux appris... Voyez donc, maître Bonlarron, ces jolies commères qui sont en train de se pâmer d'admiration à notre aspect.

Cependant, un officier s'était approché de nos passagers, le chapeau à la main.

— Lequel de vous, messieurs, s'informa-t-il, est M. Joël de Locmaria?

— C'est moi, répondit le Breton avec la même civilité.

L'officier tira son épée et fit un signe. Les tambours battirent aux champs. Les soldats présentèrent les armes, et les notables du village s'avancèrent avec force félicitations et courbettes.

— Qu'est-ce que cela et que faites-vous? demanda le fils de Porthos au comble de l'étonnement.

— Nous accomplissons le cérémonial réglé par les lois de l'étiquette.

— Mais pour qui me prenez-vous donc?

— Dame! pour ce que vous êtes, ce nous semble : pour *M. le comte* de Locmaria.

— Le comte?..

— N'est-ce pas là votre nouveau titre?

Et l'officier et les notables appuyèrent d'une commune voix :

— M. le comte de Locmaria, gouverneur et titulaire de la seigneurie de Belle-Isle.

Un éblouissement faillit jeter Joël par terre.

L'officier continua :

— Si monsieur le gouverneur veut bien m'accompagner au château et prendre possession de ses appartements, j'aurai l'honneur de lui remettre les provisions que j'ai reçues, ce matin, par courrier extraordinaire, ainsi que ses titres signés par le roi et contresignés par Son Excellence Monseigneur le grand chancelier.

— Ainsi, balbutia notre héros, il n'y a pas d'erreur : me voici véritablement gouverneur et seigneur de Belle-Isle?

— Oui, monsieur le comte, affirma l'officier, et Sa Majesté nous a rendus heureux d'un pareil choix.

Et les notables d'entonner :

— Un compatriote! .. Quelle gloire pour le pays!... Vivat!

Joël, tout étourdi d'un événement auquel il était si loin de s'attendre, et ses compagnons, non moins surpris que lui, se mirent en marche au milieu du carillon, des aubades, des mousquetades et des acclamations. Au château, le fils de Porthos n'eut qu'à jeter un coup d'œil sur les divers parchemins qui lui furent remis, pour s'assurer que ceux-ci étaient parfaitement en règle. A Fribourg, il avait fait son devoir de soldat. A Belle-Isle, le roi Louis XIV faisait son devoir de souverain reconnaissant et généreux.

— J'ai en outre, reprit l'officier, deux autres plis à l'adresse de Son Excellence M. le duc d'Alaméda et du capitaine Renaud d'Élicigaray.

— Donnez, fit l'ambassadeur.

— Donnez, répéta le Gascon.

Ce dernier était nommé commandant en chef des cinq bombardes-galiotes envoyées pour ruiner Alger.

Maître Bonaventure Bonlarron lui était adjoint en qualité de lieutenant.

Quant à l'autre enveloppe, elle renfermait le billet suivant du P. La Chaise à Aramis :

« Rien n'est perdu.

« Revenez vite.

« Mme de Montespan a reçu l'ordre de s'enfermer dans le couvent des Filles de Saint-Joseph, à Paris.

« C'est la marquise de Surgère qui a été chargée de lui transmettre la volonté du roi.

« L'importune d'autrefois devient *chère*, à présent. Sa Majesté lui a donné cent mille francs pour acheter la terre de Maintenon. Peut-être est-ce sur sa toilette que nous trouverons la plume qui signera cette révocation de l'édit de Nantes à laquelle nous tendons tous deux. »

FIN

TABLE DES MATIÈRES

PREMIÈRE PARTIE

A LA RECHERCHE D'UN PÈRE

DEUXIÈME PARTIE

LE MARI DE LA FAVORITE

TROISIÈME PARTIE

LA PRISE DE FRIBOURG

FIN DE LA TABLE.

SCEAUX. — IMPRIMERIE CHARAIRE ET FILS

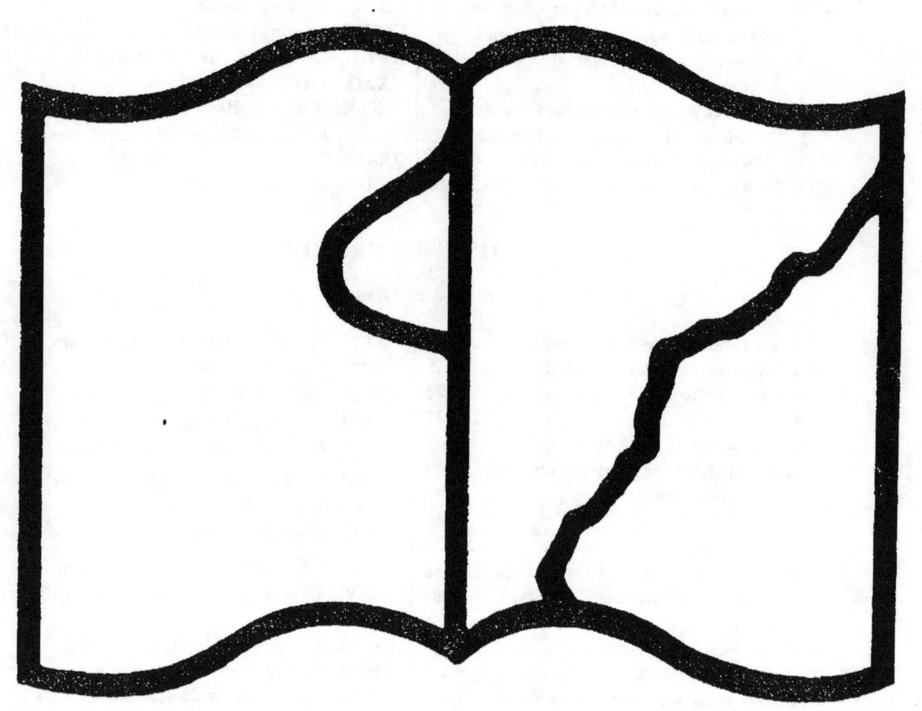

Texte détérioré — reliure défectueuse

NF Z 43-120-11

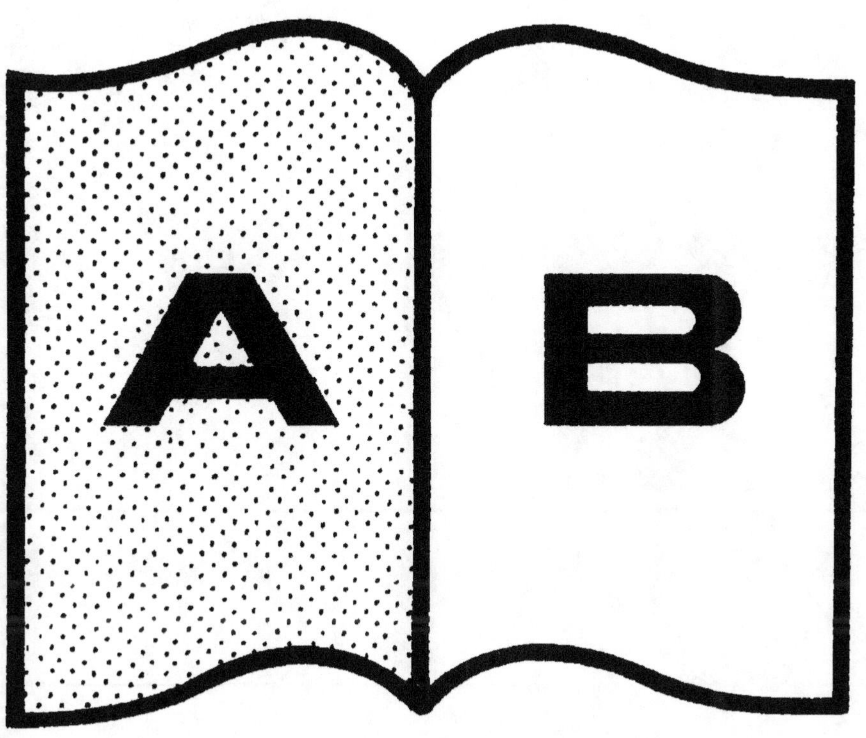

Contraste insuffisant

NF Z 43-120-14